Jo Nesbø

De dorst

Vertaald door Annelies de Vroom

CARGO

2017

AMSTERDAM

De vertaling van dit boek is mede tot stand gekomen
door een subsidie van NORLA

Cargo is een imprint van Uitgeverij De Bezige Bij,
Amsterdam

Oorspronkelijke titel *Tørst*
Oorspronkelijke uitgever Aschehoug, Oslo
Omslagontwerp Wil Immink Design
Omslagillustratie Wil Immink Design/iStock
Foto auteur Thron Ullberg
Vormgeving binnenwerk Peter Verwey, Heemstede
Druk Bariet Ten Brink, Meppel
ISBN 978 90 234 6479 2
NUR 305

uitgeverijcargo.nl

PROLOOG

Hij staarde in het witte niets.

Zoals hij dat de laatste drie jaar had gedaan.

Niemand zag hem en hij zag niemand. Behalve op de momenten dat de deur openging en er zoveel stoom naar buiten werd gezogen dat hij een ogenblik een naakte man kon ontwaren tot de deur dichtviel en alles weer in een mist werd gehuld.

Het badhuis ging bijna dicht. Hij was alleen.

Hij trok de witte badjas strakker rond zijn lichaam, stond op van de houten bank, verliet de ruimte en liep langs het verlaten waterbassin naar de kleedkamer.

Geen spetterende douches, geen gesprekken in het Turks, geen blote voeten die op de tegels kletsten. Hij bekeek zichzelf in de spiegel en ging met een vinger over het litteken dat na de laatste operatie nog steeds zichtbaar was. Het had hem tijd gekost te wennen aan zijn nieuwe gezicht.

De vinger vervolgde zijn weg langs zijn hals, gleed over zijn borst en stopte waar de tatoeage begon.

Hij maakte het hangslot van de kledingkast open en trok zijn broek en jas aan over de nog vochtige badjas. Strikte zijn veters. Hij controleerde opnieuw of hij alleen was voor hij naar de kast met blauwe verfvlek en het cijfercodeslot liep. Hij draaide het nummer 0999, trok het slot los en opende de deur. Even bekeek hij de grote, mooie revolver die in de kast lag voor hij de rode kolf greep en hem in zijn jaszak stopte. Toen pakte hij de envelop en maakte die open. Een sleutel, een adres en nog wat detailinformatie.

Er lag nog één ding in de kast.

Zwartgeverfd en gemaakt van ijzer.

Hij hield het tegen het licht. Gefascineerd nam hij het ambachtelijke smeedijzeren ding op. Hij zou het moeten schoonpoetsen, het moeten schrobben, maar hij voelde nu al de opwinding bij de gedachte het te gebruiken.

Drie jaar. Drie jaar in het witte niets, in een woestijn van inhoudsloze dagen.

Het werd nu tijd. Tijd om van het leven te drinken.

Tijd om terug te keren.

Harry werd met een ruk wakker en staarde in het halfdonker. Daar was hij weer, hij was terug, hij was hier.

'Nachtmerrie, schat?' De stem die naast hem fluisterde was rustig en warm.

Hij draaide zich naar haar om. Haar bruine ogen namen hem op en het spook verbleekte en verdween.

'Ik ben hier,' zei ze.

'En ik ben hier,' zei hij.

'Wie was het dit keer?'

'Niemand,' loog hij en hij legde zijn hand tegen haar wang. 'Slaap nu maar.'

Harry deed zijn ogen dicht en wachtte tot hij er zeker van was dat zij haar ogen had gesloten voor hij de zijne weer opendeed. Hij bestudeerde haar gezicht. Dit keer had hij hem in het bos gezien.

Moeraslandschap, gehuld in een witte mist die om hen heen hing. Hij had zijn hand opgetild en hield iets op Harry gericht. Hij kon het getatoeëerde gezicht van de demon op de blote borst zien. Toen werd de mist rond hem dikker en was hij weg. Weer weg.

'En ik ben hier,' fluisterde Harry Hole.

DEEL I

HOOFDSTUK 1

WOENSDAGAVOND

Jealousy Bar was bijna leeg, maar toch ging het ademhalen moeilijk.

Mehmet Kalak nam de man en de vrouw bij de bar op terwijl hij wijn in hun glazen schonk. Vier gasten. De derde was een kerel die in z'n eentje aan een tafel zat en heel kleine slokjes nam van zijn halve liter, de vierde een stel cowboylaarzen dat uit een van de zitjes stak, waar het donker af en toe week voor het licht van een telefoondisplay. Vier gasten om halftwaalf op een septemberavond in een van de beste uitgaansgebieden van Grünerløkka. Dat was niet best en het kon zo niet doorgaan.

Hij vroeg zich weleens af waarom hij zijn baan als manager in het hipste hotel van de stad had opgezegd om moederziel alleen deze haveloze bar met zijn permanent dronken clientèle over te nemen. Misschien had hij het gedaan omdat hij dacht dat hij door de prijzen op te drijven de oude gasten zou kunnen vervangen door de jeugdige, goedverdienende, onproblematische bewoners van de wijk. Misschien was het omdat hij na de breuk met zijn vriendin een plek nodig had waar hij zich kapot kon werken. Of misschien was het omdat, toen de bank zijn verzoek voor een lening had afgeslagen, het aanbod van Danial Banks ondanks zijn slechte reputatie zo goed was geweest. Of was het gewoon omdat hij in Jealousy Bar zelf mocht bepalen welke muziek er werd gedraaid en niet die verdomde hotelbaas die slechts één melodie kende: het plinggeluid van de kassa? Het was hem goed gelukt de oude clientèle te verjagen en zij waren inmiddels stamgasten in een goedkope bar een paar straten verderop. Maar het was lastiger gebleken nieuwe klanten naar binnen te jagen. Misschien moest hij het concept herzien. Misschien was één televisiescherm waarop alleen Turks voetbal te zien was niet genoeg om dit een sportbar te noemen. En wat betreft de muziek moest hij misschien gokken op meer zekerheid: voor de heren U2 en Springsteen en voor de dames Coldplay.

'Ik heb nog niet zoveel Tinder-dates gehad,' zei Geir en hij zette het glas met witte wijn weer op de bar. 'Maar ik heb gemerkt dat er rare types bij zitten.'

'Is dat zo?' zei de vrouw, een geeuw smorend. Ze had blond, kortgeknipt haar. Slank. Vijfendertig jaar, dacht Mehmet. Snelle, ietwat gehaaste bewegingen. Vermoeide ogen. Ze werkt te veel en gaat naar de sportschool omdat ze hoopt dat ze daar weer energie van krijgt, maar dat gebeurt niet. Mehmet zag dat Geir net als de vrouw het glas optilde met drie vingers rond de steel. Hij bestelde consequent hetzelfde als zijn Tinder-dates deden, of het nu whisky of groene thee was. Kennelijk wilde hij op die manier een signaal afgeven dat er op dat punt in elk geval een match was.

Geir kuchte. Het was zes minuten geleden dat ze de bar was binnengekomen en Mehmet wist dat hij de eerste aanval zou inzetten.

'Je bent knapper dan op je profielfoto, Elise,' zei Geir.

'Jij zegt het, maar dank je wel.'

Mehmet poetste een glas en deed alsof hij niet luisterde.

'Vertel me eens, Elise, wat wens je je in het leven?'

Ze glimlachte een beetje triest. 'Een man die niet alleen op het uiterlijk afgaat.'

'Ik ben het volkomen met je eens, Elise, het gaat om het innerlijk.'

'Het was een grapje. Ik zie er op mijn profielfoto beter uit en eerlijk gezegd doe jij dat ook, Geir.'

'Haha,' zei Geir en hij staarde een beetje gegeneerd in zijn wijnglas. 'De meeste mensen kiezen een flatterende foto. Dus jij wil graag een man. Wat voor man?'

'Eentje die thuis wil blijven met onze drie kinderen.' Ze keek op haar horloge.

'Haha.' Het zweet stond niet alleen op zijn voorhoofd, maar op heel Geirs grote, gladgeschoren schedel. En het zou niet lang duren voor er grote zweetkringen onder de armen van zijn zwarte overhemd zouden komen. Het was een zogenaamd slimfit overhemd, een merkwaardige keus aangezien Geir slim noch fit was.

Hij draaide zijn glas. 'Dat is precies mijn soort humor, Elise. Ik ga akkoord zolang de hond van het gezin van mij is. Hou jij van dieren?'

Tanrim, gaat hij nu zijn glazen ingooien dacht Mehmet.

'Als ik de juiste tref en ik krijg het gevoel dat het zowel hier klopt, als...'

'Hier...' Hij lachte, liet zijn stem zakken en wees naar zijn kruis. 'Maar dan moet je eerst weten of het klopt. Of wat vind jij, Elise?'

Mehmet huiverde. Geir had alle remmen losgegooid en zijn zelfrespect ging een deuk oplopen.

De vrouw schoof haar wijnglas opzij, leunde iets naar hem toe en Mehmet moest zijn best doen om haar te horen: 'Kun je me één ding beloven, Geir?'

'Uiteraard.' Hij leek op een overijverige hond.

'Als ik vertrek beloof je me dan dat je nooit meer contact met me probeert te zoeken?'

Mehmet kon alleen maar bewondering hebben voor Geir die kans zag een glimlach te produceren: 'Uiteraard.'

De vrouw leunde weer achterover. 'Het is niet dat ik denk dat je een stalker bent, Geir, maar ik heb een paar slechte ervaringen, begrijp je. Een van mijn dates ging me achtervolgen en hij bedreigde de mensen met wie ik samen was. Ik hoop dat je begrijpt dat ik een beetje op mijn hoede ben.'

'Ik begrijp het.' Geir tilde zijn glas op en leegde het. 'Er zijn zoals gezegd veel getikte mensen op de wereld. Maar maak je geen zorgen, je bent veilig. Statistisch gezien is de kans om vermoord te worden voor mannen vier keer groter dan voor vrouwen.'

'Bedankt voor de wijn, Geir.'

'Als een van ons drieën...'

Mehmet keek snel de andere kant op toen Geir naar hem wees.

'...vanavond vermoord wordt dan is de kans dat die ene jij bent één op acht. Of nee, wacht even, je moet het delen door...'

Ze stond op. 'Ik hoop dat je uit deze som komt. Het ga je goed.'

Nadat ze was vertrokken bleef Geir een poosje in zijn wijnglas staren en knikte met zijn hoofd in het ritme van 'Fix You' om Mehmet, en eventuele andere getuigen, ervan te overtuigen dat hij het al vergeten was. Dat ze een popsong van drie minuten was geweest aan wie hij nu al niet meer dacht. Zonder zijn glas nog aan te raken stond hij op en vertrok.

Mehmet keek rond. De cowboylaarzen en de kerel die zich door zijn halve liter had geworsteld waren ook weg. Hij was alleen en de zuurstof was terug. Hij gebruikte zijn mobiel om de afspeellijst van de apparatuur te veranderen. Zijn afspeellijst. Bad Company. Met bijdragen van Free, Mott The Hoople en King Crimson was succes gegarandeerd. En met Paul Rodgers als zanger helemaal. Mehmet zette het volume voluit zodat de glazen achter de bar tegen elkaar begonnen te rinkelen.

Elise liep door de Thorvald Meyers-gate langs de drie verdiepingen tellende gebouwen waar ooit de arbeidersklasse had gewoond in het arme deel van een arme stad, maar waar nu een vierkante meter net zoveel kostte als in Londen en Stockholm. September in Oslo. De duisternis was eindelijk terug en ze hadden de lange, irritant lichte zomernachten met hun hysterische, vrolijke, stupide zomeramusement achter zich. In september kreeg Oslo zijn eigen ik weer terug: melancholiek, gereserveerd en effectief. Een solide façade, maar niet zonder donkere plekken en geheimen. Net zoals zijzelf, werd er gezegd. Ze ging sneller lopen, er zat regen in de lucht. God niest, had een date eens tijdens een regenbuitje gezegd in een poging poëtisch te zijn. Ze ging stoppen met Tinder. Morgen. Het was nu genoeg geweest. Genoeg geile mannen die haar in één oogopslag degradeerden tot een hoer die ze in een bar tegenkwamen. Genoeg gestoorde psychopaten en stalkers die zich als teken aan haar vastklampten en tijd, energie en veiligheid uit haar zogen. Genoeg pathetische sukkels die haar het gevoel gaven er ook een te zijn. Er werd gezegd dat internetdaten de nieuwe manier was om andere mensen te ontmoeten, dat je daar niet raar meer over hoefde te doen, dat iedereen het deed. Maar dat was niet waar. Mensen ontmoeten elkaar op het werk, in de bibliotheek, via vrienden, in de sportschool, op school, in de koffiebar, in het vliegtuig, de bus, de trein. Dat gaat zoals het altijd gaat. Met schouders die niet opgetrokken zijn, zonder druk en naderhand blijft de romantische illusie van onschuld, puurheid en toeval bestaan. Zij wílde die illusie. Ze ging haar account wissen. Ze had het eerder tegen zichzelf gezegd, maar nu ging het gebeuren. Vanavond nog.

Ze stak de Sofienberggata over en haalde de sleutel uit haar zak om de poort naast de groentewinkel van het slot te draaien, duwde de deur open en kwam in de schaars verlichte entree. Ze bleef abrupt staan. Ze waren met hun tweeën.

Het duurde een paar seconden voor haar ogen voldoende gewend waren aan het donker om te zien wat ze in hun hand hielden. Beide mannen hadden hun broek opengeknoopt en er hun geslachtsorgaan uit gehaald.

Ze deinsde terug. Ze draaide zich niet om en hoopte alleen dat er ook niet iemand achter haar stond.

'Verdomdsorry.' De samengestelde krachtterm plus verontschuldiging werd uitgesproken door een jonge stem. Een jaar of achttien, schatte Elise. Niet nuchter.

'Duh,' zei de ander grinnikend. 'Je pist op mijn schoenen!'

'Ik schrok!'

Elise trok haar jas strakker om zich heen en liep langs de jongens die zich weer naar de muur hadden gedraaid. 'Dit is geen urinoir,' zei ze.

'Sorry, het moest echt. Het zal niet weer gebeuren, eerlijk waar.'

Geir liep snel door de Schleppegrellsgate. Hij peinsde. Het klopte niet dat twee mannen en één vrouw de dame een kans van één op acht gaven om vermoord te worden. De rekensom was gecompliceerder dan dat. Alles was gecompliceerder.

Hij was de Romsdalsgate al gepasseerd toen hij door iets het gevoel kreeg dat hij zich moest omdraaien. Vijftig meter achter hem liep een man. Hij wist het niet zeker, maar was het niet dezelfde vent die aan de overkant van de weg naar een etalage had staan kijken toen hij uit Jealousy Bar was gekomen? Geir zette er de sokken in, in de richting van Dælenenga en de chocoladefabriek. Er waren geen mensen op straat, alleen een bus die blijkbaar voorliep op het schema en bij de halte stond te wachten. Geir keek om. Die vent was er nog en de afstand tussen hen was dezelfde gebleven. Geir was bang voor mensen die een donkere huid hadden, dat was hij altijd geweest, maar hij kon hem niet goed zien. Ze verlieten bijna de blanke, gegentrificeerde buurt voor een wijk met meer sociale woningbouw en migranten. Geir zag de poort naar zijn appartementencomplex al. Nog honderd meter. Maar toen hij zich omdraaide, zag hij dat die kerel overgegaan was in looppas en de gedachte aan een Somaliër op zijn hielen met een vers trauma uit Mogadishu bracht Geir nu echt in beweging. Geir had in geen jaren hardgelopen en elke keer dat zijn hakken het asfalt troffen stuurden ze schokken door zijn hersenstam en zijn gezichtszenuwen. Hij was bij de poort, bij de eerste poging had hij zijn sleutel al in het slot, hij stortte naar binnen en smeet de zware poort achter zich dicht. Hij leunde tegen het vochtige houtwerk en voelde de adem pijnlijk door zijn longen gaan en het melkzuur in zijn dijen branden. Hij draaide zich om en keek door het ruitje in de deur. Hij zag niemand op straat. Misschien was het toch geen Somaliër geweest. Geir moest lachen. Verdomme, wat had hij zich in het zweet gewerkt alleen maar omdat ze even over moord hadden gesproken. En wat had Elise over die stalker verteld?

Hij was nog steeds buiten adem toen hij zijn appartement binnenstapte. Hij pakte een biertje uit de koelkast, zag dat het keukenraam openstond en sloot het. Hij liep naar zijn werkkamer en deed het licht aan.

Hij drukte op een toets van zijn pc en het 20 inch grote scherm lichtte op. Hij typte 'Pornhub' en 'french' in het zoekveld. Hij doorzocht de foto's tot hij een vrouw had gevonden die in elk geval dezelfde haarkleur en hetzelfde kapsel als Elise had. Zijn appartement had dunne muren dus hij stak de plug van zijn koptelefoon in de pc voor hij dubbelklikte op de foto, zijn broek openknoopte en die over zijn dijen trok. De vrouw leek echter nauwelijks op Elise dus in plaats daarvan sloot Geir zijn ogen en concentreerde zich op haar gekreun terwijl hij zich Elises kleine, wat strenge mond, haar hatelijke blik en haar truttige, maar daardoor zo uitdagende, blouse voorstelde. Hij had haar nooit kunnen krijgen. Nooit. Niet anders dan op deze andere manier.

Geir stopte. Hij opende zijn ogen en liet zijn pik los terwijl zijn nekharen overeind kwamen door de koude tocht achter hem. Hij wist zeker dat hij de deur goed achter zich had dichtgedaan. Hij tilde zijn hand op om de koptelefoon af te doen, maar hij wist dat het al te laat was.

Elise hing de ketting van het veiligheidsslot op zijn plaats, schopte haar schoenen uit en ging zoals gewoonlijk met haar hand over de foto van haarzelf en haar nichtje Ingvild die ze achter de spiegel had geklemd. Het was een ritueel waarvan ze niet precies wist wat het betekende, alleen dat het blijkbaar een diepmenselijke behoefte vervulde. Net als de verhalen over wat er met ons na de dood gebeurt. Ze liep de kamer in en ging op de bank liggen in haar kleine maar gezellige tweekamerappartement. Ze keek op haar mobiel. Een sms van haar werk: de vergadering van morgenvroeg was uitgesteld. Ze had niet tegen die kerel van vanavond gezegd dat ze werkte als advocaat in verkrachtingszaken en dat zijn moordstatistieken dat mannen vaker het slachtoffer waren van moord slechts de halve waarheid vertelden. In seksueel gerelateerde moorden was de kans dat het slachtoffer een vrouw was vier keer hoger. Dat was een van de redenen waarom ze na de koop van dit appartement allereerst het slot had laten vervangen en een veiligheidsslot met ketting had laten monteren, een on-Noors ding waarmee ze nog steeds hanneste.

Ze opende Tinder. Ze had met drie mannen een match die ze eerder die avond naar rechts had geswipet. Ah, dat was er zo fijn aan. Ze niet ontmoeten, maar te weten dat ze er waren en haar wilden hebben. Zou ze zichzelf een laatste tekstflirt toestaan, een laatste virtuele *foursome* met deze mannen voordat ze de app voorgoed verwijderde?

Nee, nu wissen.

Ze ging naar het menu, vulde de gegevens in en kreeg ten slotte de vraag of ze haar account écht wilde verwijderen.

Elise keek naar haar wijsvinger. Die trilde. Mijn god, was ze verslaafd geworden? Verslaafd aan het feit dat er iemand was, iemand die weliswaar geen idee had wie en hoe ze was, maar in elk geval íemand, die haar wilde hebben. Op basis van haar profielfoto. Echt verslaafd of maar een beetje? Daar zou ze wel achter komen als ze nu haar account verwijderde en zichzelf beloofde dat ze een maand zonder Tinder ging leven. Eén maand en als haar dat niet lukte dan was er iets ernstig mis met haar. De trillende vinger hing boven 'definitief verwijderen?'.

Maar als ze echt verslaafd was, hoe erg was dat eigenlijk? We hebben het allemaal nodig dat we iemand hebben en dat iemand ons heeft. Ze had eens gelezen dat zuigelingen kans liepen te sterven als ze niet een minimum aan contact kregen. Ze was er niet zeker van of dat waar was, hoewel aan de andere kant: wat had dit leven voor zin als dat alleen maar voor haarzelf was, met een baan die haar uitholde en vrienden met wie ze eerlijk gezegd alleen omging omdat ze het als haar plicht zag en omdat de angst voor eenzaamheid meer aan haar knaagde dan het moeten aanhoren van hun vervelende klaagzangen over hun kinderen, partner of het gebrek aan een van deze zaken. Maar misschien zat de juiste man voor haar nu juist op Tinder? Dus, oké, een laatste ronde. De eerste foto swipete ze naar links. Naar de prullenbak verwezen, naar ik-wil-jou-niet. Met de tweede deed ze hetzelfde. En toen naar de derde.

Haar gedachten dwaalden af. Ze was naar een lezing geweest waar een psycholoog die in nauw contact stond met de zwaarste misdadigers in het land had verteld dat mannen moorden om seks, geld en macht, en vrouwen uit jaloezie en angst.

Ze stopte met het swipen naar links. Het smalle gezicht op de foto kwam haar vaag bekend voor hoewel het een vrij donkere en een beetje onscherpe foto was. Dat was al eerder gebeurd. Tinder matchte immers mensen die zich in onmiddellijke nabijheid van elkaar bevonden. En volgens Tinder was deze man minder dan een kilometer van haar vandaan. Misschien bevond hij zich zelfs in dezelfde straat. Dat de foto onscherp was betekende in elk geval dat hij zich niet had gehouden aan de Tinder-tips en dat was een pluspunt. De tekst was ook heel simpel: 'Hoi'. Geen poging gedaan om op te vallen of niet bepaald fantasierijk, maar wel zelfverzekerd. Jazeker, ze zou het beslist leuk vinden als deze man op een feest naar haar toe kwam lopen en alleen maar 'hoi' zou zeggen met een rustige, vaste blik die zei: 'Ga jij verder?'

Ze swipete de foto naar rechts. Naar ik-ben-nieuwsgierig-naar-jou. En ze hoorde het vrolijke plinggeluid van haar iPhone dat er weer een match was

Geir ademde zwaar door zijn neus.

Hij trok zijn broek omhoog en draaide langzaam zijn stoel rond.

Het schijnsel van de pc was het enige licht in de kamer en het bescheen alleen het bovenlichaam en de handen van de persoon die achter hem had gestaan. Hij zag het gezicht niet, alleen de witte handen die iets vasthielden. Het was een zwartleren riem met een gesp. De persoon kwam een stap naderbij en Geir deinsde automatisch naar achteren.

'Weet je wat ik nog walgelijker vind dan jou?' fluisterde de stem in het donker terwijl de handen de riem straktrokken.

Geir slikte.

'De hond,' zei de stem. 'Die klotehond waarvan je hebt beloofd dat jij daarvoor zou zorgen. Dat beest dat op de keukenvloer schijt omdat niemand hem heeft uitgelaten.'

Geir schraapte zijn keel. 'Maar Kari, ik...'

'Maak dat jullie buiten komen, allebei. En raak me niet aan als je in bed stapt.'

Hij bleef in het donker zitten knipperen met zijn ogen.

Negen, dacht hij. Twee mannen en een vrouw, één moord. De kans dat de vrouw het moordslachtoffer wordt is één op negen, niet één op acht.

Mehmet reed de oude BMW langzaam door de straten in het centrum van Oslo, omhoog naar Kjelsås. Naar de villa's, het uitzicht op de fjord en de frissere lucht. Hij draaide zijn stille, slapende straat in. Zag dat er een zwarte Audi R8 bij de garage voor zijn huis stond. Hij ging langzamer rijden, overwoog een ogenblik weer gas te geven en door te rijden. Hij wist echter dat hij het daar alleen mee uitstelde. Banks zou hem toch vinden en misschien was dit het juiste tijdstip. Het was donker, geen mens op straat dus geen getuigen. Mehmet stopte langs de stoeprand en opende het handschoenenvak. Hij keek naar wat daar al een paar dagen lag voor een situatie als deze. Mehmet stopte het in zijn jaszak en haalde diep adem. Toen stapte hij uit de auto en begon naar het huis te lopen.

Het portier van de Audi ging open en Danial Banks stapte uit. De geldverstrekker. De geldeiser. Toen Mehmet hem in restaurant Pearl of India had ontmoet en hij zich had voorgesteld als Danial Banks, wist Mehmet dat de Pakistaanse voornaam en de Engelse achternaam waarschijnlijk net zo vals waren als zijn handtekening op het zogenaamde document dat ze hadden ondertekend. Maar de contanten in de koffer die hij over tafel naar hem toe had geschoven waren echt genoeg.

Het grind knerpte onder Mehmets schoenen.

'Mooi huis,' zei Danial Banks die met zijn armen over elkaar geslagen tegen de R8 leunde. 'Wilde de bank dat niet als onderpand accepteren?'

'Ik huur alleen maar het souterrain,' zei Mehmet.

'Jammer voor mij,' zei Banks. Hij was veel kleiner dan Mehmet, maar dat viel niet op zoals hij tegen de auto stond geleund en zijn biceps onder het colbert vasthield. 'Want dan heeft het voor ons geen zin om het plat te branden zodat jij het verzekeringsgeld op kunt strijken en je de schuld af kunt lossen, is het wel?'

'Nee, dat heeft geen zin.'

'Ook voor jou is het jammer want nu moet ik de zware methoden gaan gebruiken. Wil je weten welke dat zijn?'

'Wil je niet eerst weten of ik kan betalen?'

Banks schudde zijn hoofd en haalde een voorwerp uit zijn zak. 'De betalingstermijn is drie dagen geleden verstreken en ik heb immers gezegd dat punctualiteit alles is. Zodat niet alleen jij, maar ál mijn debiteuren weten dat we dat niet tolereren. Ik maak geen uitzonderingen.' Hij hield het voorwerp in het licht van de garagelamp. Mehmet hapte naar adem.

'Ik weet dat het niet erg origineel is,' zei Banks, hij hield zijn hoofd scheef en nam de nijptang op. 'Maar het werkt.'

'Maar...'

'Jij mag de vinger kiezen. De meesten kiezen voor de linkerpink.'

Mehmet voelde dat het nu kwam. De woede. Zijn borst kwam omhoog toen hij zijn longen vulde met lucht. 'Ik heb hier een veel betere oplossing, Banks.'

'O?'

'Ik weet dat het niet erg origineel is,' zei Mehmet en hij ging met zijn rechterhand in zijn jaszak en haalde het eruit. Hij stak het Banks toe terwijl hij het met beide handen vasthield. 'Maar het werkt.'

Banks keek hem verrast aan en knikte langzaam.

'Daar heb je gelijk in,' zei Banks. Hij greep de stapel geld die Mehmet hem aanbood en trok de strik los.

'Het bedrag van de aflossing plus de rente,' zei Mehmet. 'Maar ga je gang, tel het maar na.'

Een pling.

Een Tinder-match.

Het triomfantelijke geluid van je telefoon dat iemand die jij al naar rechts hebt geswipet hetzelfde heeft gedaan met jouw foto.

Haar hoofd sloeg het op, haar hart galoppeerde.

Ze wist dat het een bekend effect was van het geluid van de Tinder-matchmaking: hogere frequentie van de hartslag door de opwinding. Het maakte een hele reeks aan geluksstoffen vrij waar je dus verslaafd aan kunt raken. Maar dat was niet de reden dat haar hart tekeerging. Dat was omdat deze pling niet van haar telefoon kwam.

Maar hij had geklonken op hetzelfde moment dat ze een foto naar rechts had geswipet. De foto van een man die zich volgens Tinder minder dan een kilometer van haar vandaan bevond. Ze staarde naar de dichte slaapkamerdeur en slikte.

Het geluid moest uit een appartement van de buren komen. Er woonden hier veel singles, vele potentiële Tinder-gebruikers. En het was nu doodstil, zelfs in het appartement onder haar waar de meisjes een feest hadden toen ze eerder die avond vertrok. Er was slechts één manier om het ingebeelde monster kwijt te raken: checken.

Elise stond op van de bank en was in vier stappen bij haar slaapkamer. Ze aarzelde. Een paar woningovervallen waar ze op haar werk over had gehoord speelden door haar hoofd.

Toen kreeg ze zichzelf weer onder controle en opende de deur. Ze bleef op de drempel staan en hapte naar adem. Want er was niks. Niks wat ze kon inademen in elk geval.

Het bedlampje was aan en het eerste wat ze zag waren de zolen van een paar cowboylaarzen die over het voeteneind staken. Een spijkerbroek en een paar lange benen die over elkaar waren geslagen. De man die daar lag was, net als op de foto, half in het donker en zijn gezicht was niet goed te zien. Maar hij had zijn overhemd opengeknoopt waardoor zijn borst was ontbloot. En op zijn borst was een gezicht getatoeëerd of getekend. Ze kon haar ogen er niet van afhouden. Een gezicht dat geluidloos schreeuwde alsof het vastzat en probeerde los te komen. Elise kon niet schreeuwen.

Op het moment dat de man op het bed opkeek viel het licht van zijn mobiel op zijn gezicht.

'Dus nu komen we elkaar opnieuw tegen, Elise,' fluisterde hij.

Door de stem realiseerde ze zich waarom de profielfoto haar bekend was voorgekomen. De haarkleur was veranderd en zijn gezicht moest operaties hebben ondergaan. Ze zag de littekens.

Hij tilde zijn hand op en duwde iets in zijn mond.

Elise staarde naar hem terwijl ze achteruit stapte. Ze draaide zich om, kreeg weer lucht in haar longen en wist dat ze die lucht moest gebruiken om te rennen en niet om te gillen. Het waren vijf, hoogstens zes stappen naar de voordeur. Ze hoorde het bed kraken, maar hij had een langere weg af te leggen. Als ze maar bij het trappenhuis kon komen dan kon ze om hulp roepen. Ze was in de gang bij de voordeur, ze duwde de klink naar beneden en trok, maar de deur wilde niet helemaal open.

De ketting van het veiligheidsslot. Ze duwde de deur terug, maar dat ging te langzaam. Net als in een nachtmerrie en ze wist dat het al te laat was. Er werd iets over haar mond gelegd en ze werd naar achteren getrokken. Uit pure wanhoop stak ze haar arm in de kier van de deur boven de ketting. Ze kreeg de deurpost buiten te pakken, ze probeerde te gillen, maar de grote, naar nicotine stinkende hand perste haar mond dicht. Toen werd ze losgerukt en de deur werd dichtgesmeten. De stem fluisterde in haar oor: 'Vond je me niet leuk? Jij ziet er ook niet zo mooi uit als op je profielfoto, baby. We moeten elkaar gewoon wat beter leren kennen, dat is toen nooit g-gelukt.'

Die stem en de stotter aan het eind. Ze had die een keer eerder gehoord. Ze probeerde te schoppen en los te komen, maar het leek of ze in een bankschroef zat. Hij trok haar naar de spiegel. Hij legde zijn hoofd op haar schouder.

'Het was jouw fout niet dat ik werd veroordeeld, Elise, de bewijzen waren overweldigend. Daarom ben ik hier niet. Wil je me geloven dat dit een toevalstreffer is?' Toen grinnikte hij.

Elise staarde naar zijn mond. Het gebit leek van ijzer, het was zwart en roestig met spitse punten in de boven- en onderkaak. Als van een vossenklem.

Het kraakte zacht toen hij zijn mond opensperde, er moest een veermechanisme in zitten.

Ze herinnerde zich nu de details van de zaak. De foto's van de plaats delict. En ze wist dat ze snel zou sterven.

Toen beet hij.

Elise Hermansen probeerde te gillen in zijn hand toen ze het bloed uit haar hals zag spuiten.

Hij tilde zijn hoofd weer op en keek in de spiegel. Haar bloed liep langs zijn wenkbrauwen, zijn haar en kin.

'Dat noem ik een match, b-baby,' fluisterde hij. Toen beet hij weer.

Ze was duizelig. Hij hield haar niet meer zo stevig vast, dat hoefde ook niet meer want een verlammende kou, een merkwaardige duisternis verduisterde alles voor haar, pakte haar in. Ze kreeg een hand los en strekte die uit naar de foto naast de spiegel. Ze probeerde die aan te raken, maar haar vingertoppen konden er niet bij.

HOOFDSTUK 2

DONDERDAGOCHTEND

Het scherpe ochtendlicht viel door de ramen in de kamer en de gang.

Hoofd recherche Katrine Bratt stond zwijgend naar een foto te kijken die achter de spiegel was gestoken. Er stonden een vrouw en een klein meisje op die omarmd samen op een kale rots zaten. Ze hadden allebei nat haar en deelden een grote handdoek die ze hadden omgeslagen. Het leek of ze net hadden gezwommen in een iets te koude Noorse zomer en warm probeerden te worden door zich aan elkaar vast te klampen. Maar nu was er iets wat hen van elkaar scheidde. Een opgedroogde streep bloed die over de spiegel en de foto liep precies tussen de twee lachende gezichten door. Katrine Bratt had geen kinderen, het was mogelijk dat ze die ooit had gewild, maar nu niet. Nu was ze een carrièrevrouw die net weer single was en ze vond het prettig. Of niet? Ze hoorde een zacht gekuch en ze keek op in een gezicht met littekens, een bol voorhoofd en een merkwaardig hoge haarinplant. Truls Berntsen.

'Wat wil je, agent?' zei ze. Ze zag hoe hij zuurder ging kijken doordat ze hem er opzettelijk aan herinnerde dat hij nog steeds een eenvoudige agent was hoewel hij al vijftien jaar bij de politie zat en om verschillende redenen nooit toestemming zou krijgen om rechercheur op de afdeling Geweld te worden. Zijn jeugdvriend, hoofdcommissaris Mikael Bellman, had hem een plek gegeven op haar afdeling.

Berntsen haalde zijn schouders op. 'Ik wil niks, jij bent de leider van het onderzoek.' Hij keek haar aan met zijn koude hondenblik die tegelijkertijd onderdanig en gekrenkt was.

'Ondervraag de buren,' zei Bratt. 'Begin met de verdieping hieronder. We zijn speciaal geïnteresseerd in wat men gisteren en vannacht heeft gehoord. En aangezien Elise alleen woonde willen we ook weten met welke mannen ze omgang had.'

'Dus jij weet al dat het om een man gaat en dat ze elkaar kenden?' Pas nu zag ze de jongeman, een jongen nog, die naast Berntsen stond. Open gezicht, blonde kuif, knap.

'Anders Wyller, ik ben vandaag begonnen.' Hij had een hoge stem en zijn ogen lachten. Katrine dacht direct dat hij daarmee zijn omgeving probeerde te charmeren en dat lukte hem uitstekend. Het getuigschrift van zijn chef van het politiebureau in Tromsø was een pure liefdesverklaring geweest. Hoe het ook zij, hij had een uitstekend cv. Twee jaar geleden hoge cijfers gehaald op de politieacademie plus goede resultaten als agent met recherchewerk.

'Ga jij maar vast, Berntsen,' zei Katrine.

Ze hoorde zijn sloffende voeten als een passief protest dat hij werd gecommandeerd door een jongere, vrouwelijke chef.

'Welkom,' zei ze en ze stak haar hand uit naar de jongen. 'Het spijt me dat we er niet waren om je op je eerste dag te ontvangen.'

'De doden krijgen voorrang boven de levenden,' zei Wyller. Katrine Bratt herkende het citaat van Harry Hole. Ze zag dat Wyller naar haar handen keek en ze realiseerde zich dat ze nog steeds de latexhandschoenen aanhad.

'Ze hebben niets akeligs aangeraakt,' zei ze.

Hij lachte. Witte tanden. Tien punten erbij.

'Ik heb latexallergie,' zei hij.

Twintig minpunten.

'Oké, Wyller,' zei Katrine Bratt met haar hand nog steeds uitgestoken. 'Deze handschoenen zijn poedervrij en zijn laag aan antiallergenen en endotoxinen en als je op de afdeling Geweld wilt werken moet je ze vaak dragen. Maar we kunnen je uiteraard laten overplaatsen naar Economische Delicten of...'

'Nee, bedankt,' zei hij lachend en hij schudde haar hand. Ze voelde de warmte door het latex.

'Ik ben Katrine Bratt en ik leid deze zaak.'

'Dat weet ik. Je hebt gewerkt in de Harry Hole-groep.'

'Harry Hole-groep?'

'In de Vuurkamer.'

Katrine knikte. De Harry Hole-groep, zo had ze het nog nooit bekeken. Dat kleine, onafhankelijke onderzoeksgroepje van drie personen dat ad hoc was gevormd om onafhankelijk te werken. Hoewel de naam de lading misschien wel dekte. Later was Harry als docent teruggekeerd naar de politieacademie, Bjørn was als technisch rechercheur weer naar Bryn gegaan en zelf was ze dus hoofd recherche geworden op de afdeling Geweld.

Wyllers ogen lichtten op. 'Jammer dat Harry Hole...'

'Jammer dat we nu geen tijd hebben om te praten, Wyller, we moeten een moordzaak oplossen. Ga met Berntsen mee, luister en leer.'

Anders Wyller lachte scheef. 'Je bedoelt dat ágent Berntsen mij veel te leren heeft?'

Bratt trok een wenkbrauw op. Jong, zelfverzekerd, niet bang. Heel mooi, maar ze hoopte van harte dat hij niet weer een van die Harry Hole-wannabe's was.

Truls Berntsen drukte zijn duim op de bel, hoorde het geluid achter de deur, zag dat hij moest stoppen met nagelbijten en liet de knop los.

Toen hij naar Mikael was gegaan met de vraag of hij kon worden overgeplaatst naar de afdeling Geweld, had Mikael gevraagd naar de reden. En Truls had het zonder aarzelen gezegd: dat hij wilde stijgen in de voedselketen zonder zich kapot te moeten werken. Iedere hoofdcommissaris zou bij een dergelijk verzoek Truls de deur hebben gewezen, maar deze hoofdcommissaris kon dat niet. Zij tweeën wisten te veel van elkaar. Toen ze jong waren was er een soort vriendschap geweest die hen had verbonden, later was er sprake geweest van een gemeenschappelijk belang. Zoals de zuigvis en de haai. Terwijl het nu ging om hun gemeenschappelijke zonden en belofte om te zwijgen die hen onlosmakelijk aan elkaar verbonden. En daarom hoefde Truls niet eens na te denken toen hij zijn eisen kenbaar maakte.

Maar hij was gaan twijfelen aan zijn gestelde eisen. De afdeling Geweld had twee functies: rechercheur en analyticus. En toen afdelingsleider Gunnar Hagen had gezegd dat Truls zelf kon kiezen wat hij wilde worden, had hij al snel begrepen dat hij geen verantwoordelijkheid zou krijgen bij rechercheonderzoeken. Wat hem trouwens uitstekend beviel. Maar toch moest hij toegeven dat het pijn had gedaan toen het hoofd recherche Katrine Bratt hem had rondgeleid over de afdeling en hem consequent had aangesproken met agent en nadrukkelijk extra tijd had genomen om hem de werking van de koffieautomaat uit te leggen.

De deur ging open. Er stonden drie jonge meisjes die hem met een verschrikt gezicht aankeken, ze hadden duidelijk meegekregen wat er aan de hand was.

'Politie,' zei hij en hij hield zijn ID omhoog. 'Ik heb een paar vragen. Hebben jullie iets gehoord tussen...'

'...vragen waarvan we graag zouden willen dat jullie die beantwoorden,' zei een stem achter hem. Die nieuwe. Wyller. Truls zag aan de gezichten van de meisjes dat de angst verdween en dat hun ogen zelfs oplichtten.

'Natuurlijk,' zei het meisje dat had opengedaan. 'Weten jullie wie... het... heeft gedaan?'

'Daar kunnen we uiteraard niets over zeggen,' zei Truls.

'Maar wat we wél kunnen zeggen,' zei Wyller, 'is dat er voor jullie geen reden is om bang te zijn. Klopt het als ik zeg dat jullie studenten zijn die een appartement delen?'

'Ja,' zeiden ze in koor alsof ze alle drie de eerste wilden zijn.

'En mogen we binnenkomen?' Wyller had een lach die net zo wit was als die van Mikael Bellman, stelde Truls vast.

De meisjes liepen voor hen uit naar de woonkamer en twee van hen begonnen snel de lege bierflesjes en glazen op tafel op te ruimen en verdwenen naar de keuken.

'We hebben gisteren een feestje gehad,' zei het meisje dat de deur had opengedaan verontschuldigend. 'Het is verschrikkelijk.'

Truls was er niet zeker van of ze het had over het feit dat de buurvrouw was vermoord of dat ze een feestje vierden terwijl dat gebeurde.

'Hebben jullie gisteravond tussen tien en twaalf uur iets gehoord?' vroeg Truls.

Het meisje schudde haar hoofd.

'Had Else...'

'Elise,' corrigeerde Wyller die een notitieboekje en een pen tevoorschijn had gehaald. Truls bedacht dat hij die ook misschien had moeten hebben.

Truls schraapte zijn keel: 'Had jullie buurvrouw een vriend die hier vaker kwam?'

'Ik weet het niet,' zei het meisje.

'Bedankt, dat was alles,' zei Truls en hij draaide zich om om naar de voordeur te lopen toen de andere twee meisjes binnenkwamen.

'Misschien moeten we nog even luisteren naar wat zij te zeggen hebben,' zei Wyller. 'Jullie vriendin zegt dat ze gisteravond niets heeft gehoord en dat ze niks weet over personen die Elise Hermansen de laatste tijd heeft gezien. Hebben jullie daar iets aan toe te voegen?'

De twee keken elkaar aan voor ze zich naar Wyller omdraaiden en synchroon hun blonde hoofden schudden. Truls zag hoe ze al hun aandacht op de jonge rechercheur richtten. Dat deed hem niets want hij had een grondige training gehad in genegeerd worden. Hij was gewend aan dat kleine steekje in zijn borst als Ulla zich op de middelbare school in Manglerud tot hem wendde om te vragen of hij wist waar Mikael was. En of hij, aangezien het de tijd was vóór de mobiele telefoons, Mikael een bericht door kon geven. Eén keer had Truls geantwoord dat dat moeilijk zou zijn omdat Mikael een wandeltocht maakte met een vriendin. Niet omdat dat waar was, maar omdat hij voor een keer dezelfde pijn, zijn eigen pijn, in haar blik wilde zien.

'Wanneer hebben jullie Elise voor het laatst gezien?' vroeg Wyller.

De drie meisjes keken elkaar aan. 'We hebben haar niet gezien, maar...' Het ene meisje grinnikte, maar stopte daar verschrikt mee toen ze begreep hoe ongepast dat was. Het meisje dat de deur had opengedaan kuchte en zei: 'Enrique belde vanmorgen en vertelde dat Alfa en hij op weg naar huis in de entree beneden hadden gepiest.'

'Het zijn van die smeerlappen,' zei de langste.

'Ze waren gewoon een beetje dronken,' zei de derde. Ze grinnikte weer.

Het meisje dat had opengedaan, zond de andere twee een blik van beheers-je-een-beetje. 'Er was een vrouw binnengekomen terwijl ze daar stonden en hij belde om zich te verontschuldigen dat zij ons een slechte naam hadden bezorgd.'

'Dat was wel netjes van hem,' zei Wyller. 'En zij denken dat de dame in kwestie...'

'Dat wéten ze. Ze lazen op internet: "vrouw van in de dertig vermoord" en er stonden foto's bij van de entree van het gebouw. Toen hebben ze gegoogeld en vonden ze haar foto op een website.'

Truls gromde. Hij haatte journalisten. Verrekte aasgieren, allemaal. Hij liep naar het raam en keek naar de straat onder hem. Daar stonden ze, achter het afzetlint van de politie, met hun camera's en telelenzen die Truls deden denken aan de snavels van gieren als ze de toestellen voor hun gezichten hielden in de hoop een glimp op te vangen van het lijk op het moment dat het naar buiten werd gebracht. Naast de wachtende ambulance stond een man met een groen-geel-rood gestreepte rastamuts te praten met de in het wit geklede onderzoekers van de technische recherche. Hij knikte naar zijn mensen en verdween weer in het gebouw. Er was iets met de gebogen, in elkaar gedoken houding van Holm, alsof hij buikpijn had, en Truls vroeg zich af of dat iets te maken had met het feit dat deze man van Toten met zijn bolle kop en kabeljauwogen volgens de geruchten onlangs was gedumpt door Katrine Bratt. Mooi zo, nu kon iemand anders eens voelen hoe het was om in stukken te worden gescheurd. Wyllers hoge stem klonk op de achtergrond: 'Dus ze heten Enrique en...?'

'Nee, nee!' De meisjes lachten. 'Henrik en Alf.'

Truls ving de blik van Wyller en knikte in de richting van de deur.

'Hartelijk dank, meisjes, dat was alles,' zei Wyller. 'Trouwens, kan ik de telefoonnummers krijgen?'

De meisjes keken hem aan met een mengeling van angst en blijdschap.

'Van Henrik en Alf,' voegde hij er met een lachje aan toe.

Katrine stond in de slaapkamer achter de gerechtelijk arts die op haar hurken naast het bed zat waarop Elise Hermansen op haar rug op het dekbed lag. Maar het bloed op haar witte blouse toonde aan dat ze moest hebben gestaan toen het eruit gutste. Ze had zeer waarschijnlijk voor de spiegel in de gang gestaan omdat het tapijt zo doordrenkt was van het bloed dat het aan het parket eronder was vastgekleefd. De bloedsporen tussen de gang en de slaapkamer plus het weinige bloed op het bed wezen erop dat het hart vermoedelijk al in de gang was gestopt met kloppen. Gebaseerd op de lichaamstemperatuur en de rigor mortis had de gerechtelijk arts vastgesteld dat het tijdstip van overlijden lag tussen 23.00 uur en 01.00 uur vannacht. De doodsoorzaak was waarschijnlijk het bloedverlies nadat de halsslagader recht boven de linkerschouder doorboord was door een of meerdere steken.

Haar broek en slip waren tot op haar enkels naar beneden getrokken.

'Ik heb haar nagels afgeschraapt en geknipt, maar ik zie met het blote oog geen huidresten,' zei de arts.

'Sinds wanneer houden jullie je bezig met forensisch werk?' vroeg Katrine.

'Sinds Bjørn dat ons heeft gevraagd,' antwoordde ze. 'Hij vroeg het heel netjes.'

'O ja? Zijn er nog andere verwondingen?'

'Ze heeft een schaafwond op haar linkeronderarm en een houtsplinter aan de binnenkant van haar linkermiddelvinger.'

'Sporen van verkrachting?'

'Geen zichtbare sporen van geweld op het onderlichaam, alleen kan dit...' Ze hield een vergrootglas boven de buik van het lijk. Katrine keek erdoorheen en zag een dunne, heldere streep. '...speeksel van haar of iemand anders zijn, maar het ziet er meer naar uit dat het om voorvocht of sperma gaat.'

'Laten we dat hopen,' zei Katrine.

'Hópen op verkrachting?' Bjørn Holm was binnengekomen en stond achter haar.

'Als het om verkrachting gaat dan wijst alles erop dat die post mortem heeft plaatsgevonden,' zei Katrine zonder zich om te draaien. 'Dus ze was niet langer onder ons. En ik zou graag wat sperma hebben.'

'Ik maakte een grapje,' zei Bjørn zachtjes met zijn warme Totendialect.

Katrine sloot haar ogen. Natuurlijk wist hij dat sperma in een zaak als deze 'Sesam, open u' kon betekenen. En natuurlijk probeerde hij een grapje te maken in een poging de rare, pijnlijke sfeer tussen hen luchtiger te maken na hun breuk van drie maanden geleden. Dat probeerde zij ook, maar het lukte haar niet.

De gerechtelijk arts keek naar hen op. 'Ik ben hier klaar,' zei ze en ze trok haar hidjab recht.

'De ambulance is er en mijn mensen zullen het lijk naar beneden dragen,' zei Bjørn. 'Bedankt voor je hulp, Zahra.'

De gerechtelijk arts knikte en maakte dat ze wegkwam alsof ze ook last had van de gespannen sfeer.

'En?' zei Katrine, zichzelf dwingend Bjørn aan te kijken. Ze negeerde de zwaarmoedige blik die zo triest en smekend was.

'Er valt niet veel meer te zeggen,' zei hij, krabbend in de grote bakkebaarden die onder de rastamuts vandaan kwamen.

Katrine wachtte en hoopte dat ze het nog steeds over de moord hadden.

'Ze was geen huishoudelijk type, we hebben van verschillende personen haren gevonden, hoofdzakelijk van mannen, die hier gisteravond vast niet allemaal zijn geweest.'

'Ze was advocaat,' zei Katrine. 'Een alleenstaande vrouw met een veeleisende baan zal niet zo'n hoge prioriteit aan het huishouden geven als jij.'

Hij lachte even zonder haar te weerspreken. En weer voelde Katrine die steek van een slecht geweten die hij haar altijd wist te bezorgen. Ze hadden natuurlijk nooit ruzie gehad over het schoonmaken want Bjørn was altijd snel geweest met het doen van de afwas, de was, het schoonmaken van de trap, de badkamer en het luchten van het beddengoed zonder haar ooit iets te verwijten of in discussie te gaan. Zoals met zoveel. In het jaar dat ze samenwoonden hadden ze nooit echt ruziegemaakt, hij ging dat uit de weg. En wanneer zij het liet afweten of gewoon geen zin had, was hij daar als een verdomd irritante robot met zijn opofferende, onvermoeibare, attente inzet die haar het gevoel gaf een idiote prinses te zijn die hij steeds hoger op een voetstuk zette.

'Hoe weet je dat het haren van mannen zijn?' vroeg ze met een zucht.

'Een alleenstaande vrouw met een veeleisende baan...' zei Bjørn zonder haar aan te kijken.

Katrine sloeg haar armen over elkaar. 'Wat probeer je nu te zeggen, Bjørn?'

'Hè?' Zijn bleke gezicht kreeg een lichtrode kleur en zijn ogen puilden nog meer uit dan gewoonlijk.

'Dat ik ook zo ben? Oké, als je het wilt weten dan...'

'Nee!' Bjørn hield zijn handen beschermend voor zich. 'Dat meende ik niet, het was gewoon een flauw grapje.'

Katrine wist dat ze medelijden met hem moest hebben en dat had ze ook wel. Maar het was niet het type medelijden dat je het gevoel gaf iemand te moeten omhelzen. Dit medelijden deed eerder denken aan minachting: ze kreeg de neiging hem te willen slaan, hem te vernederen. En het was om die reden, omdat ze deze fijne man Bjørn Holm niet vernederd wilde zien, dat ze hem had verlaten. Katrine haalde diep adem.

'Mannen, dus?'

'De meeste haren waren kort,' zei Bjørn. 'Dus we zullen zien of de analyses dat bevestigen. We hebben in elk geval DNA genoeg om het gerechtelijk laboratorium een poosje zoet te houden.'

'Oké,' zei Katrine, zich weer omdraaiend naar het lijk. 'Heb je ideeen over het wapen waarmee gestoken is? Of gehakt als je kijkt naar het aantal steken.'

Bjørn zag er opgelucht uit nu ze weer over het werk spraken. Verdomme, wat ben ik toch een verdorven persoon, dacht Katrine.

'Het is niet heel makkelijk te zien, maar ze vormen een patroon,' zei hij. 'Of twee patronen.'

'O?'

Bjørn liep naar het lijk en wees naar de hals onder het korte, blonde haar. 'Zie je dat de wonden twee kleine ovalen vormen die hier en hier in elkaar overgaan?'

Katrine hield haar hoofd scheef. 'Nu je het zegt, het lijkt op...'

'Twee beten.'

'O, verdomme,' de woorden ontglipten haar. 'Van een beest?'

‘Zeg het eens. Stel je voor dat de huid een plooi vormt op het moment dat de onder- en bovenkaak bij elkaar komen. Dan ziet het er zo uit...’ Bjørn Holm haalde een stuk halfdoorzichtig papier uit zijn zak dat Katrine direct herkende van het lunchpakket dat hij elke dag smeerde voor hij naar zijn werk ging. Er zat net zo’n ovale vorm in als in de hals van het slachtoffer. Hij hield het papier boven de wonden in de hals. ‘Dit lijkt overeen te komen met de beet van een man.’

‘Mensentanden hebben dat niet gedaan in de hals.’

‘Ben ik met je eens, maar de afdrukken lijken wel op die van een mens.’

Katrine maakte haar lippen nat. ‘Er zijn mensen die hun tanden tot punten slijpen.’

‘Als dit tanden zijn dan zullen we speeksel rond de wonden vinden. Aangezien ze op het tapijt in de gang hebben gestaan toen de beten werden toegebracht, betekent het dat hij langer dan zij moet zijn.’

‘De gerechtelijk arts heeft niets onder haar nagels gevonden dus ik neem aan dat hij haar vasthield,’ zei Katrine. ‘Een sterke man met een gemiddelde of bovengemiddelde lengte met roofdiertanden.’

Ze stonden een ogenblik zwijgend het lijk op te nemen. Als een jong stel op een expositie dat zich voorbereid op het maken van scherpzinnige opmerkingen om de ander te imponeren, dacht Katrine. Met dit verschil dat Bjørn mensen nooit probeerde te imponeren, dat deed zij alleen maar, besefte ze.

Katrine hoorde voetstappen in de gang. ‘Niet meer mensen hier nu!’ riep ze.

‘Ik wil alleen melden dat er maar in twee appartementen beneden mensen aanwezig waren en dat geen van hen iets heeft gezien of gehoord.’ Het was Wyllers hoge stem. ‘Maar ik heb zojuist met twee jongens gesproken die Elise Hermansen hebben gezien toen ze thuiskwam. Ze zeggen dat ze alleen was.’

‘En die jongens zijn...’

‘...niet eerder veroordeeld en ze hadden een rekening van de taxi die aantoonde dat ze iets na elf uur ’s avonds zijn vertrokken. Ze vertelden dat Elise ze heeft betrapt op het urineren in de entree. Moet ik ze uitnodigen voor verhoor?’

'Zij zijn het niet, maar doe het maar.'
'Prima.'
Wyllers voetstappen verwijderden zich.
'Ze was alleen en er zijn geen tekenen van inbraak,' zei Bjørn. 'Denk je dat ze hem vrijwillig heeft binnengelaten?'
'Ik denk het niet, tenzij ze hem goed kende.'
'O?'
'Elise was advocaat in verkrachtingszaken, ze kende het risico en het veiligheidsslot op de deur ziet er behoorlijk nieuw uit. Ik geloof dat ze voorzichtig was.' Katrine ging op haar hurken bij het lijk zitten. Ze keek naar de houtsplinter in Elises middelvinger en de schaafwond op haar onderarm.
'Advocaat,' zei Bjørn. 'Bij welk kantoor?'
'Hollumsen & Skiri. Zij hebben de politie gebeld toen ze vanmorgen niet op de zitting verscheen en ook haar telefoon niet opnam. Het is niet ongebruikelijk dat advocaten worden bedreigd door criminelen.'
'Denk je dat...'
'Nee, zoals gezegd geloof ik niet dat ze iemand heeft binnengelaten. Maar...' Katrine fronste haar voorhoofd. 'Ben je het met me eens dat deze houtsplinter rozewit is?'
Bjørn boog zich over haar heen. 'Hij is in elk geval wit.'
'Rozewit,' zei Katrine en ze kwam overeind. 'Kom.'
Ze liepen naar de gang waar Katrine de voordeur opende en naar een beschadigde deurpost buiten wees. 'Rozewit.'
'Als jij het zegt,' zei Bjørn.
'Zie je het niet?' vroeg ze achterdochtig.
'Onderzoek heeft uitgewezen dat vrouwen meer kleurnuances zien dan mannen.'
'Maar zie je dít?' vroeg Katrine en ze hield de ketting van het veiligheidsslot omhoog die aan de binnenkant van de deur naar beneden hing.
Bjørn kwam dichterbij. Zijn geur bezorgde haar een schok. Misschien was het alleen het onbehagen dat hij nu zo dichtbij was.
'Afgeschraapte huid,' zei hij.

'Van de schaafwond op haar onderarm. Begrijp je?'

Hij knikte langzaam. 'Ze heeft zich geschaafd aan de ketting, ergo: de ketting hing in het slot. Het is niet zo dat hij zich naar binnen heeft gedrongen, maar zij heeft gevochten om buiten te komen.'

'In Noorwegen gebruiken we dergelijke deurkettingen zelden, we draaien de deur op slot. Meestal is dat genoeg. En als ze hem heeft binnengelaten, als deze sterke man bijvoorbeeld iemand was die ze kende...'

'...dan zou ze de ketting er niet op hebben gedaan nadat ze hem had binnengelaten. Dan zou ze zich veilig hebben gevoeld. Ergo...'

'Ergo,' nam zij het over. 'Hij was al in het appartement toen ze thuiskwam.'

'Zonder dat zij het wist,' zei hij.

'Daarom heeft ze de ketting erop gedaan, ze dacht dat het binnen veilig was.' Katrine huiverde. Dat werd er bedoeld met een mengeling van angst en blijdschap. Het gevoel van een rechercheur wanneer er dingen op hun plaats vielen, als je het zag en voelde.

'Harry zou tevreden over je zijn,' zei Bjørn lachend.

'Wat is er?' vroeg ze.

'Je bloost.'

Ik bén een verdorven persoon, dacht Katrine.

HOOFDSTUK 3

DONDERDAGMIDDAG

Katrine had tijdens de persconferentie problemen met haar concentratie. Er werd kort verslag gedaan van de identiteit van het slachtoffer, haar leeftijd, waar en wanneer ze was gevonden: dat was het wel zo'n beetje. Dergelijke persconferenties kort na een moord gingen er meestal vooral om zo min mogelijk informatie te geven en de indruk te bevestigen dat dit gebeurde in naam van de moderne, open democratie.

Naast haar zat de leider van de afdeling Geweld, Gunnar Hagen, de flits van de fotografen weerspiegelde op zijn kale schedel boven de krans van donker haar terwijl hij de korte zinnen voorlas die ze samen hadden opgesteld. Katrine was blij dat Hagen het woord voerde. Niet dat ze de spotlights schuwde, maar ze zou later wel het een en ander zeggen. Voorlopig was ze nog zo nieuw als leider van het onderzoek dat het beter was dat Hagen de pers te woord stond zodat zij kon leren van zijn manier van spreken. En observeren hoe een ervaren politiechef kans zag om, meer met zijn lichaamstaal en toonhoogte dan met de inhoud, de buitenwereld ervan te overtuigen dat de politie alles onder controle had. Ze keek naar de hoofden van ongeveer dertig journalisten die zich verzameld hadden in de Parolezaal op de derde verdieping onder het grote schilderij dat de hele achterwand bedekte. Op het schilderij stonden naakte, badende mensen, vooral jeugdige, magere jongens. Het was een mooi en onschuldig tafereel uit een tijd dat niet alles beladen was en op de slechtst mogelijke manier werd uitgelegd. Zij was niet anders want ze nam aan dat de schilder een pedofiel was. Hagen herhaalde zijn mantra als antwoord op de vragen van het journaille: 'Daar kan ik geen antwoord op geven.' Met enkele variaties zodat de herhalingen niet arrogant of juist komisch klonken: 'Op dit tijdstip kunnen we daar niets over zeggen.' Of, iets bereidwilliger: 'Daar komen we nog op terug.'

Ze hoorde de schrapende pennen en tikkende toetsenborden de vragen noteren die uiteraard meer uiting gaven aan de ontzetting dan de antwoorden: 'Was het lijk erg toegetakeld?' 'Was er sprake van seksueel geweld?' 'Heeft de politie al een verdachte op het oog en gaat het om iemand die een bekende van haar was?'

Speculatieve vragen die het antwoord 'geen commentaar' een zekere spanning gaven.

In de deuropening achter in de zaal zag ze een bekende gedaante staan. Hij had een zwarte lap over zijn ene oog en hij had een politie-uniform aangetrokken waarvan ze wist dat er altijd één gestreken in zijn kast hing. Mikael Bellman. Hij kwam niet helemaal naar binnen en stond daar alleen maar als observant. Ze merkte dat Hagen hem ook had gezien en iets rechterop ging zitten onder de ogen van de jonge hoofdcommissaris.

'Dan gaan we nu afsluiten,' zei de vrouwelijke pr-chef.

Katrine zag dat Bellman een gebaar maakte dat hij haar wilde spreken.

'Wanneer is de volgende persconferentie?' riep Mona Daa, de misdaadjournalist van VG.

'Dat zullen we...'

'Wanneer er iets nieuws te melden valt,' onderbrak Hagen de pr-chef.

Wanneer, merkte Katrine bij zichzelf op, niet als. Het waren dergelijke kleine, maar belangrijke woordkeuzes waarmee de dienaars van de rechtsstaat aangaven dat de zoektocht naar de dader voortging en dat het slechts een kwestie van tijd was voor hij werd gepakt.

'Nog nieuws?' vroeg Bellman terwijl ze door het atrium van het hoofdbureau liepen. Vroeger kon je door zijn bijna meisjesachtige schoonheid, die werd onderstreept door de lange wimpers, het goedverzorgde, iets te lange haar en de bruine huid met de karakteristieke witte pigmentvlekken een zwakke, grappige indruk van hem krijgen, maar door de ooglap gebeurde er nu het tegenovergestelde. Die gaf hem iets theatraals en wekte de indruk dat je te maken had met een sterke man die niet te stoppen was, zelfs niet door het kwijtraken van een oog.

'De technische recherche heeft bijtsporen gevonden,' zei Katrine terwijl ze achter Bellman aan door de sluis voor de receptie liep.

'Speeksel?'

'Roest.'

'Roest?'

'Ja.'

'Als bij...?' Bellman drukte bij de liften op de knop.

'We weten het niet,' zei Katrine en ze ging naast hem staan.

'En jullie weten nog steeds niet hoe de dader haar appartement is binnengekomen?'

'Nee. Het slot is niet open te breken en er is geen raam ingeslagen. Er bestaat nog steeds de mogelijkheid dat ze hem heeft binnengelaten, maar we denken dat dat niet het geval is.'

'Misschien had hij een sleutel.'

'Het complex heeft sloten waarvan de sleutel zowel op de voordeur als op de poort naar de entree past. Volgens de beheerder van het sleutelregister bestaat er maar één sleutel van Elise Hermansens appartement en die had zij bij zich. Berntsen en Wyller hebben twee jongens gesproken die in de entree waren toen zij thuiskwam en ze hebben beiden verklaard dat zij met haar sleutel de poort opende en dat ze niet de intercom gebruikte om binnengelaten te worden.'

'Ik begrijp het, maar kan hij geen kopie van de sleutel hebben laten maken?'

'In dat geval moet hij de originele sleutel hebben gehad, een sleutelmaker hebben gevonden die de mallen heeft van een dergelijke systeemsleutel en die zonder scrupules een kopie wenste te maken zonder schriftelijke toestemming van de beheerder. Dat klinkt allemaal niet waarschijnlijk.'

'Oké. Dat was niet waar ik je over wilde spreken, trouwens...' De liftdeuren voor hen gleden open en twee agenten die uit de lift stapten stopten automatisch met lachen bij het zien van de hoofdcommissaris.

'Het gaat om Truls,' zei Bellman nadat hij haar galant voor had laten gaan in de lege lift. 'Berntsen dus.'

'Ja?' zei Katrine en ze rook vaag zijn aftershave. Ze kreeg de indruk dat veel mannen gestopt waren met zich dagelijks te scheren en zich te marineren in hun aftershave. Bjørn had een scheerapparaat gebruikt en helemaal geen geurtje en de mannen die ze had gehad nadat... nou ja, in sommige gevallen had ze de voorkeur gegeven aan een zwaar luchtje boven hun eigen geur.

'Past hij zich goed aan?'

'Berntsen? Ja hoor.'

Ze stonden naast elkaar, met hun gezicht naar de liftdeuren, maar uit haar ooghoek kon ze de scheve lach zien in de stilte die volgde.

'Ja hoor?'

'Berntsen voert de opdrachten uit die hij krijgt.'

'Die niet al te ingewikkeld zijn, neem ik aan?'

Katrine haalde haar schouders op. 'Hij heeft geen ervaring als rechercheur. En hij is geplaatst op de grootste rechercheafdeling van het land, afgezien van Kripos natuurlijk, dan kun je niet verwachten dat je aan het roer mag zitten, om het zo maar te zeggen.'

Bellman knikte en wreef over zijn kin. 'Ik wilde eigenlijk alleen maar weten of hij zich aanpast. Dat hij niet... dat hij zich aan de spelregels houdt.'

'Voor zover ik weet doet hij dat.' De lift stond stil. 'Over welke spelregels hebben we het trouwens?'

'Ik wil alleen een oogje in het zeil houden, Bratt. Truls Berntsen heeft het niet makkelijk gehad.'

'Je denkt aan de verwondingen die hij vorig jaar heeft opgelopen bij die explosie?'

'Ik denk aan zijn leven, Bratt. Hij is een beetje... ik kan niet op de term komen.'

'Een verdorven persoon?'

Bellman lachte even en knikte naar de open liftdeuren. 'Jouw verdieping, Bratt.'

Bellman bestudeerde Katrine Bratts goedgetrainde achterste toen ze de gang door liep naar de afdeling Geweld en hij liet zijn fantasie de vrije loop in de seconden voor de liftdeuren zich weer sloten. Toen keerden zijn gedachten weer terug naar hét probleem. Wat geen probleem was, natuurlijk, maar een kans. Maar het was een dilemma. Hij had een voorzichtig en zeer officieus verzoek gehad uit kringen rond de premier. Het lag in de lijn der verwachting dat er een omwenteling ging plaatsvinden in de regering en dat de post van minister van Justitie beschikbaar zou komen. De vraag was geweest wat Bellman – puur hypothetisch – zou antwoorden? Eerst was hij verbluft geweest. Maar bij nader inzien had hij begrepen dat een dergelijk verzoek logisch was. Hij had als hoofdcommissaris niet alleen de verantwoordelijkheid gehad voor het onderzoek naar de internationaal bekende politieslager, hij had in het heetst van de strijd een oog verloren en was in zekere zin zowel nationaal als internationaal een ster geworden. Een hoofdcommissaris met een juridische achtergrond die welbespraakt was en die de hoofdstad met succes beschermd had tegen moord, drugs en criminaliteit... werd het niet gewoon tijd dat ze hem een hogere post gaven? En zou het nog iets uitmaken dat hij er goed uitzag, zou dat vrouwen naar de partij trekken? Zijn antwoord op deze – puur hypothetische – vraag was ja geweest.

Bellman stapte uit op de zesde en hoogste etage en liep langs de rij foto's van voormalige hoofdcommissarissen.

Maar tot die tijd moest hij ervoor zorgen dat hij geen krassen in de lak maakte. Bijvoorbeeld dat Truls iets stoms uithaalde en dat dat zijn weerslag op hem had. Bellman huiverde bij de gedachte aan de krantenkop: 'Hoofdcommissaris hield corrupte politieman en vriend hand boven het hoofd'.

Dus toen Truls in zijn kantoor was gekomen, zijn voeten op tafel had gelegd en zonder omhalen had gezegd dat als hij ontslagen werd hij een net zo smerige hoofdcommissaris in zijn val mee zou trekken, toen was het een eenvoudig besluit geweest om Truls' wens om op de afdeling Geweld te werken in te willigen. Vooral omdat hij daar – zoals Bratt zojuist had bevestigd – geen verantwoordelijke opdrachten kreeg waarmee hij dingen weer kon verkloten.

'Je knappe vrouw zit op je te wachten,' zei Lena toen Mikael langs de receptie liep. Lena was al een eind over de zestig en toen Bellman een jaar of vier geleden hoofdcommissaris werd was het eerste wat ze tegen hem had gezegd dat ze niet assistent wilde worden genoemd, zoals in de moderne functieomschrijving stond, maar gewoon receptioniste. Want dat was wat ze was.

Ulla zat op de bank van de zithoek bij het raam. Lena had gelijk, hij had een knappe vrouw. Ze was tenger en kwetsbaar, en drie kinderen hadden dat niet veranderd. Maar wat nog belangrijker was, ze stond achter hem, ze had ingezien dat zijn carrière zorg, steun en het nodige ellebogenwerk vereiste. En dat een enkele misstap in het privéleven menselijk was, gezien de druk van zo'n zware baan.

Bovendien had ze iets puurs, bijna iets naïefs, waardoor haar gezicht een open boek was. En nu las hij daar vertwijfeling in. Het eerste wat Bellman dacht was dat er iets met de kinderen was en hij stond op het punt dat te vragen, maar toen zag hij het: een glimp van verbittering. En hij begreep dat ze iets had gevonden. Opnieuw, verdomme.

'Je ziet er zorgelijk uit, lieveling,' zei hij rustig en hij liep naar de garderobekast terwijl hij zijn uniformjas uittrok. 'Is er iets met de kinderen?'

Ze schudde haar hoofd en hij ademde overdreven opgelucht uit. 'Niet dat ik niet blij ben je te zien, maar ik schrik altijd als je onaangekondigd komt.' Hij hing het jasje in de kast en ging op de leunstoel tegenover haar zitten. 'Dus?'

'Je hebt haar weer gezien,' zei Ulla. Hij hoorde dat ze erover na had gedacht hoe ze het zou formuleren. En dat ze zich had voorgenomen niet te huilen. En toch stonden er al tranen in haar blauwe ogen.

Hij schudde zijn hoofd.

'Ontken het niet,' zei ze met een verstikte stem. 'Ik heb je telefoon gecontroleerd. Je hebt haar alleen al deze week drie keer gebeld, Mikael. Je had me beloofd...'

'Ulla.' Hij leunde naar voren en pakte haar hand, maar ze trok die weer weg. 'Ik heb haar gebeld omdat ik haar raad nodig had. Isabelle Skøyen werkt nu als communicatieadviseur bij een bureau dat gespecialiseerd is in lobbyen binnen de politiek. Zij kent het klappen van de zweep binnen de machtspolitiek én ze kent mij.'

'Zeként jou?' Ulla's gezicht vertrok in een grimas.

'Als ik – als wij – dit gaan doen, moet ik alles gebruiken wat nuttig kan zijn. Voor mij een ander als ik dat niet doe. De regering, Ulla. Er is niets wat groter is dan dat.'

'Zelfs je gezin niet?' zei ze snikkend.

'Je weet heel goed dat ik nooit ons gezin zal belazeren...'

'Nooit zal belazeren?' riep ze met een hik. 'Je hebt toch al...'

'...en ik hoop dat je dat ook niet zo ziet, Ulla. Niet op grond van een zinloze jaloezie voor een vrouw met wie ik telefonisch contact heb gehad over een werkgerelateerd onderwerp.'

'Dat mens is maar kort in de politiek geweest, Mikael, wat kan zij je nou vertellen?'

'Onder andere wat je niet moet doen als je wilt overleven als politicus. Door die kennis en ervaring is ze aangenomen bij het bureau. Je moet bijvoorbeeld nooit je idealen of je naasten, je plichten en je verantwoordelijkheden verloochenen. En als je een fout maakt dan moet je om vergeving vragen en proberen het de volgende keer beter te doen. Fouten kun je maken, maar iemand belazeren doe je niet. En dat zal ik niet doen, Ulla.' Hij zocht haar hand weer en deze keer had ze de tijd niet die terug te trekken. 'Ik weet dat ik het recht niet heb veel te vragen na wat er is gebeurd, maar deze carrièrestap lukt me alleen als ik jouw vertrouwen en steun krijg. Je moet me vertrouwen.'

'Hoe moet ik...'

'Kom.' Hij stond op zonder haar hand los te laten en trok haar mee naar het raam. Hij draaide haar om zodat ze met haar gezicht naar de stad stond. Hij ging achter haar staan en legde zijn handen op haar schouders. Omdat het hoofdbureau op de top van een berg stond konden ze zien hoe de helft van Oslo baadde in het zonlicht. 'Wil jij meedoen om het verschil te maken, Ulla? Wil je me helpen een veiliger wereld voor onze kinderen te creëren? Voor onze buurkinderen, voor deze stad? Voor ons land?'

Hij voelde dat zijn woorden effect hadden. Mijn god, ze hadden effect op hemzelf, hij werd er een beetje emotioneel van. Ondanks het feit dat zijn woorden min of meer geleend waren uit zijn notities voor een toespraak die hij voor de media wilde houden. Als hij gevraagd werd minister van Justitie te worden zou het niet lang duren voor de telefoon rinkelde en journalisten van de televisie, radio en kranten een verklaring van hem wilden.

Truls Berntsen werd tegengehouden door een kleine vrouw toen Wyller en hij na de persconferentie door het atrium liepen.

'Mona Daa, VG. Ik heb jou eerder gezien, maar...' Ze wendde zich tot Wyller. '...misschien ben jij nieuw op de afdeling Geweld?'

'Dat klopt,' zei Wyller glimlachend. Truls nam Mona Daa op. Op zich had ze een aardig gezicht. Breed, misschien Samisch bloed. Maar haar lichaam had hij nooit aantrekkelijk gevonden. En dan die kleurrijke, wijde gewaden die ze droeg waardoor ze meer op een recensent van opera's leek dan op een ijskoude misdaadverslaggever. Hoewel ze niet veel ouder dan dertig kon zijn, had Truls het idee dat ze al een leven lang meeliep. Ze was sterk, standvastig en stevig: er was heel wat voor nodig om Mona Daa omver te blazen. Ze rook trouwens naar een man. Het gerucht ging dat ze Old Spice-aftershave gebruikte.

'Jullie hebben ons niet veel gegeven op die persconferentie.' Mona Daa lachte zoals journalisten lachen als ze iets van je willen. Alleen leek het er in dit geval op dat ze niet alleen uit was op informatie. Haar blik leek vastgeplakt op Wyller.

'We hadden ook niet meer,' zei Wyller en hij beantwoordde haar lach.

'Dat ga ik citeren,' zei Mona Daa terwijl ze de woorden noteerde. 'Jouw naam?'

'Wat ga je citeren?'

'Dat de politie echt niet meer heeft dan wat Hagen en Bratt tijdens de persconferentie hebben verteld.'

Truls zag heel even de paniek in Wyllers ogen. 'Nee, nee, dat bedoelde ik niet... ik... schrijf niets op, alsjeblieft.'

Mona antwoordde terwijl ze verder schreef. 'Ik heb me voorgesteld als journalist en het moet duidelijk zijn geweest dat ik in functie ben.'

Wyller keek Truls aan voor hulp, maar die zei niets. De jongen leek nu niet zo zelfverzekerd als tijdens zijn charmeoffensief bij de meisjes.

Wyller schraapte zijn keel en probeerde met een zwaardere stem te spreken: 'Ik verbied je mij te citeren.'

'Ik begrijp het,' zei Daa. 'Dan citeer ik dat ook. Namelijk dat de politie de pers probeert te censureren.'

'Ik... nee, dat...' Zijn wangen werden rood en Truls moest zijn best doen om zijn lachen in te houden.

'Rustig maar, ik plaag je een beetje,' zei Mona Daa.

Anders Wyller staarde haar een ogenblik aan voor hij opgelucht uitademde.

'Welkom in het spel. We spelen het hard, maar fair. En als we kunnen dan helpen we elkaar. Of niet, Berntsen?'

Truls gromde iets ten antwoord wat voor meerdere uitleg vatbaar was.

Mona Daa sloeg de bladzijde van haar notitieblok om. 'Ik zal de vraag of jullie al een verdachte hebben niet herhalen, die mogen jullie chefs beantwoorden, maar ik wil graag wat algemene vragen stellen over het onderzoek.'

'Ga je gang,' zei Wyller die alweer hersteld leek.

'Is het niet zo dat in een dergelijke moordzaak de focus altijd gericht is op ex-vriendjes en ex-minnaars?'

Anders Wyller wilde al antwoorden toen Truls een hand op zijn schouder legde en hem voor was: 'Ik zie al wat je bedoeling is, Daa. "De leiders van het onderzoek wilden geen verdachten noemen, maar een bron binnen de politie zei tegen *VG* dat men zich vooral zal richten op ex-vriendjes en ex-minnaars."'

'Jezus,' zei Mona Daa zonder dat ze stopte met noteren. 'Ik wist niet dat jij zo scherp was, Berntsen.'

'En ik wist niet dat je mijn naam kende.'

'O, alle politiemensen hebben een reputatie, weet je. En de afdeling Geweld is niet zo groot dat ik niet op de hoogte kan blijven. Alleen jouw naam ken ik niet.'

Anders Wyller glimlachte flauwtjes.

'Ik zie dat je hebt besloten te zwijgen, maar geef me in elk geval je naam.'

'Anders Wyller.'

‘En mocht je contact met me willen opnemen.’ Ze gaf hem een visitekaartje en – na een korte aarzeling – ook eentje aan Truls. ‘Zoals gezegd, we hebben een traditie dat we elkaar helpen. En we betalen goed voor een tip.’

‘Jullie betálen politiemensen toch niet?’ zei Wyller en hij stopte haar kaartje in de zak van zijn jeans.

‘Waarom niet?’ zei ze en ze liet haar blik over Truls gaan. ‘Een tip is een tip. Dus als jullie iets hebben, bel me. Of loop Gain fitnesscentrum binnen, daar ben ik bijna elke avond tussen negen en twaalf uur te vinden. Misschien kunnen we ook samen een beetje zweten...’ Ze lachte naar Wyller.

‘Ik hou meer van buiten zweten,’ zei Wyller.

Mona Daa knikte. ‘Hardlopen met de hond. Je lijkt me een hondenmens. Dat staat me wel aan.’

‘Waarom?’

‘Ik ben allergisch voor katten. Oké, jongens, in het kader van de samenwerking beloof ik jullie te bellen als ik iets tegenkom wat jullie kan helpen.’

‘Bedankt,’ zei Truls.

‘Maar dan heb ik een telefoonnummer nodig dat ik kan bellen.’ Mona Daa hield haar blik op Wyller gericht.

‘Ja, klopt.’

‘Ik noteer.’

Wyller gaf haar het nummer cijfer voor cijfer tot Mona Daa opkeek. ‘Maar dat is het nummer van de meldkamer van de politie.’

‘Daar werk ik,’ zei Anders Wyller. ‘En ik heb trouwens een kat.’

Mona Daa klapte haar notitieblok dicht. ‘We spreken elkaar.’

Truls keek hoe ze als een pinguïn naar de uitgang waggelde, die merkwaardig zware stalen deur met zijn koeienoog.

‘De briefing begint om drie uur,’ zei Wyller.

Truls keek op zijn horloge. De middagbriefing van de onderzoeksgroep. De afdeling Geweld was top als het niet om een moord ging. Moorden waren een hel. Een moord betekende overwerk, schrijven van rapporten, eindeloze briefings en gestreste mensen. Maar er was tenminste wel gratis eten in de kantine als je moest overwerken. Hij draaide zich om en zuchtte. Hij wilde naar de sluis lopen toen hij verstijfde. Daar was ze.

Ulla.

Ze was op weg naar buiten, haar ogen waren over hem heen gegleden, maar ze deed alsof ze hem niet had gezien. Dat kwam wel vaker voor, misschien omdat het ongemakkelijk was elkaar tegen te komen zonder Mikael erbij. Dat probeerden ze allebei te voorkomen, zelfs al in hun jeugd. Hij omdat hij altijd begon te zweten, zijn hart sneller ging kloppen en hij naderhand baalde van de stomme dingen die hij had gezegd. En zij omdat... nou ja, waarschijnlijk omdat hij zweette, zijn hart sneller ging kloppen en hij niets zei of alleen maar stomme dingen.

Toch wilde hij haar naam roepen door het atrium.

Maar ze was al door de stalen deur gegaan. Ze was al bijna buiten waar het zonlicht haar prachtige, blonde haar zou kussen.

In plaats daarvan fluisterde hij in zichzelf haar naam.

Ulla.

HOOFDSTUK 4

DONDERDAGMIDDAG LAAT

Katrine Bratt keek in de vergaderruimte die ze de KO-kamer noemden.

Acht rechercheurs, vier analytici, één technisch rechercheur. Ze stonden allen tot haar beschikking. En ze hielden haar allemaal met een roofvogelblik in de gaten. Deze nieuwe, vrouwelijk leider van het onderzoek. En Katrine wist dat haar vrouwelijke collega's het meest sceptisch waren. Ze had zich vaak afgevraagd of ze fundamenteel anders was dan andere vrouwen. Die hadden een testosteronniveau van tussen de vijf en tien procent ten opzichte van hun mannelijke collega's, terwijl dat van haar dichter bij de vijfentwintig procent lag. Het had haar voorlopig niet tot een behaarde spierbundel gemaakt met een op een penis gelijkende clitoris, maar ze was in elk geval zolang ze zich kon herinneren veel geiler dan haar weinige vriendinnen ooit waren. Of 'kwaadgeil' zoals Bjørn het noemde wanneer het zo erg werd dat ze tijdens werktijd naar Bryn reed alleen maar om zich in de opslagruimte achter het laboratorium zo hard te laten neuken dat de reageerbuisjes en kolven ervan rinkelden.

Katrine kuchte, schakelde de opnamefunctie op haar telefoon in en startte zoals altijd met het bericht: 'Het is drie uur, donderdag 22 september. We zitten in vergaderruimte 1 van de afdeling Geweld en dit is de eerste briefing van het voorlopige onderzoeksteam in verband met de moord op Elise Hermansen.'

Katrine zag dat Truls Berntsen als laatste man kwam binnengeslopen en achterin ging zitten. Ze ging verder met uiteen te zetten wat de meesten al wisten: Elise Hermansen was vanmorgen vermoord aangetroffen, de vermoedelijke doodsoorzaak was bloedverlies door steken in de hals. Er hadden zich nog geen getuigen gemeld en er waren nog geen bevestigde fysieke sporen. Wat ze aan menselijk, organisch materiaal in het appartement hadden gevonden was opgestuurd voor DNA-analyse waarvan ze hopelijk binnen een week de resultaten kregen. Andere potentieel fysieke sporen werden nog onderzocht door de technische recherche en het gerechtelijk laboratorium. Met andere woorden: ze hadden niets.

Ze zag dat een paar collega's hun armen over elkaar sloegen en diep ademhaalden, het leek haast op gapen. En ze wist wat zij dachten: dat dit alleen maar banaliteiten waren, dat het niks om het lijf had, dat dit geen reden was om alles waar ze aan werkten uit hun handen te laten vallen. Ze herhaalde hoe ze door deductie tot de conclusie was gekomen dat de man al in het appartement moest zijn geweest toen Elise thuiskwam, maar ze hoorde zelf dat deze herhaling opschepperig klonk. De smeekbede om respect voor de nieuwe leider. Ze voelde de wanhoop komen en ze dacht aan wat Harry Hole had gezegd toen ze hem belde om advies.

'Pak de dader,' had hij geantwoord.

'Harry, dat vroeg ik niet, ik vroeg hoe je leidinggeeft aan een onderzoeksteam dat geen vertrouwen in je heeft.'

'En ik heb je het antwoord gegeven.'

'Als ik een of andere dader pak los ik niet...'

'Dat lost alles op.'

'Alles? En wat heeft dat jou gebracht, Harry? Jou persoonlijk?'

'Niets, maar jij vroeg naar hoe je leidinggeeft.'

Katrine nam iedereen op, sloot af met een overbodige zin, haalde adem en registreerde een hand die trommelde op een armleuning.

'Als Elise Hermansen de bewuste dader eerder die avond heeft binnengelaten en hij in haar woning is gebleven terwijl zij weg was dan moeten we dus zoeken naar iemand die ze kende. Daarom hebben we haar telefoon en pc onderzocht. Tord?'

Tord Gren stond op. Hij had de bijnaam Vade – waden – ongetwijfeld omdat hij leek op een waadvogel met zijn ongebruikelijk lange nek en zijn snavelachtige neus. Zijn ouderwetse ronde bril en lange krullen aan weerszijden van zijn smalle gezicht deden denken aan een overjarige hippie.

'We konden in haar iPhone komen en zijn de inkomende en uitgaande gesprekken van de laatste drie dagen nagegaan,' zei Tord zonder op te kijken van zijn scherm omdat hij meestal oogcontact vermeed. 'Het gaat alleen om werkgerelateerde contacten. Collega's en cliënten.'

'Geen vrienden?' Dat was Magnus Skarre, de technisch rechercheur. 'Ouders?'

'Het is zoals ik zeg,' zei Tord. Niet onvriendelijk, alleen accuraat. 'Datzelfde geldt voor haar e-mailberichten. Werkgerelateerd.'

'Het advocatenkantoor bevestigt dat Elise veel overwerkte,' voegde Katrine eraan toe.

'Dat doen alleenstaande vrouwen,' zei Skarre.

Katrine keek vertwijfeld naar de kleine, mollige rechercheur hoewel ze wist dat de opmerking niet tegen haar was gericht. Skarre was daar perfide noch ad rem genoeg voor.

'Haar pc was niet beveiligd met een wachtwoord, maar er was ook niet veel op te vinden,' ging Tord verder. 'Ze was vooral geïnteresseerd in het nieuws, blijkt uit haar Google-geschiedenis. Ze heeft een paar pornosites bezocht, maar haar interesses gaan naar heel normale zaken en er zijn geen tekenen dat er via die sites contacten zijn geweest. Het enige bedenkelijke wat ze de laatste jaren heeft gedaan is het streamen van *The Notebook* via Popcorn Time.'

Aangezien Katrine de IT-expert niet goed genoeg kende, wist ze niet of hij met 'bedenkelijk' het gebruik van de piratenzender bedoelde of de keus van de film. Zelf zou ze het laatste zeggen. Ze miste Popcorn Time.

'Ik heb een paar voor de hand liggende wachtwoorden voor haar Facebook-account geprobeerd,' ging Tord Gren verder. 'Dat leverde niks op, dus ik heb een inzageverzoek bij Kripos aangevraagd.'

'Een inzageverzoek?' vroeg Anders Wyller die op de eerste rij was gaan zitten.

'Een schriftelijk verzoek voor het openen van haar Facebook-account. Dat moet via Kripos en de rechtbank en zelfs als zij meewerken moet het naar een rechter in Amerika en dan eventueel naar Facebook. In het beste geval duurt dat weken, maar waarschijnlijk kost het maanden,' zei Katrine.

'Dat was alles,' zei Tord Gren.

'Slechts een vraag van een nieuweling,' zei Wyller. 'Hoe ben je in haar telefoon gekomen? Door een vingerafdruk van het lijk?'

Tord keek Wyller even aan, keek toen weg en schudde zijn hoofd.

'Hoe dan? De code van de iPhone kent vier cijfers. Dat geeft tienduizend verschillende...'

'Microscoop,' onderbrak Tord hem, toetsend op zijn scherm.

Katrine kende de methode van Tord, maar ze wachtte. Tord Gren had geen politieopleiding en eigenlijk ook weinig andere opleidingen genoten. Toch was hij van de IT-afdeling van het hoofdbureau gehaald en als analyticus toegevoegd op hun afdeling met de taak zich te focussen op technologische sporen. Puur en alleen omdat hij daarin iedereen de baas was.

'Zelfs het hardste glas krijgt microkrasjes waar de vingertoppen het meest op toetsen,' zei Tord. 'Ik zoek alleen uit waar de krasjes het diepst zijn en dan heb je de code. Dat wil zeggen vier cijfers geven vierentwintig combinatiemogelijkheden.'

'De telefoon gaat op slot na drie mislukte pogingen,' zei Anders. 'Dus dan moet je...'

'Het was bij de tweede poging raak,' zei Tord glimlachend, maar Katrine wist niet of hij om dat feit glimlachte of om iets wat hij op het scherm zag.

'Jezus,' zei Skarre. 'Dat noem ik geluk hebben.'

'Integendeel, ik had pech dat het de eerste keer niet lukte. Wanneer de getallen de cijfers 1 en 9 bevatten, zoals nu het geval was, dan is het meestal een jaartal en dan blijven er maar twee combinatiemogelijkheden over.'

'Genoeg daarover,' zei Katrine. 'We hebben met de zus van Elise gesproken en zij vertelde dat ze de laatste jaren geen vaste vriend had. En dat ze daar waarschijnlijk ook niet naar op zoek was.'

'Tinder,' zei Wyller.

'Pardon?'

'Had ze de Tinder-app op haar telefoon?'

'Ja,' zei Tord.

'De jongens die Elise in de entree hebben gezien vertelden dat ze er behoorlijk opgemaakt uitzag dus ze kwam niet terug van een training, haar werk en waarschijnlijk ook niet van een vriendin. Als ze geen vriend had dan...'

'Heel goed,' zei Katrine. 'Tord?'

'We hebben de app gecheckt en er waren zacht uitgedrukt nogal wat matches. Maar Tinder is gekoppeld aan Facebook dus we kregen geen toegang tot eventuele verdere communicatie die ze heeft gehad.'

'Tinder-mensen ontmoeten elkaar in cafés,' zei een stem.

Katrine keek verrast op. Het was Truls Berntsen.

'Als ze haar telefoon bij zich had is het alleen een kwestie van de basisstations checken en daarna de cafés in de omgeving waar ze is geweest.'

'Bedankt, Truls,' zei Katrine. 'Zijn er basisstations gecheckt, Stine?'

Een van de analytici ging rechter op haar stoel zitten en schraapte haar keel. 'Volgens de print van Telenor is Elise Hermansen tussen halfzeven en zeven in het gebied geweest waar haar kantoor staat. Daarna is ze naar het gebied rond Bentsebrua gegaan. En daarna...'

'Haar zus vertelde dat Elise naar Myrens fitnesscentrum ging,' onderbrak Katrine haar. 'En het centrum bevestigt dat Elise om 19.32 uur gestempeld heeft en om 21.14 uur weer heeft uitgecheckt. Sorry, Stine.'

Stine glimlachte snel en stijf. 'Daarna is Elise naar het gebied rond haar huis gegaan, waar ze – of in elk geval haar telefoon – de hele tijd is geweest tot ze werd gevonden. Dat wil zeggen, het signaal is door overlappende stations opgevangen waaruit kan worden opgemaakt dat ze buiten was, maar dus niet meer dan een paar honderd meter van haar woning in Grünerløkka.'

'Top, dat betekent een kroegentocht voor ons,' zei Katrine.

Ze oogstte twee snuivende lachjes van Truls en een witte lach van Anders Wyller en verder totale stilte. Ze bedacht dat het erger kon.

De telefoon voor haar op de tafel begon te bewegen.

Ze keek op de display en zag dat het Bjørn was. Het kon om technische sporen gaan en in dat geval zou het prettig zijn als ze daar nu al van op de hoogte werd gebracht. Aan de andere kant zou hij dan zijn collega, ook hier aanwezig, hebben gebeld en niet Katrine. Dus het kon ook om een privékwestie gaan.

Ze wilde op 'weigeren' drukken, maar bedacht toen dat Bjørn heel goed wist dat er nu een bijeenkomst was, daar was hij altijd heel precies in.

Ze bracht de mobiel naar haar oor. 'Ik zit net in een briefing met het onderzoeksteam, Bjørn.' Ze kreeg al spijt toen ze de ogen van iedereen op haar gericht zag.

'Ik ben in het gerechtelijk laboratorium,' zei Bjørn. 'We hebben net de resultaten gekregen van die heldere streep op haar buik. Er zit geen menselijk DNA in.'

'Verdomme,' liet Katrine zich ontvallen. Het had de hele tijd in haar achterhoofd gezeten. Als de streep sperma was geweest dan kon de zaak voor de magische grens, de eerste achtenveertig uur, zijn opgelost. Uit ervaring was gebleken dat het daarna lastiger zou worden.

'Maar het kan er wel op duiden dat hij inderdaad seks met haar heeft gehad,' zei Bjørn.

'En waarom denk je dat?'

'De streep was glijmiddel. Waarschijnlijk van een condoom.'

Katrine vloekte weer en ze begreep uit de blikken van de anderen dat ze nog steeds niets had gezegd waaruit bleek dat het niet om een privégesprek ging. 'Dus jij denkt dat de dader een condoom heeft gebruikt?' zei ze luid en duidelijk.

'Hij, of iemand anders die ze gisteravond heeft getroffen.'

'Oké, bedankt.' Ze wilde de verbinding verbreken, maar hoorde dat Bjørn haar naam riep.

'Ja?' zei ze.

'Daar belde ik je niet voor.'

Ze slikte. 'Bjørn, we zitten midden in...'

'Het moordwapen,' zei hij. 'Ik denk te weten wat het is. Kun je het team nog twintig minuten vasthouden?'

Hij lag op bed op zijn mobiel te kijken. Hij had alle kranten doorgenomen. Het was teleurstellend, ze hadden alle details weggelaten, ze hadden alles weggelaten wat van artistieke waarde was. Hetzij omdat de onderzoeksleider, Katrine Bratt, ze niet wilde geven, hetzij omdat ze gewoonweg het talent niet bezat om de schoonheid ervan te zien. Maar hij, de politieman met de moordenaarsblik, zou het hebben gezien. Hij zou ze misschien net als Bratt voor zichzelf hebben gehouden, maar hij zou ze in elk geval op prijs stellen.
Hij bestudeerde de krantenfoto van Katrine Bratt.

Ze was knap.

Was het geen regel dat het politie-uniform werd gedragen tijdens persconferenties? Of misschien werd dat geadviseerd. In dat geval had ze er geen gehoor aan gegeven. Wat kon het hem verdommen. Hij mocht haar en probeerde zich haar voor te stellen in uniform.

Erg knap.

Helaas stond zij niet op de agenda.

Hij legde de krant neer en ging met zijn hand over de tatoeage. Soms had hij het gevoel dat die echt was, dat de demon opsprong, de huid werd uitgerekt en op het punt stond te scheuren. Dat kon hem ook niet verdommen.

Hij spande zijn buikspieren en stond op van het bed zonder zijn armen te gebruiken. Hij zag zichzelf in de spiegel op de schuifdeur van de kledingkast. Hij had getraind in de gevangenis. Niet in de fitnessruimte, liggend op banken en matten die nat van het zweet van anderen waren, dat kon hij niet. Nee, hij had getraind in zijn cel. Niet voor zijn spieren, maar om échte kracht te krijgen. Uithoudingsvermogen, lichaamsbeheersing, balans en het vermogen pijn te verdragen.

Zijn moeder was breed geweest. Flink achterwerk. Op het eind van haar leven had ze niet meer voor haar lichaam gezorgd. Zwak. Hij moest de bouw van zijn lichaam en de verbranding van zijn vader hebben. En zijn kracht.

Hij duwde de kastdeur opzij.

Daar hing het uniform. Hij ging er met zijn hand over, binnenkort zou hij het gebruiken.

Katrine Bratt.

Maar vanavond ging hij naar een bar. Een populaire, drukke bar, niet zoals Jealousy Bar. Het was een overtreding van de regels dat hij niet onder de mensen mocht komen als het niet om boodschappen, het badhuis of de agenda ging, maar hij zou zich in een prikkelende anonimiteit en isolement bewegen. Omdat hij dat nodig had, omdat hij niet gek wilde worden. Hij lachte zacht. Gek. De psychologen hadden gezegd dat hij een psychiater moest zoeken. En hij wist wat ze daarmee bedoelden: dat hij medicijnen nodig had.

Hij pakte een paar keurig gepoetste cowboylaarzen van het schoenenrek en hij keek een ogenblik naar de vrouw in de kast. Ze werd omhooggehouden door een klerenhanger en haar blik staarde strak voor zich uit tussen zijn kostuums. Ze rook zwak naar het lavendelparfum dat hij op haar borst had gedaan. Hij duwde de deur weer dicht.

Gek? Waardeloze idioten waren het. Allemaal. Hij had in een naslagwerk de definitie gelezen van een persoonlijkheidsstoornis, dat het om een psychisch lijden ging dat leidde tot 'onbehagen en problemen voor degene zelf en zijn of haar omgeving'. Prima. In zijn geval ging het uitsluitend om zijn omgeving. Hij had precies de persoonlijkheid die hij zich wenste. Want als er iets te drinken valt, wat is er dan heerlijker en normaler dan zich dorstig voelen?

Hij keek op zijn horloge. Over een halfuur was het donker buiten.

'Dit hebben we rond de wonden in haar hals gevonden,' zei Bjørn Holm, wijzend naar de foto op het scherm. 'De drie sporen links komen van roestig ijzer, het andere rechts is zwarte verf.'

Katrine was bij de anderen gaan zitten. Bjørn was buiten adem geweest toen hij binnenkwam en zijn bleke kaken glommen nog steeds van het zweet. Hij toetste iets in en er verscheen een detailopname van de gehavende hals.

'Zoals jullie zien vormen de beschadigde plekken een patroon alsof ze door een mens gebeten is, maar de tanden moeten vlijmscherp zijn geweest.'

'Een of andere satanist,' zei Skarre.

'Katrine had het vermoeden dat iemand zijn tanden had geslepen, maar we hebben het gecheckt. Op de punten waar de tanden bijna aan de andere kant van de huidplooi weer naar buiten komen, zien we dat ze elkaar niet raken, maar juist perfect tussen de andere tanden glijden. Ergo, het kan haast geen gewone mensenbeet zijn waarbij de tanden in de onderkaak en de bovenkaak zo staan dat ze over het algemeen tegen elkaar stoten. Dat we roest hebben gevonden staaft mijn vermoeden dat er sprake is van een ijzeren gebit.'

Bjørn toetste weer iets in.

Katrine hoorde de ontzetting die door de ruimte ging.

Het scherm liet een voorwerp zien dat bij de eerste oogopslag op een oude, roestige val leek die Katrine bij haar grootvader in Bergen had gezien. Hij had verteld dat het een berenval was. De spitse punten vormden een zigzagpatroon en de onder- en bovenkaken waren vastgezet met iets wat op een spanveer leek.

'Deze foto komt uit een privéverzameling in Caracas en stamt waarschijnlijk uit de slaventijd waarin gokwedstrijden werden georganiseerd. Twee slaven kregen ieder een gebit in, hun handen werden op de rug gebonden en ze werden in een ring gezet. Degene die overleefde ging een ronde verder, neem ik aan. Maar het punt is...'

'Bedankt,' zei Katrine.

'Ik heb geprobeerd uit te zoeken hoe je aan een dergelijk ijzeren gebit kunt komen. Het is niet iets wat je bij een postorderbedrijf kunt bestellen. Dus als we kunnen vinden wie dergelijke zaken in Oslo of Noorwegen verkoopt dan houden we een klein clubje mensen over.'

Katrine stelde vast dat Bjørn veel meer had gedaan dan alleen zijn opdracht, maar ze ging daar niets van zeggen.

'En er is nog een kwestie,' zei Bjørn. 'Er ontbreekt een halve liter bloed.'

'Ontbreekt?'

'De hoeveelheid bloed bij een volwassen persoon maakt gemiddeld genomen ongeveer zeven procent uit van het lichaamsgewicht. Er zijn individuele verschillen, maar zelfs als ze onder dat gemiddelde zit dan ontbreekt er nog steeds een halve liter als we de hoeveelheid bloed die nog in het lijk zat optellen bij wat er op het tapijt in de gang, het parket en dat beetje in het bed is getrokken. Tenzij de moordenaar het in een kan heeft meegenomen...'

'…is het mogelijk dat hij het heeft opgedronken,' vulde Katrine zijn zin aan.

Het was drie seconden doodstil in de vergaderruimte.

Wyller schraapte zijn keel. 'Hoe zit het met de zwarte verf?'

'Er zat roest aan de binnenkant van de verflaag dus die kwam van hetzelfde gebit,' zei Bjørn en hij ontkoppelde de pc van de projector. 'Maar de verf is niet zo oud, ik zal die vannacht analyseren.'

Katrine zag aan de groep dat ze niet aan de verf dachten, maar nog steeds aan het bloed.

'Bedankt, Bjørn,' zei Katrine, ze stond op en keek op de klok. 'Nog even over de kroegentocht. Het is bedtijd, dus zullen we zeggen dat we de collega's met kinderen naar huis sturen en dat wij, onvruchtbaren, blijven zitten en de taken verdelen?'

Geen antwoord en geen gelach, niet eens een glimlach.

'Mooi, dan doen we dat,' zei Katrine. Ze voelde dat ze moe was, maar duwde dat weg. Want het werd haar steeds duidelijker dat dit pas het begin was. Het ijzeren gebit en geen DNA. Een verdwenen halve liter bloed.

Schrapende stoelpoten.

Ze verzamelde haar papieren, keek op en zag de rug van Bjørn door de deur verdwijnen. Opnieuw voelde ze die merkwaardige mengeling van opluchting, een slecht geweten en zelfverachting. En ze bedacht dat ze… zich niet goed voelde.

HOOFDSTUK 5

DONDERDAGAVOND EN NACHT

Mehmet Kalak keek naar de twee personen die voor hem stonden. De vrouw had een mooi gezicht met intense ogen, strakke hipsterkleren en zo'n goedgetraind lichaam dat het hem niet onwaarschijnlijk leek dat ze een attractieve, jonge man aan de haak had geslagen die minstens tien jaar jonger was dan zij. Dit was precies het type clientèle dat hij zich wenste. Daarom glimlachte hij extra breed toen ze Jealousy Bar binnen kwamen gelopen.

'Wat denk je?' vroeg de vrouw. Dialect uit Bergen. Hij had alleen haar achternaam op haar ID-kaart meegekregen. Bratt.

Mehmet liet zijn hoofd zakken en keek aandachtig naar de foto op de bar voor hem.

'Ja,' zei hij.

'Ja?'

'Ja, zij is hier geweest. Gisteravond.'

'Weet je het zeker?'

'Ze zat waar jullie nu staan.'

'Hier? Was ze alleen?'

Mehmet zag dat de vrouw probeerde te verhullen hoe enthousiast ze werd. Waarom deden mensen dat? Was het zo erg om te laten zien wat je voelde? Hij vond het niet prettig zijn enige stamgast af te vallen, maar ze hadden hun politie-ID laten zien.

'Ze was samen met een man die hier wel vaker komt. Wat is er gebeurd?'

'Lees je geen kranten?' vroeg de blonde collega met een hoge stem.

'Nee, ik geef de voorkeur aan het journaal,' zei Mehmet.

'Ze is vanmorgen vermoord aangetroffen,' zei Bratt. 'Vertel ons over die man. Wat deden zij hier?'

Mehmet had het gevoel dat er een emmer ijswater over hem werd gegooid. Vermoord? De vrouw die minder dan een etmaal geleden voor hem had gestaan was nu een lijk? Hij beheerste zich. En hij schaamde zich voor de gedachte die automatisch bij hem opkwam: als de bar in de kranten werd genoemd zou dat dan slecht of goed zijn voor de zaak? Er waren immers grenzen aan hoe slecht het kon gaan.

'Een Tinder-date,' zei hij. 'Hij ontmoet zijn dates meestal hier. Hij noemt zich Geir.'

'Noemt zich?'

'Ik gok dat hij ook echt zo heet.'

'Betaalt hij met zijn pinpas?'

'Ja.'

Ze knikte naar de kassa. 'Denk je dat je zijn betaling van gisteren nog kunt vinden?'

'Dat geloof ik wel, ja,' Mehmet glimlachte somber.

'Zijn ze samen weggegaan?'

'Absoluut niet.'

'En dat betekent?'

'Dat Geir zoals gewoonlijk de lat te hoog had gelegd. Hij werd al gedumpt voordat ik de kans had iets voor ze in te schenken. Willen jullie trouwens iets...'

'Nee, bedankt,' zei Bratt. 'We zijn in functie. Dus ze is alleen weggegaan?'

'Ja.'

'En je hebt niemand gezien die haar volgde?'

Mehmet schudde zijn hoofd, hij zette twee glazen neer en greep de fles met appelcider. 'Dit is van het huis. Versgeperst, een lokaal product. Kom een keer terug voor een pilsje van het huis. Het eerste is gratis. Datzelfde geldt voor collega's die jullie meenemen. Houden jullie van muziek?'

'Ja,' zei de blonde politieman. 'U2 is...'

'Nee,' zei Bratt. 'Heb je de vrouw iets horen zeggen of doen wat voor ons interessant kan zijn?'

'Nee. Alhoewel, nu je het zegt, ze zei wel dat er een man was die haar stalkte.' Mehmet keek op van de fles. 'De muziek stond zacht en ze sprak luid.'

'Juist, ja. Waren er nog andere mensen in de bar die interesse in haar toonden?'

Mehmet schudde zijn hoofd. 'Het was een rustige avond.'

'Een avond zoals deze?'

Mehmet haalde zijn schouders op. 'De twee andere gasten die hier waren, vertrokken al voor haar.'

'Maar dan kan het niet zo moeilijk zijn om ook van hen de pinpasnummers op te sporen?'

'Ik herinner me dat de ene cash betaalde. De andere heeft niks gedronken.'

'Oké. Waar was je zelf gisteravond tussen tien en twaalf uur?'

'Ik? Ik was hier en thuis.'

'Is er iemand die dat kan bevestigen? Alleen om dat uit de wereld te hebben.'

'Ja en nee.'

'Ja en nee?'

Mehmet dacht na. Een schuldeiser met een strafblad hierbij betrekken kon meer problemen betekenen. Hij moest die kaart alleen spelen als dat nodig was.

'Nee, ik woon alleen.'

'Bedankt.' Bratt tilde het glas op en Mehmet dacht eerst dat ze wilde proosten tot hij begreep dat ze gebaarde naar de kassa. 'Wij drinken lokale appels terwijl jij zoekt. Oké?'

Truls had zijn bars en restaurants in een vloek en een zucht afgewerkt. Hij toonde de barkeepers en obers de foto en verliet de zaak zodra hij het te verwachten 'nee' of 'weet niet' had gekregen. Als ze het niet wisten dan wisten ze het niet en deze dag was lang genoeg geweest. Bovendien had hij nog een laatste kwestie op zijn agenda.

Truls tikte de laatste punt op het toetsenbord en keek naar het korte, maar naar zijn idee heldere rapport. 'Zie bijgevoegde lijst van uitgaansgelegenheden die ondergetekende heeft bezocht op het aangegeven tijdstip. Geen van de werknemers heeft melding gemaakt dat hij Elise Hermansen in de nacht van de moord heeft gezien.' Hij drukte op VERZENDEN en stond op.

Hij hoorde een zacht gezoem en zag een lampje op de vaste telefoon knipperen. Het was het nummer van de meldkamer. Zij ontvingen de tips en stuurden alleen die door die enigszins relevant leken. Verdomme, hij had nu geen tijd voor spraakzame mensen. Hij kón doen alsof hij het niet had gezien, maar aan de andere kant als het om een tip ging dan zou hij nog meer te bieden hebben dan hij had gedacht. Hij nam op.

'Berntsen.'

'Eindelijk! Niemand neemt op, waar is iedereen?'

'In de kroeg.'

'Hebben jullie geen moord om...'

'Waar gaat het om?'

'Ik heb een man die zegt dat hij gisteren samen met Elise Hermansen was.'

'Verbind hem door.'

Er klonk een klik en Truls hoorde een man die zwaar en snel ademhaalde, dat kon alleen maar betekenen dat hij bang was.

'Agent Berntsen, afdeling Geweld. Waar gaat het om?'

'Mijn naam is Geir Sølle. Ik zag een foto van Elise Hermansen op de website van *VG*. Ik meld me omdat ik gisteravond een heel korte date had met een dame die erg op haar lijkt. En ze noemde zich Elise.'

Het kostte Geir Sølle vijf minuten om de ontmoeting in Jealousy Bar te beschrijven. Hij was na afloop direct naar huis gegaan waar hij om 23.30 uur arriveerde. Truls herinnerde zich vaag dat de pissende jongens haar om 23.00 uur hadden zien thuiskomen.

'Is er iemand die dat tijdstip kan bevestigen?'

'De inlogtijd op mijn pc en Kari.'

'Kari?'

'Mijn vrouw.'

'Je hebt een gezin?'

'Een vrouw en een hond.' Truls hoorde dat Geir flink slikte.

'Waarom heb je niet eerder gebeld?'

‘Ik zag de foto nu pas.’

Truls schreef het op en vloekte in zichzelf. Dit was niet de dader, alleen maar iemand die gecheckt moest worden, maar dat betekende weer een rapport en nu werd het tien uur voordat hij weg kon.

Katrine liep over de Markvei. Ze had Anders Wyller naar huis gestuurd. Zijn eerste werkdag zat erop. Ze glimlachte bij de gedachte dat hij zich deze dag gegarandeerd voor de rest van zijn leven zou herinneren. Net op het bureau en dan al meteen door naar een plaats delict. En niet zomaar eentje. Geen trieste drugsdode die de mensen de volgende dag al waren vergeten, maar een moord die Harry een dat-kon-ik-geweest-zijn-moord noemde. Een moord op een gewoon mens in een gewone omgeving. Dat zorgde voor een *full house* op persconferenties en absoluut voor grote koppen op de voorpagina. Omdat het publiek zich beter kon inleven als het om gewone mensen ging. Dat was de reden dat een terroristische aanslag in Parijs meer aandacht in de pers kreeg dan één in Beiroet. En de druk op hun schouders was enorm. Daarom wilde hoofdcommissaris Bellman ook zo goed op de hoogte blijven van de zaak. Hij zou vragen gaan krijgen. Niet onmiddellijk, maar als de moord op een jong, vrouwelijk, hoogopgeleid lid van de samenleving niet binnen een paar dagen was opgelost, zou hij zich moeten verantwoorden.

Het kostte haar een halfuur om van hier naar haar flat in Frogner te lopen, maar dat was niet erg. Ze had er behoefte aan haar hoofd leeg te maken. Ze pakte haar telefoon uit haar jaszak en opende de Tinder-app. Ze liep met één oog gericht op het trottoir en het andere op haar telefoon terwijl ze naar links en naar rechts swipete.

Ze hadden dus goed gegokt: Elise Hermansen was thuisgekomen na een Tinder-date. De man die de barkeeper had beschreven had op hem geen agressieve indruk gemaakt, maar ze wist uit eigen ervaring dat er mannen waren die gestoorde denkbeelden hadden van een snel nummertje. Ze meenden dat ze recht hadden op meer. Ouderwetse ideeën dat de daad vrouwelijke onderwerping veronderstelde die misschien verderging dan het puur seksuele. Aan de andere kant waren er naar haar idee ook net zoveel vrouwen met het ouderwetse idee dat mannen de morele plicht hadden hun onderlijf te penetreren. Goed, hoe dan ook, ze had een match.

Ik zie je over tien minuten voor Nox op Solli plass, toetste ze in.

Oké, dan ben ik al op het plein, kreeg ze als antwoord van Ulrich die afgaande op de foto en de tekst een ongecompliceerde man leek.

Truls Berntsen bleef staan kijken hoe Mona Daa zichzelf bekeek.

Ze deed hem niet langer denken aan een pinguïn. Dat wil zeggen, ze deed denken aan een pinguïn die stevig werd vastgehouden rond haar middel.

Truls had een zekere weerstand gevoeld bij het meisje in sportkleding achter de balie van fitnesscentrum Gain toen hij haar had gevraagd of hij door de sluis mocht zodat hij binnen kon kijken naar de faciliteiten. Misschien omdat ze zijn uitleg dat hij misschien lid wilde worden niet geloofde, misschien omdat ze geen types zoals hij als lid wilden. Misschien omdat een lang leven als iemand die altijd misprijzende blikken van zijn medemens ontving – en vaak ook om goede redenen, moest hij toegeven – Truls Berntsen had geleerd dat er vrijwel altijd weerstand op de gezichten stond van mensen die hij ontmoette. Hoe dan ook, na het kijken in de zaaltjes met apparaten die je buik en billen strakker konden maken, ruimten met pilatesspul, spinningapparaten en een ruimte met hysterisch geëngageerde aerobicsinstructeurs (Truls had vaag het idee dat het niet langer aerobics werd genoemd), vond hij haar in de arena van de jongens. De combinatie van haar brede achterwerk en de brede leren gordel die haar middel insnoerde, waardoor er vanboven en vanonder van alles uitpuilde, maakte dat ze meer op het getal acht leek.

Ze stootte een hees, bijna angstaanjagend gebrul uit op het moment dat ze haar rug rechtte en duwde. De stang met gewichten boog niet zoals hij van televisie kende, maar dat het zwaar was kon hij zien aan de twee bodybuilders die met open mond stonden te kijken terwijl ze bezig waren met dumbbell curls om biceps te krijgen die groot genoeg waren voor hun pathetische bendelidtatoeages. Verdomme, wat haatte hij zulke lui. Verdomme, wat haatten zij hem.

Mona Daa had de stang op de grond gelegd, brulde en tilde hem weer op. En legde hem weer neer. Vier keer achter elkaar. Ze bleef staan en haar spieren trilden. Ze lachte net als die idiote vrouw uit Lier altijd deed als ze een orgasme kreeg. Als die niet zo dik was geweest en zo ver weg had gewoond dan had het misschien iets kunnen worden. Ze zei dat ze hem had gedumpt omdat ze bezig was verliefd te worden. Dat één keer in de week te weinig was. Toen was hij opgelucht geweest, maar Truls dacht nog steeds af en toe aan haar. Niet zoals aan Ulla, natuurlijk, maar ze was leuk geweest, dat wel.

Mona Daa zag hem in de spiegel en trok haar oortjes uit. 'Truls? Ik dacht dat jullie op het hoofdbureau een fitnessruimte hadden?'

'Dat hebben we,' zei hij, op haar aflopend. Hij stuurde de bodybuilders een blik van ik-ben-een-smeris-dus-maak-dat-je-wegkomt, maar ze leken die niet te begrijpen. Misschien had hij zich in hen vergist. Sommige van deze types gingen zelfs naar de politieschool.

'Dus wat brengt jou hier?' Ze maakte de gordel los en Truls kon het niet laten te kijken hoe ze weer uitzakte als een normale pinguïn.

'Ik dacht dat we elkaar een beetje konden helpen.'

'Waarmee dan?' Ze ging op haar hurken zitten en maakte de schroeven aan de buitenkant van de gewichten los.

Hij ging naast haar op zijn hurken zitten en liet zijn stem zakken. 'Je zei dat je goed betaalt voor tips?'

'Dat doen we,' zei ze zonder zelf zachter te gaan praten. 'Wat heb je?'

Hij schraapte zijn keel. 'Het kost je vijftigduizend.'

Mona Daa lachte hard. 'We betalen goed, Berntsen, maar niet zo goed. Tienduizend is het maximum en dan praten we over een écht goede snack.'

Truls knikte langzaam en maakte zijn lippen nat. 'Dit is geen snack.'

'Wat is het dan?'

'Een driegangenmenu.'

'Onmogelijk,' riep Katrine boven de kakofonie van stemmen uit en nipte aan haar White Russian-cocktail. 'Ik woon samen en hij is thuis. Waar woon je?'

'Gyldenløves gate. Maar ik heb niets te drinken, het is er een rotzooi en...'

'Schoon beddengoed?'

Ulrich haalde zijn schouders op.

'Jij verschoont het beddengoed terwijl ik even onder de douche ga,' zei ze. 'Ik kom net van mijn werk.'

'Waar werk...'

'Laten we zeggen dat het enige wat je moet weten is dat ik morgen weer vroeg op moet dus zullen we...' Ze knikte in de richting van de uitgang.

'Ja, maar misschien is het een goed idee om eerst ons glas leeg te drinken?'

Ze keek naar haar glas. De enige reden dat ze White Russian was gaan drinken was dat Jeff Bridges dat dronk toen hij The Big Lebowski was.

'Dat hangt ervan af,' zei ze.

'Waarvan af?'

'Wat is het effect van alcohol op... jou?'

Ulrich lachte. 'Probeer je me faalangst aan te praten, Katrine?'

Ze huiverde even bij het horen van haar naam uit een vreemde mond. 'Krijg je last van faalangst, Ulrich?'

'Nee,' zei hij grijnzend. 'Maar weet je wat deze drankjes kosten?'

Ze lachte. Ulrich was oké en slank genoeg. Dat was het eerste en eigenlijk het enige waar ze bij een profiel op lette. Het gewicht en de lengte. Dan rekende ze razendsnel als een pokerspeler de BMI uit. 26,5 viel nog net binnen de marge. Voor ze met Bjørn ging had ze nooit gedacht dat ze iemand zou accepteren die boven de 25 uit kwam.

'Ik moet naar de wc,' zei ze. 'Hier is mijn nummertje van de garderobe, zwartleren jas. Wacht bij de deur.'

Katrine stond op, liep naar de wc en nam aan dat hij – aangezien het zijn eerste kans was om haar van achteren te zien – naar haar kont keek. En ze wist dat hij tevreden zou zijn.

Achterin stonden de mensen dichter op elkaar en ze moest zich met geweld een weg banen omdat alleen een 'sorry' niet hetzelfde effect had als in de gewone beschaafde wereld. Zoals in Bergen. En ze kwam kennelijk zo klem te zitten tussen de bezwete lijven dat ze ineens geen adem meer kon halen. Ze rukte zich los en na een paar stappen verdween het gevoel van zuurstoftekort.

In de gang stond zoals gewoonlijk een rij voor de damestoiletten en niet voor die van de heren. Ze keek op haar horloge. Leider van het onderzoek. Ze wilde het liefst morgen als eerste op het bureau zijn. Ze opende resoluut de deur van de herentoiletten, stapte naar binnen, liep langs de urinoirs waar twee mannen stonden die haar niet eens zagen en ging een hokje binnen. De weinige vriendinnen die ze had zeiden altijd dat ze nooit een voet in de herenplee zouden zetten omdat het er zoveel smeriger was dan bij de dames. Maar dat was niet Katrines ervaring.

Ze trok haar broek naar beneden en ging zitten toen ze getik op de deur hoorde. Dat was vreemd want je kon aan de buitenkant zien dat de wc bezet was en als je dacht dat dat niet het geval was, waarom zou je dan kloppen? Ze keek naar de grond. In de opening tussen de vloer en de deur zag ze de punten van een paar spitse laarzen van slangenleer. Haar volgende gedachte was dat het een man moest zijn die haar de herentoiletten binnen had zien gaan en achter haar aan was gelopen in de hoop dat ze een experimenteel type was.

'Maak dat je we...' begon ze, maar de g aan het eind van het woord verdween door een gebrek aan lucht. Werd ze niet goed? Had één dag als leider van wat naar haar idee een grote moordzaak dreigde te worden haar nu al tot een tot een naar adem snakkend wrak gemaakt? Mijn god...

Ze hoorde een deur opengaan en twee luide jongensstemmen kwamen binnen.

'Dat is verdomde klote!'

'Hartstikke klote!'

De laarspunten onder de deur verdwenen. Katrine luisterde, maar hoorde geen voetstappen. Ze was klaar met plassen, draaide de deur van het slot en liep naar de wasbak. Het gesprek tussen de twee jongemannen bij de urinoirs verstomde toen ze de kraan opendraaide.

'Wat doe jij hier?' vroeg de ene.

'Plassen en mijn handen wassen,' zei ze. 'Let op de volgorde.'

Ze schudde haar handen en liep naar buiten.

Ulrich stond bij de deur. Hij deed haar denken aan een kwispelende hond met een bot zoals hij daar stond met haar jas. Ze besloot dat beeld te verdringen.

Truls reed naar huis, hij zette de radio harder toen hij hoorde dat het nummer van Motörhead werd gedraaid waarvan hij lang had gedacht dat het '*Ace of Space*' heette totdat Mikael op een feest van de middelbare school had geroepen: 'Beavis hier denkt dat Lemmy *ace of... space* zingt!' Hij kon nog steeds het bulderend gelach horen dat de muziek overstemde en het licht zien dat weerkaatst werd in Ulla's mooie pretogen.

Maar toch, Truls vond nog steeds dat 'Ace of Space' een betere titel was dan 'Ace of Spades'. Op een dag had Truls de kans gehad plaats te nemen aan een kantinetafel waar Bjørn Holm in zijn lachwekkende dialect had uitgelegd dat het volgens hem poëtischer was geweest als Lemmy was gestorven op de leeftijd van 72. Truls had gevraagd waarom hij dat vond en Bjørn had alleen maar geantwoord: '7 en 2, 2 en 7, toch? Morrison, Hendrix, Joplin, Cobain, Winehouse, die hele club.'

Truls had alleen maar geknikt omdat de anderen knikten, maar hij begreep nog steeds niet wat hij bedoelde. Alleen maar dat hij er weer buiten stond. Maar erbuiten staan of niet, vanavond was Truls dertigduizend kronen rijker geworden dan Bjørn fucking Holm en al die andere knikkende kantinevrienden van hem.

Mona had pas echt toegehapt toen Truls met die beet in de hals op de proppen was gekomen of met het ijzeren gebit, zoals Holm het noemde. Ze had haar redacteur gebeld en hem duidelijk gemaakt dat het inderdaad ging om wat Truls had beloofd: een driegangenmenu. Het voorgerecht was dat Elise een Tinder-date had. Het hoofdgerecht dat de moordenaar waarschijnlijk al in haar appartement was toen ze thuiskwam. En het dessert dat hij haar had gedood door met ijzeren tanden haar halsslagader door te bijten. Tienduizend kronen per gang. Dertig. 3 en 0, 0 en 3, toch?

'*Ace of space, ace of space*!' gilden Truls en Lemmy.

'Geen sprake van,' zei Katrine en ze trok haar broek weer omhoog. 'Als je geen condoom hebt dan kun je het vergeten.'

'Maar ik heb me twee weken geleden nog laten controleren,' zei Ulrich en hij ging rechtop in bed zitten. 'Ik zweer het op het leven van mijn moeder.'

'Je moeder kun je lekker zelf...' Katrine moest haar adem inhouden om de knoop van haar broek dicht te doen. 'Bovendien heb ik daar niks aan als ik niet zwanger wil worden.'

'Gebruik je niks, meisje?'

Meisje? O ja, ze mocht Ulrich wel. Dat was het niet. Het was... Verdomme, wist zij veel wat het was.

Ze liep naar de gang en deed haar schoenen aan. Ze had onthouden waar hij haar leren jas had opgehangen en ze had gezien dat ze door een knop om te draaien de deur van het slot kreeg. Yep, ze had haar vluchtplan klaar gehad. Ze draafde de trappen af en kwam op de Gyldenløves gate waar de frisse herfstlucht smaakte naar vrijheid en het gevoel ontsnapt te zijn. Ze lachte. Ze liep over het pad met aan weerszijden bomen dat in het midden over de brede, verlaten allee liep. Verdomme, wat gestoord was dit. Als ze werkelijk zo goed was in vluchten, als ze al bij het gaan samenwonen met Bjørn voor een achterdeur had gezorgd, waarom had ze dan geen spiraaltje genomen of was ze in elk geval aan de pil gegaan? Ze herinnerde zich echter een gesprek met Bjørn waarin ze had uitgelegd dat haar toch al wankele geest geen behoefte had aan nog meer hormoonschommelingen die veroorzaakt werden door de pil. Om die reden was ze kort nadat ze bij Bjørn was ingetrokken gestopt met de pil.

Haar gedachten werden afgebroken door het belgeluid van haar telefoon, de openingsriff van 'O My Soul' van Big Star, uiteraard door Bjørn voorgesteld omdat hij met een enorme passie de grootsheid van deze vergeten band van de jaren zeventig uit de zuidelijke staten aan haar had uitgelegd terwijl hij klaagde dat de documentaire van Netflix hem van zijn jarenlange missiewerk had beroofd. 'De duivel moge ze halen want de helft van het plezier een onbekende band te hebben ís het feit dat die onbekend is!' Die man werd voorlopig nog niet volwassen.

Ze nam op. 'Ja, Gunnar?'

'Vermoord door ijzeren tanden?' De anders zo kalme afdelingschef klonk behoorlijk opgewonden.

'Sorry?'

'Het spat van de website van VG af. Er staat dat de moordenaar al in het appartement van Elise Hermansen was en dat hij haar halsslagader heeft doorgebeten. Dat hebben ze van een betrouwbare bron binnen de politie, staat er.'

'Wat?'

'Bellman heeft al gebeld. Hij is... wat is het woord waar ik naar op zoek ben? Furieus.'

Katrine bleef staan en probeerde na te denken. 'Ten eerste wéten we niet dat hij daar al was en we wéten niet dat hij heeft gebeten en zelfs niet of het om een man gaat.'

'Een onbetrouwbare bron binnen de politie dus, maar dat maakt me geen zak uit! We moeten dit tot op de bodem uitzoeken. Wie heeft er gelekt?'

'Ik weet het niet, maar ik weet wel dat VG uit principe zijn bronnen beschermt.'

'Niks principes, ze willen hun bron koste wat kost houden omdat ze weten dat ze nog meer kunnen krijgen. We moeten dat lek dichten, Bratt.'

Katrine had zich weer onder controle. 'Dus Bellman was bang dat het lek ons onderzoek zou schaden?'

'Hij is bang dat dit zijn weerslag heeft op het hele korps.'

'Dat dacht ik al.'

'Wat had je al gedacht?'

'Jij weet wat ik bedoel en jij denkt hetzelfde.'

'We hebben het er morgenochtend wel over,' zei Hagen.

Katrine Bratt stopte de telefoon in haar jaszak en keek naar het pad. Een van de schaduwen bewoog. Dat moest een windvlaag door de bomen zijn.

Ze overwoog even om de weg over te steken en op het verlichte trottoir te gaan lopen. Toen zette ze de vaart erin en liep rechtdoor.

Mikael Bellman stond bij het raam van de woonkamer. Hier hoog op Høyenhall kon hij het hele centrum van Oslo overzien dat zich in het westen uitstrekte tot de lage bergen onder Holmenkollen. Vanavond fonkelde de stad als een diamant in het maanlicht. Zijn diamant.

Zijn kinderen sliepen veilig. Zijn stad sliep relatief veilig.

'Wat is er?' vroeg Ulla, opkijkend van haar boek.

'Het gaat om de moordzaak, die moet worden opgelost.'

'Dat geldt toch voor alle moordzaken?'

'Deze is nu heel groot geworden.'

'Het gaat toch maar om één vrouw?'

'Dat is het niet.'

'Of is het omdat VG het zo breed uitmeet?'

Hij hoorde wat verachting in haar stem, maar daar maakte hij zich geen zorgen om. Ze was gekalmeerd en lag weer op haar plaats. Omdat Ulla diep vanbinnen haar plaats kende. En ze was niet iemand die conflicten zocht want zijn vrouw vond het zorgen voor haar gezin, kwebbelen met de kinderen en hun voorlezen het fijnste wat er was. Dus die onuitgesproken kritiek in haar stem behoefde geen antwoord. En ze zou het toch amper begrijpen. Om herinnerd te worden als een goede koning heb je twee mogelijkheden: of je bent een koning in goede tijden en je hebt het geluk jarenlang op de troon te zitten met een goede erfenis of je bent de koning die het land leidt in tijden van crisis. En als er geen crisis is dan kun je doen alsof, je kunt een oorlog beginnen en het volk laten zien in wat voor diepe crisis het zal belanden als je niet ten strijde trekt. Het gaat erom de duivel op de muur te schilderen. Het kan best een kleine oorlog zijn, als die maar gewonnen wordt. Mikael Bellman had het laatste gedaan toen hij in de media en in de gemeenteraad de statistieken over het aantal diefstallen gepleegd door de immigranten uit de Baltische staten en Roemenië sterk had overdreven. En hij had sombere prognoses voor de toekomst gedaan. Daarmee had hij extra middelen gekregen om deze kleine, maar in de media grote, oorlog te winnen. En met de cijfers die hij twaalf maanden later had gepresenteerd had hij zichzelf indirect uitgeroepen tot overwinnaar.

Deze nieuwe moordzaak was echter een oorlog waar hij niet de regie over voerde en na de grote koppen in *VG* wist hij dat het niet langer om een kleine oorlog ging. Want iedereen danste naar de pijpen van de media. Hij herinnerde zich de lawine op Spitsbergen. Twee doden en meerdere mensen dakloos. Een paar maanden eerder waren er na een brand in een rijtjeshuis in Nedre Eiker drie doden te betreuren geweest en ook meerdere mensen dakloos geworden. De laatste zaak had de normale bescheiden aandacht in de media gekregen zoals dat altijd bij woningbranden en auto-ongelukken het geval is. Maar de lawine op dat verafgelegen eiland was een veel mediageniekere zaak geweest – net zoals het nu het geval was met het ijzeren gebit – waardoor de media uitpakten alsof het om een nationale ramp ging. En de premier – die springt als de media 'spring' zeggen – wendde zich op televisie in een live-uitzending tot de natie. Dus de televisiekijkers en de bewoners van Nedre Eiker konden zich nu afvragen waar ze was toen de brand daar woedde. Mikael Bellman wist wel waar ze was. Zij en haar adviseurs hadden zoals altijd met hun oor op de grond liggen luisteren naar de vibraties van de media. En die waren er toen niet. Maar nu voelde Mikael Bellman de grond schudden.

En dat juist nu – op het moment dat deze succesvolle hoofdcommissaris van politie de kans had het centrum van de macht te betreden – was dit al bezig een oorlog te worden en hij kon zich niet permitteren die te verliezen. Hij moest aan deze ene moord prioriteit geven alsof het om een golf van criminaliteit ging, puur en alleen omdat Elise Hermansen een kapitaalkrachtige, hoogopgeleide Noorse vrouw van in de dertig was en omdat het moordwapen geen ijzeren staaf, mes of pistool was, maar een gebit van ijzer.

Daarom had hij een besluit genomen waar hij om verschillende redenen een grondige hekel aan had. Maar er was geen andere optie.

Hij moest hem oproepen.

HOOFDSTUK 6

VRIJDAGOCHTEND

Harry werd wakker. De echo van een droom, een schreeuw, stierf uit. Hij stak een sigaret op en ging bij zichzelf te rade waarom hij wakker was geworden. In feite bestonden er vijf types ontwaken. Het eerste was het werkontwaken. Dat was lange tijd het beste type geweest. Hij gleed dan namelijk direct in de zaak die hij onderzocht. Soms hadden de slaap en de dromen iets gedaan met het perspectief en dan kon hij blijven liggen en alles wat ze te berde hadden gebracht beetje bij beetje doornemen, gezien vanuit het nieuwe oogpunt. Als hij geluk had dan kon hij iets nieuws zien, een glimp opvangen van de achterkant van de maan. Niet omdat de maan was gedraaid, maar omdat hij dat had gedaan.

Het tweede type was het alleenontwaken. Dat werd gekenmerkt door het besef dat hij alleen was in bed, alleen in het leven, alleen op de wereld en dat ontwaken ging soms gepaard met een aangenaam gevoel van vrijheid en andere keren met een melancholisch gevoel dat je misschien eenzaamheid kon noemen, maar dat misschien slechts een tijdelijke notie was van wat het leven wérkelijk is, namelijk een reis van de saamhorigheid met de navelstreng tot het eindpunt de dood waarin we uiteindelijk gescheiden worden van alles en iedereen. Een notie tijdens het moment van ontwaken voordat alle verdedigingsmechanismen en troostende illusies weer op hun plek vallen en we het leven weer tegemoet kunnen treden in zijn valse licht.

Dan was er het angstontwaken. Dat kwam meestal nadat hij meer dan drie dagen achtereen dronken was geweest. De angst kende verschillende gradaties, maar was er wel direct. Het was moeilijk een concreet gevaar of dreigement aan te wijzen, het was eerder paniek om het feit dat hij wakker was, om nog in leven te zijn, om hier te zijn. Maar soms voelde hij wel een innerlijke dreiging. De angst om nooit meer bang te zijn, om eindelijk en onherroepelijk gek te worden.

Het vierde type had overeenkomsten met het angstontwaken. En dat was: er-is-hier-iemand-anders-ontwaken. Dat zette de hersenen aan het werk in twee richtingen. De ene richting ging terug: hoe heeft dit in godsnaam kunnen gebeuren? De andere vooruit: hoe kom ik hier weg? Soms bleef deze *fight-or-flight*-reactie achterwege en kwam die later, maar daarmee behoorde die niet meer tot het ontwaken.

En dan was er nog het vijfde type. En dat was een nieuw type voor Harry Hole. Het tevredenontwaken. In het begin was hij verbaasd geweest dat het mogelijk was gelukkig wakker te worden en was hij automatisch alle parameters afgegaan waar dat idiote 'geluk' eigenlijk uit bestond of het niet de echo was van een heerlijke, domme droom. Maar vannacht had hij niet heerlijk gedroomd en de echo van de schreeuw kwam van de demon. Het gezicht op zijn netvlies was van de moordenaar die ontkomen was. Toch was Harry gelukkig wakker geworden. Of niet? Jazeker. Hij was langzaam aan de gedachte gewend geraakt dat hij inderdaad een tamelijk tevreden man was die eind veertig het geluk had gevonden en dat het er voorlopig zo uitzag dat hij zich kon hechten aan dit nieuw veroverde land.

De hoofdoorzaak lag minder dan een armlengte van hem vandaan en haalde gelijkmatig en rustig adem. Haar haren lagen als stralen van een ravenzwarte zon gespreid over het kussen.

Wat is geluk? Harry had een artikel gelezen over een onderzoek naar geluk. Uitgaande van het serotoninegehalte in het bloed was er uit het onderzoek gebleken, dat er maar weinig gebeurtenissen zijn die het niveau op de lange duur kunnen laten stijgen of dalen. Je kunt een voet missen, je huis kan afbranden of je krijgt het bericht dat je niet vruchtbaar bent en dan daalt het serotonineniveau onmiddellijk, maar zes maanden later is men net zo gelukkig of ongelukkig als bij het uitgangspunt. Datzelfde geldt als je een nog groter huis of nog duurdere auto koopt. Maar de wetenschappers hadden ontdekt dat er toch een paar dingen belangrijk waren voor het gevoel van geluk. Eén van de belangrijkste was een goed huwelijk.

En dat was precies wat hij had. Het klonk zo banaal dat hij af en toe moest gniffelen als hij dat voor zichzelf formuleerde of – dat kwam zelden voor – als hij tegen een van zijn weinige vrienden met wie hij nauwelijks contact had, zei: 'Mijn vrouw en ik hebben het goed samen.'

Ja, hij had het geluk gevonden. Als hij het zou kunnen dan zou hij graag de drie jaar van na zijn bruiloft willen kopiëren-en-plakken en de dagen steeds opnieuw willen overdoen. Maar zoiets kon immers niet en dat was misschien de oorzaak van de lichte onrust die hij ondanks alles voelde. Dat de tijd niet stilgezet kon worden, dat er dingen gebeurden, dat het leven als de rook van zijn sigaret was die zelfs in een hermetisch afgesloten kamer van vorm veranderde en op onvoorspelbare wijze bewoog. En aangezien het nu perfect was, zou elke verandering slecht zijn. Ja, zo was het. Het geluk was als lopen op dun ijs: het was beter om in het koude water te zwemmen, het steenkoud te hebben en te proberen eruit te komen dan erop te wachten tot je erin viel. Dat was de reden dat hij zich erop had ingesteld om eerder wakker te worden dan nodig was. Zoals vandaag. Zijn les aan de politieacademie over moordonderzoek begon niet voor elf uur. Wakker worden om meer tijd te hebben om te blijven liggen en het ongebruikelijke geluk te voelen, zolang als het duurde. Hij duwde het beeld weg van de man die was ontkomen. Dat was Harry's verantwoordelijkheid niet, niet zijn jachtterrein. En de man met het demongezicht dook steeds minder vaak in zijn dromen op.

Harry stapte zo voorzichtig mogelijk uit bed, hoewel haar ademhaling niet meer zo gelijkmatig was en hij haar ervan verdacht te doen alsof ze sliep omdat ze niets wilde bederven. Hij trok zijn broek aan, liep naar beneden, stopte haar favoriete kuipje in de espressomachine, vulde het water bij en opende het kleine zakje poederkoffie voor zichzelf. Hij kocht zakjes omdat verse, pas geopende poederkoffie zoveel beter smaakte. Hij zette de waterkoker aan, stak zijn blote voeten in een paar schoenen en liep het trapje af.

Hij zoog de scherpe herfstlucht in. De nachten begonnen al kouder te worden hier boven op Besserud aan de Holmenkollvei. Hij keek neer op de stad en de fjord waarop nog steeds een paar zeilboten heel kleine, witte driehoekjes tekenden op het blauwe water. Over twee maanden, of misschien al over een paar weken, zou hierboven de eerste sneeuw vallen. Maar dat was prima want het grote, bruin gebeitste houten huis was gebouwd voor de winter, niet voor de zomer.

Hij stak de tweede sigaret van die dag op en liep de steile oprit af. Hij tilde zijn voeten flink op om niet over de losse veters te struikelen. Hij had een jas kunnen aantrekken of op zijn minst een T-shirt, maar dit was de vreugde van het thuiskomen in een warm huis: het even koud te hebben. Hij bleef bij de brievenbus staan en pakte er *Aftenposten* uit.

'Goedemorgen, buurman.'

Harry had de Tesla van de buren niet op hun geasfalteerde oprit gehoord. Het raam aan de bestuurderskant was naar beneden gegleden en hij zag de altijd blonde mevrouw Syvertsen. Ze was het prototype van een dame van Holmenkollen, althans dat nam Harry – een jongen van oost-Oslo die nog maar kort aan de westkant mocht wonen – aan. Huismoeder met twee kinderen en twee hulpen in de huishouding, geen plannen om zelf aan het werk te gaan hoewel de Noorse staat flink geld had gestoken in haar vijfjarige universitaire opleiding. Dat wil zeggen, wat anderen vrije tijd noemden, noemde zij werk: het in conditie houden van haar lichaam (Harry zag alleen een trainingsjasje, maar hij wist dat daaronder een strak zittende trainingsoutfit zat en dat ze, tja, er verdomd goed uitzag voor iemand van een eind in de veertig), de logistiek van haar huishouden (wanneer welke hulp voor de kinderen moest zorgen en wanneer het gezin op vakantie ging en waarheen: naar hun huis bij Nice, hun skihut in Hemsedal of hun zomerhuis in Sørlandet) en dan had ze nog het bijhouden van haar netwerk (lunches met vriendinnen, etentjes met familie en potentieel gunstige contacten). Maar haar belangrijkste werk zat er al op: zich verzekeren van een man die geld genoeg had om haar zogenaamde baan te financieren.

Wat dat betreft had Rakel het slecht getroffen. Ondanks het feit dat ze was opgegroeid in dit grote houten huis op Besserud, ze slim en aantrekkelijk genoeg was om te krijgen wat ze wilde en ze al vroeg had geleerd hoe je je moest verkopen, was ze geëindigd met een moordonderzoeker, een voormalig alcoholist met een laag salaris die nu als nuchtere docent lesgaf aan de politieacademie tegen een nog lager salaris.

'Je zou moeten stoppen met roken,' zei mevrouw Syvertsen, hem opnemend. 'Verder heb ik niet veel aan te merken. Waar train jij?'

'In de kelder,' antwoordde Harry.

'Hebben jullie een eigen krachthonk? Wie is jouw personal trainer?'

'Ikzelf,' zei Harry, hij inhaleerde stevig en keek naar zijn spiegelbeeld in de ruit van de achterbank. Slank, maar niet zo mager als een paar jaar geleden. Drie kilo spieren meer. Twee kilo door rustige dagen. En door een gezonder leven. Maar zijn gezicht dat terugkeek toonde dat het niet altijd zo was geweest. De delta van dunne, rode adertjes in het oogwit en vlak onder de huid vertelde van een verleden dat gekenmerkt was door alcohol, chaos, slapeloosheid en slechte gewoonten. Het litteken dat van zijn oor naar zijn mondhoek liep getuigde van hopeloze situaties en gebrek aan impulscontrole. En het feit dat hij de sigaret tussen zijn wijsvinger en ringvinger met zijn trouwring hield betekende dat hij aan die hand geen middelvinger meer had en ook dat was een verhaal over moord en duivelse gebeurtenissen dat met vlees en bloed geschreven was.

Hij keek naar *Aftenposten.* Hij zag het woord 'moord' over de hele breedte staan. En een ogenblik echode de schreeuw weer.

'Ik ben van plan om zelf een fitnessruimte te laten bouwen,' zei mevrouw Syvertsen. 'Kun je volgende week niet een ochtend langskomen en me wat tips geven?'

'Een mat, gewichten en een stang om aan te hangen,' zei Harry. 'Dat zijn mijn tips.'

Mevrouw Syvertsen lachte breed en knikte alsof ze het begreep. 'Een fijne dag, Harry.'

De Tesla vervolgde fluisterend zijn weg en hij liep terug naar huis.

Toen hij in de schaduw onder de grote sparren was gekomen bleef hij staan om het huis te bestuderen. Het was solide. Geen onneembare vesting, niets is onneembaar, maar het kon tegen een stootje. De dikke eiken voordeur had drie sloten en er zaten ijzeren tralies voor de ramen. Meneer Syvertsen had geklaagd dat het huis op een fort in Johannesburg leek en dat hun veilige buurt daardoor gevaarlijk leek waardoor de prijzen lager bleven. Rakels vader had na de oorlog de ijzeren tralies laten zetten. Op een tijdstip dat Harry's werk als moordonderzoeker haar leven en dat van haar zoon Oleg in gevaar had gebracht. Oleg was inmiddels volwassen. Hij woonde samen met zijn vriendin en was begonnen aan de politieacademie. Rakel mocht beslissen wanneer de tralies weg konden. Want ze waren niet meer nodig. Harry was nu gewoon een onderbetaalde docent.

'Ah, ontbijt,' mompelde Rakel, ze geeuwde overdreven luid en ging rechtop in bed zitten. Harry zette het dienblad op haar schoot.

Dit was hun uurtje in bed op de vrijdagmorgen omdat hij pas laat moest beginnen en zij vrij had van haar werk als jurist bij het ministerie van Buitenlandse Zaken.

Hij kroop onder het dekbed en gaf haar zoals altijd het katern van *Aftenposten* waarin het binnenlandse nieuws en de sport stond, terwijl hijzelf het buitenlandse nieuws en de culturele bijlage las. Hij zette de leesbril op die hij uiteindelijk had geaccepteerd en verdiepte zich in de recensie van het laatste album van Sufjan Stevens terwijl hij nadacht over het feit dat Oleg hem had uitgenodigd voor een concert van Sleater-Kinney volgende week. Enerverende en licht neurotische rock, precies wat Harry mooi vond. Oleg gaf eigenlijk de voorkeur aan hardere rock waardoor Harry zijn gebaar nog meer prijs stelde.

'Nog iets bijzonders?' vroeg Harry en hij sloeg de pagina om.

Hij wist dat ze las over de moord die hij op de voorpagina had zien staan, maar hij wist ook dat ze er niet over zou beginnen. Een van hun stilzwijgende afspraken.

'Meer dan dertig procent van de Amerikaanse Tinder-gebruikers is getrouwd,' zei ze. 'Maar Tinder ontkent dat. En bij jou?'

'Het lijkt erop dat de nieuwe Father John Misty tegenvalt. Dat zou kunnen, maar het is ook mogelijk dat de recensent oud en chagrijnig is geworden. Ik gok het laatste. In Mojo en Uncut wordt het wel geprezen.'

'Harry?'

'Ik geef de voorkeur aan jong en chagrijnig. En dan langzaam maar zeker vrolijker worden naarmate je ouder wordt. Zoals bij mij. Ben je het daarmee eens?'

'Zou jij jaloers zijn als ik op Tinder zat?'

'Nee.'

'Nee?' Hij merkte dat ze rechterop ging zitten. 'Waarom niet?'

'Ik zal wel geen fantasie hebben. Ik ben dom en ik geloof dat ik meer dan genoeg ben voor jou. Het is niet zo dom om dom te zijn, begrijp je?'

Ze zuchtte. 'Word je nooit jaloers, denk je?'

Harry bladerde verder. 'Ik word jaloers, maar Ståle Aune heeft me net een paar redenen gegeven om dat te proberen te minimaliseren, liefje. Hij geeft vandaag voor mijn studenten een gastcollege over morbide jaloezie.'

'Harry?' Hij hoorde aan de plagerige toon in haar stem dat ze niet van plan was op te geven.

'Begin alsjeblieft niet met mijn naam, je weet dat ik daar nerveus van word.'

'Daar heb je ook alle reden toe want ik was van plan te vragen of je weleens iemand anders wilt dan mij.'

'Van plan was? Of vraag je het nu?'

'Ik vraag het nu.'

'Oké.' Zijn blik ving een foto van hoofdcommissaris Mikael Bellman samen met zijn vrouw op een filmpremière. De zwarte ooglap die Bellman nu droeg stond hem goed en Harry wist dat Bellman dat wist. De jonge hoofdcommissaris verklaarde dat misdaadfilms als deze en de media een verkeerd beeld van Oslo schetsten en dat de stad tijdens zijn tijd als hoofdcommissaris vreedzamer dan ooit was geworden. Dat de statistische kans om jezelf te vermoorden veel groter was dan dat iemand anders jou vermoordt.

'Dus,' zei Rakel en hij voelde dat ze naderbij kroop. 'Wil jij weleens een ander?'

'Ja,' zei Harry, een geeuw smorend.

'De hele tijd?' vroeg ze.

Hij sloeg zijn ogen op en staarde met een gefronst voorhoofd voor zich uit. Hij dacht na over de vraag. 'Nee, niet de hele tijd.' Hij ging weer verder met lezen. Het nieuwe Munch-museum en de Deichmanske bibliotheek begonnen vorm te krijgen naast het operahuis. In een land van vissers en boeren die tweehonderd jaar lang alle twijfelachtige kunstenaars die afweken van het gangbare naar Kopenhagen en Europa hadden gestuurd, zou de hoofdstad binnenkort te boek staan als cultuurstad. Wie had dat ooit gedacht? Of beter: wie geloofde daarin?

'Als je mocht kiezen,' koerde Rakel plagend. 'Zonder dat het consequenties heeft, met wie zou je dan de volgende nacht doorbrengen, met mij of met je droomvrouw?'

'Had jij geen afspraak bij de dokter?'

'Eén enkele nacht. Zonder consequenties.'

'Moet ik nu zeggen dat jij mijn droomvrouw bent?'

'Vooruit, zeg op.'

'Je zult me moeten helpen met een voorstel.'

'Audrey Hepburn.'

'Necrofilie?'

'Niet afdwalen, Harry.'

'Goed, ik verdenk je ervan een dode vrouw voor te stellen met wie ik toch niet een nacht kan doorbrengen. Maar prima, met jouw manipulatieve hulp en de gedachte aan *Breakfast at Tiffany's* antwoord ik luid en duidelijk: ja.'

Rakel liet een gesmoorde kreet horen. 'In dat geval, waarom doe je het niet? Waarom maak je geen slippertje?'

'Ten eerste omdat ik niet weet of mijn droomvrouw ja zal zeggen en ik kan slecht tegen afwijzing. En ten tweede omdat "zonder consequenties" niet bestaat.'

'O?'

Harry concentreerde zich weer op de krant. 'Misschien zou je bij me weggaan. Of jouw relatie met mij zou verzuren.'

'Je zou het geheim kunnen houden.'

'Dat zou ik niet kunnen.' Voormalig wethouder van Sociale Zaken Isabelle Skøyen bekritiseerde het zittende gemeentebestuur dat er geen evacuatieplan bestond voor de zogenaamde tropische storm, die volgens de weerwaarschuwingen in de loop van de volgende week de westkust zou treffen met een kracht die het land nog nooit had meegemaakt. En het was nog zorgelijker dat de storm een paar uur later Oslo zou bereiken met een kracht die nauwelijks zou zijn afgenomen. Skøyen beweerde dat het antwoord van de burgemeester ('We zitten niet in de tropen dus we stellen geen geld beschikbaar voor tropische stormen') getuigde van arrogantie en een onverantwoordelijke houding die grensde aan waanzin. 'Hij lijkt te denken dat klimaatsverandering iets is wat in het buitenland speelt,' verklaarde Skøyen die was afgebeeld in haar bekende pose die volgens Harry duidelijk maakte dat ze van plan was een comeback te maken in de politiek.

'Wanneer je zegt dat je het slippertje niet geheim zou kunnen houden, bedoel je dan dat je het niet voor je zou kunnen houden?' vroeg Rakel.

'Ik bedoel dat ik daar geen zin in zou hebben. Geheimen zijn vermoeiend. En bovendien zou ik een slecht geweten hebben.' Hij sloeg om. Laatste pagina. 'Een geweten hebben is vermoeiend.'

'Vermoeiend voor jou, ja. Hoe zit dat met mij, denk je niet dat het ongelooflijk pijnlijk is voor mij?'

Harry keek even naar de kruiswoordpuzzel voor hij de krant weglegde en zich naar haar omdraaide. 'Als je niet zou weten van het slippertje dan had je niets gevoeld, liefste.'

Rakel greep hem bij zijn kin, hield die vast terwijl haar andere hand over zijn wenkbrauw ging. 'Maar stél dat ik het te weten kwam? Of jij zou te horen krijgen dat ik een nacht heb doorgebracht met een andere man. Zou dat niet enorm veel pijn doen?'

Hij voelde een scherpe pijn toen ze een ongetwijfeld wilde, grijze haar uit zijn wenkbrauw trok.

'Absoluut,' zei hij. 'Als het andersom was dan geef ik de voorkeur aan een slecht geweten.'

Ze liet zijn kin los. 'Maar deksels, Harry, je praat erover alsof je bezig bent een moordzaak uit te pluizen. Voel je niks?'

'Deksels?' Harry lachte even en keek haar aan over zijn brillenglazen. 'Zeggen mensen nog steeds deksels?'

'Geef antwoord, deksels… eh, verdomme-nog-an-toe!'

Harry lachte. 'Ik voel dat ik zo eerlijk mogelijk probeer te antwoorden op de vraag die je stelt. Maar om dat te doen moet ik nadenken en realistisch zijn. Zou ik mijn eerste gevoelsmatige ingeving volgen dan had ik geantwoord wat ik denk dat jij wilde horen. Maar hier komt een waarschuwing. Ik ben niet eerlijk, ik ben sluw. Mijn eerlijkheid is slechts een langdurige investering in mijn geloofwaardigheid. Er kan namelijk een dag komen dat ik écht moet liegen en dan zou het mooi zijn als je denkt dat ik eerlijk ben.'

'Haal die grijns van je gezicht, Harry. Wat je zegt is dat het dus realistisch is dat je een ontrouw varken zou willen zijn als het niet zoveel gedoe zou geven.'

'Daar ziet het naar uit.'

Rakel gaf hem een duw, zwaaide haar benen uit bed en slofte verachtelijk snuivend de deur uit. Harry hoorde dat ze op de trap opnieuw haar neus ophaalde.

'Kook je nog wat water voor de koffie?' riep hij.

'Cary Grant,' riep ze. 'En Kurt Cobain, in één nacht.'

Hij hoorde haar beneden scharrelen en het borrelende geluid van de waterkoker. Harry gooide de krant op het nachtkastje en legde zijn handen achter zijn hoofd. Hij lachte. Gelukkig. Op het moment dat hij opstond gleed zijn blik over haar deel van de krant dat nog op het kussen lag. Hij keek naar een foto, een plaats delict met het afzetlint van de politie. Hij liep naar het raam en sloot zijn ogen. Deed ze weer open en keek naar de sparren. Hij voelde dat hij het nog kon. Hij kon de naam nog vergeten van de man die was ontkomen.

Hij werd wakker. Hij droomde weer over zijn moeder en over een man die beweerde dat hij zijn vader was. Hij voelde wat voor ontwaken dit was. Hij was uitgerust. Hij was rustig. Hij was tevreden. De hoofdoorzaak lag minder dan een armlengte van hem vandaan. Hij draaide zich naar haar om. Gisteren was hij in de jachtmodus gegaan. Dat was niet de bedoeling, maar toen hij haar zag – die politievrouw – in de bar, was het of het lot even de regie had overgenomen. Oslo was een kleine stad, je zag elkaar voortdurend, maar toch. Maar hij had geen problemen gemaakt, hij had de kunst van de zelfbeheersing geleerd. Hij bestudeerde de lijnen van het gezicht, de haren, de arm die in een onnatuurlijke hoek lag. Ze was koud en ze ademde niet, maar dat was goed, de geur van lavendel was bijna verdwenen, maar dat was goed, ze had haar taak volbracht.

Hij gooide het dekbed van zich af, liep naar de kledingkast en pakte het uniform. Hij borstelde het. Hij voelde het bloed al sneller door zijn lichaam pompen. Het zou vast een mooie dag worden.

HOOFDSTUK 7

VRIJDAGOCHTEND

Harry Hole liep samen met Ståle Aune door de gang van de politieacademie. Met zijn één meter drieënnegentig was Harry minstens twintig centimeter langer dan zijn vijftien jaar oudere en veel rondere vriend.

'Het verbaast me dat juist jij zo'n voor de hand liggende kwestie niet kan oplossen,' zei Aune en hij voelde of zijn vlinderstrik met stippen nog recht zat. 'Het is geen mysterie. Jij bent leraar geworden omdat je ouders dat waren. Of beter gezegd: omdat je vader dat was. Zelfs postuum vraag je om de erkenning die je als politieman nooit hebt gehad, die je nooit wílde hebben omdat jouw opstand tegen je vader ging om het feit dat je nooit zou willen worden als hij. Een stumperd die het niet gelukt was je moeder te redden. Je hebt je eigen tekortschieten geprojecteerd op hem. En je werd politieman omdat je goed wilde maken dat ook jij je moeder niet hebt kunnen redden. Jij wilde ons allemaal redden van de dood, of beter gezegd van de moordenaars.'

'Hm, hoeveel betalen mensen je per sessie voor dit soort uitspraken?'

Aune lachte. 'Nu we het toch over sessies hebben, hoe gaat het met Rakel en haar hoofdpijn?'

'Ze heeft vandaag een afspraak,' zei Harry. 'Haar vader leed op latere leeftijd aan migraine.'

'Erfelijk. Dat is als de voorspelling waarvan je spijt hebt dat je die ooit bestelde. Wij mensen hebben nooit gehouden van het onafwendbare. De dood bijvoorbeeld.'

'Erfelijkheid is niet onafwendbaar. Mijn grootvader zei dat hij net als zijn vader een alcoholist werd op het moment dat hij zijn eerste alcoholische slok nam. Terwijl mijn vader zijn hele leven van alcohol genoot – écht genoot – zonder alcoholist te worden.’

‘Dan heeft het een generatie overgeslagen. Dat komt voor.’

‘Of is de genetische aanleg slechts een prettig excuus voor mijn zwakke karakter?’

‘Zou kunnen, maar je mag toch verdomme het recht hebben de genen de schuld te geven van je zwakke karakter?’

Harry lachte. Een van de vrouwelijke studenten liep hen tegemoet, begreep de lach verkeerd en lachte terug.

‘Katrine heeft me gisteren foto’s gestuurd van de plaats delict in Grünerløkka,’ vertelde Aune. ‘Wat vind jij van deze moord?’

‘Ik lees niks over moordzaken.’

De deur van auditorium 2 stond open. De lezing was bedoeld voor de studenten die in hun laatste jaar zaten, maar Oleg had gezegd dat hij en een paar andere studenten van de eerstejaarsgroep wilden proberen een plekje in de zaal te krijgen. En inderdaad, de zaal zat stampvol. Studenten en zelfs een paar andere docenten zaten op de trappen of stonden langs de muren.

Harry liep naar de katheder en verstelde de microfoon. Hij keek naar de mensen voor zich en zocht automatisch het gezicht van Oleg. De gesprekken verstomden, de stilte daalde neer. Harry maakte zijn lippen nat. Het eigenaardige was niet dat hij docent was geworden, maar dat hij het leuk vond. Dat hij, van wie de meeste mensen dachten dat hij stil en afwachtend was, zich veel beter op zijn gemak voelde voor een club veeleisende studenten dan voor een eenzame man achter de kassa van 7-Eleven die zojuist een pakje Camel Light voor hem op de toonbank had gelegd terwijl Harry ‘gewone Camel’ wilde herhalen, maar dat hij het gemor in de rij achter zich hoorde. Dan kwam het voor – op slechte dagen met afgepeigerde zenuwen – dat hij de winkel verliet met Camel Light, één sigaret rookte en de rest van het pakje in de vuilnisbak gooide. Terwijl hij zich hier in zijn comfortzone bevond. Zijn vak: moord. Harry kuchte. Hij had Olegs serieuze gezicht niet gevonden, maar wel een ander dat hij goed kende. Eentje met een zwarte lap voor het ene oog. ‘Ik zie dat sommigen van jullie verkeerd zitten, dit is cursus 3 van onderzoeksmethoden voor studenten in hun laatste jaar.'

Gelach. Niemand maakte aanstalten de plaats delict te willen verlaten.

'Oké,' zei Harry. 'Voor degenen die gekomen zijn voor weer een droge les over moordonderzoek door ondergetekende, heb ik helaas slecht nieuws. De gastdocent van vandaag is de man die al jarenlang als deskundige de afdeling Geweld van het hoofdbureau bijstaat en de Scandinavische psycholoog die het meest publiceert op het gebied van geweld en moord. Maar voor ik het woord geef aan Ståle Aune en omdat ik weet dat hij dat niet weer zal afstaan, help ik jullie eraan herinneren dat we komende woensdag een nieuw kruisverhoor zullen houden. De zaak van het dodelijk patroon. De beschrijving ervan, de rapporten van de plaatsen delict en de dossiers van de verhoren zijn zoals gewoonlijk te vinden op PHS slash onderzoek. Ståle?'

Het applaus barstte los en Harry liep naar de trappen terwijl Aune naar de katheder paradeerde met zijn buik vooruit en een tevreden lachje rond zijn lippen.

'Het Othello-syndroom!' riep Aune en hij liet zijn stem zakken toen hij voor de microfoon stond. 'Het Othello-syndroom is in ons vakgebied een term voor morbide jaloezie en is in ons land het motief achter de meeste moorden. Net zoals de jaloezie dat was in het toneelstuk *Othello* van William Shakespeare. Rodrigo is verliefd op de verse bruid Desdemona van generaal Othello terwijl de geslepen officier Jago Othello haat omdat hij vindt dat de generaal hem ten onrechte niet heeft benoemd tot luitenant. Jago ziet een kans om zijn eigen carrière een extra impuls te geven door met zijn hulp aan Rodrigo Othello kapot te maken. Hij zal Othello en zijn vrouw uit elkaar drijven door een virus in het hart en de hersenen van Othello te planten. Een levensgevaarlijk en taai virus dat zich in vele vormen openbaart. Jaloezie. Othello wordt zieker en zieker, de jaloezie bezorgt hem een epilepsieaanval dus hij ligt schokkend en bevend op het toneel. Tot slot doodt Othello zijn vrouw en aan het eind van het stuk slaat Othello de hand aan zichzelf.' Aune trok de mouwen van zijn tweedjasje omhoog. 'De reden dat ik jullie de inhoud van het toneelstuk vertel is niet dat Shakespeare onder de lesstof op de politieacademie valt, maar om jullie ook wat algemene kennis mee te geven.' Gelach. 'Dus wat, mijn niet-jaloerse dames en heren, is het Othello-syndroom?'

'Wat is de reden van je komst?' fluisterde Harry. Hij was achter in de zaal gaan staan naast Mikael Bellman. 'Geïnteresseerd in jaloezie?'

'Nee,' zei Bellman. 'Ik wil dat je komt helpen bij het onderzoek van de laatste moordzaak.'

'Dan kom je voor niets ben ik bang.'

'Ik wil dat je het doet zoals je het eerder hebt gedaan. Leidinggeven aan een klein groepje dat parallel aan en onafhankelijk van het grote onderzoeksteam de moord onderzoekt.'

'Bedankt, hoofdcommissaris, maar het antwoord is nee.'

'We hebben je nodig, Harry.'

'Ja, hier.'

Bellman lachte even. 'Ik betwijfel niet dat je een goede docent bent, maar je bent niet uniek. En je bent wel een unieke rechercheur.'

'Ik ben klaar met moord.'

Mikael Bellman schudde glimlachend zijn hoofd. 'Vooruit, Harry. Hoelang denk je je hier te kunnen verstoppen en te doen alsof je iemand anders bent? Jij bent geen planteneter zoals hij daar, jij bent een roofdier, net als ik.'

'Het antwoord is nee.'

'En roofdieren hebben zoals bekend scherpe tanden. Daardoor staan ze boven aan de voedselketen. Ik zie Oleg daar zitten. Wie had kunnen denken dat hij naar de politieacademie kon gaan?'

Harry voelde zijn nekharen overeind komen. Het was een waarschuwing. 'Ik heb het leven dat ik wil leiden, Bellman. Ik kan niet terug, mijn besluit staat vast.'

'Vooral omdat een blanco strafblad een van de onomstreden eisen is voor toelating.'

Harry gaf geen antwoord. Aune oogstte nog meer gelach en Bellman grinnikte. Hij legde een hand op Harry's schouder, boog zich naar hem toe en liet zijn stem nog wat zakken: 'Hoewel het al een paar jaar geleden is, heb ik connecties die beweren dat ze Oleg toen heroïne zagen dealen. Daar staat een straf van twee jaar op. Hij zal wel niet de bak in hoeven, maar politieman kan hij niet worden.'

Harry schudde zijn hoofd. 'Zelfs jij zou zoiets nooit doen, Bellman.'

Bellman lachte. 'Niet? Het lijkt een beetje op schieten met een kanon op een spreeuw, maar het is nu eenmaal belangrijk voor me dat die zaak wordt opgelost.'

'Als ik nee zeg heb je er toch niets aan om mijn gezin kapot te maken.'

'Misschien niet, maar laten we niet vergeten dat ik je... wat was het woord? Hááát.'

Harry staarde naar de ruggen voor zich. 'Jij bent geen man die zich laat sturen door gevoelens, Bellman, daarvoor heb je er te weinig van. Hoe ga je reageren als blijkt dat je die informatie zo lang hebt achtergehouden? Het heeft geen nut om te bluffen als je tegenstander weet hoe slecht je kaarten zijn, Bellman.'

'Als jij de toekomst van die jongen op het spel wil zetten door te denken dat ik bluf dan moet je dat maar doen, Harry. Het gaat alleen om deze zaak. Los die voor me op, dan zal het andere verdwijnen. Je hebt tot vanmiddag de tijd om te antwoorden.'

'Alleen uit nieuwsgierigheid, Bellman. Waarom is juist deze zaak zo belangrijk voor je?'

Bellman haalde zijn schouders op. 'Politiek. Roofdieren hebben vlees nodig. En bedenk dat ik een tijger ben, Harry. En jij slechts een leeuw. De tijger weegt meer en heeft per kilo meer hersenen. Om die reden wisten de Romeinen in het Colosseum dat de leeuw zou worden gedood als ze hem op een tijger af zouden sturen.'

Harry zag dat er een hoofd werd omgedraaid. Het was Oleg die een duim opstak en lachte. De jongen was bijna tweeëntwintig. Hij had de mond en de ogen van zijn moeder, maar het zwarte, gladde haar van zijn Russische vader die hij zich niet meer kon herinneren. Harry stak zijn duim ook op en probeerde te lachen. Toen hij zich weer omdraaide naar Bellman, was hij weg.

'Het zijn vooral mannen die lijden aan het Othello-syndroom,' galmde Ståle Aunes stem. 'Terwijl mannelijke moordenaars met het Othello-syndroom de neiging hebben hun handen te gebruiken, gebruiken de vrouwelijke Othello's slagwapens of messen.'

Harry luisterde naar het dunne, dunne ijs op het zwarte water onder hem.

'Je ziet er zorgelijk uit,' zei Aune toen hij naar Harry's kamer terugkeerde van het toilet, hij dronk het laatste beetje koffie op en trok zijn jas aan. 'Kon het je niet boeien?'

'Jawel, maar Bellman was hier.'

'Dat zag ik. Wat wilde hij?'

'Hij probeerde me met een dreigement zover te krijgen dat ik die nieuwe moordzaak ga onderzoeken.'

'En wat heb je geantwoord?'

'Nee.'

Aune knikte. 'Mooi zo. Dat nauwe contact met pure slechtheid zoals jij en ik dat hebben meegemaakt, vreet je ziel op. Misschien is dat voor anderen niet zo, maar het heeft een deel van ons kapotgemaakt. En het is nu tijd om onze geliefden de aandacht te geven die de sociopaten tot nu toe hebben gekregen. Wij hebben ons aandeel geleverd, Harry.'

'Zeg je nu dat jij de handdoek in de ring gooit?'

'Ja.'

'Hm, ik begrijp jouw algemene beschrijving, maar het klinkt alsof er iets specifieks speelt.'

Aune haalde zijn schouders op. 'Alleen dat ik te veel gewerkt heb en te weinig thuis ben geweest. En als ik aan een moordzaak werk dan ben ik ook niet thuis als ik thuis ben. Tja, jij weet er alles van, Harry. En Aurora, ze...' Aune vulde zijn wangen met lucht en ademde uit. 'Haar leraren zeggen dat het iets beter gaat. Het komt voor dat kinderen zich op die leeftijd terugtrekken. En dat ze allerlei zaken uittesten. Dat ze littekens op hun polsen hebben betekent niet dat ze zichzelf systematisch verwonden, het kan puur uit nieuwsgierigheid gebeuren. Maar het is altijd zorgelijk voor een vader als het hem niet lukt door te dringen tot zijn kind. Misschien is het voor een *hotshot* psycholoog nog frustrerender.'

'Ze is nu vijftien, toch?'

'En voor ze zestien is kan alles achter ons liggen en vergeten zijn. Fases, fases, daar gaat het om op deze leeftijd. Maar als je wilt zorgen voor je naasten dan kan dat niet worden uitgesteld tot na de volgende zaak of na je volgende werkdag, dan moet het nú gebeuren, of niet, Harry?'

Harry spreidde met duim en wijsvinger zijn ongeschoren bovenlip terwijl hij langzaam knikte. 'Hm, uiteraard.'

'Ik ga,' zei Aune. Hij pakte zijn tas en haalde er een stapel foto's uit. 'Hier zijn trouwens de foto's van de plaats delict die Katrine me heeft gestuurd. Ik doe er zoals gezegd niets mee.'

'Wat moet ik ermee?' vroeg Harry, kijkend naar het lijk van een vrouw op een bebloed bed.

'Voor je colleges, dacht ik. Ik hoorde je de zaak van het dodelijk patroon noemen, dat betekent toch dat je echte moordzaken en echte documenten gebruikt?'

'Die zaken zijn opgelost,' zei Harry en hij probeerde zijn ogen los te rukken van de foto. Er was iets bekends aan haar. Als een echo. Had hij haar eerder gezien? 'Hoe heet ze?'

'Elise Hermansen.'

De naam deed geen belletje rinkelen. Harry keek naar de volgende foto. 'En die wonden in haar hals, wat is dat?'

'Heb je echt niets gelezen over de zaak? De kranten staan er vol van, het is niet zo vreemd dat Bellman geprobeerd heeft je te ronselen. Het zijn ijzeren tanden, Harry.'

'IJzeren tanden? Een satanist of zoiets?'

'Als je VG had gelezen dan had je gezien dat er werd verwezen naar het twitterbericht van mijn collega Hallstein Smith dat dit het werk is van een vampirist.'

'Een vampirist? Een vampier dus?'

'Was het dat maar,' zei Aune en hij haalde een uitgescheurde pagina van VG uit zijn tas. 'Een vampier heeft tenminste zijn uitgangspunt in de zoölogie en fictie. Een vampirist is volgens Smith en enkele andere psychologen op de wereld iemand die zijn bevrediging krijgt door het drinken van bloed. Lees dit...'

Harry las het twitterbericht dat Aune voor hem hield. Zijn blik bleef hangen bij de laatste zin. 'De vampirist zal opnieuw toeslaan'.

'Hm, dat er maar weinig zijn wil niet zeggen dat ze geen gelijk hebben.'

'Ben je gek, ik ben absoluut voor het tegendraadse en ik mag ambitieuze mensen als Smith wel. Helaas heeft hij tijdens zijn studietijd een blunder begaan die hem de bijnaam de Aap heeft bezorgd en dat is wel een beetje aan hem blijven kleven. Maar hij was een veelbelovend psycholoog voor hij zich vastbeet in het vampirisme. Zijn artikelen zijn helemaal niet slecht, maar hij heeft ze uiteraard nooit gepubliceerd gekregen in vaktijdschriften. Nu is er in elk geval iets in druk verschenen. In VG.'

'En waarom geloof jij niet in vampirisme?' vroeg Harry. 'Je hebt zelf eens gezegd dat je bij elke afwijking die je kunt bedenken vast iemand kunt vinden die daaraan lijdt.'

'Jazeker, alles bestaat. Of zal gaan bestaan. Onze seksualiteit gaat om waartoe we in staat zijn te voelen en te denken. En dat is immers tamelijk grenzeloos. Dendrofilie is dat je seksueel opgewonden raakt van bomen. Je kunt ook geil worden van lijken. Necrofilie. Maar om het een -filie of een -isme te noemen moet het vaker voorkomen en door verschillende onderzoekers zijn omschreven. Smith en zijn gelijkgestemde, mythomane psychologen hebben hun eigen -isme gecreëerd. Ze vergissen zich, er bestaat geen groep van zogenaamde vampiristen die een voorspelbaar dadenpatroon hebben waarover zij of anderen iets kunnen zeggen.' Aune deed zijn jas dicht en liep naar de deur. 'Terwijl het feit dat jij lijdt aan intimiteitsangst en je je beste vriend niet kan omhelzen voor hij vertrekt ook voer kan zijn voor een psychologische theorie. Groet Rakel van me en zeg haar dat ik die hoofdpijn zal bezweren, Harry?'

'Wat? Ja, uiteraard. De groeten en ik hoop dat het goedkomt met Aurora.'

Harry bleef voor zich uit zitten staren na het vertrek van Aune. Gisteravond was hij de kamer in gelopen terwijl Rakel naar een film zat te kijken. Hij had een blik op het scherm geworpen en gevraagd of het een James Gray-film was. Het was een neutraal beeld van een straat geweest zonder acteurs, zonder speciale auto's of een speciale hoek van de camera. Het waren twee seconden van een film geweest die Harry nog nooit had gezien. Dat wil zeggen, een beeld kan natuurlijk nooit helemaal neutraal zijn, maar Harry had echt geen idee waardoor hij moest denken aan juist die regisseur. Afgezien van het feit dat hij een paar maanden eerder een James Gray-film had gezien. Het kon zo simpel zijn, een automatische en triviale koppeling. Een film die hij had gezien en later dus die twee seconden-cut met een of twee details die zo snel door zijn hersenen dwarrelden dat hij geen kans zag te ontdekken waaruit de herkenning bestond.

Harry pakte zijn mobiel.

Hij aarzelde. Toen zocht hij het nummer van Katrine Bratt. Hij zag dat het meer dan zes maanden geleden was sinds het laatste contact. Een sms waarin ze hem feliciteerde met zijn verjaardag. Hij had geantwoord met 'dank'. Zonder hoofdletter of punt. Hij wist dat zij wist dat het niet betekende dat hij het niet belangrijk vond, het betekende alleen dat hij niet van lange tekstberichten hield.

Er werd niet opgenomen.

Toen hij haar interne nummer op de afdeling belde, kreeg hij Magnus Skarre aan de telefoon. 'Nee maar, Harry Hole *himself.*' De ironie lag er zo dik bovenop dat Harry zich geen illusies hoefde te maken. Harry had nooit veel fans gehad op de afdeling Geweld en Skarre was daar ook niet een van. 'Nee, ik heb Bratt vandaag niet gezien, wat wel vreemd is voor een nieuwe onderzoeksleider, we hebben namelijk verdomd veel te doen.'

'Hm, kun je haar zeggen dat ik heb...'

'Bel liever zelf, Hole, we hebben genoeg aan ons hoofd.'

Harry verbrak de verbinding. Hij trommelde met zijn vingers op het tafelblad en keek naar de stapel ingeleverd huiswerk aan de ene kant en naar de foto's aan de andere kant. Hij dacht aan Bellmans roofdieranalogie. Een leeuw? Ja, waarom niet? Hij had gelezen dat leeuwen die alleen jagen een succespercentage onder de vijftien procent hebben. En als een leeuw een groot beest grijpt dan lukt het hem niet om de keel door te bijten, maar moet hij het beest wurgen. Hij klapt zijn kaak rond de nek en drukt de luchtpijp dicht. En dat kan een poosje duren. En als het om een echt groot beest gaat, een waterbuffel bijvoorbeeld, dan blijft hij hangen en pijnigt zichzelf en de waterbuffel urenlang. Soms moet de leeuw dan toch nog loslaten. Ziedaar de beschrijving van een moordonderzoek. Hard werken en geen beloning. Hij had Rakel beloofd dat hij niet terug zou gaan. Hij had het zichzelf beloofd.

Harry keek weer naar de stapel foto's. Zag de foto van Elise Hermansen. Haar naam was onbewust blijven hangen. De details van de foto waar ze op het bed lag ook. Maar het ging niet om de details, het ging om het geheel. De film die Rakel gisteravond had gekeken heette trouwens *The Drop*. En het was geen James Gray-film geweest. Harry had zich vergist. Vijftien procent, maar toch.

Er was iets aan de manier waarop ze lag. Was neergelegd. De enscenering. Dat was als een echo uit een vergeten droom. Een schreeuw in het bos. De stem van een man die hij zich niet probeerde te herinneren. De man die was ontkomen.

Harry dacht aan iets wat hij zich eens had gerealiseerd. Als hij bezweek, als hij de kurk van de fles trok en de eerste slok nam dan was het niet zo dat hij geloofde dat er op dat moment een besluit was genomen. Dat was al veel eerder gebeurd. Daarna was het alleen een kwestie van een aanleiding geweest. En die zou komen. Op enig moment zou de fles voor hem staan en die wachtte al op hem. En hij op de fles. De rest was tegengestelde lading, magnetisme, de fysische wetten van onontkoombaarheid.

Verdomme, verdomme.

Harry stond met een ruk op, greep zijn leren jas en beende naar buiten.

Hij keek in de spiegel, zag dat het jasje zat zoals het moest. Hij had de beschrijving van haar voor de laatste keer gelezen en hij had nu al een hekel aan haar. Een w in een naam die met een v geschreven moest worden, was alleen al reden genoeg voor straf. Hij had de voorkeur gegeven aan een ander slachtoffer, iemand meer naar zijn smaak. Katrine Bratt bijvoorbeeld. Maar het besluit was al voor hem genomen. De vrouw met een w in haar naam wachtte op hem.

Hij deed de laatste knoop van zijn jasje dicht en vertrok.

HOOFDSTUK 8

VRIJDAG OVERDAG

'Hoe heeft Bellman je weten over te halen?' Gunnar Hagen was bij het raam gaan staan met zijn rug naar Harry toe.

'Nou,' klonk de onmiskenbare stem achter hem. 'Hij deed me een aanbod dat ik niet kon afslaan.' De stem had iets meer gruis dan de laatste keer dat hij die had gehoord, maar had nog dezelfde diepte en rust. Hagen had een van de vrouwelijke collega's ooit eens horen zeggen dat de stem het mooiste was aan Harry Hole.

'En dat aanbod was?'

'Vijftig procent overwerkuitbetaling en dubbele pensioenopbouw.'

De afdelingsleider lachte kort. 'En jij hebt geen eisen gesteld?'

'Alleen dat ik mag kiezen wie er in mijn team komt. Ik wil een groepje van drie.'

Gunnar Hagen draaide zich om. Harry zat met zijn lange benen voor zich uitgestrekt in elkaar gedoken op de stoel voor Hagens bureau. Zijn smalle gezicht had er een paar rimpels bij gekregen en het dikke, korte, blonde haar begon bij de slapen grijs te worden. Maar hij was niet zo mager als de laatste keer dat Hagen hem had gezien. Het oogwit rond de intens blauwe irissen was misschien niet helemaal helder, maar er zat geen netwerk van rode adertjes in zoals dat in zijn slechtste perioden het geval was geweest.

'Je staat nog steeds droog, Harry?'

'Als een Noorse oliebron, chef.'

'Hm, je wéét dat de Noorse oliebronnen niet droogstaan, ze zijn alleen dichtgedraaid tot de olieprijzen weer stijgen.'

'Dat was het beeld dat ik wenste te communiceren, ja.'

Hagen schudde zijn hoofd. 'En ik dacht dat je met de jaren wel volwassener zou worden.'

'Teleurstellend, zeker? We worden niet verstandiger, alleen maar ouder. Nog steeds niets van Katrine gehoord?'

Hagen keek op zijn horloge. 'Nee, niks.'

'Zullen we haar nog een keer bellen?'

'Hallstein!' Geroep uit de kamer. 'De kinderen willen dat je weer de havik bent!'

Hallstein zuchtte overdreven maar tevreden, en hij legde het boek *Miscellany of Sex* van Frances Twinn op de keukentafel. Het was wel interessant om te lezen dat het afbijten van oorlelletjes bij vrouwen op de Trobriand-eilanden voor de kust van Nieuw-Guinea werd gezien als een daad van overgave, maar hij had niets gevonden waaraan hij kon refereren in zijn proefschrift en dan verschafte het plezier maken met zijn kinderen hem meer voldoening. Dat hij nog moe was van de vorige ronde maakte niet uit, zo'n verjaardagspartijtje was maar een keer in het jaar. Dat wil zeggen, vier keer per jaar als je vier kinderen hebt. Zes als de kinderen ook een kinderfeestje willen als de ouders jarig zijn. Twaalf als ook de halve jaren worden gevierd. Hij was op weg naar de kamer waar hij al het verwachtingsvolle duivengekoer hoorde van de kinderen toen er werd aangebeld.

Toen hij opendeed staarde de vrouw op de trap gefascineerd naar Hallstein Smiths hoofd.

'Ik heb eergisteren kennelijk iets met noten gegeten,' zei hij, krabbend aan de jeukende, vuurrode blaren. 'Ze trekken over een paar dagen weg.'

Hij keek haar aan en begreep dat het niet de allergische reactie was die haar aandacht had getrokken.

'O, dat,' zei hij en hij trok de muts van zijn hoofd. 'Dat moet de kop van een havik voorstellen. De kinderen willen dat ik havik en duiven met ze speel.'

'Het lijkt meer op een kip,' zei de vrouw.

'Het is eigenlijk ook een paaskip, maar wij noemen het een havikskuiken.'

'Mijn naam is Katrine Bratt, ik ben van de afdeling Geweld, politie Oslo.'

Smith hield zijn hoofd scheef. 'O ja, ik zag je gisteren op het journaal. Gaat het om dat twitterbericht? Ik heb zoveel reacties gehad, maar het was niet mijn bedoeling om zoveel onrust te veroorzaken.'

'Kan ik binnenkomen?'

'Natuurlijk, maar ik hoop dat je niks tegen wat... lawaaiige kinderen hebt.'

Smith legde aan de kinderen uit dat ze even een andere havik moesten kiezen en nam de politievrouw mee naar de keuken.

'Je ziet eruit alsof je wel een kop koffie kunt gebruiken,' zei Smith en zonder op antwoord te wachten schonk hij een kopje in.

'Ik heb gisteravond een drankje te veel gehad,' zei de vrouw. 'Ik heb me verslapen dus ik kom net uit bed. En ik heb ook nog kans gezien mijn mobiel thuis te laten liggen dus ik zou graag even die van jou lenen om een berichtje aan het bureau door te geven.'

Smith gaf haar zijn mobiel en zag hoe ze hulpeloos naar zijn antiquarische Ericsson-telefoon staarde. 'De kinderen vinden het een stomme telefoon. Moet ik je helpen?'

'Ik geloof dat ik het me nog wel kan herinneren,' zei Katrine. 'Kun je me vertellen wat je uit deze foto opmaakt?'

Terwijl zij een nummer intoetste, bestudeerde Smith de foto die ze hem had gegeven.

'Een ijzeren gebit,' zei hij. 'Uit Turkije?'

'Nee, Caracas.'

'Juist, ja. Ik weet alleen dat er in het archeologisch museum in Istanbul een dergelijk ijzeren gebit ligt. Het zou door soldaten uit het leger van Alexander de Grote zijn gebruikt, maar dat wordt door historici in twijfel getrokken. Zij menen dat het ijzeren gebit werd gebruikt door de hogere klasse bij sadomasochistische spelletjes.' Smith krabde aan de uitslag. 'Dus hij heeft zo'n soort gebit gebruikt?'

'We weten het niet zeker. We gaan slechts uit van de beetwonden op het slachtoffer, de roest en de resten van zwarte verf.'

'Aha!' riep Smith uit. 'Dan moeten we naar Japan.'

'Moeten we dat?' Bratt hield de telefoon tegen haar oor.

‘Misschien heb je weleens Japanse vrouwen gezien die hun tanden zwart verven? Nee? Nou, dat is een traditie die *ohaguro* wordt genoemd. Dat betekent “De duisternis nadat de zon is ondergegaan” en is begonnen tijdens de Heian-periode, achthonderd jaar na Christus. En… eh, moet ik verdergaan?’

De vrouw gebaarde met een zwaaiende hand.

‘Er wordt beweerd dat er tijdens de middeleeuwen een mogol in het noorden van het huidige India was die zijn soldaten opdracht gaf zwartgeverfde ijzeren gebitten te gebruiken. De tanden waren vooral ter afschrikking bedoeld, maar werden ook gebruikt in man-tegen-man-gevechten. Als de vijand zo dichtbij kwam dat een wapen, een klap of een trap niet meer volstond dan kon met die de tanden de strot van de vijand worden doorgebeten.’

De politievrouw gaf een teken dat ze iemand aan de lijn had. ‘Hoi, Gunnar, met Katrine. Ik wil even zeggen dat ik direct van huis naar professor Smith ben gegaan om met hem te praten… ja, die man van het twitterbericht. Ik heb mijn telefoon thuis laten liggen dus als iemand me geprobeerd heeft te bellen…’ Ze luisterde. ‘Dat meen je niet.’ Ze luisterde nog een paar seconden. ‘Harry Hole komt gewoon binnenlopen en zegt dat hij aan de zaak wil werken? Daar hebben we het later nog over.’ Ze gaf Smith zijn telefoon terug. ‘Vertel me eens, wat is vampirisme?’

‘Dan,’ zei Smith, ‘moeten we even een wandeling maken.’

Katrine liep naast Hallstein Smith over het grindpad dat van het woonhuis naar de stal liep. Hij vertelde dat zijn vrouw de boerderij en negenduizend vierkante meter grond had geërfd en dat het nog maar twee generaties geleden was dat er koeien en paarden in de wei liepen in Grini, slechts een paar kilometer van het centrum van Oslo. Toch was de grond met het botenhuis op Nesøya, dat ze ook had geërfd, veel meer waard. Als je tenminste de prijzen die hun steenrijke buren voor de grond boden als uitgangspunt kon nemen.

‘Het is onpraktisch ver naar Nesøya, maar we willen niet verkopen zolang het hoeft. We hebben alleen maar een goedkope aluminium boot met een vijfentwintig pk-motor, maar ik vind het heerlijk daar.

Zeg het niet tegen mijn vrouw, maar ik geef de voorkeur aan het water boven het boerenland.'

'Ik ben zelf een meisje van de kust,' zei Katrine.

'Bergen, toch? Ik hou van dat dialect. Ik heb een jaar op een psychiatrische afdeling in Sandviken gewerkt. Mooi, maar veel regen.'

Katrine knikte langzaam. 'Ik ben ook nat geworden in Sandviken.'

Ze waren bij de stal aangekomen. Smith haalde een sleutel tevoorschijn en maakte het hangslot los.

'Flink slot voor een stal,' zei Katrine.

'Het vorige was te klein,' zei Smith en Katrine hoorde bitterheid in zijn stem. Katrine stapte over de drempel en slaakte een gilletje toen ze haar voeten op iets zette wat meegaf. Ze keek naar de grond en zag een metalen plaat van één bij anderhalve meter in de cementen vloer. Ze had het gevoel dat de plaat op stalen veren stond omdat die trilde en tegen de cementen rand stootte voor die weer tot rust kwam.

'Achtenvijftig kilo,' zei Smith.

'Wat?'

Hij knikte naar links waar een grote pijl op een plaat in de vorm van een halvemaan trilde tussen de cijfers vijftig en zestig en ze begreep dat ze op een weegschaal voor grootvee stond. Ze keek goed.

'Achtenvijftig, achtenzestig.'

Smith lachte. 'Hoe dan ook nog lang niet klaar voor de slacht. Zelf moet ik toegeven dat ik elke ochtend van de drempel over de weegschaal spring, ik vind de gedachte dat elke dag mijn laatste kan zijn niet prettig.'

Ze liepen langs de stal waar ooit koeien hadden gestaan, sloegen links af en kwamen bij een deur van een kantoor. Smith draaide de deur van het slot. Het kantoor had een raam met uitzicht over het land, er stond een bureau met een pc en aan de muur hing een tekening van een menselijke vampier met grote, dunne vleermuisvleugels, een lange nek en een vierkant gezicht. De planken achter het bureau stonden maar voor de helft vol met mappen en een tiental boeken.

'Alles wat ooit is uitgegeven over vampirisme zie je hier,' zei Smith en hij ging met zijn hand over de boeken. 'Dus dat is tamelijk overzichtelijk. Maar als we jouw vraag willen beantwoorden over wat vampirisme is dan moeten we beginnen bij Vandenbergh en Kelly in 1964.' Smith pakte een van de boeken van de plank, sloeg het open en begon te lezen: '"Vampirisme is een handeling waarbij bloed uit een object, vaak een liefdesobject, wordt getrokken om zodoende seksuele opwinding en bevrediging te verkrijgen."' Smith kuchte. 'Dat is een droge definitie, maar jij bent op zoek naar meer, nietwaar?'

'Ik geloof het wel,' zei Katrine, kijkend naar de tekening van de menselijke vampier. Het was een mooi kunstwerk. Simpel en eenzaam. Het straalde zo'n kilte uit dat ze automatisch haar jas strakker rond haar lichaam trok.

'Dus laten we wat dieper gaan,' zei Smith. 'Ten eerste is vampirisme geen moderne uitvinding. De naam verwijst natuurlijk naar de mythen over bloeddorstige wezens in mensengedaanten en vindt zijn oorsprong ver terug in de geschiedenis, vooral van Oost-Europa en Griekenland. Maar de tegenwoordige beschrijving van vampieren komt in de eerste plaats van Bram Stokers *Dracula* uit 1897 en de eerste vampierfilms uit de jaren dertig van de vorige eeuw. Sommige wetenschappers gaan uit van de verkeerde veronderstelling dat de vampirist, die dus een gewoon, maar ziek mens is, allereerst geïnspireerd is door deze mythen. En ze vergeten dat vampirisme al genoemd werd in...' Smith trok een oud boek met een donkerbruine kaft naar voren. 'Richard von Krafft-Ebings *Psychopathia Sexualis* uit 1886, dus nog vóór de mythen algemeen bekend werden.' Smith duwde het boek voorzichtig terug en trok er een ander boek uit.

'Mijn eigen onderzoek gaat ervan uit dat vampirisme verwant is aan necrofagia, necrofilie en sadisme, zoals de auteur van dit boek, Bourguignon, ook van mening is.' Smith sloeg het boek open. 'Dit boek is van 1983 en hij schrijft: "Vampirisme is een zelden voorkomende persoonlijkheidsstoornis die gekenmerkt wordt door een onweerstaanbare drang bloed tot zich te nemen. De vampirist doorloopt een ritueel dat noodzakelijk is om mentale rust te krijgen, maar – zoals bij alle dwangneurosen – hij begrijpt de betekenis van het ritueel niet."'

'Dus de vampirist doet wat vampiristen doen? Ze kunnen gewoon niet anders?'

'Sterk vereenvoudigd klopt dat, ja.'

'Is er een boek dat ons kan helpen een profiel te schetsen van een moordenaar die bloed tapt van zijn slachtoffers?'

'Nee,' zei Smith en hij zette Bourguignons boek weer op zijn plaats. 'Dat is wel geschreven, maar het staat niet op de plank.'

'Waarom niet?'

'Omdat het nooit is uitgegeven.'

Katrine keek Smith aan. 'Jouw eigen boek?'

'Mijn eigen boek,' zei Smith met een glimlach en trieste ogen.

'Wat is er gebeurd?'

Smith haalde zijn schouders op. 'Het vakgebied was niet klaar voor dergelijke radicale psychologie. Ik heb een frontale aanval uitgevoerd op...' Hij wees naar een van de boekruggen. 'Herschel Prins en zijn artikel uit 1985 in het *British Journal of Psychiatry*. En dat doe je niet ongestraft. Mijn resultaten werden van tafel geveegd omdat ze gebaseerd waren op *casestudies* en niet op empirisch onderzoek. Maar dat is immers niet mogelijk omdat er maar zo weinig gevallen van vampirisme bestaan en de weinige gevallen die zijn beschreven zijn gediagnosticeerd als schizofrenie omdat er niet voldoende kennis over vampirisme is. En het was ook niet mogelijk om meer aandacht te krijgen voor het onderzoek naar vampirisme. Ik heb het geprobeerd, maar zelfs de kranten die meer dan graag schrijven over Amerikaanse B-acteurs, vonden het een niet serieus en sensatiebelust onderwerp. En toen ik eindelijk voldoende onderzoeksresultaten had verzameld om de tegenstanders van tafel te kunnen vegen, was daar dus de inbraak. Dat ze mijn pc hebben gestolen was al erg, maar ze hebben alles meegenomen.' Smith gebaarde naar de lege planken. 'Al mijn cliëntendossiers, het hele cliëntenarchief, de hele zooi. En nu beweren een paar boosaardige collega's dat dat mijn redding was want als het materiaal was uitgegeven zou ik belachelijk zijn gemaakt omdat het des te duidelijker zou zijn geworden dat vampiristen niet bestaan.'

Katrine ging met haar vinger langs de lijst rond de menselijke vampier. 'Wie breekt in om cliëntengegevens te stelen?'

'God mag het weten. Een collega, denk ik. Ik heb erop zitten wachten dat iemand mijn theorieën en resultaten ging publiceren, maar er is niets gebeurd.'

'Misschien wilden ze jouw cliënten hebben?'

Smith moest lachen. 'Veel succes! Ze zijn zo gek dat niemand ze wil hebben, geloof me. Ze zijn alleen van nut voor onderzoek, niet om van te leven. Als mijn vrouw niet zoveel verdiende met haar yogaschool hadden we de boerderij en de grond niet kunnen houden. Trouwens, ik moet naar het verjaardagspartijtje waar ze een havik nodig hebben.'

Ze liepen naar buiten en toen Smith de deur op het slot deed, viel Katrine de kleine bewakingscamera op die hoog boven de stallen aan de muur was gemonteerd.

'Je weet dat de politie kleine inbraken niet meer onderzoekt?' zei ze. 'Zelfs als je bewakingsbeelden hebt.'

'Ja hoor,' zei Smith met een zucht. 'Dit doe ik voor mezelf. Als ze terugkomen wil ik weten met wie ik te maken heb. Ik heb ook een camera aan de buitenkant en bij de poort.'

Katrine moest lachen. 'Ik dacht dat academici superintelligente, aardige mensen waren die zich permanent bezighielden met onderzoek en niet met diefstal.'

'O, ik ben bang dat academici net zulke domme dingen doen als de zogenaamd minder slimme mensen,' zei Smith en hij schudde bedroefd zijn hoofd. 'Ikzelf incluis, voor de duidelijkheid.'

'Is dat zo?'

'Niets bijzonders. Een blunder die door mijn collega's werd beloond met een bijnaam. Maar dat is lang geleden.'

Het mocht dan lang geleden zijn, Katrine zag toch de gekwetste trek die over zijn gezicht gleed.

Op de trap voor de woning gaf Katrine hem haar visitekaartje. 'Als de media bellen dan zou ik het op prijs stellen als je niet meldt dat we dit gesprek hebben gehad. De mensen worden bang als ze horen dat de politie denkt dat er een vampier door de stad trekt.'

'O, de media bellen niet,' zei Smith, kijkend naar haar kaartje.

'Is dat zo? *VG* heeft wel je twitterbericht gepubliceerd.'

'Maar ze hebben mij niks gevraagd. Misschien wisten ze nog dat ik eerder wolf heb geroepen.'

'Wolf heb geroepen?'

'Dat ging om een moordzaak uit de jaren negentig waar ik er tamelijk zeker van was dat het om een vampirist ging. Plus een zaak van drie jaar geleden, ik weet niet of je je die nog kunt herinneren.'

'Nee.'

'Nee, daar hebben de media toen ook niet veel aandacht aan besteed. Gelukkig maar, mogen we zeggen.'

'Dus dit is de derde keer dat je wolf roept?'

Smith knikte langzaam en keek haar aan. 'Ja, dit is de derde keer. Dus zoals je begrijpt heb ik een tamelijk lange lijst van zonden.'

'Hallstein?' riep een vrouwenstem uit huis. 'Kom je?'

'Ik kom eraan, lieverd! Laat het havikalarm maar horen. Kra, kra, kra!'

Toen Katrine naar de poort liep hoorde ze een aanzwellend gegil uit meerdere kelen uit het huis achter zich komen. De hysterie voor het duivenbloedbad.

HOOFDSTUK 9

VRIJDAGMIDDAG

Om drie uur 's middags had Katrine een vergadering met de technische recherche, om vier uur met het gerechtelijk laboratorium, beide even teleurstellend, en om vijf uur met Bellman in de kamer van de hoofdcommissaris.

'Ik ben blij dat je positief reageert op het feit dat we Harry Hole erbij hebben geroepen, Bratt.'

'Waarom zou ik dat niet zijn? Harry is onze succesvolste moordonderzoeker.'

'Sommige leiders zouden het opvatten als... – naar welk woord ben ik op zoek? – een uitdaging om zo'n ervaren grootheid in je kaarten te laten kijken.'

'Geen probleem, ik laat altijd in mijn kaarten kijken, hoofdcommissaris.' Katrine glimlachte even.

'Mooi. Harry zal leidinggeven aan zijn eigen kleine, onafhankelijke groepje dus je hoeft niet bang te zijn dat hij zich met je gaat bemoeien. Het is alleen maar een gezonde concurrentie.' Bellman zette zijn vingertoppen tegen elkaar. Het viel haar op dat een van de roze pigmentvlekken een bredere kring onder zijn trouwring vormde. 'En ik zal de vrouwelijke leider uiteraard aanmoedigen. Ik hoop dat we snel resultaten zullen zien, Bratt.'

'Juist,' zei Katrine Bratt toonloos en ze keek op de klok.

'Juist, wat?'

Ze hoorde de irritatie in zijn stem. 'Juist, je hoopt snel resultaten te zien.'

Ze wist dat ze met opzet haar hoofdcommissaris zat te provoceren.

Niet omdat ze dat wilde, maar omdat ze niet anders kon.

'En daar zou jij ook op moeten hopen, inspecteur Bratt. Positieve discriminatie of niet, banen als deze liggen niet voor het oprapen.'

'Ik tracht op een eerlijke manier mezelf te bewijzen.'

Ze sloeg haar ogen niet neer. Het leek wel of de ooglap de intensiteit en schoonheid van het niet beschadigde oog benadrukte. En de harde, genadeloze blik erin.

Ze hield haar adem in.

Toen ineens lachte hij bulderend. 'Ik mag jou wel, Katrine, maar laat ik je een goede raad geven.'

Ze wachtte en was op het ergste voorbereid.

'Op de eerstvolgende persconferentie moet jij volgens mij het woord voeren en niet Hagen. Je moet duidelijk aangeven dat het een erg lastige zaak is, dat we nog weinig aanknopingspunten hebben en dat we er rekening mee moeten houden dat het onderzoek lang kan duren. Dan zullen de media minder ongeduldig worden en ons meer speelruimte geven.'

Katrine sloeg haar armen over elkaar. 'Dat kan de dader ook overmoedig maken en hem ertoe aanzetten weer toe te slaan.'

'Ik geloof niet dat de moordenaar wordt beïnvloed door wat er in de kranten staat, Bratt.'

'Als jij het zegt. Maar nu moet ik de volgende briefing met het onderzoeksteam gaan voorbereiden.'

Katrine zag de zwijgende waarschuwing in zijn blik. 'Doe dat. En doe wat ik je heb gezegd. Vertel de media dat dit de lastigste zaak is die je tot nu toe hebt gehad.'

'Ik...'

'Gebruik je eigen woorden uiteraard. Wanneer is de volgende persconferentie?'

'We hebben die van vandaag afgezegd omdat we geen nieuws hebben.'

'Oké, bedenk dat als je de zaak als lastig bestempelt dat de eer als we die oplossen des te groter zal zijn. En we liegen ook niet want we hebben immers niets, toch? Bovendien houden de media van grote, huiveringwekkende mysteries. Zie het als een win-winsituatie, Bratt.'

Win-*fucking*-win, dacht Katrine toen ze de trap af liep.

Om zes uur die middag begon Katrine de briefing van het onderzoeksteam met te beklemtonen dat de rapporten snel moesten worden geschreven en ingevoerd in het computersysteem omdat dit in het geval van het eerste verhoor van Geir Sølle, de man die op de betreffende avond een Tinder-date met Elise Hermansen had gehad, niet was gebeurd en dat daarom een andere rechercheur ook nog eens contact had moeten opnemen met Sølle.

'Ten eerste is dat extra werk en ten tweede geeft dat het publiek de indruk dat de ene hand op het hoofdbureau niet weet wat de andere doet.'

'Er moet iets fout zijn gegaan met mijn pc of het systeem,' zei Truls Berntsen, hoewel Katrine zijn naam niet had genoemd. 'Ik heb het verslag geschreven en de boel verzonden.'

'Tord?'

'Er is het laatste etmaal geen systeemfout gerapporteerd,' zei Tord, hij duwde zijn bril recht en zag Katrines smekende blik die hij correct interpreteerde: 'Maar het kan natuurlijk zijn dat er iets aan de hand is met je pc, Berntsen, ik zal ernaar kijken.'

'Aangezien je nu toch het woord hebt, Tord, kun je ons vertellen over je laatste geniale zet?'

De data-expert bloosde, knikte en sprak op een verkrampte, onnatuurlijke toon alsof hij van papier voorlas: 'Plaatsbepaling. De meeste mensen met een mobiele telefoon laten een of meerdere apps data verzamelen over waar ze zich op elk uur van de dag bevinden, zonder te weten dat ze daar toestemming voor geven.'

Pauze. Tord slikte. En Katrine realiseerde zich dat het ook precies was wat hij deed: hij las het op van papier en had het uit zijn hoofd geleerd nadat ze hem had gevraagd om de resultaten te presenteren voor de verzamelde onderzoeksgroep.

'Veel van die apps hebben in hun voorwaarden staan dat ze de gegevens vrij mogen verkopen aan een commerciële derde partij, maar niet aan de politie. Zo'n commerciële derde partij is Geopard. Zij verzamelen gegevens over de bewegingen van de eigenaar van de mobiel en ze hebben geen clausule dat ze die niet mogen doorverkopen aan officiële instanties, de politie bijvoorbeeld. Van personen die vast hebben gezeten vanwege seksuele vergrijpen vragen we na hun vrijlating contactdata op, dat wil zeggen adres, mobiele nummer en e-mailadres, zodat we bij soortgelijke misdrijven, deze personen routinematig kunnen controleren. Dat is omdat er algemeen wordt aangenomen dat een zedendelict een type misdrijf is dat het hoogste risico op herhaling heeft. Onlangs heeft nieuw onderzoek echter uitgewezen dat dit niet klopt: de kans op herhaling bij verkrachting is juist veel lager. BBC radio 4 had pasgeleden een item waarin beweerd werd dat de kans dat veroordeelden opnieuw worden gearresteerd in de VS zestig procent is en vijftig procent in Groot-Brittannië. En vaak voor hetzelfde vergrijp. Maar dat geldt niet voor verkrachting. Statistieken van het Amerikaanse ministerie van Justitie tonen bijvoorbeeld aan dat 78,8 procent van de mensen die worden opgepakt voor het stelen van een motor binnen drie jaar hiervoor opnieuw worden gearresteerd, voor degenen die zijn veroordeeld voor heling is dat 77,4 procent. In zedendelicten is het echter 2,5 procent.' Tord aarzelde, Katrine nam aan dat hij voelde dat de groep een beperkt geduld had voor dergelijke zijstraten. Tord kuchte. 'Hoe dan ook, door onze batch aan de contactdata van Geopard te koppelen krijgen we een kaart van waar de telefoon van deze persoon is geweest, gegeven het feit dat er apps op de mobiel zijn die deze gegevens opslaan. We weten op welk tijdstip en hoelang de telefoon op bijvoorbeeld woensdagavond in een bepaald gebied is geweest.'

'Hoe precies weten we dat?' riep Magnus Skarre.

'Een gebied van ongeveer een paar vierkante meter,' zei Katrine. 'Alleen is de gps tweedimensionaal, dus we zien geen hoogte, niet op welke etage de telefoon zich bevindt.'

'Maar is dat echt legaal?' vroeg Gina, een vrouwelijke technisch rechercheur. 'Ik bedoel, de regels voor persoonbesch...'

'...hebben moeite gelijke tred te houden met de technologie,' onderbrak Katrine haar. 'Ik heb overlegd met de politieadvocaat die zegt dat dit een schemergebied is en dat het niet valt onder de huidige wetgeving. En wat niet illegaal is...' Ze gebaarde met haar hand, maar niemand in de zaal wilde de zin voor haar afmaken. 'Ga verder, Tord.'

'Nadat de politieadvocaat zijn toestemming had gegeven en Gunnar Hagen zijn financiële fiat, hebben we de data gekocht. De kaarten van de betreffende nacht geven ons de gps-posities van eenennegentig procent van de veroordeelde zedendelinquenten.' Tord zweeg en dacht na. 'Ja.'

Katrine begreep dat het voorlezen klaar was. Ze begreep alleen niet waarom er niet wat meer enthousiasme door de ruimte ging.

'Snappen jullie niet welk werk ons bespaard blijft, mensen? Als we op de oude manier de potentiële verdachten moeten uitsluiten dan...'

Er klonk een zacht gekuch. Wolff, de oudste van allemaal. Hij zou met pensioen moeten gaan. 'Aangezien je "uitsluiten" zegt, betekent dit dat de kaarten geen hit hebben gegeven voor het adres van Elise Hermansen?'

'Klopt,' zei Katrine en ze zette haar handen in haar zij. 'En dat we nog van negen procent moeten checken of ze een alibi hebben.'

'Waar je telefoon is zegt eigenlijk niet of je een alibi hebt,' zei Skarre, rondkijkend of hij bijval kreeg.

'Je begrijpt wat ik bedoel,' zei Katrine vertwijfeld. Wat was dit met deze groep? Ze waren hier om een moord op te lossen, niet om elkaar energie uit te zuigen.

'En dan nu de technische recherche,' zei ze en ze ging op de eerste rij zitten om de aanwezigen een poosje niet te hoeven zien.

'Niet veel te melden,' zei Bjørn Holm terwijl hij opstond. 'Het laboratorium heeft de verf in de wond onderzocht. Het gaat om betrekkelijk speciaal spul. We denken dat het ijzerslijpsel opgelost in azijn is waaraan plantaardig looizuur uit thee is toegevoegd. We hebben het nader onderzocht en het kan stammen van een oude Japanse traditie waarbij de tanden zwart werden geverfd.'

'*Ohaguro*,' zei Katrine. 'De duisternis nadat de zon is ondergegaan.'

'Ja, correct,' zei Bjørn en hij wierp dezelfde goedkeurende blik op haar als toen ze hem tijdens het ontbijt een enkele keer te slim af was met de *Aftenposten*-puzzel.

'Bedankt,' zei Katrine en Bjørn ging weer zitten. 'Dan nu het hete hangijzer. Wat VG een bron noemt en wij een lek.' Het werd direct stil.

'Het is één ding dat er schade is toegebracht en dat de moordenaar nu weet wat wij weten en zijn voorzorgsmaatregelen kan treffen. Erger is dat we in deze ruimte niet weten of we elkaar kunnen vertrouwen. Daarom wil ik eerst gewoon de vraag stellen: wie heeft er met VG gesproken?'

Tot haar verbazing zag ze een hand in de lucht gaan.

'Ja, Truls?'

'Müller en ik hebben direct na de persconferentie met Mona Daa gepraat.'

'Je bedoelt Wyller?'

'Ik bedoel die nieuwe. We hebben geen van beiden iets gezegd. Maar die dame heeft jou haar visitekaartje gegeven, of niet, Müller?'

Alle blikken werden op Anders Wyller gericht die onder zijn blonde kuif pioenrood in zijn gezicht was geworden.

'Ik... ja. Maar...'

'We weten allemaal dat Mona Daa de misdaadjournalist van VG is,' zei Katrine. 'Je hebt geen visitekaartje nodig om haar bij de krant te pakken te krijgen.'

'Was jij het, Wyller?' riep Magnus Skarre. 'Vooruit, vertel, alle nieuwelingen maken blunders.'

'Maar ik heb niet met VG gepraat,' zei Wyller met wanhoop in zijn stem.

'Berntsen zei zojuist van wel,' riep Skarre. 'Zeg je nu dat Berntsen liegt?'

'Nee, maar...'

'Gooi het eruit!'

'Nou... ze zei dat ze allergisch is voor katten en ik zei dat ik een kat heb.'

'Kijk aan, dus jullie hébben met elkaar gesproken. Waar nog meer over?'

'Jij kan ook de bron zijn geweest, Skarre.' De zware, diepe stem kwam van achter uit de zaal en iedereen draaide zich om. Niemand had hem binnen horen komen. De lange man hing meer op een stoel tegen de muur dan dat hij zat.

'Nu we het toch over katten hebben,' zei Skarre. 'Kijk eens wie er stiekem is binnengeslopen. Ik heb niet met VG gesproken, Hole.'

'Jij, of wie dan ook, kan onbedoeld een beetje te veel informatie aan een getuige hebben losgelaten. En diegene kan de krant hebben gebeld om te vertellen dat hij het direct van iemand binnen de politie heeft gehoord. Vandaar "bron binnen de politie". Dat gebeurt zo vaak.'

'Sorry, maar niemand hier gelooft dat, Hole,' zei Skarre snuivend.

'Maar dat moeten jullie wel,' zei Harry. 'Want er zal toch niemand bekennen dat hij met VG heeft gesproken en zolang jullie blijven denken dat er een mol in jullie midden is gaat dat ten koste van het onderzoek.'

'Wat doet hij hier eigenlijk?' vroeg Skarre die zich tot Katrine richtte.

'Harry zal een klein team samenstellen dat parallel aan ons zal werken,' zei Katrine.

'Voorlopig is het nog een eenmansgroep,' zei Harry. 'En ik ben hier om wat materiaal op te halen. Die negen procent van wie we niet weten waar ze op het tijdstip van de moord waren, kunnen we daar een lijst van krijgen gerangschikt op de duur van hun laatste straf?'

'Daar kan ik voor zorgen!' zei Tord, hij hield zich in en keek Katrine vragend aan.

Ze knikte dat het in orde was. 'Nog meer?'

'Een lijst van de zedendelinquenten die Elise Hermansen achter slot en grendel heeft gekregen. Dat is alles.'

'Staat genoteerd,' zei Katrine. 'Maar nu je toch hier bent, welke eerste gedachten over deze zaak zijn bij jou opgekomen?'

'Nou,' zei Harry en hij keek rond. 'Ik weet dat de gerechtelijk arts een glijmiddel heeft gevonden dat hoogstwaarschijnlijk van de moordenaar stamt, maar het kan niet worden uitgesloten dat het hoofdmotief wraak is, en het seksuele aspect slechts een bonus is. Dat de moordenaar vermoedelijk al in het appartement was toen ze thuiskwam, hoeft niet automatisch te betekenen dat ze hem binnen heeft gelaten of dat hij een bekende van haar was. Ik wil mezelf in deze fase van het onderzoek niet beperken tot dat standpunt. Maar ik ga ervan uit dat jullie dat vast ook zelf al hebben bedacht.'

Katrine lachte scheef. 'Oké, goed om je er weer bij te hebben, Harry.'

Misschien de beste, misschien de slechtste, maar in elk geval de moordonderzoeker over wie de meeste mythen de ronde deden lukte het om vanuit zijn driehoekige houding een buiging te maken. 'Bedankt, chef.'

'Je meende het,' zei Katrine. Ze stond samen met Harry in de lift.

'Meende wat?'

'Je hebt me chef genoemd.'

'Natuurlijk,' zei Harry.

Ze stapten uit in de garage en Katrine drukte op de contactsleutel. Licht knipperde en ergens in het donker klonk een piep. Harry had haar gezegd dat ze de dienstauto moest gebruiken die haar gewoon ter beschikking stond tijdens een moordonderzoek als dit. En daarna had hij haar gevraagd of ze hem naar huis wilde brengen met Restaurant Schrøder als tussenstop.

'Wat is er gebeurd met je taxichauffeur?' vroeg Katrine.

'Øystein? Die is ontslagen.'

'Door jou?'

'Helemaal niet. Door de eigenaar van de taxi. Er was wat voorgevallen.'

Katrine knikte. Ze dacht aan Øystein Eikeland, die langharige, broodmagere kerel met de tanden van een junkie en een stem van een whiskydrinker die eruitzag als zeventig, maar dus een jeugdvriend van Harry was. Een van de twee vrienden, volgens Harry. De andere heette Tresko en was zo mogelijk een nog vreemder figuur: een onaangename ambtenaar met overgewicht die in de nachtelijke uren een Mr. Hyde van het pokerspel op internet was.

'Wat is er gebeurd?' vroeg Katrine.

'Hm, wil je dat weten?'

'Nee, maar vertel toch maar.'

'Øystein houdt niet van panfluit.'

'Nee, wie wel?'

'Hij had een lange rit naar Trondheim met een vent die alleen per taxi kon reizen omdat hij angst voor zowel vliegtuigen als treinen had. Bovendien had hij een probleem met zijn zelfbeheersing. Hij had een cd bij zich met daarop panfluitversies van oude pophits waar hij naar moest luisteren terwijl hij ademhalingsoefeningen deed om zichzelf onder controle te kunnen houden. Het was midden in de nacht toen ze over Dovrevidda reden en voor de zesde keer 'Careless whisper' in de panfluitversie voorbijkwam, toen rukte Øystein de cd uit het apparaat, draaide het raampje open en smeet de cd naar buiten. Daarop ontstond er een handgemeen.'

'Handgemeen is een mooi woord. En die hit is al erg genoeg met George Michael.'

'Øystein heeft die vent uiteindelijk zijn auto uit getrapt.'

'Tijdens het rijden?'

'Nee, hoor. Maar wel midden in de nacht op het stilste plekje van Dovrevidda, drie kilometer van het dichtstbijzijnde huis. Øystein zei ter verdediging dat het juli was, goed weer, en dat die vent onmogelijk aan loopangst kon lijden.'

Katrine moest lachen. 'En nu is hij werkloos? Je zou hem moeten aannemen als privéchauffeur.'

'Ik heb hem aan een baan geprobeerd te helpen, maar Øystein is – om hem zelf te citeren – geschapen voor werkloosheid.'

Restaurant Schrøder was ondanks de naam eerder een plek waar je iets kon drinken. De vaste middagclientèle zat op hun plaats en knikte welwillend naar Harry zonder zich verbaal te uiten.

De serveerster daarentegen lichtte op alsof de verloren zoon was thuisgekomen. En schonk hun koffie in die beslist niet de reden kon zijn dat buitenlanders de laatste tijd Oslo in het rijtje van een van de beste koffiesteden ter wereld plaatsten.

'Jammer dat het niet goed is gegaan tussen Bjørn en jou,' zei Harry.

'Ja.' Katrine wist niet of hij een nadere uitleg wenste of dat zij dat wenste te geven. Ze haalde haar schouders op.

'Goed,' zei Harry. 'Hoe is het leven als verse single?'

'Nieuwsgierig naar het leven van een single?'

Hij lachte. En ze realiseerde zich dat ze die lach had gemist. Had gemist om hem aan het lachen proberen te krijgen, wat als het lukte elke keer weer als een beloning had gevoeld.

'Het leven als een single is fijn,' zei ze. 'Ik date met mannen.' Ze keek of ze een reactie zag. Hoopte ze op een reactie?

'Dan hoop ik dat Bjørn ook datet met vrouwen. Voor hem dus.'

Ze knikte, maar die gedachte was eigenlijk nog niet bij haar opgekomen. Als een ironisch toeval klonk op dat moment het vrolijke plinggeluid van een Tinder-match en Katrine zag een vrouw in wanhopig rood zich naar de uitgang spoeden.

'Waarom ben je terug, Harry? Het laatste wat je tegen me zei was dat je nooit meer aan een moordzaak wilde werken.'

Harry draaide zijn kopje rond. 'Bellman heeft gedreigd Oleg anders van de politieacademie te sturen.'

Katrine schudde haar hoofd. 'Bellman is werkelijk de grootste klootzak op twee benen sinds keizer Nero. Hij wilde dat ik tegen de pers ging liegen door te zeggen dat dit een bijna onmogelijke zaak is. Zodat hij beter voor de dag komt als de zaak toch wordt opgelost.'

Harry keek op zijn horloge. 'Nou, misschien heeft Bellman gelijk. Bij een moordenaar die met ijzeren tanden bijt en een halve liter bloed drinkt van zijn slachtoffer gaat het waarschijnlijk meer om de moord zelf dan om het slachtoffer. En daarmee is het direct een lastige zaak geworden.'

Katrine knikte. De zon scheen buiten op straat, toch meende ze onweer in de verte te horen.

'De foto van Elise Hermansen op de plaats delict,' zei Harry. 'Die heeft bij jou geen associaties opgeroepen?'

'De beetsporen in haar hals? Nee.'

'Ik bedoel niet de details, ik bedoel...' Harry draaide zijn hoofd en keek uit het raam. 'Het geheel. Zoals je kunt hebben bij het horen van muziek die je nog nooit eerder hebt gehoord, gespeeld door een band die je niet kent en toch kun je horen wie het nummer heeft geschreven. Omdat er iets is. Iets waarop je je vinger niet kunt leggen.'

Katrine keek naar zijn profiel. De borstel van kortgeknipt, blond haar stond rechtop, nog net zo dwars, maar misschien iets minder dik dan vroeger. Het gezicht had wat meer plooien gekregen, de haarinplant was wat verder geweken en de rimpels wat dieper. En hoewel hij ook lachrimpeltjes rond zijn ogen had gekregen, vielen de brutale trekken ook meer op. Ze had nooit begrepen waarom ze hem zo knap vond.

'Nee,' zei ze, haar hoofd schuddend.

'Oké.'

'Harry?'

'Hm?'

'Is het echt om Oleg dat je bent teruggekeerd?'

Hij draaide zijn hoofd terug en keek haar met een opgetrokken wenkbrauw aan. 'Waarom vraag je dat?'

En ze voelde dat het nu net zo was als toen, hoe zijn blik haar trof als een elektrische schok, hoe hij – die zo afwezig en op afstand kon zijn – alleen maar door je aan te kijken in een fractie van een seconde alles aan de kant kon schuiven en je volledige aandacht kon verlangen – en ook krijgen. Hoe er in een fractie van een seconde slechts één man op de wereld kon bestaan.

'Tja,' zei ze en ze lachte even. 'Waarom vraag ik dat? Laten we opstappen.'

'Ewa met een w. Mama en papa wilden dat ik uniek zou zijn. Later bleek het heel gewoon te zijn in de Oostbloklanden.' Ze lachte, nam een slok uit haar halveliterglas. Ze sperde haar mond open en gebruikte haar duim en wijsvinger om de lippenstift in haar mondhoeken weg te vegen.

'Het IJzeren Gordijn en het Oostblok,' zei de man.

'Hè?' Ze keek hem aan. Was hij niet hartstikke aantrekkelijk? Aantrekkelijker dan de mannen met wie ze tot nu toe een match had gehad. Dan moest er wel iets mis met hem zijn, iets wat later op zou duiken, dat ging meestal zo. 'Je drinkt langzaam,' zei ze.

'En jij houdt van rood.' De man knikte naar de mantel die ze over de stoel had gehangen.

'Dat doet die vampierkerel ook,' zei Ewa en ze wees naar de journaaluitzending op een van de enorme televisieschermen in de bar. De voetbalwedstrijd was voorbij en de bar waar vijf minuten geleden nog veel mensen waren begon nu leeg te lopen. Ze voelde dat ze een beetje, maar niet erg, aangeschoten was.

'Heb je *VG* gelezen, het schijnt dat hij haar bloed heeft gedronken.'

'Ja,' zei de man. 'Wist je dat ze haar laatste drankje honderd meter verderop heeft gedronken, in Jealousy Bar?'

'Is dat zo?' Ze keek rond. De meeste klanten leken met iemand anders te zijn. Er was haar een poosje geleden een man opgevallen die alleen had gezeten en naar haar had gekeken, maar nu was hij weg. Het was niet de Loerder.

'Jazeker, dat is zo. Nog wat drinken?'

'Ja, dat heb ik nu wel nodig,' zei ze huiverend. 'Bah!'

Ze gaf een teken aan de barkeeper, die zijn hoofd schudde. De minutenwijzer had de magische grens overschreden.

'Het lijkt erop dat we dat een andere keer moeten doen,' zei de man.

'En nu is het je gelukt om me doodsbang te maken,' zei Ewa. 'Je moet me nu wel naar huis brengen.'

'Uiteraard,' zei de man. 'Tøyen, is het niet?'

'Kom,' zei ze en ze trok haar rode mantel aan over haar rode blouse.

Buiten zwaaide ze een beetje op haar benen, niet heel erg, en ze voelde dat hij discreet haar arm steunde.

'Ik heb eens zo'n stalker gehad,' zei ze. 'Ik noemde hem de Loerder. Ik heb een keer met hem afgesproken en we... tja, we hadden het op zich fijn samen. Maar toen ik niet meer wilde, werd hij nota bene jaloers. Hij dook op plekken op waar ik andere mannen ontmoette.'

'Dat moet vervelend zijn geweest.'

'Nou en of.' Ze lachte. 'Maar het is ook wel een beetje leuk dat je iemand zo kunt beheksen dat de enige aan wie hij nog kan denken jij bent.' Ze hoestte.

De man stond toe dat ze haar hand onder zijn arm stak en hij luisterde beleefd naar haar verhalen over andere mannen die ze had behekst.

'Ik was knap, moet je weten. Dus in het begin was ik niet zo verbaasd dat hij weer opdook, ik dacht dat hij me volgde. Dat bleek niet het geval en op een gegeven moment realiseerde ik me dat hij onmogelijk kon weten waar ik naartoe zou gaan. En weet je?' Ze bleef zo abrupt staan dat ze wankelde.

'Eh, nee.'

'Af en toe had ik het gevoel dat hij in mijn flat was geweest. Je weet wel, je hersenen registreren hoe mensen ruiken en herkennen ze zonder dat we ons daar bewust van zijn.'

‘Precies.’

‘Stel je voor dat hij de vampier is!’

‘Dat zou wel heel toevallig zijn. Woon je hier?’

Ze keek naar de gevel voor zich. ‘Ja, inderdaad. Dat is snel.’

‘De tijd vliegt voorbij als je in goed gezelschap bent, Ewa. Mag ik je hartelijk bedanken voor…’

‘Kun je nog niet even mee naar boven komen? Ik geloof dat ik nog een fles in de kast heb staan.’

‘Ik denk dat we beiden genoeg hebben gehad.’

‘Alleen maar om te kijken of hij er niet is. Alsjeblieft.’

‘Dat is toch tamelijk onwaarschijnlijk.’

‘Kijk, er brandt licht in de keuken,’ zei ze, wijzend naar de flat op de begane grond. ‘Ik weet zeker dat ik dat heb uitgedaan voor ik wegging.’

‘Is dat zo?’ zei de man en hij smoorde een geeuw.

‘Geloof je me niet?’

‘Zeg, het spijt me, maar ik moet echt naar huis en naar bed.’

Ze staarde hem koeltjes aan. ‘Waar zijn de echte gentlemen gebleven?’

Hij glimlachte. ‘Die… eh, zijn misschien ook naar huis gegaan om te slapen?’

‘Ha! Je bent getrouwd en je kwam in de verleiding, maar nu heb je er spijt van, is dat het?’

‘Ja,’ zei hij. ‘Zo zit het. Slaap lekker.’

Ze draaide de toegangsdeur van het slot en liep het trapje op. Ze luisterde, maar ze hoorde niets. Ze had geen idee of ze het licht in de keuken had uitgedaan, het was alleen een smoesje geweest om hem mee te krijgen. Maar nu ze het had gezegd, was het alsof de woorden een loopje met haar namen. Misschien was de Loerder echt in haar flat.

Ze hoorde schuifelende voeten achter de kelderdeur, hoorde dat een knop werd omgedraaid en er kwam een man in uniform naar buiten. Hij deed de deur met een witte sleutel op slot, draaide zich om, kreeg haar in het oog en het leek of hij schrok.

‘Ik had je niet gehoord,’ mompelde hij. ‘Het spijt me.’

'Problemen?'

'Er zijn de laatste tijd een paar inbraken in de kelderboxen geweest dus de woningstichting heeft gevraagd een oogje in het zeil te houden.'

'Dus jij werkt voor ons?' Ewa hield haar hoofd scheef. Hij zag er niet slecht uit en was tenminste niet zo jong als de meeste bewakers. 'Mag ik je dan vragen om mijn flat te checken. Ik heb ook een inbraak gehad, weet je. En nu zie ik dat er licht brandt terwijl ik weet dat ik het bij vertrek heb uitgedaan.'

De bewaker trok zijn schouders op. 'Het is niet de bedoeling dat we flats binnengaan, maar ik wil het wel doen.'

'Eindelijk een man aan wie je wat hebt,' zei ze en ze nam hem nog een keer op. Een volwassen bewaker, vast niet de slimste, maar degelijk en betrouwbaar. En makkelijk in de omgang.

De grootste gemene deler van de mannen in haar leven was dat ze alles hadden: ze kwamen uit een goede familie, waren hoogopgeleid, hadden zicht op een behoorlijke erfenis en een veelbelovende toekomst voor zich. En ze hadden haar verafgood, maar helaas hadden ze ook zoveel gedronken dat hun gemeenschappelijke veelbelovende toekomst ook was weggespoeld. Het werd misschien tijd om iets nieuws te proberen. Ewa zakte door haar heup, stak haar hoofd naar voren terwijl ze zocht in haar sleutelbos. Mijn god, wat waren het veel sleutels. Misschien was ze toch aangeschotener dan ze dacht.

Ze vond de juiste sleutel, draaide het slot open, schopte haar schoenen niet meteen uit in de gang en liep naar de keuken. Ze hoorde dat de bewaker achter haar aan kwam.

'Niemand hier,' zei hij.

'Behalve jij en ik dan,' zei Ewa glimlachend en ze leunde naar achteren tegen het aanrecht.

'Gezellige keuken.' De bewaker stond in de deuropening en streek met zijn hand over zijn uniform.

'Bedankt. Als ik had geweten dat ik bezoek kreeg, had ik het hier opgeruimd.'

'En misschien afgewassen,' zei hij met een lachje.

'Ja ja, een dag heeft maar vierentwintig uur.' Ze veegde een pluk haar uit haar gezicht en wankelde even op haar hoge hakken. 'Zou je zo vriendelijk willen zijn om de rest van de kamers ook te checken? Dan zal ik een cocktail voor ons mixen. Wat zeg je daarvan?' Ze legde haar hand op de nieuwe smoothie-mixer.

De bewaker keek op zijn horloge. 'Ik moet over vijfentwintig minuten op het volgende adres zijn, maar ik kan wel even kijken of zich hier iemand heeft verstopt.'

'Er kan in die tijd veel gebeuren,' zei ze.

De blik van de bewaker kruiste die van haar. Hij lachte zacht, wreef met zijn hand over zijn kin en ging de keuken uit.

Hij liep naar wat hij aannam de slaapkamerdeur was en het viel hem op hoe gehorig het hier was. Hij kon de buurman horen praten in de buurflat. Hij opende de deur. Donker. Hij vond de lichtschakelaar en er ging een plafondlamp met spaarzaam licht aan.

Een onopgemaakt bed. Een lege fles op het nachtkastje.

Hij liep verder en opende de deur van de badkamer. Vuile tegels. Een donker douchegordijn dat was dichtgetrokken. 'Het lijkt allemaal in orde!' riep hij in de richting van de keuken.

'Ga in de woonkamer zitten,' riep ze terug.

'Oké, maar ik heb maar twintig minuten.' Hij liep naar de woonkamer en ging zitten op de doorgezakte bank. Hij hoorde gerinkel van flessen en haar doordringende stem uit de keuken: 'Wil je iets drinken?'

'Graag.' Hij vond dat ze echt een onprettige stem had, zo'n stem waarvan de echtgenoot graag de afstandsbediening had. Maar ze had een aantrekkelijk, beetje moederlijk figuur. Hij rommelde met iets wat in de zak van zijn uniform zat, maar het was vast komen te zitten in de voering.

'Ik heb gin en witte wijn,' gilde de stem uit de keuken. Het leek wel een drilboor. 'En een beetje whisky. Wat wil je?'

'Iets anders,' zei hij zacht in zichzelf.

'Wat zei je? Ik neem alles wel mee!'

'D-doe dat, moeder,' fluisterde hij terwijl hij het voorwerp lostrok van de voering. Hij legde het voor zich op de salontafel zodat hij zeker wist dat ze het zou zien. Hij voelde zijn erectie al komen. Hij haalde diep adem. Het leek of hij alle zuurstof uit de ruimte zoog. Hij leunde achterover en legde zijn cowboylaarzen op tafel naast het ijzeren gebit.

In het licht van de bureaulamp liet Katrine Bratt haar vermoeide ogen over de foto's glijden. Het was onmogelijk te zien dat dit verkrachters waren. Dat ze vrouwen, mannen, kinderen, bejaarden hadden verkracht, in sommige gevallen zelfs gemarteld en soms ook vermoord. Ja, als je tot in de kleinste details te horen kreeg wat ze allemaal hadden gedaan, zou je zeker iets vinden in de onderdanige, vaak angstige blikken van deze arrestatiefoto's. Maar als je ze op straat tegenkwam, zou je ze gewoon voorbijlopen zonder het geringste vermoeden dat je misschien werd geobserveerd, gewogen en hopelijk verworpen als slachtoffer. Sommige namen herkende ze van de tijd dat ze op de afdeling Zedendelicten werkte, andere zeiden haar niets. Er waren veel nieuwe bij. Elke dag werd er een verkrachter geboren. Een onschuldig klein pakketje mens, de schreeuw van een baby die het gegil van de moeder overstemde, via de navelstreng verbonden aan het leven, een geschenk waar de ouders om moesten huilen van geluk, een kind dat later in zijn leven de schede van een vastgebonden vrouw zou openrijten terwijl hij haar neukte en met zijn hees gekreun het gegil van de vrouw zou overstemmen.

De helft van het onderzoeksteam was bezig contact te zoeken met deze misdadigers, degenen met de grofste misdaden op hun strafblad waren het eerst aan de beurt. De andere helft was bezig ex-vriendinnen, vrienden, collega's en familieleden te ondervragen. De moordstatistieken in Noorwegen waren duidelijk: in tachtig procent van de gevallen kende de moordenaar het slachtoffer en in meer dan negentig procent als het slachtoffer een vrouw was die vermoord was in haar eigen huis.

Toch verwachtte Katrine hem niet te vinden in die statistiek. Want Harry had gelijk. Dit was niet zo'n type moord. Wie het slachtoffer was, was van ondergeschikt belang. Ze hadden ook de lijst doorgenomen van zedendelinquenten tegen wie Elises cliënten hadden getuigd, maar Katrine had er weinig vertrouwen in dat de misdadiger, zoals Harry al had gezegd, uit was op zowel zoete wraak als op seksuele bevrediging. Hoewel, bevrediging? Ze probeerde zich voor te stellen hoe de dader na zijn wandaad met een sigaret tussen zijn lippen en zijn arm rond het slachtoffer zou liggen terwijl hij glimlachend fluisterde: 'Dat was geweldig.' Harry had verteld dat het de seksuele frustratie van de seriemoordenaar was dat hij nooit helemaal bereikte waar hij naar streefde en daardoor was het noodzakelijk om verder te jagen in de hoop dat hij dat de volgende keer wel zou bereiken, dat het dan wel perfect zou zijn, dat hij dan wel verlost en herboren zou worden door het geluid van de gillende vrouw voor hij de navelstreng van het leven doorsneed.

Ze keek weer naar de foto van Elise Hermansen op bed. Ze zocht naar wat Harry kon hebben gezien of gehoord. Muziek, had hij het daar niet over gehad? Ze gaf het op en legde haar hoofd in haar handen. Om wat voor reden had ze gedacht dat ze met haar psyche geschikt was voor dit werk? 'Bipolariteit is alleen voor kunstenaars een goed uitgangspunt', had de psychiater gezegd de laatste keer dat ze bij hem was geweest, hij haar had ontslagen en een recept had uitgeschreven voor kleine, roze pilletjes die haar in evenwicht hielden.

Het was weekend en normale mensen deden normale dingen, ze zaten niet in een kantoor te kijken naar afschuwelijke foto's van plaatsen delict en foto's van afschuwelijke mensen in de stille hoop dat er iets viel af te lezen van hun gezichten, om daarna op zoek te gaan naar een Tinder-date die ze konden neuken en daarna vergeten. Maar op dit moment verlangde ze wanhopig naar een navelstreng met het normale leven. Een zondagse maaltijd. Toen ze nog samen waren, had Bjørn haar meerdere keren uitgenodigd voor een zondags etentje bij zijn ouders in Skreia, het was maar anderhalf uur rijden, maar ze had altijd een smoes gehad om nee te kunnen zeggen. Maar juist nu was er niets wat ze liever wilde dan rond een tafel zitten met een schoonfamilie, de aardappels door te geven, klagen over het weer, opscheppen over de nieuwe bank, droog elandenvlees kauwen terwijl de conversatie traag maar veilig voortkabbelde, de blikken en knikjes warm waren, de grappen belegen en de irritaties binnen de perken bleven. Zelfs aan irritaties had ze behoefte.

'Hoi.'

Katrine schrok op. Er stond een man in de deuropening.

'Ik heb de laatste man op de stapel kunnen wegstrepen uit de zaak,' zei Anders Wyller. 'Dus als er niet meer is dan ga ik nu naar huis om wat te slapen.'

'Maar natuurlijk, ben jij de laatste?'

'Daar lijkt het wel op.'

'En Berntsen?'

'Is al klaar en weg. Hij werkt kennelijk effectiever.'

'Juist,' zei Katrine. 'Het spijt me dat ik je dit moet vragen, Wyller, maar wil je zijn lijst dubbelchecken, ik geloof...'

'Heb ik al gedaan. Die lijkt te kloppen.'

'Alles klopte?' Katrine had Wyller en Berntsen de opdracht gegeven om met de verschillende mobiele providers contact op te nemen om de lijsten met namen en nummers van de laatste zes maanden op te vragen van de telefoontjes van het slachtoffer, die onder elkaar te verdelen en hun alibi's te controleren.

'Ja, hoor. Er was alleen een kerel in Åneby in het Nittedal met een voornaam eindigend op een y die deze zomer Elise behoorlijk vaak heeft gebeld, dus ik heb zijn alibi nogmaals gecheckt.'

'Eindigend op een y?'

'Lenny Hell. Denk daar maar eens over na.'

'Dat doe ik. Je verdenkt mensen op basis van de letters in hun naam?'

'Onder andere. Het is een feit dat de y vaker voorkomt in de misdaadstatistieken.'

'En dus?'

'Dus toen ik zag dat Berntsen Lenny's alibi noteerde, dat hij op het tijdstip van de moord met een andere kerel in Åneby Pizza & Grill zou hebben gezeten wat bevestigd werd door de eigenaar van de pizzeria, toen heb ik de telefoon gepakt om de plaatselijke politie om meer informatie te vragen.'

'Omdat die kerel Lenny heet?'

'Omdat de eigenaar van de pizzeria Tommy heet.'

'En wat zei de politie?'

'Dat Lenny en Tommy twee heel brave burgers waren en volkomen te vertrouwen.'

'Dus je hebt je vergist.'

'Dat valt nog te bezien. De politieman heette Jimmy.'

Katrine lachte schaterend. Ze voelde dat ze dat nodig had. Anders Wyller lachte mee. Misschien had ze die lach ook nodig. Iedereen probeert een goede eerste indruk te maken, maar ze besefte dat als ze het niet had gevraagd Wyller niet zou hebben verteld dat hij Berntsens werk had gecontroleerd. En daaruit bleek dat Wyller – net als zij – Truls Berntsen niet vertrouwde. Katrine had die gedachte eerst verworpen, maar nu had ze zich bedacht.

'Kom binnen en doe de deur achter je dicht.'

Wyller deed wat hem gevraagd werd.

'Er is helaas nog iets anders wat ik je moet vragen, Wyller. Dat lekken naar VG. Jij werkt het nauwst samen met Berntsen. Kun jij je...?'

'Ogen en oren openhouden?'

Katrine zuchtte. 'Zoiets. Dit blijft tussen ons en als je iets ontdekt dan vertel je het alleen aan mij. Begrepen?'

'Begrepen.'

Wyller vertrok en Katrine wachtte een paar seconden voor ze haar telefoon op het bureau pakte. Ze toetste het nummer in. Bjørn. Ze had een foto van hem opgeslagen die op het scherm kwam samen met het nummer. Hij lachte. Bjørn Holm was geen blozende verschijning. Zijn gezicht was bleek, een beetje pafferig, in het rode haar zat een kale plek. Maar het was Bjørn. Tegengif voor al die andere foto's. Waar was ze eigenlijk zo bang voor? Als het Harry Hole lukte met een ander te leven, waarom lukte het haar dan niet? Haar wijsvinger hing al boven het hoorntje, maar opnieuw klonk er een waarschuwing in haar hoofd. Een waarschuwing van Harry Hole en Hallstein Smith. De volgende.

Ze legde de telefoon weer neer en concentreerde zich op de foto's.

De volgende.

Wat nu als de moordenaar al dacht aan de volgende?

'Je moet h-harder je best doen, Ewa,' fluisterde hij.

Hij haatte het als ze niet beter hun best deden.

Als ze hun woning niet beter schoonhielden. Als ze niet voor hun lichaam zorgden. Als ze niet bij hun man bleven met wie ze kinderen hadden. Als ze hun kind geen avondeten gaven, maar het opsloten in de kledingkast met de opdracht heel stil te zijn en de belofte aan chocola, terwijl zij de mannen ontvingen die het avondeten kregen, alle chocola. Alles. Met wie ze speelden, jankend van vreugde, zoals de moeder nooit met het kind speelde.

Nee dus.

Dus nu mocht het kind met de moeder spelen. En met vrouwen zoals moeder.

En hij had gespeeld. Hij had heel hard gespeeld. Tot de dag dat ze hem hadden opgepakt en opgesloten in een kledingkast aan de Jøssingvei 33. De Ila-gevangenis en het huis van bewaring. In de statuten stond dat het een instelling was voor mannelijke gevangenen met '... dringende behoefte aan hulpverlening'. Een van die homopsychologen had hem uitgelegd dat zowel de behoefte aan verkrachting als het stotteren veroorzaakt werd door psychologische trauma's uit zijn jeugd. De idioot. Hij had het stotteren geërfd van een vader die hij nooit had gezien. Het stotteren en een smerig kostuum. En hij had zolang hij het zich kon herinneren gedroomd van het verkrachten van vrouwen. En dus had hij gedaan wat deze vrouwen niet voor elkaar kregen. Hij had beter zijn best gedaan. Hij stotterde bijna niet meer. Hij had de vrouwelijke tandarts van de gevangenis verkracht. En hij was ontsnapt uit Ila. En hij was doorgegaan met spelen. Harder dan ooit. Dat de politie jacht op hem maakte, zorgde ervoor dat het spel alleen maar uitdagender werd. Totdat hij op een dag oog in oog had gestaan met die politieman met zijn moordenaarsblik. Hij had de besluitvaardigheid en de haat in zijn blik gezien en had begrepen dat deze man hem kon pakken. Hij zou hem terug kunnen sturen naar de duisternis van zijn jeugd in de afgesloten kledingkast waarin hij zijn adem probeerde in te houden om de zweet- en tabakstank van vaders dikke, vettige wollen kostuum dat recht voor hem hing niet te hoeven inademen. Het kostuum dat moeder bewaarde voor het geval hij op een dag weer voor haar neus stond. Hij wist dat hij niet meer opgesloten wilde worden. Dus hij had zich verborgen gehouden voor de politieman met zijn moordenaarsblik. Hij had zich drie jaar koest gehouden. Drie jaar zonder te spelen. Totdat zijn verblijfplaats ook langzaam veranderde in een kledingkast. Toen had hij deze kans gekregen. Een mogelijkheid om veilig te spelen. Het moest natuurlijk niet té veilig worden. Hij moest de geur van angst ruiken om echt opgewonden te raken. Hij moest angst voelen en zij ook. Het maakte niet uit hoe oud ze waren, hoe ze eruitzagen, of ze groot of klein waren. Als het maar om vrouwen ging. Of potentiële moeders zoals een van de idiote psychiaters had gezegd. Hij hield zijn hoofd scheef en keek naar haar. Het was dus gehorig in deze flats, maar daar maakte hij zich geen zorgen meer om. Pas nu hij zo dichtbij haar was in dit licht viel het hem op dat Ewa met een w kleine puistjes rond haar open mond had. Ze probeerde ongetwijfeld te gillen, maar dat zou haar niet lukken hoe hard ze haar best ook deed. Want onder die open mond had ze een nieuwe gekregen. Een bloederig, gapend gat in de hals waar haar strottenhoofd was geweest. Hij had haar tegen de muur van de kamer geduwd en er had gerochel geklonken en er waren roze bloedbellen gekomen waar de afgebeten luchtpijp te zien was. De spieren in haar nek spanden en ontspanden zich weer zoals bij iemand met COPD, terwijl ze wanhopig probeerde lucht te krijgen. En aangezien de longen nog steeds functioneerden zou ze nog een paar seconden leven. Maar dat was niet wat hem nu zo fascineerde. Dat was dat hij met de ijzeren tanden eindelijk haar onverdraaglijke stemgeluid had gestopt door haar stembanden dwars door te bijten.

Terwijl het licht in haar ogen begon te doven, probeerde hij iets in haar blik te vinden wat hem vertelde over de angst om te sterven, over de wens nog een paar seconden te leven. Maar hij vond niets. Hij had beter zijn best moeten doen. Misschien ontbrak het haar aan fantasie of aan levensvreugde. Hij haatte het als ze het leven zo makkelijk loslieten.

HOOFDSTUK 10

ZATERDAGOCHTEND

Harry liep hard. Hij hield niet van hardlopen. Sommige mensen lopen waarschijnlijk hard omdat ze ervan houden. Haruki Murakami hield ervan. Harry hield van de boeken van Murakami, maar niet van het boek over hardlopen, dat had hij weggelegd. Harry hield ervan om te stoppen. Hij hield ervan gelopen te hébben. Van krachttraining hield hij wel. De concretere pijn die werd begrensd door het uithoudingsvermogen van de spieren, maar het ging hem er niet om pijn te willen lijden. Vermoedelijk zei dat iets over zijn zwakke karakter, zijn neiging tot vluchten, de pijnstillers al in te nemen vóór de pijn kwam.

Een broodmagere hond van het soort dat de kapitaalkrachtigen in Holmenkollen graag hadden hoewel ze slechts één keer in de anderhalf jaar op elandenjacht gingen, stoof over het pad. De eigenaar kwam er honderd meter achteraan gejogd. In de jaarcollectie van Under Armour. Harry kon een indruk van zijn looptechniek opvangen toen ze elkaar als tegemoet rijdende treinen passeerden. Jammer dat ze niet dezelfde kant op gingen dan kon Harry vlak achter hem gaan lopen, in zijn nek hijgen, doen alsof hij hem moest laten gaan en hem dan in mootjes hakken bij Tryvann. Hem de versleten zolen van zijn twintig jaar oude Adidasschoenen laten zien. Oleg beweerde dat Harry ongelooflijk kinderachtig was als ze samen hardliepen, dat zelfs als ze hadden afgesproken de hele weg rustig te joggen hij toch altijd aan het eind voorstelde te doen wie het eerst boven was. Ter verdediging van Harry kon worden gezegd dat hij om slaag vroeg want Oleg had van zijn moeder de onrechtvaardig hoge zuurstofopname geërfd.

Twee vrouwen met overgewicht die meer liepen dan renden, hijgden en zo luid spraken dat ze Harry niet aan hoorden komen liepen voor hem dus hij nam een smaller pad. En ineens was hij op onbekend terrein. De bomen stonden dichter op elkaar, ze lieten het ochtendlicht niet toe en Harry was even terug in zijn jeugd voor hij weer in open landschap kwam. De angst om te verdwalen, om nooit hun huis meer terug te kunnen vinden. Maar hij wist precies waar hij nu heen wilde, waar thuis was.

Sommige mensen hielden van de frisse lucht hierboven, de mooie, goedverzorgde bospaden, de stilte en de geur van sparrentakken. Harry hield van het uitzicht over de stad. Hield van het geluid en de geur ervan. Het gevoel er grip op te hebben. De zekerheid dat je erin kon verdrinken en te gronde kon gaan. Oleg had Harry onlangs gevraagd op wat voor manier hij wilde sterven. Harry had gezegd dat hij rustig wilde inslapen. Oleg had een snelle en relatief pijnloze dood gekozen. Harry had gelogen. Hij wilde zich dooddrinken in een bar in die stad daar onder hem. En hij wist dat Oleg ook had gelogen, dat ook hij zijn oude hel en paradijs zou kiezen en een overdosis heroïne wilde nemen. Alcohol en heroïne. Geliefden die ze konden verlaten, maar nooit vergeten, hoeveel tijd er ook overheen ging.

Harry zette een eindsprint op de oprit in, hij hoorde hoe het grind onder zijn joggingschoenen opspatte en hij zag buurvrouw Syvertsen achter de gordijnen staan.

Harry douchte. Hij hield van douchen. Iemand zou een boek moeten schrijven over douchen.

Toen hij klaar was en de slaapkamer in liep stond Rakel bij het raam in haar tuinoutfit: laarzen, een versleten jeans en een verschoten zonnehoed. Ze draaide zich half om en veegde een paar donkere haren weg die onder haar hoed vandaan piepten. Harry vroeg zich af of ze wist hoe lief ze er nu uitzag in deze kleren. Waarschijnlijk wel.

'*Like*,' zei ze zacht en glimlachte. 'Een blote man.'

Harry ging achter haar staan, legde zijn handen op haar schouders en masseerde haar licht. 'Wat doe je?'

'Ik kijk naar de ramen. Moeten we iets doen voor Emilia komt, denk je?'

'Emilia?'

Rakel lachte.

'Wat?'

'Je stopt met masseren, schat. Rustig aan maar, er komt niemand op bezoek. Alleen maar een storm.'

'O, die Emilia! Nou, dit fort kan wel tegen een paar natuurrampen.'

'Dat is wat wij hier op de berg geloven, of niet?'

'Wat geloven we?'

'Dat onze levens als een fort zijn. Onneembaar.' Ze zuchtte. 'Ik moet boodschappen doen.'

'Voor het avondeten? We hebben die Peruaanse tent in de Badstugate nog niet geprobeerd. Hij schijnt niet duur te zijn.'

Dat was een van de vrijgezelle gewoonten van Harry waarvan hij hoopte dat Rakel die overnam: niet zelf koken. Ze had in elk geval wel begrepen dat hij restaurants een van de betere ideeën van de beschaving vond. Men had in het stenen tijdperk al ingezien dat het slimmer is om een grote keuken en een gemeenschappelijke maaltijd te hebben dan dat de hele bevolking drie uur per dag kwijt is aan plannen, inkopen, koken en afwassen. En op haar tegenwerping dat het decadent was had hij geantwoord dat hij het veel decadenter vond dat een gezin met twee kinderen een keuken heeft die miljoenen kronen heeft gekost. Dat het juist niet decadent was om een opgeleide kok te betalen voor het bereiden van een maaltijd in een grote keuken en dat het in het verlengde lag van dat Rakel werd betaald voor juridisch advies of Harry's onderwijs aan politiemensen. In feite was dat een gezonde marktwerking.

'Het is mijn dag vandaag dus ik betaal,' zei hij en hij ving haar met zijn rechterarm. 'Blijf.'

'Ik moet boodschappen doen,' zei ze en ze grijnsde toen hij haar tegen zijn nog dampende lichaam drukte. 'Oleg en Helga komen.'

Hij hield haar nog steviger vast. 'Is dat zo? Ik dacht dat je zei dat we geen bezoek kregen?'

'Je kunt toch wel een paar uur met Oleg en...'

'Ik maak maar een grapje. Dat is gezellig. Maar kunnen we niet beter...'

'Nee, we gaan niet met ze uit eten. Helga is hier nog niet geweest en ik wil haar goed kunnen observeren.'

'Arme, Helga,' fluisterde Harry en hij wilde Rakel in haar oorlelletje bijten toen hij iets zag in de overgang van de borst naar de hals.

'Wat is dat?' Hij zette zijn vingertop voorzichtig op een rood puntje.

'Wat?' vroeg ze en ze voelde zelf. 'O ja, de dokter heeft bloed afgenomen.'

'In je hals?'

'Vraag me niet waarom.' Ze lachte. 'Je bent lief als je bezorgd bent.'

'Ik ben niet bezorgd,' zei Harry. 'Ik ben jaloers. Dit is mijn hals en we weten immers dat je een zwak hebt voor dokters.'

Ze lachte en hij hield haar nog steviger vast.

'Nee,' zei ze.

'Niet?' zei hij en hij hoorde dat haar ademhaling ineens zwaarder werd. Voelde dat haar lichaam meegaf.

'Moge de duivel je komen halen,' zei ze kreunend. Rakel leed volgens haarzelf aan 'een korte ontbrandingstijd' en vloeken was het duidelijkste teken.

'Misschien moeten we hier stoppen,' fluisterde hij, haar loslatend. 'De tuin ziet er niet uit.'

'Te laat,' siste ze.

Hij maakte haar jeans open, trok die en haar slip tot op haar knieën, net boven de schachten van haar laarzen. Ze boog voorover, pakte met haar ene hand het raamkozijn vast en wilde met de andere de zonnehoed afzetten.

'Nee,' fluisterde hij en hij boog zich voorover zodat zijn hoofd naast dat van haar kwam. 'Houd die op.'

Haar zachte, klokkende lach kietelde zijn oor. Mijn god, wat hield hij van die lach. Een ander geluid vermengde zich met de lach. Het gebrom van een vibrerende telefoon die naast haar hand op de vensterbank lag.

'Smijt die maar op bed,' fluisterde hij en hij weigerde op de display te kijken.

'Het is Katrine Bratt,' zei ze.

Rakel trok haar broek omhoog terwijl ze naar hem keek.

Zijn gezicht was diep geconcentreerd.

'Hoelang geleden?' vroeg hij. 'Ik begrijp het.'

Ze zag hem verdwijnen van haar, naar het geluid van de stem van de andere vrouw aan de telefoon. Ze wilde haar handen naar hem uitstrekken, maar het was al te laat, hij was al weg. Dat naakte, magere lichaam met de spieren die zich als ratten onder de bleke huid kronkelden, dat lichaam stond nog steeds voor haar. De blik met de blauwe kleur, die bijna was vervaagd in de irissen door het jarenlange alcoholmisbruik, was nog steeds op haar gericht. Hij had haar uitgelegd waarom hij deze zaak op zich moest nemen en ze had niet geprotesteerd. Want als Oleg van de politieacademie gestuurd kon worden dan mocht hij zijn gang gaan. Als ze moest kiezen tussen Harry verliezen of Oleg, dan toch liever Harry. Ze had een jarenlange training in het verliezen van Harry, ze wist dat ze zonder hem kon leven. Ze wist niet of ze kon leven zonder haar zoon. Maar terwijl hij had uitgelegd dat hij het voor Oleg deed, had de echo van wat hij onlangs tegen haar gezegd nog in haar hoofd geklonken: 'Er kan namelijk een dag komen waarop ik écht moet liegen en dan zou het mooi zijn als je denkt dat ik eerlijk ben.'

'Ik kom eraan,' zei Harry. 'Het adres?'

Harry verbrak de verbinding en begon zich aan te kleden. Snel, efficiënt en elke beweging weloverwogen. Als een machine die eindelijk doet waarvoor hij gebouwd is. Rakel observeerde hem, sloeg alles op zoals je dat doet als je je geliefde een poos niet zult zien.

Zonder Rakel aan te kijken, zonder een woord te zeggen beende hij weg. Ze was aan de kant gezet, uit zijn hoofd verbannen door een van zijn twee ware liefdes. Alcohol en moord. En daar was ze het meest bang voor.

Harry stond voor het oranje-witte afzetlint toen een raam op de begane grond openging. Het hoofd van Katrine Bratt kwam naar buiten.

'Laat hem binnen,' riep ze naar een jonge politieman die hem de weg versperde.

'Hij heeft geen ID,' protesteerde de politieman.

‘Het is Harry Hole,’ riep Katrine.

‘Is dat zo?’ De politieagent nam Harry op voor hij het afzetlint omhoogtrok. ‘Ik dacht dat het maar een gerucht was,’ zei hij.

Harry liep de drie treden op naar de openstaande deur van de flat. Binnen volgde hij het pad tussen de witte vlaggetjes waarmee de vondsten waren gemarkeerd. Een paar rechercheurs lagen op hun knieën in een kier van de vloer te peuteren.

‘Waar...?’

‘Daarbinnen,’ zei een van hen.

Harry bleef staan voor de deur die de technisch rechercheur had aangewezen. Hij haalde adem en leegde zijn hoofd. Toen stapte hij de kamer in.

Hij nam zo veel mogelijk in zich op: het licht, de geuren, het interieur, alles wat er was en alles wat er niet was.

‘Goedemorgen, Harry,’ zei Bjørn Holm.

‘Kun je opzijgaan?’ vroeg Harry zacht.

Bjørn deed een stap weg van de bank waarover hij gebogen had gestaan waardoor het lijk zichtbaar werd. In plaats van dichterbij te stappen, deed Harry een stap naar achteren. De scène, de enscenering, het geheel. Vervolgens deed hij een stap naar voren en begon alle details te noteren. De vrouw zat op de bank, met haar benen gespreid zodat haar jurk was opgestroopt en haar zwarte slip zichtbaar was. Haar hoofd lag achterover waardoor haar lange, geblondeerde haar naar beneden hing. En een deel van de hals duidelijk zichtbaar was.

‘Ze is daar vermoord,’ zei Bjørn, wijzend naar de muur naast het raam. Harry liet zijn blik over het behang en de onbewerkte vloerplanken gaan.

‘Minder bloed,’ zei Harry. ‘Hij heeft ditmaal geen gaten in de halsslagader gebeten.’

‘Misschien heeft hij mis gehapt,’ zei Katrine die uit de keuken kwam.

‘Als hij heeft gebeten dan heeft hij sterke kaken,’ zei Bjørn. ‘De gemiddelde kracht van een menselijke beet is zeventig kilo, maar hij lijkt hier het strottenhoofd en een deel van de luchtpijp in één keer te hebben doorgebeten. Zelfs met spitse ijzeren tanden is daar veel kracht voor nodig.'

'Of veel woede,' zei Harry. 'Zie je roest en verf in de wond?'

'Nee, maar dat is er misschien bij Elise Hermansen al afgegaan.'

'Hm. Of hij heeft de ijzeren tanden niet gebruikt, maar iets anders. Het lijk is ook niet op het bed gelegd.'

'Ik begrijp wat je denkt, Harry, maar dit gaat om dezelfde dader,' zei Katrine. 'Kom maar kijken.'

Harry liep met haar mee naar de keuken. Een van de technisch rechercheurs nam proeven van de glazen kan van een blender die bij de afwas stond.

'Hij heeft een smoothie gemaakt,' zei Katrine.

Harry slikte en keek naar de kan. De binnenkant was rood.

'Bloed. En die citroen lijkt uit de koelkast te komen.' Ze wees naar de restanten van een gele schil op het aanrecht.

Harry voelde de misselijkheid komen. Het was de eerste borrel die je nam waardoor je moest kokhalzen en braken. Nog twee borrels en stoppen werd onmogelijk. Hij knikte en verliet de keuken. Hij wierp een snelle blik in de badkamer en de slaapkamer voor hij terugging naar de woonkamer. Hij sloot zijn ogen en luisterde. De vrouw, de houding van het lichaam, de manier waarop ze werd tentoongesteld. De manier waarop Elise Hermansen was tentoongesteld. En daar was het. De echo. Hij was het. Hij moest het zijn.

Toen hij zijn ogen weer opendeed keek hij recht in het gezicht van een jongeman met een blonde kuif die hij meende te herkennen.

'Anders Wyller,' zei de jongen. 'Rechercheur.'

'Ja, natuurlijk,' zei Harry. 'Jij bent een jaar geleden afgestudeerd aan de politieacademie. Of was het twee jaar?'

'Twee jaar.'

'Gefeliciteerd met je fantastische cijfers.'

'Bedankt. Bijzonder dat je mijn cijfers nog weet.'

'Ik herinner me niets, pure deductie. Jij bent aangenomen op de afdeling Geweld na pas twee jaar in dienst te zijn.'

Anders Wyller lachte. 'Zeg het als ik stoor, dan vertrek ik. Het punt is dat ik hier pas tweeënhalve dag werk en als dit een dubbele moord is dan zal er nauwelijks iemand gelegenheid hebben om me de komende tijd iets te leren. Dus ik zou je willen vragen of ik achter je aan mag lopen om iets te kunnen leren. Maar alleen als dat oké is.'

Harry keek de jongen aan. Hij herinnerde zich dat hij op zijn kamer was geweest en dat hij veel vragen had gesteld. Zo ongelooflijk veel en soms zo irrelevant dat je hem ervan kon verdenken een Holehead te zijn. Holehead was een term die ze op de politieacademie gebruikten voor studenten die zich vergaapten aan de mythe Harry Hole en die in extreme gevallen om die reden naar de academie waren gekomen. Harry meed ze als de pest. Maar Holehead of niet, Harry dacht dat Anders Wyller ver kon komen met zijn cijfers, ambities, lach en ongecompliceerde sociale vaardigheden. En voordat Wyller zover was kon deze pientere jongen misschien van nut zijn bij het oplossen van de moorden.

'Prima,' zei Harry. 'De eerste les is dat je teleurgesteld gaat worden in je nieuwe collega's.'

'Teleurgesteld?'

'Jij komt vers van de academie en bent trots omdat je denkt dat je in de hoogste regionen van de politie bent beland. Dus de eerste les is dat moordonderzoekers net als andere mensen zijn. We zijn niet bovenmatig intelligent, sommigen van ons zijn zelfs dom. We maken fouten, veel fouten en leren daar niet echt van. Als we moe worden dan kiezen we er af en toe voor om te gaan slapen in plaats van verder te jagen zelfs als we weten dat de oplossing om de volgende hoek kan liggen. Dus als je denkt dat we je ogen kunnen openen, je kunnen inspireren en je een heel nieuwe wereld met de nieuwste snufjes op het gebied van technische onderzoeksmethoden kunnen laten zien, dan zul je teleurgesteld worden.'

'Dat weet ik allemaal al, Harry.'

'Is dat zo?'

'Ik heb twee dagen met Truls Berntsen samengewerkt. Ik wil alleen weten hoe jij werkt.'

'Je hebt mijn lessen moordonderzoek gevolgd.'

'En ik weet dat jij zo niet werkt. Waar dacht je aan?'

'Dacht ik?'

'Ja, je stond daar met je ogen dicht. Ik betwijfel het of dat ook bij de lesstof hoorde.'

Harry zag dat Bjørn zich had opgericht. Dat Katrine met haar armen over elkaar in de deuropening stond en hem bemoedigend toeknikte.

'Goed,' zei Harry. 'Iedereen heeft zijn eigen methode. De mijne is dat ik in contact wil komen met de gedachten die door mijn hoofd gaan de eerste keer dat ik op een plaats delict kom. Alle ogenschijnlijk onbeduidende conclusies die mijn hersenen automatisch trekken op het moment dat we ergens voor de eerste keer komen. Gedachten die we zo snel vergeten omdat we geen tijd hebben die te formuleren, omdat onze aandacht naar iets anders wordt getrokken, zoals de dromen die wegglippen zodra je wakker wordt en al het andere om je heen waarneemt. Negen van de tien gedachten zijn van geen waarde. Je hoopt dat de tiende wel iets betekent.'

'En nu?' zei Wyller. 'Betekenden de gedachten iets voor je?'

Harry aarzelde. Hij zag Katrines opmerkzame blik. 'Ik weet het niet. Maar ik denk dat de moordenaar een probleem heeft met hygiëne.'

'Hygiëne?'

'Hij heeft zijn vorige slachtoffer van de plek waar hij haar heeft gedood naar het bed gebracht. Seriemoordenaars hebben de gewoonte dingen steeds op dezelfde manier te doen, dus waarom heeft hij deze vrouw in de woonkamer laten liggen? Het enige verschil met deze slaapkamer en die van Elise Hermansen is dat het beddengoed vuil is. Ik heb het appartement van Hermansen gisteren geïnspecteerd toen de technische recherche haar beddengoed ophaalde. Het rook er naar lavendel.'

'Dus hij heeft hier gemeenschap met haar gehad omdat hij niet tegen vuil beddengoed kan?'

'Daar komen we nog op,' zei Harry. 'Heb je de blender in de keuken gezien? Oké, je hebt gezien dat hij die in de gootsteen heeft gezet nadat hij de kan had gebruikt?'

'Waar?'

'Waar de vuile vaat staat,' zei Katrine. 'De jeugd weet niet meer hoe met de hand afwassen gaat, Harry.'

'De gootsteen,' zei Harry. 'Hij had de kan daar niet hoeven zetten, hij zou immers de afwas niet gaan doen. Dus misschien was het een dwanghandeling, misschien lijdt hij aan smetvrees? Aan een bacteriefobie? We zien bij seriemoordenaars vaak fobieën. Maar hij heeft de handeling niet afgemaakt, hij heeft niet afgewassen, hij heeft de kraan niet eens opengedraaid en de glazen kan met water gevuld zodat de restanten van de bloed-en-citroen-smoothie makkelijker af te wassen waren. Waarom niet?'

Anders Wyller schudde zijn hoofd.

'Oké, daar komen we ook nog op terug,' zei Harry en hij knikte naar het lijk. 'Zoals je ziet heeft de vrouw...'

'De buurman heeft haar geïdentificeerd als Ewa Dolmen. Ewa met een w.'

'Bedankt. Ewa heeft zoals je kunt zien haar slipje nog aan, in tegenstelling tot Elise die hij had uitgekleed. Er staat een geopend doosje tampons in de badkamer dus ik neem aan dat Ewa menstrueerde. Katrine, kun je even kijken?'

'De gerechtelijk arts is onderweg.'

'Alleen maar om te kijken of het klopt wat ik denk, namelijk dat een tampon er nog steeds in zit.'

Katrine fronste haar voorhoofd. Maar ze deed wat Harry haar had gevraagd terwijl de drie mannen zich omdraaiden. 'Er hangt inderdaad een draadje van de tampon uit.'

Harry pakte een pakje Camel uit zijn jaszak. 'Dat betekent dat de moordenaar – tenzij hij de tampon later weer heeft ingebracht – haar niet vaginaal heeft verkracht. Omdat hij...' Harry wees met zijn sigaret naar Anders Wyller.

'...van hygiëne houdt.'

'Dat is in elk geval een mogelijkheid,' ging Harry verder. 'Het is ook mogelijk dat hij niet van bloed houdt.'

'Niet van bloed houdt?' zei Katrine. 'Hij drínkt het, verduiveld nog an toe.'

'Met citroen,' zei Harry en hij stopte de niet-aangestoken sigaret tussen zijn lippen.

'Wat?'

'Dat vraag ik me ook af,' zei Harry. 'Wat? Wat betekent dat? Dat het bloed te zoet was?'

'Probeer je grappig te zijn?' vroeg Katrine en ze keek Harry doordringend aan.

'Nee, ik vind het alleen grappig dat iemand van wie we denken dat hij seksuele bevrediging zoekt door het drinken van bloed, zijn favoriete drankje niet puur kan opdrinken. Mensen gebruiken citroen voor gin en vis, ze beweren dat die de smaak ophaalt. Maar dat is onzin, citroen verlamt de smaakorganen en verdooft alles. We voegen citroen toe om de smaak te verbloemen van iets waar we niet van houden. Levertraan werd veel beter verkocht toen er citroen aan toe werd gevoegd. Dus misschien houdt onze vampirist niet van de smaak van bloed, misschien is het drinken van bloed een dwanghandeling.'

'Misschien is hij bijgelovig en drinkt hij het om de kracht van het slachtoffer te krijgen,' zei Wyller.

'Hij is in elk geval een misdadiger die gedreven wordt door seksuele waanzin, maar die ervan heeft afgezien het onderlichaam van dit lijk aan te raken en dat kan zijn omdat ze bloedde.'

'Een vampirist die menstruatiebloed niet kan verdragen,' zei Katrine. 'De gedachten van een mens zijn...'

'Wat ons terugbrengt naar de kan,' zei Harry. 'Hebben we andere fysieke sporen van de dader?'

'Op de voordeur,' zei Bjørn.

'De deur?' vroeg Harry. 'Ik heb bij binnenkomst een blik geworpen op het slot en dat is onbeschadigd.'

'Niet van een inbraak. Je hebt de buitenkant niet gezien.'

Gedrieën stonden ze bij de trap en keken toe hoe Bjørn het touw losmaakte dat de deur open had gehouden. De deur viel langzaam dicht en de buitenkant werd zichtbaar. Harry staarde en voelde dat zijn hart in zijn borst bonkte en zijn mond droog werd.

'Ik heb de deur vastgezet zodat niemand eraan zou komen voordat jullie kwamen,' zei Bjørn.

Op de deur was een v van meer dan een meter groot geschreven. Aan de onderkant was het bloed uitgelopen.

‘Daarom werden we gebeld,’ zei Katrine. ‘De buurman hoorde dat de kat van Ewa stond te miauwen voor de deur. Het was niet ongewoon dat de kat buiten was en de buren lieten het beest wel vaker binnen als het te lang duurde voor Ewa de deur opendeed. Volgens hen was het in de loop van de tijd onduidelijk geworden waar de kat eigenlijk thuishoorde. Hoe dan ook, toen ze de kat wilden binnenhalen, zagen ze dat het beest aan de deur likte. En aangezien katten over het algemeen niet van verf houden, begrepen ze dat de v er met bloed op was geschilderd.’

Ze bekeken de deur zwijgend.

Bjørn was de eerste die de stilte verbrak. ‘De v van victorie?’

‘v van vampirist,’ zei Katrine.

‘Of misschien heeft hij alleen afgevinkt dat er een nieuw slachtoffer is gemaakt,’ stelde Wyller voor.

De andere drie keken Harry aan.

‘Nou?’ zei Katrine ongeduldig.

‘Ik weet het niet,’ zei Harry.

Opnieuw was daar die scherpe blik van haar. ‘Vooruit, ik zie dat je aan iets denkt.’

‘Hm. v voor vampirist is misschien niet zo’n slechte suggestie. Het kan kloppen met het idee dat hij er veel energie in steekt om ons juist dat te vertellen.’

‘Juist wat?’

‘Dat hij bijzonder is. IJzeren tanden, de blender, deze letter. Hij ziet zichzelf als uniek en geeft ons stukjes van de puzzel zodat wij dat ook inzien. Hij wil dat we dichterbij komen.’

Katrine knikte.

Wyller aarzelde, hij leek te beseffen dat zijn spreektijd voorbij was, maar toch waagde hij de gok: ‘Bedoel je dat de moordenaar diep vanbinnen wil dat we hem ontmaskeren?’

Harry gaf geen antwoord.

‘Niet wie hij is, maar wat,’ zei Katrine. ‘Hij hijst de vlag.’

‘Mag ik vragen wat dat betekent?’

‘Ga je gang,’ zei Katrine. ‘Vraag het onze specialist op het gebied van seriemoordenaars.’

Harry staarde naar de letter. Het was geen echo van een schreeuw meer, dit was de schreeuw zelf. De schreeuw van een demon.

'Dat betekent...' zei Harry, hij knipte zijn aansteker aan, hield die voor zijn sigaret en inhaleerde stevig. En liet de rook weer ontsnappen. '...dat hij wil spelen.'

'Jij dacht dat de v voor iets anders staat,' zei Katrine toen ze een uur later samen met Harry de flat verliet.

'Is dat zo?' zei Harry en hij keek de straat in. Tøyen. De wijk met immigranten. Smalle straten, Pakistaanse kruideniers, straatkeien, leraren Noors op de fiets, Turkse cafés, waggelende moeders in hidjabs, jeugd met een studiebeurs, lucht en liefde, een piepklein platenwinkeltje dat vinyl en hardrock promootte. Harry hield van Tøyen. Hij hield er zoveel van dat hij zich soms afvroeg wat hij te zoeken had in die villawijk op de berg.

'Je wilde het alleen niet hardop zeggen,' zei Katrine.

'Weet je wat mijn grootvader altijd zei als hij me betrapte op vloeken? Als je het over de duivel hebt dan...'

'Dan wat?'

'...dan trap je hem op zijn staart.'

'We hebben met een dubbele moord te maken, Harry, misschien met een seriemoordenaar. Kan het eigenlijk erger?'

'Ja,' zei Harry. 'Dat kan.'

HOOFDSTUK 11

ZATERDAGMIDDAG

'We gaan ervan uit dat we met een seriemoordenaar te maken hebben,' zei inspecteur Katrine Bratt en ze keek naar het voltallige onderzoeksteam in de KO-zaal. Plus Harry. Ze hadden besloten dat hij bij deze briefings zou zijn totdat hij een eigen groep had geformeerd.

Er hing een andere, meer gefocuste sfeer dan bij de voorgaande briefings. Dat had uiteraard met de ontwikkelingen in de zaak te maken, maar Katrine was er tamelijk zeker van dat Harry's aanwezigheid ook het nodige effect had. Hij was weliswaar het alcoholistische, arrogante enfant terrible van de afdeling Geweld, iemand die direct of indirect schuld had aan de dood van collega's en wiens werkmethoden zeer twijfelachtig waren, maar door hem ging men wel rechterop zitten. Want hij had nog steeds die duistere, bijna beangstigende uitstraling en zijn resultaten stonden beslist niet ter discussie. Ze kon zo snel maar één persoon bedenken die hij niet had kunnen pakken. Misschien was het waar wat Harry zei dat zelfs een hoerenmadam respect krijgt als ze maar lang genoeg volhoudt.

'Een dergelijke dader is om verschillende redenen erg moeilijk te pakken. In de eerste plaats omdat ze hun daden zo goed plannen, zoals we nu ook zien. Ze kiezen toevallige slachtoffers en laten geen sporen op de plaats delict achter behalve dan de sporen die wij moeten vinden. Dat is de reden dat de map die voor jullie ligt met de rapporten van de technische recherche, het gerechtelijk laboratorium en de tactische recherche zo dun is. Het is ons nog steeds niet gelukt om bekende zedendelinquenten te koppelen aan Elise Hermansen en Ewa Dolmen of aan een van de plaatsen delict. Maar het is ons wel gelukt om een methode aan de moorden te koppelen. Tord?'

De IT-expert liet, voor hij begon, een misplaatst lachje horen alsof hij het grappig vond wat Katrine net had gezegd. 'Ewa Dolmen heeft een bericht via haar mobiele telefoon gestuurd waaruit blijkt dat ze een Tinder-date had in een sportbar die Dicky heet.'

'Dicky?' riep Magnus Skarre uit. 'Dat is bijna tegenover Jealousy Bar.'

Er ging een gezamenlijk gekreun door de zaal.

'Dus als het een patroon is dat de moordenaar gebruikmaakt van Tinder en van ontmoetingsplaatsen in Grünerløkka dan hebben we tenminste iets.'

'Wat dan eigenlijk?' vroeg een van de rechercheurs.

'Een idee hoe de volgende keer zal verlopen.'

'Wat nu als er geen volgende keer komt?'

Katrine haalde adem. 'Harry?'

Harry wipte achterover met zijn stoel. 'Nou, gewoonlijk hebben seriemoordenaars meer tijd tussen de eerste moorden nodig om hun eigen methoden te ontwikkelen. Er kunnen maanden, zelfs jaren, tussen zitten. Het klassieke patroon is dat er na een moord een periode van afkoeling is voor de seksuele frustratie zich opnieuw begint op te bouwen. Deze cycli tussen de moorden worden steeds korter en korter. Nu we te maken hebben met zo'n korte cyclus van maar twee dagen tussen de moorden ligt het daarom voor de hand dat het niet de eerste keer is dat hij een dergelijk misdrijf begaat.'

Er volgde een stilte waarin iedereen op een voortzetting wachtte, maar die kwam niet.

Katrine kuchte. 'Het probleem is dat we de laatste vijf jaar geen geweldsdelicten hebben gezien die qua wreedheid ook maar enige overeenkomsten vertonen met deze twee moorden. We hebben met Interpol gecheckt of het mogelijk is dat de dader zijn jachtgebied heeft verplaatst en naar Noorwegen is gegaan. Er is een twaalftal kandidaten, maar geen van hen lijkt onlangs naar Noorwegen te zijn geëmigreerd. Dus we weten niet met wie we te maken hebben, maar uit ervaring weten we dat het weer zal gebeuren. En in dit geval waarschijnlijk snel.'

'Hoe snel?' klonk een stem.

'Moeilijk te zeggen,' zei Katrine en ze zag dat Harry discreet één vinger opstak. 'Maar het kan binnen een etmaal gebeuren.'

'En er is niets wat we kunnen doen om hem tegen te houden?'

Katrine verplaatste haar gewicht naar haar andere been. 'We hebben contact gehad met de hoofdcommissaris en gevraagd of we tijdens de persconferentie van zes uur een officiële waarschuwing aan de inwoners van de stad mogen geven. Hopelijk zal dat de moordenaar tegenhouden of in elk geval zal hij zijn plannen uitstellen als hij begrijpt dat de mensen waakzamer zijn.'

'Zal hij dat echt doen?' vroeg Wolff.

'Ik geloof...' begon Katrine, maar ze werd onderbroken.

'Met alle respect, Bratt, maar de vraag was aan Hole gericht.'

Katrine slikte en probeerde haar ergernis niet te laten blijken. 'Wat zeg jij, Harry? Zal een officiële waarschuwing aan de bevolking hem tegenhouden?'

'Ik heb geen idee,' zei Harry. 'Vergeet wat jullie op televisie hebben gezien. Seriemoordenaars zijn geen robots met dezelfde software die hetzelfde patroon volgt. Ze zijn net zo verschillend en onberekenbaar als alle andere mensen.'

'Slim geantwoord, Hole.' Iedereen draaide zich om naar de deur waar de net gearriveerde hoofdcommissaris Bellman met zijn armen over elkaar geslagen tegen de deurpost leunde. 'Niemand weet wat het effect van een officiële waarschuwing zal zijn. Misschien prikkelt het deze zieke moordenaar alleen maar en geeft het hem het gevoel dat hij grip heeft op de situatie, dat hij onkwetsbaar is en gewoon kan doorgaan. Wat we wel weten is dat een officiële waarschuwing de indruk wekt dat we hier op het hoofdbureau bezig zijn de controle over de situatie te verliezen. De inwoners van de stad zullen bang worden. Erg bang, kunnen we wel zeggen. Degenen onder jullie die hebben gelezen wat de kranten de laatste uren op internet publiceren zullen hebben gezien dat er al gespeculeerd wordt over het verband tussen de beide moorden. Dus ik heb een beter voorstel.' Mikael Bellman trok aan de witte overhemdsmouwen die uit de mouwen van zijn colbert staken. 'En dat is dat we die vent pakken voordat hij nog meer ellende veroorzaakt.' Hij lachte naar zijn mensen. 'Of wat vinden jullie?'

Katrine zag dat er een paar hoofden knikten.

'Goed,' zei Bellman en hij keek op zijn horloge. 'Ga verder, inspecteur Bratt.'

Het klokkenspel van het Rådhus gaf aan dat het acht uur in de avond was toen de civiele politieauto van het merk vw-Passat langzaam voorbijreed.

'Dat was de ergste persconferentie die ik ooit heb moeten geven,' zei Katrine en ze reed met de Passat in de richting van de Dronning Mauds gate.

'Negenentwintig keer,' zei Harry.

'Hè?'

'Je zei negenentwintig keer: "Daar kunnen we geen commentaar op geven",' zei Harry. 'Ik heb het geteld.'

'Het scheelde niet veel of ik wilde zeggen: "Sorry, maar de hoofdcommissaris heeft ons gemuilkorfd." Waar is Bellman mee bezig? Niet waarschuwen, niet onomwonden zeggen dat er een seriemoordenaar rondloopt en dat de mensen op moeten passen?'

'Hij heeft gelijk dat het irrationele angst zal oproepen.'

'Irrationele?' zei Katrine briesend. 'Kijk! Het is zaterdagavond en de helft van de vrouwen die je hier ziet lopen is op weg om een man te ontmoeten die ze niet kennen, een prins van wie ze hopen dat hij hun leven zal veranderen. En als jouw vermoeden omtrent dat etmaal klopt dan zal een van hen merken dat dat verduiveld waar is.'

'Wist je dat er in het centrum van Londen een groot busongeluk heeft plaatsgevonden op de dag van de terroristische aanslag in Parijs? Ongeveer net zoveel dodelijke slachtoffers als in Parijs. Noren met bekenden in Paris belden omdat ze bang waren dat zij onder de slachtoffers waren. Maar niemand maakte zich erg veel zorgen over hun vrienden en bekenden in Londen. Na de aanslag waren mensen bang om naar Parijs te gaan ondanks het feit dat de politie in de hoogste staat van paraatheid was gebracht. Niemand heeft gezegd dat hij bang was om in Londen de bus te nemen hoewel de verkeerssituatie niet was verbeterd.'

'Wat is je punt?'

'Dat de mensen banger zijn slachtoffer te worden van de vampirist dan statistisch gezien nodig is. Omdat het op alle voorpagina's staat en omdat ze gelezen hebben dat hij je bloed drinkt. Terwijl ze tegelijkertijd de sigaret aansteken die zeer waarschijnlijk de oorzaak van hun dood zal worden.'

'Vertel je me nu dat je het met Bellman eens bent?'

'Nee,' zei Harry en hij keek naar buiten. 'Ik stook omdat ik me probeer te verplaatsen in Bellmans positie om te begrijpen wat hij wil. Bellman heeft altijd een dubbele agenda.'

'En hoe zit dat in dit geval?'

'Ik weet het niet. Maar hij wil in elk geval dat deze zaak zo min mogelijk wordt opgeblazen en zo snel mogelijk wordt opgelost. Als een titelverdedigende bokser.'

'Waar heb je het nu weer over, Harry?'

'Als je de kampioenstitel al hebt dan wil je het liefst wedstrijden vermijden omdat je het beste wat je kunt bereiken al hebt.'

'Interessante theorie. Hoe zit het met je andere theorie?'

'Ik zei dat ik er niet zeker van ben.'

'Hij heeft een v op de voordeur van Ewa Dolmen geschreven. Dat is de eerste letter van zijn naam, Harry. En je zei dat je de plaats delict herkende uit de tijd dat hij actief was.'

'Ja, maar het lukt me zoals gezegd niet om te concretiseren wat ik herken en voel.'

Harry aarzelde terwijl het neutrale straatbeeld uit de film waarnaar Rakel had zitten kijken door zijn hoofd schoot.

'Luister Katrine, de beet in de hals, de ijzeren tanden, het drinken van het bloed. Dat zijn niet zijn methoden. Serieverkrachters en -moordenaars zijn misschien onberekenbaar wat de details betreft, maar ze veranderen hun methoden niet.'

'Hij heeft vele methoden, Harry.'

'Hij houdt van hun pijn en lijden. Niet van het bloed.'

'Je zei dat de moordenaar citroen door het bloed had gemengd omdat hij niet van bloed houdt.'

'Katrine, het helpt ons niet eens dat we wéten wie hij is. Jullie en Interpol maken al hoelang jacht op hem?'

'Al meer dan drie jaar.'

'En ik denk dat het daarom contraproductief is om de anderen in te lichten over onze verdenking want daarmee lopen we het risico dat het onderzoek wordt toegespitst op die ene persoon.'

'Of is het omdat je hem voor jezelf wilt hebben?'

'Wat?'

'Dat is de reden dat je bent teruggekomen, Harry, of niet? Je hebt vanaf het begin vermoed dat hij het was. Oleg was alleen maar een excuus.'

'Laten we hier maar over ophouden, Katrine.'

'Omdat Bellman die informatie over Oleg nooit openbaar zou maken, dat zou als een boemerang op hem terugkomen. Hij had het namelijk eerder moeten melden.'

Harry zette de radio harder. 'Heb je dit ooit gehoord? Aurora Aksnes, echt...'

'Je hebt een hekel aan synthesizers, Harry.'

'Niet meer dan aan dit gesprek.'

Katrine zuchtte. Ze bleven staan voor rood licht en Katrine leunde voorover om door de voorruit te kijken. 'Kijk, het is vollemaan.'

'Het is vollemaan,' zei Mona Daa, kijkend uit het keukenraam naar de golvende akkers. De maneschijn gaf ze een glimmend oppervlak waardoor het leek of het gesneeuwd had. 'Verhoogt dat, denk je, de kans dat hij vanavond voor de derde keer zal toeslaan?'

Hallstein Smith glimlachte. 'Nauwelijks, afgaand op wat je me hebt verteld over de twee moorden zijn de parafilieën van deze vampirist necrofilie en sadisme en niet zozeer mythomanie of inbeelding dat hij een buitenaards wezen is. Maar dat hij toe zal slaan is vrijwel zeker.'

'Interessant.' Mona Daa schreef in haar notitieboek dat op de keukentafel lag naast een verse kop groene chilithee. 'En hoe en waar zou dat gebeuren, denk je?'

'Je zei dat de laatste vrouw ook een Tinder-date had?'

Mona Daa knikte terwijl ze nog steeds noteerde. De meeste collega's gebruikten opnameapparatuur, maar hoewel ze de jongste misdaadreporter was gebruikte ze de oude methode. De officiële verklaring was dat ze in de race om de eerste te zijn tijd spaarde ten opzichte van de anderen omdat ze al tijdens het noteren bezig was met redigeren. Dat was vooral een voordeel als ze verslag moest doen van een persconferentie. Hoewel, tijdens de persconferentie op het hoofdbureau vanmiddag had je je kunnen redden zonder opnameapparatuur of notitieboekjes. Het herhaalde antwoord van Katrine Bratt 'daar kunnen we geen commentaar op geven' had aan het eind zelfs de meeste ervaren reporters geprovoceerd. 'We hebben nog niet in de krant gepubliceerd dat ze een Tinder-date had, maar we hebben een tip van een bron binnen de politie die zegt dat Ewa Dolmen een tekstbericht naar een vriendin had gestuurd dat ze een Tinder-date had in Dicky in Grünerløkka.'

'Juist.' Smith zette zijn bril recht. 'Ik ben er tamelijk zeker van dat hij blijft vasthouden aan de methode waar hij succes mee had.'

'Dus wat zou je willen zeggen tegen de vrouwen die overwegen de komende dagen via Tinder een nieuwe date te zoeken?'

'Dat ze moeten wachten tot de vampirist is gegrepen.'

'Maar denk je dat hij Tinder blijft gebruiken zelfs als hij dit heeft gelezen en heeft begrepen dat iedereen zijn methode kent?'

'Dit is een psychose, hij laat zich niet stoppen door rationele overwegingen over risico's. We hebben niet te maken met een klassieke seriemoordenaar die in alle rust zijn plannen uitstippelt. De koelbloedige psychopaat die geen sporen achterlaat, die zich in hoeken en gaten verstopt, zijn web spint en de tijd neemt tussen elke moord.'

'Onze bron zegt dat de leiding van het onderzoeksteam meent dat het om een klassieke seriemoordenaar gaat.'

'Dit is een andere vorm van gekte. De moord is van ondergeschikt belang, het is het bloed dat hem drijft. En hij wil doorgaan, hij is nu op het kookpunt, de psychose is in volle bloei. De hoop is dat hij – in tegenstelling tot de klassieke seriemoordenaar – zal worden geïdentificeerd en gepakt omdat hij de controle heeft verloren. Hij lijkt nonchalant om te gaan met de kans dat hij gepakt kan worden. De klassieke seriemoordenaar en de vampirist zijn beiden natuurrampen als je ervan uitgaat dat het gezonde mensen zijn die ziek in hun hersenen zijn geworden. Maar terwijl de seriemoordenaar noodweer is dat maar voortraast, is de vampirist een lawine. Het zal in korte tijd voorbij zijn. Maar voor die tijd kan een lawine een heel dorp wegvagen, of niet?'

'Klopt,' zei Mona en ze noteerde 'dorp wegvagen'. 'Mag ik je hartelijk danken, Smith, ik heb gehoord wat ik wilde.'

Smith gebaarde met zijn armen. 'Geen dank. Ik ben eigenlijk verbaasd dat jullie daarvoor helemaal hierheen zijn gekomen.'

Mona Daa haalde haar iPad tevoorschijn. 'We willen ook nog een foto maken, dus ik blijf hier nog even zitten.'

'Ik stel een foto buiten op de akker voor,' zei de fotograaf die zwijgend naar het interview had zitten luisteren. 'Jij, het weidse landschap en het mooie licht van de vollemaan.'

Mona Daa wist natuurlijk waar de fotograaf aan dacht: eenzame man op een nachtzwarte akker, vollemaan, vampier. Ze knikte hem haast onmerkbaar toe. Af en toe was het beter om hun foto-object niet te vertellen wat hun ideeën waren, je liep alleen maar het risico dat ze met tegenwerpingen zouden komen.

'Zou mijn vrouw ook op de foto mogen?' vroeg Smith en hij keek een beetje gegeneerd. 'VG... dat is nogal wat voor ons.'

Mona Daa glimlachte. Zo lief. Een ogenblik schoot haar een idee door het hoofd. Ze konden een foto maken van de psycholoog die ter illustratie zijn vrouw in haar hals bijt, maar dat was natuurlijk *over the top*, te veel slapstick voor deze serieuze moordzaak.

'Mijn redacteuren willen je vast alleen op de foto hebben,' zei ze.

'Ik begrijp het, ik moest het vragen,' zei Smith met een verontschuldigend lachje.

'Ik blijf hier zitten om het artikel te schrijven, misschien lukt het om het voor ons vertrek op de website te zetten. Hebben jullie hier wifi?'

Mona kreeg het wachtwoord: freudundgammen en ze was al halverwege het schrijven toen ze buiten een flitslicht zag.

De officieuze verklaring dat ze opnameapparatuur vermeed was dat er dan onomstotelijk bewijs zou zijn van wat er eigenlijk was gezegd. Niet dat Mona Daa ooit bewust iets schreef wat tegen de bedoeling van de geïnterviewde inging, maar het gaf haar wel de vrijheid om het wat puntiger te formuleren, om het zo maar te zeggen. De citaten te vertalen naar tabloidtaal die de lezers begrepen. Ze klikte op de kop: 'Psycholoog: vampirist kan hele dorpen wegvagen!

Ze keek op de klok. Truls Berntsen had gezegd dat hij om tien uur zou bellen als er iets nieuws opdook.

'Ik hou niet van sciencefictionfilms,' zei de man die tegenover Penelope Rasch zat. 'Het irritantst vind ik het geluid als het ruimteschip langs de camera komt.' Hij tuitte zijn lippen en maakte een snel woesj-geluid. 'Er is geen lucht in het heelal, er zijn daar geen geluiden, alleen maar doodse stilte. We worden voorgelogen.'

'Amen,' zei Penelope lachend en ze tilde haar glas water op.

'Ik hou van Alejandro González Iñárritu,' zei de man en hij tilde zijn eigen glas, ook gevuld met mineraalwater, op. 'En *Biutiful* en *Babel* vind ik beter dan *Birdman* en *The Revenant*. Ik ben bang dat hij bezig is mainstream te worden.'

Penelope huiverde van genot. Niet in de eerste plaats omdat hij zojuist haar favoriete films had genoemd, maar ook omdat hij de weinig gebruikte tweede naam van Iñárritu kende.

En hij had het ook over haar favoriete schrijver (Cormac McCarthy) en favoriete reisbestemming (Florence) gehad. De deur ging open. Ze waren de enige gasten in het kleine, verborgen restaurant dat hij had voorgesteld en toen de deur openging draaide hij zich om. Niet naar de deur, maar ervan af. Er kwam een ander stel binnen. Daardoor kreeg ze een paar seconden de tijd hem ongemerkt te observeren. Ze had al vastgesteld dat hij slank was, ongeveer even groot als zij en dat hij goede manieren had en goedgekleed was. Maar was hij knap? Dat was moeilijk te zeggen. Hij was beslist niet on-knap, maar er was iets glads aan hem. En daardoor betwijfelde ze of hij inderdaad nog maar veertig was zoals hij beweerde. Zijn huid leek rond zijn ogen en in zijn nek strak te zijn getrokken alsof hij een facelift had gehad.

'Ik kende dit restaurant niet,' zei ze. 'Erg rustig.'

'T-te rustig?' vroeg hij met een lachje.

'Rustig is fijn.'

'De volgende keer kunnen we naar een gelegenheid gaan waar ze

Kirin-bier en zwarte rijst serveren,' zei hij. 'Als je daar tenminste van houdt?'

Er ontsnapte bijna een kreetje uit haar keel. Het was verbluffend. Hoe kon hij weten dat ze van zwarte rijst hield? De meeste vrienden van haar wisten niet eens dat die bestond. Roar had het gehaat, hij beweerde dat het naar gezond voedsel smaakte en dat het snobisme van haar was. En op zich waren beide beweringen juist. In zwarte rijst zaten meer antioxidanten dan in blauwe bessen en het was een product dat vroeger alleen voorbehouden was aan de keizer en zijn familie.

'Daar hou ik zeker van,' zei ze. 'Waar hou jij van?'

'Van mijn werk.'

'En dat is?'

'Beeldend kunstenaar.'

'Wat spannend! Wat...'

'Installaties.'

'Roar... mijn ex dus, hij is ook beeldend kunstenaar, misschien ken je hem wel?'

'Niet waarschijnlijk, ik begeef me niet in kunstenaarskringen. En ik heb mezelf opgeleid, om het zo maar te zeggen.'

'Maar als je kunt leven van de kunst dan is het raar dat ik nog niet van je heb gehoord. Oslo is klein.'

'Ik doe andere dingen om te overleven.'

'Zoals wat?'

'Ik ben bewaker.'

'Maar je hebt wel exposities?'

'Over het algemeen zijn het besloten exposities voor een klein, professioneel publiek waar de pers niet welkom is.'

'Oei, spannend dat je het zo exclusief maakt, ik heb vaak tegen Roar gezegd dat hij dat ook moet proberen. Wat gebruik je voor je installaties?'

Hij veegde met zijn servet langs zijn glas. 'Modellen.'

'Modellen... zoals in levende mensen?'

Hij lachte. 'Ook die. Vertel me eens wat over jou, Penelope. Waar hou jij van?'

Ze zette een vinger onder haar kin. Ja, waar hield ze van? Eigenlijk had ze het gevoel dat hij dat al had gezegd. Het leek of hij een boek over haar had gelezen.

'Ik hou van mensen,' zei ze. 'En eerlijkheid en van mijn familie. En van kinderen.'

'En om vastgehouden te worden,' zei hij, een blik werpend op het stel dat twee tafels van hen vandaan ging zitten.

'Sorry?'

'Je houdt ervan om vastgehouden te worden en hard te spelen.' Hij leunde over tafel. 'Ik kan het aan je zien, Penelope. En dat is prima want daar hou ik ook van. Het begint hier druk te worden, zullen we naar jouw huis gaan?'

Het duurde een ogenblik voor Penelope begreep dat het geen grap was. Ze sloeg haar ogen neer en zag dat hij zijn hand zo dicht bij die van haar had gelegd dat hun vingertoppen elkaar bijna raakten. Ze slikte. Wat was dat toch met haar dat ze altijd met gestoorde mannen eindigde? Haar vriendinnen hadden gezegd dat de beste manier om over Roar heen te komen was andere mannen te ontmoeten. En ze had het geprobeerd, maar het waren óf sociaal onhandige IT-nerds geweest waardoor zij het gesprek aan de gang moest houden óf het waren mannen zoals deze die alleen uit waren op een vluggertje.

'Ik geloof dat ik alleen naar huis ga,' zei ze en ze keek rond of ze de ober zag. 'Zeg, ik betaal graag de rekening.' Ze hadden er maar twintig minuten gezeten, maar dit was volgens haar vriendinnen het derde en belangrijkste gebod: *don't play games, leave if you don't click.*

'Die twee flesjes mineraalwater neem ik voor mijn rekening,' zei de man glimlachend terwijl hij even aan zijn lichtblauwe overhemdkraag trok. 'Ren, Assepoester.'

'Oké, bedankt.'

Penelope greep haar tas en maakte dat ze buiten kwam. De scherpe herfstlucht was heerlijk op haar warme wangen. Ze liep over de Bogstadvei. Aangezien het zaterdagavond was waren de straten vol mensen in uitgelaten stemming en er stond een rij bij de taxistandplaats. Ook goed, de taxiprijzen in Oslo waren zodanig dat ze zelden een taxi nam tenzij de regen met bakken uit de hemel kwam. Ze liep langs de Sorgenfrigate waarvan ze had gedroomd dat Roar en zij daar ooit zouden wonen in een van die mooie appartementencomplexen. Ze waren het erover eens geweest dat het appartement niet groter dan zo'n tachtig vierkante meter hoefde te zijn, als het maar pas gerenoveerd was en een bad had. Ze hadden echt wel geweten dat het peperduur zou zijn, maar zowel haar ouders als die van Roar hadden toegezegd dat ze hun een handje wilden helpen. Met 'een handje helpen' hadden ze natuurlijk bedoeld dat ze het hele appartement zouden financieren. Zij had immers nog maar net de designopleiding afgerond en was nog op zoek naar een baan en het kunstenaarsmilieu had Roars enorme talent nog niet ontdekt. Afgezien dan van die verrekte galeriedame die haar vallen zorgvuldig had uitgezet. Kort na het vertrek van Roar was Penelope ervan overtuigd geweest dat Roar die vrouw zou doorzien, dat hij zou begrijpen dat ze een gerimpelde poema was die alleen maar even een jonge trofee wilde hebben met wie ze een poosje kon spelen. Maar dat was niet gebeurd, integendeel, ze hadden hun zogenaamde verloving bekendgemaakt door middel van een idiote installatie in de vorm van een suikerspin.

Penelope stapte bij metrohalte Majorstua in de eerstvolgende trein die in westelijke richting ging. Ze stapte uit bij Hovseter, ook wel bekend als de oostkant van het westen. Een verzameling flatgebouwen met relatief goedkope flats waarvan Roar en zij de goedkoopste hadden gehuurd. De badkamer was vreselijk. Roar had haar getroost en haar *Just Kids* gegeven van Patti Smith, een autobiografisch verhaal over twee ambitieuze kunstenaars die begin jaren zeventig in New York leefden van de hoop, de lucht en de liefde en uiteraard uiteindelijk succes hadden. Maar oké, ze waren elkaar wel kwijtgeraakt.

Ze liep van de halte naar het woonblok dat voor haar oprees en dat verlicht leek. Ze bedacht dat het vanavond vollemaan was en dat de maan waarschijnlijk recht achter het gebouw stond. Vier. Ze had met vier mannen geslapen sinds Roar elf maanden en dertien dagen geleden was vertrokken. Twee van hen waren beter dan Roar, twee slechter. Maar het was niet om de seks dat ze van Roar had gehouden. Dat was omdat hij... nou ja, Roar was. Moge de duivel hem halen.

Ze merkte dat ze sneller ging lopen toen ze langs het struikgewas links van de weg liep. In Hovseter waren de straten al vroeg in de avond verlaten, maar Penelope was een goed getrainde meid en had er nooit eerder aan gedacht dat het gevaarlijk kon zijn om na het vallen van de avond over straat te gaan. Het kwam misschien door die moordenaar over wie zoveel werd geschreven. Of, dat was het niet, het kwam doordat er iemand in haar flat was geweest. Dat was nu drie maanden geleden. Eerst had ze gehoopt dat het Roar was die naar haar terugverlangde. Ze had gezien dat er iemand binnen was geweest omdat er klonten aarde op de vloer in de gang lagen die zeker niet van haar schoenen kwamen. En toen ze een klont voor haar kast in de slaapkamer had gevonden, had ze haar slipjes geteld in de idiote hoop dat Roar er eentje had meegenomen. Maar nee, daar had het niet op geleken. Toen had ze ontdekt wat er was verdwenen. Het doosje met haar verlovingsring die Roar voor haar in Londen had gekocht. Zou het toch om een inbraak gaan? Nee, het was Roar geweest. Hij was hier naar binnen geslopen, had de ring gepakt en die aan die verdomde galeriedame gegeven! Penelope was natuurlijk woedend geworden, ze had Roar gebeld en hem ermee geconfronteerd. Maar hij had ontkend dat hij in de flat was geweest en beweerde dat hij de sleutels van de flat tijdens de verhuizing was kwijtgeraakt. Anders had hij die uiteraard aan haar teruggegeven. Een leugen, natuurlijk, zoals alles. Maar ze had voor de zekerheid de sloten van de toegangsdeur en haar flat op de derde etage laten vervangen.

Penelope haalde de sleutels uit haar handtas, ze lagen naast de pepperspray die ze had aangeschaft. Ze draaide de toegangsdeur van het slot, hoorde het zachte gesis van de hydraulische pomp die de deur achter haar weer dichtduwde, ze zag dat de lift op de zesde verdieping was en nam de trap. Ze liep langs de deur van Amundsen en bleef staan. Ze merkte dat ze buiten adem was. Vreemd want ze had een goede conditie en ze werd nooit moe van deze trappen. Wat was er aan de hand?

Ze staarde naar de deur van haar flat.

Het waren woningen geweest voor de arbeidersklasse die ooit in west-Oslo had gewoond en ze hadden bespaard op de verlichting. Eén simpele lantaarn die boven de trap hoog aan de muur hing. Ze hield haar adem in en luisterde. Ze had geen geluid gehoord sinds ze in het trappenhuis was.

Niet sinds het gesis van de deurpomp.

Geen geluid.

Dat klopte niet.

Ze had de deur niet horen dichtvallen.

Penelope had geen tijd om zich om te draaien, geen tijd om haar hand in haar tas te steken, ze had nergens tijd voor, een arm kwam van achteren en drukte haar armen tegen haar lichaam, de arm klemde zo stevig dat ze niet kon ademhalen. Haar tas viel op de grond en die was het enige wat ze raakte toen ze wild om zich heen schopte. Ze gilde geluidloos in de hand die over haar mond werd gelegd. De hand rook naar zeep.

'Nou, nou, Penelope,' fluisterde de stem in haar oor. 'In het heelal kan niemand je horen, weet je nog wel.' Hij maakte het woesj-geluid.

Ze hoorde een geluid van beneden en even hoopte ze dat er iemand kwam, maar toen besefte ze dat het haar tas was – met de pepperspray – die op de begane grond plofte.

'Wat is er?' vroeg Rakel zonder zich om te draaien of te stoppen met het snijden van de ui voor de sla. Ze had in het spiegelbeeld van de ruit boven het aanrecht gezien dat Harry met het dekken van de tafel was gestopt en naar het raam in de woonkamer was gelopen.

'Ik dacht dat ik iets hoorde,' zei hij.

'Oleg en Helga zeker.'

'Nee, het was iets anders. Het was... iets anders.'

Rakel zuchtte. 'Harry, je bent net thuis en je vliegt al tegen de muur op. Je ziet wat het met je doet.'

'Alleen deze zaak en dan is het voorbij.' Harry liep naar het aanrecht en kuste haar in haar nek. 'Hoe voel je je?'

'Goed,' loog ze. Haar lichaam deed pijn, haar hoofd deed pijn. En haar hart deed pijn.

'Je liegt,' zei hij.

'Lieg ik goed?'

Hij lachte en masseerde haar nek.

‘Als ik er niet meer ben,’ zei ze. ‘Zou je dan op zoek gaan naar een ander?’

‘Op zoek naar een ander? Dat klinkt vermoeiend. Het was al hard werken om jou te overtuigen.’

‘Een jonger exemplaar met wie je kinderen kunt krijgen. Ik zal niet jaloers zijn, snap je.’

‘Zó goed kun je nu ook weer niet liegen, schat.’

Ze lachte, liet het mes los, boog haar hoofd naar achteren en voelde hoe de warme, droge vingers de pijn wegmasseerden en haar een adempauze gaven.

‘Ik hou van je,’ zei ze.

‘Hm?’

‘Ik hou van je, vooral als je een kop thee voor me zet.’

‘Ai, ai, chef.’

Harry stopte en Rakel wachtte. Hoopte. Nee, daar kwam de pijn weer als een mokerslag.

Harry leunde met beide handen op het aanrecht en staarde naar de waterkoker. Hij wachtte op het zachte geborrel dat steeds luider zou worden tot de hele kan schudde. Als een schreeuw. Hij hoorde geschreeuw. Geluidloos geschreeuw dat zijn hoofd, de ruimte, zijn lichaam vulde. Hij keek op naar het raam. Het enige wat hij in het donker zag was zijn spiegelbeeld. Hij was het. Hij was daarbuiten. Hij wachtte op hen. Hij zong: kom naar buiten en speel!

Harry sloot zijn ogen.

Nee, hij wachtte niet op hen. Hij wachtte op hem, op Harry. Kom buiten en speel!

Hij voelde dat ze anders was dan de vorigen. Penelope Rasch wilde leven. Ze was groot en sterk. En haar tas met de sleutels van de flat lag drie verdiepingen onder hen. Hij voelde dat er lucht uit haar longen ontsnapte en hij versterkte zijn greep rond haar borst. Als een wurgslang. Een boa constrictor. Een spier die bij elke uitademing van zijn slachtoffer meer aanspande. Hij wilde haar levend hebben. Levend en warm. Met deze heerlijke overlevingsdrang die hij beetje voor beetje kon breken. Maar hoe? Zelfs als het hem lukte om haar de hele weg naar beneden mee te nemen om de sleutels op te halen dan liep hij het risico dat een van de buren hen hoorde en alarm sloeg. Hij voelde de razernij in zich opkomen. Hij had deze Penelope Rasch moeten vergeten. Dat besluit had hij drie dagen geleden al moeten nemen toen hij ontdekte dat ze de sloten had vervangen. Maar toen had hij geluk gehad en contact met haar kunnen leggen via Tinder en ze had ingestemd met een ontmoeting op een discrete plek. Hij had gedacht dat het toch wel zou werken. Maar een klein, stil restaurant betekent ook dat de weinige mensen die er zijn jou des te beter onthouden. Een gast had inderdaad iets te lang naar hem gekeken. En als gevolg daarvan was hij gestrest geraakt en wilde hij zo snel mogelijk weg. Daardoor had hij de zaak te veel gepusht. Penelope had gesteigerd, geweigerd en was vertrokken. Hij had rekening gehouden met die mogelijkheid en zijn auto vlakbij geparkeerd. Hij had hard gereden, niet zo hard dat hij het risico liep gestopt te worden door de politie, maar wel zo snel dat hij al in de bosjes stond voor zij uit het metrostation kwam. Ze had zich niet omgedraaid toen hij haar volgde, ook niet toen ze haar sleutels pakte en de entree was binnengegaan. Hij had nog net een voet tussen de deur kunnen zetten voor die dichtgleed.

Hij voelde dat er een siddering door haar lichaam ging en hij begreep dat ze bezig was het bewustzijn te verliezen. Zijn erectie schuurde tegen haar billen. Vlezige, brede vrouwenbillen. Moeder had ook zo'n achterwerk gehad.

Hij voelde dat de jongen kwam, dat hij het wilde overnemen, dat hij in hem schreeuwde, dat hij gevoed wilde worden. Nu. Hier.

'Ik hou van je,' fluisterde hij in haar oor. 'Dat doe ik echt, Penelope en daarom wil ik je fatsoenlijk behandelen voor we verdergaan.'

Ze werd slap in zijn armen en hij haastte zich. Hij hield haar met één arm overeind terwijl hij de andere in zijn jaszak stak.

Penelope Rasch werd wakker en begreep dat ze even weg was geweest. Het was donkerder geworden. Ze zweefde en er was iets wat aan haar armen rukte en trok, iets wat in haar polsen sneed. Ze keek. Handboeien. En er zat iets aan haar ene ringvinger, iets wat mat glom. Toen voelde ze de pijn tussen haar benen en ze keek naar beneden op het moment dat hij zijn hand uit haar trok. Zijn gezicht zat gedeeltelijk in de schaduw, maar ze kon zien dat hij zijn vingers onder zijn neus hield en rook. Ze probeerde te gillen, maar dat lukte niet.

'Goed zo, lieveling,' zei hij. 'Je bent schoon dus we kunnen beginnen.'

Hij knoopte zijn jas en overhemd open, sloeg de panden van het overhemd opzij en ontblootte daarmee zijn borst. Er kwam een tatoeage tevoorschijn, een gezicht dat net zo geluidloos gilde als zij. Hij stak zijn borst naar voren alsof hij haar die tatoeage per se wilde tonen. Of misschien was het wel omgekeerd. En wilde hij háár juist laten zien. Haar laten zien aan dat dreigende duivelsmasker.

Hij stak zijn hand in zijn jaszak en haalde er iets uit. Hij toonde het haar. Zwart, ijzer, tanden.

Penelope kon wat lucht inademen en gilde.

'Zo ja, lieveling,' lachte hij. 'Zo ja, muziek bij het werk.'

Toen sperde hij zijn mond open en zette de tanden tussen zijn kaken.

En het galmde tussen de muren. Zijn lach en haar gil.

Stemmen gonsden en op de grote televisieschermen aan de muur bij VG waar de nieuwschef en de frontchef de website redigeerden, waren journaals van internationale televisiezenders te zien.

Mona Daa en de fotograaf stonden achter de stoel van de nieuwschef te kijken naar de foto op zijn scherm.

'Ik heb van alles geprobeerd, maar het lukte me gewoonweg niet hem er onguur uit te laten zien,' verzuchtte de fotograaf.

Mona Daa stelde vast dat hij gelijk had. Hallstein Smith zag er gewoon te joviaal uit met de vollemaan boven zich.

'Kennelijk werkt het toch,' zei de nieuwschef. 'Kijk naar het aantal hits. Negenhonderd per minuut nu.'

Mona keek naar de teller rechts van het scherm.

'We hebben *a winner*,' zei de nieuwschef. 'We gaan hier de website mee openen en misschien moeten we de chef redactie vragen of het ook op de voorpagina van de krant kan komen.'

De fotograaf stak een vuist op naar Mona en plichtsgetrouw tikte ze met haar knokkels de zijne aan. Haar vader beweerde dat Tiger Woods en zijn caddie dit gebaar populair hadden gemaakt omdat ze gestopt waren met de obligate high five nadat de caddie de hand van de golfspeler had verwond met een te harde high five toen Tiger in de laatste ronde van de Masters de zestiende hole had gepitcht. Tot groot verdriet van haar vader kon Mona vanwege een aangeboren heupafwijking nooit de grote golfspeler worden die hij had gehoopt. Zelf had ze golf vanaf het eerste moment dat hij haar had meegenomen naar een driving range gehaat, maar aangezien het niveau zo belachelijk laag was, had ze alles gewonnen wat er te winnen viel met een slag die zo kort en lelijk was dat de nationale coach van het jeugdteam geweigerd had haar op te nemen in de selectie. De reden was dat hij liever verloor met een team dat er tenminste uitzag of het golf speelde. Dus ze had de golfclubs in de kelder van haar vader gezet en was naar het krachthonk gegaan waar niemand commentaar had op de manier waarop ze honderdtwintig kilo drukte. Het aantal kilo, het aantal stoten, het aantal *push-ups*. Succes kon gemeten worden in getallen, ieder die iets anders zei was slechts bang voor de waarheid en meende serieus dat leugens noodzakelijk zijn voor de gemiddelde mens. Maar op het moment hield ze zich meer bezig met de commentaren. Want dat had ze bedacht toen Smith had gezegd dat de vampirist zich niet druk maakte om het risico: dat het kón zijn dat hij VG las en dat hij via internet een commentaar plaatste.

Haar blik vloog over de commentaren terwijl ze binnenkwamen.

Maar het waren de gebruikelijke reacties.

Er waren de invoelende berichten: de mensen die medelijden hadden met de slachtoffers.

De zelfbenoemde maatschappijkenners die uitlegden hoe een of andere politieke partij de schuld droeg voor het feit dat de maatschappij een of ander type individu produceerde. In dit geval een vampirist.

En dan had je de beulen die, zodra ze de kans kregen, riepen om de doodstraf en castratie.

En dan had je nog de wannabe-stand-upcomedians, die met de voorbeelden van bekende komieken in hun achterhoofd meenden dat je overal een grap over kon maken: 'Aanbevolen door de band Wampire' of 'Nu! Acties bij Tinder!'

En als ze een commentaar zag dat verdacht was wat zou ze dan doen? Het melden aan Katrine Bratt & co? Misschien. Dat was ze Truls Berntsen verschuldigd. Of ze kon die blonde Wyller bellen. Zelfs als je niet op Tinder bent, swipe je naar links en naar rechts.

Ze gaapte. Ze liep naar haar bureau en pakte haar tas.

'Ik ga trainen,' riep ze naar de redacteur.

'Ga je nu trainen? Het is bijna middernacht!'

'Bel me als er iets gebeurt.'

'Jouw werkdag zat er een uur geleden al op, Daa, er zijn anderen die...'

'Dat is mijn zaak en je belt me, oké?'

Ze hoorde gelach en de deur viel achter haar dicht. Misschien lachten ze om de manier waarop ze liep, misschien om haar aanmatigende flink-meisje-dat-alles-zelf-doet. Ze had er schijt aan. Ze liep raar. En wílde alles zelf doen.

Lift, sluis, draaideur en dan was ze het mediagebouw van glas uit en stond ze in het maanlicht.

Mona inhaleerde de lucht. Er stond iets groots te gebeuren, ze wíst het gewoon. En ze wist dat ze daar deel aan zou hebben.

Truls Berntsen had de auto naast de bochtige, steile weg geparkeerd. In het donker onder hem lagen de verstomde stenen gebouwen, de failliete fabrieken, de spoorrails met gras tussen de bielzen. En daarachter de nieuwe blokkendozen waarmee de architecten speelden, het project Barcode. Hier liet het bedrijfsleven een nieuw elan zien. Geen minimalisme meer dat slechts een kostenbesparende functionaliteit had gehad en geen esthetisch doel op zich was geweest. Het contrast met het verleden kon nauwelijks groter zijn.

Truls keek op naar het huis dat boven op de bergkam baadde in het maanlicht.

Er brandde licht achter de ramen en hij wist dat Ulla thuis was. Misschien zat ze als zo vaak op de bank met haar benen onder zich getrokken een boek te lezen. Als hij zijn kijker had meegenomen dan zou hij het kunnen zien. En als ze daar zat dan zou hij zien dat ze haar blonde haar aan de ene kant achter haar oor had geduwd alsof ze goed moest kunnen horen. Of de kinderen wakker waren. Of Mikael iets wilde. Ze luisterde als een gazelle bij een waterpoel of ze een roofdier hoorde.

Het ruiste, kraakte en stemmen kwamen met flarden voor ze weer verdwenen. Het geluid van een stad, doorgegeven via een politieradio, maakte hem rustiger dan muziek.

Truls staarde naar het handschoenenvak dat hij zojuist had geopend. De kijker lag achter het dienstpistool. Hij had zichzelf beloofd dat hij zou stoppen. Dat het tijd werd, dat hij dit niet langer nodig had nu hij had ontdekt dat er andere vis in de zee zwom. Nou ja. Zeeduivel, zeedonderpad en grote pieterman. Truls hoorde zichzelf grommen. Dat was de lach die hem de bijnaam Beavis had bezorgd. De lach en zijn forse onderbeet. En daar zat zij, gevangen in dat veel te grote en veel te dure huis met een terras waar Truls in het natte cement het lijk van een drugsdealer had begraven. Een lijk waarvan alleen Truls wist dat het daar lag en waarvan hij nog geen enkele slapeloze nacht had gehad.

Een schrapend geluid op de radio. De stem van de alarmcentrale.

'Is er een auto in de buurt van Hovseter?'

'31 is in Skøyen.'

'Hovsetervei 44, ingang B. We hebben melding gekregen van tamelijk hysterische bewoners die zeggen dat een gek in het trappenhuis bezig is een vrouwelijke bewoner te mishandelen, maar dat ze niet durven in te grijpen omdat hij een lamp heeft kapotgeslagen waardoor het helemaal donker is.'

'Mishandelt hij haar met een wapen?'

'Dat weten we niet. Ze zeggen dat ze, voor het donker werd, hebben gezien dat hij haar beet. De beller heet Amundsen.'

Truls reageerde direct en hij drukte de *speak*-knop in. 'Agent Truls Berntsen hier, ik ben er dichterbij en ik ga erheen.'

Hij had de motor al gestart, gaf gas, schoot de weg op, hoorde dat een auto die achter hem net de bocht om kwam heftig toeterde.

'Juist,' zei de alarmcentrale. 'En waar ben jij nu, Berntsen?'

'Vlakbij,' zei ik. 31, ik wil jullie als back-up, dus wacht als jullie er toch eerder zijn. Er bestaat verdenking dat de dader gewapend is. Ik herhaal, gewapend.'

Zaterdagavond, bijna geen verkeer. Met vol gas door de Operatunnel die als een rechte streep langs de fjord liep, op die manier zou hij niet meer dan acht minuten na 31 arriveren. Die minuten kónden uiteraard leven of dood betekenen voor het slachtoffer en kónden betekenen dat de dader de tijd kreeg om te ontkomen, maar dit kón ook betekenen dat agent Truls Berntsen de vampirist arresteerde. En dan had hij het nog niet eens over wat VG zou betalen voor het verslag van de eerste man die aanwezig was op de plaats delict. Hij zette de sirene aan, een Volvo ging opzij. Tweebaansweg. Driebaans. Vol gas. Zijn hart bonkte tegen zijn ribben. De flits van de snelheidsmeter in de tunnel ging af. Politieman in functie, de licentie die iedereen in deze verdomde stad het bevel gaf naar de hel te lopen. In functie. Het bloed ging stootsgewijs door zijn aderen, het was een heerlijk gevoel alsof hij een stijve kreeg.

'*Ace of space*,' brulde Truls. '*Ace of space*!'

'Ja, wij zijn 31 en we wachten al een paar minuten.' De man en de vrouw waren achter de surveillancewagen gaan staan die ze vlak voor ingang B hadden geparkeerd.

'Vrachtwagen die langzaam reed en waar ik niet langs kon,' zei Truls en hij checkte of zijn pistool geladen was en het magazijn vol zat. 'Iets gehoord?'

'Het is stil daarbinnen. Er is niemand in of uit gegaan.'

'Dan gaan we naar binnen.' Truls wees naar de politieman. 'Jij gaat met mij mee en neem een zaklantaarn mee.' Hij knikte naar de vrouw. 'En jij let hier op.'

De twee mannen liepen naar de toegangsdeur. Truls keek door het raam naar het donkere trappenhuis. Hij drukte op de bel waar Amundsen stond.

'Ja?' klonk een fluisterende stem.

'De politie. Nog iets gehoord nadat jullie hebben gebeld?'

'Nee, maar hij kan er nog steeds zijn.'

'Oké. Doe open.'

Het slot zoemde en Truls trok de deur open. 'Jij loopt voorop en geeft licht.'

Truls hoorde de politieman slikken. 'Ik dacht dat je zei back-up en niet up-front.'

'Wees blij dat je niet alleen bent,' fluisterde Truls. 'Vooruit.'

Rakel keek naar Harry.

Twee moorden. Een nieuwe seriemoordenaar. Zijn type jacht.

Hij zat te eten en deed of hij de conversatie aan tafel volgde, hij was beleefd tegen Helga, luisterde ogenschijnlijk geïnteresseerd naar Oleg. Misschien vergiste ze zich, misschien was hij geïnteresseerd. Misschien was hij toch niet gevangen, misschien was hij veranderd.

'Wapencontroles zijn zinloos als mensen een 3D-printer kunnen kopen en hun eigen pistool kunnen maken,' zei Oleg.

'Ik had begrepen dat zo'n 3D-printer alleen dingen van plastic kan maken,' zei Harry.

'Dat klopt, maar plastic voldoet uitstekend als je een simpel wapen wilt maken voor eenmalig gebruik bij een moord.' Oleg leunde enthousiast over tafel. 'Je hoeft niet eens zelf een pistool te hebben om het te kopiëren. Je kunt er eentje voor vijf minuten lenen. Je demonteert het, maakt afdrukken in was van de onderdelen die je gebruikt om een 3D-datafile te maken die je in de computer stopt die de printer aanstuurt. Als de moord gepleegd is hoef je het plastic alleen maar om te smelten. En als men ontdekt dat het om een dergelijk wapen gaat dan staat het hoe dan ook nergens geregistreerd.'

'Hm, maar het pistool kan misschien verraden met welke printer het is gemaakt? De technische recherche lukt dat zelfs met simpele inktprinters.'

Rakel keek naar Helga die er een beetje verloren uitzag.

'Jongens…' zei Rakel.

'Maar dan nog,' zei Oleg. 'Het is ziek, je kunt alles maken. Voorlopig zijn er nog maar iets meer dan tweeduizend printers in Noorwegen verkocht, maar stel je voor dat iedereen er eentje heeft, dat terroristen een waterstofbom kunnen maken met een 3D-printer.'

'Jongens, zullen we over iets gezelligers praten?' Rakel voelde dat ze moeite had met ademhalen. 'Iets beschaafds omdat we bezoek hebben.'

Oleg en Rakel draaiden zich om naar Helga die glimlachte en haar schouders ophaalde alsof ze wilde zeggen dat het haar niet uitmaakte.

'Oké,' zei Oleg. 'Wat zeg je van Shakespeare?'

'Dat klinkt beter,' zei Rakel en ze keek haar zoon achterdochtig aan voor ze de aardappels aan Helga doorgaf.

'Oké, over Ståle Aune en het Othello-syndroom,' zei Oleg. 'Ik had nog niet verteld dat Jesus en ik de hele lezing hebben opgenomen. Ik had een microfoon en een zender verborgen onder mijn shirt en Jesus zat in de colloquiumzaal alles op te nemen. Denk je dat Aune het goedvindt dat we de opname op internet zetten?'

Harry gaf geen antwoord. Rakel nam hem op. Was hij alweer elders met zijn gedachten?

'Harry?' zei ze.

'Daar kan ik natuurlijk geen antwoord op geven,' zei hij met zijn blik op het bord gericht. 'Maar waarom hebben jullie het niet met je mobiel opgenomen? Het is niet verboden lezingen op te nemen voor privégebruik.'

'Ze oefenen,' zei Helga.

Ze draaiden zich naar haar.

'Jesus en Oleg willen als undercoveragenten gaan werken,' zei ze.

'Nog wijn, Helga?' Rakel tilde de fles op.

'Graag, maar nemen jullie niet?'

'Ik heb iets ingenomen tegen de hoofdpijn,' zei Rakel. 'En...' ze aarzelde.

'Ik ben helaas alcoholist,' zei Harry. 'En dat is jammer want dat moet een erg goede wijn zijn.'

Rakel zag dat Helga bloosde en ze zei snel: 'Dus Ståle heeft jullie wat geleerd over Shakespeare?'

'Ja en nee,' zei Oleg. 'De term Othello-syndroom impliceert dat jaloezie de oorzaak is van de moord in het stuk, maar dat klopt niet. Helga en ik hebben gisteren *Othello* gelezen...'

'Jullie hebben dat samen gelezen?' Rakel legde een hand op Harry's arm. 'Is dat niet lief?'

Oleg sloeg zijn ogen ten hemel. 'Maar goed, het is mijn interpretatie dat het eigenlijke, dieper liggende motief van de moorden niet jaloezie is, maar afgunst en ambities van een andere gekrenkte man. Jago namelijk. Othello is slechts een marionet. Het stuk zou *Jago* moeten heten, niet *Othello*.'

'En ben jij het daarmee eens, Helga?' Rakel mocht dat aardige, beetje anemische, welopgevoede meisje wel en ze leek zich weer snel herpakt te hebben.

'Ik vind de titel *Othello* mooi. En misschien is er geen diepliggende reden. Misschien klopt het wat Othello zelf zegt. Dat het allemaal de schuld is van de vollemaan, dat die de mensen gek maakt.'

'*No reason*,' zei Harry met een plechtige stem en een perfecte Engelse uitspraak. '*I just like doing things like that*.'

'Imponerend, Harry,' zei Rakel. 'Je citeert Shakespeare.'

'Walter Hill,' zei Harry. '*The Warriors*, 1979.'

'*Yeah*,' riep Oleg lachend. 'Beste bendefilm *ever*.'

Rakel en Helga moesten ook lachen. Harry tilde zijn glas met water op en keek over de tafel naar Rakel. Ze glimlachte. Gelach rond de familietafel. En ze dacht dat hij nu hier was, bij hen. Ze probeerde zijn blik vast te houden, bij hem te blijven. Maar onmerkbaar, zoals de zee overgaat van groen naar blauw, gebeurde het. Zijn blik keerde zich weer naar binnen. En ze wist dat hij nog voordat het lachen was verstomd op weg was naar het donker, weg van hen.

Truls sloop in het donker de traptreden op, hij liep kromgebogen met getrokken pistool achter de grote, geüniformeerde politieman met zaklantaarn aan. De stilte werd alleen verbroken door een tikkend geluid als van een klok die ergens op een van de verdiepingen hing. De lichtkegel van de lantaarn leek de duisternis voor hen in elkaar te drukken, dikker, zwaarder te maken als de sneeuw die Truls en Mikael in hun tienerjaren ruimden voor de bejaarden van Manglerud. Daarna hadden ze de honderdkronenbiljetten uit de knokige vingers getrokken en geroepen dat ze zouden terugkomen met wisselgeld. Daar konden die oudjes lang op wachten.

Er kraakte iets onder hun schoenen.

Truls trok aan de jas van de politieman die bleef staan en de lantaarn op de grond richtte. Glasscherven schitterden en daartussen zag Truls een onduidelijke laarsafdruk in iets wat vrijwel zeker bloed was. De hak en het voorste deel waren duidelijk te zien en hij had het idee dat de afdruk te groot was voor een vrouw. De afdrukken wezen naar beneden en hij dacht dat ze daar misschien ook wel hadden gestaan. Het tikgeluid werd luider. Truls gaf met een handgebaar aan dat de politieman verder moest lopen. Hij hield de trap in de gaten en zag dat de bloedafdrukken duidelijker werden. Toen waren ze bij de galerij. Hij bleef staan en hief zijn pistool op. Hij liet de politieman doorlopen. Hij had iets gezien. Iets wat door de lichtbundel was gevallen. Iets roods. Het was niet het tikken van een klok dat ze hoorden, het was het spattende geluid van bloeddruppels die op de trap vielen.

'Schijn hier eens,' zei hij.

De politieman bleef staan, draaide zich om en keek een ogenblik in verwarring naar zijn collega van wie hij had gedacht dat hij vlak achter hem liep. Hij stond echter boven aan de trap en keek naar het plafond. Maar hij deed wat Truls hem had gevraagd.

'Here Jeremias,' fluisterde hij.

'Amen,' zei Truls.

Boven hun hoofd hing een vrouw aan de muur.

Haar geruite rok was omhooggetrokken zodat een deel van haar slipje te zien was. Op de ene dij, ter hoogte van het hoofd van de politieman, sijpelde bloed uit een grote wond. Het liep via het been haar schoen in. De schoen zat duidelijk vol want het bloed liep over de rand, had zich verzameld in de punt van de schoen en viel vervolgens in druppels in een rode plas op de traptrede. De armen waren in de lucht gestoken langs het voorovergebogen hoofd. De polsen waren bij elkaar gebonden door een paar merkwaardige handboeien die over de stalen arm van een lamp waren gehangen. De persoon die haar omhoog had getrokken moest sterk zijn. Haar haren bedekten haar gezicht en hals en Truls kon daarom niet zien of er tekenen van een beet waren, maar de hoeveelheid bloed van de plas en het langzame gesijpel vertelden hem dat ze hoe dan ook leeg was. Opgedroogd.

Truls bestudeerde haar. Registreerde elk detail. Ze leek een schilderij. Hij zou die uitdrukking gebruiken tegenover Mona Daa. 'Als een schilderij aan de muur'.

Er ging een deur op een kier op de galerij achter hen. Een bleek gezicht staarde naar buiten. 'Is hij weg?'

'Daar lijkt het op. Amundsen?'

'Ja.'

Er stroomde licht naar buiten toen de deur openging. Ze hoorden een kreet van ontzetting. Een oudere man strompelde naar buiten terwijl een ander, waarschijnlijk zijn vrouw, angstig door de deuropening naar hen keek. 'De duivel was op bezoek,' zei de man. 'Kijk wat hij heeft gedaan.'

'Kom niet dichterbij, alstublieft,' zei Truls. 'Dit is een plaats delict. Weet een van jullie waar de dader naartoe is gegaan?'

'Als we geweten hadden dat hij weg was dan waren we wel gaan kijken of we iets konden doen,' zei de oude man. 'Maar we zagen uit het raam van de woonkamer een man. Hij liep weg van ons flatgebouw in de richting van het metrostation. We wisten niet zeker of hij het was want hij liep erg rustig.'

'Hoelang geleden was dat?'

'Op zijn hoogst een kwartier.'

'Hoe zag hij eruit?'

'Zeg het eens.' Hij draaide zich om naar zijn vrouw voor hulp.

'Gewoon,' zei ze.

'Ja,' bevestigde de man. 'Niet lang of klein. Niet blond of zwart. Hij droeg een pak.'

'Grijs,' voegde de vrouw daaraan toe.

Truls knikte naar de politieman die de hint begreep en begon te praten in de radio die op zijn borstzak zat geklemd. 'Assistentie gevraagd op de Hovsetervei 44. Verdachte is een kwartier geleden te voet geobserveerd. Loopt in de richting van metrohalte. Ongeveer een meter vijfenzeventig, mogelijk Noors, grijs kostuum.'

Mevrouw Amundsen was de deur ook uit gekomen. Ze leek nog slechter ter been dan haar man en haar pantoffels schuifelden over de grond terwijl ze met een bevende wijsvinger naar de vrouw aan de muur wees. Ze deed Truls denken aan een van die bejaarden voor wie ze sneeuw hadden geruimd. Hij verhief zijn stem: 'Jullie mogen niet dichterbij komen, heb ik gezegd.'

'Maar...' begon de vrouw.

'Naar binnen! De plaats delict mag niet verontreinigd worden voor de technische recherche er is geweest. We bellen bij u aan als we nog vragen hebben.'

'Maar... maar ze is niet dood.'

Truls draaide zich om. In het licht van de openstaande deur zag hij dat de rechtervoet van de vrouw licht trilde alsof ze kramp had. En de gedachte kwam zonder dat hij er iets aan kon doen. Ze was besmet door de vampier. En nu werd ze wakker.

HOOFDSTUK 12

ZATERDAGAVOND

Het geluid van metaal op metaal klonk luid toen de stang boven de smalle bank op de standaard viel. Voor sommigen was het lawaai, maar voor Mona Daa klonk het als een fraai klokkenspel. En ze stoorde verder ook niemand want ze was alleen in Gain fitnesscentrum. De studio was sinds een halfjaar 24/7 open, waarschijnlijk geïnspireerd door fitnesscentra in New York en Los Angeles, maar Mona moest nog zien dat andere mensen hier 's nachts kwamen trainen. Noren maakten nu eenmaal niet zulke lange werkdagen dat het voor hen een probleem was om 's avonds te trainen. Zij was een uitzondering. Ze *wílde* een uitzondering zijn. Een mutant. Want het was zoals in de evolutie: het waren de uitzonderingen die de wereld verder brachten. Die de wereld perfectioneerden. Haar telefoon ging en ze stond op van de bank.

Het was Nora. Mona stopte de oortjes in en drukte op 'accepteer'.

'Je bent aan het trainen, bitch,' zei haar vriendin kreunend.

'Een beetje.'

'Je liegt, ik kan zien dat je er al twee uur bent.'

Mona, Nora en een paar andere vriendinnen uit haar studietijd konden elkaar volgen via de gps op hun telefoons. Ze hadden deze functie voor het vrijwillig opsporen van de anderen geactiveerd. Het was zowel sociaal als geruststellend. Maar Mona vond het ook beklemmend. Alles goed en wel met een professioneel zusterschap, maar dat hoefde niet te betekenen dat ze elkaar tot op de wc volgden zoals pubermeiden dat doen. Het werd tijd dat ze beseften dat de carrièredeuren wijd openstonden voor jonge, capabele vrouwen en dat het feit dat ze die kansen om het verschil te maken niet met beide handen aangrepen aan hun eigen ambities lag. Ze moesten het niet doen om de erkenning van anderen te krijgen, ze moesten het voor zichzelf doen.

'Ik haat je een beetje als ik denk aan al die calorieën die nu uit jou stromen,' zei Nora. 'Terwijl ik hier op mijn dikke reet zit en me troost met een piña colada. Luister...'

Mona wilde de oordopjes uit haar oren trekken toen ze een lang slurpgeluid van een rietje hoorde dat schraapte tegen haar trommelvlies. Nora beweerde dat een piña colada het enige tegengif tegen een herfstdepressie was.

'Bel je ergens voor, Nora? Ik zit midden in...'

'Yep,' zei Nora. 'Werk.'

Nora en Mona hadden samen op de School voor Journalistiek gezeten. Een paar jaar geleden waren de toelatingseisen voor de opleiding in vergelijking met welke studie dan ook flink verzwaard. Het leek namelijk wel of het de droom van de helft van de jongeren was om een column in een krant te krijgen of om met hun gezicht op televisie te komen. Dat was tenminste het doel van Mona en Nora geweest. Onderzoek naar kanker of het besturen van het land mochten anderen doen die niet zo slim waren als zij. Maar Mona had gemerkt dat de opleiding concurrentie had gekregen van de plaatselijke hogere beroepsopleidingen die met steun van de overheid de Noorse jeugd populaire studies binnen de journalistiek, film, muziek en verzorging aanboden zonder acht te slaan op de competentie waar de maatschappij behoefte en een tekort aan had. Dergelijke kennis haalde 's werelds rijkste land uit de landen met hardwerkende mensen terwijl zijn werkloze en zorgeloze zonen en dochters thuis zaten met hun rietje diep in de milkshake van de staat terwijl ze ondertussen keken naar – en als ze daar zin in hadden, kritiek leverden op – buitenlandse films. Een andere reden dat er weinig eisen aan de jeugd werden gesteld was natuurlijk dat de jongens en meisjes het bloggen hadden ontdekt en dat ze niet hard hoefden te werken voor hun cijfers om dezelfde aandacht als op televisie en in kranten te krijgen. Mona had daar een artikel aan gewijd, dat de media geen eisen meer stelden aan de vakkennis van journalisten, maar dat ze dat ook niet hoefden te doen. Omdat de nieuwe mediamaatschappij met een steeds dominantere focus op het wel en wee van beroemde sterren de rol van journalisten had gereduceerd tot die van een roddeltante. Mona had haar eigen krant, de grootste van Noorwegen, als voorbeeld gebruikt. Het artikel was nooit gepubliceerd. 'Omdat het te lang is,' had de featureredacteur gezegd waarop hij haar had verwezen naar de tijdschriftredactie. 'En omdat die zogenaamd kritische pers er een hekel aan heeft bekritiseerd te worden,' had een positief ingestelde collega tegen haar gezegd. Maar Mona had het idee dat de redacteur van het magazine de spijker op de kop sloeg toen ze zei: 'Maar Mona, in je artikel staan geen uitspraken van bekende mensen.'

Mona ging bij een van de ramen staan die uitkeken over het Frognerpark. Er waren wolken verschenen en behalve over de verlichte paden hing er een zware, bijna stoffige duisternis boven het park. Zo was het altijd in de herfst voor de bomen hun bladeren lieten vallen en een beetje doorzichtiger werden en de stad weer harder en kouder werd. Maar vanaf eind augustus tot eind september was Oslo een zachte, warme beer die ze tegen zich aan wilde houden.

'Ik ben een en al oor, Nora.'

'Het gaat over de vampirist.'

'Je hebt de opdracht gekregen hem als gast uit te nodigen. Denk je dat hij naar een talkshow komt?'

'Voor de laatste keer, *Zondagdebat* is een actualiteitenprogramma, Mona. Ik heb Harry Hole gebeld, maar hij bedankte en zei dat die Katrine Bratt het onderzoek leidt.'

'Maar is zij dan geen optie? Je zegt altijd dat het zo moeilijk is goede vrouwelijke gasten te krijgen.'

'Ja, maar Harry Hole is de bekendste rechercheur die we hebben. Je herinnert je toch nog wel die uitzending waar hij in zat? Een schandaal natuurlijk, maar de kijkers smulden ervan!'

'Heb je dat tegen hem gezegd?'

'Nee, maar ik zei dat de televisie bekende mensen nodig heeft en dat een bekend gezicht meer aandacht voor het werk van de politie in onze stad betekent.'

'Slim, maar hij trapte er niet in?'

'Hij zei dat als ik hem namens het politiekorps zou vragen voor *Strictly Come Dancing* dat hij vandaag nog zou beginnen met het oefenen van de foxtrot, maar dat het hier om een serieuze moordzaak ging. En dat Katrine Bratt het overzicht en de volmacht had om toelichting te geven.'

Mona moest lachen.

'Wat?'

'Nou, ik zie Harry Hole al bij *Strictly Come Dancing*!'

'Wat bedoel je? Denk je dat hij het meende?'

Mona moest nog harder lachen.

'Ik bel je om te vragen wat jij, die in de kringen van Katrine Bratt verkeert, van haar vindt.'

Mona pakte een paar lichte gewichten van de standaard voor haar, deed een paar snelle dumbbell curls om de bloedcirculatie op gang te houden waardoor de afvalstoffen in de spieren werden afgevoerd.

'Bratt is slim, een vlotte prater en misschien een beetje streng.'

'Maar denk je dat ze geschikt is voor ons programma? Tijdens de persconferenties maakt ze een beetje een...'

'Grijze indruk? Ja, maar ze kan er verdomd lekker uitzien als ze het wil. Een paar jongens van de misdaadredactie vinden dat ze de *hottest* is op het hoofdbureau. Maar ze houdt zich in en wil vooral professioneel overkomen.'

'Ik voel dat ik haar al een beetje haat. Wat vind je van Hallstein Smith?'

'Daar heb je een potentiële stamgast. Voldoende excentriek en loslippig, maar deskundig. Moet je doen.'

'Oké, bedankt. *Sisters are doing it for themselves*, toch?'

'Moeten we daar niet eens mee ophouden?'

'Jazeker, maar nu is het ironisch bedoeld.'

'O ja, haha.'

'Ook haha. En hoe zit het met jou?'

'Wat?'

'Hij loopt nog steeds vrij rond.'

'Dat weet ik.'

'Ik bedoel letterlijk. Het is niet ver van Hovseter naar het Frognerpark.'

'Waar heb je het over?'

'Ai, je hebt het nog niet gehoord? Hij heeft weer toegeslagen.'

'Verdomme!' schreeuwde Mona en ze zag uit haar ooghoek dat de jongen bij de receptie opkeek. 'Die verdomde dienstdoende chef zei dat ze me zou bellen. Ze heeft het aan iemand anders gegeven. Tot ziens, Nora.'

Mona liep naar de garderobe, propte haar kleding in haar tas en rende de trappen af, de straat op. Ze liep in de richting van het VG-gebouw en keek ondertussen of ze een vrije taxi in het verkeer zag. Ze had geluk en kon bij het stoplicht in een taxi stappen. Ze plofte op de achterbank en pakte haar mobiel. Ze zocht het nummer van Truls Berntsen op. Na twee keer overgaan hoorde ze een merkwaardig grommend gelach.

'Wat?' zei ze.

'Ik vroeg me al af hoelang het zou duren,' zei Truls Berntsen.

HOOFDSTUK 13

ZATERDAGAVOND LAAT

'Ze had al minstens anderhalve liter bloed verloren toen ze binnenkwam,' zei de arts die met Harry en Katrine meeliep door de gang van het Ullevål-ziekenhuis. 'Was de beet in de slagader van het been iets hoger geweest, waar de slagader iets dikker is, dan had ze geen schijn van kans gehad. Gewoonlijk laten we in haar toestand geen politie toe voor ondervraging, maar nu de levens van andere mensen in gevaar zijn...'

'Bedankt,' zei Katrine. 'We zullen niet meer vragen dan het hoogstnoodzakelijke.'

De arts deed de deur open. Hij en Harry bleven staan terwijl Katrine naar het ziekenhuisbed liep waar een verpleegkundige naast zat.

'Het is wel indrukwekkend,' zei de arts. 'Vind je niet, Harry?'

Harry draaide zich met een opgetrokken wenkbrauw naar hem om.

'Ja, als je het niet erg vindt dat ik je voornaam gebruik,' zei de arts. 'Oslo is maar klein en ik behandel namelijk je vrouw, begrijp je.'

'Echt? Ik wist niet dat ze een afspraak had in dit ziekenhuis.'

'Ja, ik besefte het toen zij op een van onze formulieren jouw naam als naaste familielid had ingevuld. En ik herinner me jouw naam natuurlijk uit de kranten.'

'Dan heb je een goed geheugen...' zei Harry en hij keek naar het naamplaatje op de witte jas. '...chef-arts John D. Steffens, want het is lang geleden dat die erin heeft gestaan. Wat vind je zo indrukwekkend?'

'Dat een mens door een dij kan bijten. Er wordt vaak gedacht dat de moderne mens een zwakke beet heeft, maar vergeleken met de meeste zoogdieren hebben we een tamelijk krachtige beet, wist je dat?'

'Nee.'

'Hoe hard kunnen we bijten, denk je, Harry?'

Harry begreep na een paar seconden dat Steffens werkelijk een antwoord wilde horen. 'Nou, volgens onze technisch rechercheur gaat het om zeventig kilo.'

'Maar, Harry, dan weet je al dat we hard kunnen bijten.'

Harry haalde zijn schouders op. 'Het getal zegt me niets. Als me verteld was dat het honderdvijftig kilo was dan was ik niet meer of minder onder de indruk geweest. Over getallen gesproken: hoe weet je zo precies dat Penelope Rasch anderhalve liter heeft verloren? Ik dacht dat de pols en bloeddruk niet zulke nauwkeurige indicatoren waren.'

'Ik heb de foto's van de plaats delict gezien,' zei Steffens. 'En ik koop en verkoop bloed, daardoor kan ik een aardige schatting maken.'

Harry wilde hem vragen wat hij daar precies mee bedoelde, maar toen gebaarde Katrine naar hem. Hij liep de kamer in en ging naast Katrine bij het bed staan.

Penelope Rasch' gezicht was net zo wit als het kussensloop dat het omlijstte. Haar ogen waren open, maar de blik was omfloerst.

'We zullen je niet lang lastigvallen, Penelope,' zei Katrine. 'We hebben contact gehad met de politieman die je op de plaats delict hebt gesproken. Dus we weten dat de dader en jij elkaar net hadden ontmoet in de stad, dat hij je in het trappenhuis heeft aangevallen en dat hij ijzeren tanden heeft gebruikt om je te bijten. Kun je ons nog iets meer vertellen over wie hij is? Gaf hij je meer dan de naam Vidar? Zei hij waar hij woont, waar hij werkt?'

'Vidar Hansen. Ik heb niet gevraagd waar hij woont,' zei ze. Haar stem deed Harry denken aan dun porselein. 'Hij zei dat hij kunstenaar was, maar werkte als bewaker.'

'Geloofde je hem?'

'Ik weet het niet. Hij kan heel goed bewaker zijn. Hij had in elk geval toegang tot sleutels want hij is in mijn flat geweest.'

'O?'

Met een enorme krachtsinspanning trok ze haar linkerhand onder de deken vandaan en hield die omhoog. 'De verlovingsring die Roar me had gegeven. Hij heeft die uit mijn ladekast gehaald.'

Katrine staarde ongelovig naar de matgouden ring. 'Je bedoelt... dat hij die aan je vinger heeft geschoven?'

Penelope knikte en kneep haar ogen dicht. 'En het laatste wat hij zei...'

'Ja?'

'Was dat hij niet zo was als andere mannen, dat hij terug zou komen om met me te trouwen.' Er ontsnapte haar een snik.

Harry zag dat Katrine geschokt, maar nog steeds bij de les was.

'Hoe zag hij eruit, Penelope?'

Penelope opende haar mond en sloot hem weer. Ze staarde hen radeloos aan. 'Ik weet het niet meer. Ik... ik moet het zijn vergeten. Hoe...' Ze beet op haar onderlip en tranen welden op in haar ogen.

'Dat is logisch,' zei Katrine. 'Het is heel normaal in jouw situatie, je zult je later meer kunnen herinneren. Herinner je je wat hij aanhad?'

'Pak en een overhemd. Dat overhemd heeft hij opengedaan. Hij had...' Ze zweeg.

'Ja?'

'Een tatoeage op zijn borst.'

Harry zag Katrine happen naar lucht. 'Wat voor tatoeage, Penelope?'

'Van een gezicht.'

'Van een demon die eruit tracht te komen?'

Penelope knikte. Er rolde een enkele traan over haar wang alsof er niet voldoende vocht in haar was voor twee, dacht Harry.

'En het leek of hij die...' Penelope stootte een snik uit. 'Of hij die aan mij wilde laten zien.'

Harry sloot zijn ogen.

'Ze moet nu rusten,' zei de verpleegkundige.

Katrine knikte en legde een hand op Penelopes melkwitte arm. 'Bedankt, Penelope, je bent een grote hulp geweest.'

Harry en Katrine waren al op weg naar de deur toen de verpleegkundige hen terugriep. Ze liepen weer naar het bed.

'Ik herinner me nog iets,' fluisterde Penelope. 'Hij zag eruit alsof hij geopereerd was aan zijn gezicht, hij had littekens. En ik vraag me nog wat af...'

'Ja?' zei Katrine en ze boog voorover naar de haast onverstaanbare stem.

'Waarom heeft hij me niet vermoord?'

Katrine keek Harry aan voor hulp. Hij haalde adem, knikte tegen haar en leunde over Penelope heen.

'Omdat het hem niet lukte,' zei hij. 'Omdat jij hem dat niet hebt laten doen.'

'Nu weten we in elk geval zeker dat hij het is,' zei Katrine die met Harry naar de uitgang liep.

'Hm, hij heeft zijn methode en voorkeur veranderd.'

'Wat voor gevoel heb jij daarbij?'

'Bij wat? Dat hij het is?' Harry haalde zijn schouders op. 'Geen gevoel. Het gaat om een moordenaar die gepakt moet worden. Punt.'

'Lieg niet, Harry, niet tegen mij. Hij is de reden dat jij hier bent.'

'Omdat hij meerdere mensen van het leven kan beroven. Hem pakken is belangrijk, maar het is niet persoonlijk, oké?'

'Ik hoor je.'

'Mooi,' zei Harry.

'Als hij zegt dat hij terug zal komen om met haar te trouwen, denk je dat...'

'...hij dat metaforisch bedoelt? Ja, hij zal haar in haar nachtmerries bezoeken.'

'Maar dat betekent dat hij...'

'...haar bewust niet heeft vermoord.'

'Je hebt tegen haar gelogen.'

'Ja.' Harry trok het portier van de auto open die voor het ziekenhuis op hen stond te wachten. Katrine ging voorin zitten, Harry achterin.

'Hoofdbureau?' vroeg Anders Wyller die achter het stuur zat.

'Ja,' zei Katrine en ze pakte haar mobiele telefoon die aan de oplader had gelegen. 'Bjørn sms't dat de bloedsporen op de trap vermoedelijk afkomstig zijn van cowboylaarzen.'

'Cowboylaarzen,' herhaalde Harry van de achterbank.

'Met van die smalle, hoge hakken en...'

'Ik weet hoe cowboylaarzen eruitzien. Ze werden in een van de getuigenverklaringen genoemd.'

'Welke dan?' zei Katrine en ze scande de andere sms'jes die ze had gekregen in de tijd dat ze in het ziekenhuis was.

'De barkeeper in Jealousy Bar. Mehmet nog-wat.'

'Je geheugen is nog intact, dat moet ik zeggen. Ik krijg een sms'je dat ze me als gast in *Zondagdebat* willen hebben om te praten over de vampirist.' Ze tikte een bericht in.

'Wat antwoord je daarop?'

'Nee, natuurlijk. Bellman heeft duidelijk gezegd dat hij zo min mogelijk publiciteit wil over de zaak.'

'Ook als die is opgelost?'

Katrine draaide zich om naar Harry. 'Hoe bedoel je?'

Harry haalde zijn schouders op. 'Ten eerste kan de hoofdcommissaris opscheppen op de nationale televisie dat de zaak is opgelost. Ten tweede kunnen we de publiciteit gebruiken om de zaak op te lossen.'

'Is de zaak opgelost?' Wyllers ogen zochten in het achteruitspiegeltje die van Harry.

'Ontrafeld,' zei Harry. 'Niet opgelost.'

Wyller keek Katrine aan. 'Wat bedoelt hij?'

'Dat we weten wie de dader is, maar dat de missie niet volbracht is vóór de lange arm van de wet hem heeft gearresteerd. En in dit geval is de lange arm niet lang genoeg gebleken. Deze man wordt al drie jaar over de hele wereld gezocht.'

'Wie is hij?'

Katrine zuchtte diep. 'Ik wil niet eens zijn naam zeggen. Vertel jij het maar, Harry.'

Harry staarde uit het raam. Uiteraard had Katrine gelijk. Hij kon het ontkennen, maar hij was hier om een simpele, egoïstische reden. Niet vanwege de slachtoffers, niet vanwege zijn zorg voor de stad, niet vanwege het prestige van het politiekorps. En zelfs niet vanwege zijn eigen prestige. Het was allemaal vanwege dat ene: dat hij kans had gezien te ontsnappen. Jazeker, Harry voelde zich verantwoordelijk voor het feit dat hij hem niet eerder had kunnen stoppen, voor het feit dat er dodelijke slachtoffers waren, voor elke dag dat deze man vrij rondliep. En dat was het enige waar hij aan kon denken: dat hij hem moest pakken. Dat hij, Harry, hem moest hebben. Hij wist niet waarom. Was het echt zo dat de ergste seriemoordenaar en misdadiger richting en zin aan zijn leven moest geven? De duivel mocht het weten. En de duivel wist of het ook niet vice versa was. Of deze man uit zijn schuilplaats was gekropen vanwege hem, Harry. Hij had een v op de deur van Ewa Dolmen geschreven en had zijn demontatoeage aan Penelope Rasch laten zien. Penelope had hem gevraagd waarom ze niet was vermoord. En Harry had gelogen. De reden dat de man dat niet had gedaan was omdat hij wilde dat ze het zou vertellen. Vertellen wat ze had gezien. Doorgeven aan Harry wat hij al wist. Dat hij naar buiten moest komen om te spelen.

'Nou,' zei Harry, 'willen jullie de korte of de lange versie?'

HOOFDSTUK 14

ZONDAGOCHTEND

'Valentin Gjertsen,' zei Harry Hole, wijzend naar het gezicht dat van het projectiescherm naar het onderzoeksteam keek.

Katrine nam het smalle gezicht op. Bruin haar, diepliggende ogen. Of misschien leek dat alleen maar zo omdat hij zijn hoofd zodanig hield dat er schaduw over zijn ogen viel. Katrine vond het vreemd dat de politiefotograaf Valentin dat had laten doen. En dan was er nog die gelaatsuitdrukking. Gewoonlijk was de angst, verwarring of overgave duidelijk van het gezicht te lezen. Maar dit gezicht liet triomf zien alsof Valentin Gjertsen iets wist wat zij niet wisten. Nóg niet wisten.

Harry nam de tijd om het gezicht bij iedereen te laten bezinken voor hij verderging. 'Op zijn zestiende werd hij veroordeeld omdat hij gerommeld had met een negenjarig meisje dat hij had meegelokt in een roeiboot. Hij was zeventien toen een buurvrouw hem aangaf omdat hij geprobeerd zou hebben haar in de kelder te verkrachten. Toen Valentin Gjertsen zesentwintig was en een straf uitzat voor verkrachtingen van minderjarigen, had hij een tandartsafspraak in de Ila-gevangenis. Hij gebruikte de boor van de tandarts om haar te dwingen haar nylonkousen uit te trekken en die over haar hoofd te doen. Eerst verkrachtte hij haar en vervolgens stak hij de nylonkousen aan.'

Harry drukte op het toetsenbord en de foto op het scherm veranderde. Er ging een gedempt gekreun door de groep en Katrine zag meerdere doorgewinterde rechercheurs hun ogen neerslaan. 'Ik laat dit niet zien omdat ik van sensatie hou, maar omdat ik jullie ervan wil doordringen met wat voor iemand we te maken hebben. Hij heeft de tandarts overigens laten leven. Net zoals hij dat met Penelope Rasch heeft gedaan. Ik geloof niet dat dat per ongeluk was. Ik denk dat Valentin Gjertsen een spel met ons speelt.'

Harry toetste weer in en dezelfde foto van Valentin maar nu op de website van Interpol kwam tevoorschijn. 'Valentin is bijna vier jaar geleden op spectaculaire wijze uit Ila ontsnapt. Hij mishandelde een medegevangene, Judas Johansen, tot hij onherkenbaar was, tatoeëerde een kopie van het demongezicht dat hij zelf had op de borst van het lijk en verstopte het lichaam in de bibliotheek waar hij werkte. Dus als Judas bij het tellen niet aanwezig was dan zou dat gemeld worden. Dezelfde nacht ontsnapte Valentin, hij trok het lijk zijn kleding aan en legde het lichaam in zijn cel. De cipiers die het onherkenbare lichaam aantroffen dachten uiteraard dat het om Valentin ging en ze waren niet echt verrast. Want zoals alle pedofielen was Valentin Gjertsen gehaat bij de andere gevangenen. Men dacht er niet eens aan om een DNA-test van het lijk te doen. En daarom hebben we lang gedacht dat Valentin Gjertsen voltooid verleden tijd was. Totdat hij opdook in verband met een andere moordzaak. We weten uiteraard niet hoeveel mensen Valentin Gjertsen heeft vermoord of misbruikt, maar het zijn er in elk geval meer dan waarvoor hij is veroordeeld. Maar we weten dat een van zijn laatste slachtoffers voor hij verdween zijn voormalige verhuurster Irja Jacobsen was.' Opnieuw drukte hij een toets in. 'Deze foto is gemaakt in de commune waar ze woonde en zich schuilhield voor Valentin. Als ik me niet vergis was jij, Berntsen, als eerste op de plaats delict en heb je haar onder een stapel surfplanken met haaienmotieven voor kinderen gevonden. Ze bleek gewurgd.'

Grommend gelach kwam achter uit de zaal. 'Klopt. De surfplanken waren gestolen en die arme junkies konden ze aan de straatstenen niet kwijt.'

'Irja Jacobsen werd waarschijnlijk vermoord omdat ze informatie over Valentin aan de politie had gegeven. Dat kan verklaren waarom het zo moeilijk is iemand te vinden die wil zeggen waar hij zich kan schuilhouden. De mensen die hem kennen durven dat gewoon niet.' Harry kuchte. 'Een andere reden dat Valentin moeilijk op te sporen is, is dat hij na zijn ontsnapping meerdere plastisch chirurgische ingrepen heeft ondergaan. De man op de foto lijkt niet op degene die we op een korrelige foto zien van een bewakingscamera tijdens een voetbalwedstrijd in het Ullevål-stadion. Dat bewakingsbeeld heeft hij ons met opzet laten zien en het feit dat we hem toch niet konden vinden doet ons vermoeden dat hij daarna nog meer operaties aan zijn gezicht heeft ondergaan. Waarschijnlijk ergens in het buitenland omdat we iedereen in Scandinavië die ook maar iets te maken heeft met plastische chirurgie hebben gecheckt. Ons vermoeden lijkt te kloppen want Penelope Rasch herkent Valentin niet van de foto's die we haar hebben getoond. Helaas is ze ook niet in staat om een goede alternatieve beschrijving van hem te geven en hij lijkt nauwelijks op de Tinder-foto van die zogenaamde Vidar op haar telefoon.'

'Tord heeft trouwens het Facebook-profiel van die Vidar gecheckt,' zei Katrine. 'Dat is, niet verrassend uiteraard, vals en is onlangs pas geplaatst via een provider die we niet kunnen traceren. Uit dat laatste concludeert Tord dat hij wel verstand heeft van dergelijke zaken.'

'Of hulp heeft gekregen,' zei Harry. 'Maar we hebben in elk geval iemand die Valentin Gjertsen heeft gezien én gesproken voordat hij bijna vier jaar geleden van de radar verdween. Helaas is Ståle als consulent voor de afdeling Geweld met pensioen gegaan, maar hij heeft ermee ingestemd om vandaag aanwezig te zijn.'

Ståle Aune stond op en deed de knoop van zijn tweedjasje dicht.

'Ik had het twijfelachtige genoegen korte tijd een cliënt te hebben die zich Paul Stavnes noemde. Hij viel als schizofrene psychopaat op doordat hij zich bewust was van zijn ziekte, tot op zekere hoogte tenminste. Het lukte hem om ook mij te manipuleren waardoor ik er nooit een vinger achter kon krijgen wie hij eigenlijk was en wat hij deed. Tot de dag dat hij zichzelf per ongeluk verraadde en een poging deed me te vermoorden voor hij voorgoed verdween.'

'Ståles signalement is de basis van deze fantoomtekening.' Harry drukte op een toets. 'De tekening is dus gedateerd, maar in elk geval beter dan de foto van de bewakingscamera tijdens de voetbalwedstrijd.'

Katrine hield haar hoofd schuin. De tekening liet zien dat het haar, de neus en de vorm van de ogen anders waren en dat de gezichtsvorm spitser was dan op de foto. Maar dat triomfantelijke was er nog steeds. Geforceerde triomf. Zoals je je voorstelt hoe krokodillen grijnzen.

'Hoe is hij vampirist geworden?' klonk een vraag bij het raam vandaan.

'Ten eerste ben ik er nog niet van overtuigd dat vampiristen bestaan,' zei Aune. 'Maar er kunnen uiteraard uiteenlopende redenen zijn dat Valentin Gjertsen op het idee is gekomen dat hij bloed wil drinken, zonder dat ik nu kan zeggen hoe het zit.'

Er volgde een lange stilte.

Harry schraapte zijn keel. 'We hebben geen tekenen van beten of drinken van bloed gevonden in eerdere zaken die aan Valentin Gjertsen kunnen worden gelinkt. En ja, het is meestal zo dat misdadigers vasthouden aan een bepaald patroon, ze zoeken keer op keer dezelfde fantasieën op.'

'Hoe zeker kunnen we zijn dat het inderdaad Valentin Gjertsen is?' vroeg Skarre. 'En niet iemand die ons dat alleen wil laten geloven.'

'Negenentachtig procent.' Dat was Bjørn Holm.

Skarre lachte. 'Precies negenentachtig procent?'

'Ja, we hebben lichaamshaar op de handboeien gevonden die hij bij Penelope Rasch heeft gebruikt, mogelijk van de handrug. Bij een DNA-analyse kun je relatief snel een match vinden met een waarschijnlijkheid van negenentachtig procent. De laatste elf procent kost meer tijd. Het definitieve antwoord krijgen we over twee dagen. De handboeien zijn overigens via internet te kopen, het gaat om een replica uit de middeleeuwen. Ze zijn dus van ijzer en niet van staal. Kennelijk bijzonder populair bij mensen die liefdesnestjes bouwen die lijken op middeleeuwse cellen.'

Hier en daar klonk gelach.

'En hoe zit het met die ijzeren tanden?' vroeg een van de vrouwelijke rechercheurs. 'Hoe kan hij daaraan zijn gekomen?'

'Dat is moeilijker,' zei Bjørn Holm. 'We hebben nog geen producenten van dat type tanden kunnen vinden, in elk geval niet van ijzeren. Hij kan ze speciaal besteld hebben bij een smid. Of ze zelf hebben gemaakt. Het gaat zonder meer om iets nieuws, we hebben nog nooit eerder zulke tanden gezien.'

'Nieuw gedrag,' zei Aune en hij maakte zijn jasknoop los waardoor zijn buik zichtbaar werd. 'Een fundamentele verandering in gedrag komt zelden voor. Mensen zijn gewoontedieren, ze staan erop om keer op keer dezelfde fouten te maken zelfs als ze daarmee nieuwe informatie geven. Dat is mijn overtuiging en die is zo omstreden dat die in kringen van psychologen de naam Aunes-postulaat heeft gekregen. Als we toch zien dat individuen hun gedrag veranderen dan komt dat doordat er een verandering in de omgeving is geweest waaraan het individu zich heeft aangepast. Maar de fundamentele motivatie voor het gedrag blijft dezelfde. Het is absoluut niet uniek dat een zedendelinquent nieuwe fantasieën en genoegens ontdekt, maar dat komt omdat smaak zich geleidelijk ontwikkelt, niet omdat diegene een fundamentele verandering heeft doorgemaakt. Toen ik tien jaar was zei mijn vader dat ik Beethoven wel zou waarderen als ik ouder was. Op dat tijdstip haatte ik Beethoven en ik was ervan overtuigd dat hij zich vergiste. Valentin Gjertsen had al op jonge leeftijd een brede smaak op het gebied van seksualiteit. Hij verkrachtte zowel jonge als oude vrouwen, mogelijk ook jongens, voor zover we weten geen volwassen mannen, maar dat kan eenvoudigweg zijn omdat ze zich beter kunnen verweren. Pedofilie, necrofilie, sadisme: dat staat allemaal op het menu van Valentin Gjertsen. Afgezien van Svein "de Verloofde" Finne is Valentin Gjertsen voor de politie in Oslo de persoon die de meeste moorden met een seksueel motief heeft gepleegd. Dat hij nu de smaak van bloed te pakken heeft gekregen, betekent alleen dat hij hoog scoort op wat we *openness* noemen, openstaan voor nieuwe ervaringen. Ik zeg "de smaak van" omdat enkele observaties, zoals het toevoegen van citroen, er meer op duiden dat Valentin Gjertsen eerder experimenteert met bloed dan dat hij er bezeten van is.'

'Niet bezeten?' riep Skarre uit. 'Hij maakt elke dag een slachtoffer! Terwijl wij hier zitten is hij waarschijnlijk alweer op jacht. Of niet, professor?' De titel werd uitgesproken zonder een poging de ironie te verbergen.

Aune spreidde zijn korte armen. 'Nogmaals, ik weet het niet. Wij weten het niet. Niemand weet het.'

'Valentin Gjertsen,' zei Mikael Bellman. 'En dat weten we zeker, Bratt? In dat geval, geef me twee minuten om over de zaak na te denken. Ja, ik begrijp dat het haast heeft.'

Bellman verbrak de verbinding en legde zijn mobiel op de glazen tafel. Isabelle had hem net verteld dat het mondgeblazen glas was van ClassiCon en meer dan vijftigduizend kronen had gekost. En dat ze liever een paar designmeubelen had dan haar nieuwe flat met rotzooi te vullen. Van waar hij nu zat kon hij het kunstmatig aangelegde badstrand en de Oslofjord zien waar de felle windvlagen de bijna paarse zee geselden en de ferry's op en neer stampten.

'Wat?' vroeg Isabelle vanuit het bed achter hem.

'De onderzoeksleider vraagt zich af of ze de uitnodiging van *Zondagdebat* moet accepteren om vanavond gast te zijn in het programma. Het thema is uiteraard de vampiristmoorden. We weten wie de dader is, maar niet waar hij kan zijn.'

'Simpel,' zei Isabelle Skøyen. 'Als die vent was gepakt dan had jij daar moeten zitten, maar met dit kleine succesje is het beter een vertegenwoordiger te sturen. Help haar eraan herinneren dat ze "we" zegt in plaats van "ik". En dat het niets uitmaakt als ze suggereert dat de dader misschien het land al uit is.'

'Het land uit? Waarom dat?'

Isabelle Skøyen zuchtte. 'Doe je niet onnozeler voor dan je bent, schat, dat is alleen maar irritant.'

Bellman stond op en liep naar de balkondeur. Hij stond daar en keek neer op de toeristen die op zondag Tjuvholmen overspoelden. Sommigen wilden het Astrup Fearneys museum voor hedendaagse kunst bezoeken, anderen kwamen om te kijken naar de hypermoderne architectuur en om een peperdure cappuccino te drinken. En weer anderen om te dromen over de belachelijk dure appartementen die nog niet waren verkocht. Hij had trouwens gehoord dat het museum een Mercedes tentoon had gesteld en dat op de plaats op de motorkap waar normaal de Mercedesster prijkte nu een menselijke drol lag.

Ook best want voor sommige mensen was vaste ontlasting ook een statussymbool. Andere mensen hadden het duurste appartement, de nieuwste auto of het grootste jacht nodig om zich goed te voelen. En dan had je de mensen – zoals hijzelf en Isabelle – die beslist alles willen hebben: de macht, maar zonder de wurgende plicht. Aanzien en respect, maar voldoende anonimiteit om je vrij te kunnen bewegen. Een gezin dat zorgde voor de veilige omlijsting en het doorgeven van zijn genen, maar ook vrije toegang tot seks buiten de vier muren van thuis. Het appartement en de auto. En de vaste ontlasting.

'Dus,' zei Mikael Bellman. 'Jij denkt dat als Valentin Gjertsen een poosje wegblijft dat de samenleving dan automatisch zal denken dat hij naar het buitenland is vertrokken en niet dat de politie van Oslo niet capabel genoeg is om hem te pakken. Maar als we hem wel pakken dan zijn we daadkrachtig geweest. En als hij weer een nieuwe moord pleegt dan zal alles wat we gezegd hebben toch vergeten zijn.' Hij draaide zich naar haar om. Waarom ze ervoor had gekozen het grote tweepersoonsbed in de woonkamer te zetten hoewel ze een prima slaapkamer had, was hem een raadsel. Vooral omdat het nu voor de buren mogelijk was om naar binnen te kijken. Misschien was het juist daarom. Isabelle Skøyen was een grote vrouw, ze had haar lange, krachtige benen gespreid onder het goudkleurige zijden laken dat gedrapeerd lag over haar weelderige vormen. Alleen al door die aanblik was hij er weer klaar voor.

'Je zegt alleen maar iets en daarmee plant je de gedachte over het buitenland,' zei ze. 'In de psychologie noemen ze dat verankering. Het is simpel en het werkt altijd. Omdat mensen simpel zijn.' Ze liet haar blik over zijn lichaam gaan en lachte breed. 'Vooral mannen.'

Met een ruk gooide ze het zijden laken op het parket.

Hij keek naar haar. Af en toe dacht hij dat hij het zien van haar lichaam prettiger vond dan het aanraken ervan, terwijl dat bij zijn vrouw andersom was. Wat vreemd was omdat objectief gezien Ulla's lichaam mooier was dan dat van Isabelle. Maar Isabelles heftige, razende wellust ontvlamde meer in hem dan Ulla's tederheid en stil gesmoorde orgasmen.

'Neuk!' commandeerde ze, haar gespreide benen leken op de half uitgespreide vleugels van een roofvogel en ze legde twee sterke vingers op haar geslacht.

Hij deed wat ze zei. Hij sloot zijn ogen en hoorde gerinkel op de glazen tafel. Verdomme, hij was Katrine Bratt vergeten. Hij greep de vibrerende telefoon en drukte op 'accepteer'.

'Ja?'

De vrouwenstem aan de andere kant zei iets, maar Mikael hoorde niet wat omdat een van de ferry's net zijn doordringende fluitsignaal liet horen.

'Het antwoord is ja,' riep hij ongeduldig. 'Je moet de uitnodiging van *Zondagdebat* accepteren. Ik ben nu bezig, maar ik bel je later voor wat instructies, is dat goed?'

'Ik ben het.'

Mikael Bellman verstijfde. 'Schat, ben jij het? Ik dacht dat het Katrine Bratt was.'

'Waar ben je?'

'Waar? Op het bureau natuurlijk.'

En in de lange stilte die volgde besefte hij dat ze vanzelfsprekend ook het fluitsignaal van de boot had gehoord en dat ze het daarom had gevraagd. Hij ademde zwaar door zijn mond terwijl hij naar zijn afnemende erectie keek.

'Het avondeten is niet voor halfzes klaar,' zei ze.

'O, juist,' zei hij. 'Wat...'

'Runderlap,' zei ze en ze verbrak de verbinding.

Harry en Anders Wyller stapten voor de Jøssingvei 33 uit de auto. Harry stak een sigaret op en keek naar het roodstenen gebouw met het hoge hek eromheen. Ze waren in de zon en met schitterende herfstkleuren vertrokken van het hoofdbureau, maar op weg hierheen hadden de wolken zich samengepakt en nu sleepten die zich als een cementkleurig dak over de bergkammen en trokken alle kleur uit het landschap.

'Dus dit is de Ila-gevangenis,' zei Wyller.

Harry knikte en trok hard aan zijn sigaret.

'Waarom wordt hij "de Verloofde" genoemd?'

'Omdat hij zijn slachtoffers zwanger maakte en ze bedreigde als ze verder zouden vertellen wat er was gebeurd.'

'Want anders?'

'Zou hij terugkomen en eigenhandig een keizersnede uitvoeren.' Harry inhaleerde een laatste keer, duwde de gloeiende peuk tegen het pakje en stopte hem terug. 'Laten we maar gaan.'

'De regels verbieden ons om hem vast te ketenen, maar we houden jullie in de gaten via de bewakingscamera,' zei de cipier die hen had binnengelaten en nu meeliep naar het eind van de lange gang met grijze, stalen deuren aan weerszijden. 'We hebben als regel dat we altijd een afstand van één meter tot hem houden.'

'Jezus,' zei Wyller. 'Valt hij jullie ook aan?'

'Nee,' zei de cipier en hij stak een sleutel in het slot van de laatste deur. 'Svein Finne heeft in de twintig jaar dat hij hier zit geen enkele aantekening gekregen.'

'Maar?'

De bewaker haalde zijn schouders op en draaide de sleutel om. 'Ik denk dat jullie wel zullen begrijpen wat ik bedoel.'

Hij trok de deur open, stapte opzij en Wyller en Harry gingen de cel in.

De man op bed zat in de schaduw.

'Finne,' zei Harry.

'Hole.' De stem uit de schaduw klonk alsof hij steen vermaalde.

Harry gebaarde naar de enige stoel in de cel. 'Is het goed dat ik hier ga zitten?'

'Als jij denkt dat je daar tijd voor hebt. Ik heb gehoord dat je wel het een en ander hebt te doen.'

Harry ging zitten. Wyller was achter hem gaan staan, voor de deur.

'Hm. Is hij het?'

'Is hij wie?'

'Je weet wie ik bedoel.'

'Ik zal daar antwoord op geven als jij me eerlijk antwoord geeft op de vraag: heb je het gemist?'

'Wat gemist, Finne?'

'Om een speelkameraad van je eigen niveau te hebben. Zoals toen met mij.'

De man in de schaduw leunde voorover, in het licht van het raam dat hoog in de muur zat en Harry hoorde dat Wyller achter hem sneller ging ademhalen. De tralies tekenden strepen schaduw op een pokdalig gezicht met een leerachtige, roodbruine huid. De rimpels waren ploegsporen die zo scherp en diep waren dat het leek of ze met een mes tot op het bot waren gesneden. Hij droeg een rode zakdoek rond zijn hoofd, als een indiaan, en een snor omlijstte de dikke, natte lippen. Zijn pupillen waren klein in de bruine irissen en het oogwit was geelachtig van kleur, maar hij had het gespierde, slanke lichaam van een twintigjarige. Harry rekende het uit. Svein "de Verloofde" Finne moest nu vijfenzeventig jaar zijn.

'Je vergeet je eerste nooit. Of wel, Hole? Mijn naam staat voor altijd boven aan je erelijst. Ik heb je je maagdelijkheid ontnomen, toch?' Zijn lach klonk alsof hij gegorgeld had met grind.

'Nou,' zei Harry, zijn handen vouwend. 'Als mijn eerlijkheid die van jou moet belonen dan is het antwoord dat ik het niet mis. En dat ik je nooit zal vergeten, Svein Finne. Of een van de mensen die je hebt verminkt. Jullie bezoeken me nog regelmatig 's nachts.'

'Ze bezoeken mij ook. Ze zijn mijn trouwe verloofdes.' Finnes dikke lippen gleden van elkaar toen hij gelijktijdig grijnsde en zijn rechterhand voor zijn rechteroog legde. Harry hoorde Wyller een stap achteruit doen en tegen de deur bonken. Finnes oog staarde Wyller aan door een gat in zijn handpalm dat groot genoeg was om er een golfbal doorheen te kunnen duwen. 'Wees niet bang, jongen,' zei Finne. 'Je moet voor je chef bang zijn. Hij was net zo jong als jij nu bent en ik lag al op mijn rug en kon me niet verdedigen. Toch zette hij zijn pistool tegen mijn hand en haalde over. Jouw chef heeft een zwart hart, jongen, denk daaraan. En nu heeft je chef weer dorst. Net zoals de man die buiten rondloopt. Die dorst is als een vuur dat geblust moet worden. Zolang dat niet is gebeurd, verteert het alles waarmee het in aanraking komt. Zit het niet zo, Hole?'

Harry kuchte. 'Jouw beurt, Finne. Waar houdt Valentin zich schuil?'

'Jullie zijn hier eerder geweest om dat te vragen en ik kan alleen maar herhalen wat ik toen heb gezegd. Valentin en ik hebben nauwelijks met elkaar gesproken toen hij hier zat. En het is nu bijna vier jaar geleden dat hij is ontsnapt.'

'Zijn methoden lijken op die van jou. Er wordt beweerd dat jij hem die hebt geleerd.'

'Nonsens. Valentin was bij zijn geboorte al uitgeleerd, geloof me.'

'Waar zou jij je verstoppen als je hem was?'

'Zo dichtbij dat je me kunt zien, Hole. Deze keer zou ik voorbereid zijn.'

'Hij woont in de stad? Beweegt hij zich door de stad? Een nieuwe identiteit? Is hij alleen of werkt hij met iemand samen?'

'Hij doet het nu anders, of niet? Dat bijten en het drinken van bloed. Misschien is het Valentin niet?'

'Hij is het. Dus hoe pak ik hem?'

'Je pakt hem niet.'

'Niet?'

'Hij sterft liever dan hier weer terecht te komen. Voor hem waren de fantasieën nooit genoeg, hij moest het doen.'

'Dat klinkt alsof je hem toch wel kent.'

'Ik herken waaruit hij is gemaakt.'

'Uit hetzelfde als jij? Hormonen uit de hel?'

De oude man haalde zijn schouders op. 'Iedereen weet dat de vrije, morele keus een illusie is, dat het slechts de chemie in de hersenen is die jouw en mijn gedrag aansturen, Hole. Iemands gedrag leidt tot diagnoses als ADHD of angststoornis en wordt behandeld met medicijnen of troost. Anderen krijgen de diagnose crimineel of slecht en worden opgesloten. Maar het is allemaal hetzelfde verhaal. Een ongelukkige samenstelling van stoffen in de hersenen. Dat we moeten worden opgesloten, daar ben ik voor. Wij verkrachten jullie dochters, verdomme.' Finne lachte schrapend. 'Dus pluk ons van de straat, bedreig ons met straf zodat we het gedrag niet meer vertonen dat we volgens de chemie in onze hersenen moeten uitvoeren. Wat zo laf is aan jullie is dat jullie een moreel excuus nodig hebben om ons op te sluiten, daardoor wordt het zo pathetisch. Jullie fabriceren een leugenachtig verhaal over vrije keus en dat de heilige straf een plaats moet hebben in een soort hemelse rechtvaardigheid gebaseerd op een universele, eeuwige moraal. Maar de moraal is niet universeel of eeuwig en hoogst afhankelijk van de tijdgeest, Hole. Mannen die mannen neukten waren een paar duizend jaar geleden volkomen normaal, vervolgens moest men daarvoor de gevangenis in en nu paraderen politici met ze. Alles wordt elke keer bepaald door wat de maatschappij nodig heeft en niet nodig heeft, de moraal is flexibel en gericht op het nut. Mijn probleem is dat ik geboren ben in een tijd en een land waar het ongehinderd verspreiden van je zaad ongewenst is. Maar als de soort na een pandemie weer zou moeten worden gereproduceerd zou Svein "de Verloofde" Finne een steunpilaar en de redding van de maatschappij kunnen zijn. Of niet, Hole?'

'Je hebt vrouwen bedreigd met een keizersnede,' zei Harry. 'Valentin vermoordt ze. Dus waarom wil je me niet helpen hem te pakken?'

'Help ik niet?'

'Je geeft me nietszeggende antwoorden en een halfbakken praatje over moraalfilosofie. Als je ons helpt dan zal ik een goed woordje voor je doen voor strafvermindering.'

Harry hoorde Wyller met zijn voeten schuiven.

'Echt?' Finne streek zijn snor glad. 'Zelfs als je weet dat ik weer de fout in ga zodra ik buiten ben? Ik begrijp dat het erg belangrijk voor je is om Valentin te pakken aangezien je bereid bent de eer van onschuldige vrouwen op te offeren. Maar je kunt misschien niet anders.' Hij klopte met een vinger tegen zijn slaap. 'De chemie...'

Harry gaf geen antwoord.

'Hoe dan ook,' zei Finne. 'Ten eerste heb ik volgend jaar op de eerste zaterdag van maart mijn straf erop zitten dus is het te laat voor strafvermindering. Ten tweede was ik een paar weken geleden op verlof en raad 'ns? Ik verlangde terug naar mijn cel. Dus nee, bedankt. Maar vertel me liever hoe het met jou gaat, Hole. Je bent getrouwd, hoor ik. En je hebt een hoerenzoon, toch? Wonen jullie veilig?'

'Hm, is dat alles wat je te zeggen hebt, Finne?'

'Ja, maar ik zal jullie met interesse volgen.'

'Mij en Valentin?'

'Jou en je gezin. Ik hoop je in het welkomstcomité te zien als ik word vrijgelaten.' Finnes gelach ging over in een rochelhoest.

Harry stond op en seinde naar Wyller dat hij op de deur moest kloppen. 'Bedankt voor je kostbare tijd, Finne.'

Finne tilde zijn rechterhand op voor zijn gezicht en wuifde. 'Tot ziens, Hole. Ik ben blij dat we onze plannen voor de toekomst hebben kunnen uitwisselen.'

Harry zag zijn grijns vanachter het gat in zijn hand heen en weer gaan.

HOOFDSTUK 15

ZONDAGAVOND

Rakel zat aan de keukentafel. De pijnen, die ze met drukte, afleiding en bezigheden probeerde te overstemmen, werden moeilijker te negeren zodra ze daarmee stopte. Ze krabde aan haar arm. De uitslag was gisteravond nog nauwelijks te zien. Toen de arts had gevraagd of ze regelmatig urineerde had ze automatisch ja gezegd, maar nu ze erop lette realiseerde ze zich dat ze de laatste twee dagen bijna niet had geplast. En dan haar ademhaling, alsof ze een slechte conditie had, maar dat was niet zo.

Er klonk gerinkel van sleutels bij de buitendeur.

De deur ging open en Harry kwam binnen. Hij zag er bleek en moe uit.

'Ik kom alleen maar om andere kleren aan te trekken,' zei hij, en hij streelde haar over haar wang en liep door naar de trap.

'Hoe gaat het?' vroeg ze en ze bleef staan kijken naar de rug die omhoog verdween in de richting van hun slaapkamer.

'Goed!' riep hij. 'We weten wie het is.'

'Dus het is tijd om weer thuis te komen?' zei ze zacht en halfslachtig.

'Wat?' Ze hoorde gebonk op de vloer en ze wist dat hij bezig was zijn broek uit te trekken zoals een jongen of een aangeschoten man dat doet.

'Als jij en jouw grote, uitstekende hersenen de zaak hebben opgelost...'

'Dat is het nu juist.' Hij kwam boven in de deuropening staan. Hij had een dunne wollen trui aangetrokken en leunde tegen de deurpost terwijl hij dunne wollen sokken aantrok. Ze had hem geplaagd dat alleen oude mannen erop stonden zomer en winter wol te dragen. Hij had daarop geantwoord dat de beste overlevingsstrategie áltijd is oude mannen te kopiëren, zij waren immers de winnaars, de overlevers. 'Ik heb niets opgelost. Hij heeft ervoor gekozen om ontmaskerd te worden.'

Harry ging rechtop in de deuropening staan en sloeg op zijn zakken. 'De sleutels,' zei hij en hij verdween weer in de slaapkamer.

'Ik kwam dokter Steffens tegen in het Ullevål,' riep hij. 'Hij zei dat hij jou behándelt.'

'Ja, dus? Zeg, schat, ik geloof dat je een paar uur moet slapen, je sleutels zitten in de deur beneden.'

'Je zei dat ze je alleen hadden onderzocht.'

'Wat is het verschil?'

Harry kwam de slaapkamer uit en rende de trap af. Hij omhelsde haar. 'Onderzócht is verleden tijd,' fluisterde hij in haar oor. 'Behándelen is tegenwoordige tijd. En behandeling komt volgens mij als onderzoek iets heeft vastgesteld.'

Rakel lachte en leunde tegen hem aan. 'De hoofdpijn heb ikzelf vastgesteld en wat daarvoor nodig is, is een behandeling. En die wordt hoofdpijntabletten genoemd.'

Hij hield haar een eindje van zich vandaan. 'Je verzwijgt toch niet iets voor me, of wel?'

'Heb je wel tijd voor deze onzin?' Rakel leunde weer tegen hem aan, negeerde de pijn, beet hem in zijn oor en duwde hem vervolgens in de richting van de deur. 'Ga dat werk verder afmaken en kom dan thuis naar mama. Zo niet dan ga ik een 3D-print maken van een man in wit plastic die graag thuis is.'

Harry lachte en liep naar de deur. Hij trok de sleutelbos uit het slot. Ineens bleef hij stokstijf staan. Kijkend naar de sleutels.

'Wat?' vroeg Rakel.

'Hij had van de flat van Penelope Rasch en Elise Hermansen de sleutel,' zei Harry en hij smeet het portier aan de passagierskant dicht. 'En waarschijnlijk ook van die van Ewa Dolmen.'

'O?' zei Wyller, hij trok de handrem los en reed over de oprit. 'We hebben absoluut alle geregistreerde sleutelmakers in de stad gecheckt en niemand heeft nieuwe systeemsleutels gestanst voor een van die wooncomplexen.'

'Dat komt omdat hij het zelf doet. In wit plastic.'

'Wit plastic?'

'Met een gewone 3D-printer van vijftienduizend kronen die op je bureau kan staan. Het enige wat je een paar seconden nodig hebt is de originele sleutel. Hij kan er een foto van hebben gemaakt of een afdruk in was om een 3D-file te maken. Dus toen Elise Hermansen thuiskwam had hij zichzelf al toegang verschaft tot haar woning. Daarom had ze die ketting al op de deur gedaan. Omdat ze dacht dat ze alleen was.'

'En hoe denk je dat hij de originele sleutel in handen heeft gekregen? Geen van de slachtoffers maakte gebruik van een bewakingsdienst en ze hadden allemaal een eigen conciërge die ieder op hun beurt een alibi hebben en met klem ontkennen dat ze sleutels hebben uitgeleend.'

'Ik weet het. En ik weet niet hoe dat is gebeurd, alleen maar dát het is gebeurd.'

Harry hoefde niet eens naar zijn jonge collega te kijken om zijn scepsis te zien. Er bestonden vele verklaringen over waarom Elise Hermansen de ketting erop had gedaan. Harry's deductie sloot geen enkele daarvan uit. Tresko, de pokerspelende kameraad van Harry, zei dat de kansberekening en hoe je je kaarten volgens het boekje moest spelen eenvoudig te leren waren. Maar wat de goede van de matige spelers onderscheidde was dat zij begrepen wat de tegenstander dacht. Het vereiste dat je zoveel informatie opslurpte dat je het gevoel kreeg in een bulderende storm naar een fluisterend antwoord te luisteren. Misschien zat het zo. Want door de storm van alles wat Harry wist over Valentin Gjertsen, al die rapporten, al zijn ervaring met andere seriemoorden, alle geesten van alle dodelijke slachtoffers die hij in de loop van de jaren niet had kunnen redden, fluisterde een stem. Het was de stem van Valentin Gjertsen die zei dat hij zijn slachtoffers van binnenuit had gegrepen. Dat hij zich binnen hun blikveld had bevonden.

Harry pakte zijn telefoon. Katrine nam bij de tweede keer overgaan op.

'Ik zit bij de schmink,' zei ze.

'Ik geloof dat Valentin een 3D-printer heeft. En die kan ons naar hem toe leiden.'

'Hoe?'

'Winkels in elektronische apparatuur registreren bij hoge aankoopbedragen de gegevens van de klant. Er zijn in Noorwegen maar een paar duizend 3D-printers verkocht. Als iedereen in de groep alles uit handen laat vallen dan kunnen we binnen een etmaal een lijst maken en in de loop van twee dagen vijfennegentig procent van de kopers wegstrepen. Dan blijven we over met een lijst van ongeveer twintig klanten. Als het om een valse of andermans naam gaat dan komen we daarachter wanneer we de naam op het opgegeven adres niet vinden in het bevolkingsregister of als we iemand bellen die ontkent dat hij een 3D-printer heeft gekocht. De meeste winkels in elektronische apparatuur, hebben bewakingscamera's dus we kunnen degenen checken die we verdenken. Er is geen reden om aan te nemen dat hij, van waar hij woont, niet naar de dichtstbijzijnde winkel is gegaan dus dan hebben we een gebied waarin we kunnen zoeken. En door de camerabeelden kunnen we het publiek vragen ons in de juiste richting te sturen.'

'Hoe ben je op die 3D-printer gekomen, Harry?'

'Ik had het met Oleg over printers en wapens...'

'Alles uit handen laten vallen, Harry? Alle pijlen richten op iets wat jij hebt bedacht na een gesprek met Oleg?'

'Yep.'

'Dit is nu zo'n alternatief spoor waar jij je met je guerrillagroep op kunt richten, Harry.'

'Die groep bestaat nog steeds alleen uit mijn persoon en ik heb jouw middelen nodig.'

Harry hoorde Katrines hoongelach. 'Als jij niet Harry Hole had geheten dan had ik al opgehangen.'

'Goed dat ik wel zo heet. Luister, we hebben meer dan drie jaar zonder succes naar Valentin Gjertsen gezocht. Dit is het enige nieuwe spoor dat we hebben.'

'Laat me er na de televisie-uitzending nog over nadenken, we beginnen bijna en mijn hoofd zit vol dingen die ik wel en niet moet zeggen. En mijn maag draait om, als ik eerlijk ben.'

'Hm.'

'Heb je nog tips voor een televisiedebutant?'

'Leun achterover en maak een ontspannen indruk, wees geniaal en grappig.'

Hij kon haar horen glimlachen. 'Zoals jij altijd bent op tv?'

'Ik was dat helemaal niet. O ja, zorg dat je nuchter bent.'

Harry stopte de mobiel in zijn jaszak. Ze kwamen bij dé plek. Het kruispunt van de Slemdalsvei met de Rasmus Winderens vei in Vindern. Het licht sprong op rood. Dus Harry kon het niet laten. Hij kon het nooit laten. Hij wierp een blik op het perron aan de andere kant van de metrorails. De plek waar hij een half leven geleden tijdens een achtervolging de controle over de politieauto had verloren, dwars over de tramlijn was geschoten en tot stilstand was gekomen tegen het beton. Daarbij was zijn collega die naast hem zat omgekomen. Hoe dronken was hij geweest? Er was bij Harry nooit een alcoholtest afgenomen en in het rapport stond dat hij op de plek van de passagier had gezeten en niet achter het stuur. Alles ter bescherming van het korps.

'Deed je het om levens te redden?'

'Wat?' vroeg Harry.

'Werken op de afdeling Geweld,' zei Wyller. 'Of deed je het om moordenaars te pakken?'

'Hm, denk je aan wat "de Verloofde" zei?'

'Ik herinner me je lessen. Ik geloof dat je rechercheur was omdat je gewoon hield van dat werk.'

Harry schudde zijn hoofd. 'Ik deed het omdat dat het enige is waar ik goed in ben. Ik haatte het.'

'Echt?'

Harry haalde zijn schouders op toen het licht op groen sprong en ze verder zoefden in de richting van Majorstua en de nachtelijke duisternis die hen langzaam leek in te pakken.

'Laat me er bij de bar maar uit,' zei hij. 'De bar van het eerste slachtoffer.'

Katrine stond in de coulissen en nam het kleine, verlaten eiland midden in de cirkel van licht op. Het eiland was een zwart platform met drie stoelen en een tafel. Op een van de stoelen zat de programmaleider van *Zondagdebat* die haar zo meteen zou introduceren als de eerste gast. Katrine probeerde niet te denken aan die zee van ogen. Niet te denken aan hoe hard haar hart bonkte. Niet te denken aan het feit dat Valentin nu ergens vrij rondliep en dat zelfs nu ze wisten wie hij was, ze niets konden doen om hem te stoppen. In plaats daarvan herhaalde ze in zichzelf wat Bellman haar had opgedragen: wees overtuigend en zelfverzekerd als je vertelt dat de zaak is opgelost, maar dat de dader nog steeds op vrije voeten is en dat de mogelijkheid bestaat dat hij naar het buitenland is gevlucht.

De regisseur met clipboard en headset stond tussen de camera en het eiland en riep dat het nog tien seconden was voor het programma begon. En volkomen onverwacht dook de gedachte op aan dat idiote voorval van eerder die dag. Misschien kwam het doordat ze nerveus en vermoeid was, misschien doordat haar hersenen hun toevlucht namen tot zoiets onbenulligs wanneer ze zich moesten concentreren op iets veel groters en beangstigenders? Ze was bij Bjørn langsgegaan om hem te vragen haast te maken met de analyse van de technische sporen op de trap zodat ze die kon gebruiken bij haar televisieoptreden om overtuigender over te komen. Er zouden waarschijnlijk weinig mensen in het laboratorium zijn op deze zondag, misschien alleen degenen die aan de vampiristmoorden werkten. Misschien was het die verwachte leegte die Katrine zo van haar stuk had gebracht. Gewoonlijk draafde ze meteen door naar het smalle kantoortje van Bjørn, maar nu stond er een vrouw bij zijn stoel, ja, ze leunde haast over hem heen. En er moest iets grappigs zijn gebeurd of gezegd want zowel Bjørn als de vrouw lachte. Toen ze zich naar Katrine omdraaiden had ze gezien dat het de onlangs aangestelde chef van de technische recherche was, een of andere mevrouw Lien. Katrine herinnerde zich wat ze had gedacht toen Bjørn vertelde over de aanstelling. Dat het meisje jong en onervaren was en dat Bjørn de baan had moeten hebben. Of beter gezegd: dat Bjørn de baan had moeten nemen want ze hadden hem die aangeboden. Maar zijn antwoord was typerend voor Bjørn geweest: waarom een vrij goede technisch rechercheur kwijtraken om een vrij slechte leider te krijgen? Zo bekeken was de keus voor juffrouw of mevrouw Lien een goede keus geweest. Katrine had in elk geval niet gehoord dat Lien op het bureau ergens anders in had uitgeblonken. Toen Katrine haar verzoek tot haast kenbaar had gemaakt, had Bjørn kalm gezegd dat zijn chef dat moest bepalen omdat zij over de prioritering ging. En een of andere Lien had met een welwillend lachje gezegd dat ze met de andere rechercheurs zou overleggen wanneer de analyse klaar kon zijn. Toen had Katrine op hoge toon gezegd dat 'overleggen' niet voldoende was, dat de vampiristzaak voorrang had en dat iedereen met een beetje ervaring dat wist. En dat het bovendien op televisie een slechte indruk zou maken als ze moest antwoorden dat de nieuwe chef van de technische recherche meende dat het niet belangrijk genoeg was.

En Berna Lien – ja, nu herinnerde ze zich weer hoe ze heette, omdat ze leek op Bernadette in *Big Bang Theory*, klein met een bril en veel te grote borsten – had geantwoord: 'En als ik jouw kwestie de hoogste prioriteit geef, beloof je me dan dat je tegen niemand zegt dat ik de kindermishandelingszaak in Aker of de eerwraakmoorden in Stovner niet belangrijk genoeg vond?' Katrine had pas begrepen dat de smekende stem gemaakt overdreven was toen ze op een normale, serieuze toon was verdergegaan met: 'Ik ben het uiteraard met je eens dat het haast heeft als we daarmee meer moorden kunnen voorkomen, Bratt. Maar het is om die reden – en niet vanwege je televisieoptreden – dat ik de zaak in overweging neem. Ik kom er over twintig minuten op terug, oké?'

Katrine Bratt had slechts geknikt en was weggelopen. Ze was direct doorgegaan naar het hoofdbureau, had zich opgesloten op de dames-wc en daar de make-up weggeveegd die ze speciaal had opgebracht voordat ze naar de technische recherche was gegaan.

De begintune startte en de programmaleider – die al rechtop zat – kreeg een nog rechtere rug terwijl hij zijn gelaatsspieren opwarmde door een paar overdreven grimassen te maken die hij die avond toch niet nodig zou hebben.

Katrine voelde haar mobiel in haar broekzak trillen. Als leider van het onderzoek moest ze continu bereikbaar zijn, dus ze had geweigerd haar telefoon uit te zetten tijdens de uitzending. Het was een sms van Bjørn.

'Er is een match met de vingerafdrukken op de trappenhuisdeur van Penelopes flatgebouw. Valentin Gjertsen. Ik kijk tv. *Break a leg.*' Alsof ze het theaterpodium op moest. Toch voelde Katrine dat ze inwendig moest lachen.

Harry bleef voor de dichtvallende deur van Jealousy Bar staan. En hij stelde vast dat het geluid van een luidruchtige mensenmassa hem op het verkeerde been had gezet. Want tenzij er nog iemand verstopt zat in een van de nisjes langs de muur, was hij de enige klant. En hij ontdekte dat het geluid van de voetbalwedstrijd op de televisie vanachter de bar kwam. Harry ging op een van de barkrukken zitten en keek naar de wedstrijd.

'Besiktas tegen Galatasaray,' zei de barkeeper glimlachend.

'Turks,' zei Harry.

'Ja,' zei de barkeeper ernstig. 'Interesse?'

'Eigenlijk niet.'

'Ook goed. Het is toch alleen maar een gekte. Als je supporter van de uitspelende club bent dan moet je na afloop maken dat je wegkomt om niet de kans te lopen gemolesteerd te worden.'

'Hm, gaat het om verschil in opvattingen over religie of milieu?'

De barkeeper stopte met het poetsen van een halveliterglas en keek Harry aan. 'Het gaat om winnen.'

Harry haalde zijn schouders op. 'Uiteraard. Ik heet Harry Hole, ik ben... was inspecteur bij de afdeling Geweld. Ik ben ingehuurd in verband met...'

'Elise Hermansen.'

'Precies. Ik las in de getuigenverklaring dat hier tegelijk met Elise Hermansen en haar date een klant was met cowboylaarzen aan.'

'Klopt.'

'Kun je iets meer over hem vertellen?'

'Eigenlijk niet. Wat ik me kan herinneren is dat hij kort na Elise binnenkwam en dat hij daar in het nisje plaatsnam.'

'Heb je hem gezien?'

'Ja, maar niet lang en goed genoeg om een beschrijving van hem te kunnen geven. Zoals je kunt zien is het niet mogelijk om van hieruit naar het zitje te kijken en hij had nog niets besteld toen hij ineens weer wegging. Dat gebeurt wel vaker, kennelijk is het hier een beetje te rustig. Dat is het probleem met een bar: je hebt klanten nodig om klanten te trekken. Hij verdween nog voordat zij vertrok, dus ik heb er geen aandacht aan geschonken. Bovendien is ze vermoord in haar appartement, of niet?'

'Inderdaad.'

'Jullie denken dat hij haar kan hebben opgewacht om haar te achtervolgen naar huis?'

'Dat is wel een mogelijkheid.' Harry keek naar de barkeeper. 'Mehmet, toch?'

'Klopt.'

Er was iets met de man, iets wat Harry instinctief sympathiek vond, dat hem ertoe bracht hardop te zeggen wat hij dacht: 'Als ik in een bar niet wil opvallen dan ga ik naar binnen, bestel iets te drinken en zonder me zeker niet af. Hij kan haar hierheen zijn gevolgd en nadat hij de situatie had opgenomen en begrepen dat ze binnen niet al te lange tijd zou opstappen zonder haar date mee te nemen, kan hij naar haar appartement zijn gegaan en haar daar hebben opgewacht.'

'Echt? Wat een zieke vent. En arme meid. Overigens, daar heb je haar date van die avond.' Mehmet knikte naar de deur en Harry draaide zich om. Het geluid van de Galatasaray-fans had de binnenkomst overstemd van een kalende, beetje mollige man in een bodywarmer en zwart overhemd. Hij ging aan de bar zitten en knikte met een strakke blik naar de barkeeper. 'Halve liter.'

'Geir Sølle?' vroeg Harry.

'Liever niet,' zei de man met een holle lach en zonder een spier in zijn gezicht te vertrekken. 'Journalist?'

'Politie. Ik wil graag weten of een van jullie deze man kent.' Harry legde een kopie van de fantoomtekening van Valentin Gjertsen op de bar. 'Hij heeft waarschijnlijk verscheidene operaties aan zijn gezicht gehad, dus gebruik je fantasie.'

Mehmet en Sølle bestudeerden de tekening en beiden schudden hun hoofd.

'Trouwens, vergeet die halve liter maar,' zei Sølle. 'Ik bedenk dat ik naar huis moet.'

'Zoals je ziet heb ik 'm al getapt,' zei Mehmet.

'Ik moet de hond uitlaten, geef 'm maar aan de politieman, hij lijkt dorst te hebben.'

'Hm, wil je nog op een laatste vraag antwoord geven, Sølle? In de getuigenverklaring staat dat ze je had verteld over een stalker die haar volgde en mannen bedreigde die bij haar waren. Had je de indruk dat dat waar was?'

'Waar?'

'Dat ze het niet zei om jou ervan te weerhouden met haar mee te gaan.'

'Haha, op die manier. Zeg het eens, ze zal haar methoden wel hebben gehad om kikkers zoals ik kwijt te raken.' Geir Sølle probeerde te lachen, maar het leek meer op een grimas.

'Hm, en jij denkt dat ze te veel kikkers heeft moeten kussen?'

'Tinder kan teleurstellend zijn, maar je blijft hopen, toch?'

'Die stalker, heb je een idee of het ging om een toevallige gek of om iemand met wie ze een relatie had gehad?'

'Nee.' Geir Sølle trok de rits van zijn bodywarmer helemaal tot aan zijn kin dicht hoewel het buiten zacht was. 'Ik ga nu.'

Toen de deur achter hem dichtviel, legde Harry een biljet van honderd kronen op de bar.

'Iemand met wie ze een relatie had gehad?' zei de barkeeper en hij gaf Harry wisselgeld terug. 'Ik dacht dat deze moorden alleen maar draaiden om het drinken van bloed en seks.'

'Misschien,' zei Harry. 'Maar meestal draait het om jaloezie.'

'En als dat niet het geval is?'

'Dan gaat het misschien om wat jij zei.'

'Bloed en seks?'

'Om het winnen.' Harry keek naar het glas. Bier had hem altijd een vol en vermoeid gevoel gegeven. Hij hield van de eerste slokken, daarna smaakte het deprimerend. 'Wat betreft winnen. Het lijkt erop dat

Galatasaray verliest, dus heb je er iets op tegen dat we omschakelen naar *Zondagdebat* op NRK1?'

'Stel nu dat ik een Besiktas-fan ben?'

Harry knikte naar de hoek boven de spiegelplanken. 'Dan had je geen Galatasaray-vlaggetje achter de Jim Beamfles, Mehmet.'

De barkeeper keek naar Harry. Toen grinnikte hij, schudde zijn hoofd en drukte op de afstandsbediening.

'We kunnen niet met honderd procent zekerheid zeggen dat degene die de vrouw in Hovseter heeft aangevallen dezelfde is als degene die Elise Hermansen en Ewa Dolmen heeft gedood,' zei Katrine en het viel haar op hoe stil het was in de studio, alsof iedereen om haar heen luisterde. 'Maar wat ik wel kan zeggen is dat we fysieke sporen en verklaringen van getuigen hebben die naar één persoon wijzen. En aangezien de betreffende persoon een gezochte voortvluchtige veroordeelde is voor zedendelicten hebben we besloten zijn naam bekend te maken.'

'En dat doen jullie voor het eerst tijdens deze uitzending van *Zondagdebat*?'

'Dat klopt. Zijn echte naam luidt Valentin Gjertsen, maar vermoedelijk gebruikt hij een andere naam.'

Ze zag dat de programmaleider een beetje teleurgesteld was dat ze snel en zonder omhalen de naam had gezegd, dat hij had gewild dat er meer tromgeroffel aan vooraf was gegaan.

'En dit is een zogenaamde fantoomtekening die laat zien hoe hij er drie jaar geleden uitzag,' zei ze. 'Hij heeft waarschijnlijk plastische chirurgie ondergaan, maar deze tekening geeft een indruk.' Katrine hield de tekening omhoog naar de kleine tribune met een vijftigtal toeschouwers die volgens de regisseur het programma extra *nerve* gaven. Katrine wachtte, keek naar het rode licht boven de camera recht voor haar en liet de tekening tot de mensen thuis doordringen. De programmaleider nam haar met een gelukzalige blik op.

'Iedereen die inlichtingen heeft verzoeken wij onze tiplijn te bellen,' zei ze. 'De tekening, de naam en bekende aliassen die hij heeft gebruikt en het nummer van de tiplijn zijn te vinden op de website van de politie Oslo.'

'En het heeft uiteraard haast,' zei de programmaleider in de camera. 'Want het risico bestaat dat hij vanavond weer zal toeslaan.' Hij wendde zich tot Katrine. 'Ja, zelfs nu, toch?'

Katrine zag dat dat hij haar hulp wilde om beelden op te roepen van een vampirist die vers bloed op lichaamstemperatuur wenste.

'We willen niets uitsluiten,' zei ze. Dat was de juiste formulering. Bellman had haar dat woord voor woord voorgezegd. En hij had haar uitgelegd dat het verschil tussen 'we kúnnen niets uitsluiten' en 'we wíllen niets uitsluiten' de indruk zou wekken dat de politie van Oslo genoeg controle had om zaken uit te sluiten, maar dat ze er toch voor kozen om dat niet te doen. 'Maar ik heb informatie die erop kan duiden dat Valentin Gjertsen kans heeft gezien om tussen de laatste aanval en het bekend worden van de analyseresultaten die hem nu hebben geïdentificeerd, naar het buitenland te vluchten. Het is waarschijnlijk dat hij naar een schuilplaats buiten Noorwegen is gegaan, dezelfde die hij heeft gebruikt toen hij werd gezocht na zijn ontsnapping ruim drie jaar geleden.'

Bellman had haar niet hoeven uitleggen welke woordkeus ze moest gebruiken, ze leerde snel. 'Ik heb informatie' suggereerde undercoverwerk, geheime informanten en grondig politiewerk, maar het feit dat ze sprak over makkelijk toegankelijke reisgegevens van vliegtuigen, treinen en boten betekende dat ze niet loog. En de bewering dat het waarschijnlijk was dat hij in het buitenland zat klopte, zolang het niet onwaarschijnlijk was. En bovendien schoof die bewering discreet de verantwoordelijkheid voor het feit dat Valentin Gjertsen al die tijd niet was gepakt naar het buitenland.

'En hoe vind je zo'n vampirist?' vroeg de programmaleider, zich omdraaiend naar de andere stoel. 'We hebben Hallstein Smith te gast, professor in de psychologie en auteur van een reeks artikelen over vampirisme. Wat kunnen we daarover zeggen?'

Katrine keek naar Smith die buiten beeld op de derde stoel was gaan zitten. Hij had een grote bril op en droeg een feestelijk, kleurrijk colbert dat kennelijk door zijn vrouw was gemaakt. Zijn verschijning stond in schril contrast met Katrines strenge, zwarte, nauwsluitende leren broek, haar strakke latex jasje en het achterovergekamde, glanzende haar. Ze wist dat ze er goed uitzag en dat er vanavond commentaren en uitnodigingen op hun website zouden binnenstromen. Maar dat kon haar niets schelen. Bellman had niets gezegd over haar kleding. Ze hoopte dat die een of andere-Lien-bitch ook keek.

'Eh,' zei Smith en hij lachte schaapachtig.

Katrine zag dat de programmaleider vreesde dat de psycholoog was dichtgeklapt en dat hij al wilde ingrijpen.

'Ten eerste ben ik geen professor, ik ben nog bezig met mijn proefschrift, maar als ik dat word dan zal ik het doorgeven.'

Er werd gelachen.

'Ten tweede zijn de artikelen die ik heb geschreven niet gepubliceerd in vaktijdschriften, alleen maar in twijfelachtige magazines die de obscure kant van de psychologie belichten. Een van die magazines heet *Psycho*, net als de film. Dat was trouwens een dieptepunt in mijn carrière.'

Opnieuw gelach.

'Maar ik bén psycholoog,' zei hij terwijl hij zich tot het publiek richtte. 'Afgestudeerd aan de Mykolas Romeris-universiteit in Vilnius met eindcijfers boven het gemiddelde. En ik héb zo'n sofa waarop je voor vijftienhonderd kronen per uur naar het plafond kunt liggen staren terwijl ik doe of ik notities maak.'

Een ogenblik leek het erop of het goedlachse publiek en de programmaleider het serieuze onderwerp vergeten waren. Tot Smith hen terugbracht: 'Maar ik weet niet hoe je de vampirist vangt.'

Stilte.

'In elk geval niet in algemene termen. Vampiristen zijn zeldzaam en dat ze op de een of andere manier opgemerkt worden, gebeurt nog minder vaak. Laat ik eerst zeggen dat we onderscheid moeten maken tussen twee types: het ene type is relatief ongevaarlijk, dat is iemand die zich aangetrokken voelt tot de mythe van de onsterfelijke, bloedzuigende halfgod waarop de moderne vampierverhalen, "Dracula" bijvoorbeeld, zijn gebaseerd. Deze vorm van vampirisme heeft duidelijke erotische trekjes en wordt zelfs door onze geliefde Sigmund Freud beschreven. Dit type vampirist vermoordt zelden iemand. Dan hebben we ook mensen die lijden aan wat we klinisch vampirisme of het Renfields-syndroom noemen en dat betekent dat ze bezeten zijn van het drinken van bloed. De meeste artikelen daarover hebben in gerenommeerde tijdschriften voor de psychiatrie gestaan omdat het vaak gaat om extreem gewelddadige misdaden. Maar vampirisme is binnen de gevestigde psychiatrie nooit erkend als fenomeen, het is afgedaan als sensatie en voer voor charlatans. Ja, het wordt in psychiatrische vakliteratuur niet eens genoemd. Wetenschappers, zoals ik, die vampirisme onderzoeken, worden beschuldigd van het bedenken van een mensentype dat niet bestaat. En de drie laatste dagen wenste ik dat dat inderdaad het geval was. Helaas vergist men zich. Vampieren bestaan niet, maar vampiristen wel.'

'Hoe wordt iemand een vampirist, meneer Smith?'

'Daar bestaat uiteraard geen eensluidend antwoord op, maar de klassieke uitleg is dat het begint met een cruciale gebeurtenis in de jeugd, dat de betreffende persoon een situatie meemaakt waarin hijzelf of een ander heftig bloedt. Of dat er bloed wordt gedronken. En dat ervaren ze als erg spannend. De bekende vampirist en seriemoordenaar John George Haigh werd bijvoorbeeld door zijn streng religieuze moeder gestraft door afranselingen met een haarborstel en naderhand likte hij altijd het bloed op. Later, in de puberteit, wordt bloed een bron van seksuele opwinding. De vampirist in spe gaat experimenteren met bloed, vaak eerst met zogenaamd autovampirisme waarbij hij zichzelf snijdt en zijn eigen bloed drinkt. Dan doodt hij een muis, rat of kat en drinkt daar bloed van. En vervolgens, neemt hij op een zeker moment de stap om bloed te drinken van een mens. Het komt vaak voor dat hij, nadat hij het bloed heeft gedronken, het slachtoffer vermoordt. Hij wordt nu volbloed vampirist. Eh... deze woordspeling was niet opzettelijk.'

'En op welk moment komt daar verkrachting bij? We weten immers dat Elise Hermansen seksueel misbruikt werd.'

'Ja, hoewel de seksuele component nooit verdwijnt, kan het beleven van macht en controle erg belangrijk zijn voor de volwassen vampirist. John George Haigh was bijvoorbeeld niet bijzonder geïnteresseerd in seks, hij zei alleen dat hij bloed moest hebben van zijn slachtoffers. Hij dronk overigens uit een glas. En het is vrij zeker dat de vampirist in Oslo het bloed ook belangrijker vindt dan het seksuele aspect.'

'Inspecteur Bratt?'

'Eh, ja?'

'Bent u het daarmee eens? Lijkt het erop dat het bloed belangrijker is dan de seks voor deze vampirist?'

'Daar kan en wil ik geen commentaar op geven.'

Katrine zag dat de programmaleider snel een besluit nam en zich weer wendde tot Smith. Hij begreep kennelijk dat daar meer te halen was.

'Meneer Smith, denken vampiristen dat ze vampieren zijn? Met andere woorden dat ze onsterfelijk zijn zolang ze zonlicht vermijden en dat ze andere mensen besmetten met hun beten?'

'Niet bij de klinische vampirist met het Renfields-syndroom. Zo bekeken is het een ongelukkige grap dat het syndroom is vernoemd naar Renfield die immers in Bram Stokers verhaal de dienaar van graaf Dracula was. Het had het Nolls-syndroom moeten heten naar de psychiater die het ziektebeeld voor het eerst heeft omschreven. Aan de andere kant nam Noll vampirisme ook niet serieus, zijn artikel over het syndroom was bedoeld als een parodie.'

'Is het denkbaar dat deze persoon op zich niet ziek is, maar een drug neemt die bij hem de zucht naar bloed oproept. Net zoals dat bij de MDPV-drug, ook wel badzout genoemd, het geval was toen gebruikers in 2012 in Miami en New York zin kregen in het eten van andere mensen.'

'Nee, wanneer gebruikers van MDPV aan kannibalisme gaan lijden dan zijn ze bijzonder psychotisch en kunnen ze niet meer rationeel denken of plannen. De politie kan ze op heterdaad betrappen zonder dat ze proberen te vluchten. De klassieke vampirist wordt ook zo gedreven door zijn bloeddorst dat er niet wordt nagedacht over hoe hij uit handen van de politie kan blijven, maar in dit geval wordt alles zo goed gepland dat hij of zij geen enkel spoor achterlaat als we *VG* moeten geloven.'

'Zij?'

'Ik eh, probeerde politiek correct te zijn. De vampirist is meestal een man, zeker als het bloeddrinken gepaard gaat met zulke gewelddadige aanvallen. Vrouwelijke vampiristen hebben meestal genoeg aan autovampirisme, ze zoeken gelijkgestemden met wie ze bloed kunnen uitwisselen of ze halen bloed bij slachterijen of hangen rond bij bloedbanken. Ik had trouwens een vrouwelijke cliënt in Litouwen die de kanarie van haar moeder levend had opgegeten.'

Katrine hoorde dat het publiek voor het eerst deze avond naar adem hapte en hier en daar klonk gelach dat de stilte verbrak.

'Mijn collega's en ik dachten eerst dat het ging om species dysphoria, dat wil zeggen dat de cliënt meent dat hij of zij geboren is als de verkeerde soort, in dit geval als kat. Totdat we begrepen dat het hier een geval van vampirisme betrof. Helaas was *Psychology Today* het daar niet mee eens, dus als iemand het artikel over deze case wil lezen dan moet men naar Hallstein.Psycholoog.com gaan.'

'Inspecteur Bratt, kunnen we zeggen dat het gaat om een seriemoordenaar?'

Katrine dacht twee seconden na voor ze antwoord gaf. 'Nee.'

'Maar VG schrijft dat Harry Hole, de niet onbekende specialist op het gebied van seriemoorden, betrokken is bij het onderzoek. Betekent dat niet...'

'Het komt voor dat we advies vragen aan brandweerlieden zonder dat er sprake is van brand.'

De enige die lachte was Smith. 'Goed antwoord! Psychiaters en psychologen zouden hongerlijden als ze alleen cliënten hadden met wie wat mis was.'

De opmerking oogstte gelach en de programmaleider keek Smith dankbaar aan. Katrine kreeg het vermoeden dat Smith de beste vooruitzichten had om opnieuw uitgenodigd te worden.

'Seriemoordenaar of niet, denken jullie dat de vampirist weer zal toeslaan? Of wacht hij tot het weer vollemaan is?'

'Daar wil ik niet over speculeren,' zei Katrine en ze zag het begin van irritatie in de blik van de programmaleider. Wel verdomme, verwachtte hij nu echt dat ze mee zou doen aan die tabloidpraatjes van hem?

'Ik kan ook niet speculeren,' zei Hallstein Smith. 'Dat hoef ik ook niet omdat ik het weet. Iemand die lijdt aan parafilie – de seksuele aandoening waarbij de cliënt pervers gedrag vertoont – en niet behandeld wordt, stopt zelden uit zichzelf. En een vampirist nooit. Ik ben overigens van mening dat het samenvallen van de vollemaan en de laatste misdaad voor de vampirist helemaal niet zo belangrijk was als in de media werd beweerd. Het was puur toeval.'

Het leek er niet op dat de programmaleider zich aangesproken voelde door de spottende opmerking van Smith. Met een serieuze frons op zijn voorhoofd vroeg hij: 'Meneer Smith, is het bedenkelijk dat de politie niet eerder heeft gewaarschuwd dat er een vampirist in de stad rondloopt, zoals u zelf wel in *VG* heeft gedaan?'

'Hm.' Smith trok een grimas en keek in een van de lampen. 'Dat is misschien een kwestie van wat men hoort te weten of niet? Vampirisme behoort zoals gezegd tot het gebied binnen de psychologie waar het daglicht nog niet is geweest dus kunnen we de politie verwijten dat ze geen specialisten zijn in alles tussen hemel en aarde? Nee dus. Ik zou zeggen dat het onhandig is, maar niet bedenkelijk.'

'Maar wat moet de politie doen nu ze het wel weet?'

'Zich kennis verschaffen op dit gebied.'

'Ten slotte, hoeveel vampiristen heeft u ontmoet?'

Smith blies zijn wangen op en liet de lucht weer ontsnappen. 'Echte?'

'Ja.'

'Twee.'

'Hoe reageert u zelf op bloed?'

'Ik word er misselijk van.'

'Toch schrijft u erover en doet u er onderzoek naar?'

Smith lachte even. 'Misschien juist daarom. We zijn allemaal een beetje gek.'

'Bent u dat ook, inspecteur Bratt?'

Katrine schrok op, ze was even vergeten dat ze niet alleen naar televisie keek, maar er ook op was.

'Ben ik wat?'

'Een beetje gek?'

Katrine zocht naar een antwoord. Iets grappigs en geniaals, zoals

Harry haar had aangeraden. Ze wist dat ze vannacht vast iets zou bedenken. Wat hopelijk niet al te lang zou duren want ze voelde de behoefte aan slaap nu het adrenalinegehalte als gevolg van haar televisie-interview afnam. 'Ik...' begon ze, ze gaf het op en eindigde met. 'Tja, zeg het eens.'

'Gek genoeg om een ontmoeting te hebben met een vampirist? Niet een moordenaar zoals in deze tragische zaak, maar eentje die u een beetje wil bijten.'

Katrine begreep dat het een grapje was, misschien een hint naar haar SM-achtige leren outfit.

'Een beetje?' herhaalde ze en ze trok een smalle, met zwart potlood aangezette wenkbrauw op. 'Ja, waarom niet?'

En zonder dat ze daar moeite voor had gedaan, hoorde ze nu ook gelach.

'Succes met de jacht, inspecteur Bratt. U krijgt het laatste woord, meneer Smith. U heeft nog geen antwoord gegeven op de vraag hoe je een vampirist kunt opsporen. Nog raad voor inspecteur Bratt?'

'Het is overduidelijk dat vampirisme zo'n extreme vorm van parafilie is dat het vaak in combinatie met andere psychische stoornissen voorkomt. Ik wil graag van de gelegenheid gebruikmaken om alle psychologen en psychiaters op te roepen de politie te helpen en hun dossiers door te nemen om te kijken of ze cliënten hebben met gedrag overeenkomstig de criteria voor klinisch vampirisme. Ik geloof dat we het erover eens kunnen zijn dat we ons beroepsgeheim opzij moeten zetten.'

'En daarmee sluiten we *Zondagdebat...*'

Het televisiescherm achter de bar doofde uit.

'Vreselijke zaak,' zei Mehmet. 'Maar je collega zag er goed uit.'

'Hm. Is het hier altijd zo stil?'

'Nee, hoor.' Mehmet keek rond en kuchte. 'Of ja.'

'Ik hou daar wel van.'

'Is dat zo? Je hebt je bier niet aangeraakt. Kijk, het is helemaal dood geslagen.'

'Mooi,' zei de politieman.

'Ik kan je iets geven met wat meer leven erin.' Mehmet knikte in de richting van het vlaggetje van Galatasaray.

Katrine haastte zich door de verlaten gangendoolhof van het mediagebouw toen ze zware voetstappen en gehijg achter zich hoorde. Ze draaide zich half om zonder te stoppen. Het was Hallstein Smith. Katrine vroeg zich af of hij bewust dit merkwaardige loopje had aangeleerd dat net zo onorthodox was als zijn onderzoek of dat hij gewoon onvoorstelbare x-benen had.

'Bratt,' riep Smith.

Katrine bleef staan en wachtte.

'Ten eerste wil ik mijn excuses aanbieden,' zei Smith toen hij hijgend voor haar stond.

'Voor wat?'

'Voor het feit dat ik te veel aan het woord was. Ik word druk van aandacht, mijn vrouw zegt dat vaak tegen me. Maar wat nog belangrijker is: die tekening...'

'Ja?'

'Ik kon het tijdens de uitzending niet zeggen, maar ik denk dat ik hem misschien als cliënt heb gehad.'

'Valentin Gjertsen?'

Smith knikte. 'Ik ben er dus niet zeker van, het moet minstens twee jaar geleden zijn geweest en het ging om niet meer dan een paar sessies in mijn praktijk in de stad. De gelijkenis is niet enorm, maar ik moest aan die cliënt denken toen je dat zei over de plastische chirurgie. Want ik herinner me dat deze cliënt een litteken onder zijn kin had.'

'Was hij een vampirist?'

'Wat zal ik zeggen? Hij zei er niets over, anders had ik hem wel bij mijn onderzoek betrokken.'

'Misschien ging hij naar jou uit nieuwsgierigheid omdat hij wist dat jij onderzoek doet naar zijn... wat was het woord ook weer?'

'Parafilie. Dat is niet ondenkbaar. Ik heb sterk de indruk dat we te maken hebben met een intelligente vampirist met inzicht in zijn eigen lijden. Hoe dan ook, dat maakt het nog onverteerbaarder dat mijn cliëntenarchief is gestolen.'

'Je herinnert je niet hoe de cliënt zich noemde, waar hij werkte of woonde?'

Smith zuchtte diep. 'Ik ben bang dat mijn geheugen niet meer is wat het geweest is.'

Katrine knikte. 'We moeten hopen dat hij bij andere psychologen is geweest en dat zij zich dat herinneren. En dat ze niet roomser willen zijn dan de paus wat betreft hun beroepsgeheim.'

'Een béétje rooms is toch niet verkeerd?'

Katrine trok een wenkbrauw op. 'Wat bedoel je daarmee?'

Smith sloot vertwijfeld zijn ogen. 'Ik... eh, het is niets.'

'Vooruit, Smith.'

De psycholoog spreidde zijn armen. 'Ik heb alleen één en één bij elkaar opgeteld, Bratt. Jouw reactie toen de programmaleider vroeg of je gek was gecombineerd met je opmerking dat jij ook nat bent geworden in Sandviken. We communiceren vaak onbewust en wat je eigenlijk zei was dat je opgenomen bent geweest in de psychiatrische kliniek Sandviken. En nu je leider bent van de afdeling Geweld, begrijp ik goed dat je het op prijs stelt dat het beroepsgeheim jou beschermt zodat de reden dat je hulp hebt gezocht voor problemen je later geen parten gaat spelen in je carrière.'

Katrine Bratt voelde dat haar mond openviel en ze trachtte tevergeefs iets terug te zeggen.

'Je hoeft trouwens niet te antwoorden op mijn idiote veronderstellingen,' zei Smith. 'Ik heb ook op dat gebied mijn beroepsgeheim, om maar even duidelijk te zijn. Eigenlijk is dit ook ongepast gedrag, ik ben nu eenmaal niet in staat om mijn mond te houden als dat wel zou moeten. Mijn vrouw zegt dat ik grenzeloos ben. Op de verkeerde manier dus. En nu sta ik hier onzin over mezelf te verkopen. Goedenacht, Bratt.'

Katrine bleef kijken hoe Hallstein Smith door de gang liep met x-benen als de Eiffeltoren toen haar telefoon ging.

Het was Bellman.

Hij was naakt en ingesloten door een ondoordringbare, gloeiend hete mist die brandde op de plekken waar hij de huid had opengekrabd waardoor het bloed op de houten bank en op de grond onder hem druppelde. Hij sloot zijn ogen, voelde de tranen komen en visualiseerde hoe hij het zou gaan doen. Die verdomde regels. Dat begrensde genot, de begrensde pijn, maakten dat hij het niet kon doen zoals hij het wilde. Maar er zouden andere tijden komen. De politieman had zijn boodschap ontvangen en maakte nu jacht op hem. Precies nu. De politieman probeerde zijn geur op te vangen, maar dat zou hem niet lukken want hij was rein.

Hij schrok toen hij gekuch hoorde in de mist en hij begreep dat hij niet langer alleen was.

'Kapatıyoruz.'

'Yes,' antwoordde Valentin Gjertsen met schorre stem en hij bleef zitten en slikte zijn tranen in.

Sluitingstijd.

Hij raakte voorzichtig zijn geslachtsdeel aan. Hij wist precies waar ze was. Hoe er met haar gespeeld moest worden. Hij was klaar. Valentin ademde vochtige lucht in. En Harry Hole dacht dat hij de jager was.

Valentin Gjertsen stond met een ruk op en liep naar de deur.

HOOFDSTUK 16

ZONDAGNACHT

Aurora kroop uit bed en sloop door de gang. Ze liep langs de deur van papa en mama's slaapkamer en liep de trap af naar de woonkamer. Ze kon het niet laten te luisteren naar de bulderende, zwijgende stilte voor ze snel de wc in glipte en het licht aandeed. Ze draaide de deur op slot, trok haar onderbroek naar beneden en ging op de bril zitten. Ze wachtte, maar er gebeurde niets. Ze had zo nodig moeten plassen dat ze er niet van kon slapen dus waarom kon ze het nu ineens niet? Was het omdat ze eigenlijk niet moest, maar dat ze zichzelf had wijsgemaakt dat ze daarom niet kon slapen? Of wilde ze niet plassen omdat het hier zo licht en veilig was? Ze had de deur op slot gedaan. Toen ze nog kind was hadden haar ouders gezegd dat ze dat niet moest doen behalve als ze bezoek hadden. Dat ze binnen moesten kunnen komen als er iets met haar aan de hand was.

Aurora sloot haar ogen en luisterde. Misschien hadden ze nu bezoek? Want er was een geluid geweest waardoor ze wakker was geworden, dat herinnerde ze zich nu. Het geluid van krakende schoenen. Nee, laarzen. Lange, spitse laarspunten die bij het doorbuigen kraakten. Die voor de wc-deur bleven staan wachten. Op haar wachtten. Aurora had het gevoel dat ze geen adem kreeg en keek automatisch naar de onderkant van de deur. Maar die ging schuil achter de drempel dus ze kon geen schaduw zien. Bovendien was het donker buiten de wc. De eerste keer dat ze hem had gezien was toen ze in de tuin op de schommel zat. Hij had om een glas water gevraagd en was bijna met Aurora mee naar binnen gelopen, maar toen hij de auto van mama had gehoord, was hij er als een haas vandoor gegaan. De tweede keer was op de meisjestoiletten tijdens een handbaltoernooi geweest.

Aurora luisterde. Ze wist dat hij er was. In het donker, aan de andere kant van de deur. Hij had gezegd dat hij terug zou komen. Als ze iets zei. Dus ze was gestopt met praten. Dat was het veiligst. En ze wist waarom ze nu niet kon plassen. Dan zou hij weten dat ze hier zat. Ze sloot haar ogen en probeerde uit alle macht te luisteren. Nee, niets. En ze kon weer ademhalen. Hij was weggegaan.

Aurora trok haar onderbroek weer omhoog, draaide de deur van het slot en stapte snel uit de wc. Ze rende de trap op naar de deur van papa en mama. Ze opende die voorzichtig en keek naar binnen. Door de kier van het gordijn viel een streep maanlicht op papa's gezicht. Ze kon niet zien of hij ademhaalde, maar zijn gezicht was zo wit als dat van oma toen Aurora haar in de kist had zien liggen.

Aurora sloop naar het bed. De ademhaling van mama klonk als de blauwe, rubberen voetpomp die ze gebruikten om de luchtbedden op te pompen in het huisje. Ze ging bij papa staan en hield haar oor zo dicht bij zijn mond als ze durfde. Ze voelde dat haar hart een vreugdesprongetje maakte toen ze zijn warme adem tegen haar huid voelde. Toen ze weer in bed lag, was het alsof het nooit was gebeurd. Alsof alles maar een boze droom was geweest en ze nu haar ogen kon sluiten en gaan slapen.

Rakel opende haar ogen.

Ze had een nachtmerrie gehad, maar daar was ze niet wakker van geworden. Iemand had beneden de deur van het slot gedraaid. Ze keek naast zich in bed. Harry lag er niet. Dus misschien kwam hij nu thuis. Ze hoorde zijn voetstappen op de trap en ze luisterde automatisch of het bekende geluiden waren. Maar nee, deze klonken anders. En het waren ook niet die van Oleg, voor het geval hij had besloten even langs huis te gaan.

Ze staarde naar de dichte slaapkamerdeur.

De deur gleed open.

Een lang, donker silhouet vulde de deuropening.

En Rakel herinnerde zich nu wat ze had gedroomd. Het was vollemaan en hij had zich vastgeketend aan het bed waarop het laken in stukken was getrokken. Hij had gekronkeld van de pijn, gerukt aan de kettingen, als een gewond beest tegen de nachtelijke hemel gejankt en tot slot zijn huid er afgestroopt. Daaronder was zijn andere ik tevoorschijn gekomen. Een weerwolf met klauwen en tanden, met jacht- en moordlust in zijn ijsblauwe, waanzinnige blik.

'Harry?' fluisterde ze.

'Heb ik je wakker gemaakt?' Zijn zware, rustige stem klonk net als anders.

'Ik heb over je gedroomd.'

Hij bewoog door de kamer zonder het licht aan te doen terwijl hij zijn broekriem losmaakte en zijn T-shirt over zijn hoofd trok. 'Over mij? Zonde van je droomtijd.'

'Waar ben je geweest?'

'In een bar.'

Dat ongewone ritme van zijn voetstappen. 'Heb je gedronken?'

Hij gleed naast haar in bed. 'Ja, ik heb gedronken. En jij bent op tijd naar bed gegaan.'

Ze hield haar adem in. 'Wat heb je gedronken, Harry? En hoeveel?'

'Twee kopjes. Turkse koffie.'

'Harry!' Ze sloeg hem met een kussen.

'Het spijt me,' zei hij grinnikend. 'Wist je dat je Turkse koffie niet moet koken? En dat er in Istanbul drie voetbalclubs zijn die elkaar al honderd jaar haten als de pest, maar dat ze vergeten zijn waarom? Afgezien dan dat het menselijk is iemand te haten die jou ook haat.'

Ze kroop tegen hem aan en legde haar arm op zijn borst. 'Dat is allemaal heel nuttig voor me om te weten, Harry.'

'Ik weet dat je het waardeert dat ik je regelmatig informeer over de wereld waar ik in werk.'

'Ik zou niet weten wat ik zonder moest.'

'Je hebt niet gezegd waarom je zo vroeg naar bed bent gegaan.'

'Je vroeg het niet, je stelde het vast.'

'Ik vraag het nu.'

'Ik was zo moe. En bovendien heb ik morgenvroeg vóór het werk een afspraak in het Ullevål.'

'Daar heb je me niets over verteld.'

'Nee, ik ben vandaag pas gebeld. Door dokter Steffens zelf.'

'Weet je zeker dat het om een consult gaat en dat het geen smoes is?'

Rakel lachte zacht, ze draaide haar rug naar hem toe en ging tegen zijn buik liggen. 'Weet je zeker dat je niet doet alsof je jaloers bent alleen maar om mij te plezieren?'

Hij beet voorzichtig in haar nek. Rakel sloot haar ogen en hoopte dat de hoofdpijn snel verdreven werd door haar lust, de zoete, pijnstillende lust. Maar de lust kwam niet. En misschien merkte Harry het, hij bleef in elk geval stilliggen en hield haar gewoon vast. Zijn adem was regelmatig en diep, maar ze wist dat hij niet sliep. Dat hij ergens anders was. Bij zijn minnares.

Mona Daa liep op de loopband. Vanwege haar heupafwijking had ze de gang van een krab en daarom ging ze nooit op de loopband voor ze zeker wist dat ze helemaal alleen was. Maar ze vond het fijn om een paar kilometer te joggen nadat ze hard had getraind, te voelen dat het melkzuur langzaam uit haar spieren trok terwijl ze uitkeek over het donkere Frognerpark en luisterde naar de bitterzoete zanger van Rubinoos, een powerpopband uit de jaren zeventig die toen ze klein was een liedje had geschreven voor haar favoriete film *Revenge of the Nerds*. In haar oortjes klonk ineens het belsignaal van haar mobiel.

Ze voelde dat ze daar onbewust op had gewacht.

Het was niet zo dat ze wenste dat hij weer zou toeslaan. Ze wenste niets. Ze deed alleen maar verslag. Dat was in elk geval wat ze zichzelf wijsmaakte.

Op de display stond: 'onbekend nummer'. Dan was het dus niet de redactie. Ze aarzelde, tijdens een dergelijke grote moordzaak vroegen zoveel rare snuiters om aandacht, maar haar nieuwsgierigheid won en ze drukte op 'accepteer'.

'Goedenavond, Mona.' Een mannenstem. 'Ik geloof dat we alleen zijn.'

Mona keek automatisch rond. Het meisje bij de receptie was verdiept in haar eigen telefoon. 'Wat bedoel je?'

'Je hebt de hele fitnessruimte voor jezelf, ik het hele Frognerpark.

Eigenlijk heb ik het gevoel dat we heel Oslo voor onszelf hebben, Mona. Jij met je onwaarschijnlijk goedgeïnformeerde artikelen en ik als hoofdpersoon in jouw artikelen.'

Mona keek naar de hartslagmeter om haar pols. Haar hartslag was een beetje toegenomen. Al haar vriendinnen wisten dat ze hier in de avonduren trainde en dat ze uitkeek over het park. Het was niet de eerste keer dat ze voor de gek werd gehouden en het zou ook niet de laatste keer zijn.

'Ik weet niet wie je bent en wat je van me wilt. Je krijgt tien seconden om me ervan te weerhouden de verbinding te verbreken.'

'Ik ben niet helemaal tevreden over de verslaggeving, meerdere details lijken aan jullie neus voorbij te gaan. Ik stel een ontmoeting voor om je te vertellen wat ik jullie probeer duidelijk te maken. En wat er in de nabije toekomst zal gebeuren.'

Haar hartslag steeg.

'Aanlokkelijk, moet ik zeggen. Afgezien dan van het feit dat jij niet graag gearresteerd wordt en ik niet graag gebeten.'

'Er staat in de containerhaven bij Ormøya een oude, verlaten kooi van de dierentuin in Kristiansand. Daar zit geen slot op, dus jij neemt een hangslot mee, sluit jezelf in en ik zal buiten de kooi staan en met je praten. Dat betekent dat ik controle over je heb terwijl je tegelijkertijd veilig bent. Je kunt een wapen meenemen om je te verdedigen als je wilt.'

'Wat bedoel je? Een harpoen bijvoorbeeld?'

'Harpoen?'

'Ja, aangezien we haai-met-duiker-in-de-kooi spelen.'

'Je neemt me niet serieus.'

'Zou jij jou serieus nemen als je mij was?'

'Als ik jou was dan zou ik – voor ik een besluit nam – om informatie over de moorden vragen die alleen de dader kan hebben.'

'Vertel.'

'Ik heb de smoothie-blender van Ewa gebruikt om voor mezelf een cocktail te maken, een Bloody Ewa, om het zo maar te zeggen. Je kunt dat bij je bron binnen de politie checken, want ik heb de kan daarna niet afgewassen.'

Mona dacht na. Dit was krankzinnig. En dit kon de scoop van haar leven zijn, die de rest van haar journalistieke carrière kon bepalen.

'Oké, ik ga nu contact opnemen met mijn bron, kan ik je over vijf minuten terugbellen?'

Zacht gelach. 'Met zulke goedkope trucjes bouw je geen vertrouwen op, Mona. Ik bel jou over vijf minuten.'

'Goed.'

Het duurde even voor Truls Berntsen antwoordde. Hij klonk slaapdronken.

'Ik dacht dat jullie allemaal aan het werk waren,' zei Mona.

'Sommige mensen moeten ook slapen.'

'Ik heb maar één vraag.'

'Je krijgt kwantumkorting als je er meerdere hebt.'

Toen Mona de verbinding verbrak wist ze dat ze goud had gevonden. Of beter gezegd, dat het goud haar had gevonden.

Dus toen het onbekende nummer terugbelde, had ze maar twee vragen. Waar en wanneer?

'Havnegate 3. Morgenavond om acht uur. En Mona?'

'Ja?'

'Vertel geen mens hierover, vergeet niet dat ik je de hele tijd kan zien.'

'Is er een reden dat we dit niet via de telefoon kunnen doen?'

'Dat ik je de hele tijd *wil* zien en dat jij mij wilt zien. Slaap lekker als je klaar bent op die loopband.'

Harry lag op zijn rug naar het plafond te staren. Hij kon natuurlijk die twee asfaltsterke kopjes koffie van Mehmet de schuld geven, maar hij wist dat het daar niet van kwam. Hij wist dat het, nu hij er weer was, onmogelijk was zijn hersenen uit te schakelen. Dat zou in elk geval niet lukken voor het allemaal achter de rug was. Hij voelde hoe de gedachten maar doormaalden, en dat zou doorgaan tot de dader was gepakt, soms nog tot lang daarna. Ruim drie jaar. Drie jaar zonder een teken van leven. Of teken van zijn dood. Maar nu was Valentin Gjertsen tevoorschijn gekomen. En niet slechts een glimp van deze duivel, hij had zich vrijwillig in de spotlights geplaatst als een enthousiast toneelspeler, scriptschrijver en regisseur in één. Want dit werd geregisseerd, dit was niet het werk van een knettergek, psychotisch persoon. Deze dader zouden ze niet puur toevallig pakken. Dit was niet iemand bij wie ze slechts hoefden te wachten tot hij zijn volgende misdaad beging en tot God moesten bidden dat hij een fout maakte. Ze moesten juist blijven zoeken naar dat kleine foutje dat hij al had gemaakt. Want iedereen maakt fouten, bijna iedereen.

Harry luisterde even naar Rakels rustige ademhaling, gleed uit bed, sloop naar de deur en liep de trap af naar de woonkamer.

De telefoon ging maar twee keer over.

'Ik dacht dat je sliep,' zei Harry.

'En toch bel je me?' zei Ståle Aune met een slaapdronken stem.

'Je moet me helpen Valentin Gjertsen te vinden.'

'Mé helpen of óns helpen?'

'Mij. Ons. De Stad. De samenleving, verdomme. Hij moet gestopt worden.'

'Ik heb gezegd dat mijn dienst erop zit, Harry.'

'Hij is wakker en is nu op pad, Ståle, terwijl wij liggen te slapen.'

'Met een slecht geweten, maar we slapen. Omdat we moe zijn. Ik ben moe, Harry. Té moe.'

'Ik heb iemand nodig die hem begrijpt, die zijn volgende stap kan voorspellen, Ståle. Iemand die ziet waar hij fouten kan maken. Zijn zwakte kan vinden.'

'Ik kan niet…'

'Hallstein Smith,' zei Harry. 'Wat vind jij van hem?'

Er viel een stilte.

'Je belt me eigenlijk niet om me over te halen,' zei Ståle en Harry hoorde dat hij een beetje gekwetst was.

'Dat is plan B,' zei Harry. 'Hallstein Smith was de eerste die zei dat het om een vampirist gaat en dat hij opnieuw zou toeslaan. Hij heeft gelijk gekregen in het feit dat Valentin zou vasthouden aan de methode waarmee hij succes had. De Tinder-dates. Hij had gelijk dat hij risico's zou nemen en sporen zou achterlaten. En hij had gelijk dat het Valentin niet uitmaakt dat hij wordt ontmaskerd. Bovendien zei hij al snel dat de politie op zoek moest gaan naar een zedendelinquent.

Smith heeft tot nu toe gelijk gekregen. Dat hij tegendraads is, is goed want hij is een aanvulling op mijn kleine tegendraadse groepje. Maar het belangrijkste is dat jij zei dat hij een goede psycholoog is.'

'Dat is hij. Jazeker, Hallstein Smith is een goede keus.'

'Er is alleen één ding dat ik me afvraag. Die bijnaam die hij had...'

'De Aap?'

'Je zei dat hij daar min of meer last van heeft gehouden en dat hij onder zijn collega's nog steeds problemen heeft met zijn geloofwaardigheid.'

'Mijn god, Harry, dat is een half leven geleden.'

'Vertel.'

Ståle leek tijd nodig te hebben om na te denken. Toen gromde hij zacht in de telefoon. 'Die bijnaam is mijn schuld, ben ik bang. Maar in zekere zin ook van hemzelf. Tijdens onze studietijd hier in Oslo ontdekten we dat er geld weg was uit de kluis van de psychologiebar. Onze hoofdverdachte was Hallstein omdat hij ineens wel mee kon gaan op studiereis naar Wenen terwijl hij eerder had gezegd dat hij er geen geld voor had. Het probleem was alleen dat het onmogelijk te bewijzen was dat Hallstein de code van de kluis had weten te bemachtigen. Daarom zette ik een apenval op.'

'Een wat?'

'Papa!' Harry hoorde een schelle meisjesstem door de telefoon.

'Wat is er?'

Hij hoorde Ståles hand langs de hoorn schrapen. 'Ik wilde je niet wakker maken, Aurora. Ik praat met Harry.'

Toen kwam de stem van haar moeder, Ingrid, die zei: 'Je ziet er doodsbang uit, m'n meisje. Had je een nachtmerrie? Kom, ik loop met je mee om je in bed te stoppen. Of zullen we even thee zetten?' Voeten die over de vloer schuifelden.

'Waar waren we?' zei Ståle Aune.

'De apenval.'

'Precies. Heb jij *Zen en de kunst van het motoronderhoud* van Robert Pirsig gelezen?'

'Ik weet alleen dat het niet echt over knutselen aan motors gaat.'

'Dat klopt, het is in de eerste plaats een boek over filosofie, maar ook een beetje over psychologie en de strijd tussen intellect en gevoelens. Net als bij de apenval. Je maakt een gat in een kokosnoot, net groot genoeg dat een aap zijn hand erin kan krijgen. Je vult de kokosnoot met eten en bindt die aan een paal. Dan verstop je je en wacht. De aap ruikt eten, komt en steekt zijn hand in het gat, hij krijgt eten en op dat moment storm je op hem af. De aap wil vluchten, maar ontdekt dat hij zijn hand niet uit de kokosnoot kan krijgen zonder het eten los te laten. Het interessante is dat de aap intelligent genoeg is om te begrijpen dat hij niets aan het voedsel heeft als hij wordt gevangen, maar hij weigert het toch los te laten. Het instinct, de honger, de begeerte is sterker dan het verstand. En dat wordt de ondergang van de aap. Elke keer weer. Dus de toezichthouder van de bar en ik organiseerden een grote psychologenquiz en nodigden iedereen van de studie uit. Er was een grote opkomst, veel fanatisme en veel spanning. Toen de toezichthouder en ik de antwoorden hadden nagekeken, maakten we bekend dat de twee slimsten van de studie, Smith en Olavsen, gelijk waren geëindigd. En dat we de psychologen in spe zouden testen op hun talenten als levende leugendetectors. Ik stelde een van de barmeisjes voor, zette haar op een stoel en gaf de kandidaten de opdracht om achter zo veel mogelijk cijfers van de kluiscode te komen. Smith en Olavsen zaten recht tegenover haar terwijl ze ondervraagd werd over het eerste cijfer van de viercijferige code, van nul tot negen in willekeurige volgorde. Daarna voor het tweede cijfer, enzovoorts. Het meisje had de opdracht gekregen om elke keer: "nee, dat is niet het correcte cijfer" te antwoorden, terwijl Smith en Olavsen haar lichaamstaal, de grootte van haar pupillen, tekenen van verhoogde pols, veranderingen in de hoogte van haar stem, de perspiratie, de onwillekeurige oogbewegingen bestudeerden. Ja, alles waar een ambitieuze psycholoog eer in stelt juist te interpreteren. De winnaar zou degene zijn die de meeste cijfers correct had geraden. Ze zaten beiden ijverig in diepe concentratie notities te maken terwijl ik de veertig vragen stelde. Bedenk eens wat er op het spel stond. De eretitel: de op één na slimste psycholoog van de universiteit.'

'Ja, want iedereen wist natuurlijk dat de slimste immers...'

'...niet kon deelnemen omdat hij de organisator van de quiz was, ja. Toen ik klaar was, gaven ze me allebei hun briefje met hun oplossing. Het bleek dat Smith alle vier de cijfers goed had. Groot gejuich in de zaal! Dat was immers verbluffend. Verdacht verbluffend, kun je wel zeggen. Nu beschikt Hallstein Smith over een hogere intelligentie dan de gemiddelde aap, tja, ik sluit mijn ogen ook niet voor de mogelijkheid dat hij heel goed wist waar dit om draaide. Maar toch kon hij het niet laten er met de overwinning vandoor te gaan. Dat kon hij gewoon niet laten! Misschien omdat Hallstein Smith op dat tijdstip een onbemiddelde, pukkelige jongeman was die vaak werd genegeerd, die bij de dames noch bij iemand anders populair was. Iemand die wanhopig naar een dergelijke overwinning snakte. Of misschien was het omdat hij wist dat hij werd verdacht van het stelen van het geld uit de kluis, maar dat het niet bewezen kon worden. En men zou kunnen denken dat hij die geweldige mensenkenner was die de vele signalen van het lichaam juist kon interpreteren. Maar...'

'Hm.'

'Wat?'

'Niets.'

'Jawel, vertel!'

'Het meisje op de stoel, zij kende de code niet.'

Ståle grinnikte. 'Ze werkte niet eens in de bar.'

'Hoe wist je dat Smith in jouw apenval zou lopen?'

'Omdat ik die geweldige mensenkenner enzovoorts ben. De vraag is wat je denkt als je weet dat jouw kandidaat een dief is.'

'Om hoeveel ging het?'

'Als ik me goed herinner, om tweeduizend kronen.'

'Niet zoveel. En je zei dat er geld weg was uit de kluis, dat wil zeggen dat hij de kluis niet had leeggehaald, toch?'

'Toen dachten we dat het was omdat hij hoopte dat het niet ontdekt zou worden.'

'Maar later realiseerde je je dat hij precies dat had gepakt wat hij nodig had om op studiereis te kunnen?'

'Hij werd vriendelijk gevraagd zich uit te schrijven als psychologiestudent en wij zegden hem toe dat we geen aangifte deden bij de politie. Hij heeft in Litouwen zijn studie voortgezet.'

'Hij werd na die stunt van jou verbannen, en kreeg de bijnaam de Aap.'

'Hij kwam na enige tijd terug en volgde cursussen in Noorwegen. Uiteindelijk heeft hij zijn studie psychologie af kunnen maken. Hij is goed terechtgekomen.'

'Je weet dat je klinkt als iemand met een slecht geweten?'

'En jij klinkt als iemand die overweegt een dief aan te stellen.'

'Ik heb nooit iets gehad tegen diefstal om goede redenen.'

'Ha!' riep Ståle uit. 'Je mag hem nu nog meer. Omdat jij dat met die apenval begrijpt, jij hebt immers ook niet het talent om los te laten, Harry. Je verliest het grote omdat je niet in staat bent het kleine op te geven. Jij móet Valentin Gjertsen pakken, zelfs als je eigenlijk wel begrijpt dat het ten koste gaat van wie jij liefhebt, van jouzelf en je dierbaren om je heen. Toch kun je gewoon niet loslaten.'

'Aardige vergelijking, maar je vergist je.'

'Is dat zo?'

'Ja.'

'Daar ben ik blij om. Ik moet ophangen om te kijken hoe het met mijn dames gaat.'

'Uiteraard. Als Smith met ons gaat samenwerken, kun jij hem dan in het kort uitleggen wat er van hem als psycholoog wordt verwacht?'

'Natuurlijk, dat is wel het minste wat ik kan doen.'

'Voor de afdeling Geweld? Of voor de man die je de bijnaam de Aap hebt gegeven?'

'Welterusten, Harry.'

Harry liep naar boven en ging in bed liggen. Zonder haar aan te raken kroop hij zo dicht bij haar dat hij de warmte kon voelen die haar lichaam uitstraalde. Hij sloot zijn ogen.

Zen en de kunst van het motoronderhoud.

En na aan poosje gleed hij weg. Uit bed, uit het raam, door de nacht naar de glinsterende stad waar de lichten nooit uitgingen, in de straten, in de stegen, in de vuilnisbakken waar het licht van de stad nooit kwam. En daar stond hij. Zijn overhemd hing open en van zijn blote borst schreeuwde een gezicht naar hem terwijl het de huid open probeerde te scheuren om eruit te komen.

Het was een gezicht dat hij kende.

Op jacht en opgejaagd, haat en gehaat worden, vrees en begeerte.

Harry opende ineens zijn ogen weer.

Hij had zijn eigen gezicht gezien.

HOOFDSTUK 17

MAANDAGOCHTEND

Katrine keek naar de verzameling bleke gezichten voor zich. Sommigen hadden de hele nacht doorgewerkt en degenen die dat niet hadden gedaan, hadden ook niet veel geslapen. Ze hadden de lijst van bekende contacten van Valentin Gjertsen doorgenomen, het ging vooral om criminelen, sommigen van hen zaten in de gevangenis, anderen leefden niet meer. Daarna had Tord Gren een briefing gehouden over de belgegevens van de drie slachtoffers die ze van Telenor hadden gekregen. Daarop stonden de namen van alle personen met wie de slachtoffers de laatste dagen en uren telefonisch contact hadden gehad. Voorlopig waren er geen overeenkomsten tussen de telefoonnummers, verdachte gesprekken en sms'jes. Op Ewa Dolmens telefoon was er alleen twee dagen voor de moord een onbeantwoord telefoontje van een onbekend nummer geweest. Het was niet op te sporen en dat kon betekenen dat de mobiel was uitgeschakeld of vernietigd of de simkaart was verwijderd en het bedrag op de prepaidkaart was gewoon nul.

Anders Wyller had de voorlopige resultaten van de verkochte 3D-printers gepresenteerd en geconcludeerd dat er gewoon te veel van waren en het aantal waarbij de naam en het adres van de klant niet was geregistreerd was te groot om nog verder te gaan met dit spoor.

Katrine had Harry aangekeken die zijn hoofd had geschud om het resultaat, maar hij had ook naar haar geknikt dat hij het eens was met de conclusie.

Bjørn Holm had uitgelegd dat nu de fysieke sporen op de laatste plaats delict een verdachte hadden opgeleverd, de technische recherche zich zou focussen op het vergaren van nog meer bewijzen om zo Valentin Gjertsen aan alle drie de plaatsen delict en slachtoffers te linken.

Katrine maakte al aanstalten om de taken voor de komende dag te verdelen toen Magnus Skarre zijn hand opstak. En nog voor ze hem het woord kon geven, nam hij het.

'Waarom hebben jullie besloten openbaar te maken dat Valentin Gjertsen de verdachte is?'

'Waarom?' herhaalde Katrine. 'Om tips te krijgen over zijn verblijfplaats, natuurlijk.'

'En nu krijgen we honderden, zo niet duizenden tips, gebaseerd op een potloodtekening van een gezicht dat lijkt op twee ooms van me. En we moeten elke tip natrekken, want stel je voor dat later blijkt dat de politie al getipt was over de nieuwe identiteit van Gjertsen en waar hij woonde op het moment dat hij slachtoffer vier of vijf doodbeet. Dan gaan er een paar koppen rollen.'

Skarre keek om zich heen alsof hij steun zocht bij de andere aanwezigen. Of, begreep Katrine, hij had dat al gedaan en sprak nu namens meerdere collega's.

'Dat is altijd een dilemma, Skarre, maar dit hebben we besloten.'

Skarre knikte naar een van de vrouwelijke analytici die het stokje overnam. 'Skarre heeft gelijk, Katrine, we hebben behoefte aan meer rust. We hebben het publiek al eerder om tips over Valentin Gjertsen gevraagd en dat heeft ons niets opgeleverd, het heeft alleen onze aandacht afgeleid van sporen die mogelijk wel wat konden opleveren.'

'En dan nog iets,' zei Skarre. 'Nu weet hij dat we het weten en hebben we hem misschien weggejaagd. Hij heeft een hol waarin hij zich drie jaar heeft schuilgehouden en nu lopen we het risico dat hij daar weer naartoe vlucht. Ik zeg het maar even.' Katrine zag dat Skarre met een triomfantelijke uitdrukking op zijn gezicht zijn armen over elkaar sloeg.

'Het risico lopen?' De stem kwam achter uit de zaal en werd gevolgd door een snuivend gelach. 'Degenen die een risico lopen zijn, lijkt mij, de dames die jij als lokvogel wil gebruiken terwijl wij zijn identiteit geheimhouden, Skarre. En als we die duivel niet pakken dan is het ook prima dat we hem terug in zijn hol jagen, als je het mij vraagt.'

Skarre schudde glimlachend zijn hoofd. 'Als je een beetje langer op deze afdeling werkt, Berntsen, dan zal je wel leren dat kerels als Valentin Gjertsen niet te stoppen zijn. Hij gaat alleen ergens anders verder. Je hebt onze leider...' hij sprak 'onze leider' overdreven nadrukkelijk uit, '...gisteren op televisie gehoord. Valentin zit misschien al in het buitenland. Als jij denkt dat hij thuiszit met een bak popcorn en een breiwerkje dan mis je de ervaring om te weten dat je je vergist.'

Truls Berntsen staarde naar zijn handpalmen en mompelde iets wat Katrine niet kon verstaan.

'We verstaan je niet, Berntsen!' riep Skarre zonder zich naar hem om te draaien.

'Ik zeg dat we jullie met die foto's van dame Jacobsen onder de surfplanken niet alles hebben laten zien,' zei Truls Berntsen met harde, heldere stem. 'Toen ik bij haar kwam, ademde ze nog steeds. Maar ze kon niet praten omdat hij een tang had gebruikt om haar tong uit haar mond te rukken om die op een zekere plaats te kunnen stoppen. Weet je wat er verder nog meekomt als je een tong uitrukt in plaats van afsnijdt, Skarre? Het leek er in elk geval op dat ze me smeekte haar dood te schieten. En als ik een pistool bij me had gehad dan had ik dat verdomd overwogen. Maar gelukkig stierf ze kort daarna. Ik vertel het maar even als je het hebt over mijn ervaring.'

Er viel een doodse stilte, Truls haalde diep adem en Katrine dacht dat ze agent Truls Berntsen misschien ooit wel zou mogen. Een gedachte die direct weer teniet werd gedaan door Truls' apotheose: 'En voor zover ik weet is alleen Noorwegen onze verantwoordelijkheid, Skarre. Dus als Valentin in andere landen lelijke latino-meiden of roetmoppen tot moes slaat dan moeten ze dáár maar wat doen. Beter daar dan dat hij onze meisjes pakt.'

'En hier eindigen we de discussie,' kwam Katrine tussenbeide. Uit de verbijsterde gezichten maakte ze op dat iedereen nu in elk geval goed wakker was. 'We komen om zestien uur weer bij elkaar, en om achttien uur is de persconferentie. Ik probeer mobiel zo veel mogelijk bereikbaar te zijn voor iedereen, maar wees alsjeblieft bondig en precies als jullie rapporteren. En om het nog maar eens te zeggen: álles heeft haast. Dat hij gisteren niet heeft toegeslagen wil niet zeggen dat het vandaag niet gaat gebeuren. God nam op zondag ook een rustdag.'

De zaal liep snel leeg. Katrine verzamelde haar papieren, klapte haar laptop dicht en wilde ook vertrekken.

'Ik wil Wyller en Bjørn hebben.' Het was Harry. Hij zat nog steeds met zijn handen achter zijn hoofd en zijn benen gestrekt.

'Wyller is goed, maar wat betreft Bjørn moet je die nieuwe van de technische recherche vragen, een of andere Lien.'

'Ik heb Bjørn al gevraagd en hij heeft met haar gesproken, zegt hij.'

'Ja, dat zal vast,' liet Katrine zich ontvallen. 'Heb je Wyller al gevraagd?'

'Ja, hij was meteen enthousiast.'

'En wie wil je er nog bij als laatste?'

'Hallstein Smith.'

'Echt?'

'Waarom niet?'

Katrine haalde haar schouders op. 'Smith is een excentriekeling met een notenallergie die geen ervaring heeft met politiewerk.'

Harry leunde achterover, groef met zijn hand in een broekzak en haalde er een verfrommeld pakje Camel uit. 'Als er een nieuw beest in de jungle is dat vampirist wordt genoemd dan wil ik de man naast me hebben die het meest van dat beest weet. Maar jij bent van mening dat het feit dat hij een notenallergie heeft geen pre is?'

Katrine zuchtte. 'Ik zeg alleen dat ik gewoon een beetje genoeg krijg van die allergieën. Anders Wyller is allergisch voor latex, hij kan geen latexhandschoenen verdragen. Of condooms, neem ik aan. Stel je dat eens voor.'

'Liever niet,' zei Harry en hij keek in het pakje en stak een sigaret tussen zijn lippen. Een geknakte punt hing triest naar beneden.

'Waarom stop je je sigaretten niet in je jaszak zoals andere mensen doen, Harry?'

Harry haalde zijn schouders op. 'Geknakte sigaretten smaken beter, ik neem aan dat het rookverbod niet geldt voor de Vuurkamer gezien het feit dat die ruimte niet is goedgekeurd als kantoor?'

'Het spijt me,' zei Hallstein Smith. 'Bedankt dat je het me hebt gevraagd.'

Hij verbrak de verbinding, stopte de mobiel in zijn zak en keek zijn vrouw May aan de andere kant van de keukentafel aan.

'Is er iets?' vroeg ze met een bezorgde blik.

'Dat was de politie. Ze vroegen of ik mee wilde werken in een klein groepje om de vampirist te vangen.'

'En?'

'Ik heb een proefschrift waar ik aan werk. Ik heb geen tijd. En ik ben niet geïnteresseerd in dat type mensenjacht. Hier thuis havik en duif spelen is voor mij voldoende.'

'En dat heb je gezegd?'

'Ja, afgezien van de havik en duif.'

'En wat antwoordde ze?'

'Hij. Het was een man, Harry.' Hallstein Smith lachte. 'Hij zei dat hij het begreep en dat politieonderzoek hoe dan ook saai is en monnikenwerk en helemaal niet zoals het op televisie wordt voorgesteld.'

'Juist ja,' zei May en ze bracht haar kop thee naar haar lippen.

'Juist ja,' zei Hallstein en hij deed hetzelfde.

De voetstappen van Harry en Anders Wyller weerkaatsten in de stenen tunnel en overstemden het zachte geluid van het vallen van de waterdruppels van het plafond.

'Waar zijn we?' vroeg Wyller die het scherm en het toetsenbord van een gedateerde pc droeg.

'Onder het park ergens tussen het hoofdbureau en de Bots-gevangenis,' zei Harry. 'We noemen het Kulverten – de tunnel.'

'En hier zit een geheim kantoor?'

'Niet geheim, alleen leeg.'

'Wie wil nu een kantoor hier onder de grond hebben?'

'Niemand, daarom staat het ook leeg.' Harry bleef staan bij een ijzeren deur, stak de sleutel in het slot en draaide die rond. Hij trok aan de deurklink.

'Nog steeds op slot?' vroeg Wyller.

'Hij klemt.' Harry zette zijn ene voet tegen de muur naast de deurpost en rukte de deur open. Warme vochtigheid en een kelderlucht sloegen hun tegemoet. Harry snoof ze gretig op. Terug in de Vuurkamer.

Hij drukte op de lichtschakelaar. Na een paar seconden bedenktijd begon het blauw te knipperen in een tl-buis aan het plafond. Toen het licht was aangegaan, keken ze rond in de vierkante ruimte met het grijsblauwe linoleum op de grond. Geen ramen, alleen kale, grijze betonmuren. Harry keek naar Wyller. Hij vroeg zich af of het zien van de werkruimte het spontane enthousiasme temperde dat de jonge agent had getoond toen hij hem vroeg voor zijn guerrillagroepje. Maar daar leek het niet op.

'Rock-'n-roll,' zei Anders grijnzend.

'We zijn hier als eersten dus je mag kiezen.' Harry knikte naar de drie bureaus. Op het ene stond een groezelig koffiezetapparaat, een waterkan en vier witte bekers met handgeschreven namen erop.

Wyller had net de pc geïnstalleerd en Harry had het koffiezetapparaat aan de praat gekregen toen de deur met een nieuwe ruk openging.

'Ah, het is minder erg dan ik het me herinnerde,' zei Bjørn Holm lachend. 'Dit hier is Hallstein.'

'Smith,' zei Harry en hij stak zijn hand uit. 'Ik ben blij dat je je hebt bedacht.'

Hallstein Smith drukte Harry's hand. 'Ik ben gevoelig voor omgekeerde psychologie,' zei hij. 'Als dat het was. En zo niet dan ben jij de slechtste telefonische verkoper die ik ooit aan de lijn heb gehad. Hoe het ook zij, het was de eerste keer dat ik de verkoper terugbelde om te vertellen dat ik wel op het aanbod inging.'

'Het heeft geen zin om iemand te pushen, we hebben mensen nodig die gemotiveerd zijn voor dit werk,' zei Harry. 'Hou je van sterke koffie?'

'Nee, liever een beetje... ik bedoel, ik drink wat jullie drinken.'

'Goed, dit lijkt me een beker voor jou.' Harry gaf Smith een van de witte bekers.

Smith zette zijn bril recht en las wat er met stift op stond geschreven. 'Lev Vygotski?'

'En deze hier is voor onze technisch rechercheur,' zei Harry en hij gaf Bjørn Holm een van de andere bekers.

'Nog steeds Hank Williams,' las Bjørn tevreden. 'Betekent dit dat de beker drie jaar lang niet is afgewassen?'

'Watervaste stift,' zei Harry. 'En deze is voor jou, Wyller.'

'Popeye Doyle? Wie is dat?'

'Politieman van alle tijden. Zoek het maar op.'

Bjørn draaide de vierde beker om. 'Waarom staat er niet Valentin Gjertsen op jouw beker, Harry?'

'Vergeten, waarschijnlijk.' Harry pakte de koffiekan en schonk voor hen alle vier in.

Bjørn draaide zich om naar de twee vragende gezichten. 'Het is traditie dat onze helden op de bekers staan en dat Harry de naam van de hoofdverdachte op zijn beker schrijft. Yin en yang.'

'Maar dat is niet gebeurd,' zei Smith. 'Lev Vygotski is niet mijn favoriete psycholoog. Hij was weliswaar een pionier, maar...'

'Jij hebt de beker van Ståle Aune gekregen,' zei Harry en hij zette de laatste stoel op zijn plaats zodat de vier stoelen in de kamer samen een kring vormden. 'We zijn dus onafhankelijk, we zijn onze eigen chefs en rapporteren aan niemand. Maar we houden Katrine op de hoogte en vice versa. Ga zitten en laten we beginnen met dat ieder van ons heel eerlijk zegt wat hij van de zaak vindt. Baseer dat op feiten en ervaring of op je onderbuikgevoel, op één enkel idioot detail of op helemaal niks. Niets van wat jullie nu zeggen zal later tegen jullie worden gebruikt. Jullie mogen helemaal losgaan. Wie wil beginnen?'

Ze gingen alle vier zitten.

'Ik heb het hier natuurlijk niet voor het zeggen,' zei Smith. 'Maar ik vind dat jij... eh, Harry, moet beginnen.' Smith had zijn handen rond de beker gelegd alsof hij het koud had hoewel ze naast de ruimte zaten waar de ketels stonden die de hele gevangenis verwarmen. 'Misschien kun je ons vertellen waarom je denkt dat het Valentin Gjertsen niet is.'

Harry keek Smith aan. Hij nam een klein slokje van de koffie en slikte. 'Oké, ik begin. Ik denk niet dat het Valentin Gjertsen niet is. Hoewel die gedachte wel bij me is opgekomen. Een moordenaar pleegt twee moorden zonder sporen achter te laten. Dat vergt planning en een koelbloedig optreden. Maar dan volgt er plotseling een overval waarbij hij strooit met sporen en bewijzen die allemaal wijzen naar Valentin Gjertsen. Daar zit iets dwingends in, alsof degene zeer nadrukkelijk wil laten weten wie hij is. En daar word je uiteraard argwanend van. Gaat het om iemand die ons probeert te manipuleren door naar een ander te wijzen? In dat geval is Valentin Gjertsen de perfecte zondebok.' Harry keek de anderen aan en merkte Anders Wyllers geconcentreerde grote ogen op, Bjørn Holms bijna slaperige blik en Hallstein Smiths vriendelijke, uitnodigende houding alsof hij in een dergelijke setting automatisch de rol van de psycholoog op zich nam. 'Valentin Gjertsen is de voor de hand liggende dader met zijn strafblad,' ging Harry verder. 'Bovendien is hij iemand van wie de moordenaar weet dat we hem niet kunnen vinden aangezien we dat al zo lang tevergeefs proberen. Of de moordenaar weet dat Valentin Gjertsen dood en begraven is. Omdat hij hem zelf heeft vermoord en begraven. Omdat een dode Valentin nooit de verdenking zou kunnen ontkrachten met een alibi of zoiets, maar juist vanuit zijn graf de focus op de echte dader kan afwenden.'

'De vingerafdrukken,' zei Bjørn Holm. 'De tatoeage van het demongezicht, het DNA op de handboeien.'

'Nou,' zei Harry, een nieuwe slok nemend. 'De vingerafdrukken kan de moordenaar erop hebben gezet door een vinger van Valentins hand af te snijden en die mee te nemen naar Hovseter. De tatoeage kan een valse kopie zijn die afwasbaar is. De haren op de handboeien kunnen van het lijk van Valentin Gjertsen komen en de handboei kan met opzet zijn achtergelaten.'

De stilte in de Vuurkamer werd slechts doorbroken door een laatste rochel van het koffiezetapparaat.

'Verduiveld,' zei Anders Wyller lachend.

'Dit zou direct in mijn top tien van complottheorieën van paranoïde cliënten kunnen komen,' zei Smith. 'Dat is… eh, bedoeld als compliment.'

'En daarom zijn we hier,' zei Harry en hij leunde voorover. 'We moeten *out of the box* denken, kijken naar mogelijkheden die het onderzoeksteam van Katrine links laat liggen. Omdat zij een scenario hebben geconstrueerd van wat er gebeurd kan zijn en hoe groter de groep, hoe moeilijker het is je los te rukken van de bestaande ideeën en conclusies. In zekere zin werken die net als bij religies, je gaat er automatisch van uit dat al die mensen om je heen zich niet allemaal kunnen vergissen. Tja.' Harry tilde zijn naamloze beker omhoog. 'Dat kunnen ze wel en dat doen ze. De hele tijd.'

'Amen,' zei Smith. 'Eh, dubbele bodem was niet de bedoeling.'

'Dus laten we verdergaan met de volgende foute theorie,' zei Harry. 'Wyller?'

Anders Wyller keek in zijn beker, hij haalde adem en begon: 'Smith, jij beschreef op televisie hoe de vampirist zich van fase tot fase ontwikkelt. Hier in Scandinavië worden jonge mensen zo nauwgezet gevolgd dat als iemand zulke extreme neigingen vertoont hij of zij allang door de gezondheidszorg zou zijn opgevangen voordat er sprake is van de laatste fase. De vampirist is niet Noors, hij komt uit een ander land. Dat is mijn theorie.' Hij keek op.

'Bedankt,' zei Harry. 'Laat ik daaraan toevoegen dat er geen bloeddrinkende Scandinaviër in de geschiedenis voorkomt.'

'De Atlasmoord in Stockholm in 1932,' zei Smith.

'Hm, daar weet ik niets van.'

'Dat komt waarschijnlijk omdat ze de vampirist nooit hebben kunnen pakken en ze ervan uitgingen dat het een seriemoordenaar was.'

'Interessant. En het slachtoffer was net als in dit geval een vrouw?'

'Lilly Lindeström, tweeëndertig jaar, prostituee. En ik eet mijn strohoed op die ik thuis heb als zij de enige was. Later werd het de vampiermoord genoemd.'

'Details?'

Smith knipperde twee keer met zijn ogen, zijn ogen zakten half dicht en hij begon te spreken alsof hij het woord voor woord memoreerde: 'Mei, Walpurgisnacht, Sankt Eriksplan 11, éénkamerappartement. Lilly had een man over de vloer. Ze was naar beneden gegaan naar haar vriendin om een condoom te vragen. Toen de politie haar appartement binnendrong, vonden ze haar dood, liggend op een sofa. Geen vingerafdrukken en ook geen andere sporen. De moordenaar had duidelijk schoongemaakt en zelfs Lilly's kleren waren keurig opgevouwen. In de keuken, in de afwasteil, vonden ze een sauslepel die besmeurd was met bloed.'

Bjørn wisselde een blik met Harry voor Smith doorging: 'Geen van de namen in haar adresboekje, overigens waren het vooral voornamen, leidde de politie naar een verdachte. Ze zijn nooit in de buurt van de vampirist geweest.'

'Maar als het om een vampirist ging dan had hij toch vaker toegeslagen?' zei Wyller.

'Ja,' zei Smith. 'En wie zegt dat hij dat niet heeft gedaan? Maar dat hij daarna nog beter schoonmaakte?'

'Smith heeft gelijk,' zei Harry. 'Het aantal vermiste personen is elk jaar groter dan het aantal geregistreerde moorden. Maar Wyller heeft wellicht een punt dat een vampirist in spe in Scandinavië eerder wordt ontdekt?'

'Wat ik op televisie heb beschreven was de karakteristieke ontwikkeling,' zei Smith. 'Er zijn mensen die later in hun leven pas de vampirist in zichzelf ontdekken, net zoals het bij gewone mensen tijd kan kosten voor ze hun eigenlijke seksuele voorkeur vinden. Een van de bekendste vampiristen, Peter Kürten, de zogenaamde Vampier van Düsseldorf, was vijfenveertig jaar toen hij voor het eerst bloed dronk van een dier, een zwaan die hij in december 1929 buiten de stad had gedood. Minder dan twee jaar later had hij negen mensen vermoord en minstens zeven pogingen daartoe gedaan.'

'Hm, dus jij vindt het niet vreemd dat Valentin Gjertsens afschrikwekkende strafblad niet eerder melding maakt van het drinken van bloed of kannibalisme?'

'Nee.'

'Oké, en wat denk jij, Bjørn?'

Bjørn Holm ging rechtop zitten en wreef in zijn ogen. 'Hetzelfde als jij, Harry.'

'En dat is?'

'Dat de moord op Ewa Dolmen een kopie is van de moord in Stockholm. De sofa, dat er was schoongemaakt en dat hij het voorwerp waaruit hij had gedronken, de kan van de blender, in de gootsteen had gezet.'

'Klinkt dat plausibel, Smith?' vroeg Harry.

'Een kopie? Dat zou in elk geval iets nieuws zijn. Eh, de paradox is toeval. Er bestaan weliswaar vampiristen die zichzelf zien als reïncarnaties van graaf Dracula, maar dat een vampirist het idee zou hebben dat hij de herboren Atlasmoordenaar is, lijkt me onwaarschijnlijk. Het gaat hier eerder om bepaalde persoonlijkheidskenmerken die typerend zijn voor vampiristen.'

'Harry is van mening dat onze vampirist bezeten is van reinheid,' zei Wyller.

'Kijk eens aan,' zei Smith. 'De vampirist John George Haigh waste obsessief zijn handen en hij droeg zomer en winter handschoenen. Hij haatte poep en dronk het bloed van zijn slachtoffer alleen in een zelf schoongemaakt glas.'

'En jij, Smith,' zei Harry. 'Hoe kijk jij naar onze vampirist?'

Smith legde een wijsvinger en middelvinger tussen zijn lippen en bewoog ze op en neer waardoor hij een flapperend geluid maakte terwijl hij diep in- en uitademde.

'Ik geloof dat hij, net als veel vampiristen, een intelligente man is die sinds zijn jonge jaren dieren en misschien mensen heeft gemarteld, dat hij uit een gezin kwam dat zich conformeerde aan de geldende regels, maar dat hij de enige was die dat niet kon. Hij zal binnenkort weer behoefte aan bloed krijgen en ik denk dat hij niet alleen seksuele bevrediging vindt in het drinken van bloed, maar ook in het zien ervan. Hij zoekt naar het perfecte orgasme dat bereikt kan worden door verkrachting en bloed. Peter Kürten... de Vampier uit Düsseldorf dus, verklaarde dat het aantal keren dat hij zijn vrouwelijke slachtoffers met een mes stak afhankelijk was van de hoeveelheid bloed die naar buiten stroomde, wat weer bepaalde hoe snel hij een orgasme kreeg.'

Er viel een sombere stilte.

'En waar en hoe vinden we zo iemand?' vroeg Harry.

'Misschien had Katrine gelijk gisteren op televisie,' zei Bjørn. 'Misschien is Valentin naar het buitenland gevlucht. Op reis gegaan naar het Rode Plein, bijvoorbeeld.'

'Moskou?' vroeg Smith verbaasd.

'Naar Kopenhagen,' zei Harry. 'Naar het multiculturele Nørrebro. Dat is een park dat bewaakt wordt door lieden die zich bezighouden met mensensmokkel. Vooral import, weinig export. Je gaat op een van de banken of schommels zitten en je houdt een ticket omhoog: een vliegticket of een kaartje voor de bus, maakt niet uit. Dan komt er een vent naar je toe en vraagt waar je heen wilt. Dan vraagt hij nog meer, zonder iets over zichzelf los te laten, terwijl een collega van hem op internet checkt of je bent voor wie je je uitgeeft en dat je geen undercover bent. Dit reisbureau is discreet en duur en toch zal niemand businessclass reizen. De goedkoopste plaatsen zijn in een container.'

Smith schudde zijn hoofd. 'Maar de vampirist weegt de risico's niet zo rationeel als wij, dus ik denk dat hij niet vertrokken is.'

'Ik ook niet,' zei Harry. 'Dus waar is hij? Woont hij alleen? Gaat hij met andere mensen om? Verschuilt hij zich in de mensenmassa of woont hij op een stille plek? Heeft hij vrienden? Is het mogelijk dat hij een vriendin heeft?'

'Ik weet het niet.'

'Iedereen hier begrijpt dat je het niet kunt weten, Smith, psycholoog of niet. Het enige wat ik van je vraag is te zeggen wat je het eerste te binnen schiet.'

'Als wetenschapper ben ik daar tamelijk slecht in. Maar hij is eenzaam, daar ben ik zo goed als zeker van. Erg eenzaam, zelfs. Een eenling.'

Er werd geklopt.

'Hard trekken en binnenkomen!' riep Harry.

De deur ging open.

'Goedendag, dappere vampiristjagers,' zei Ståle Aune en hij stapte naar binnen met zijn buik voor zich uit en hand in hand met een kromgebogen meisje dat zoveel donker haar voorover had hangen dat Harry haar gezicht niet kon zien. 'Ik heb ingestemd met het verzoek jou een crashcursus over de rol van een psycholoog bij politiewerk te geven, Smith.'

Smith lichtte op. 'Dat stel ik zeer op prijs, waarde collega.'

Ståle Aune wipte heen en weer op zijn hakken. 'Dat moet je ook. Maar ik ben niet van plan nog een keer in deze catacomben te gaan werken. We mogen gebruikmaken van de kamer van Katrine.' Hij legde een hand op de schouder van het meisje. 'Aurora is met me meegegaan omdat ze een nieuw paspoort nodig heeft. Zou jij haar langs de rijen kunnen helpen terwijl Smith en ik samen praten, Harry?'

Het meisje veegde haar haren opzij. Harry kon eerst niet geloven dat het witte gezicht met de vette huid en rode pukkels hoorde bij dat lieve, kleine meisje van een paar jaar geleden. Als hij, afgaande op haar donkere kleding en zware make-up, moest gokken dan was ze nu een gothic, of een emo zoals Oleg het noemde. Maar hij zag geen dwarsigheid of opstandigheid in haar blik. Ook geen puberale verveling of een teken van blijdschap over het feit dat ze Harry weer zag. Haar favoriete niet-oom, zoals ze hem altijd noemde. Er was niets. Of jawel, er was iets, maar het lukte hem niet daar de vinger op te leggen.

'Langs de rij glippen zullen we doen, zo corrupt zijn we wel,' zei Harry en hij zag een klein lachje bij Aurora. 'Laten we naar het loket Paspoorten gaan.'

Ze verlieten de Vuurkamer. Harry en Aurora liepen zwijgend door Kulverten met Ståle Aune en Hallstein Smith druk pratend twee passen achter hen.

'Ik had dus die cliënt die zo indirect over zijn problemen sprak dat ik het niet begreep,' zei Aune. 'Toen ik hem per toeval ontmaskerde als de gezochte Valentin Gjertsen viel hij me fysiek aan. Als Harry me niet te hulp was geschoten dan had hij me vermoord.'

Harry merkte dat er een schok door Aurora ging.

'Hij wist te ontsnappen, maar toen hij me aanviel kon ik me een goed beeld van hem vormen. Hij hield een mes tegen mijn keel gedrukt en probeerde een diagnose uit me te dwingen. Hij noemde zichzelf een "misbaksel". En als ik geen antwoord wilde geven dan zou hij me dood laten bloeden terwijl zijn pik zich zou vullen met bloed.'

'Interessant. Kon je zien of hij een erectie kreeg?'

'Nee, maar ik voelde het. En ik voelde ook de gekartelde rand van het jachtmes. Ik herinner me dat ik hoopte dat mijn onderkin me zou redden.' Ståle grinnikte.

Toch hoorde Harry de gesmoorde snik van Aurora en hij draaide zich half om naar Aune en keek hem vermanend aan.

'O, sorry, mijn lieve kind!' riep haar vader uit.

'Waar spraken jullie over?' vroeg Smith.

'Over veel,' zei hij en hij ging zachter praten. 'Hij was bezeten van de stemmen op de achtergrond in Pink Floyds *Dark Side of the Moon.*'

'Nu herinner ik het me! Dat wil zeggen, hij noemde zich Paul, geloof ik. Helaas zijn mijn cliëntendossiers gestolen.'

'Harry, Smith zegt...'

'Ik heb het gehoord.'

Ze liepen de trap op naar de begane grond waar Aune en Smith de lift namen en Harry en Aurora door het atrium liepen. Een mededeling op de ruit bij het loket meldde dat hun camera kapot was en dat de aanvragers van een paspoort de fotoautomaat achterin moesten gebruiken om een pasfoto te maken.

Harry nam Aurora mee naar het hokje dat gelijkenissen vertoonde met een buiten-wc, hij trok het gordijn opzij en gaf Aurora wat munten voor ze ging zitten.

'O ja,' zei hij. 'Niet je tanden laten zien.' Hij trok het gordijn weer dicht.

In het zwarte glas van de camera staarde Aurora naar haar spiegelbeeld. Ze voelde de tranen opkomen.

Vanmorgen had het een goed idee geleken toen ze tegen papa zei dat ze met hem mee wilde als hij naar het hoofdbureau ging om Harry te spreken. Omdat ze een nieuw paspoort moest voor haar reis naar Londen met haar klas. Hij wist toch nooit of dat wel klopte, mama zorgde altijd voor dergelijke zaken. Het plan was geweest om een smoes te verzinnen om Harry alleen te kunnen spreken en hem alles te vertellen. Maar nu ze alleen waren, lukte het toch niet. Het kwam door wat papa in de tunnel had gezegd over dat gekartelde mes, daar was ze zo bang van geworden dat het rillen weer was begonnen en haar knieën het bijna begaven. Het was hetzelfde gekartelde mes dat de man tegen haar hals had gehouden. En hij was terug. Aurora deed haar ogen dicht om haar verschrikte gezicht niet te hoeven zien. Hij was terug en hij zou iedereen vermoorden als ze sprak. En wat had het voor zin als ze sprak? Ze wist immers niets over hoe ze hem konden vinden. Dat zou papa of wie dan ook niet redden. Aurora opende haar ogen weer. Ze keek rond in het kleine hokje, het leek op het toilet in de sporthal van toen. Haar blik ging automatisch naar beneden en daar zag ze het. Onder het gordijn. De laarspunten op de grond vlak voor haar. Ze wachtten haar op, ze wilden naar binnen, wilden...

Aurora rukte het gordijn opzij, stortte zich langs Harry naar de uitgang. Ze hoorde dat hij haar naam riep. Toen was ze in het daglicht en op open terrein. Ze rende over het gras, door het park, in de richting van Grønlandsleiret. Ze hoorde hoe haar gesnik zich vermengde met een hijgende ademhaling. Ze had het gevoel dat er niet genoeg lucht was. Maar ze stopte niet. Ze rende. Ze wist dat ze zou blijven rennen tot ze erbij neerviel.

'Paul, of Valentin, vertelde me op zich niets over zijn voorkeur voor bloed,' zei Aune die plaats had genomen achter Katrines bureau. 'En afgaand op zijn strafblad kunnen we wel zeggen dat hij niet iemand is die zich inhoudt als het gaat om het beleven van seksuele voorkeuren. En zo iemand zal zelden als volwassene heel nieuwe seksuele kanten van zichzelf ontdekken.'

'Misschien is die voorkeur er wel altijd geweest,' zei Smith. 'Hij had alleen geen manier gevonden om zijn fantasieën tot leven te brengen. Als het zijn eigenlijke wens was om mensen tot bloedens toe te bijten en direct van de bron te drinken, dan is de ontdekking van de ijzeren tanden misschien iets geweest waardoor hij dacht dat het mogelijk was.'

'Het drinken van het bloed van een ander is een oeroud ritueel om de krachten en talenten van de ander, vaak de vijand, over te nemen. Of niet?'

'Dat klopt.'

'Als je een profiel van deze seriemoordenaar moet maken, Smith, dan zou ik je aanraden een persoon die gedreven wordt door zijn behoefte aan controle als uitgangspunt te nemen zoals we dat zien bij meer conventionele verkrachters en lustmoordenaars. Of beter gezegd: het herwinnen van controle, een macht die hem op een bepaald moment is ontnomen.'

'Bedankt,' zei Smith. 'Herwinnen, ik ben het met je eens en ik zal dat aspect beslist meenemen.'

'Wat houdt dat herwinnen in?' vroeg Katrine die op de vensterbank was gaan zitten nadat ze toestemming van de psychologen had gekregen om bij het gesprek aanwezig te zijn.

'Iedereen wil de schade die hij of zij heeft opgelopen repareren,' zei Aune. 'Of wreken, maar dat draait om hetzelfde. Ik besloot bijvoorbeeld om een geniale psycholoog te worden omdat ik zo slecht was in voetbal dat niemand mij in zijn team wilde hebben. Harry was nog maar een jongen toen zijn moeder overleed en toen besloot hij moordonderzoeker te worden om degenen te straffen die mensen van het leven beroven.'

De deurpost kraakte.

'Als we het over de duivel hebben...'

'Het spijt me voor de onderbreking,' zei Harry. 'Maar Aurora is weggelopen, Ståle. Ik weet niet wat er misging, maar er was iets aan de hand.'

Het leek of er een lagedrukgebied over Ståle Aunes gezicht trok en kreunend kwam hij overeind van zijn stoel. 'Tja, god mag het weten wat die pubers bezielt. Ik moet haar gaan zoeken. Het was maar kort, Smith. Bel me, dan kunnen we de draad weer oppakken.'

'Nog nieuws?' vroeg Harry toen Aune weg was.

'Ja en nee. Het gerechtelijk laboratorium bevestigt met honderd procent zekerheid dat het DNA op de handboeien van Gjertsen stamt. Slechts één psycholoog en twee seksuologen hebben contact opgenomen na Smiths verzoek hun cliëntendossiers door te nemen, maar de namen die zij hadden zijn al gecheckt. En we hebben zoals verwacht honderden tips gekregen van mensen die rapporteren over hun gestoorde buren, honden met beetsporen van vampieren, weerwolven, onderaardse wezens en trollen. Maar er zitten er ook een paar bij die het waard zijn om na te trekken. Rakel heeft trouwens gebeld en gevraagd of je terug wilde bellen.'

'Ja, ik zie dat ze me geprobeerd heeft te bellen, het bereik in onze bunker is niet best. Is het mogelijk dat daar iets aan wordt gedaan?'

'Ik zal het aan Tord vragen. Mag ik mijn kamer nu weer terug?'

Harry en Smith stonden alleen in de lift.

'Jij vermijdt oogcontact,' zei Smith.

'Dat is de conventie in een lift, is het niet?' zei Harry.

'Ik bedoel in het algemeen.'

'Als het niet zoeken van oogcontact hetzelfde is als het mijden, dan heb je gelijk.'

'En je houdt niet van liften.'

'Hm, is dat zo zichtbaar?'

'Je lichaamstaal liegt niet. En verder vind je dat ik te veel klets.'

'Het is je eerste dag, misschien ben je een beetje nerveus.'

'Nee, zo ben ik meestal.'

'Oké. Ik heb je trouwens nog niet bedankt dat je je hebt bedacht,' zei Harry.

'Geen dank, ik moet me verontschuldigen dat mijn eerste reactie zo egoïstisch was terwijl er mensenlevens op het spel staan.'

'Je hoeft je niet te verontschuldigen, ik begrijp heel goed dat een doktersgraad belangrijk is.'

Smith lachte. 'Ja, jij begrijpt het omdat je een van ons bent.'

'Een van wie?'

'De gestoorde elite. Misschien ken je het Goldman-dilemma uit de jaren tachtig, toen topsporters werd gevraagd of ze bereid waren een drug te nemen die hun een gouden medaille zou opleveren, maar die ook tot hun dood vijf jaar later zou leiden. Meer dan de helft van de sporters zei daarop ja. Terwijl van de mensen die geen topsport bedreven er maar twee op de tweehonderdvijftig een bevestigend antwoord gaven. En ik weet dat dat voor de meeste mensen bizar klinkt, maar niet voor jou, Harry. Want jij wilt je leven geven om deze moordenaar te pakken, of niet?'

Harry keek de psycholoog lang aan. Hij hoorde de echo van Ståles woorden: 'Omdat jij dat met die apenval begrijpt, jij hebt immers ook niet het talent om los te laten.'

'Vraag je je nog iets anders af, Smith?'

'Ja. Is ze dikker geworden?'

'Wie?'

'De dochter van Aune.'

'Aurora?' Harry trok een wenkbrauw op. 'Tja, vroeger was ze dunner.'

Smith knikte. 'Ik besef dat je grote moeite zult hebben met de volgende vraag.'

'Laat maar horen.'

'Denk je dat Aune een incestueuze relatie heeft met zijn dochter?'

Harry staarde Smith aan. Hij had Smith gekozen omdat hij mensen wilde hebben die in staat waren *out of the box* te denken en zolang Smith daaraan voldeed was Harry bereid het meeste te accepteren. Het mééste.

Smith stak zijn handen omhoog. 'Ik kan zien dat je kwaad wordt, Harry, maar ik vraag het je alleen omdat ze alle klassieke verschijnselen vertoont.'

'Oké,' zei Harry zacht. 'Je krijgt twintig seconden om je nader te verklaren. Gebruik die.'

'Ik zeg alleen dat...'

'Nog achttien.'

'Oké, oké, zelfbeschadiging. Ze droeg een T-shirt met lange mouwen die de wonden op haar onderarmen verborgen, maar ze krabde zich wel de hele tijd. Hygiëne. Als je dicht bij haar staat kun je ruiken dat het met haar persoonlijke hygiëne niet best gesteld is. Eten. Volproppen met eten of uithongeren is typerend voor slachtoffers van verkrachting. Mentale toestand. Ze maakte een depressieve indruk, misschien is ze bang. Ik weet dat kleding en make-up op zich misleidend kunnen zijn, maar lichaamstaal en gezichtsuitdrukking liegen niet. Intimiteit. Ik zag aan jouw lichaamstaal in de Vuurkamer dat je openstond voor een omhelzing. Maar zij deed of ze dat niet zag, daarom had ze haar haren voor haar gezicht hangen toen ze binnenkwam. Jullie kennen elkaar goed, hebben elkaar eerder omhelsd dus ze voorzag deze situatie. Slachtoffers van verkrachting mijden intimiteit en lichaamscontact. Is mijn tijd al om?'

De lift stopte met een ruk.

Harry deed een stap naar voren waardoor hij boven Smith uittorende en hij drukte op de knop die de liftdeuren gesloten hield. 'Laten we er even van uitgaan dat je gelijk hebt, Smith.' Harry was gaan fluisteren. 'Wat heeft dat verdomme met Ståle te maken? Afgezien van het feit dat hij ervoor heeft gezorgd dat je van de opleiding tot psycholoog bent getrapt en hij jou de bijnaam de Aap heeft gegeven?'

Harry zag de tranen in Smiths ogen schieten alsof hij een klap in zijn gezicht had gekregen. Smith knipperde en slikte. 'Verdomme, daar heb je zeker gelijk in, Harry. Ik zie alleen wat ik wil zien omdat ik diep vanbinnen nog steeds kwaad ben. Het was een ingeving en daar ben ik zoals gezegd tamelijk slecht in.'

Harry knikte langzaam. 'En daarvan ben je je bewust dus dit was niet het eerste wat er in je opkwam. Wat zag je?'

Hallstein Smith richtte zich op. 'Ik zag een vader die hand in hand liep met zijn dochter van... Hoe oud is ze? Vijftien, zestien jaar? En mijn eerste gedachte was dat het zo lief is dat ze dat nog steeds doen en ik hoop dat mijn dochters en ik dat ook nog doen als ze tieners zijn.'

'Maar?'

'Maar het is ook mogelijk om het anders te zien, dat het gaat om een vader die macht en controle uitoefent door haar vast te houden. Op haar plaats te houden.'

'En waardoor dacht je dat?'

'Omdat ze bij de eerste de beste gelegenheid vlucht. Ik heb aan zaken gewerkt waarbij sprake was van verdenking van incest en weglopen is nu juist een van de dingen die we vaak zien. De symptomen die ik noem kunnen op andere dingen duiden, maar het zou een professionele zonde zijn als ik mijn gedachten niet ventileer, vind je ook niet? Ik begrijp dat jij en het gezin bevriend zijn, maar het is ook om die reden dat ik je deelgenoot maak. Jij bent degene die met haar kan praten.'

Harry liet de knop los, de deuren gleden open en Hallstein Smith stapte uit de lift.

Harry bleef staan tot de deuren weer dichtgleden, hij stak een voet tussen de deuren en liep vervolgens achter Smith aan naar de trap naar de kelder toen zijn mobiel in zijn zak trilde.

Hij nam op.

'Hoi, Harry.' Het was Isabelle Skøyens masculiene maar koerende, plagerige stem, daar bestond geen twijfel over. 'Je bent weer terug op het paard, hoor ik.'

'Dat weet ik niet precies.'

'We hebben immers een poosje samen gereden, Harry. Dat was fijn. En het kan nog fijner worden.'

'Volgens mij stelde het niet veel voor.'

'Hoe dan ook, er is veel water onder de brug door gestroomd, Harry. Ik bel je om je om een gunst te vragen. Ons adviesbureau werkt af en toe voor Mikael en misschien heb je gezien dat *Dagbladet* zojuist een artikel op internet heeft gezet dat Mikael tamelijk hard treft.'

'Nee.'

'Ze schrijven, ik citeer: "De stad moet er nu voor boeten dat de politie van Oslo onder leiding van Mikael Bellman niet in staat is gebleken om een man als Valentin Gjertsen te pakken. Het is een schandaal en een faillietverklaring dat Gjertsen nu al ruim drie jaar kat-en-muis met de politie speelt. En nu lijkt hij geen zin meer te hebben de muis te zijn en zet hij het spel als kat voort." Wat vind jij daarvan?'

'Kon beter geschreven worden.'

'Wat we vragen is dat iemand verklaart hoe onterecht deze kritiek op Mikael is, iemand die de mensen eraan herinnert dat het percentage opgeloste zaken onder Bellman is gestegen, iemand die zelf meerdere moordonderzoeken heeft gedaan en van wie iedereen weet dat hij integer is. Bovendien ben je nu docent op de politieacademie en kun je er niet van beticht worden voor eigen parochie te prediken. Jij bent hiervoor de perfecte persoon, Harry. Wat zeg je ervan?'

'Natuurlijk wil ik jou en Bellman helpen.'

'Wil je dat? Geweldig!'

'Op de manier die ik het best kan, door Valentin Gjertsen te pakken. Iets waar ik het nu erg druk mee heb, dus als je me wilt excuseren, Skøyen.'

'Ik weet dat jullie hard werken, Harry, maar dit is ook belangrijk.'

'En waarom is het zo belangrijk dat juist nu het image van Bellman wordt opgepoetst? Laat ik ons tijd besparen. Ik zal nóóit voor een microfoon iets zeggen wat een pr-medewerker me heeft gedicteerd. Als we nu de verbinding verbreken dan kunnen we zeggen dat we een beschaafd gesprek hebben gehad dat niet geëindigd is met dat ik je vraag naar de hel te lopen.'

Isabelle Skøyen lachte luid. 'Je bent nog steeds dezelfde, Harry. Nog steeds verloofd met die mooie, zwartharige juriste?'

'Nee.'

'Niet? Misschien moeten we vanavond eens wat gaan drinken?'

'Rakel en ik zijn niet verloofd, we zijn getrouwd.'

'Aha, kijk eens aan. Maar is dat een probleem?'

'Voor mij wel. Misschien is het voor jou een uitdaging?'

'Getrouwde mannen zijn de beste, ze geven nooit problemen.'

'Zoals Bellman?'

'Mikael is een schatje en hij heeft de beste kuslippen van de stad. Maar nu wordt dit gesprek saai, Harry, dus ik beëindig het. Je hebt mijn nummer.'

'Nee, dat heb ik niet. De groeten.'

'Oké, als jij de loftrompet niet wilt steken over Mikael, mag ik hem dan tenminste de groeten doen en zeggen dat je je erop verheugt die zielige pervert in de handboeien te slaan?'

'Zeg wat je wilt. Een goede dag gewenst.'

De verbinding werd verbroken. Rakel. Hij was vergeten dat ze had gebeld. Hij zocht haar nummer terwijl hij voor de grap bij zichzelf onderzocht of Isabelle Skøyens invitatie iets bij hem had losgemaakt of hij er een beetje geil van was geworden. Nee, nou ja, een beetje. Betekende dat iets? Nee. Het betekende zo weinig dat hij niet eens zin had om zich af te vragen of hij een hufter was. Niet dat dat betekende dat hij géén hufter was, maar dit, deze kleine prikkeling, deze onvrijwillige, half gedroomde flard van een scène – die lange benen en haar brede heupen – die er nu was en ook weer even snel verdween, waren niet voldoende om een oordeel te vellen. Nee, verdomme. Hij had haar afgewezen. Hoewel hij wist dat juist die afwijzing Isabelle Skøyen zou aanzetten om weer contact met hem te zoeken.

'Dit is het toestel van Rakel Fauke, u spreekt met dokter Steffens.'

Harry voelde lichte steken op zijn hoofdhuid. 'Met Harry Hole, is Rakel daar?'

'Nee, Harry, ze is er niet.'

Harry voelde hoe zijn keel dichtsnoerde. De paniek kwam aangeslopen. Het ijs kraakte. Hij concentreerde zich op zijn ademhaling.

In de lange stilte die volgde, en hij realiseerde zich dat die met een reden viel, dacht Harry van alles. En van alle conclusies die zijn hersenen trokken was er één waarvan hij wist dat hij die nooit zou vergeten. Dat het hier stopte, dat hij niet langer het enige wat hij wilde hebben, zou krijgen: namelijk dat vandaag een kopie zou zijn van wat hij gisteren had gehad.

'Ze ligt in coma.'

In verwarring of uit pure, echte wanhoop probeerden zijn hersenen hem te vertellen dat coma een land of een stad was.

'Maar ze heeft me minder dan een uur geleden nog geprobeerd te bellen.'

'Ja,' zei Steffens. 'En je nam niet op.'

HOOFDSTUK 18

MAANDAG OVERDAG

Zinloos. Harry zat op een harde stoel en probeerde zich te concentreren op wat de bebrilde man in een witte jas achter het bureau zei. Maar de woorden hadden net zo weinig zin als het gefluit van de vogels dat door het openstaande raam naar binnen kwam. Zinloos als de blauwe hemel en het feit dat de zon besloten had vandaag helderder te schijnen dan de afgelopen weken. Zinloos als de platen aan de muur waarop mensen stonden getekend met hun bloedsomloop in signaalrood en hun organen in grijs. Daarnaast hing een kruis met een bebloede Christus.

Rakel.

Zij was de enige die zijn leven zin gaf.

Geen wetenschap, geen religie, geen rechtvaardigheid, geen betere wereld, geen genot, geen roes, geen afwezigheid van pijn en niet eens geluk. Alleen maar deze vijf letters. R-a-k-e-l. Het was niet zo dat als zij er niet was geweest, dat er dan wel een ander was geweest. Als zij er niet was geweest, dan was er niemand geweest.

En 'niemand' was beter geweest dan dit.

Ze kunnen iemand die er niet is niet van je afnemen.

Dus uiteindelijk onderbrak Harry de woordenstroom.

'Wat betekent het?'

'Dat betekent,' zei chef-arts John D. Steffens, 'dat we het niet weten. We weten dat de nieren niet werken zoals zou moeten. En dat kan verscheidene oorzaken hebben, maar we hebben reeds de meest voor de hand liggende oorzaken uitgesloten.'

'Maar wat denken jullie?'

'Een syndroom,' zei Steffens. 'Het probleem is dat er daar duizenden van zijn, het ene nog obscuurder en zeldzamer dan het andere.'

'En dat betekent?'

'Dat we gewoon moeten doorgaan met zoeken. Ondertussen hebben we haar, zoals ik zei, in coma gebracht omdat ze problemen kreeg met ademhalen.'

'Hoelang...'

'Zolang als nodig is. We moeten er niet alleen zien achter te komen wat er met je vrouw aan de hand is, we moeten het ook behandelen. Pas als we ervan overtuigd zijn dat ze uit zichzelf kan ademhalen halen we haar uit haar coma.'

'Kan ze... kan ze...'

'Ja?'

'Kan ze overlijden terwijl ze in coma ligt?'

'Dat weten we niet.'

'Jawel, dat weten jullie wel.'

Steffens zette zijn vingertoppen tegen elkaar. Hij wachtte alsof hij het gesprek in een lager tempo dwong.

'Ze kan overlijden,' zei hij uiteindelijk. 'We kunnen allemaal overlijden, op elk moment kan het hart stoppen met kloppen, maar dit is natuurlijk een kwestie van hoe groot die kans is.'

Harry wist dat de woede die hij voelde opkomen eigenlijk niet ging om de arts en de gemeenplaatsen die hij opsomde. Hij had in moordzaken voldoende met naaste familieleden gesproken om te weten dat de frustratie op zoek ging naar een doel en dat het gegeven dat dat er niet was hem alleen nog maar woedender maakte. Hij haalde diep adem. 'En over welke kans hebben we het hier?'

Steffens spreidde zijn armen. 'Zoals ik zei weten we niet wat het uitvallen van de nierfunctie veroorzaakt.'

'Jullie weten het niet en daarom hebben jullie het over de kans,' zei Harry. Hij zweeg en slikte. Hij ging zachter praten. 'Dus vertel me wat je denkt over dit uitvallen afgaande op het weinige dat je wel weet.'

'Het uitvallen van de nieren is niet de oorzaak op zich, maar het is een symptoom. Het kan een bloederziekte zijn of een vergiftiging. Het is nu hoogseizoen wat betreft paddenstoelenvergiftiging, maar je vrouw zei dat jullie die de laatste tijd niet hebben gegeten. En dat jullie hetzelfde hebben gegeten. Voel je je op het moment niet goed, Harry?'

'Nee.'

'Je... oké, ik begrijp het. Waar we nu mee te maken hebben, de syndromen, is een ernstige kwestie.'

'Boven of onder de vijftig procent, Steffens?'

'Ik kan niet...'

'Steffens,' onderbrak Harry hem. 'Ik weet dat we nu aan het gokken zijn, maar ik smeek je, alsjeblieft.'

De arts keek lang en onderzoekend naar Harry voor hij een besluit leek te nemen.

'Zoals het er nu naar uitziet en gebaseerd op de waarden van de tests, denk ik dat de kans dat we haar kwijtraken iets hoger dan vijftig procent is. Niet veel boven de vijftig procent, een beetje dus. De reden dat ik de naaste familie niet graag dergelijke percentages geef is dat ze er meestal te veel conclusies aan verbinden. Als een patiënt sterft tijdens een operatie waarvan we het risico op vijfentwintig procent hebben geschat dan worden we er vaak van beschuldigd dat we ze verkeerd hebben voorgelicht.'

'Vijfenveertig procent? Vijfenveertig procent dat ze het overleeft?'

'Zo is de situatie nu wel. Haar toestand verslechtert, maar het percentage zal aanzienlijk lager worden als we in de loop van een dag of twee de oorzaak niet kunnen vinden.'

'Bedankt.' Harry stond op. Hij was duizelig en de gedachte kwam automatisch: hij hoopte dat het helemaal zwart voor zijn ogen zou worden. Een snelle en pijnloze ontsnapping, idioot en banaal en toch net zo zinloos als al het andere.

'Het is trouwens wel prettig te weten hoe makkelijk of moeilijk we jou kunnen bereiken als...'

'Ik zal ervoor zorgen dat ik continu bereikbaar ben,' zei Harry. 'Ik ga weer naar haar toe als er niet meer is wat ik moet weten.'

'Ik loop met je mee, Harry.'

Ze liepen door de gang naar kamer 301. De gang leek zich uit te strekken en te verdwijnen in blinkend licht. Waarschijnlijk viel de lage herfstzon door een raam. Ze passeerden verpleegkundigen in spookwit en patiënten in ochtendjassen die in een levende-dode-tred naar het licht sloften. Gisteren hadden Rakel en hij elkaar nog vastgehouden in het grote bed met die iets te zachte matras en nu was ze hier, beland in een coma, tussen spoken en geesten. Hij moest Oleg bellen. Hij moest bedenken hoe hij dit aan hem ging vertellen. Hij moest een borrel hebben. Harry wist niet waar die gedachte vandaan kwam, maar die was er alsof iemand die luid in zijn oor had geroepen. En de gedachte moest zo snel mogelijk weer worden onderdrukt.

'Waarom was jij de arts van Penelope Rasch?' vroeg hij hardop. 'Zij ligt hier immers niet.'

'Omdat ze een bloedtransfusie nodig had,' zei Steffens. 'En ik ben hematoloog en hoofd van de bank. En ik draai diensten op de Spoedeisende Hulp.'

'Hoofd van de bank?'

Steffens keek naar Harry. En misschien begreep hij dat Harry's hersenen afleiding nodig hadden, een piepkleine pauze vanwaar ze zich nu in bevonden.

'Het lokale filiaal van de bloedbank. Dat wil zeggen, ik zou mezelf eigenlijk badmeester moeten noemen. We hebben namelijk het oude reumabad overgenomen dat in de kelder van dit gebouw zat. Daarom noemen we het nu het Bloedbad. Ga me niet vertellen dat hematologen geen gevoel voor humor hebben.'

'Hm, dat bedoelde je met dat je bloed koopt en verkoopt.'

'Sorry?'

'Je zei dat je daarom in staat was om op basis van de foto's van de plaats delict in te schatten hoeveel bloed Penelope Rasch had verloren.'

'Goed geheugen.'

'Hoe gaat het met haar?'

'O, Penelope Rasch zal fysiek herstellen, maar ze zal wel psychologische hulp nodig hebben na haar ontmoeting met die vampier.'

'Vampirist.'

'Het is een waarschuwing, weet je dat?'

'Pardon?'

‘Jazeker. Hij is voorspeld en beschreven in het Oude Testament.’

‘De vampirist?’

Steffens lachte fijntjes. ‘Spreuken 30:14. “Er zijn mensen met tanden als zwaarden en kaken als messen, die de armen op aarde verscheuren, de verschoppelingen onder de mensen verslinden.” We zijn er.’

Steffens hield de deur open en Harry ging naar binnen. De nacht in. Aan de andere kant van de dichtgetrokken gordijnen scheen de zon, maar hierbinnen was het enige licht een groenige streep die over een zwart scherm sprong en rende. Steeds opnieuw en opnieuw. Harry keek naar haar gezicht. Ze zag er zo vredig uit. En ze zweefde zo ver, heel ver weg van hem in een donker heelal waar hij haar niet kon pakken. Hij ging op een stoel naast haar bed zitten en wachtte tot hij de deur achter zich hoorde dichtvallen. Toen pakte hij haar hand en drukte zijn gezicht tegen de deken.

‘Niet verder weg, lieveling,’ fluisterde hij. ‘Niet verder weg.’

Truls Berntsen had de scheidingswand in de kantoortuin verschoven waardoor het compartiment dat hij met Anders Wyller deelde totaal afgeschermd was van pottenkijkers. Daarom ergerde het hem dat de enige die wel mee kon kijken, Wyller namelijk, zo verrekte nieuwsgierig was, en vooral naar wie hij aan de telefoon had. Maar op dit moment was het nieuwsgierig aagje naar een tatoeage- en piercingshop waarover de tip was binnengekomen dat ze vampierartikelen importeerden, onder andere op een gebit lijkende kleinodiën van metaal met scherpe tanden. En Truls had bedacht dat hij ten volle gebruik wilde maken van Wyllers afwezigheid. Hij had de laatste episode van het tweede seizoen van *The Shield* gedownload en hij had het geluid zo zacht gezet dat alleen hij het kon horen. Daarom was het ook beslist niet fijn dat zijn mobiele telefoon juist nu de begintune liet horen van Britney Spears’ ‘I’m Not a Girl’, die Truls om onduidelijke redenen leuk vond. De volgende tekstregel dat ze nog geen vrouw was, wekten bij hem de vage beelden op van een meisje dat onder de leeftijd zat waarop ze seks had, maar Truls hoopte dat hij niet daarom deze ringtone had gekozen. Of wel? Britney Spears in zo’n schooluniform, was je pervers als je je daarop aftrok? Oké, in dat geval was hij een pervert. Maar wat Truls meer verontrustte was dat er iets bekends was aan het nummer op zijn mobiel. De belastingdienst? De speciale eenheid voor politiezaken? Een oud verdacht contact voor wie hij een lastige kwestie had opgelost? Iemand aan wie hij geld of een gunst schuldig was? Het was in elk geval niet Mona Daa's nummer. Het waarschijnlijkst was echter dat het om iets ging wat werkgerelateerd was. De conclusie was dat het haast geen telefoontje kon zijn waarmee hij iets te winnen had. Hij legde de mobiel in een la en concentreerde zich op Vic Mackey en zijn collega's in het Strike-team. Hij hield van Vic, *The Shield* was gewoonweg de enige politieserie waaruit bleek dat men doorhad hoe politiemensen denken. Toen, volkomen onverwacht, besefte hij waarom het nummer hem bekend was voorgekomen. Hij rukte de la weer open en griste de telefoon eruit. 'Moordonderzoeker Truls Berntsen.'

Het duurde twee seconden voor hij iets aan de andere kant hoorde en hij nam aan dat ze had opgehangen. Maar toen was die stem er, vlak bij zijn oor. Zacht en kietelend.

'Hoi, Truls, met Ulla.'

'Ulla...?'

'Ulla Bellman.'

'O, hoi, Ulla, ben jij het?' Truls hoopte dat het overtuigend klonk. 'Wat kan ik voor je doen?'

Ze lachte zacht. 'Doen, Doen. Ik zag je laatst in het atrium van het hoofdbureau en bedacht dat het lang geleden is dat we samen eens goed hebben gepraat. Je weet wel, zoals we dat vroeger deden.'

We hebben nóóit samen goed gepraat, dacht Truls.

'Kunnen we eens afspreken?'

'Ja, jemig.' Truls probeerde zijn snuivende lach in te houden.

'Mooi, wat denk je ervan morgen af te spreken, dan heeft mama de kinderen. Samen een glaasje drinken en wat eten?'

Truls kon zijn oren amper geloven. Ulla wilde met hem afspreken. Wilde ze hem weer uithoren over Mikael? Nee, ze wist vast dat ze elkaar niet vaak zagen. En bovendien: een glaasje en wat eten? 'Lijkt me gezellig. Is er iets speciaals waarom je dit wilt?'

'Alleen dat het me gezellig lijkt je te spreken, ik heb niet zoveel contact met mensen uit die tijd.'

'Juist, ja,' zei Truls. 'Waar zullen we elkaar treffen?'

Ulla lachte. 'Ik ben al in geen jaren uit geweest. Ik weet niet wat er nog in Manglerud zit. Jij woont daar toch nog steeds?'

'Inderdaad. Eh... Olsen zit er nog.'

'Echt? Ja, natuurlijk, maar dan doen we dat. Om acht uur?'

Truls knikte stom, maar hij kwam weer bij zijn positieven en kon er een 'ja' uit krijgen.

'En Truls?'

'Ja?'

'Zeg niks tegen Mikael over deze afspraak, wil je?'

Truls hoestte. 'Nee?'

'Nee. We zien elkaar dus morgen om acht uur.'

Hij staarde lang naar de telefoon nadat ze had opgehangen. Was dit werkelijk gebeurd of was dit slechts een echo van de dagdromen die hij als zeventienjarige had gehad? Truls voelde een geluk zo intens dat het leek of zijn borst uit elkaar spatte. En toen kwam de paniek. Dit zou slecht aflopen. Ja, dit zou uiteraard op de een of andere manier slecht aflopen.

Het was slecht afgelopen.

Natuurlijk kon het niet zo blijven, het was gewoon een kwestie van tijd geweest voor hij uit het paradijs werd gegooid.

'Een biertje,' zei hij, omhoogkijkend naar het jonge meisje met sproeten dat bij zijn tafel stond.

Ze had geen make-up op, haar haren waren samengebonden in een paardenstaart en de mouwen van haar witte blouse waren opgerold alsof ze iets zwaars ging tillen. Ze schreef de bestelling op een notieblokje en leek meer te verwachten, waaruit Harry opmaakte dat ze nieuw was in Schrøder waar negen van de tien bestellingen daar stopten. Ze zou haar werk in de eerste weken haten. De grove grappen van de mannelijke gasten, de onverholen jaloezie van de aangeschoten vrouwelijke gasten. De schamele fooien, geen muziek waarop ze zich door de ruimte kon bewegen, geen stoere jongens van wie ze blikken kreeg, eerder oude, krakkemikkige dronkenlappen die ze na sluitingstijd naar buiten moest begeleiden. Ze zou zich af gaan vragen of dit de extra inkomsten op haar studiebeurs waardoor ze centraler in de stad kon wonen, wel waard was. Maar Harry wist dat als ze door de eerste maanden heen kwam zonder haar biezen te pakken, dan zou het langzaam gaan veranderen. Ze zou moeten lachen om de onderbroekenlol, ze zou leren ze van repliek te dienen. Als de vrouwen doorkregen dat ze geen bedreiging vormde, zouden ze haar in vertrouwen gaan nemen. En ze zou fooien krijgen. Niet veel, maar het zouden oprechte fooien zijn. Ze zou elke dag complimenten en liefdesverklaringen krijgen. En ze zouden haar een bijnaam geven. Sommige zouden onbehaaglijk treffend zijn, maar het zouden koosnamen zijn die uit een goed hart kwamen en die haar streelden in deze harde wereld. Korte-Kari, Spatbord, Beertje. In dit geval zouden ze wel betrekking hebben op haar rode haar en sproeten. En terwijl mensen in en uit dit collectief gingen, mogelijke vriendjes kwamen en weer vertrokken, zou dit langzaam haar familie worden. Een aardige, gulle, irritante, verdwaalde familie.

Ze keek op. 'Was dat alles?'

'Ja,' zei Harry glimlachend.

Ze haastte zich naar de bar alsof iemand de tijd opnam. En wie weet, deed Nina dat ook wel.

Anders Wyller had hem een sms gestuurd dat hij op hem wachtte in Tattoos & Piercing in de Storgata. Harry was begonnen met een antwoord te typen, dat Anders het zelf maar moest zien te redden, toen er iemand tegenover hem op een stoel plofte.

'Hoi, Nina,' zei hij zonder op te kijken.

'Hoi, Harry. Zware dag?'

'Ja.' Hij typte een ouderwetse smiley met een dubbele punt en een haakje.

'En nu kom je hierheen om die nog zwaarder te maken?'

Harry gaf geen antwoord.

'Weet je wat ik denk, Harry?'

'Wat denk je, Nina?' Zijn vinger zocht naar de verzend-knop.

'Ik geloof niet dat dit een terugval is.'

'Ik heb zojuist bij jouw Sproeten-Sanne een biertje besteld.'

'Die we voorlopig Marte noemen. Dat biertje heb ik afbesteld. Het duiveltje op je rechterschouder wilde misschien drinken, Harry, maar de engel op je linkerschouder stuurde je naar een plek waar geen sterkedrank wordt geschonken, maar waar een Nina zit die zoals je weet jou een koffie geeft in plaats van een biertje en je zegt naar huis te gaan, naar Rakel.'

'Ze is niet thuis, Nina.'

'Aha, daarom dus. Het is Harry Hole weer gelukt de boel te verkloten. Jullie mannen zijn daar zo verdomd goed in.'

'Rakel is ziek en ik heb een biertje nodig voordat ik Oleg bel.' Harry keek naar de telefoon. Hij zocht nog steeds naar de verzend-knop toen hij Nina's mollige hand op de zijne voelde.

'Meestal loopt dat goed af, Harry.'

Hij keek haar aan. 'Nee, dat is niet zo. Of weet jij iets wat ik niet weet?'

Nina glimlachte. 'Een mens lijdt het meest van het lijden dat men vreest, Harry.'

Harry keek nogmaals naar zijn telefoon. Toen toetste hij het nummer van Oleg in en drukte op het hoorntje.

Nina stond op en liep bij hem vandaan.

Oleg nam al na de eerste ringtone op. 'Goed dat je belt! We hebben een colloquium en discussiëren over paragraaf 20 in de politiewet. Moet die niet zo begrepen worden dat iedere politieman de orders van iemand met een hogere rang moet opvolgen, ook als die niet op dezelfde afdeling werkt of zelfs op hetzelfde politiebureau? Paragraaf 20 zegt dat de rang de doorslag geeft als de situatie precair is en een beslissing vereist. Vooruit, zeg dat ik gelijk heb! Ik heb namelijk om een halve liter gewed met twee idioten hier...' Harry hoorde op de achtergrond vrolijk gelach van studievrienden.

Harry sloot zijn ogen. Natuurlijk was er nog hoop: misschien leed hij wel het meest aan dat lijden dat hij vreesde. Misschien was er licht aan de einder.

'Slecht nieuws, Oleg. Mama ligt in het ziekenhuis.'

'Ik neem de vis,' zei Mona tegen de ober. 'Laat de aardappels, de saus en de groente maar zitten.'

'Dus alleen de vis,' zei de ober.

'Precies,' zei Mona en ze gaf hem de menukaart terug. Ze liet haar blik over de lunchgasten gaan in dit pas geopende, maar al populaire restaurant waar ze het laatste tafeltje voor twee hadden gekregen.

'Alleen vis?' zei Nora die een caesarsalade zonder dressing had besteld, maar Mona wist nu al dat haar vriendin overstag zou gaan en een dessert bij de koffie zou bestellen.

'*Define muscles*,' zei Mona.

'*Define*?'

'Zorg dat het onderhuidse vet verdwijnt zodat de spieren beter zichtbaar zijn. Over drie weken is het NK.'

'Bodybuilding? Ga jij daar echt aan deelnemen?'

Mona lachte. 'Met mijn heuppartij, bedoel je? Ik hoop dat mijn benen en bovenlichaam voldoende indruk maken. En mijn instelling, natuurlijk.'

'Je lijkt nerveus.'

'Uiteraard.'

'Het duurt nog drie weken en jij bent nooit nerveus. Wat is er? Heeft het met die moorden te maken? Bedankt voor de tip, trouwens, Smith was goed en Bratt op haar manier ook. Zij zag er in elk geval goed uit. Heb je Isabelle Skøyen gezien, die voormalig wethouder van Sociale Zaken? Ze heeft ons gebeld en gevraagd of we Mikael Bellman als gast voor *Zondagdebat* konden uitnodigen.'

'Zodat hij de kritiek kan tegenspreken op het feit dat Valentin Gjertsen nooit is gepakt? Ja, bedankt, ze heeft ons ook gebeld of we aandacht aan die zaak wilden schenken. Pittige tante, mag ik wel zeggen!'

'Wilden jullie daar niet over schrijven? Mijn god, alles wat te maken heeft met de vampirist krijgt nu veel aandacht.'

'Ik wilde er niet over schrijven. Maar mijn collega's zijn niet zo kieskeurig.' Mona drukte op haar iPad, ging naar de VG-website en gaf de iPad aan Nora die hardop voorlas: 'Voormalig wethouder van Sociale Zaken Isabelle Skøyen wijst de kritiek op de politie van Oslo van de hand en zegt dat de hoofdcommissaris alles onder controle

heeft: "Mikael Bellman en zijn mensen hebben de identiteit van de vampirist ontmaskerd en nu worden alle middelen ingezet om hem te vinden. De hoofdcommissaris heeft de niet onbekende moordonderzoeker Harry Hole bij de zaak betrokken en hij heeft verklaard dat hij meer dan bereid is zijn voormalige hoofdcommissaris te helpen en dat hij er zich op verheugt die zielige pervert in de boeien te slaan."'
Nora gaf de iPad terug. 'Helemaal harry, met een kleine h. Wat vind jij trouwens van Hole? Zou jij hem uit je bed schoppen?'

'Absoluut, jij niet?'

'Ik weet het niet.' Nora staarde voor zich uit. 'Niet schoppen. Misschien een beetje duwen. Meer: ga-ga-nu-alsjeblieft-en-raak-me-daar-en-daar-niet-aan-en-zeker-niet-daar.' Nora grinnikte.

'Jezus,' zei Mona hoofdschuddend. 'Mensen zoals jij drijven de statistieken van verkeerd-begrepen-verkrachtingen op.'

'Verkeerd-begrepen-verkrachtingen? Is dat een term? En wat wil je daarmee zeggen?'

'*You tell me.* Niemand heeft mij ooit verkeerd begrepen.'

'Wat me eraan doet denken dat ik eindelijk snap waarom jij Old Spice gebruikt.'

'Nee, dat doe je niet,' zei Mona opgelaten.

'Jawel! Bescherming tegen verkrachting. Of niet? Aftershave ruikt naar testosteron. Het verjaagt belagers net zo effectief als pepperspray. Maar heb je je wel gerealiseerd dat het ook andere mannen verjaagt, Mona?'

'Ik geef het op,' zei Mona kreunend.

'Ja, geef het op! Vertel!'

'Het is vanwege mijn vader.'

'Hè?'

'Hij gebruikte Old Spice.'

'Natuurlijk! Jullie waren zo *close*. Je mist hem, arme...'

'Ik gebruik het als een constante herinnering aan het belangrijkste dat hij me heeft geleerd.'

Nora knipperde met haar ogen. 'Dat je je moet scheren?'

Mona lachte even en greep haar glas. 'Dat je altijd moet doorzetten. Altijd.'

Nora hield haar hoofd schuin en keek haar vriendin ernstig aan. 'Je bént nerveus, Mona. Wat is er? En waarom wilde je dat Skøyen-artikel niet doen? Die vampiristzaak is toch van jou?'

'Omdat ik *bigger fish to fry* heb.' Mona haalde haar handen van tafel toen de ober weer opdook.

'Dat mag ik echt hopen,' zei Nora en ze keek naar de schamele filet die de ober voor haar vriendin neerzette.

Mona prikte erin met haar vork. 'En ik ben nerveus omdat ik waarschijnlijk in de gaten word gehouden.'

'Wat zeg je me nou?'

'Ja, wat zeg ik nou? Dat kan ik je dus niet vertellen, Nora. Noch iemand anders. Omdat dat de afspraak is en het is mogelijk dat we nu worden afgeluisterd.'

'Afgeluisterd? Je maakt een grapje! En ik zei nog wel dat Hole...' Nora sloeg haar hand voor haar mond.

Mona lachte. 'Dat zal niet tegen je worden gebruikt. De kwestie is dat ik iets ga doen wat wel dé scoop in de misdaadjournalistiek kan worden. En dan bedoel ik ooit in de geschiedenis van de journalistiek.'

'Vertel!'

Mona schudde beslist haar hoofd. 'Wat ik wel kán vertellen is dat ik een pistool heb.' Ze klapte op haar handtas.

'Je maakt me bang, Mona! En wat nu als ze horen dat je een pistool hebt?'

'Ik wil dat ze dat horen. Dan begrijpen ze dat ze geen gekke dingen moeten doen.'

Nora kreunde wanhopig. 'Maar waarom doe je het in je eentje als het gevaarlijk is?'

'Omdat ik dan geschiedenis kan schrijven, lieve Nora.' Mona grijnsde breed en tilde haar glas water op. 'Als het gaat zoals het moet gaan dan trakteer ik je op de volgende lunch. En NK of niet, dan drinken we champagne.'

'Ja!'

‘Het spijt me dat ik zo laat ben,’ zei Harry en hij deed de deur van Tattoos & Piercing achter zich dicht.

‘We bekijken het aanbod,’ zei Anders Wyller lachend. Hij stond samen met een man met O-benen, een VIF-pet op en gekleed in een zwart Hüsker Dü-T-shirt achter een tafel in een catalogus te bladeren. De baard van de man was zo lang dat Harry er vrij zeker van was dat hij hem al had laten staan lang voordat de hipsters besloten zich niet meer te scheren.

‘Laat ik jullie niet storen,’ zei Harry en hij bleef bij de deur staan.

‘Zoals ik al zei,’ zei de baard, wijzend naar de catalogus. ‘Deze hier is alleen voor de sier en kun je niet in je mond doen. De tanden zijn ook niet spits, afgezien van de hoektanden dan.’

‘Hoe zit het met die daar?’

Harry keek rond. Er was verder niemand in de winkel en daar zou ook nauwelijks plaats voor zijn. Elke vierkante meter, om niet te zeggen kubieke centimeter, werd benut. Een tatoeagebank in het midden, T-shirts die aan het plafond hingen, vitrines met piercings en stellages met grotere versierselen, schedels en tekenfilmfiguren in gedeukt metaal en de muren behangen met tekeningen en foto’s van tatoeages. Op een van de foto’s herkende hij een Russische gevangenistatoeage, een Makarov-pistool waarvan de ingewijden wisten dat het symbool stond voor het doden van een politieman. En de onscherpe lijnen konden betekenen dat de tatoeage op de onconventionele manier was gezet, met een gitaarsnaar bevestigd aan een scheerapparaat en inkt van gesmolten schoenzolen en urine.

‘Zijn dit allemaal jouw tatoeages?’ riep Harry.

‘Nee, ze zijn niet van mij,’ antwoordde de man. ‘Ze komen overal vandaan. Cool, niet?’

‘We zijn bijna klaar,’ zei Anders.

‘Neem de tijd die jullie...’ Harry stopte abrupt.

‘Het spijt me dat ik jullie niet kan helpen,’ zei de baard tegen Wyller. ‘Wat je beschrijft zullen jullie misschien eerder vinden in een shop voor seksfetisjisme.’

‘Bedankt, maar dat hebben we al gecheckt.’

‘Juist, ja. Zeg me maar als er nog iets is...’

'Dat is er.'

De twee mannen draaiden zich om naar de lange politieman die zijn wijsvinger gericht had op een tekening hoog aan de muur. 'Waar heb je die vandaan?'

Ze kwamen naar hem toe gelopen.

'Ila-gevangenis,' zei de baard. 'Dat is een van de tekeningen van Rico Herrem, hij was tatoeëerder in de gevangenis. Hij is gestorven in Pattaya, Thailand, kort nadat hij bijna vier jaar geleden werd vrijgelaten. Miltvuur.'

'Heb je ooit op iemand dat motief aangebracht?' vroeg Harry en hij voelde hoe de schreeuwende mond in het demongezicht zijn aandacht vasthield.

'Nooit, er heeft ook nooit iemand naar gevraagd en het is niet echt iets waarmee je wilt rondlopen.'

'Niemand?'

'Niet dat ik heb gezien. Maar nu je het zegt, er heeft hier iemand een poosje gewerkt die me vertelde dat hij de tatoeage had gezien. *Cin* noemde hij het. Ik herinner het me omdat het naast *seytan* het enige woord is dat ik ken in het Turks. *Cin* betekent demon.'

'Zei hij waar hij die tatoeage had gezien?'

'Nee, en hij is teruggekeerd naar Turkije. Maar als het belangrijk is dan heb ik zijn telefoonnummer nog.'

Harry en Wyller wachtten tot de man met een handgeschreven briefje terugkwam uit het achterkamertje.

'Ik waarschuw jullie alvast: hij spreekt nauwelijks Engels.'

'Hoe...'

'Gebarentaal, met mijn knäckebrød-Turks en zijn kebab-Noors, dat hij vast alweer vergeten is. Ik raad jullie een tolk aan.'

'Nogmaals dank,' zei Harry. 'En ik ben bang dat we die tekening mee moeten nemen.' Hij draaide zich om op zoek naar een stoel om erbij te kunnen, maar hij zag dat Wyller al een stoel voor hem had gepakt.

Harry keek een ogenblik naar zijn jonge, glimlachende collega voor hij op de stoel stapte.

'Wat doen we nu?' vroeg Wyller toen ze weer op de Storgate stonden en de tram voorbij rammelde.

Harry stak de tekening in de binnenzak van zijn jas en keek omhoog naar het Blauwe Kruis-embleem op de gevel tegenover hen.

'Nu gaan we naar een bar.'

Hij liep door de ziekenhuisgang. Het boeket bloemen hield hij voor zich zodat een deel van zijn gezicht verborgen bleef. Niemand, noch de bezoekers, noch de mensen in het wit, keurden hem een blik waardig. Rustige hartslag. Hij had een rustige hartslag. Op zijn dertiende was hij van het keukentrapje gevallen toen hij over de schutting naar de buurvrouw gluurde. Hij was met zijn hoofd op het betonnen terras terechtgekomen en had het bewustzijn verloren. Op het moment dat hij weer bijkwam had zijn moeder met haar oor op zijn borst gelegen en hij had haar parfum geroken, de geur van lavendel. Ze had gezegd dat ze dacht dat hij dood was omdat ze zijn hart niet meer hoorde en evenmin zijn pols kon vinden. Het was moeilijk uit te maken of het opluchting of teleurstelling was wat hij in haar stem hoorde. In elk geval had ze hem meegenomen naar een jonge arts die pas na veel pogingen zijn hartslag had kunnen voelen en had gezegd dat die onwaarschijnlijk langzaam klopte. Bij een hersenschudding is er vaak sprake van een verhoogde pols. Hij werd toch opgenomen en een week lang had hij in een wit bed gelegen en schitterende, witte dromen gehad. Het leken overbelichte beelden, zoals in een film de overgang van leven naar dood wordt verbeeld.

Engelachtig wit. Niets in een ziekenhuis bereidt je voor op al het zwart dat je buiten te wachten staat. En dat zwart wachtte haar nu. De vrouw van wie hij zojuist het kamernummer had gekregen.

Het zwart dat de politieman met de blik te wachten stond als hij te weten kwam wat er was gebeurd. Het zwart dat op ons allemaal wachtte.

Harry keek naar de flessen op de spiegelplank. Hoe de gouden inhoud warm fonkelde in het reflecterende licht. Rakel sliep. Ze sliep nu. Vijfenveertig procent. De kans om het te overleven en het alcoholpercentage waren bijna gelijk. Slapen. Hij kon daar samen met haar zijn. Hij verplaatste zijn blik naar de mond van Mehmet, zijn lippen vormden onbegrijpelijke woorden. Harry had ergens gelezen dat de Turkse grammatica tot de top drie van lastigste ter wereld behoorde. De telefoon die hij in zijn hand hield was van Harry.

'*Sa olun*,' zei Mehmet en hij gaf Harry zijn telefoon terug. 'Hij zegt dat hij het *cin*-gezicht op de borst van een man in een Turks badhuis in Sagene heeft gezien. Het badhuis heet Cagaloglu hamam. Hij zei dat hij hem er een paar keer had gezien, de laatste keer waarschijnlijk minder dan een jaar geleden, vlak voordat hij terugkeerde naar Turkije. De man had de gewoonte in een badjas te lopen, ook rond de baden. De enige keer dat hij hem zonder die badjas had gezien, was in de *hararet*.'

'Hara-wat?'

'De hete ruimte. De deur was opengegaan, de damp was een paar seconden verdreven en toen had hij een glimp opgevangen. Hij zei dat je zo'n tatoeage nooit meer vergeet, dat het was of *seytan* zelf zich probeerde los te rukken.'

'Hm, en heb je hem gevraagd naar speciale kenmerken?'

'Ja. De littekens onder zijn kin waarover jij het had, of iets anders, zijn hem niet opgevallen.'

Harry knikte nadenkend terwijl Mehmet koffie voor hen ging inschenken.

'Het badhuis bewaken?' vroeg Wyller die op de barkruk naast Harry zat.

Harry schudde zijn hoofd. 'We weten niet of en wanneer hij opduikt en als hij dat al doet dan weten we ook niet hoe Valentin er tegenwoordig uitziet. En hij is slim genoeg om de tatoeage bedekt te houden.'

Mehmet kwam terug en zette de kopjes op de bar voor hen.

'Bedankt voor je hulp, Mehmet,' zei Harry. 'Het had ons zeker een dag gekost om een beëdigde tolk te pakken te krijgen.'

Mehmet haalde zijn schouders op. 'Ik heb het gevoel dat ik moest helpen. Elise was hier immers kort voordat ze werd vermoord.'

'Hm.' Harry staarde naar zijn koffiekopje. 'Anders?'

'Ja?' Anders Wyller klonk vrolijk en misschien was dat omdat hij Harry voor het eerst zijn voornaam hoorde gebruiken.

'Kun jij de auto ophalen en hiernaartoe komen?'

'Ja, maar de auto staat toch gewoon...'

'Dan zie ik je zo.'

Toen Wyller de deur uit was nam Harry een slok van zijn koffie. 'Het gaat me niet aan, Mehmet, maar zit je in de problemen?'

'In de problemen?'

'Je hebt een blanco strafblad, dat heb ik gecheckt. Maar die vent die hier was en maakte dat hij wegkwam toen hij ons zag, heeft dat niet. En hoewel hij niet groette zijn Danial Banks en ik oude bekenden. Heeft hij je in zijn klauwen?'

'Wat bedoel je?'

'Ik bedoel dat je net een bar bent begonnen en dat je volgens de belastingen nul vermogen hebt. Banks is gespecialiseerd in het lenen van geld aan mensen zoals jij.'

'Zóals ik?'

'Mensen die de bank geen lening willen geven. Wat hij doet is illegaal, weet je dat? Woekerrente rekenen is strafbaar. Je kunt hem aangeven, dan kom je van hem af. Laat mij je helpen.'

Mehmet keek naar de politieman met zijn blauwe ogen. Toen knikte hij. 'Je hebt gelijk, Harry...'

'Mooi.'

'...het gaat je niet aan. Volgens mij staat je collega al op je te wachten.'

Hij deed de deur van de ziekenhuiskamer achter zich dicht. De rolgordijnen waren naar beneden en er viel wat diffuus licht naar binnen. Op het nachtkastje bij het hoofdeinde van het bed legde hij het boeket. Hij keek naar de slapende vrouw. Ze zag er eenzaam uit zoals ze daar lag.

Hij trok de gordijnen rond het bed dicht, ging op de stoel naast het bed zitten, haalde een spuit uit zijn jaszak en trok het dopje van de naald. Hij greep haar arm en keek naar de huid. Echte huid, hij hield van echte huid. Hij kreeg zin om die te kussen, maar hij wist dat hij zich moest beheersen. Het plan. Hij hield zich aan het plan. Toen duwde hij de naald in de arm van de vrouw. Hij voelde hoe die zonder weerstand door de huid gleed.

'Zo,' fluisterde hij zacht. 'Nu pak ik je van hem af. Nu ben je van mij. Alleen van mij.'

Hij duwde op de stempel en zag dat de donkere vloeistof eruit werd geperst en de vrouw injecteerde. Hij vulde haar met zwart. En slaap.

'Het bureau?' vroeg Wyller.

Harry keek op zijn horloge. Twee uur. Hij had over een uur met Oleg afgesproken in het ziekenhuis.

'Ullevål-ziekenhuis.'

'Ben je ziek?'

'Nee.'

Wyller wachtte, maar toen er niet meer kwam, zette hij de auto in de versnelling en trok op.

Harry keek uit het raam terwijl hij zich afvroeg waarom hij tegen niemand iets had gezegd. Hij zou het aan Katrine moeten vertellen, natuurlijk. Alleen al om praktische redenen. Nee, waarom?

'Ik heb gisteren Father John Misty gedownload.'

'Waarom dat?'

'Omdat jij die had aangeraden.'

'Is dat zo? Dan moet het wel goed zijn.'

Er werd niets meer gezegd voor ze stapvoets over de Ullevålsvei reden in de richting van de Sint Olav-domkerk en de Nordahl Bruns gate.

'Stop bij die bushalte daar,' zei Harry. 'Ik zie iemand die ik ken.'

Wyller remde af en sloeg rechts af bij een bushokje waar tieners stonden die kennelijk net uit school kwamen. Katta, ja, daar ging ze naar toe. Ze stond een beetje apart van de lawaaiige groep en haar haren hingen voor haar gezicht. Zonder verder na te denken wat hij zou gaan zeggen, liet Harry het raampje zakken en riep: 'Aurora!'

Er ging een schok door het lichaam van het meisje met de lange benen en als een opgeschrikte antilope maakte ze dat ze wegkwam.

Harry bleef zitten en zag in het zijspiegeltje dat ze de Ullevålsvei af rende in de richting van de domkerk.

'Heb je altijd zo'n effect op jonge meisjes?' vroeg Wyller.

Ze rende tegen de richting van de auto in, dacht Harry. Ze hoefde er kennelijk niet eens over na te denken. Omdat ze er van tevoren al over had nagedacht. Als je weg wilt rennen van iemand in een auto dan moet je tegen de rijrichting in lopen. Maar wat dat betekende, daar had hij geen idee van. Een of andere angst bij tieners, misschien. Of een fase zoals Ståle het had genoemd. Het verkeer kwam weer langzaam op gang.

'Ik wacht in de auto,' zei Anders die voor de ingang van gebouw 3 van het ziekenhuiscomplex was gestopt.

'Het kan even duren,' zei Harry. 'Wil je niet liever in de wachtkamer zitten?'

Anders schudde lachend zijn hoofd. 'Slechte herinneringen aan ziekenhuizen.'

'Ah, je moeder?'

'Hoe wist je dat?'

Harry haalde zijn schouders op. 'Het moest iemand zijn die je erg na stond. Ik heb als jongen ook mijn moeder verloren in een ziekenhuis.'

'Was het bij haar ook de schuld van de arts?'

Harry schudde zijn hoofd. 'Ze kon niet beter worden. Dus ik heb de schuld op me genomen.'

Wyller glimlachte scheef. 'Bij mijn moeder ging het om een zelfverklaarde god in een witte jas. Daarom zet ik daar geen voet binnen.'

Op weg naar binnen viel het Harry op dat er een man met een boeket bloemen voor zijn gezicht liep omdat je verwacht te zien dat bloemen mee het ziekenhuis in worden genomen en niet eruit.

Oleg wachtte op hem in een van de zithoeken. Ze omhelsden elkaar terwijl patiënten en bezoekers doorgingen met hun mompelende gesprekken en het ongeïnteresseerde bladeren in oude tijdschriften. Oleg was maar een paar centimeter kleiner dan Harry. En het gebeurde weleens dat Harry vergat dat de jongen nu uitgegroeid was en dat het eigenlijk tijd werd om zijn gewonnen weddenschap te incasseren.

'Hebben ze al meer gezegd?' zei Oleg. 'Wat het is, en of het gevaarlijk is?'

'Nee,' zei Harry. 'Maar je moet je niet te veel zorgen maken, ze weten wat ze doen. Ze hebben haar dus op een gecontroleerde manier in een coma gebrácht. Oké?'

Oleg opende zijn mond, sloot die weer en knikte. En Harry zag dat Oleg begreep dat hij de waarheid verzweeg. En dat hij dat liet gebeuren.

Er kwam een verpleegkundige naar hen toe om te zeggen dat ze naar binnen konden.

Harry ging eerst.

De rolgordijnen waren naar beneden.

Hij liep naar het bed en keek naar het bleke gezicht. Ze leek erg ver weg te zijn. Veel te ver weg.

'A-ademt ze?'

Het was Oleg. Hij stond vlak achter Harry zoals hij ook deed toen hij klein was en ze langs een van de vele, grote honden van Holmenkollåsen moesten lopen.

'Ja,' zei Harry, knikkend naar de knipperende apparaten.

Ze gingen aan weerszijden van het bed zitten. En, als ze dachten dat de ander het niet zag, keken ze naar de groene, springende lijn op het scherm.

Katrine keek naar het woud van handen.

De persconferentie was nog maar vijftien minuten bezig en de irritatie in de Parolezaal was al voelbaar. Ze vroeg zich af wat de meeste ergernis opwekte. Dat er geen nieuws was over de jacht op Valentin Gjertsen of dat er geen nieuws was over Valentin Gjertsens jacht op nieuwe slachtoffers. Er waren zesenveertig uur verstreken sinds het laatste.

'Ik ben bang dat dit het herhalen van antwoorden op dezelfde vragen wordt,' zei ze. 'Dus tenzij er nieuwe...'

'Wat zeg je, nu blijkt dat jullie niet te maken hebben met twee, maar drie moorden?'

De vraag werd geroepen door een journalist achter uit de zaal.

Katrine zag de onrust zich als een kring in het water over de zaal verspreiden. Ze draaide zich om naar Bjørn Holm die op de eerste rij zat, maar hij haalde slechts zijn schouders op ten antwoord. Ze leunde naar de microfoon en zei: 'Het is mogelijk dat er hier iemand aanwezig is die over informatie beschikt die ik nog niet heb, ik kom er nog op terug.'

Een andere stem: 'Er is een bericht van het ziekenhuis. Penelope Rasch is dood.'

Katrine hoopte dat haar gezicht niet ten volle de verwarring liet zien die ze nu voelde. Penelope Rasch was immers buiten levensgevaar geweest.

'We sluiten nu af, we komen terug als we meer weten.' Katrine verzamelde haar papieren en liep gehaast van het podium naar de zijdeur. 'Zodra we meer weten dan jullie,' mompelde ze binnensmonds vloekend.

Ze stampte door de gang. Wat was er in godsnaam gebeurd? Was er iets fout gegaan tijdens de behandeling? Ze hoopte het. Hoopte dat het een medische oorzaak had, onvoorziene complicaties, een plotselinge verslechtering, of zelfs een blunder van het ziekenhuis. Als het maar niet om het alternatief ging. Dat Valentin zich aan zijn belofte had gehouden en was teruggekomen. Nee, dat was niet aannemelijk, ze hadden Penelope in een geheime kamer gelegd waarvan alleen haar naasten het nummer hadden gekregen.

Bjørn kwam aangerend en ging naast haar lopen. 'Ik heb net met het Ullevål gesproken. Ze zeggen dat het een vergiftiging was die ze niet hadden ontdekt, maar waar ze ook niks tegen hadden kunnen doen.'

'Vergiftiging? Van de beet of is het in het ziekenhuis gebeurd?'

'Dat is onduidelijk, ze zeggen dat ze morgen meer weten.'

Wat een verduivelde chaos. Katrine haatte chaos. En waar was Harry? Verdomme, verdomme.

'Voorzichtig, trap je hakken niet door de vloertegels,' zei Bjørn zacht.

Harry had Oleg verteld dat de artsen het niet wisten. En dat het onzeker was wat er kon gebeuren. Hij had het over praktische zaken gehad die geregeld moesten worden, hoewel dat er niet veel waren. Verder had de stilte als een blok tussen hen gelegen.

Harry keek op de klok. Zeven uur.

'Je moet naar huis,' zei hij. 'Zorg dat je wat eet en slaapt. Morgen moet je weer naar school.'

'Als jij hier maar wel blijft,' zei Oleg. 'We kunnen haar niet alleen laten.'

'Ik blijf hier totdat ik eruit word gegooid en dat zal wel niet al te lang duren.'

'Maar tot die tijd blijf je? Je gaat niet aan het werk?'

'Werk?'

'Ja, je blijft hier zo lang mogelijk en gaat niet aan die... zaak werken?'

'Uiteraard niet.'

'Ik weet hoe je wordt als je aan een moordzaak werkt.'

'Is dat zo?'

'Ik herinner me daar wel iets van en mama heeft het me verteld.'

Harry zuchtte. 'Ik blijf hier nu. Ik beloof het, mijn erewoord. De wereld gaat verder zonder mij, maar...' Hij stopte, maar de rest van de zin bleef in de lucht tussen hen hangen, ...niet zonder haar.

Harry haalde diep adem. 'Hoe voel je je?'

Oleg haalde zijn schouders op. 'Ik ben bang en dat doet pijn.'

'Ik weet het. Ga nu en kom morgen na school weer terug. Ik ben hier vanaf 's ochtends.'

'Harry?'

'Ja?'

'Gaat het morgen beter?'

Harry keek hem aan. De jongen met zijn bruine ogen en zwarte kuif had geen druppel van Harry's bloed in zich, maar toch was het alsof hij in de spiegel keek. 'Wat denk je zelf?'

Oleg schudde zijn hoofd en Harry kon zien dat hij tegen zijn tranen vocht.

'Nou,' zei Harry. 'Ik heb net als jij naast mijn moeder gezeten toen ze ziek was. Uur na uur, dag in dag uit. Ik was nog maar een jongen en het heeft me inwendig opgegeten.'

Oleg veegde met zijn handpalmen zijn ogen droog en haalde zijn neus op. 'Wilde je dat je dat niet had gedaan?'

Harry schudde zijn hoofd. 'Dat is het vreemde. We hebben niet veel met elkaar kunnen praten, daar was ze te zwak voor. Ze lag daar alleen maar met een bleke glimlach en verdween beetje bij beetje als de kleuren op een foto die in de zon ligt. Het is mijn ergste, maar ook mijn beste herinnering uit mijn jeugd. Kun je dat begrijpen?'

Oleg knikte langzaam. 'Ik geloof van wel.'

Ze omhelsden elkaar ten afscheid.

'Papa...' fluisterde Oleg en Harry voelde een warme traan in zijn hals lopen.

Zelf kon hij niet huilen. Wilde hij niet huilen. Vijfenveertig procent, vijfenveertig góede procenten.

'Ik ben hier, mijn jongen,' zei Harry. Zijn stem was vast, zijn hart verdoofd. Hij voelde zich sterk. Hij kon dit.

HOOFDSTUK 19

MAANDAGAVOND

Mona Daa had haar joggingschoenen aangetrokken, maar toch wierpen haar voetstappen een echo op tussen de containers. Ze had haar elektrische autootje bij de poort geparkeerd en was direct doorgelopen naar het donkere, verlaten containergebied dat eigenlijk een kerkhof was van wat ooit een druk havenleven was geweest. De rijen containers waren grafzerken voor de dode en vergeten zendingen voor geadresseerden die failliet waren gegaan of de bestelling niet wilden goedkeuren of van afzenders die er niet meer waren en daarom geen retourzending in ontvangst konden nemen. Dus nu rustten de goederen hier op Ormøya in eeuwige transit, dat in schril contrast stond met de reorganisatie en modernisering van Bjørvika, hier vlakbij. Daar verrees het ene prachtige, peperdure gebouw na het andere met als parel op de kroon het op een ijsberg gelijkende Operahuis, dat symbool stond voor de oliewinsten van de natie. De Taj Mahal van de sociaaldemocratie.

Mona gebruikte haar meegebrachte zaklantaarn om haar weg te vinden. De geverfde getallen en letters op het asfalt wezen de weg. Ze had een zwarte legging en een zwart trainingsjack aangetrokken. In de ene zak had ze pepperspray gedaan en een hangslot, in de andere het pistool. Een 9mm Walther dat ze stiekem had ingepikt uit de nalatenschap van haar vader. Hij had na zijn studie geneeskunde een jaar als hospik in het leger gezeten en had het pistool nooit ingeleverd.

En daaronder, onder haar dunne wollen trui bonkte haar hart harder en harder.

H23 lag tussen twee rijen containers die drie hoog waren opgestapeld.

En er was inderdaad een kooi.

De grootte duidde erop dat er iets enorms in was vervoerd. Een olifant of misschien een giraf of een nijlpaard. De hele korte kant van de kooi kon worden opengemaakt, maar was nu afgesloten met een enorm hangslot dat bruin was van de roest. Maar in de lange zijde was een deurtje dat niet op slot zat en Mona nam aan dat dat gebruikt werd door de mensen die het beest te eten gaven of de kooi schoonmaakten.

De scharnieren knerpten toen ze een van de ijzeren stangen pakte en het deurtje opentrok. Ze keek een laatste keer rond. Waarschijnlijk was hij hier al, verstopt in de schaduwen of achter een van de containers en controleerde hij of ze, zoals was afgesproken, inderdaad alleen was gekomen.

Maar er was geen tijd meer voor twijfel en aarzeling, ze deed hetzelfde als wat ze deed tijdens een wedstrijd gewichtheffen. Ze zei tegen zichzelf dat het besluit was genomen, dat het simpel was, dat de tijd om na te denken achter haar lag en de tijd om te handelen nu was. Ze stapte naar binnen, pakte het meegebrachte hangslot uit haar zak en haakte dat aan de deur en een van de stangen. Ze drukte het op slot en stak de sleutel in haar zak.

De kooi rook naar urine, maar of die van een beest of een mens kwam, wist ze niet. Ze ging midden in de kooi staan.

Hij kon van links en van rechts komen lopen naar de korte kant van de kooi. Ze keek op. Of hij kon op de containers zijn geklauterd en haar van boven aanspreken. Ze zette de opnamefunctie van haar telefoon aan en legde die op de stinkende ijzeren vloer. Toen trok ze de mouw van haar linkerarm op en keek op haar horloge. 19.59 uur. Ze trok de mouw van haar rechterarm op. Haar pols was 128.

'Hoi Katrine, met mij.'

'Goed dat je belt, Harry, ik probeer je al een poos te pakken te krijgen, heb je mijn berichten niet gehad? Waar ben je?'

'Thuis.'

'Penelope Rasch is dood.'

'Complicaties. Ik las het op de website van VG.'

‘En?’
‘Ik heb andere dingen aan mijn hoofd.’
‘O ja? Zoals?’
‘Rakel ligt in het ziekenhuis.’
‘Oei, is het ernstig?’
‘Ja.’
‘Mijn god, Harry, ernstig als in…’
‘We weten het niet. Maar ik kan niet meer aan het onderzoek meedoen. Voorlopig zit ik in het ziekenhuis.’
Stilte.
‘Katrine?’
‘Ja? Ja, uiteraard. Het spijt me, het is allemaal een beetje veel in één keer. Uiteraard heb je mijn medeleven en begrip. Maar, mijn god, Harry, heb je iemand met wie je kunt praten? Wil je dat ik kom…’
‘Bedankt, Katrine, maar jij moet een man vangen. Ik zal mijn team ontbinden, dus je zult het met je eigen groep moeten doen. Maak gebruik van Smith. Hij heeft weliswaar een nog kortere sociale antenne dan ik, maar hij is niet bang en durft *out of the box* te denken. En Anders Wyller is interessant. Geef hem wat meer verantwoordelijkheid en kijk wat eruit komt.’
‘Daar heb ik al aan gedacht. Bel me als er wat is, wanneer dan ook.’
‘Yep.’
Ze verbraken de verbinding en Harry stond op. Hij liep naar het koffiezetapparaat en hoorde zijn voeten over de vloer sloffen. Hij had nooit eerder gesloft. Hij stond met de kan in zijn hand en keek de lege keuken rond. Hij was vergeten waar hij zijn koffiebeker had gelaten. Hij zette de kan weer neer, ging aan de keukentafel zitten en toetste het nummer van Mikael Bellman in. Hij kreeg het antwoordapparaat, dat was best want hij had niet veel te zeggen.
‘Met Hole. Mijn vrouw is ziek en ik stop ermee. Mijn besluit staat vast.’
Hij bleef uit het raam zitten kijken naar de lichten van de stad.
Hij dacht aan de waterbuffel die een ton woog met een leeuw hangend aan zijn strot. De waterbuffel bloedde uit zijn wonden, maar er was nog bloed genoeg en als hij de leeuw maar van zich af kon schud-

den dan kon hij het roofdier doodtrappen onder zijn hoeven en op de hoorns nemen. Maar het had haast, de luchtpijp werd dichtgeklemd en hij had lucht nodig. En er waren andere leeuwen onderweg, de groep had de geur van bloed opgevangen.

Harry keek naar de lichten, maar hij vond dat ze nog nooit zo ver weg waren geweest.

De verlovingsring. Valentin had haar een ring gegeven en hij was teruggekomen. Net als de Verloofde. Verdomme. Hij duwde het weg. Het werd tijd zijn hersenen uit te schakelen. Stoppen, op te bergen en naar huis te gaan. Precies, zo, ja.

Het was 20.14 uur toen Mona een geluid hoorde. Het kwam uit de duisternis die steeds dikker werd terwijl ze in de kooi zat. Ze zag een beweging. Iets was op weg naar de kooi. Ze had een aantal scenario's doorgenomen en zich afgevraagd waar ze het bangst voor was: dat hij zou komen of dat hij niet zou komen. Maar nu twijfelde ze niet meer. Ze voelde haar hart in haar keel en ze klemde haar hand rond het pistool in haar jaszak. Ze had in de kelder van haar ouders proefgeschoten en daarbij van een afstand van zes meter geraakt waarop ze had gemikt. Een donkere regenjas die aan een klerenhanger aan de muur hing.

Het kwam uit het donker in het licht van een felle lamp van een vrachtschip dat een paar honderd meter verderop bij de betonsilo's lag afgemeerd.

Het was een hond.

Hij sjokte naar de kooi en keek naar haar.

Het leek een zwerfhond want hij had geen halsband om en hij was zo mager en schurftig dat ze zich moeilijk kon voorstellen dat hij ergens anders dan hier thuishoorde. Het was zo'n hond waarvan het kleine meisje Mona, met haar kattenallergie, had gehoopt dat hij op een dag met haar mee zou lopen en haar nooit meer zou verlaten.

Mona keek in de heldere ogen van de hond en ze meende te kunnen zien wat hij dacht: een mens in een kooi. En ze hoorde hem lachen in zichzelf.

Nadat hij haar een poos had opgenomen, ging de hond langs de kooi staan, tilde zijn achterpoot op en piste tegen de tralies en op de vloer van de kooi.

Toen sjokte hij weer verder en verdween in het donker.

Zonder zijn oren te hebben gespitst of zijn neus in de lucht te hebben gestoken.

En ineens begreep Mona het.

Er zou niemand komen.

Ze keek op haar hartslagmeter. 119 en lager.

Hij was hier niet. Dus waar was hij wel?

Harry zag iets in het donker.

Op de oprit, buiten het licht dat uit het huis viel en de lampen bij de trap, zag hij vaag de omtrekken van iemand die met de armen langs het lichaam roerloos naar het keukenraam en Harry staarde.

Hij boog zijn hoofd, keek naar zijn koffiebeker en deed alsof hij de gedaante buiten niet had gezien. Zijn dienstpistool lag op de eerste verdieping.

Zou hij dat snel gaan halen?

Aan de andere kant, als het inderdaad de opgejaagde was die de jager naderde dan wilde hij hem niet verjagen.

Harry stond op, rekte zich uit en wist dat hij goed te zien was in de uitstekend verlichte keuken. Hij liep de woonkamer in die ook ramen had die uitkeken op de oprit, hij tilde een boek op voor hij twee snelle stappen in de richting van de voordeur deed. Hij griste de heggenschaar van de vloer die naast de laarzen van Rakel lag, rukte de deur open en rende de trap af.

De gedaante verroerde zich nog steeds niet.

Harry bleef staan.

Hij keek nog eens goed.

'Aurora?'

Harry doorzocht de keukenkast. 'Kardemom, kaneel, kamille. Rakel heeft hier veel theesoorten beginnend met een k, maar ik ben eigenlijk een koffiedrinker dus ik weet niet welke ik moet aanbevelen.'

'Kaneel is goed,' zei Aurora.

'Hier,' zei Harry en hij hield haar het doosje voor.

Ze pakte er een zakje uit en Harry nam haar op terwijl ze het zakje te water liet in de dampende beker.

'Je rende hard weg op het hoofdbureau,' zei hij.

'Ja,' zei ze slechts en ze draaide het theezakje rond een lepeltje.

'En eerder vandaag bij de bushalte.'

Ze gaf geen antwoord, het haar viel voor haar gezicht.

Hij ging zitten, pakte zijn koffie en nam een slok. Hij gaf haar de tijd die ze nodig had, vulde de stilte niet met woorden waarop een antwoord gewenst was of waaruit zou kunnen blijken dat ze tempo moest maken.

'Ik zag niet dat jij het was,' zei ze ten slotte. 'Dat wil zeggen, ik zag het wel, maar toen was ik al bang en het kost mijn hersenen altijd tijd om mijn lichaam te overtuigen dat er niets aan de hand is. En in de tussentijd is mijn lichaam dus al gaan rennen.'

'Hm. Ben je voor iemand bang?'

Ze knikte. 'Het is papa.'

Harry zette zich schrap, hij wilde niet verder, hij wilde daar niet heen. Maar hij moest.

'Wat heeft papa gedaan?'

De tranen sprongen in haar ogen. 'Hij heeft me verkracht en hij zei dat ik het nooit tegen iemand mocht vertellen. Want dan zou hij dood...'

De misselijkheid kwam zo snel dat Harry even naar adem moest happen en het maagzuur brandde in zijn keel toen hij slikte. 'Zei papa dat hij dood zou gaan?'

'Nee!' De plotselinge, boze uitroep van haar wierp een korte, harde echo tegen de muren van de keuken.

'De man die me heeft verkracht zei dat hij papa zou vermoorden als ik het ooit tegen iemand zou zeggen. Hij zei dat hij papa al een keer eerder bijna had vermoord en dat niemand hem de volgende keer zou kunnen stoppen.'

Harry knipperde met zijn ogen. Hij probeerde de ranzige mengeling van opluchting en shock te dempen.

'Je bent verkracht?' vroeg hij en hij had moeite zijn kalmte te bewaren.

Ze knikte, snikte en droogde haar tranen. 'Op de meisjes-wc toen we een handbaltoernooi hadden. Het was op dezelfde dag dat Rakel en jij trouwden. Hij deed het en daarna ging hij weer weg.'

Harry had het gevoel dat hij zich in een vrije val bevond.

'Kan ik dit ergens weggooien?' Ze hield het druipende, bungelende theezakje boven haar kopje.

Harry stak zijn hand uit.

Aurora keek hem onzeker aan voor ze het theezakje losliet. Harry kneep zijn hand dicht, voelde het water op zijn huid branden en tussen zijn vingers lopen. 'Heeft hij je gebeten?'

Ze schudde haar hoofd. 'Hij heeft me zo stevig vastgehouden dat ik blauwe plekken kreeg. Ik heb tegen mama gezegd dat die van het handballen kwamen.'

'Vertel je me nu dat je dit al die tijd geheim hebt gehouden?'

Ze knikte.

Harry voelde dat hij de neiging had op te staan, rond de tafel te lopen en zijn armen om haar heen te slaan. Maar de andere gedachte kwam op tijd: Smith had iets gezegd over nabijheid en intimiteit.

'Maar waarom kom je me dit nu vertellen?'

'Omdat hij andere mensen vermoordt. Ik zag de tekening in de krant. Hij is het, het is die man met de rare ogen. Je moet me helpen, oom Harry. Je moet me helpen op papa te passen.'

Harry knikte terwijl hij met open mond ademde.

Aurora hield haar hoofd schuin en zag er bezorgd uit. 'Oom Harry?'

'Ja?'

'Huil je?'

In zijn mondhoek proefde Harry de zoute smaak van de eerste traan. Verdomme.

'Sorry,' zei hij met schorre stem. 'Hoe is de thee?'

Toen Harry opkeek zag hij haar blik. Die was totaal veranderd. Alsof iemand die had opengemaakt. Alsof ze voor de eerste keer sinds lange tijd weer úit haar mooie ogen keek en niet naar binnen zoals de laatste keren dat hij haar had gezien.

Aurora stond op, stootte tegen haar theekopje, liep rond de tafel en boog zich over Harry heen. Ze sloeg haar armen om hem heen. 'Het komt goed,' zei ze. 'Het komt goed.'

Marte Ruud liep naar de gast die zojuist een leeg Schrøder was binnengestapt.

'Het spijt me, maar een halfuur geleden zijn we gestopt met bier tappen en over tien minuten sluiten we.'

'Geef me een koffie,' zei hij glimlachend. 'Ik zal snel drinken.'

Ze liep terug naar de keuken. De kok was een uur geleden naar huis gegaan en Nina ook. Ze hadden meestal op maandagavonden maar één serveerster en hoewel het rustig was, voelde ze zich een beetje gespannen omdat het haar eerste avond alleen was.

Nina zou kort na sluitingstijd komen om samen de kassa op te maken.

Binnen enkele seconden had ze water gekookt in de waterkoker. Ze goot het in een kop en voegde koffiepoeder toe. Ze liep terug en zette de kop voor de klant neer.

'Mag ik je iets vragen?' zei hij, kijkend naar de dampende kop. 'Aangezien wij hier toch alleen zijn?'

'Ja,' zei Marte, alhoewel ze nee bedoelde. Ze wilde dat hij gewoon zijn koffie opdronk en vertrok, dan kon zij de deur op slot draaien en op Nina wachten. En dan snel naar huis want ze had morgen om kwart over acht college.

'Komt die bekende rechercheur hier niet? Die Harry Hole?'

Marte knikte. Ze had eerlijk gezegd nooit van hem gehoord tot hij hier vandaag opdook, een lange man met een lelijk litteken in zijn gezicht. Nina had haar uitvoerig over Harry Hole verteld.

'Waar zit hij meestal?'

'Ze zeggen daar,' zei Marte, wijzend naar een hoektafel bij het raam. 'Maar hij schijnt hier niet meer zo vaak te zijn als vroeger.'

'Nee, als hij "die zielige pervert" zoals hij hem noemt, in de handboeien moet slaan, dan heeft hij ook geen tijd om hier te zitten. Maar dat is toch nog steeds zijn plek. Als je begrijpt wat ik bedoel?'

Marte knikte hoewel ze er niet zeker van was wat hij bedoelde.

'Hoe heet je?'

Marte aarzelde, ze wist niet of haar de kant die dit gesprek op ging wel aanstond. 'We gaan over zes minuten sluiten, dus als u uw koffie nog wilt opdrinken dan...'

'Weet jij waarom je sproeten hebt, Marte?'

Ze bevroor. Hoe wist hij haar naam?

'Ja, weet je, toen je klein was had je eerst geen sproeten, maar toen werd je op een nacht wakker. Je had een *kabuslar*, een nachtmerrie. Je was nog steeds bang dus je rende naar de slaapkamer van je moeder zodat zij je kon vertellen dat er geen spoken en geesten bestaan. Maar in haar kamer zat een blauwzwarte man ineengedoken op de borst van je moeder. Hij had lange spitse oren en uit zijn mondhoeken liep bloed. En terwijl jij daar als aan de grond genageld bleef staan, blies hij zijn wangen op en voordat jij kon maken dat je wegkwam blies hij al het bloed dat hij in zijn mond had in een fontein van fijne druppeltjes in jouw gezicht en op jouw borst. En dat bloed, Marte, dat ging nooit meer weg, hoe je je ook waste en schrobde.' De man blies in zijn koffie. 'Dus dat is hoe jij sproeten kreeg, maar niet waaróm. En dat antwoord is even simpel als onbevredigend, Marte. Omdat je op het verkeerde tijdstip op de verkeerde plek was. De wereld is nu eenmaal niet rechtvaardig.' Hij bracht de kop naar zijn lippen, sperde zijn mond wijd open en gooide de nog dampende, zwarte vloeistof in zijn mond. Ze hapte naar adem, van ontzetting, door angst voor wat er stond te gebeuren en waarvan ze nog niet wist wat het was. Ze zag de fontein uit zijn mond niet aankomen voor de warme koffie haar gezicht raakte.

Verblind draaide ze zich om, gleed uit in de koffie, haar ene knie trof de grond, maar ze kwam snel overeind en stormde naar de uitgang. Ze smeet een stoel achter zich omver om hem te vertragen terwijl ze al knipperend de koffie uit haar ogen probeerde te krijgen. Ze greep de deurklink en trok eraan. Op slot. Hij had de deur op slot gedraaid. Ze hoorde krakende voetstappen achter zich op het moment dat ze met haar duim en wijsvinger de knop van het slot vastgreep, maar verder kwam ze niet voor ze voelde dat hij haar bij haar riem greep en naar achteren trok. Marte viel op handen en knieën. Ze probeerde te schreeuwen, maar het enige wat ze kon uitstoten was zacht gejammer. Voetstappen. Hij was voor haar gaan staan. Ze bewoog zich niet, ze wilde niet opkijken, ze wilde hem niet zien. Ze had nog nooit een nachtmerrie gehad over een blauwzwarte man toen ze klein was, maar wel over een man met een hondenkop. En ze wist dat ze dat zou zien als ze opkeek. Dus ze hield haar blik op de grond gericht en zag de punt van een cowboylaars die de omgevallen stoel opzijschoof.

HOOFDSTUK 20

NACHT NAAR DINSDAG

'Ja?'

'Harry?'

'Ja.'

'Ik wist niet zeker of dit je nummer was. Met Nina, van Schrøder. Ik weet dat het halftwee is en het spijt me dat ik je wakker maak.'

'Ik sliep niet, Nina.'

'Ik heb de politie gebeld, maar zij... ja, ze zijn hier geweest en weer weggegaan.'

'Rustig, Nina. Was is er gebeurd?'

'Het gaat om Marte, dat nieuwe meisje dat je laatst hebt gezien toen je hier was.'

Harry dacht aan de opgerolde mouwen en de ietwat nerveuze serveerster.

'Ja?'

'Ze is verdwenen. Ik kwam hier kort voor middernacht om samen met haar de kassa op te maken, maar er was niemand. En de deur zat niet op slot. Marte is precies, we hadden een afspraak. Ze kan niet weggegaan zijn zonder af te sluiten. Ze neemt haar telefoon niet op en haar vriend zegt dat ze niet is thuisgekomen. De politieagenten hebben de doktersposten en de ziekenhuizen gecheckt, maar niks. En toen zei dat meisje van de politie dat zoiets vaak voorkomt, dat mensen op een vreemde manier verdwijnen en een paar uur later weer opduiken met een goede verklaring. En ze zei dat ik moest bellen als Marte over twaalf uur nog niet is opgedoken.'

'Hm, het klopt wat ze zeggen, Nina, en ze volgen een vaste procedure.'

'Ja, maar... hallo?'
'Ik ben er nog, Nina.'
'Toen ik opruimde en wilde afsluiten zag ik dat iemand iets op een tafellaken had geschreven. Met lippenstift, lijkt het. En het is precies de kleur die Marte gebruikt.'
'Juist, ja. Wat staat er?'
'Niets.'
'Niets?'
'Nee, er lijkt een vinkje gezet te zijn. Zo'n v'tje. Op jouw tafeltje gezet.'

Drie uur 's nachts.
Er borrelde een brul in Harry op, die over zijn lippen golfde en werd weerkaatst door de kale keldermuren. Hij staarde naar de ijzeren stang die naar beneden dreigde te komen om hem te verpletteren terwijl zijn trillende armen hem wanhopig in leven hielden. Toen, met een laatste krachtsinspanning, kreeg hij de kilo's omhooggeduwd en de schijven klapten tegen elkaar toen hij de stang hard op de standaard liet vallen. Hij bleef op de bank liggen happen naar adem.
Hij sloot zijn ogen. Hij had Oleg beloofd bij Rakel te blijven. Maar hij moest weg. Hij moest hem pakken. Voor Marte. Voor Aurora.
Nee.
Het was te laat. Te laat voor Aurora. Te laat voor Marte. Dus hij moest het doen voor degenen die nog geen slachtoffer waren, die nog steeds gered konden worden van Valentin.
Want het was voor hen, of niet?
Harry greep de stang weer vast, voelde het ijzer tegen het eelt drukken.
Iets waarvoor je te gebruiken bent.
Zijn grootvader had dat gezegd, dat het enige wat je nodig hebt in je leven iets is waarvoor je te gebruiken bent. Toen grootmoeder moest bevallen van Harry's vader, had ze zoveel bloed verloren dat de vroedvrouw de dokter erbij had geroepen. Grootvader, die de boodschap had gekregen dat hij niets kon doen om te helpen, had het geschreeuw van grootmoeder niet meer kunnen verdragen en was naar buiten

gegaan. Hij had het paard voor de ploeg gespannen en de akker geploegd. Hij had het paard met zweep en geschreeuw voortgedreven om het geschreeuw uit het huis te overstemmen en zelf had hij tegen de ploeg geduwd toen de trouwe maar oude schimmel het zwaar begon te krijgen. Toen het geschreeuw was verstomd en de dokter naar buiten was gekomen om te zeggen dat moeder en kind het hadden overleefd, was grootvader op zijn knieën gevallen, had hij de aarde gekust en de god bedankt in wie hij niet geloofde.

Dezelfde nacht was de schimmel in zijn stal omgevallen en gestorven.

Rakel lag nu in bed. Zwijgend. En hij moest een besluit nemen.

Iets waarvoor je te gebruiken bent.

Harry tilde de stang op en liet die zakken tot op zijn borst. Hij haalde diep adem. Spande zijn spieren en brulde.

DEEL II

HOOFDSTUK 21

DINSDAGOCHTEND

Het was halfacht. En het miezerde toen Mehmet de straat over wilde steken en een man voor Jealousy zag staan. Hij had zijn handen boven zijn ogen, tegen het raam gezet om beter naar binnen te kunnen kijken. Het eerste wat Mehmet dacht was dat Danial Banks al vroeg op pad was om de nieuwe termijn te innen, maar toen hij dichterbij kwam zag hij dat de man langer was en bovendien blond. En hij bedacht dat het een van de oude gasten was die onder invloed van alcohol hoopte dat de bar nog steeds om zeven uur in de ochtend openging.

Maar toen de man zich omdraaide en aan de sigaret tussen zijn lippen trok, zag hij dat het de politieman was. Harry.

'Goedemorgen,' zei Mehmet en hij pakte zijn sleutels. 'Dorst?'

'Dat ook. Maar ik kom met een aanbod.'

'Wat voor aanbod?'

'Zo eentje dat je kunt afslaan.'

'Dan ben ik geïnteresseerd,' zei Mehmet, hij liet de politieman binnen, liep achter hem aan en draaide de deur weer op slot. Hij deed het licht achter de bar aan.

'Dit is feitelijk een mooie bar,' zei Harry, hij legde zijn ellebogen op de toog en snoof de lucht op.

'Wil je 'm kopen?' zei Mehmet droog en hij goot water in een *cezve*, de speciale Turkse koffieketel.

'Ja,' zei Harry.

Mehmet lachte. 'Kom met een bod.'

'Vierhonderdvijfendertigduizend.'

Mehmet fronste zijn voorhoofd. 'Waar haal je dat bedrag vandaan?'

'Van Danial Banks. Ik heb 'm vanmorgen gesproken.'

'Vanmorgen. Het is pas...'

'Ik ben vroeg opgestaan. En hij ook. Dat wil zeggen, ik moest hem wakker maken en hem uit bed trekken.'

Mehmet keek in de bloeddoorlopen blik van de politieman.

'Figuurlijk dan,' zei Harry. 'Ik weet waar hij woont. Ik heb hem gebeld en hem een aanbod gedaan.'

'Wat voor aanbod?'

'Zo eentje dat hij niet kan afslaan.'

'Dat wil zeggen?'

'Ik heb de schuld op Jealousy Bar afgekocht en hem gedreigd met Economische Delicten als hij niet op mijn voorstel inging.'

'Je maakt een grapje!'

Harry haalde zijn schouders op. 'Het is mogelijk dat ik overdrijf, het is mogelijk dat hij het weigerde. Hij kon me namelijk melden dat de paragraaf over woekerrente een paar jaar geleden uit het Wetboek van Strafrecht is geschrapt. Wat komt er van de wereld terecht als criminelen beter op de hoogte zijn van de wet dan de politie? Hoe dan ook, kennelijk vond hij de deal die hij met jou had gemaakt over de afbetaling niet al die problemen waard die ik hem beloofde te bezorgen op andere gebieden. Dus dit document...' Harry legde een handgeschreven vel papier op de bar. '...bevestigt dat Danial Banks is afbetaald en dat ik, Harry Hole, de trotse eigenaar ben. De schuld van Mehmet Kalak bedraagt vierhonderdvijfendertigduizend kronen, met als onderpand Jealousy Bar inclusief inboedel.'

Mehmet las de paar regels en schudde zijn hoofd. 'Dat is toch krankzinnig. En jij had er bijna een half miljoen voor over die je zomaar aan Banks hebt gegeven?'

'Ik heb een poos in Hongkong als geldinner gewerkt. En dat... betaalde goed. Dus ik heb wat kapitaal gespaard. Banks heeft een cheque en een bankafschrift gekregen.'

Mehmet lachte. 'Dus nu ben jij degene die bloedrente gaat innen, Harry?'

'Niet als je ingaat op mijn aanbod.'

‘En dat is?’

‘Dat we het geld omzetten in eigen kapitaal.’

‘Jij neemt de bar over?’

‘Ik koop me in. We zijn partners waarbij jij het recht hebt mij uit te kopen wanneer je maar wilt.’

‘En als tegenprestatie moet ik wat doen?’

‘Ga naar een Turks badhuis terwijl een kameraad van me op de bar let.’

‘Hè?’

‘Je gaat zweten en krijgt de huid van een rozijn in Cagaloglu hamam terwijl je wacht tot Valentin Gjertsen opduikt.’

‘Ik? Waarom juist ik?’

‘Omdat sinds de dood van Penelope Rasch alleen jij en een meisje van vijftien de enigen zijn die weten hoe Valentin Gjertsen er nu uitziet.’

‘Weet ik...’

‘Je zult hem herkennen.’

‘Waarom denk je dat?’

‘Ik heb je verklaring gelezen. Je zei, ik citeer: “Ik heb hem niet zo lang en goed gezien dat ik nu een beschrijving van hem kan geven.”’

‘Precies.’

‘Ik heb een collega gehad die alle gezichten van mensen die ze ooit had gezien kon herkennen. Ze heeft me uitgelegd dat haar uitzonderlijke vermogen om een miljoen gezichten te onderscheiden en herkennen op een plek in de hersenen zit die gyrus fusiformis heet en dat we zonder die gave als soort niet hadden kunnen overleven. Kun jij de laatste gast die hier gisteravond was beschrijven?’

‘Eh... nee.’

‘Toch zou je hem in een fractie van een seconde herkennen als hij hier nu binnenkwam.’

‘Waarschijnlijk.’

‘Daar gok ik op.’

‘Jij gokt om vierhonderdvijfendertigduizend kronen? En wat nu als ik hem niet herken?’

Harry tuitte zijn lippen. ‘Dan bezit ik in elk geval een bar.’

Om 7.45 uur duwde Mona Daa de deur van de VG-redactie open en wankelde naar binnen. Het was een zware nacht geweest. Hoewel ze rechtstreeks van de containerhaven naar Gain was gegaan waar ze zo hard had getraind dat haar lijf nu pijn deed, had ze nauwelijks kunnen slapen. Uiteindelijk had ze besloten het te bespreken met de redacteur, zonder al te veel in details te treden. Hem vragen of een bron het recht had op bescherming wanneer hij de journalist ongelooflijk had belazerd. Met andere woorden: kon ze hiermee naar de politie gaan? Of was het toch beter te wachten en kijken of hij weer contact met haar opnam? Er kon immers een goede reden zijn waarom hij niet was komen opdagen.

'Je ziet er moe uit, Daa,' riep de redactiechef. 'Feestje gehad vannacht?"

'*I wish*,' zei Mona zacht en ze liet haar trainingstas naast haar bureau vallen. Ze zette haar pc aan.

'Van het experimentele soort, misschien?'

'*I wish*,' herhaalde Mona luider, ze keek op en zag dat meerdere hoofden haar aankeken boven hun beeldscherm. Geamuseerd grijnzende, nieuwsgierige gezichten.

'Wat?' riep ze.

'Alleen strippen of ook seks met dieren?' klonk een zachte stem die ze niet kon thuisbrengen. En een paar vrouwen barstten in onbedaarlijk gelach uit.

'Check je e-mail,' zei de redactiechef. 'Een paar van ons hebben die ook gekregen.'

Mona kreeg het koud. Ze kreeg een slecht voorgevoel terwijl ze eerder sloeg dan tikte op het toetsenbord.

De afzender was afdelinggeweld@oslopol.no.

Er was geen tekst, alleen maar een foto. Waarschijnlijk met een lichtgevoelige camera genomen want ze had geen flits gezien. En een telelens, misschien. Op de voorgrond was de hond te zien die tegen de kooi piste en midden in de kooi stond ze zelf. Gespannen starend als een wild dier. Ze was voor de gek gehouden. Het was geen vampirist die haar had gebeld.

Om 8.15 uur kwamen Smith, Wyller, Holm en Harry samen in de Vuurkamer.

'We hebben een vermissingszaak waar de vampirist achter kan zitten,' zei Harry. 'Marte Ruud, vierentwintig jaar, is gisteravond kort voor middernacht verdwenen uit Restaurant Schrøder. Katrine brengt op dit moment het onderzoeksteam op de hoogte.'

'De technische recherche is nu ter plaatse,' zei Bjørn Holm. 'Geen sporen voorlopig. Afgezien van waar je het al over had.'

'En dat is?' vroeg Wyller.

'Een v met lippenstift geschreven op een tafelkleed. De afstand tussen de twee lijnen is dezelfde als op de deur van Ewa Dolmen.' Hij werd onderbroken door een steelguitar die Harry herkende als van Don Helms en de beginmelodie van Hank Williams' 'Your Cheatin' Heart'.

'Jezus, we hebben bereik,' zei Bjørn Holm en hij trok zijn mobiel uit zijn zak. 'Holm. Wat? Ik kan je niet verstaan. Wacht even.'

Bjørn Holm liep de deur uit.

'Het lijkt erop dat de kidnapping met mij te maken heeft,' zei Harry. 'Het is mijn restaurant en mijn tafel.'

'Dit is niet goed,' zei Smith. 'Hij raakt de controle kwijt.'

'Is het juist niet goed dat hij de controle kwijtraakt?' vroeg Wyller. 'Betekent dat niet dat hij roekeloos wordt?'

'Dat deel is misschien het goede nieuws,' zei Smith. 'Maar nu hij gehecht is aan het gevoel van macht en controle mag niemand hem dat afnemen. Het klopt dat hij achter jou aan zit, Harry. Maar weten jullie waarom?'

'Het artikel in VG,' zei Wyller.

'Je noemt hem een zielige pervert die... wat stond er ook alweer?'

'In de boeien geslagen moet worden,' zei Wyller.

'En door hem zielig te noemen dreig je hem de macht en controle af te pakken.'

'Isabelle Skøyen noemde hem zo, niet ik, maar dat is niet zo belangrijk,' zei Harry, wrijvend in zijn nek. 'Denk je dat hij het meisje zal gebruiken om met mij in contact te kunnen komen, Smith?'

Smith schudde zijn hoofd. 'Ze is dood.'

‘Waarom ben je daar zo zeker van?’

‘Hij wil geen confrontatie, hij wil jou, en iedereen, alleen laten zien dat hij de macht heeft. Dat hij naar jouw plek kan gaan en een van jouw mensen kan pakken.’

‘Een van mijn mensen?’

Smith gaf geen antwoord.

Bjørn Holm kwam weer binnengestormd. ‘Dat was het Ullevål. Kort voor Penelope Rasch stierf kwam er een man bij de receptie die zich legitimeerde als een van degenen die zij als haar naasten had opgegeven. Roar Wiik, haar ex-verloofde.’

‘De man die de verlovingsring had gekocht die later door Valentin uit haar appartement werd gestolen,’ zei Harry.

‘Het ziekenhuis had contact met hem opgenomen om te vragen of hij iets aan haar had gemerkt,’ zei Bjørn Holm. ‘Maar Roar Wiik zegt dat hij niet in het ziekenhuis is geweest.’

Het werd stil in de Vuurkamer.

‘Niet de verloofde...’ zei Smith. ‘Maar dan...’

Er klonk een keiharde piep van de wielen onder Harry’s stoel. De stoel was al leeg en met een vaart klapte die tegen de muur. Harry zelf was al bij de deur. ‘Wyller, kom!’

Harry rende.

De ziekenhuisgang strekte zich voor hem uit en leek langer en langer te worden als een expanderend universum waar het licht, ja, zelfs zijn gedachten, geen gelijke tred mee konden houden.

Hij kon net een man ontwijken die uit een deur kwam gelopen met zijn hand rond een infuusstandaard.

Een van jouw mensen.

Valentin had Aurora gepakt omdat ze de dochter van Ståle Aune was.

Marte Ruud omdat ze in Harry’s stamcafé werkte.

Penelope Rasch om hem te laten zien dat hij het kon.

Een van jouw mensen.

301.

Harry trok het pistool uit zijn jaszak. Een Glock 17 dat bijna anderhalf jaar ongebruikt achter slot en grendel op de eerste etage had gelegen. Vanmorgen had hij het meegenomen. Niet omdat hij had gedacht dat hij het nodig zou hebben, maar omdat hij voor het eerst in drie jaar niet zeker wist of hij het níet nodig zou hebben.

Hij duwde met zijn linkerhand de deur open terwijl hij tegelijkertijd het pistool voor zich hield. De kamer was leeg. Echt leeg.

Rakel was weg. Het bed was weg.

Harry hapte naar adem.

Hij liep naar de plek waar het bed had gestaan.

'Het spijt me, je bent te laat,' zei een stem achter hem.

Harry draaide zich bliksemsnel om. Chef-arts Steffens stond in de deuropening met zijn handen in de zakken van zijn witte jas. Hij trok zijn wenkbrauw op toen hij het pistool zag.

'Waar is ze?' siste Harry.

'Ik zal het je vertellen als je dat ding wegdoet.'

Harry liet het pistool zakken.

'Onderzoeken,' zei Steffens.

'Is ze... is ze, oké?'

'De toestand is onveranderd. Stabiel onstabiel. Maar ze zal deze dag overleven als je je daar zorgen om maakt. Vanwaar dit theater?'

'Ze moet worden bewaakt.'

'Op het moment wordt ze bewaakt door vijf personen van ons verplegend personeel.'

'We gaan een gewapende agent voor haar deur zetten. Heb je daar iets op tegen?'

'Nee, maar daar ga ik niet over. Zijn jullie bang dat de moordenaar hierheen komt?'

'Ja.'

'Omdat zij de vrouw is van een van de mensen die jacht op hem maken? We geven, behalve aan de naaste verwanten, aan niemand het kamernummer door.'

'Dat heeft hem er niet van weerhouden zich voor te doen als de verloofde van Penelope Rasch om op die manier haar kamernummer te krijgen.'

'O nee?'

'Ik blijf hier tot er een agent ter plaatse is.'
'In dat geval wil je misschien een kopje koffie.'
'Het is niet nodig dat je...'
'Nee, maar jij hebt het nodig. Wacht even, we hebben fascinerend slechte koffie in de wachtpost.'
Steffens verliet de kamer en Harry keek rond. De stoelen waarop Oleg en hij hadden gezeten stonden nog net zo als ze die gisteren hadden achtergelaten. Aan weerszijden van het bed dat er niet meer was. Harry ging op de ene zitten en staarde naar de grijze vloer. Hij voelde dat zijn hart tot bedaren kwam. Toch had hij het gevoel dat er niet voldoende lucht was. Er kwam een streep licht tussen de gordijnen door op de grond en zijn oog viel op een blonde haar. Hij pakte die op en stopte hem in een zakje. Kon Valentin hier zijn geweest om naar haar te kijken, maar hebben ontdekt dat hij te laat was? Harry slikte. Er was geen reden om daar nu aan te denken.
Steffens kwam weer binnen en gaf Harry een kartonnen beker aan, nam een slok uit zijn eigen beker en ging op de andere stoel zitten zodat de mannen tegenover elkaar zaten met een meter tussen hen in.
'Jouw jongen was hier,' zei Steffens.
'Oleg? Hij zou pas na school komen.'
'Hij vroeg naar je. Hij maakte een boze indruk toen hij hoorde dat je zijn moeder alleen had gelaten.'
Harry knikte en nam een slok van de koffie.
'Op die leeftijd zijn ze snel boos en moreel verontwaardigd,' zei Steffens. 'Ze geven hun vader de schuld van alles wat er verkeerd gaat en de man die ze vroeger hadden willen worden, vertegenwoordigt ineens alles wat ze niet willen worden.'
'Praat je uit eigen ervaring?'
'Uiteraard, dat doen we altijd.' Steffens' lach verdween net zo snel als die was gekomen.
'Hm, mag ik je een persoonlijke vraag stellen, Steffens?'
'Ga je gang.'
'Staat jouw balans in de plus?'
'Pardon?'
'De vreugde van iemand het leven te hebben gered tegenover de

vertwijfeling dat je iemand kwijtraakt die je hád kunnen redden?'

Steffens keek Harry recht aan. Misschien kwam het door de situatie, twee mannen die in een donkere kamer tegenover elkaar zitten waardoor het logisch was om die vraag te stellen. Schepen die elkaar passeerden in de nacht. Steffens haalde zijn bril van zijn neus en ging met zijn handen over zijn gezicht om de vermoeidheid weg te wrijven. Hij schudde zijn hoofd: 'Nee.'

'Maar toch doe je het?'

'Het is een roeping.'

'Ja, ik zag het kruis op je kamer. Jij gelooft dat het je roeping is?'

'Dat denk jij ook, Hole. Ik heb je gezien, misschien word je niet geroepen door een god, maar je voelt de roeping wel.'

Harry keek naar zijn koffie. Steffens had gelijk dat die fascinerend slecht was. 'Betekent dit dat je niet van je werk houdt?'

'Ik haat mijn werk,' zei de chef-arts glimlachend. 'Als ik had mogen kiezen dan was ik concertpianist geworden.'

'Hm, speel je goed piano?'

'Het is een vloek als je niet goed bent in waar je van houdt en goed in wat je haat, nietwaar?'

Harry knikte. 'Het is een vloek, maar we doen waarvoor we te gebruiken zijn.'

'En uiteindelijk is er een beloning voor degene die zijn roeping volgt.'

'Soms is misschien het werk zelf voldoende beloning.'

'Alleen voor de concertpianist die van muziek houdt of voor de beul die van bloed houdt.' Steffens wees op het naamplaatje op zijn doktersjas. 'Ik ben opgegroeid als mormoon in Salt Lake City en ben vernoemd naar John Doyle Lee, een godsvruchtig, vredelievend man die in de herfst van 1857 orders kreeg van de ouderen in zijn gemeenschap om een groep ongelovige emigranten uit te moorden die hun gebied was binnengedrongen. In zijn dagboek schreef hij over zijn zielenpijn: dat het de vreselijke roeping was die zijn lot bepaalde en dat hij die gewoon te accepteren had.'

'Het bloedbad van Mountain Meadows.'

'Kijk eens aan, jij kent je klassiekers, Harry.'

'Ik heb bij de FBI een cursus gevolgd over seriemoorden en daar hebben we de bekendste massamoorden doorgenomen. Maar ik moet toegeven dat ik niet weet hoe het met je naamgenoot is afgelopen.'

Steffens keek op de klok. 'Zijn beloning wachtte hem hopelijk in de hemel want op aarde heeft iedereen John Doyle Lee verraden, inclusief onze geestelijk leider Brigham Young. John Doyle werd ter dood veroordeeld. Mijn vader vond hem echter een voorbeeld van het volgen van de roeping die je haat waarbij je afziet van de makkelijk te verdienen liefde van je medemens.'

'Misschien haatte hij die niet zo erg als hij beweerde.'

'Wat bedoel je?'

Harry haalde zijn schouders op. 'Een alcoholist haat en vervloekt de drank omdat die zijn leven verwoest en tegelijkertijd ís die zijn leven.'

'Interessante parallel.' Steffens stond op, liep naar het raam en trok de gordijnen opzij. 'Hoe zit dat met jou, Hole, is het nog steeds zo dat jouw roeping zowel jouw leven verwoest als ís?'

Harry hield een hand boven zijn ogen tegen het licht en probeerde naar Steffens te kijken, maar hij werd verblind. 'Ben jij nog steeds een mormoon?'

'Werk jij nog steeds aan de zaak?'

'Daar lijkt het op.'

'We kunnen niet anders, of wel? Ik moet aan het werk, Harry.'

Toen Steffens was vertrokken, belde Harry Gunnar Hagens nummer.

'Hoi chef, ik moet politiebewaking hebben in het Ullevål-ziekenhuis,' zei hij. 'Nu.'

Wyller stond precies op de plek waar hij volgens zijn orders moest staan. Achter de motorkap van de auto die dwars voor de ingang stond geparkeerd.

'Ik zag een politieman arriveren,' zei hij. 'Is alles oké?'

'We zetten een bewaker voor haar deur,' zei Harry en hij ging op de passagiersplaats zitten.

Wyller stak zijn dienstpistool in de holster en ging achter het stuur zitten. 'En Valentin?'

'God mag het weten.'

Harry haalde het zakje met de haar uit zijn jaszak. 'Waarschijnlijk is het paranoïde van me, maar laat het gerechtelijk laboratorium dit met spoed analyseren, alleen maar om uit te sluiten dat er een match is met een van de plaatsen delict, oké?'

Ze gleden door de straten. Het leek op een herhaling in slow motion van de rit die ze twintig minuten geleden in vliegende vaart hadden afgelegd.

'Gebruiken de mormonen eigenlijk een kruis?' vroeg Harry.

'Nee,' zei Wyller. 'Zij vinden dat het kruis de dood symboliseert en dat is heidens. Ze geloven in de opstanding.'

'Hm, dus een mormoon met een crucifix aan de muur is bijna als een...'

'Een moslim met een portret van Mohammed.'

'Precies.' Harry zette de muziek op de radio harder. The White Stripes. 'Blue Orchid'. Gitaar en drums. Naaktheid. Helderheid.

Hij zette het volume nog harder zonder te weten wat hij probeerde te overstemmen.

Hallstein Smith zat duimen te draaien. Hij was alleen in de Vuurkamer en zonder de anderen had hij weinig te doen. Hij had het beknopte profiel van de vampirist geschreven, had op internet gesurft en gelezen wat er over de vampiristmoorden was geschreven. Ja, hij was teruggegaan en had ook gelezen wat er de afgelopen dagen na de eerste moord in de media had gestaan. Hallstein Smith overwoog om de tijd te benutten door wat aan zijn proefschrift te werken toen zijn mobiel ging.

'Hallo?'

'Smith?' zei een vrouwenstem. 'Met Mona Daa van VG.'

'Ja?'

'Je klinkt verbaasd.'

'Alleen omdat ik dacht dat we hierbeneden geen bereik hadden.'

'Ik ben blij dat ik je kan bereiken want kun jij bevestigen dat de vampirist waarschijnlijk achter de verdwijning van een vrouw uit Restaurant Schrøder vannacht zit?'

'Bevestigen? Ik?'

'Ja, je werkt nu toch voor de politie?'

'Ja, min of meer, maar ik ben niet in de positie om ook maar iets te zeggen.'

'Omdat je het niet weet of omdat je het niet mag?'

'Misschien allebei. Als ik iets kan zeggen dan moet het heel algemeen zijn. Als expert van vampirisme dus.'

'Mooi! Want ik heb een podcast...'

'Een wat?'

'Radio. VG heeft een eigen radiozender.'

'O, juist.'

'Mag ik je uitnodigen om iets te zeggen over de vampirist? Heel algemeen dus.'

Hallstein Smith dacht na. 'Daarvoor moet ik toestemming vragen aan de leider van het onderzoek.'

'Goed, dan hoor ik graag van je. Nog iets anders, Smith. Ik heb het een en ander over je geschreven en ik neem aan dat je daar tevreden over bent. Indirect heeft dat je gebracht waar je nu zit. In het centrum waar alles gebeurt.'

'Eh, ja.'

'Kun je me als wederdienst vertellen wie op het bureau me gisteren onder valse voorwendselen naar de containerhaven heeft gelokt?'

'Onder valse voorwendselen?'

'Nee, dus. Een fijne dag nog.'

Hallstein Smith bleef naar zijn mobiel staren. Containerhaven? Waar had ze het over?

Truls Berntsen liet zijn blik glijden over de vele foto's op het pc-scherm van Megan Fox. Het was bijna beangstigend om te zien hoeveel ze had verloren. Kwam het alleen door de foto's of ook door het feit dat hij wist dat ze de dertig had aangetikt? Te weten wat het baren van een kind doet met een vrouwenlichaam dat in *Transformers* uit 2007 perfect was geweest? Of kwam het door het feit dat hij de laatste twee jaar acht kilo vet verruild had door vier kilo spieren en met negen dames had geneukt? Iets wat de verre droom over Megan Fox iets minder ver had gemaakt? Eén lichtjaar is immers minder dan twee lichtjaren. Of was het gewoon de gedachte dat hij over tien uur samen met Ulla Bellman zou zijn, de enige vrouw die hij meer begeerde dan Megan Fox?

Er werd gekucht en hij keek op.

Het was Katrine Bratt die met een arm geleund op het scheidingswandje op hem neerkeek.

Nadat Wyller naar dat belachelijke jongensclubje in de Vuurkamer was verhuisd, kon Truls helemaal opgaan in *The Shield*. Hij had nu alle beschikbare seizoenen gezien en hoopte dat Katrine Bratts boodschap niet zijn nietsdoen bedreigde.

'Bellman wil je spreken,' zei ze.

'Goed.' Truls zette zijn pc uit, stond op en liep vlak langs Katrine Bratt. Zo dichtbij dat hij haar parfum had kunnen ruiken als ze die gebruikte. Hij vond dat vrouwen best een beetje parfum op konden doen. Niet zoveel als de meesten deden, sommige vrouwen moesten haast wel zijn aangetast door het oplosmiddel in hun parfum. Maar genoeg om je fantasie te prikkelen en je af te vragen hoe ze zelf eigenlijk roken.

Terwijl hij op de lift stond te wachten had hij de tijd om na te denken over wat de reden kon zijn dat Mikael hem wilde spreken. Hij kon niets bedenken.

Pas toen hij in de kamer van de hoofdcommissaris stond, begreep hij dat hij was ontmaskerd. Mikael stond met zijn rug naar hem toe en zei zonder omhaal: 'Je hebt me verraden, Truls. Is die hoer naar jou gekomen of was het omgekeerd?'

Hij had het gevoel een emmer ijswater over zich heen te krijgen. Wat was er verdomme gebeurd? Was Ulla ingestort en had ze last gekregen van een slecht geweten? Of had Mikael haar gedwongen? En wat moest hij nu verdomme zeggen?

Hij schraapte zijn keel. 'Zij is naar mij toe gekomen, Mikael. Zij wilde het.'

'Natuurlijk wilde die hoer het, ze pakken wat ze pakken kunnen. Maar dat ze het van jou kon krijgen, de man die ik het meest vertrouw. Na alles wat we samen hebben meegemaakt.'

Truls kon bijna niet geloven dat hij zo over zijn vrouw en de moeder van zijn kinderen sprak.

'Ik vond dat ik een gesprek niet kon weigeren, verder zou er niets gebeuren.'

'Maar er is wel meer gebeurd, toch?'

'Er is niets gebeurd.'

'Niets? Begrijp je niet dat je de moordenaar op de hoogte hebt gebracht van wat we wel en niet weten? Hoeveel heeft ze je betaald?'

Truls knipperde met zijn ogen. 'Betaald?' Toen begon het hem te dagen.

'Ik neem aan dat Mona Daa die tips niet gratis heeft gekregen? Geef antwoord en vergeet niet dat ik je ken, Truls.'

Truls Berntsen grijnsde. Hij spartelde niet meer aan de haak en hij herhaalde: 'Er is niets gebeurd.'

Mikael draaide zich om, sloeg woedend met zijn vuist op het bureau en brieste: 'Denk je dat we gek zijn?'

Truls bestudeerde hoe de pigmentvlekken in Mikaels gezicht afwisselend rood en wit werden alsof het bloed heen en weer schoot. De vlekken waren met de jaren groter geworden als een slang die vervelde.

'Vertel me eens wat jullie denken te weten,' zei Truls en zonder het te vragen ging hij zitten.

Mikael keek hem verbluft aan. Toen plofte hij ook op zijn stoel. Want misschien had hij het in Truls' blik gezien: dat hij niet bang was. Dat hij Mikael mee zou trekken als hij overboord zou worden gegooid. Tot op de bodem.

'Wat ik weet,' zei Mikael, 'is dat Katrine Bratt beestachtig vroeg in mijn kantoor stond om me te vertellen dat ze een van haar agenten opdracht heeft gegeven om extra op jou te letten, zoals ik haar had gevraagd. Je wordt er al langere tijd van verdacht het lek te zijn, Truls.'

'Wie was die agent?'

'Dat zei ze niet en ik heb het niet gevraagd.'

Natuurlijk niet, dacht Truls. Voor het geval jij in een lastig parket komt, is het gunstig voor jou om te zeggen dat je van niets wist. Truls mocht dan niet de slimste zijn, maar hij was ook niet zo dom als de mensen om hem heen dachten. En hij was er in de loop van de tijd wel achter gekomen hoe Mikael en de anderen aan de top dachten.

'De agent van Bratt was proactief,' zei Mikael. 'Hij heeft vastgesteld dat jij afgelopen week minstens twee keer contact hebt gehad met Mona Daa.'

Agenten die gesprekken controleren, dacht Truls. Iemand die contact heeft gehad met Telenor. Agent Anders Wyller. Nee, Trulseman is niet dom.

'Om te bewijzen dat jij Mona Daa's bron bent, heeft hij haar gebeld. Hij heeft zich uitgegeven voor de vampirist en om dat te bewijzen heeft hij haar gevraagd een detail, dat alleen de dader en de politie konden weten, bij haar bron te checken.'

'De smoothie-blender.'

'Dus dat geef je toe?'

'Dat Mona Daa me heeft gebeld? Ja.'

'Mooi, want de agent heeft Katrine Bratt vannacht wakker gebeld en verteld dat hij een gespreksoverzicht van Telenor heeft waaruit blijkt dat Mona Daa jou onmiddellijk na zijn kulverhaal heeft gebeld. Dat is mild gezegd moeilijk anders uit te leggen, Truls.'

Truls haalde zijn schouders op. 'Er valt niet zoveel te verklaren. Mona Daa belde me, vroeg me naar de smoothie-blender waarop ik uiteraard geweigerd heb antwoord te geven en ik heb haar verwezen naar de leider van het onderzoeksteam. Het gesprek duurde niet langer dan twintig seconden, dat blijkt vast uit het overzicht. Misschien heeft Mona Daa gedacht dat het daarom ging: een truc om haar bron te verraden. In plaats van haar bron te bellen, heeft ze mij gebeld.'

'Volgens de agent is ze later naar de afgesproken plek in de containerhaven gegaan om de vampirist te ontmoeten, de agent heeft daar zelfs een foto van gemaakt. Dus íemand moet dat met die smoothie-blender hebben bevestigd.'

'Misschien heeft Mona Daa eerst de afspraak voor een ontmoeting gemaakt en is ze daarna naar haar bron gegaan en heeft ze het in een *face to face*-gesprek bevestigd gekregen. Zowel politiemensen als journalisten weten dat het simpel is om een overzicht te krijgen van wie wanneer heeft gebeld.'

'Wat betreft die andere twee telefoongesprekken met Mona Daa is het duidelijk dat een van die gesprekken meerdere minuten heeft geduurd.'

'Kijk naar het overzicht. Mona Daa heeft mij gebeld, ik heb haar nooit gebeld. Dat een pitbull als Daa een paar minuten zeuren nodig heeft voor ze begrijpt dat er niets te halen valt en dat ze het daarna nog een keer probeert om te zien of ik nog steeds zo standvastig ben, dat is haar probleem. Ik heb tijd genoeg.'

Truls zakte achterover, vouwde zijn handen en keek naar Mikael die zat te knikken en hij leek te absorberen wat Truls net had gezegd. Hij leek na te denken. Een lachje, een zekere warmte in de bruine ogen duidden erop dat hij concludeerde dat het zo kón zijn geweest en dat Truls van de haak moest worden gehaald.

'Goed,' zei Mikael. 'Maar als nu blijkt dat jij de bron niet bent, Truls, wie kan dat dan wel zijn, volgens jou?'

Truls tuitte zijn lippen zoals zijn Franse, moddervette internetdate hem had geleerd te doen bij de vraag 'wanneer zien we elkaar weer?'

'Zeg het eens. Niemand wil natuurlijk in een dergelijke zaak gezien worden met een journalist als Mona Daa. Nee, de enige die ik heb gezien is agent Wyller. Maar wacht eens, als ik me niet vergis gaf hij haar een telefoonnummer dat ze kon bellen. En ze zei ook waar hij haar kon vinden. In Gain fitnesscentrum.'

Mikael Bellman keek Truls aan met dat kleine, verblufte lachje van een echtgenoot die er na jaren achter komt dat de ander kan zingen, van adellijke afkomst is of een academische opleiding heeft genoten.

'Wat jij zegt, Truls, is dat ons lek waarschijnlijk komt van iemand die hier nog maar net werkt.' Bellman streek nadenkend met zijn wijs- en middelvinger langs zijn kin. 'Dat klinkt niet onlogisch want het lek is pas onlangs ontstaan en daarmee – hoe zal ik het zeggen? – weerspiegelt dit niet de cultuur die de laatste jaren bij de politie in Oslo is gegroeid. Maar wie het is zullen we nooit weten want een journalist blijft zijn of haar bron beschermen.'

Truls lachte zijn snuivende lach. 'Goed, Mikael.'

Mikael knikte. Hij leunde over het bureau en nog voordat Truls kans zag te reageren had hij hem bij zijn overhemdkraag gegrepen en hem naar zich toe getrokken.

'Dus hoeveel heeft die hoer jou betaald, Beavis?'

HOOFDSTUK 22

DINSDAGMIDDAG

Mehmet trok zijn badjas strakker om zich heen. Hij staarde naar het scherm van zijn mobiel en deed of hij niet lette op de mensen die binnenkwamen en naar de eenvoudige kleedkamer liepen. Het toegangsbewijs van Cagaloglu hamam gaf geen tijd aan hoelang je in het badhuis mocht blijven. Maar het was wel duidelijk dat als je urenlang in de kleedkamer zat en andere naakte mannen bestudeerde dat je je daar niet populair mee maakte. Daarom wisselde hij met een vast interval van plek. Tussen de badruimten met de droge sauna, de eeuwig mistige stoomruimte en de baden met de verschillende temperaturen, van dampend heet tot ijskoud. Dat had ook een praktische reden: de ruimten waren door verschillende deuren bereikbaar waardoor hij het risico liep badgasten te missen als hij niet af en toe verkaste. Maar nu had hij het in de kleedkamer zo koud gekregen dat hij weer terug wilde naar de warmte. Mehmet keek naar de klok. Vier uur. De Turkse tatoeëerder meende zich te herinneren dat hij de man met de demontatoeage in de middag had gezien en er was geen reden om aan te nemen dat seriemoordenaars niet ook gewoontedieren waren.

Harry Hole had uitgelegd dat Mehmet de perfecte spion was. Ten eerste omdat hij een van de twee mensen was die het gezicht van Valentin Gjertsen konden herkennen. Ten tweede omdat hij als Turk niet opviel in het badhuis dat hoofdzakelijk bezocht werd door landgenoten. En ten derde omdat Valentin volgens Harry een politieman direct zou ontmaskeren. Bovendien hadden ze een mol op de afdeling Geweld die lekte naar *VG* en god mocht weten wie dat was. Dus alleen Harry en Mehmet waren op de hoogte van deze situatie. Harry had beloofd dat het minder dan vijftien minuten zou duren voor Harry met politieversterking ter plekke was, mocht Mehmet Valentin zien.

En Harry had Mehmet beloofd dat Øystein Eikeland de perfecte invalkracht zou zijn voor Jealousy. Een kerel die eruit had gezien als een oude vogelverschrikker toen hij binnenkwam, maar de geur van plezier steeg op uit zijn versleten hippiespijkerkleding. En toen Mehmet hem had gevraagd of hij horeca-ervaring had, had Eikeland een shagje tussen zijn lippen gestoken en verzuchtend uitgelegd: 'Ik heb jarenlange ervaring, mijn jongen. Ik heb er gestaan, geknield en gelegen. Maar nooit achter de bar, alleen ervoor.'

Eikeland was echter de man die Harry vertrouwde dus Mehmet moest er maar van uitgaan dat het niet verkeerd ging. Maximaal een week, had Harry gezegd, daarna kon hij terugkeren naar zijn bar. Die dus een mede-eigenaar had gekregen. Harry had een diepe buiging gemaakt toen hij de sleutel van de bar ontving die aan een sleutelring met een gebroken plastic hartje had gehangen. Het logo van Jealousy Bar. En hij had gezegd dat ze over de muziek moesten praten want niet iedereen boven de dertig jaar kreeg van nieuwe muziek een allergische reactie en er was redding mogelijk, ook voor iemand die vastzit in het moeras van Bad Company. Alleen de gedachte aan die discussie was een week van verveling waard, dacht Mehmet terwijl hij scrolde door de website van *VG* en hij voor de tiende keer dezelfde koppen las. Bij een nieuwe stopte hij.

'Bekende vampiristen uit het verleden'. En terwijl hij naar het scherm staarde en wachtte op de tekst, gebeurde er iets merkwaardigs. Het leek of hij een ogenblik geen adem kreeg. Hij keek op, de deur naar de baden gleed weer dicht. Hij keek rond. De drie andere mannen in de kleedkamer waren dezelfden als even geleden. Er kwam iemand binnen die door de ruimte liep. Mehmet legde zijn mobiel in zijn kluisje, draaide het op slot en liep achter hem aan.

De ketels in de ruimte ernaast bromden zacht. Harry keek op de klok. Vijf over vier. Hij schoof zijn stoel naar achteren, vouwde zijn handen achter zijn hoofd en leunde tegen de muur. Smith, Bjørn en Wyller keken hem aan.

'Het is nu zestien uur geleden dat Marte Ruud verdween, is er nog nieuws?' zei Harry.

'Haren,' zei Bjørn Holm. 'De technische recherche heeft haren bij de deur van Schrøder gevonden. Het lijkt erop dat die matchen met de haren van Valentin Gjertsen op de handboeien en ze zijn opgestuurd voor nadere analyse. De haren kunnen duiden op een worsteling en dat hij dit keer geen tijd heeft gehad om naderhand op te ruimen. Het betekent ook dat er geen bloedsporen zijn en dat het mogelijk is dat ze nog leefde toen ze verdween.'

'*All right*,' zei Smith. 'Het is mogelijk dat ze nog leeft en dat hij haar houdt als een koe.'

'Een koe?' vroeg Wyller.

Het werd stil in de Vuurkamer. Harry trok een grimas. 'Je bedoelt dat hij... haar melkt?'

'Het lichaam heeft een etmaal nodig om één procent van de rode bloedlichaampjes te reproduceren,' zei Smith. 'In het beste geval kan het zijn bloeddorst een poosje sussen. In het slechtste geval betekent het dat hij zich focust op het heroveren van de macht en de controle. En dat hij weer jacht zal maken op de mensen die hem hebben vernederd. En dat betekent op jou en de jouwen, Harry.'

'Mijn vrouw krijgt dag en nacht politiebewaking en ik heb een bericht ingesproken op de voicemail van mijn zoon dat hij goed moet oppassen.'

'Dus het is mogelijk dat hij ook jacht maakt op mannen?' vroeg Wyller.

'Absoluut,' zei Smith.

Harry voelde iets trillen in zijn broekzak. Hij pakte de telefoon. 'Ja?'

'Met Øystein. Hoe maak je een daiquiri? Ik heb hier een lastige klant en Mehmet neemt niet op.'

'Hoe moet ik dat weten? Weet de klant dat niet?'

'Nee.'

'Iets met rum en limoen. Google, heb je daar al eens van gehoord?'

'Ja, ik ben niet gek, hoor. Dat is internet, toch?'

'Probeer het eens, er gaat een wereld voor je open. Ik hang nu op.' Harry verbrak de verbinding. 'Sorry, verder nog iets?'

‘Getuigenverhoren van mensen rond Schrøder,’ zei Wyller. ‘Niemand heeft iets gezien of gehoord. Vreemd voor zo’n drukke straat.’

‘Die kan op maandag rond middernacht ook behoorlijk verlaten zijn,’ zei Harry. ‘Maar een persoon meenemen die al of niet buiten bewustzijn is zonder dat je wordt gezien? Dat kan haast niet. Hij kan vlak bij een auto hebben geparkeerd.’

‘Er staat op de naam Valentin Gjertsen geen auto geregistreerd en er zijn ook geen auto’s gehuurd onder die naam,’ zei Wyller.

Harry draaide zich naar hem om.

Wyller keek hem vragend aan. ‘Ik begrijp dat de kans dat hij zijn eigen naam heeft gebruikt bijna nul is, maar ik heb het toch gecheckt. Is dat...?’

‘Jawel, dat is helemaal goed,’ zei Harry. ‘Stuur de verhuurbedrijven de fantoomtekening. Naast Schrøder zit een Deli de Luca die het klokje rond open is...’

‘Ik was bij de ochtendbriefing van het onderzoeksteam en zij hadden de bewakingsbeelden bekeken,’ zei Bjørn. ‘Nada.’

‘Oké, nog iets anders wat ik zou moeten weten?’

‘In Amerika wordt er gewerkt aan toegang tot het IP-adres van Facebook met een *subpoena* in plaats van een volledig gerechtelijk bevel,’ zei Wyller. ‘Dan krijgen we niet de inhoud, maar wel alle adressen van de zenders en de ontvangers en dit duurt misschien weken en niet maanden.’

Mehmet stond voor de deur van de hararet. De stoomruimte. Hij had de deur zien dichtvallen nadat hij uit de kleedkamer was gekomen. En het was daar waar de man met de tatoeage was gezien. Mehmet wist dat het niet erg waarschijnlijk was dat Valentin al op de eerste dag zou opduiken. Tenzij hij hier meerdere keren per week kwam, natuurlijk. Dus waarom stond hij nu te aarzelen?

Mehmet slikte.

Toen trok hij de deur open van de hararet en ging naar binnen. De dichte stoom wervelde rond, verdween naar buiten en maakte een tunnel in de ruimte. Een moment staarde Mehmet in het gezicht van een man die op de tweede trede van de bank tegenover hem zat. Hun blikken kruisten elkaar. Toen verdween de tunnel en daarmee het gezicht. Maar Mehmet had genoeg gezien.

Hij was het. De man die op de bewuste avond in de bar was geweest.

Zou hij direct weggaan of eerst nog even gaan zitten? De man had wel gezien dat Mehmet hem had aangestaard en als hij nu onmiddellijk vertrok dan zou dat argwaan wekken.

Mehmet bleef bij de deur staan.

Het leek wel of de damp die hij inademde zijn luchtwegen dichtkneep. Hij kon niet langer wachten, hij moest hier weg. Mehmet trok de deur voorzichtig open en glipte naar buiten. Hij rende met kleine, snelle pasjes over de gladde tegels en zorgde ervoor dat hij niet uitgleed. In de kleedkamer stond hij vloekend voor zijn kluisje omdat hij problemen had met de cijfercode. Vier cijfers. 1683. De slag om Wenen. Het jaar dat het Ottomaanse Rijk de heerser van de wereld was, in elk geval in dat deel van de wereld waarover het waard was te heersen. Toen het imperium niet verder kon worden uitgebreid en de neergang begon. Nederlaag op nederlaag. Was het om die reden dat hij juist dat getal had gekozen omdat het in zekere zin zijn verhaal vertelde, het verhaal van alles kwijt te raken? Eindelijk kreeg hij het slot open. Hij pakte de telefoon, toetste het nummer in en hield het toestel tegen zijn oor. Hij staarde naar de deur die weer was dichtgevallen en verwachtte dat de man elk moment binnen kon stormen om hem aan te vallen.

'Ja?'

'Hij is hier,' fluisterde Mehmet.

'Zeker?'

'Ja, in de hararet.'

'Hou hem in de gaten, we zijn er over een kwartier.'

'Je hebt wát?' zei Bjørn Holm en hij liet de koppeling los toen het licht in de Hausmanns gate op groen sprong.

'Ik heb een burger ingehuurd die vrijwillig in het Turkse badhuis in Sagene zit,' zei Harry, kijkend in de spiegel van de legendarische Volvo Amazon, model jaren zeventig, van Bjørn Holm. Oorspronkelijk was de auto wit geweest, maar later was die zwart gespoten met een geblokte rallystreep over het dak en de kofferbak. De auto achter hen verdween in een wolk van zwarte uitlaatgassen.

'Zonder dat met ons te overleggen?' Bjørn leunde op de claxon en haalde een Audi rechts in.

'Het is niet helemaal volgens het boekje dus ik wilde jullie niet medeplichtig maken.'

'Op de Maridalsvei zijn minder stoplichten,' zei Wyller van de achterbank.

Bjørn schakelde terug en gooide de Amazon naar rechts. Harry voelde de druk van de oude driepuntsgordel waar de Volvo als eerste mee op de markt was gekomen, maar die was nog wel zonder het rolmechanisme en daardoor kon je je nauwelijks bewegen.

'Hoe gaat het, Smith?' riep Harry boven het motorlawaai uit en hij keek in het achteruitkijkspiegeltje. Gewoonlijk nam hij geen ingehuurde expert mee op een heftige confrontatie als deze, maar op het laatste moment had hij besloten hem mee te nemen voor het geval er een gijzelsituatie ontstond en hij gebruik kon maken van het talent van de psycholoog om Valentin te lezen. Zoals hij Aurora had gelezen. Zoals hij Harry had gelezen.

'Alleen maar een beetje wagenziek,' zei Smith en hij glimlachte bleekjes. 'Wat is die lucht?'

'Oude koppeling, de verwarming en adrenaline,' zei Bjørn.

'Luister,' zei Harry. 'We zijn er over twee minuten, dus ik herhaal: Smith, jij blijft in de auto. Wyller en ik gaan naar de hoofdingang. Bjørn houdt de achterdeur in de gaten. Je weet waar die is?'

'Yep,' zei Bjørn. 'En jouw man is nog steeds online?'

Harry knikte en hield de telefoon tegen zijn oor. Ze stopten voor een wat ouder stenen gebouw. Harry had naar de tekeningen gekeken en het gecheckt. Het was vroeger een fabriek geweest waarin nu een drukkerij, kantoren, een platenstudio en de hamam zaten en er was, naast de hoofdingang, maar één achteruitgang.

'Iedereen geladen en ontgrendeld?' vroeg Harry en hij ademde uit toen hij de strakke gordel had losgemaakt. 'We moeten hem levend hebben. Maar als dat niet gaat...' Hij keek op naar de geblindeerde ramen aan weerszijden van de ingang terwijl hij Bjørn zacht hoorde opdreunen: 'Politie, één waarschuwingsschot en het volgende in die duivel. Politie, waarschuwingsschot en...'

'Nu,' zei Harry.

Ze stapten uit de auto, liepen over het trottoir en gingen bij de ingang uit elkaar.

Harry en Wyller liepen de drie traptreden op en gingen door de zware deur. In de gang rook het naar ammoniak en drukinkt. Op twee deuren zaten glimmend gepoetste goudkleurige bordjes met daarop de sierlijke letters van kleine, hoopvol gestemde advocatenkantoortjes die geen geld hadden voor de huur van een pand in het centrum. Op de derde deur hing een bescheiden bordje met daarop CAGALOGLU HAMAM in zulke kleine letters geschreven dat je zou denken dat ze geen klanten wilden die nog niet van hun bestaan wisten.

Harry deed de deur open en stapte naar binnen.

Hij kwam in een gang met afbladderende verf op de muren en een eenvoudige balie waar een breedgeschouderde man met donkere baardstoppels in trainingspak een tijdschrift zat te lezen. En als Harry niet beter had geweten dan had hij geloofd dat hij hier kwam om te boksen.

'Politie,' zei Wyller en hij hield zijn ID-kaart tussen het tijdschrift en het gezicht van de man. 'Blijf zitten en doe niets. Het is over tien minuten voorbij.'

Harry liep verder de gang in en zag twee deuren. Op de ene stond GARDEROBE en op de andere HAMAM. Hij ging de badruimte in en hoorde dat Wyller vlak achter hem liep.

Er lagen drie kleine baden op een rij in een langwerpige ruimte. Aan de rechterkant waren nissen met massagebanken. Aan de linkerkant zaten twee glazen deuren die volgens Harry naar de hete ruimten gingen en er was een gewone houten deur die volgens de tekeningen direct toegang gaf tot de garderobe. In het bassin het dichtst bij hen keken twee mannen naar hen op. Mehmet zat op een kruk tegen de muur en deed alsof hij op zijn telefoon las. Hij liep snel naar hen toe en wees naar de glazen deur met een beslagen plastic bordje waarop HARARET stond.

'Is hij alleen?' vroeg Harry zacht terwijl hij en Wyller hun Glock

17 tevoorschijn haalden. Hij hoorde het geluid van fanatiek wassen achter zich.

'Er is in elk geval sinds ik je belde niemand gekomen of vertrokken,' fluisterde Mehmet.

Harry liep naar de deur en probeerde naar binnen te kijken, maar alles was ondoordringbaar wit. Hij gaf Wyller een teken dat hij op de deur moest letten. Hij haalde diep adem, wilde naar binnen gaan, maar bedacht zich. Het geluid van zijn schoenen. Valentins waakzaamheid moest niet worden gewekt door iemand die niet blootvoets binnenkwam. Harry trok met zijn vrije hand zijn schoenen en sokken uit. Toen trok hij de deur naar zich toe en stapte naar binnen. De damp wervelde om hem heen. Als een bruidssluier. Rakel. Harry wist niet waar die gedachte vandaan kwam, maar duwde die weg. Hij kon nog net een gedaante op de houten bank voor hem zien zitten voor al het wit hem weer omhulde. Het wit en de stilte. Harry hield zijn adem in en luisterde naar die van de ander. Was hij bang? Was hij bang zoals Aurora bang was geweest toen ze zijn cowboylaarzen onder de wc-deur zag?

Harry hief zijn pistool en bewoog zich in de richting vanwaar hij de gedaante had gezien. Langzaam tekenden de contouren van de zittende man zich af tegen het grijswit. Harry klemde zijn vinger rond de trekker tot die weerstand gaf.

'Politie,' zei hij met een hese stem. 'Verroer je niet, anders schiet ik.' En een nieuwe gedachte fladderde door zijn hoofd. Dat hij in een dergelijke situatie normaal gesproken had gezegd: 'anders schieten we.' Dat was simpele psychologie, het gaf namelijk aan dat er meerdere politiemensen waren en dat verhoogde de kans dat de arrestant zich direct overgaf. Dus waarom had hij 'ik' gezegd? En nu zijn hersenen zich hadden opengesteld voor die vraag, volgden de andere ook: waarom was hij hier zelf en niet Delta die hier speciaal op getraind was? Waarom eigenlijk had hij Mehmet hier in het geheim neergezet en had hij de anderen pas ingelicht nadat hij had gebeld en niet eerder? Harry voelde de trekker licht tegen zijn wijsvinger duwen. Heel licht.

Twee mannen in een ruimte waar niemand anders hen kon zien.

Wie kon weerleggen dat Valentin, die al meerdere mensen had vermoord met slechts zijn handen en een ijzeren gebit, Harry had aangevallen waardoor Harry genoodzaakt was uit zelfverdediging te schieten?

'*Vurma*!' zei de gedaante voor hem, zijn armen in de lucht stekend.

Harry kwam naderbij.

De magere man was naakt. Zijn ogen waren groot van schrik en zijn borst was bedekt met grijs haar, maar verder was die ongeschonden.

HOOFDSTUK 23

DINSDAG LAAT IN DE MIDDAG

'Wel verdomme!' riep Katrine Bratt uit en ze smeet het gum dat ze van haar bureau had geplukt weg. Het trof de muur boven het hoofd van Harry Hole die onderuitgezakt op een stoel zat. 'Alsof we nog niet genoeg problemen hadden, krijg jij het voor elkaar om zo'n beetje elke verrekte paragraaf van het politiehandboek plus nog een paar uit het Wetboek van Strafrecht te overtreden. Waar dacht je aan?'

Rakel, dacht Harry en hij wipte achterover met zijn stoel en leunde tegen de muur. Ik dacht aan Rakel. En aan Aurora.

'Nou?'

'Ik dacht dat als er een snellere manier is om Valentin Gjertsen te pakken, al is het maar één dag eerder, dan kan dat misschien een mensenleven schelen.'

'Kom daar niet mee aan, Harry! Je weet donders goed dat het zo niet werkt. Als iedereen zo zou denken en handelen…'

'Je hebt gelijk en ik weet het. En ik weet dat Valentin Gjertsen bijna in zijn kraag was gegrepen. Hij zag Mehmet, herkende hem uit de bar, begreep wat er aan de hand was en sloop via de achterdeur weg terwijl Mehmet naar de kleedkamer ging om te bellen. En ik weet ook dat als Valentin Gjertsen wel in de stoomruimte had gezeten toen we aankwamen, dan had je het me allang vergeven en ook mijn proactieve, creatieve politiewerk geroemd. Precies de reden waarom je het groepje in de Vuurkamer hebt geformeerd.'

'Jij klootzak!' siste Katrine en Harry zag dat ze zocht naar iets anders op het bureau wat ze naar zijn hoofd kon slingeren, maar dat ze gelukkig niet de nietmachine koos of de stapel correspondentie met de

Amerikaanse instanties over Facebook. 'Ik heb je geen vrijbrief gegeven om als een cowboy te werk te gaan. Ik heb nog geen nieuwswebsite gezien die niet opent met de overval op het badhuis. Een wapen in een vreedzaam badhuis, onschuldige burgers in de schootslijn, een naakte negentigjarige die bedreigd wordt met een pistool. En geen arrestatie! Het is zo...' Ze hief haar handen op en richtte haar blik naar het plafond alsof ze het oordeel overliet aan een hogere macht. '... amateuristisch!'

'Word ik ontslagen?'

'Wil je dat?'

Harry zag haar voor zich. Rakel, slapend, het trillen van de tere oogleden als morsetekens uit comaland. 'Ja,' zei hij. En hij had Aurora gezien, de angst en de pijn in haar blik, de schade bij haar die nooit helemaal hersteld kon worden. 'En nee. Wil jij me eruit schoppen?'

Katrine kreunde, stond op en liep naar het raam. 'Ja, ik wil schoppen,' zei ze met de rug naar hem toe. 'Maar jou niet.'

'Hm.'

'Hm,' aapte ze hem na.

'Zin om dat uit te diepen?'

'Ik wil Truls Berntsen schoppen.'

'Dat spreekt voor zich.'

'Ja, maar niet omdat hij lelijk en lui is. Hij was het lek naar VG.'

'En hoe ben je daarachter gekomen?'

'Anders Wyller heeft een val gezet. Hij is daar wel een beetje te ver in gegaan, ik denk dat hij hem met gelijke munt wilde terugbetalen na dat gedoe met Mona Daa. Maar hoe dan ook, we zullen waarschijnlijk geen problemen met haar krijgen als ze een ambtenaar in functie heeft betaald voor inlichtingen, wetend dat hier sprake kan zijn van corruptie.'

'Dus waarom heb je Berntsen er dan nog niet uit geschopt?'

'Raad maar,' zei ze en ze liep terug naar het bureau.

'Mikael Bellman?'

Katrine gooide een potlood, niet in de richting van Harry, maar naar de deur. 'Bellman was hier en zat waar jij nu zit. Hij kwam me vertellen dat Berntsen hem van zijn onschuld had overtuigd. En vervolgens suggereerde hij dat Wyller zelf met VG kon hebben gepraat en nu Berntsen daarvan de schuld in de schoenen probeerde te schuiven. Maar dat we, zolang we het niet konden bewijzen, geen actie moesten ondernemen en dat het oppakken van Valentin nu de hoogste prioriteit had. Wat zeg jij daarop?'

'Nou, misschien heeft Bellman gelijk, misschien is het beter om het buitenhangen van de vuile was uit te stellen totdat we klaar zijn met het openbreken van het riool.'

Katrine trok een grimas. 'Dat bedenk je nu?'

Harry haalde zijn pakje sigaretten tevoorschijn. 'Wat het lek betreft. De kranten schrijven dat ik in het badhuis was, en dat is oké, ik werd immers herkend. Maar voorlopig kennen niemand anders dan de mensen van de Vuurkamer en jij de rol van Mehmet in dit geheel. En voor zijn veiligheid wil ik dat graag zo houden.'

Katrine knikte. 'Ik heb dat met Bellman overlegd en hij is het daarmee eens. Hij zegt dat we veel te verliezen hebben als bekend wordt dat de politie burgers inzet om ons werk te doen, dat deze hele kwestie de indruk wekt dat we wanhopig zijn. Hij zei dat Mehmet of zijn rol tegen niemand genoemd mag worden, niet eens tegen de onderzoeksgroep. Ik geloof dat hij daar gelijk in heeft, hoewel Truls Berntsen niet meer welkom is op de briefings.'

'O?'

Katrine trok haar ene mondhoek op. 'Hij heeft een eigen kantoor gekregen waar hij dossiers moet archiveren die niks te maken hebben met de vampiristmoorden.'

'Dan heb je hem toch geschopt,' zei Harry en hij stak een sigaret tussen zijn lippen. De telefoon gromde tegen zijn dij. Hij pakte het toestel. Het was een sms van chef-arts Steffens.

'De tests zijn achter de rug. Rakel is terug op 301.'

'Ik moet ervandoor.'

'Blijf je bij ons, Harry?'

'Ik moet er nog over nadenken.'

Voor het politiebureau vond Harry een aansteker in de voering van zijn jas en stak hij de sigaret aan. Hij keek naar de mensen die hem passeerden. Ze maakten zo'n harmonische, zorgeloze indruk. Er was iets uiterst verontrustends aan dat beeld. Waar was hij? Waar was die verdomde Valentin?

'Hoi,' zei Harry toen hij kamer 301 binnenkwam.

Oleg zat naast het bed van Rakel. Hij keek op van het boek waarin hij zat te lezen, maar antwoordde niet.

Harry ging zitten. 'Nog iets te melden?'

Oleg sloeg een bladzijde om.

'Luister,' zei Harry, hij trok zijn jas uit en hing die over de rugleuning. 'Ik weet dat je denkt dat wanneer ik hier niet zit, dat wel moet betekenen dat ik meer om mijn werk geef dan om je moeder. En dat er andere mensen zijn die de moorden kunnen oplossen en dat zij alleen jou en mij heeft.'

'Is dat niet zo?' zei Oleg zonder van zijn boek op te kijken.

'Ze heeft nu niets aan me, Oleg. Ik kan hierbinnen niemand redden, terwijl ik daarbuiten het verschil kan maken. Daar kán ik levens redden.'

Oleg klapte het boek dicht en keek Harry aan. 'Mooi te horen dat je gedreven wordt door filantropie. Anders zou ik nog 'ns kunnen denken dat het om iets anders gaat.'

'Iets anders?'

Oleg liet het boek in zijn tas zakken. 'Eerzucht. Je weet wel: Harry-Hole-is-terug-en-redt-de-wereld.'

'Denk je dat het daarom gaat?'

Oleg haalde zijn schouders op. 'Het is belangrijker wat jij denkt. Of het jou lukt om jezelf te overtuigen met deze bullshit.'

'Zie je me zo? Als iemand die bullshit verkoopt?'

Oleg stond op. 'Weet je waarom ik altijd wilde worden als jij? Dat was niet omdat je zo goed was, maar omdat ik niemand anders had. Jij was de enige man in huis. Maar nu ik je beter bekijk, begrijp ik dat ik alles moet doen om niet te worden zoals jij. Het deprogrammeren is geïnitieerd, Harry.'

'Oleg...'

Maar hij was de deur al uit.

Verdomme, verdomme.

Harry voelde de telefoon trillen in zijn zak en zette hem uit zonder erop te kijken. Hij luisterde naar de machine. Iemand had het volume hoger gezet en er klonk een vertraagde, kleine bliep elke keer dat de groene streep een sprongetje maakte.

Als een klok die aftelt.

Aftelt voor haar.

Aftelt voor iemand buiten.

Stel dat Valentin nu ook zat te kijken op een klok terwijl hij wachtte op de volgende. Harry legde zijn hand om de telefoon, maar liet hem weer los.

Door het lage, gedempte licht wierpen de dikke, blauwe aderen een schaduw toen hij zijn brede hand op de smalle van Rakel legde. Hij probeerde de bliepjes niet te tellen. Bij achthonderdzes kon hij niet langer blijven zitten, hij stond op en ijsbeerde door de kamer. Hij liep de kamer uit, kreeg een arts in de wachtpost te pakken die niet in details wilde treden, maar zei dat de toestand van Rakel stabiel was en dat er werd overlegd om haar uit de coma te halen.

'Dat klinkt als goed nieuws,' zei Harry.

De arts aarzelde even voor hij antwoord gaf. 'We overleggen nog,' zei hij. 'Er zijn ook tegenargumenten. Steffens heeft nachtdienst, u kunt met hem praten als hij komt.'

Harry ging naar de kantine, at en ging weer terug naar 301. De politieman op de stoel voor de deur knikte.

Het was donker geworden in de kamer en Harry knipte een lampje naast het bed aan. Hij klopte een sigaret uit het pakje en bestudeerde ondertussen Rakels oogleden. Haar lippen waren zo droog geworden. Hij probeerde zich de eerste keer dat ze elkaar ontmoetten voor de geest te halen. Hij had op de oprit voor haar huis gestaan en zij was als een ballerina op hem af komen lopen. Klopte die herinnering wel, na zoveel jaren? Die eerste blik. De eerste woorden. De eerste kus. Misschien was het onvermijdelijk dat je het beetje bij beetje bijstelde zodat het uiteindelijk een verhaal werd met logische verbanden, overtuigingen en bedoelingen. Die vertelden dat ze hier de hele tijd naar op weg waren en die ze de hele tijd tegenover elkaar herhaalden, als een stotterritueel voor twee, tot ze er zelf in geloofden. Maar als ze verdween, als het verhaal over Rakel en Harry verdween, wat moest hij dan geloven?

Hij stak de sigaret op.

Inhaleerde, blies uit en zag de rook naar de rookmelder krinkelen en oplossen.

Verdwijnen. Alarm, dacht hij.

Zijn hand gleed in zijn broekzak, hij klemde hem rond de koude, uitgeschakelde telefoon.

Verdomme, verdomme.

Een roeping, zoals Steffens het had genoemd, was het dat? Wanneer je een baan hebt die je haat omdat je weet dat jij de beste bent om dat werk te doen. Iets waarvoor je te gebruiken bent. Als een kuddedier dat zichzelf wegcijfert. Of was het eerzucht, zoals Oleg zei? Verlangde hij ernaar om daarbuiten te zijn en te stralen terwijl zij die hij liefhad hier lag te verdorren? Nou, hij had zich nooit enorm verantwoordelijk gevoeld voor de samenleving en de waardering van zijn collega's of de autoriteiten hadden altijd weinig voor hem betekend. Dus wat bleef er nog over?

Valentin bleef over. De jacht bleef over.

Er klonken twee tikjes en de deur gleed langzaam open. Bjørn Holm sloop naar binnen en ging op de andere stoel zitten.

'Roken in een ziekenhuis,' zei hij. 'Daar staat een straf van zes jaar op, geloof ik.'

'Twee jaar,' zei Harry en hij gaf de sigaret aan Bjørn. 'Doe me een plezier en word medeschuldig.'

Bjørn knikte naar Rakel. 'Ben je niet bang dat ze longkanker krijgt?'

'Rakel houdt van passief roken. Ze zegt dat ze houdt van het feit dat het gratis is en dat mijn lijf al het meeste van de schadelijke stoffen heeft opgenomen voor ik de rook weer uitblaas. Ik ben een combinatie van haar portemonnee en een sigarettenfilter.'

Bjørn nam een trek. 'De voicemail van je telefoon is uitgeschakeld dus ik ging ervan uit dat je hier zat.'

'Hm, je bent altijd te goed in deduceren geweest om alleen technisch rechercheur te zijn.'

'Bedankt. Hoe gaat het?'

'Ze overleggen of ze haar uit de coma zullen halen. Ik kies ervoor om dat als goed nieuws op te vatten. Is er iets bijzonders?'

'Geen van de mensen die we verhoord hebben in het badhuis herkende Valentin van de fantoomtekening. De kerel achter de bar zei dat er op dat tijdstip veel mensen komen en gaan, maar dat hij geloofde dat hij die vent was die altijd in een badjas met daarover een jas komt en een pet tot aan zijn ogen getrokken. En hij betaalt altijd contant.'

'Dus de betaling levert geen elektronisch spoor op. Badjas onder de jas zodat hij niet het risico loopt dat de tatoeage zichtbaar wordt tijdens het omkleden. Hoe gaat hij na het badderen naar huis?'

'Als hij een auto had dan moet de sleutel in de zak van zijn badjas hebben gezeten. Of het geld voor de bus. Want in de kleding die nog in de kleedkamer lag zat helemaal niets, nog niet eens een pluisje. We zullen mogelijk DNA vinden, maar de kleding ruikt naar waspoeder en zelfs de jas lijkt pasgewassen.'

'Dat klopt met het maniakale gepoets op de plaatsen delict. Dat hij sleutels of geld in de stoomruimte meeneemt betekent dat hij voorbereid is op een snelle aftocht.'

'Yep, er zijn geen getuigen die een man in een badjas in de straten van Sagene hebben gezien, dus vermoedelijk heeft hij niet de bus genomen.'

'Hij had zijn auto aan de achterkant geparkeerd. Het is geen toeval dat hij meer dan drie jaar kans heeft gezien uit handen van de politie te blijven. Hij ís goed.' Harry wreef in zijn nek. 'Nou, we hebben hem verjaagd. Wat nu?'

'We checken de bewakingscamera's van winkels en benzinestations in de buurt, zoeken naar een man met een pet en een jas waaronder een badjas uitsteekt. Ik heb trouwens de jas vanmorgen vroeg opengesneden. Er zat een piepklein gaatje in de voering van de zak en het is mogelijk dat er iets in de voering te vinden is.'

'Hij ontwijkt de bewakingscamera's.'

'Denk je?'

'Ja, als we hem op een ervan zien dan is dat omdat hij dat wil.'

'Je hebt vast gelijk.' Bjørn Holm deed zijn parka open. Zijn bleke voorhoofd was nat van het zweet.

Harry blies rook in de richting van Rakel. 'Wat is er, Bjørn?'

'Wat bedoel je?'

'Je had hier niet helemaal naartoe hoeven komen om me hiervan verslag te doen.'

Bjørn gaf geen antwoord. Harry wachtte. De machine bliepte en bliepte.

'Het gaat om Katrine,' zei Bjørn. 'Ik begrijp het niet. Ik zag op mijn telefoon dat ze me vannacht heeft geprobeerd te bellen, maar toen ik haar terugbelde zei ze dat het per ongeluk was gebeurd.'

'Dus?'

'Om drie uur 's nachts? Ze slaapt niet op haar telefoon.'

'Maar waarom heb je het niet gevraagd?'

'Omdat ik niet wil zeuren. Ze heeft tijd nodig. Ruimte. Ze lijkt een beetje op jou.' Bjørn pakte de sigaret uit Harry's hand.

'Op mij?'

'Een eenling.'

Harry griste de sigaret uit Bjørns hand nog voordat hij een trek had kunnen nemen.

'Dat bén je toch?' protesteerde Bjørn.

'Wat wil je?'

'Ik word gek van die onzekerheid. Dus ik vroeg me af of...' Bjørn krabde flink in zijn baard. 'Jullie staan op vertrouwelijke voet met elkaar. Kun jij...'

'Bij haar checken hoe het zit?'

'Zoiets. Ik wil haar terug hebben, Harry.'

Harry drukte de sigaret uit tegen de stoelpoot. Hij keek naar Rakel. 'Uiteraard, ik zal met Katrine praten.'

'Maar zonder dat ze...'

'Begrijpt dat ik dat doe voor jou.'

'Bedankt,' zei Bjørn. 'Je bent een goede vriend, Harry.'

'Ik?' Harry stopte de peuk terug in het pakje. 'Ik ben een eenling.'

Toen Bjørn was vertrokken sloot Harry zijn ogen. Hij luisterde naar de machine, naar het aftellen.

HOOFDSTUK 24

DINSDAGAVOND

Hij heette Olsen en was baas van Olsens, maar de zaak heette al zo toen hij die twintig jaar geleden had overgenomen. Sommige mensen vonden het een onwaarschijnlijk toeval, maar hoe onwaarschijnlijk is het als er de hele tijd onwaarschijnlijke dingen gebeuren? Want iemand moet immers de jackpot in de loterij winnen, dat was het enige wat absoluut zeker was. En toch vinden mensen die winnen dat het niet alleen onwaarschijnlijk is, maar zelfs een wonder. Daarom geloofde Olsen niet in wonderen. Dit was een grensgeval. Ulla Henriksen was zojuist binnengekomen en was aan de tafel gaan zitten waaraan Truls Berntsen al twintig minuten geleden had plaatsgenomen. Het wonder was dat het om een afspraak ging. Olsen twijfelde er niet aan dat ze hadden afgesproken want in de twintig jaar dat hij hier de scepter zwaaide had hij meermalen nerveuze mannen ongeduldig zien wiebelen of met hun vingers op tafel zien trommelen terwijl ze zaten te wachten op de vrouw van hun dromen. Het wonder was dat Ulla Henriksen in haar jeugd het knapste meisje van heel Manglerud was geweest en Truls Berntsen de grootste klootzak en loser van alle jongens die rondhingen in Manglerud en in Olsens kwamen. Truls, of Beavis, was de schaduw van Mikael Bellman geweest, die ook al niet in de top tien van populaire figuren stond. Maar Mikael had in elk geval zijn uiterlijk en vlotte babbel mee en hij was zowel de hockeyjongens als de motorclubgasten te slim af geweest wat de meisjes betrof. En hij was nu ook commissaris van politie dus iets moest hij wel hebben, die Mikael. Truls Berntsen daarentegen: eens een loser, altijd een loser. Olsen liep naar het tafeltje om de bestelling op te nemen en om te horen waar ze over spraken tijdens deze onwaarschijnlijke afspraak.

'Ik was een beetje vroeg,' zei Truls, knikkend naar het bijna lege halveliterglas voor zich.

'Ik ben juist een beetje laat,' zei Ulla, ze trok de riem van haar handtas over haar hoofd en knoopte haar jas open. 'Ik twijfelde of ik wel zou komen.'

'O?' Truls nam snel een klein slokje van zijn bier om te verbergen hoe hij hiervan schrok.

'Ja, het... het is niet zo simpel, Truls.' Ze lachte even. Ze zag Olsen die geruisloos achter haar was opgedoken.

'Ik wacht nog even, bedankt,' zei ze en hij verdween.

Wachten, dacht Truls. Wilde ze het even aankijken? Weggaan als ze zich bedacht? Als hij niet aan haar verwachtingen voldeed? En welke verwachtingen konden het zijn, ze waren praktisch met elkaar opgegroeid.

Ulla keek rond. 'Mijn god, de laatste keer dat ik hier was, was tijdens een klassenreünie tien jaar geleden, herinner je je dat nog?'

'Nee,' zei Truls. 'Daar ben ik niet naartoe gegaan.'

Ze zat te plukken aan haar trui.

'Wat een akelige zaak waar jullie nu aan werken. Jammer dat jullie hem vandaag niet hebben kunnen pakken, Mikael heeft me verteld wat er is gebeurd.'

'Juist ja,' zei Truls. Mikael. Het eerste wat ze dus deed is hem naar voren trekken en hem als een schild voor zich houden. Was ze alleen maar nerveus of wist ze niet wat ze wilde?

'En wat vertelde hij?'

'Dat Harry Hole de barkeeper had gebruikt die de moordenaar voor de eerste moord had gezien. Mikael was woest.'

'De barkeeper van Jealousy Bar?'

'Ik geloof het wel.'

'Gebruikt waarvoor?'

'Om in een Turks badhuis uit te kijken naar de moordenaar. Wist je dat niet?'

‘Ik heb vandaag gewerkt… aan een paar andere moordzaken.’

‘O ja. Maar goed, het is fijn je te zien. Ik kan niet lang blijven, maar…’

‘Zo lang dat ik nog een halve liter kan nemen?’

Hij zag haar aarzeling. Verdomme.

‘Vanwege de kinderen?’ vroeg hij.

‘Wat?’

‘Zijn ze niet in orde?’

Truls zag de lichte verwarring voor ze de reddingsboei greep die hij haar aanbood. Hun beiden aanbood.

‘De jongste is niet lekker.’ Ze huiverde in haar trui en leek er helemaal in te willen kruipen terwijl ze om zich heen keek. Aan slechts drie andere tafels zaten gasten en Truls gokte dat ze er geen van kende. Ze ontspande in elk geval een beetje na haar observatie. ‘Zeg, Truls?’

‘Ja?’

‘Kan ik je iets raars vragen?’

‘Uiteraard.’

‘Wat wil jij?’

‘Wat ik wil?’ Hij nam een nieuwe slok om zichzelf even tijd te geven. ‘Nu, bedoel je?’

‘Ik bedoel, wat zou je willen? Met ons?’

Ik zou de kleren van je lijf willen trekken, je willen neuken en je horen kermen dat je meer wilde, dacht Truls. En daarna zou ik willen dat je uit de koelkast een koud biertje voor me haalt, dat je je hoofd op mijn schouder legt en me zegt dat je alles voor me wilt opgeven. De kinderen, Mikael, dat verdomde huis van je waarvan ik het terras heb aangelegd. Alles. Alleen maar om samen met jou, Truls Berntsen, te kunnen zijn. Want het is nu onmogelijk voor me om bij jou, jou, jou, weg te gaan. En dan zou ik weer willen neuken.

‘Het gaat erom dat je gewaardeerd wordt, of niet?’

Truls slikte. ‘Natuurlijk.’

‘Dat je gewaardeerd wordt door degene van wie je houdt. Bij anderen is dat niet zo belangrijk, toch?’

Truls zag dat er een uitdrukking op haar gezicht kwam die hij niet goed kon duiden.

Ulla leunde naar hem toe en ging zachter praten. 'En soms, wanneer we vinden dat we niet worden gewaardeerd, wanneer er op ons wordt getrapt, dan krijgen we zin om terug te trappen, nietwaar?'

'Jazeker,' zei Truls en hij knikte. 'Dan krijgen we zin om terug te trappen.'

'Maar die zin verdwijnt als we beseffen dat we wel worden gewaardeerd. En weet je? Vanavond zei Mikael dat hij van me houdt. Tussen neus en lippen door en niet zo direct, maar...' Ze beet op haar onderlip. Die heerlijke, volle onderlip waar Truls sinds zijn zestiende naar had gestaard. 'Meer is er niet nodig, Truls. Is dat niet raar?'

'Erg raar,' zei Truls, kijkend in zijn lege glas. En hij vroeg zich af hoe hij moest formuleren wat hij dacht. Bijvoorbeeld dat het soms geen ene zak betekende als iemand zei dat hij van je hield. Vooral niet als het Mikael *fucking* Bellman was.

'Ik denk dat ik mijn kleine jongen niet langer moet laten wachten.'

Truls keek op en zag haar met een bezorgde rimpel op het gezicht naar haar horloge kijken. 'Uiteraard niet,' zei hij.

'Ik hoop dat we de volgende keer meer tijd hebben.'

Truls vroeg niet wanneer dat zou zijn. Hij stond alleen op, probeerde haar niet langer te omhelzen dan zij hem omhelsde. En hij zakte met een plof terug op zijn stoel op het moment dat de buitendeur achter haar dichtviel. Hij voelde de woede in zich opborrelen. Die zware, taaie, lelijke en goede woede.

'Nog een biertje?' Olsen was geruisloos naast hem komen staan.

'Ja. Of nee. Ik moet even bellen. Werkt die nog?' Hij knikte naar het hokje met de glazen deur waarvan Mikael beweerde dat hij daarin Stine Michaelsen had geneukt op het eindexamenfeest. Het was hierbinnen zo tjokvol geweest dat niemand zag wat er onder de gordel gebeurde. En Ulla al helemaal niet omdat ze in de rij voor de bar had gestaan om bier voor hen te halen.

Truls ging het hokje in en zocht het nummer in zijn eigen mobiel.

Hij toetste het in op de glimmende, vierkante metalen toetsen van de munttelefoon.

Hij wachtte. Hij had een strakzittend overhemd aangetrokken dat zijn getrainde borstkas moest benadrukken. Meer biceps en een smallere taille dan Ulla zich waarschijnlijk kon herinneren. Maar ze had hem nauwelijks aangekeken. Truls ademde diep in en voelde hoe zijn beide schouders beide wanden van het hokje raakten. Het was nog kleiner dan dat verdomde kantoortje waarin ze hem vandaag hadden gezet.

Bellman, Bratt, Wyller, Hole: ze konden wat hem betreft allemaal naar de hel lopen.

'Mona Daa.'

'Berntsen. Wat betaal je om te weten te komen wat er vandaag werkelijk is gebeurd in het badhuis?'

'Heb je een *teaser*?'

'Yep: "Om Valentin te pakken riskeert Oslo-politie het leven van onschuldige barkeeper".'

'We worden het wel eens.'

Hij veegde de waterdamp van de badkamerspiegel en staarde naar zichzelf.

'Wie ben je?' fluisterde hij. 'Wie ben je?'

Hij sloot zijn ogen en opende ze weer.

'Ik ben Alexander Dreyer. Maar zeg maar gewoon Alex, hoor.'

Uit de kamer achter hem kwam een ziekelijk gelach dat klonk als een machine of een helikopter en daarna kwamen de angstaanjagende kreten die de overgang markeerden tussen 'Speak To Me' en 'Breathe'. Het waren die kreten die hij geprobeerd had uit de vrouwen los te maken, maar geen van hen wilde op die manier schreeuwen.

De waterdamp was bijna van de spiegel. Hij was nu eindelijk schoon. En hij kon de tatoeage zien. Velen, vooral vrouwen, hadden hem gevraagd waarom hij een demon had uitgekozen om in de huid van zijn borst te laten krassen. Alsof hij daarvoor had gekozen. Ze wisten niets, niets over hem.

'Wie ben je, Alex? Ik ben vertegenwoordiger bij Storebrand. Nee, ik wil het niet hebben over verzekeringen, laten we het over jou hebben. Wat doe jij, Tone? Wil je voor me schreeuwen als ik je tepels afsnij en ze opeet?'

Hij liep van de badkamer naar de woonkamer en keek naar de foto op het bureau die naast de witte sleutel lag. Tone. Ze zat al twee jaar op Tinder en woonde in de Professor Dahls gate. Ze werkte in een tuincentrum en was niet echt knap. En een beetje te dik. Hij had liever gezien dat ze wat slanker was. Marte was slank. Hij mocht Marte. Die sproeten stonden haar goed.

Maar goed, Tone dus. Hij aaide met zijn hand over de rode kolf van de revolver.

De plannen waren niet veranderd, hoewel het vandaag bijna verkeerd was gegaan. Hij had de man die de hararet was binnengekomen niet herkend, maar het was duidelijk dat hij hem wel herkende. Zijn pupillen waren groter geworden, hij kon zien dat zijn hart sneller ging kloppen en hij had als bevroren gestaan in de dunnere mist bij de deur voor hij maakte dat hij wegkwam. Toen stond de lucht stijf van zijn angst.

De auto had zoals gebruikelijk in een rustig straatje op minder dan honderd meter afstand van de achterdeur gestaan. Hij ging uiteraard niet regelmatig naar een badhuis dat geen vluchtweg had. Of naar een badhuis dat niet schoon was of zonder de autosleutels in de zak van zijn badjas.

Hij overwoog om Tone dood te schieten met de revolver nadat hij haar had gebeten. Alleen maar om wat verwarring te zaaien. Kijken wat voor koppen er dan in de kranten kwamen. Maar dan zou hij de regels overtreden. En die ander was al kwaad dat hij die met de serveerster overtreden had.

Hij duwde de revolver tegen zijn buik om de koude schok van het staal te voelen voor hij die weer weglegde. Hoe dichtbij was hij, die smeris? VG had geschreven dat ze met een of ander gerechtelijk bevel Facebook wilden dwingen om het adres vrij te geven. Maar daar had hij geen verstand van en hij maakte zich er ook geen zorgen over. Daar maakte Alexander Dreyer noch Valentin Gjertsen zich zorgen over. Zijn moeder zei dat ze hem had vernoemd naar Valentino, het eerste sekssymbool uit de filmgeschiedenis. Dus ze had het aan zichzelf te danken dat hij die naam eer aan wilde doen. In het begin was het relatief zonder risico geweest. Want als je een meisje verkracht voor je zestiende en de gelukkige is zelf op een leeftijd dat seks is toegestaan, dan zou het meisje volwassen genoeg zijn om te begrijpen dat het niet om verkrachting ging, maar om vrijwillige seks en dat juist zij het risico liep veroordeeld te worden voor seks met een minderjarige. Na het bereiken van de leeftijd van zestien werd het risico groter. Tenzij je degene verkracht die je vernoemd heeft naar Valentino, natuurlijk. Hoewel, verkrachting, verkrachting. Toen ze begonnen was met zichzelf op te sluiten en hij haar had uitgelegd dat het zij was of de buurmeisjes, de leraressen, de tantes of toevallige slachtoffers van de straat, toen had ze de deur weer van het slot gedaan. De psychologen die hij het had verteld hadden hem niet geloofd. Nou, uiteindelijk geloofden ze hem wel.

Pink Floyd schakelde over naar 'On The Run'. Gestreste trommels, pulserende synthesizers, het geluid van rennende, vluchtende voeten. Vluchten voor de politie. Voor de handboeien van Harry Hole. Zielige pervert?

Hij pakte het glas met limonade van tafel. Nam een slokje en keek ernaar. Toen gooide hij het tegen de muur. Het glas brak en de gele vloeistof droop langs het witte behang. Hij hoorde gevloek uit de flat naast hem.

Toen liep hij de slaapkamer in. Hij controleerde de enkelkettingen en handboeien aan de bedstijlen. Hij keek naar de serveerster met sproeten die op zijn bed lag te slapen. Ze ademde regelmatig. De dope deed zijn werk. Droomde ze? Over de blauwzwarte man? Of deed alleen hij dat? Een van de psychologen veronderstelde dat die herhaaldelijk terugkerende nachtmerrie een halfvergeten jeugdherinnering was en dat het zijn eigen vader was die hij op zijn moeder in bed had gezien. Maar dat was natuurlijk flauwekul, hij had zijn vader nooit gezien. Volgens zijn moeder had hij haar één keer verkracht en daarna was hij in rook opgegaan. Zoiets als de Maagd Maria en de Heilige Geest. Wat hem tot de Verlosser maakte. En waarom niet? Hij die terug zou komen en zou oordelen.

Hij streelde Marte over haar wang. Het was lang geleden dat hij een echte, levende vrouw in zijn bed had gehad. En hij gaf absoluut de voorkeur aan Harry Holes serveerster boven zijn vaste, dode Japanse vriendin. Dus, ja, het was echt jammer dat hij haar weer moest afstaan. Jammer dat hij de wil van de demon niet kon volgen, maar moest luisteren naar de stem van de ander, de stem van het brein. De stem van het brein was kwaad geweest en de instructies waren gedetailleerd. Een bos langs een verlaten weg ten noordoosten van de stad.

Hij liep terug naar de woonkamer en ging in de stoel zitten. Het gladde leer voelde goed tegen zijn naakte huid die nog steeds wat pijnlijk prikte na de gloeiend hete douche. Hij zette de nieuwe telefoon aan waarin hij de simkaart had gestopt die hij had gekregen. De Tinder-app en de VG-app stonden naast elkaar. Hij tikte eerst op die van VG. En wachtte. De wachttijd was een deel van de spanning. Stond hij nog steeds boven aan op de nieuwssite? Hij kon de B-acteurs goed begrijpen die van alles uithaalden om maar aandacht van de media te krijgen. Een zangeres die kookte met een clown van een televisiekok omdat ze – en ze geloofde het vast zelf – *in the picture* moest blijven.

Harry Hole staarde hem nors aan.

'Barkeeper van Elise Hermansen gebruikt door de politie'.

Hij tikte op 'lees verder' en scrolde naar beneden.

'De bron zegt dat de barkeeper in het Turkse badhuis werd gestationeerd om voor de politie te spioneren...'

Die kerel in de hararet. De man van de politie. De man van Harry Hole.

'...omdat hij de enige is die met zekerheid Valentin Gjertsen kan identificeren'.

Hij stond op, voelde dat het leer zijn huid met een knetterend geluid losliet en liep naar de badkamer. Hij staarde in de spiegel. Wie ben je? Wie ben je? Jij bent de enige. Jij bent de énige die dit gezicht dat je nu aankijkt, heeft gezien en herkend.

Er werd geen naam genoemd of een foto getoond van de man. En hij had die avond geen barkeeper gezien toen hij Jealousy Bar was binnengekomen. Omdat oogcontact ervoor zorgt dat mensen zich jou herinneren. Maar nu had hij wel oogcontact gehad en nu herinnerde hij het zich. Hij ging met zijn vinger langs het demongezicht. Dat wilde eruit. Dat moest eruit.

In de woonkamer werd 'On The Run' afgesloten met het gejank van een neerstortend vliegtuig en het gelach van een gek voordat het

vliegtuig crashte met een heftige, langdurige explosie.
Valentin Gjertsen sloot zijn ogen en zag de vlammen voor zich.

'Wat is het risico als jullie haar wakker maken?' vroeg Harry en hij keek naar het kruis dat boven het hoofd van Steffens hing.

'Daar zijn vele antwoorden op,' zei Steffens. 'En één juist.'

'En dat is?'

'Dat we het niet weten.'

'Net zoals jullie niet weten wat haar mankeert.'

'Ja.'

'Hm, wat weten jullie eigenlijk wel?'

'Als je dat algemeen bedoelt, dan weten we behoorlijk veel. Maar als mensen wisten hoeveel we niet weten, dan zouden ze bang worden, Harry. Onnodig bang. Dus dat deel proberen we zo min mogelijk te belichten.'

'Echt?'

'We zeggen dat we in de repareerbranche zitten, maar het is voornamelijk de troostbranche.'

'Dus waarom vertel je me dit, Steffens, waarom troost je me niet?'

'Omdat ik er tamelijk zeker van ben dat je al weet dat de waarheid een illusie is. Als moordonderzoeker verkoop je ook iets anders dan je beweert. Je geeft de mensen het gevoel dat het recht zegeviert, dat er orde en veiligheid is. Maar er bestaat geen volkomen, objectieve waarheid en geen absolute rechtvaardigheid.'

'Heeft ze pijn?'

'Nee.'

Harry knikte. 'Mag ik roken?'

'In de kamer van een arts in een openbaar ziekenhuis?'

'Dat klinkt geruststellend als roken inderdaad zo gevaarlijk is als ze zeggen.'

Steffens lachte. 'Een verpleegkundige heeft me verteld dat een van de schoonmakers as op de grond onder het bed van kamer 301 heeft gevonden. Ik geef er de voorkeur aan dat je het buiten doet. Hoe neemt je zoon het trouwens op?'

Harry haalde zijn schouders op. 'Moeilijk. Bang. Kwaad.'

'Ik zag hem arriveren. Oleg, toch? Hij is bij haar in de kamer gebleven, wilde hij niet meekomen?'

'Hij wilde hier niet samen met mij naartoe. Of met me praten. Hij vindt dat ik haar in de steek laat door deel te nemen aan het onderzoek terwijl zij zo ziek is.'

Steffens knikte. 'De jeugd is altijd benijdenswaardig zelfverzekerd in zijn morele oordelen. Hij kan een punt hebben dat een grotere inzet van de politie niet altijd de effectiefste manier is om criminele elementen te bestrijden.'

'O?'

'Weet je waardoor in de jaren negentig in Amerika de criminaliteit is afgenomen?'

Harry schudde zijn hoofd, zette zijn handen op de armleuningen en keek naar de deur.

'Zie het als een pauze omdat je hersenen zo doormalen,' zei Steffens. 'Doe eens een gok.'

'Gok, gok,' zei Harry. 'Het is wel algemeen bekend dat het zero-tolerance van burgemeester Giuliani met juist meer politie op straat daaraan heeft bijgedragen.'

'En dat klopt dus niet. Want de misdaad is niet alleen in New York afgenomen, maar in heel Amerika. En het antwoord is dat de liberalere abortuswetgeving uit de jaren zeventig de oorzaak was.' Steffens leunde achterover en zweeg even om Harry de kans te geven na te denken voor hijzelf met de juiste verklaring kwam: 'Alleenstaande, losbandige vrouwen die seks hebben met min of meer toevallige mannen die de volgende ochtend, of in elk geval als zij ontdekt dat ze zwanger is, ervandoor gaan. Dergelijke zwangerschappen hebben eeuwenlang aan de lopende band criminele nakomelingen voortgebracht. Kinderen zonder vader, zonder grenzen, zonder een moeder die het geld heeft om ze een fatsoenlijke opleiding te geven of een morele ruggengraat, zonder God of gebod. Deze vrouwen wilden maar al te graag abortus laten plegen als dat niet strafbaar was geweest. En toen, in de jaren zeventig, kregen ze wat ze wilden. De vruchten van deze holocaust, als gevolg van de liberale abortuswetgeving, konden twintig jaar later in Amerika worden geplukt.'

'Hm, en wat vindt de mormoon daarvan? Of ben je dat niet?'

Steffens lachte en zette zijn vingertoppen tegen elkaar. 'Ik steun de kerk in vele opzichten, Hole, maar in hun verzet tegen abortus niet. Ik steun de heidenen. In de jaren negentig konden gewone burgers weer in de straten van de Amerikaanse steden lopen zonder de angst beroofd, verkracht of vermoord te worden. Omdat hij die ze zou willen vermoorden al uit het lichaam van zijn moeder was geschraapt, Hole. Maar waar ik de liberale heidenen niet in steun is de roep om zelfbeschikkingsrecht met betrekking tot abortus. Het potentieel van een embryo zal ongeveer twintig jaar later een last of een geschenk zijn voor de samenleving en daarom zou het besluit over al dan niet een abortuswet bij de samenleving moeten liggen en niet bij een onverantwoordelijke vrouw die op zoek was naar seks.'

Harry keek op de klok. 'Jij bent een voorstander van door de stáát geregelde abortussen?'

'Geen fijne taak, uiteraard. Dus degene die dat werk doet moet dat doen vanuit... ja, een roeping.'

'Je maakt een grapje, zeker?'

Steffens hield Harry's blik een paar seconden vast, toen lachte hij. 'Vanzelfsprekend, ik geloof heilig en onwrikbaar in het zelfbeschikkingsrecht van het individu.'

Harry stond op. 'Ik ga ervan uit dat jullie me op de hoogte houden wanneer Rakel uit haar coma wordt gehaald. Het zal vast fijn voor haar zijn om een bekend gezicht te zien als ze wakker wordt, of niet?'

'Ook dat is een opvatting, Harry. Zeg tegen Oleg dat hij bij me binnen kan lopen als hij vragen heeft.'

Harry liep het gebouw uit. Hij rilde van de kou, nam twee trekken van zijn sigaret, stelde vast dat die niet smaakte, drukte de sigaret uit en liep snel weer naar binnen.

'Hoe gaat het, Antonsen?' vroeg hij aan de politiebewaker voor kamer 301.

'Ja, goed,' zei Antonsen en hij keek op. 'Er staat een foto van jou in VG.'

'O ja?'

'Wil je hem zien?' Antonsen trok zijn smartphone tevoorschijn.

'Alleen als ik er echt goed uitzie.'

Antonsen gromde. 'Dan wil je hem misschien niet zien. Maar ik moet zeggen dat jullie er wel een beetje een zooitje van hebben gemaakt op de afdeling Geweld. Een negentigjarige die een pistool op zich gericht krijgt en een barkeeper die voor spion moet spelen.'

Harry bleef met zijn hand op de deurklink abrupt staan. 'Zeg dat laatste nog eens?'

Antonsen hield de telefoon voor zijn neus, tuurde aandachtig, duidelijk kippig. 'Barkeep...' kon hij nog net lezen voor Harry de telefoon uit zijn hand griste.

Harry's blik scande snel het scherm. 'Verdomme, verdomme. Heb je hier een auto, Antonsen?'

'Nee, ik fiets. Oslo is eigenlijk maar klein en zo krijg je een beetje lichaamsbeweging als...'

Harry gooide de telefoon terug in Antonsens schoot en rukte de deur van 301 open. Oleg sloeg zijn ogen lang genoeg op om te constateren dat het Harry was voor hij ze weer richtte op zijn boek.

'Oleg, jij hebt een auto, je moet me naar Grünerløkka brengen. Nu.'

Oleg snoof zonder op te kijken. 'Vast.'

'Dat was geen vraag, dat was een bevel. Kom.'

'Bevel?' Zijn gezicht vertrok in razernij. 'Je bent mijn vader niet. En gelukkig maar.'

'Je had gelijk. De rang bepaalt alles. *Me*, inspecteur, *you*, aspirant politieagent. Dus droog je tranen en kom met je kont van die stoel af.'

Olegs mond viel open.

Harry draaide zich om en liep met grote passen door de gang.

Mehmet Kalak had Coldplay en U2 links laten liggen en testte Ian Hunter uit op zijn clientèle.

'All The Young Dudes' schalde door de luidsprekers.

'En?' zei Mehmet.

'Niet slecht, maar David Bowie deed het beter,' zei de clientèle. Of beter gezegd, Øystein Eikeland die weer aan de andere kant van de bar zat nu zijn werk gedaan was. En aangezien ze de bar voor hen samen hadden kon Mehmet de volumeknop flink opendraaien.

'Hoe hard je Hunter ook laat horen!' riep Øystein en hij tilde zijn daiquiri op. Het was zijn vijfde. En omdat hij die zelf had gemixt en dit dus bestempeld kon worden als een smaakproef, waren het uitgaven voor het verwerven van inkomsten en daarom aftrekbaar. En omdat er een personeelsprijs werd gerekend, maar hij van plan was voor de belastingaftrek de volle prijs te rekenen, verdiende hij feitelijk aan het drinken.

'Ik zou nu willen stoppen, maar ik moet er nog één mixen zodat ik mijn huur kan betalen,' zei hij met dubbele tong.

'Je bent een betere klant dan een barkeeper,' zei Mehmet. 'Dat wil niet zeggen dat je een waardeloze barkeeper bent, maar wel de beste klant die ik heb...'

'Bedankt, beste Mehmet, ik...'

'...en nu moet je naar huis.'

'Moet dat?'

'Dat moet.' Om te onderstrepen dat hij het meende, zette Mehmet de muziek zachter.

Øystein draaide zijn hoofd en opende zijn mond alsof hij nog iets op zijn hart had, kennelijk dacht hij dat het geformuleerd zou worden door woorden als hij alleen maar zijn mond opende, maar er gebeurde niets. Hij probeerde het nog een keer, sloot zijn mond weer en knikte. Hij deed zijn taxi-jas dicht, gleed van de barkruk en liep wankel in de richting van de deur.

'Geen fooi?' riep Mehmet lachend.

'Fooi niet aftlekbaar... niet aflekbaar... niet, verdomme!'

Mehmet pakte het glas van Øystein, liet er een druppel afwasmiddel in vallen en waste het onder de kraan af. Er waren vanavond niet genoeg klanten geweest om de afwasmachine aan te zetten. De telefoon die op de bar lag lichtte op. Het was Harry. En terwijl hij zijn handen droogde om hem te pakken, realiseerde hij zich dat er iets was met de tijd. De tijd dat het de deur had gekost om dicht te vallen nadat Øystein die had opengetrokken. Het had langer geduurd dan normaal. Iemand had de open deur een paar seconden vastgehouden. Hij keek op.

'Stil vanavond?' vroeg de man die voor de bar stond.

Mehmet probeerde adem te halen om te antwoorden, maar dat lukte niet.

'Stil is mooi,' zei Valentin Gjertsen. Want hij was het. De man uit de stoomruimte.

Mehmet strekte zwijgend zijn hand uit naar de telefoon.

'Als je zo vriendelijk bent om niet op te nemen, dan zal ik je een dienst bewijzen.'

Mehmet zou niet op het aanbod zijn ingegaan als er niet een grote revolver op hem was gericht.

'Bedankt, daar zul je geen spijt van krijgen.' De man keek rond. 'Jammer dat je geen klanten hebt. Voor jou dan. Mij komt dat erg goed uit, dat betekent namelijk dat ik je volle aandacht heb. Nou ja, die zou ik toch wel hebben gehad want je bent vast benieuwd wat ik wil. Of ik gekomen ben om een biertje of je leven te nemen. Toch?'

Mehmet knikte langzaam.

'Ja, dat laatste ligt voor de hand omdat jij de enige levende persoon bent die me kan identificeren. Dat is een feit, wist je dat? Zelfs die plastisch chirurg die... nou ja, genoeg daarover. Maar goed, omdat jij je telefoon niet hebt gepakt en me daarmee niet bij de politie hebt aangegeven, zoals je zou kunnen verwachten van een brave burger, zal ik je een dienst bewijzen. Ga je daarmee akkoord?'

Mehmet knikte weer en hij trachtte de onvermijdelijke gedachte dat hij dood zou gaan te verdringen. Zijn hersenen zochten wanhopig naar andere mogelijkheden, maar konden alleen dit bedenken: hij zou sterven. Maar als antwoord op zijn gedachten klonk er gebons op het raam bij de deur. Mehmet keek langs Valentin. Een stel handen en een bekend gezicht die tegen de ruit gedrukt werden om naar binnen te kunnen kijken. Kom binnen, verdomme, kom binnen.

'Verroer je niet,' zei Valentin zacht zonder zich om te draaien. Zijn lichaam verborg de revolver zodat de persoon bij het raam die niet kon zien.

Waarom kwam hij verdomme niet binnen?

Het antwoord kwam de volgende seconde. Een luid gebonk op de deur.

Valentin had de deur op slot gedraaid toen hij binnenkwam.

Het gezicht was weer terug en Mehmet zag dat hij zwaaide met zijn handen om aandacht te krijgen dus hij had ze wel gezien.

'Verroer je niet, maar gebaar dat je gesloten bent,' zei Valentin. Er was geen spoortje stress in zijn stem te horen.

Mehmet stond rechtop met zijn handen langs zijn zij.

'Nu, anders vermoord ik je.'

'Dat doe je toch.'

'Dat kun je nooit honderd procent zeker weten. Maar als je niet doet wat ik zeg dan beloof ik dat ik je dood. En daarna diegene buiten. Kijk me aan: dat beloof ik.'

Mehmet keek Valentin aan. Hij slikte en leunde iets opzij, in het licht, zodat de man buiten hem goed kon zien en schudde met zijn hoofd.

Het gezicht was er nog een paar seconden. Een gebaar, het was niet goed te zien, en toen was Geir Sølle weg. Valentin volgde het in de spiegel.

'Zo,' zei hij. 'Waar waren we? Ja, goed nieuws en slecht nieuws. Het slechte is dat de voor de hand liggende gedachte dat ik hier ben om je te vermoorden, zó voor de hand liggend is dat het... ja, een vanzelfsprekendheid is geworden. Het is met andere woorden honderd procent zeker. Ik ga je vermoorden.' Valentin keek Mehmet met een verontschuldigende blik aan voor hij in vrolijk gelach uitbarstte. 'Dat is het langste gezicht dat ik vandaag heb gezien! En dat kan ik begrijpen, maar vergeet het goede nieuws niet. Mijn gunst. En dat is dat jij mag kiezen hoe je sterft. Dit zijn de opties, dus luister goed. Luister je? Goed. Wil je door je hoofd worden geschoten of dit buisje door je hals geboord krijgen?' Valentin hield iets omhoog wat leek op een overmaats rietje van metaal met een uiteinde dat schuin was afgesneden waardoor er een vlijmscherpe punt was ontstaan.

Mehmet keek alleen naar Valentin. Het was allemaal zo absurd dat hij zich ging afvragen of het niet een droom was waaruit hij zo zou ontwaken. Of misschien was het de man voor hem die dit droomde? Maar toen stak Valentin het buisje in zijn richting en Mehmet deed automatisch een stap naar achteren en kreeg de spoelbak in zijn rug.

Valentin smakte. 'Dus niet het buisje?'

Mehmet schudde langzaam van nee terwijl hij zag hoe het metaal van de spitse punt in het licht weerkaatste. Prikken. Dat was zijn grootste angst. Om iets door zijn huid geprikt te krijgen. Om die reden was hij als jongen van huis weggelopen en had hij zich verstopt in het bos toen hij gevaccineerd moest worden.

'Afspraak is afspraak, dus niet het buisje.' Valentin legde het op de bar en haalde een paar zwarte, antiek uitziende handboeien uit zijn zak, zonder dat de revolverloop ook maar een duimbreed van Mehmet afweek. 'Haak die rond de metalen stang van de spiegelplank, sluit ze rond je polsen en leg je hoofd in de spoelbak.'

'Ik...'

Mehmet zag de klap niet komen. Hij registreerde slechts een krakend geluid in zijn hoofd, een ogenblik was het zwart voor zijn ogen en toen de beeldverbinding weer was hersteld, was zijn blik op iets anders gericht. Hij begreep dat hij geslagen was met de revolver en dat het de loop was die hij tegen zijn slaap voelde drukken.

'Het buisje,' fluisterde de stem bij zijn oor. 'Het is jouw keus.'

Mehmet greep de merkwaardig zware handboeien en sloeg de ketting rond de metalen stang. Hij klikte de boeien rond zijn polsen. Hij voelde iets warms over zijn neusrug en bovenlip lopen. De zoete, metalen smaak van bloed.

'Lekker?' zei Valentin met een hoog stemmetje.

Mehmet keek op en hun blikken kruisten elkaar in de spiegel.

'Zelf kan ik het eigenlijk nauwelijks verdragen,' zei Valentin glimlachend. 'Het smaakt naar staal en slaag. Ja, staal en slaag. Je eigen bloed, dat gaat nog. Maar dat van een ander? En je kunt proeven wat ze hebben gegeten. Nu we het toch over eten hebben, heeft de terdoodveroordeelde nog een laatste wens? Ik vraag het niet omdat ik van plan ben je een maaltijd te serveren, maar puur uit nieuwsgierigheid.'

Mehmet knipperde met zijn ogen. Een laatste wens? De woorden drongen niet echt door en toch, als in een droom, volgden de gedachten automatisch op de vraag. Hij wenste dat Jealousy Bar ooit de coolste plek van Oslo zou worden, dat Besiktas kampioen werd, dat hij begraven zou worden op de tonen van 'Ready for Love' van Paul

Rodgers. Was er verder nog iets? Hij probeerde na te denken, maar kon verder niets verzinnen. En hij voelde een kwade lach in zich opborrelen.

Harry zag dat een gedaante met snelle passen wegliep van Jealousy Bar. Het licht achter het grote raam dat op de straat uitkeek viel op het trottoir, maar hij hoorde geen muziek uit de bar komen. Hij ging naast het raam staan en keek naar binnen. Hij zag vaag de rug van een gedaante die achter de bar stond, maar het was onmogelijk te zien of het Mehmet was. Verder was er niemand te zien. Harry liep naar de deur en duwde de klink voorzichtig naar beneden. Op slot. De bar was officieel tot middernacht open. Harry pakte de sleutelring met het plastic gebroken hartje en stak de sleutel behoedzaam in het slot. Hij pakte zijn Glock 17 met zijn rechterhand terwijl hij de sleutel omdraaide en met zijn linkerhand de deur opende. Hij stapte naar binnen, hield het pistool met beide handen voor zich terwijl hij er met zijn voet voor zorgde dat de deur zachtjes achter hem dichtviel. Maar de geluiden van Grünerløkka in de avond stroomden naar binnen en de gedaante achter de bar richtte zich op en keek in de spiegel.

'Politie,' zei Harry. 'Geen beweging.'

'Harry Hole.' De gedaante droeg een pet en door de manier waarop hij stond kon Harry zijn gezicht niet zien, maar dat hoefde hij niet. Het was meer dan drie jaar geleden sinds hij voor het laatst die hoge stem had gehoord en toch leek het of het gisteren was.

'Valentin Gjertsen,' zei Harry en hij hoorde de trilling in zijn stem.

'Eindelijk ontmoeten we elkaar, Harry. Ik heb aan je gedacht. Heb jij aan mij gedacht?'

'Waar is Mehmet?'

'Je bent opgewekt dus je hébt aan mij gedacht.' Die hoge lach. 'Waarom? Is het vanwege mijn merites? Of om de slachtoffers, zoals jullie ze noemen? Nee, wacht. Het is natuurlijk vanwege jouw merites. Ik ben de man die je nooit hebt kunnen pakken, of niet?'

Harry gaf geen antwoord en bleef bij de deur staan.

'Het is niet te verdragen, is het wel? Mooi! Daarom ben je ook zo goed. Je bent net als ik, Harry, je verdraagt het niet.'

'Ik ben níet zoals jij, Valentin.' Harry pakte het pistool anders vast, hij richtte en vroeg zich ondertussen af wat hem weerhield om dichterbij te komen.

'Niet? Je laat je niet leiden door de meningen van de mensen om je heen, toch? Jij hebt *the eyes on the prize*, Harry. Kijk nu eens naar jezelf. Jij wilt alleen jouw trofeeën hebben, koste wat het kost. Het leven van anderen, jouw eigen leven, als je heel eerlijk bent komen die op de tweede plaats, dat klopt toch? Jij en ik zouden eens goed met elkaar moeten praten, Harry. Want we komen niet zo vaak mensen zoals wij tegen.'

'Houd je bek, Valentin. Sta stil, steek je handen omhoog zodat ik ze kan zien en vertel me waar Mehmet is.'

'Als Mehmet de naam van jouw spion is dan moet ik me bewegen om je hem te laten zien. Dan zal de situatie voor ons ook een stuk duidelijker worden.'

Valentin Gjertsen deed een stap opzij. Mehmet stond half en hing half aan zijn armen die vastzaten aan een metalen stang die evenwijdig aan de spiegelplank liep. Zijn hoofd hing voorover in de spoelbak waardoor zijn zwarte krullen zijn gezicht bedekten. Valentin hield een revolver met een lange loop op zijn achterhoofd gericht.

'Blijf staan waar je staat, Harry. We hebben hier zoals je kunt zien een interessante terreurbalans. Vanwaar je staat is het zo'n tien meter. De kans dat jouw eerste schot mij buitenspel zet en dat het me niet meer lukt Mehmet te doden, is tamelijk klein, ben je dat met me eens? Als ik Mehmet eerst doodschiet dan heb jij de kans om minstens twee keer op mij te schieten voor ik mijn revolver op jou kan richten. Slechte vooruitzichten voor mij. We hebben dus met andere woorden een verlies-verliessituatie waardoor, Harry, de vraag zich toespitst op: ben je bereid jouw spion op te offeren om mij nu te pakken? Of zullen we hem redden en dan kun je me later pakken? Wat zeg je?'

Harry keek over de loop naar Valentin. Hij had gelijk. Het was te donker en de afstand te groot om er zeker van te zijn dat hij hem onmiddellijk zou uitschakelen.

'Uit je zwijgen maak ik op dat je het met me eens bent, Harry. Aangezien ik in de verte politiesirenes hoor, neem ik aan dat we weinig tijd hebben.'

Harry had overwogen te vragen geen sirenes te gebruiken, maar dan was de aanrijtijd langer geweest.

'Leg je pistool neer, Harry, dan vertrek ik nu direct.'

Harry schudde zijn hoofd. 'Jij bent hier omdat hij je gezicht heeft gezien, dus je gaat hem doodschieten en daarna mij omdat ik zo meteen ook je gezicht zal zien.'

'Kom dan binnen vijf seconden met een ander voorstel anders schiet ik en waag de gok dat jij mist voordat ik jou raak.'

'Nog steeds terreurbalans,' zei Harry. 'Maar met een evenwichtige ontwapening.'

'Je probeert tijd te rekken, maar het aftellen is begonnen. Vier, drie...'

'We draaien allebei tegelijk ons wapen en houden de loop in onze rechterhand met de trekker en de kolf duidelijk zichtbaar voor de ander.'

'Twee...'

'Jij beweegt je in de richting van de uitgang, terwijl ik me langs de zitjes in de richting van de bar begeef.'

'Eén...'

'De afstand tussen ons blijft de hele tijd dezelfde en geen van ons tweeën kan schieten zonder dat de ander kans ziet om te reageren.'

Het was stil in de bar. De sirenes kwamen dichterbij. En als Oleg deed wat hem was gevraagd, correctie, wat hem was bevólen, dan zat hij nog steeds twee straten verderop in de auto en bleef hij daar zitten.

Het licht verdween ineens en Harry begreep dat Valentin aan de dimmer achter de bar had gedraaid. En toen hij zich voor de eerste keer naar Harry omdraaide was het te donker om zijn gezicht onder de pet te kunnen zien.

'We draaien bij drie onze wapens om,' zei Valentin en hij tilde zijn handen op. 'Eén, twee... drie.'

Harry greep de kolf met zijn linkerhand en toen de pistoolloop met zijn rechter. Hij hield het pistool in de lucht. Valentin deed hetzelfde. Het leek met die karakteristieke rode kolf van een Ruger Redhawk of hij een vlag omhooghield tijdens de kinderoptocht op de nationale feestdag van 17 mei.

'Kijk eens aan,' zei Valentin. 'Welke andere twee mannen die elkaar echt goed begrijpen kunnen dat volbrengen? Ik mag jou, Harry. Ik mag jou echt. Dan beginnen we nu met lopen...'

Valentin liep naar de muur en Harry bewoog zich in de richting van de zitjes. Het was zo stil dat Harry de laarzen van Valentin kon horen kraken terwijl ze in een halve cirkel om elkaar heen slopen. Ze hielden elkaar als twee waakzame gladiatoren in het oog die wisten dat de geringste aanval de dood van minstens een van hen zou betekenen. Harry begreep dat hij bij de bar was gekomen toen hij het zware gebrom van de koelkast hoorde, het gelijkmatige gedruppel van de kraan boven de spoelbak en het insectengezoem van de versterker van de muziekinstallatie. Hij tastte met zijn hand in het donker zonder het silhouet dat zich aftekende tegen het licht buiten uit het oog te verliezen. Toen was hij achter de bar, hij hoorde de straatgeluiden op het moment dat de deur openging en de rennende voetstappen die zich verwijderden.

Hij haalde de telefoon uit zijn zak en hield die tegen zijn oor.

'Hoorde je dat?'

'Ik heb alles gehoord,' antwoordde Oleg. 'Ik geef het door aan de patrouillewagens. Signalement?'

'Kort, zwart jack, donkere broek, een pet zonder logo die hij vast al heeft weggegooid. Zijn gezicht heb ik niet gezien. Hij is in de richting van de Thorvald Meyers gate gerend, dus...'

'...daar zijn de meeste mensen en is veel verkeer. Ik geef het door.'

Harry stopte de telefoon in zijn zak en legde zijn hand op de schouder van Mehmet. Geen reactie.

'Mehmet...'

Hij hoorde de koelkast of de versterker niet meer, alleen het gelijkmatige gedruppel. Hij draaide aan de knop van de dimmer. Hij greep Mehmets krullen en tilde zijn hoofd omzichtig op uit de spoelbak. Zijn gezicht was bleek. Te bleek.

Er stak iets uit zijn hals.

Het leek op een rietje van metaal.
Er drupten nog steeds rode druppels uit die in de spoelbak vielen die rood was door al het bloed.

HOOFDSTUK 25

DINSDAGNACHT

Katrine Bratt sprong uit de auto en liep naar de afzetlinten voor Jealousy Bar. Ze zag de man die rokend tegen een van de politieauto's stond geleund. Afwisselend verlichtte het blauwe zwaailicht het lelijke en tegelijkertijd mooie gezicht en zette het weer in de schaduw. Ze rilde en liep op hem af.

'Het is koud,' zei ze.

'De winter is in aantocht,' zei Harry en hij blies rook uit die gevangen werd door het blauwe licht.

'Het is Emilia die onderweg is.'

'Hm, die was ik helemaal vergeten.'

'Ze zeggen dat die morgen in Oslo aankomt.'

'Hm.'

Katrine keek hem aan. Ze dacht alle versies van Harry te hebben gezien, maar deze kende ze nog niet. Zo leeg, zo gebroken, zo afstandelijk. Ze had sterk de neiging hem over zijn wang te strelen, hem vast te houden. Maar dat kon ze niet. Er waren vele redenen dat ze dat niet kon.

'Wat is daarbinnen gebeurd?'

'Valentin Gjertsen had een Ruger Redhawk en liet me geloven dat ik onderhandelde over een mensenleven. Maar Mehmet was al dood voordat ik binnenkwam. Het metalen buisje was door zijn halsslagader gestoken. Hij is als een verrekte vis leeggebloed. Alleen omdat hij... omdat ik...' Harry begon te knipperen met zijn ogen en stopte met praten, zogenaamd om een draadje tabak van zijn tong te plukken.

Katrine wist niet wat ze moest zeggen. Dus ze zei niets. In plaats daarvan keek ze naar de zwart gespoten Volvo Amazon met rallystrepen aan de andere kant van de straat. Bjørn stapte uit en Katrine voelde dat haar hart een keer oversloeg toen een of andere Lien aan de passagierskant uitstapte. Wat deed de chef van Bjørn hier op de plaats delict? Had Bjørn haar een romantische rondleiding aangeboden met alle bezienswaardigheden op de plaats van het misdrijf? Wel verdomme. Bjørn had hen gezien en Katrine zag dat ze nu koers zetten in hun richting.

'Ik ga naar binnen, we spreken elkaar later,' zei ze, en ze glipte onder het afzetlint door en liep snel naar de deur onder het bord met het plastic gebroken hart.

'Daar ben je,' zei Bjørn. 'Ik had je vanavond al geprobeerd te bellen.'

'Ik ben...' Harry trok flink aan zijn sigaret. '...een beetje druk geweest.'

'Dit is Berna Lien, de nieuwe chef van de technische recherche. Berna, dit is Harry Hole.'

'Ik heb al veel over je gehoord,' zei de vrouw lachend.

'En ik niets over jou,' zei Harry. 'Ben je goed?'

Ze keek wat onzeker naar Bjørn. 'Goed?'

'Valentin Gjertsen is goed,' zei Harry. 'En ik ben niet goed genoeg, dus ik hoop dat er anderen zijn die beter zijn anders zal dit bloedbad doorgaan.'

'Misschien heb ik iets,' zei Bjørn.

'O?'

'Daarom probeerde ik je te pakken te krijgen. Die jas van Valentin. Toen ik die opensneed vond ik inderdaad een paar dingen in de voering. Een muntje van tien øre en twee briefjes. Omdat de jas in de wasmachine is geweest is alle drukinkt aan de buitenkant verdwenen, maar toen ik het ene openvouwde was er nog een beetje zichtbaar aan de binnenkant. Het is niet veel, maar genoeg om te zien dat het een bonnetje is van een pinautomaat in Oslo City. En dat kan goed kloppen met het feit dat hij geen creditcardbetalingen doet en slechts cash betaalt. Helaas hebben we het nummer, het registratienummer van de pinpas of de volledige datum van de geldopname niet, maar een deel van de datum is wel te zien.'

'Hoeveel?'

'Genoeg om te zien dat het om augustus dit jaar gaat en we hebben een deel van het laatste cijfer van de datum dat niet anders dan een één kan zijn.'

'Dus 1, 11, 21 of 31?'

'Vier mogelijke dagen... Ik heb een vrouw van Nokas gesproken die de pinautomaten van de DNB beheert. Ze zegt dat ze toestemming hebben om de beelden van de camera's drie maanden te bewaren dus zij hebben de opnamen. Het geld is opgenomen uit een van de automaten op het Centraal Station, de drukste van Noorwegen. De officiele verklaring luidt dat het vanwege alle winkelcentra daaromheen is.'

'Maar?'

'Iedereen betaalt met z'n pinpas. Behalve?'

'Hm, de junkies rond het station en de rivier.'

'Dat zijn meer dan tweehonderd transacties per dag,' zei Bjørn.

'Vier dagen, dat zijn er minder dan duizend,' zei Berna Lien ijverig. Harry trapte op de smeulende sigaret.

'We krijgen morgenvroeg toegang tot de beelden en met een effectieve methode en kleine pauzes denk ik dat we minstens twee gezichten per minuut kunnen checken. Dus dat kost ons zo'n acht uur, waarschijnlijk minder. Zodra we Valentin hebben geïdentificeerd is het slechts een kwestie van het tijdstip op de film combineren met de registratie van de opname uit de pinautomaat.'

'En ziedaar, dan hebben we de geheime identiteit van Valentin Gjertsen,' onderbrak Berna Lien hem die een trotse en montere indruk maakte vanwege de prestaties van haar afdeling. 'Wat denk je, Hole?'

'Wat ik denk, mevrouw Lien, is dat de man die Valentin zou kunnen identificeren daarbinnen ligt met zijn hoofd in de spoelbak en zonder pols.' Harry knoopte zijn jas dicht. 'Maar bedankt voor het komen.'

Berna Lien keek verbolgen van Harry naar Bjørn die ongemakkelijk kuchte. 'Ik had begrepen dat jij *face to face* met Valentin hebt gestaan.'

Harry schudde zijn hoofd. 'Ik heb die nieuwe kop van hem niet gezien.'

Bjørn knikte langzaam zonder zijn blik van Harry af te wenden. 'Ik begrijp het, dat is jammer, heel jammer.'

'Hm.' Harry keek naar de geplette peuk bij de punt van zijn schoen.

'Ja, ja. We gaan naar binnen om een kijkje te nemen.'

'Veel plezier.'

Hij keek hen na. De persfotografen stonden al opgesteld voor de afzetlinten en de journalisten begonnen nu ook te komen. Het zou kunnen dat ze iets wisten, het zou kunnen van niet, het zou kunnen dat ze gewoon niet durfden, maar ze lieten Harry in elk geval met rust.

Acht uur.

Nog acht uur tot morgenvroeg.

In de loop van een dag zou Valentin misschien nog wel iemand vermoorden.

Verdomme, verdomme.

'Bjørn!' riep Harry op het moment dat zijn collega de deurklink van Jealousy vastpakte.

'Harry,' zei Ståle Aune die in de deuropening stond. 'Bjørn.'

'Het spijt me dat we zo laat bij je op de stoep staan,' zei Harry. 'Maar mogen we binnenkomen?'

'Natuurlijk.' Aune deed de deur verder open en Harry en Bjørn stapten huize Aune binnen. Een kleine vrouw, slanker dan haar man, maar met exact dezelfde grijze haarkleur, kwam de gang in met snelle, kwieke voetstappen. 'Harry!' zong ze. 'Ik hoorde dat jij het was, dat is veel te lang geleden. Hoe is het met Rakel, weten jullie al wat meer?'

Harry schudde zijn hoofd en nam de smakkende kussen van Ingrid op zijn wang in ontvangst. 'Koffie, of is het daar te laat voor? Groene thee?'

Bjørn en Harry antwoordden respectievelijk in koor met 'nee, dank' en 'ja, graag' en Ingrid verdween naar de keuken.

In de woonkamer namen ze plaats in diepe leunstoelen. De muren waren aan het zicht onttrokken door boekenkasten gevuld met van alles, van reisboeken en oude atlassen tot poëzie, stripboeken en zware vakliteratuur. Maar vooral met romans.

'Zie je dat ik het boek lees dat ik van je heb gekregen?' zei Ståle, hij tilde een dun boekje op dat opengeslagen met de rug naar boven op de tafel naast de leunstoel lag. Hij liet het Bjørn zien. 'Édouard Levé. *Zelfmoord.* Heb ik van Harry gekregen op mijn zestigste verjaardag, kennelijk vond hij het tijd worden.'

Bjørn en Harry lachten. Kennelijk krampachtig want Ståle fronste zijn voorhoofd. 'Is er iets, jongens?'

Harry kuchte. 'Valentin heeft vanavond weer iemand vermoord.'

'Het doet me pijn dat te horen,' zei Ståle hoofdschuddend.

'En we hebben geen reden om aan te nemen dat hij zal stoppen.'

'Nee, dat hebben jullie niet,' stelde de psycholoog vast.

'Daarom zijn we hier nu en dit is niet makkelijk voor me, Ståle.'

Ståle Aune zuchtte. 'Hallstein Smith voldoet niet en jullie willen dat ik het overneem, is dat het?'

'Nee, we hebben...' Harry hield op toen Ingrid binnenkwam en het dienblad met thee op de salontafel tussen de zwijgende mannen zette. 'Het geluid van het beroepsgeheim,' zei ze. 'We spreken elkaar nog, Harry. Doe de groeten aan Oleg en we denken aan Rakel.'

'We hebben iemand nodig die Valentin Gjertsen kan identificeren,' zei Harry toen ze was vertrokken. 'En de laatst levende persoon van wie we weten dat die hem heeft gezien...'

Het was niet Harry's bedoeling om een kunstmatige pauze te laten vallen, om de spanning op te bouwen, maar het was om Ståle die seconde te geven die zijn hersenen nodig hadden om razendsnel en bijna onbewust de toch onplezierige en juiste overpeinzingen te maken. Niet dat het veel zou verschillen. Het leek op de situatie van een bokser die op het punt staat de laatste dreun te incasseren, maar nog een tiende deel van een seconde krijgt om de kracht van de stoot iets te ontwijken in plaats van die vol te ontvangen.

'...is Aurora.'

In de stilte die volgde kon Harry het raspende geluid van de zijkant van de bladzijden van het boek dat Ståle nog steeds in zijn hand hield langs zijn vingertoppen horen gaan.

'Wat zeg je me nu, Harry?'

'Op de dag dat Rakel en ik trouwden, waar jij en Ingrid bij aanwezig waren, heeft Valentin Aurora opgezocht op het handbaltoernooi waar ze aan deelnam.'

Het boek viel met een gedempt geluid op de grond. Ståle knipperde verbijsterd met zijn ogen. 'Ze... hij...'

Harry wachtte terwijl hij zag dat het binnenkwam.

'Heeft hij haar aangeraakt? Heeft hij haar pijn gedaan?'

Harry hield de blik van Ståle vast, maar antwoordde niet en wachtte. Hij zag hem de informatie verwerken, zag dat hij de laatste drie jaar in een ander licht ging zien. Een licht dat antwoord gaf.

'Ja,' fluisterde Ståle en zijn gezicht vertrok in een grimas. Hij deed zijn bril af. 'Ja, natuurlijk heeft hij dat gedaan. Wat ben ik blind geweest.' Hij staarde voor zich uit. 'En hoe weten jullie dat?'

'Aurora is gisteren naar me toe gekomen en heeft het me verteld,' zei Harry.

Ståle Aunes blik ging in slow motion terug naar Harry. 'Jij... jij wist het sinds gisteren en je hebt niks tegen me gezegd?'

'Ik moest haar dat beloven.'

Ståle Aunes stem ging niet omhoog, maar omlaag. 'Een meisje van vijftien jaar dat is aangevallen, van wie je weet dat ze alle hulp moet krijgen, en jij kiest ervoor om het geheim te houden?'

'Ja.'

'Maar in hemelsnaam, Harry, waarom?'

'Omdat Valentin haar gedreigd heeft jou te vermoorden als ze zou vertellen wat er is gebeurd.'

'Mij?' Er ontsnapte een snik uit Ståles keel. 'Wat maakt dat nou uit? Ik ben een man van in de zestig met een slecht hart, Harry. Zij is een meisje met haar hele leven voor zich!'

'Wat het uitmaakt is dat jij degene bent van wie ze in de wereld het meest houdt en ik heb het haar beloofd.'

Ståle Aune zette zijn bril weer op en hief een trillende vinger op naar Harry. 'Ja, jij hebt het beloofd! En je hebt je aan die belofte gehouden zolang het niks te betekenen had voor jou! Maar nu je ziet dat je haar kan gebruiken om weer een Harry Hole-zaak op te lossen dan betekent die belofte niet veel meer.'

Harry protesteerde niet.

'Maak dat je wegkomt, Harry! Jij bent geen vriend van ons en je bent hier niet meer welkom.'

'Het heeft haast, Ståle.'

'Eruit, nu!' Ståle Aune was opgestaan.

'We hebben haar nodig.'

'Ik bel de politie. De échte politie.'

Harry keek naar hem op. Zag dat het geen zin had. Dat ze moesten wachten, dat het tijd nodig had, dat ze alleen maar konden hopen dat Ståle Aune voor morgenochtend het grotere plaatje kon zien. Hij knikte en duwde zich op uit zijn stoel.

'We komen er zelf wel uit,' zei hij.

Harry zag het bleke, zwijgende gezicht van Ingrid in de deuropening toen ze langs de keuken liepen. In de gang trokken ze hun schoenen aan en ze wilden net vertrekken toen ze een iel stemmetje 'Harry?' hoorden zeggen.

Hij draaide zich om en eerst zag hij niet waar het geluid vandaan kwam. Toen, uit het donker boven aan de trap, daalde ze af naar het licht. Ze droeg een veel te grote, gestreepte pyjama. Misschien eentje van haar vader, dacht Harry.

'Het spijt me,' zei Harry. 'Ik moest wel.'

'Ik weet het,' zei Aurora. 'Het staat op internet dat de man die dood is Mehmet heette. En ik heb jullie gehoord.'

Ståle kwam met zwaaiende armen aangerend en de tranen sprongen in zijn ogen. 'Aurora! Je moet niet...' Zijn stem brak.

'Papa,' zei Aurora en ze ging rustig op de trap zitten. 'Ik wil helpen.'

HOOFDSTUK 26

DINSDAGNACHT

Mona Daa stond bij de monoliet en zag dat Truls Berntsen in het donker gehaast op haar af kwam lopen. Toen ze afspraken om elkaar in het Frognerpark te ontmoeten, had ze een wat discretere plek voorgesteld, een plek die wat minder populair was aangezien de monoliet zelfs 's nachts bezoek kreeg van nieuwsgierige mensen. Maar nadat hij drie keer 'hè?' had gezegd, had ze begrepen dat de monoliet het enige was wat Truls Berntsen kende.

Ze trok hem mee, weg van het beeld, weg van de twee paartjes die genoten van het uitzicht op de torenspitsen in het oosten. Ze gaf hem de envelop met geld die hij in de binnenzak van zijn lange jas stopte. Een Armani-jas, maar die op de een of andere manier bij hem niet op een Armani-jas leek.

'Nog nieuws?' vroeg ze.

'Er komen niet meer tips,' zei Truls en hij loerde rond.

'Niet?'

Hij keek haar aan om te zien of ze een grapje maakte. 'De man is goddomme vermoord.'

'Dan moet je de volgende keer met wat minder... dodelijke tips komen.'

Truls Berntsen lachte snuivend. 'Jullie zijn verdomd nog erger dan ik.'

'O? Jij hebt ons de naam Mehmet gegeven en toch hebben we geen naam of foto van hem in het artikel gebruikt.'

Truls schudde zijn hoofd. 'Hoor je jezelf, Daa? We hebben Valentin naar een man geleid die maar twee dingen verkeerd heeft gedaan. Eigenaar zijn van een bar waarin Valentins slachtoffer is geweest en de politie helpen.'

'Je zegt in elk geval "we", betekent dat dat je last hebt van een slecht geweten?'

'Denk je dat ik een psychopaat ben of zo? Het lijkt me logisch dat ik dit een slechte zaak vind.'

'Op je eerste vraag zal ik geen antwoord geven, maar ik ben het met je eens dat dit meer dan gemiddeld erg is. Betekent dit dat je niet meer mijn bron wilt zijn?'

'Als ik nee zeg, wil dat dan zeggen dat je me niet meer zult beschermen?'

'Nee,' zei Mona.

'Mooi, jullie hebben dus ook een geweten.'

'Tja,' zei Mona. 'Het is niet zozeer dat we ons druk maken over onze bron, maar meer dat we ons druk maken over wat onze collega's zullen zeggen als we een bron de vernieling in draaien. Wat zeggen jouw collega's trouwens?'

'Niets. Ze hebben begrepen dat ik het was dus ze hebben me geïsoleerd, ik mag niet meer naar de briefings en ik krijg ook geen informatie meer over het onderzoek.'

'Niet? Nu merk ik dat ik mijn interesse in jou aan het verliezen ben, Truls.'

Truls snoof. 'Je bent cynisch, maar in elk geval eerlijk, Mona Daa.'

'Bedankt. Neem ik aan.'

'Oké, ik heb misschien nog een laatste tip. Maar dat gaat om heel iets anders.'

'Vertel.'

'Hoofdcommissaris Bellman neukt met een invloedrijke dame.'

'Voor dergelijke tips geven we geen geld, Berntsen.'

'Oké, het is gratis, schrijf er alleen over.'

'Redacteuren houden niet van affaires, maar als je bewijzen hebt en jij wilt de zaak zelf aankaarten, dan kan ik ze misschien overtuigen. In dat geval word je met naam en toenaam genoemd.'

'Met mijn naam? Dat is zelfmoord, dat begrijp je toch wel? Ik kan jullie tippen waar ze elkaar ontmoeten dus dan kunnen jullie een fotograaf met telelens sturen.'

Mona Daa lachte. 'Sorry, zo werkt het niet.'

'O, nee?'

'In het buitenland zijn ze dol op affaires, maar in ons kleine Noor wegen niet.'

'Waarom niet?'

'De officiële verklaring luidt dat we ons daar niet toe willen verlagen.'

'Maar?'

Mona haalde haar schouders op. 'Aangezien er geen grenzen zijn waartoe we ons verlagen is mijn persoonlijke theorie dat dit gewoon een voorbeeld is van dat iedereen een lijk in de kast heeft, dus daar zwijgen we over.'

'Verklaar je nader, alsjeblieft.'

'Getrouwde redacteuren zijn niet minder trouw dan anderen. Als je het vreemdgaan van iemand openbaar maakt, loopt iedereen in deze kleine gemeenschap het risico om met gelijke munt terugbetaald te worden. We kunnen over affaires in het grote buitenland praten, misschien kun je nog refereren aan een publieke figuur die ook een scheve schaats rijdt, maar ontrouw bij machtige personen verder uitdiepen?' Mona Daa schudde haar hoofd.

Truls blies minachtend door zijn neus. 'Dus dit kan op geen enkele manier bekendgemaakt worden?'

'Vind je dat het naar buiten moet worden gebracht omdat het aantoont dat Bellman niet geschikt is voor zijn functie van hoofdcommissaris?'

'Hè? Nee, dat is het niet precies.'

Mona knikte en keek naar de monoliet, het genadeloze streven naar de top. 'Jij moet die man echt haten.'

Truls gaf geen antwoord. Hij zag er alleen wat verbaasd uit alsof het iets was waaraan hij niet had gedacht. En Mona vroeg zich af wat er in dat weinig attractieve hoofd met littekens, onderbeet en priemende blik omging. Ze had bijna medelijden met hem. Bijna.

'Ik ga nu, Berntsen. We spreken elkaar nog.'

'Is dat zo?'

'Misschien niet.'

Toen Mona een stukje had gelopen draaide ze zich om en zag ze Truls Berntsen in het licht van een van de lantaarns omhoogkijken naar de monoliet. Hij had zijn handen in zijn zakken gestopt, zijn rug was gebogen en hij leek iets te zoeken. Hij leek zo eenzaam zoals hij daar stond, net zo roerloos als de stenen beelden om hem heen.

Harry staarde naar het plafond. De spoken waren niet gekomen. Misschien kwamen ze niet vannacht. Je wist het nooit. Maar ze hadden een nieuw lid gekregen. Hoe zou Mehmet eruitzien als hij kwam? Harry blokkeerde die gedachten en luisterde naar de stilte. Het was stil in Holmenkollen, dat moest je deze villawijk nageven. Te stil. Hij hield meer van de geluiden van de stad. Als een junglenacht vol met geluiden die je konden waarschuwen in het donker, je konden vertellen wat er stond te gebeuren en wat niet. De stilte bevatte te weinig informatie. Maar dat was het niet, het was het feit dat er niemand naast hem in bed lag.

Als hij het natelde waren de nachten dat hij met iemand het bed deelde duidelijk in de minderheid. Dus waarom voelde hij zich nu alleen, hij die altijd de eenzaamheid had gezocht en nooit iemand nodig had gehad?

Hij draaide op zijn zij en probeerde zijn ogen te sluiten.

Hij had nu ook niemand nodig. Hij had niemand nodig. Hij had níemand nodig.

Hij had alleen haar nodig.

Het kraakte in de houten wanden. Of het was een vloerplank. Misschien kwam de storm eerder of waren de spoken laat.

Hij draaide op zijn andere zij. Sloot zijn ogen.

Voor de slaapkamerdeur kraakte er iets.

Hij stond op, liep naar de deur en opende die.

Het was Mehmet. 'Ik zag hem, Harry.' Waar de ogen hadden gezeten zaten nu twee zwarte, lege oogkassen die knetterden en waar rook uitkwam.

Harry werd met een ruk wakker.

De telefoon op het nachtkastje maakte het spinnende geluid van een kat. Hij pakte het toestel.

'Hm?'
'Met dokter Steffens.'
Harry voelde een steek in zijn borst.
'Het gaat om Rakel.'
Uiteraard ging het om Rakel. En Harry wist dat Steffens het alleen maar zei om hem die paar seconden te geven om zich schrap te zetten.
'We krijgen haar niet uit de coma.'
'Wat?'
'Ze wordt niet wakker.'
'Is... gaat ze...'
'We weten het niet, Harry. Ik weet dat je veel vragen hebt, maar dat hebben wij ook. Ik kan je echt niets vertellen, alleen maar dat we er hard aan werken.'
Harry beet op de binnenkant van zijn wang om er zeker van te zijn dat het niet om de eerste uitvoering van een nieuwe nachtmerrie ging. 'Oké, oké, kan ik haar zien?'
'Nu niet, we hebben haar naar de intensive care gebracht. Ik bel je zodra ik meer weet. Maar dat kan even duren, waarschijnlijk zal ze nog een poos in coma blijven dus hou niet al die tijd je adem in, oké?'
Harry besefte dat Steffens gelijk had: hij haalde geen adem.
Ze hingen op. Harry staarde naar de telefoon. Ze wordt niet wakker! Uiteraard niet, ze wilde niet want wie wilde er wel wakker worden? Harry stond op en liep naar beneden. Hij smeet de kastdeuren dicht. Niets. Leeg, leeg. Hij belde een taxi en liep naar boven om wat kleren aan te trekken.

Hij keek naar het blauwe bord, las de naam en remde af. Reed de parkeerhaven op en zette de motor af. Keek rond. Bos en weg. Het deed hem denken aan de doodse, monotone, uitgestrekte wegen in Finland waar je het gevoel krijgt door woestijnen van bos te rijden. Waar de bomen als een zwijgende muur aan weerszijden van de weg staan en waarin een lijk net zo makkelijk verdwijnt als in zee. Hij wachtte tot een auto gepasseerd was. Keek in zijn spiegeltje. Hij zag nu geen lichten, niet voor hem en niet achter hem. Toen stapte hij uit op de rijksweg, liep rond de auto en opende de kofferbak. Ze was zo bleek, zelfs de sproeten waren verbleekt. En haar bange ogen waren zo groot en zwart boven de knevel. Hij tilde haar eruit en moest haar helpen op haar benen te gaan staan. Hij greep de handboeien en trok haar over de weg, door de greppel naar de donkere muur van bomen. Hij deed de zaklantaarn aan. Hij voelde dat ze zo beefde dat de handboeien schokten.

'Nou, nou, ik zal je niks doen, schat,' zei hij. En hij voelde dat hij het meende. Hij wilde haar echt geen pijn doen. Niet meer. En misschien wist ze het, misschien begreep ze dat hij van haar hield. Misschien beefde ze omdat ze alleen ondergoed aanhad en het negligé van zijn Japanse vriendin.

Ze liepen tussen de bomen door en het leek of ze een huis binnengingen. Er daalde een ander type stilte neer en tegelijkertijd waren er nieuwe geluiden. Kleinere, maar duidelijkere, ondefinieerbare geluiden. Een krak, een zucht, een schreeuw. De bosbodem was zacht, het tapijt aan naalden veerde heerlijk terwijl ze er met geluidloze passen op liepen. Als een bruidspaar in een kerk in een droom.

Toen hij tot honderd had geteld bleef hij staan. Hij tilde de lantaarn op en scheen rond. De lichtbundel vond al snel wat hij zocht. Een zwartgeblakerde, grote boom die door de bliksem in tweeën was gespleten. Hij trok haar mee naar de boom. Ze verzette zich niet toen hij de handboeien losmaakte, haar armen rond de boom sloeg en de boeien weer vastmaakte. Een lam, dacht hij terwijl hij haar bekeek zoals ze op haar knieën zat en de boom omhelsde. Een offerlam. Want hij was niet de bruidegom, hij was de vader die zijn kind bij het altaar weggaf.

Hij streelde haar een laatste keer over haar wang, draaide zich om en wilde weglopen toen een stem tussen de bomen klonk: 'Ze leeft nog, Valentin.'

Hij bleef staan en richtte het licht automatisch op de richting van het geluid.

'Weg daarmee,' zei de stem in het donker.

Valentin deed wat de stem zei. 'Ze wilde leven.'

'Maar dat wilde de barkeeper niet?'

'Hij kon me identificeren. Ik kon dat risico niet nemen.'

Valentin luisterde, maar het enige wat hij hoorde was het zachte gepiep in Martes neusgat als ze ademhaalde.

'Alleen deze keer ruim ik je rommel op,' zei de stem. 'Heb je de revolver bij je die ik je heb gegeven?'

'Ja,' zei Valentin. Was er iets bekends aan die stem?

'Leg die naast haar neer en vertrek. Je krijgt hem binnenkort terug.'

Er schoot een gedachte door Valentins hoofd. De revolver trekken, de ander zoeken met de zaklantaarn en hem vermoorden. Het brein vermoorden, de sporen die naar hem leiden verbergen en de demon weer laten regeren. Het tegenargument was dat hij hem nodig kon hebben.

'Waar en wanneer?' riep Valentin. 'We kunnen de kledingkast in het badhuis niet meer gebruiken.'

'Morgen krijg je bericht. Nu je toch mijn stem hebt gehoord, zal ik je bellen.'

Valentin trok de revolver uit de holster en legde hem voor het meisje neer. Hij wierp een laatste blik op haar en vertrok.

'Stop hier,' zei Harry tegen de taxichauffeur en hij wees.

'Het is drie uur 's nachts, man, en die bar is heel erg dicht.'

'Die bar is van mij.'

Harry betaalde en stapte uit. Een paar uur geleden gonsde het nog van de hectische activiteit, nu was er geen mens te zien. De technische recherche was klaar, maar er was witte tape op de deur en het kozijn geplakt. De tape was bedrukt met een regel uit het Wetboek van Strafrecht: POLITIE. VERZEGELD. VERBREEK HET ZEGEL NIET, MISBRUIK WORDT GESTRAFT. ART 199 WVS.

Harry stak de sleutel in het slot en draaide die om. De tape scheurde toen hij de deur opentrok en naar binnen stapte.

Ze hadden de lampen onder de spiegelplanken laten branden. Harry kneep een oog dicht en richtte zijn wijsvinger op een van de flessen terwijl hij bij de deur bleef staan. Negen meter. Wat als hij de trekker wel had overgehaald? Wat zou nu dan het verhaal zijn? Onmogelijk te weten. De vinger vond de fles Jim Beam die was gepromoveerd naar de flessenhouder. Door het opzichtige licht eronder fonkelde de inhoud als goud. Harry liep door naar de bar, greep een glas en zette dat onder de houder. Hij vulde het glas tot de rand. Waarom zou hij zichzelf voor de gek houden?

Hij voelde de spieren zich in zijn lichaam samenspannen en een ogenblik vroeg hij zich af of hij zou braken vóór de eerste slok. Maar het lukte hem om zowel zijn maaginhoud als de alcohol binnen te houden tot na de derde slok. Toen sloeg hij dubbel boven de spoelbak en nog voor het geelgroene braaksel op het metaal spatte, zag hij dat de bodem nog steeds bedekt was met geronnen bloed.

HOOFDSTUK 27

WOENSDAGOCHTEND

Het was vijf voor acht en in de Vuurkamer slurpte het koffiezetapparaat al voor de tweede keer.

'Waar blijft Harry toch?' vroeg Wyller en hij keek weer op de klok.

'Ik weet het niet,' zei Bjørn Holm. 'We moeten maar zonder hem beginnen.'

Smith en Wyller knikten.

'Oké,' zei Bjørn. 'Nu zit Aurora Aune op het hoofdkantoor van Nokas en kijkt samen met haar vader, een medewerker van Nokas en iemand van de afdeling Misdaad die gespecialiseerd is in bewakingsvideo's naar de beelden. Volgens plan moet het hun lukken om in maximaal acht uur de opnamen van vier dagen door te nemen. Uitgaande van het feit dat het bonnetje inderdaad afkomstig is van een geldopname die Valentin zelf heeft gedaan. En als we meer dan gemiddeld geluk hebben dan hebben we daarna binnen vier uur zijn identiteit. In elk geval voor acht uur vanavond.'

'Dat is toch fantastisch!' riep Smith uit. 'Eh... of niet soms?'

'Jazeker, maar laten we daar niet van uitgaan,' zei Bjørn. 'Jij hebt met Katrine gesproken, Anders?'

'Ja, en we hebben toestemming om Delta in te zetten. Ze staan paraat om uit te rukken.'

'Delta, zijn dat de mannen met automatische geweren en gasmaskers en... eh, dergelijke?'

'Je begint erin te komen, Smith,' Bjørn glimlachte en zag dat Wyller weer op de klok keek. 'Bezorgd, Anders?'

'Misschien moeten we Harry bellen.'

'Doe dat.'

Het was negen uur en Katrine had zojuist het onderzoeksteam de zaal uit gestuurd. Ze verzamelde haar papieren toen ze zag dat er een man in de deuropening stond.

'En, Smith?' zei ze. 'Een spannende dag of niet? Waar zijn jullie beneden mee bezig?'

'We proberen Harry te bereiken.'

'Is hij nog niet opgedoken?'

'Nee, en hij neemt zijn telefoon niet op.'

'Hij zit waarschijnlijk in het ziekenhuis en daar mogen ze hun telefoon niet aan hebben staan. Ze beweren dat die de apparatuur kan verstoren, maar dat is vast bullshit net zoals er altijd gezegd wordt dat telefoons de navigatiesystemen van een vliegtuig kunnen storen.'

Ze ontdekte dat Smith niet luisterde, dat hij langs haar heen staarde.

Ze draaide zich om en zag dat de foto op de pc nog steeds zichtbaar was op het scherm. Een foto genomen in Jealousy Bar.

'Ik weet het,' zei ze. 'Het is niet fraai.'

Smith schudde half verdoofd zijn hoofd zonder zijn ogen van het scherm af te wenden.

'Gaat het, Smith?'

'Nee,' zei hij langzaam. 'Het gaat niet. Ik kan niet tegen bloed, ik kan niet tegen geweld en ik weet niet of ik nog meer lijden kan verdragen. Die persoon... die Valentin Gjertsen, hij... ik ben psycholoog en ik probeer professioneel te blijven, maar ik geloof dat ik hem haat.'

'Niemand van ons is zó professioneel, Smith, ik zou me geen zorgen maken over een beetje haat. Voelt het niet goed om iemand te hebben die je haat, zei Harry eens tegen me.'

'Zei Harry dat?'

'Ja, of Raga Rockers. Of... is er iets?'

'Ik heb met Mona Daa van VG gesproken.'

'Daar hebben we nog iemand die we kunnen haten. Wat wilde ze?'

'Ik heb haar gebeld.'

Katrine stopte met het verzamelen van haar papieren.

'Ik heb haar de voorwaarden uit de doeken gedaan waarop ik instem met een interview over Valentin Gjertsen,' zei Smith. 'Dat ik alleen in algemene termen over hem wil praten en dat ik het met geen woord over het onderzoek wil hebben. Het is een zogenaamde podcast, een radioprogramma dat...'

'Ik weet wat een podcast is, Smith.'

'Maar goed, ze kunnen me niet verkeerd citeren, wat ik zeg wordt live uitgezonden. Heb ik jouw toestemming?'

Katrine dacht na. 'Mijn eerste vraag is: waarom?'

'Omdat de mensen bang zijn. Mijn vrouw is bang, mijn kinderen zijn bang, de buren en de andere ouders op school zijn bang. En dan heb ik als wetenschapper in dit veld een verantwoordelijkheid om ze een beetje minder bang te maken.'

'Hebben ze geen gelijk om een beetje bang te zijn?'

'Lees je geen kranten, Katrine? De ijzerwinkels zijn sinds de afgelopen week door hun voorraad sloten en alarmsystemen heen.'

'Iedereen is bang omdat ze het niet begrijpen.'

'Het is meer dan dat. Ze zijn bang omdat ze dachten dat we te maken hebben met iemand die ik eerst zag als een pure vampirist. Een ziek, verward individu dat toeslaat vanuit ernstige persoonlijkheidsstoornissen en parafilieën. Maar dit monster blijkt ook een koude, cynisch berekenende strijder te zijn, die zich terugtrekt als het moet, zoals in het Turkse badhuis en die tot de aanval overgaat, als... nou ja, kijk naar de foto.' Smith sloot zijn ogen en draaide zijn hoofd weg. 'En ik moet toegeven, ik ben zelf bang. Ik lig 's nachts wakker en pieker over de vraag hoe een en dezelfde persoon dergelijke moorden kan begaan. Hoe is dat mogelijk? Waar heb ik fouten gemaakt? Ik begrijp het niet. Maar ik moet het begrijpen, er is niemand die betere papieren heeft om het te begrijpen dan ik. Ik ben de enige die aan de mensen dit monster kan tonen en uitleggen. Pas als ze het monster hebben gezien, begrijpen ze het en wordt de angst hanteerbaar. Hij verdwijnt niet, maar ze hebben het gevoel dat ze voorzorgsmaatregelen kunnen nemen en dat geeft ze een veiliger gevoel.'

Katrine zette haar handen in haar zij. 'Zeg me of ik dit goed begrijp. Jij begrijpt ook niet wie Valentin Gjertsen is, maar je wilt het uitleggen aan het volk?'

'Ja.'

'Liegen om gerust te stellen?'

'Ik geloof dat het laatste me beter zal lukken dan het eerste. Heb ik jouw zegen?'

Katrine beet op haar onderlip. 'Je hebt waarschijnlijk gelijk dat je als wetenschapper de plicht hebt om te informeren en het is logisch dat het goed is om mensen wat te kalmeren. Zolang je je niet uitspreekt over het onderzoek.'

'Vanzelfsprekend niet.'

'We kunnen niet nog meer lekken hebben. Ik ben de enige op deze verdieping die weet wat Aurora nu doet, zelfs de hoofdcommissaris is niet geïnformeerd.'

'Ik zweer het je.'

'Is hij het? Is hij het, Aurora?'

'Papa, hou op.'

'Aune, misschien moeten jij en ik even buiten gaan zitten zodat zij rust krijgen.'

'Rust? Dit is mijn dochter, agent Wyller, en ze wil...'

'Doe maar wat hij zegt, papa. Ik ben oké.'

'Echt? Zeker weten?'

'Heel zeker.' Aurora draaide zich om naar de vrouw van de bank en de man van de afdeling Misdaad.

'Hij is het niet, spoel verder.'

Ståle Aune stond op, misschien te abrupt waardoor hij een beetje duizelig werd. Misschien omdat hij vannacht niet geslapen had. Of vandaag niet gegeten en drie uur lang onafgebroken naar een scherm had gestaard.

'Als jij hier op de bank gaat zitten dan ga ik kijken of ik koffie voor ons kan krijgen,' zei Wyller.

Ståle Aune knikte alleen maar.

Wyller vertrok en Ståle bleef naar zijn dochter kijken die achter de glazen wand fanatiek gebaarde dat ze verder konden spoelen, moesten stoppen, terug moesten spoelen. Hij kon zich niet herinneren wanneer hij haar zo bevlogen had gezien. Misschien waren zijn reactie en bezorgdheid overdreven. Misschien was het ergste voorbij, misschien had ze het op haar manier verwerkt terwijl Ingrid en hij in zalige onwetendheid hadden verkeerd.

En zijn jonge dochter had hem uitgelegd – zoals een docent psychologie dat aan nieuwe studenten uitlegde – wat de gelofte tot zwijgen betekende. Dat zij die aan Harry had opgelegd en dat Harry die niet had verbroken tot – zoals Ståle zelf zijn beroepsgeheim praktiseerde – hij begreep dat hij er mensenlevens mee kon redden. En Aurora had het desondanks overleefd. De dood. Ståle had daar de laatste tijd aan gedacht. Niet aan zijn eigen dood, maar aan het feit dat zijn dochter ook op een dag zou sterven. Waarom was die gedachte niet te verdragen? Misschien zou het anders zijn als Ingrid en hij ooit grootouders werden. De menselijke psyche wordt natuurlijk evenzeer bepaald door biologische mechanismen als door fysieke. En de drang om je genen door te geven is uiteraard een voorwaarde voor de overleving van de soort. Lang geleden had hij Harry eens gevraagd of hij geen kind wilde dat biologisch gezien van hem was, maar Harry had een duidelijk antwoord gegeven. Hij had het geluksgen niet, alleen maar het verslavingsgen en daarvan vond hij dat niemand dat verdiende te erven. Het was mogelijk dat Harry inmiddels van mening was veranderd want de laatste jaren had hij in elk geval geluk gekend. Hij had gezien dat hij het vermogen bezat gelukkig te zijn. Ståle pakte zijn telefoon. Hij wilde Harry dit nu vertellen. Dat hij een goede vent was, een goede vriend, vader en echtgenoot. Oké, het klonk als een rouwadvertentie, maar Harry moest het weten. Dat hij zich vergist had toen hij zei dat zijn dwangmatige jacht op moordenaars op zijn alcoholverslaving leek. Dat het geen vlucht was die hem dreef, maar eerder zijn kudde-instinct, dat dreef hem, de individualist Harry Hole, veel meer dan hij bereid was zichzelf toe te geven. Het goede kudde-instinct. Moreel plichtbesef en verantwoordelijkheid voor de gemeenschap. Harry zou vast alleen maar lachen, maar dit was wat Ståle zijn vriend wilde vertellen als hij nu eerst maar eens zijn verrekte telefoon wilde opnemen.

Ståle zag dat Aurora haar rug rechtte, dat haar spieren zich spanden. Was het...? Maar toen ontspande ze weer en wuifde met haar hand dat ze verder moesten gaan.

Ståle zette de telefoon weer tegen zijn oor. Neem nou op!

'Succes in mijn carrière, mijn sport en mijn persoonlijke leven? Ja, misschien.' Mikael Bellman liet zijn blik rond de tafel gaan. 'Maar ik ben op de eerste plaats een eenvoudige jongen uit Manglerud.'

Vooraf was hij bang geweest dat de ingestudeerde clichés hol zouden klinken, maar Isabelle had gelijk: er is maar een heel klein beetje inlevingsvermogen voor nodig om de pijnlijkste banaliteiten met overtuiging te kunnen brengen.

'We zijn blij dat je de tijd hebt genomen om met ons te praten, Mikael.' De partijsecretaris bracht zijn servet naar zijn mond ten teken dat de lunch voorbij was en hij knikte naar de twee andere partijleden. 'Het proces is in gang gezet en we zijn zoals gezegd erg verheugd dat je er voor openstaat, mocht de vraag zich voordoen.'

Bellman knikte.

'Met "we",' onderbrak Isabelle Skøyen hem, 'wordt ook de premier bedoeld, of niet?'

'We zouden niet hebben ingestemd met dit gesprek als het kabinet van de minister-president er in beginsel ook niet open voor had gestaan,' zei de partijsecretaris.

Ze waren van plan geweest Mikael in het parlementsgebouw uit te nodigen voor dit gesprek, maar na overleg met Isabelle was Mikael met het tegenvoorstel gekomen om hen op neutraal terrein uit te nodigen. Een lunch op rekening van de hoofdcommissaris.

De partijsecretaris keek op zijn horloge. Een Omega Seamaster, viel Bellman op. Onpraktisch zwaar en het maakte je een potentieel slachtoffer van een overval in een op de drie wereldsteden. Het horloge bleef stilstaan als je het langer dan een dag niet om had en dan moest je draaien en draaien om de tijd weer juist in te stellen, maar als je dan vergat om het knopje weer in te drukken en je sprong in het zwembad, dan was het klokje kapot en de reparatie kostte net zoveel als vier andere kwaliteitshorloges. Kort samengevat: hij móest zo'n horloge hebben.

'Maar zoals gezegd moeten meerdere partijen instemmen want minister van Justitie is een zware post en ik wil niet verhullen dat het voor iemand zonder ervaring in de politiek een langere weg is.'

Mikael timede het zo dat hij op exact hetzelfde moment als de partijsecretaris zijn stoel naar achteren schoof om als eerste zijn hand uit te steken en te zeggen 'we spreken elkaar nog'. Hij was hoofdcommissaris, verdomme, en van hen tweeën was hij het, en niet deze grijze bureaucraat met zijn dure horloge, die de meeste haast had om terug te keren naar zijn veel verantwoordelijker baan.

Toen de vertegenwoordigers van de regeringspartij het restaurant hadden verlaten, gingen Mikael en Isabelle Skøyen weer zitten. Ze hadden een *chambre séparée* gekregen in een van de nieuwste restaurants midden tussen de moderne appartementencomplexen op Sørenga. Het operagebouw en Ekebergåsen bevonden zich achter hen en het pas aangelegde zwembad voor hen. De fjord had kleine, onstuimige golven en de zeilboten lagen als witte komma's op het water. De laatste weerberichten waren dat de storm rond middernacht Oslo zou bereiken.

'Dat ging toch goed?' vroeg Mikael en hij goot het laatste restje van het Voss-mineraalwater in hun glazen.

'"...als het kabinet van de minister-president er in beginsel ook niet open voor had gestaan",' aapte Isabelle na en ze wreef over haar neus.

'Was daar iets verkeerds mee?'

'Ja, dat modererende "in beginsel" dat ze nog niet eerder hebben gebruikt. En het feit dat ze refereren aan het kabinet van de minister-president in plaats van direct aan de minister-president, vertelt me dat ze zich distantiëren.'

'En waarom zouden ze dat doen?'

'Je hebt hetzelfde gehoord als ik. Een lunch waar ze jou hoofdzakelijk uithoren over de vampiristzaak en hoe snel jij denkt dat hij gepakt wordt.'

'Maar kom op, Isabelle, daar heeft iedereen in de stad het nu over!'

'Ze vragen het omdat het daarmee staat of valt, Mikael.'

'Maar...'

'Ze hebben jou niet nodig, jouw competentie of jouw talent om leiding te geven aan een departement, heb je dat begrepen?'

'Nu overdrijf je, maar ja, het...'

'Ze willen jou om je ooglap, heldenstatus, populariteit en succes hebben. Want dat is wat jij hebt en daar ontbreekt het nu aan in deze regering. Zonder dat ben je niks waard voor ze. En eerlijk gezegd...' Ze schoof haar glas opzij en stond op. '...voor mij ook niet.'

Mikael keek haar argwanend aan en glimlachte. 'Wat?'

Ze pakte de korte bontjas van de klerenhanger.

'Ik hou niet van losers, Mikael, dat weet je heel goed. Ik ben naar de pers gegaan en heb jou de eer gegeven dat je het stof van Harry Hole hebt afgeborsteld. Maar zolang hij alleen een negentigjarige naakte man onder schot neemt en een onschuldige barkeeper laat vermoorden, zie jij eruit als een loser, Mikael, en daarmee word ik er ook eentje. En daar hou ik niet van, daarom verlaat ik je nu.'

Mikael Bellman lachte. 'Ben je ongesteld of zo?'

'Je hebt er beter grip op gehad dan nu.'

'Prima,' zei Mikael zuchtend. 'We spreken elkaar nog.'

'Ik vrees dat je het woord "verlaat" een beetje verkeerd interpreteert.'

'Isabelle...'

'Vaarwel. Ik vond wat je zei over succes in je persoonlijke leven leuk. Zet daarop in.'

Mikael keek toe hoe de deur achter haar dichtviel.

Hij vroeg de ober die zijn hoofd om de hoek had gestoken om de rekening en keek weer uit over de fjord. Er werd gezegd dat degenen die deze appartementen aan de waterkant hadden gepland geen rekening hadden gehouden met de klimaatverandering en de stijging van de zeespiegel. Zelf had hij daar wel aan gedacht toen hij en Ulla hun villa hoog op Høienhall hadden laten bouwen. Dat ze daar veilig waren, daar kon de zee ze niet verdrinken, konden inbrekers niet ongezien naar binnen komen of een enkele storm het dak van het huis blazen. Daar was verdomme meer voor nodig. Hij nam een slok water. Hij vertrok zijn gezicht en keek ernaar. Waarom waren mensen bereid om duur geld te betalen voor iets wat niet beter smaakte dan kraanwater? Niet omdat ze dachten dat het beter smaakte, maar omdat ze dachten dat anderen dachten dat het beter smaakte. Daarom bestelden ze Voss-mineraalwater wanneer ze in een restaurant zaten met hun veel te saaie trofee-echtgenotes en hun veel te zware Omega Seamaster-horloges. Was het daarom dat hij af en toe terugverlangde? Terug naar Manglerud, naar dronken zijn op zaterdagavond in Olsens, over de bar hangen en zelf je pilsje tappen als Olsen de andere kant op keek, nog een laatste intieme dans met Ulla terwijl de selectie van voetbalclub Manglerud Star en de Kawasaki 750-jongens toekeken. Wetend dat hij zo meteen met Ulla zou vertrekken, alleen zij tweeën de nacht in, en dat ze over de Plogvei in de richting van de ijshal en het Østensjøvann zouden lopen waar hij haar de sterren zou aanwijzen en haar zou vertellen hoe ze daar moesten komen.

Was hun dat gelukt? Misschien, maar het was net als toen hij nog kind was en met zijn vader in de bergen liep. Op een gegeven moment dacht hij dat hij bijna de top had bereikt, maar achter die top bleek een nog hogere top te liggen.

Mikael Bellman sloot zijn ogen.

Zo was het nu ook. Hij was moe. Kon hij hier stoppen? Gaan liggen, de wind voelen, de hei die prikte, een steen opgewarmd door de zon tegen zijn huid leggen. Gewoon zeggen dat hij hier wilde blijven. Hij kreeg een grappige inval. Hij wilde Ulla bellen en dat zeggen. We blijven hier.

En als antwoord voelde hij de telefoon in zijn zak trillen. Natuurlijk, het moest Ulla zijn. Hij nam op.

'Ja?'

'Met Katrine Bratt.'

'O, ja.'

'Ik wil je alleen maar zeggen dat we ontdekt hebben onder welke naam Valentin Gjertsen zich schuilhoudt.'

'Wat?'

'Hij heeft in augustus geld opgenomen in Oslo City en zes minuten geleden is het ons gelukt om hem te identificeren met behulp van de beelden van de bewakingscamera. De kaart die hij heeft gebruikt staat op naam van Alexander Dreyer, geboren in 1972.'

'En?'

'En die Alexander Dreyer is in 2010 omgekomen bij een auto-ongeluk.'

'En het adres? Hebben we een adres?'

'Dat hebben we. Delta is erheen.'

'Nog meer?'

'Nog niet, maar ik ga ervan uit dat je doorlopend op de hoogte gehouden wilt worden?'

'Ja, doorlopend.'

Ze verbraken de verbinding.

'Pardon.' Het was de ober.

Bellman keek op de rekening. Hij voerde een veel te hoog bedrag in op de pinautomaat en drukte op OK. Hij stond op en draafde naar buiten. Valentin Gjertsen pakken zou nu alle deuren openen. De vermoeidheid leek weggeblazen.

John D. Steffens drukte op de schakelaar. Een paar seconden knipperden de tl-buizen voor ze zich zoemend stabiliseerden en een koud licht verspreidden.

Oleg wreef in zijn ogen en hapte naar adem. 'Is dat allemaal bloed?' Zijn stem weerkaatste door de ruimte. Steffens lachte terwijl de ijzeren deur achter hen dichtviel. 'Welkom in het Bloedbad.'

Oleg huiverde. De ruimte werd gekoeld en het blauwachtige licht op de witte, gebarsten tegels versterkte het gevoel in een koelkast te zitten.

'Hoe... hoeveel is het?' vroeg Oleg en hij liep achter Steffens aan tussen de rijen met rode plastic zakken die vier hoog aan standaards hingen.

'Genoeg om ons de eerste dagen te redden als Oslo aangevallen wordt door de Lakota,' zei Steffens en hij daalde de trap af naar het bassin.

'De Lakota?'

'Jij noemt ze waarschijnlijk Sioux,' zei Steffens en hij legde zijn hand op een van de zakken, kneep erin en Oleg zag hoe het bloed van kleur veranderde, van donker naar licht.

'Het is een mythe dat de indianen die de blanke man tegenkwam bloeddorstig waren. Afgezien dan van de Lakota.'

'Is dat zo?' zei Oleg. 'En de blanke man? Is bloeddorst niet gelijkmatig verdeeld onder de bevolkingsgroepen?'

'Ik weet dat jullie dat nu leren op school,' zei Steffens. 'Niemand is beter, niemand is slechter. Maar geloof me, de Lakota waren zowel beter als slechter. Ze waren de beste krijgers. De Apaches zeiden dat als er Cheyenne of Zwartvoeten kwamen dan lieten ze hun krijgers rusten en stuurden ze de jonge jongens of de oude mannen om ze te verslaan. Maar als de Lakota kwamen dan stuurden ze niemand. Dan begonnen ze hun doodsliederen te zingen, van het begin tot het eind, en hoopten ze op een snelle dood.'

'Marteling?'

'Als de Lakota hun krijgsgevangenen verbrandden dan deden ze dat beetje bij beetje en met kleine kooltjes.' Steffens liep verder waar de zakken met bloed dichter op elkaar hingen en minder licht binnenviel. 'En als de gevangenen niet meer konden, kregen ze een pauze met water en voedsel zodat de marteling nog een dag of twee kon doorgaan. Dat voedsel bestond overigens niet zelden uit afgesneden stukjes van hun eigen vlees.'

'Echt waar?'

'Tja, net zo waar als alles in de geschiedschrijving. Een Lakotakrijger met de naam Maan Achter Wolk was berucht en hij dronk altijd het bloed van de vijanden die hij had gedood. Waarschijnlijk een geschiedvervalsing want hij heeft extreem veel doden op zijn geweten en hij zou het niet hebben overleefd aangezien het drinken van grote hoeveelheden bloed giftig is.'

'Is dat zo?'

'Je krijgt meer ijzer binnen dan je lichaam aankan. Maar hij dronk wel bloed, dat weet ik.' Steffens bleef staan bij een zak. 'In 1871 werd mijn betovergrootvader gevonden in het Maan Achter Wolk-Lakotakamp in Utah waar hij missionaris was. Hij was leeggebloed. In het dagboek van mijn grootmoeder stond dat mijn betovergrootmoeder de Heer dankte voor het in 1890 uitmoorden van de Lakota bij Wounded Knee. Over moeders gesproken...'

'Ja?'

'Dit bloed is van je moeder. Dat wil zeggen, nu is het van mij.'

'Ik dacht dat ze bloed kréég.'

'Je moeder heeft een erg zeldzame bloedgroep, Oleg.'

'O? Ik dacht dat ze een heel gewoon bloedtype had.'

'Bij bloed handelt het om zoveel meer dan type, Oleg. Gelukkig is haar bloedgroep A, dus ik kan haar uit vele zakken bloed geven.' Hij gebaarde met zijn hand. 'Gewoon bloed dat haar lichaam absorbeert en omvormt tot de gouden druppels die het bloed van Rakel Fauke zijn. Trouwens, Oleg Fauke. Ik heb je hier niet mee naartoe genomen om je even te verlossen van het waken aan haar bed. Ik wilde je vragen of ik een bloedtest bij je mag doen om te kijken of jij hetzelfde bloed hebt als zij.'

'Ik?' Oleg dacht na. 'Ja, als dat haar kan helpen, waarom niet?'

'Dat kan helpen, geloof me. Ben je er klaar voor?'

'Hier? Nu?'

Oleg ontmoette de blik van Steffens. Iets deed hem twijfelen, maar hij wist niet precies wat.

'Oké,' zei Oleg. 'Mijn bloed is van jou.'

'Mooi.' Steffens stak een hand in de rechterzak van zijn witte jas en kwam een stap dichterbij. Maar hij kreeg een geërgerde frons op zijn voorhoofd toen er een vrolijk melodietje uit zijn linkerzak klonk.

'Ik dacht dat ik hierbeneden geen bereik had,' mompelde hij en hij viste de telefoon uit zijn zak. Oleg zag het scherm het gezicht van de chef-arts verlichten en het licht weerkaatste in zijn bril. 'Nee maar, het ziet ernaar uit dat het van het hoofdbureau komt.' Hij zette de telefoon aan zijn oor. 'Chef-arts John Doyle Steffens.'

Oleg hoorde het gezoem van de andere stem.

'Nee, inspecteur Bratt, ik heb Harry Hole vandaag niet gezien en ik ben er tamelijk zeker van dat hij hier niet is. Er zijn wel andere plekken waar je je telefoon uitzet. Misschien zit hij in een vliegtuig?' Steffens keek naar Oleg die zijn schouders ophaalde. '"We hebben hem gevonden"? Ja Bratt, ik zal dat bericht aan hem doorgeven zodra hij opduikt, maar misschien is het beter voor Hole als ik niet in een geheimtaal spreek. Zal hij begrijpen wat je bedoelt? Mooi, dan zal ik "we hebben hem gevonden" aan hem doorgeven. Een goede dag nog, Bratt.'

Steffens stopte de telefoon in zijn zak. En hij zag dat Oleg zijn mouw oprolde. Hij greep hem bij zijn onderarm en leidde hem met snelle stappen terug naar de trap van het bassin. 'Bedankt, maar ik zag op mijn telefoon dat het al later is dan ik dacht en ik heb een patiënt die op me zit te wachten. Dat bloed van jou moeten we een andere keer doen, Fauke.'

Sivert Falkeid, de leider van Delta, zat achter in de terreinwagen van de mobiele eenheid en blafte korte bevelen terwijl ze over de Trondheimsvei stuiterden. Er zaten acht man in de auto. Dat wil zeggen, zeven mannen en een vrouw. En zij maakte geen deel uit van de mobiele eenheid. Tot nu toe had geen enkele vrouw dat gedaan. De toelatingseisen van Delta waren in principe sekseneutraal, maar ook dit jaar had er onder de honderd aanmeldingen geen enkele vrouw gezeten en in de geschiedenis van de eenheid waren het er maar vijf geweest, de laatste in de vorige eeuw. En geen van hen was door het oog van de naald gekropen. Maar wie weet, de vrouw die tegenover hem zat, zag er sterk en fit uit, misschien dat zij een kans maakte.

'Dus we weten niet of die Dreyer thuis is?' vroeg Sivert Falkeid.

'Als het maar duidelijk is dat het om Valentin Gjertsen gaat, de vampirist.'

'Ik maak een grapje, Bratt,' zei Falkeid glimlachend. 'Dus hij heeft geen mobiele telefoon die we kunnen peilen?'

'Het kan zijn dat hij die heeft, maar er staat er geen een op naam van Dreyer of Gjertsen geregistreerd. Is dat een probleem?'

Sivert Falkeid keek haar aan. Ze hadden tekeningen van het huis van de site van het huisvestingsbureau gedownload en het zag er goed uit. Een tweekamerflat van vijfenveertig vierkante meter op de eerste verdieping, geen achterdeur of een keldertrap direct vanuit de flat. Het plan was om vier man bij de voordeur te zetten en twee man op het grasveld voor het geval hij van het balkon sprong.

'Geen probleem,' zei hij.

'Mooi,' zei ze. 'Zonder lawaai?'

Hij glimlachte breder. Hij hield van haar dialect uit Bergen. 'Jij dacht dat we een stuk uit de ruit van de balkondeur zouden snijden, keurig onze voeten zouden vegen en dan naar binnen zouden gaan?'

'Ik dacht dat er geen reden is om met granaten te gaan gooien en hem uit te roken omdat het maar om één man gaat die waarschijnlijk onbewapend is en niet weet dat we komen. En stil en zonder drama geeft hogere cijfers voor de stijl. Of niet?'

'Dat is waar,' zei Falkeid, hij checkte de gps en de weg voor hem. 'Maar met de voordeur opblazen is het risico voor ons en voor hem lager. Negen van de tien keer is het doelwit even verlamd door de klap en het licht als we een granaat gooien. Hoe stoer ze ook denken dat ze zijn. Ik geloof dat we meer levens van de arrestanten hebben gered dan van onze eigen mensen met deze tactiek. Bovendien willen we deze shockgranaten graag gebruiken voor ze over de datum zijn. En de jongens zijn rusteloos, ze hebben het nodig om rock-'n-roll te spelen. De laatste tijd zijn het te veel ballades geweest.'

'Je maakt een grapje, zeker? Zulke macho's zijn jullie toch niet?'

Falkeid grijnsde en haalde zijn schouders op.

'Weet je?' Bratt leunde naar hem toe, met haar tong maakte ze haar rode lippen nat en ze liet haar stem zakken. 'Ik hou daar wel van.'

Falkeid lachte. Hij was gelukkig getrouwd, maar als hij dat niet was geweest, had hij geen nee gezegd tegen een middagje met Katrine Bratt. Kijken in die donkere, gevaarlijke ogen en luisteren naar die rollende r uit Bergen die leek op het gegrom van een roofdier.

'Nog een minuut,' zei hij luid en de zeven mannen duwden hun vizier in een bijna synchrone beweging naar beneden.

'Een Ruger Redhawk, zei je dat hij die had?'

'Die had hij volgens Harry Hole in de bar, ja.'

'Hebben jullie dat gehoord, mannen?'

Ze knikten. De producent beweerde dat het plastic van de nieuwe vizieren een 9mm-kogel kon stoppen, maar dat gold niet voor het grotere kaliber Redhawk. En Falkeid vond dat best want valse veiligheid maakte onoplettend.

'Wat als hij zich verzet?' vroeg Bratt.

Falkeid schraapte zijn keel. 'Dan schieten we hem neer.'

'Moet dat?'

'Er zullen vast mensen zijn die achteraf beter weten wat we hadden moeten doen, maar wij schieten liever iemand neer die op ons wil gaan schieten. Te weten dat dat oké is, is een belangrijke en geruststellende gedachte in ons werk. Volgens mij zijn we er.'

Hij stond bij het raam en zag de twee vette vlekken van zijn vingers op de ruit. Hij had uitzicht over de stad, maar zag niets, hoorde alleen maar sirenes. Geen reden tot zorg, sirenes hoorde je immers de hele tijd. Mensen zaten in een brandend huis, gleden uit op de badkamervloer, martelden hun geliefden en dan werden de sirenes aangezet. Irritante, klagende sirenes die zeurden dat de mensen voor hen aan de kant moesten gaan.

Aan de andere kant van de muur had een stel seks. Onder werktijd. Dat was ontrouw. Tegenover de partner of de werkgever, waarschijnlijk allebei.

De sirenes stegen en daalden boven het zoemende geluid uit van de radiostem achter hem. Ze waren onderweg, mensen in uniform met autoriteit en recht op voorrang, maar zonder doel en betekenis. Het enige wat ze wisten was dat het haast had en dat er iets vreselijks zou gebeuren als ze het niet haalden.

Een bomaanslag. Kijk, dán had je sirenes die iets betekenden. Het geluid van de dag des oordeels. Een vreugdevol geluid waar je nekharen overeind van gingen staan. Dat geluid horen, op de klok kijken, zien dat het níet twaalf uur 's middags is en begrijpen dat het geen test is. Op dat tijdstip zou hij Oslo willen bombarderen, om twaalf uur nul nul, geen mens zou naar een schuilplaats rennen, ze zouden blijven staan en verwonderd naar de lucht kijken en zich afvragen wat voor weer het zou worden. Of ze zouden met een slecht geweten in bed liggen vrijen, maar toch niet in staat zijn het anders te doen. Want dat kunnen we niet, we doen wat we doen omdat we zijn wie we zijn. Het idee van wilskracht die ons iets anders kan laten doen dan wat ons wordt gedicteerd, dat idee wordt verkeerd begrepen. Het gaat immers om het tegendeel, het enige wat wilskracht doet is het volgen van onze natuur zelfs als de omstandigheden dat moeilijk maken. Een vrouw verkrachten, haar verzet neerslaan en overwinnen, vluchten voor de politie en wraak, zich dag en nacht schuilhouden; is dat niet alle obstakels tarten om juist met die ene vrouw te neuken?

De sirenes klonken nu verder weg. Het vrijende stel was klaar.

Hij probeerde zich te herinneren hoe het geluid was, het alarmsignaal dat betekende: belangrijke mededeling, luister naar de radio.

Werd dat nog steeds gebruikt? Toen hij nog een jongen was, had je maar één radiozender, maar naar welke moest je nu luisteren om de mededeling te horen die zo ongelooflijk belangrijk was, maar dus niet zo dramatisch dat je naar een schuilplaats moest rennen? Misschien bestond er een nieuw alarmplan dat alle zenders overnam en was er één stem die verkondigde... ja, wat eigenlijk? Dat het allemaal te laat was. Dat de schuilplaatsen gesloten waren, want die konden je toch niet redden, niets kon dat. Wat nu haast had was dat je al degenen die je liefhebt om je heen verzamelt, afscheid neemt en dan sterft. Want dat had hij geleerd. Dat de meeste mensen hun hele leven zo inrichten naar dat ene: niet alleen sterven. Dat lukt maar weinigen, maar mijn hemel, tot welke opofferingen zijn ze bereid vanwege de wanhopige angst dat ze over de drempel moeten stappen zonder dat iemand hun hand vasthoudt? Nou, hij had hun hand vastgehouden. Bij hoeveel? Twintig? Dertig? Toch hadden ze er niet minder angstig en eenzaam uitgezien. Zelfs niet de mensen van wie hij had gehouden. Nu hadden ze natuurlijk niet de tijd gekregen om ook van hem te gaan houden, maar op dat moment waren ze wel omgeven geweest door liefde. Hij dacht aan Marte Ruud. Hij had haar beter moeten behandelen, zich niet moeten laten meesleuren. Hij hoopte dat ze nu dood was en dat het snel en pijnloos was gegaan.

Hij hoorde de douche aan de andere kant van de muur en hij zette het geluid van de radiostem harder.

'...wanneer de vampirist in sommige vakliteratuur wordt beschreven als een intelligent individu zonder mentaal lijden of sociale pathologie dan wekt dat de indruk dat we te maken hebben met een sterke, gevaarlijke vijand. De zogenaamde Sacramento-vampier, Richard Chase, is een typerend geval dat lijkt op Valentin Gjertsen. Bij beiden zien we al vanaf de vroegste jeugd geestelijke afwijkingen zoals bedplassen, brandstichting, impotentie. Beiden hebben de diagnose paranoia en schizofrenie gekregen. Chase had weliswaar de gebruikelijke weg gevolgd door het drinken van dierenbloed en hij had zich onder andere geïnjecteerd met kippenbloed en was ziek geworden terwijl Valentin als jongen vooral bezig was met het treiteren van katten. Op de boerderij van zijn grootvader verstopte Valentin jonge katjes, hij hield ze in een geheime kooi op zolder zodat hij ze kon martelen zonder dat de volwassenen daar iets vanaf wisten. Maar zowel Valentin Gjertsen als Chase werd bezeten toen ze hun eerste aanval als vampirist uitvoerden. Chase vermoordde al zijn zeven slachtoffers in de loop van slechts enkele weken. En net als Gjertsen vermoordde hij ze bij hen thuis. In december 1977 liep hij rond in Sacramento en voelde hij aan deuren. Als ze niet op slot waren dan zag hij dat als een uitnodiging om naar binnen te mogen, zoals hij later tijdens verhoren verklaarde. Een van zijn slachtoffers, Teresa Wallin, was drie maanden zwanger en toen Chase haar alleen thuis aantrof, schoot hij drie keer op haar en verkrachtte het lijk terwijl hij haar met een slagersmes stak en haar bloed dronk. Klinkt bekend of niet?'

Jazeker, dacht hij. Maar wat je niet durft te melden is dat Richard Trenton Chase organen uit zijn slachtoffer sneed, haar tepels afsneed en hondendrollen uit de achtertuin in haar mond stopte. Of dat hij de penis van een van zijn slachtoffers gebruikte als rietje om bloed te drinken van een van de andere slachtoffers.

'En de gelijkenis stopt daar niet. Net als Chase is Valentin Gjertsen nu bijna aan het eind van zijn weg gekomen. Ik vermoed dat hij niet veel slachtoffers meer zal maken.'

'Waardoor ben je daar zo zeker van, Smith? Je werkt samen met de politie, hebben jullie specifieke sporen?'

'Wat me zo zeker maakt heeft niets te maken met het onderzoek waarop ik uiteraard geen commentaar kan geven, niet direct en niet indirect.'

'Dus waarom dan wel?'

Hij kon Smith horen ademhalen. Hij zag de verwarde psycholoog voor zich zoals hij notities had zitten maken. Doorvragend over zijn jeugd, het bedplassen, zijn vroegste seksuele ervaringen, het bos dat hij in brand had gestoken en vooral naar het kattenvissen zoals hij het had genoemd. Hij had de hengel van grootvader gebruikt, de lijn over de balk van de zolder geslagen, de haak door de onderkaak van een van de katjes getrokken en vervolgens had hij de lijn opgedraaid om de wanhopige pogingen van het katje te bekijken dat omhoog of los probeerde te komen.

'Omdat Valentin Gjertsen niet bijzonder is, behalve dan bijzonder slecht. Hij is niet vreselijk dom, maar ook niet waanzinnig intelligent. Hij heeft niets uitzonderlijks bereikt. Iets bouwen vergt een talent om te zien, een visie, maar om af te breken hebben we niets nodig, alleen maar blindheid. Wat Gjertsen de laatste dagen heeft gered, is niet zijn slimheid, maar uitsluitend puur geluk. Totdat hij wordt gepakt, en dat zal binnenkort gebeuren, is Valentin Gjertsen uiteraard een gevaarlijk man om tegen te komen, net zoals je op moet passen voor honden met schuim rond hun bek. Maar een hond met rabiës is dus stervende en ondanks al zijn slechtheid is Valentin Gjertsen – om Harry Holes woorden te gebruiken – een zielige pervert die zo *out of control* is dat hij binnen afzienbare tijd een grote fout zal maken.'

'Dus daarmee kunnen we de inwoners van Oslo geruststellen...'

Hij hoorde iets en deed de podcast uit. Hij luisterde. Het was het geluid van schuifelende voeten vlak voor zijn voordeur. Iemand die zich op iets concentreerde.

Vier mannen gekleed in de zwarte uniformen van Delta stonden bij de voordeur van Alexander Dreyer. Katrine Bratt stond twintig meter verderop de actie te volgen.

Een van de mannen hield een stormram van anderhalve meter, in de vorm van een Pringles-buis met twee handvatten, voor zich.

Achter hun vizierhelmen waren ze niet van elkaar te onderscheiden. Maar ze ging ervan uit dat de man die drie handschoenvingers omhooghield Sivert Falkeid was.

In de stilte van het aftellen kon ze de muziek uit de flat horen. Pink Floyd? Ze haatte Pink Floyd. Nee, dat was niet zo, ze koesterde een diep wantrouwen jegens mensen die van Pink Floyd hielden. Bjørn had gezegd dat hij van slechts één Pink Floyd-nummer hield. Hij had een album gepakt met daarop een foto van iets wat op een harig oor leek en had gezegd dat het uit de tijd was vóór ze doorbraken. Het nummer was pure blues geweest met een hond die meehuilde, met een dergelijk beest kon je tegenwoordig in een tv-show komen omdat niemand meer goede ideeën had. Bjørn had gezegd dat hij elk nummer met een beetje slides volledige amnestie gaf en het feit dat er geen dubbele bassdrums, gorgelende stemmen en het verheerlijken van zwarte magie en halfverteerde lijken in voorkwamen – waar Katrine nu juist wel van hield – was een pluspunt. Ze miste Bjørn. Hier, op het moment dat Falkeid zijn laatste vinger boog en er een vuist overbleef en de stormram naar achteren werd gezwaaid om de deur open te breken van de man die de afgelopen zeven dagen in elk geval vier en waarschijnlijk vijf mensen had vermoord, dacht zij aan de man die ze had verlaten.

Er klonk een dreun toen het slot en de deur sneuvelden. De derde man gooide een *flashbang*-granaat naar binnen en Katrine Bratt bedekte haar oren. De Deltamannen wierpen schaduwen op de muur toen er een lichtflits uit de deuropening kwam die Katrine een fractie van een seconde registreerde voor de twee opeenvolgende knallen kwamen.

Drie mannen verdwenen naar binnen met hun MP5's op hun schouders, de vierde man bleef buiten staan met zijn wapen op de deuropening gericht.

Ze haalde haar handen van haar oren.

De *flashbang*-granaat had Pink Floyd niet uitgeschakeld.

'*Clear*!' De stem van Falkeid.

De politieman buiten draaide zich om naar Katrine en knikte.

Ze haalde diep adem en liep naar de deur.

Stapte de flat binnen. Er hing nog wat damp van de granaat, maar je rook er merkwaardig weinig van. De gang, de woonkamer, de keuken. Het eerste wat haar opviel was dat het er zo normaal uitzag. Alsof hier een heel gewoon, proper en keurig iemand woonde. Die eten klaarmaakte, koffiedronk, televisiekeek, naar muziek luisterde. Geen vleeshaken aan het plafond, bloedspatten op het behang of krantenknipsels van de moordzaken en foto's van de slachtoffers op de muur geplakt.

Er schoot een gedachte door haar hoofd. Dat Aurora zich had vergist.

Ze keek in de badkamer, de geribbelde deur naar de douchecabine stond open, geen douchegordijn, geen toiletartikelen afgezien van een voorwerp dat op het planchet onder de spiegel lag. Ze liep naar binnen. Dat was geen toiletartikel. Het metaal had zwarte vlekken van de verf en bruinrode roestvlekken. De ijzeren tanden vielen in elkaar zodat ze een zigzag-patroon vormden.

'Bratt!'

'Ja?' Katrine liep naar de kamer.

'Hier.' Falkeids stem kwam uit de slaapkamer. Hij klonk kalm en berustend. Alsof er iets voorbij was. Katrine tilde haar voet hoog op om over de drempel te stappen en zorgde ervoor dat ze de deurpost niet aanraakte alsof ze al wist dat ze op een plaats delict was. De kastdeuren stonden open en de Deltamannen stonden aan weerszijden van het tweepersoonsbed met hun machinepistolen gericht op het naakte lichaam dat op het dekbed met levenloze ogen naar het plafond lag te staren. Ze rook naar iets wat ze eerst niet kon thuisbrengen, toen boog ze een beetje voorover. Lavendel.

Katrine pakte haar telefoon, toetste het nummer in en al na de eerste beltoon werd er opgenomen.

'Hebben jullie hem?' Bjørn Holm klonk buiten adem.

'Nee,' zei ze. 'Er ligt hier een vrouwenlichaam.'

'Dood?'

'In elk geval niet levend.'

'O, verdomme. Gaat het om Marte Ruud? Wacht, wat bedoel je met "niet levend"?'

'Niet dood en niet levend.'

'Wat...'

'Het is een sekspop.'

'Een wat?'

'Een pop om te neuken. Een dure, zo te zien, made in Japan, bijzonder levensecht, ik dacht verdomme eerst dat het om een mens ging. Hoe dan ook, Alexander Dreyer is Valentin, het ijzeren gebit ligt hier. Dus we moeten hier wachten en kijken of hij opduikt. Al iets van Harry gehoord?'

'Nee.'

Katrines blik viel op een klerenhanger en een onderbroek die voor de kledingkast op de grond lagen.

'Ik vind het maar niks, Bjørn, hij was ook niet in het ziekenhuis.'

'Dat vindt iedereen, zullen we een opsporingsbericht uit laten gaan?'

'Voor Harry? Wat heeft dat voor zin?'

'Je hebt gelijk. Maar rommel daar niet te veel, er kunnen daar sporen van Marte Ruud zijn.'

'Goed, maar ik gok dat eventuele sporen zijn weggepoetst. Naar de flat te oordelen heeft Harry gelijk: Valentin is inderdaad extreem netjes en schoon.' Haar blik viel weer op de klerenhanger en onderbroek. 'Dat wil zeggen...'

'Ja?' zei Bjørn na een korte pauze.

'Wel verdomme,' zei Katrine.

'En dat betekent?'

'Hij heeft wat kleren in een tas of koffer gesmeten en zijn toiletartikelen uit de badkamer meegenomen. Valentin wist dat we kwamen.'

Valentin deed open en zag van wie de voeten waren die voor zijn deur schuifelden. Het kamermeisje dat met een sleutelkaart voor zijn hoteldeur gebogen stond, richtte zich op.

'*Oh, sorry,*' zei ze glimlachend. '*I didn't know the room was occupied...*'

'*I'll take those,*' zei hij en pakte de handdoeken uit haar handen. '*And could you please clean again?*'

'*Sorry?*'

'*I'm not happy with the cleaning. There are fingermarks on the window glass. Please clean the room again in, let's say, one hour?*'

Het verblufte gezicht verdween achter de deur toen hij die dichtdeed.

Hij legde de handdoeken op de salontafel, ging in de leunstoel zitten en opende de tas.

De sirenes waren gestopt. En als het die waren die hij had gehoord dan waren ze nu misschien in zijn flat, het was hemelsbreed niet meer dan een paar kilometer naar Stinsen. Het was minder dan een halfuur geleden dat de ander had gebeld om te zeggen dat de politie wist waar hij was en welke naam hij gebruikte en dat hij moest maken dat hij wegkwam. Valentin had alleen de belangrijkste zaken ingepakt en de auto achtergelaten omdat ze de naam hadden waarop die geregistreerd stond.

Hij pakte de map uit de tas en bladerde erin. Hij liet zijn blik glijden over de foto's en de adressen. En realiseerde zich dat hij voor het eerst in lange tijd niet wist wat hij moest doen. In zijn hoofd hoorde hij de stem van de psycholoog: '...een zielige pervert die zo *out of control* is dat hij binnen afzienbare tijd een grote fout zal maken.'

Valentin Gjertsen stond op en kleedde zich uit. Hij nam de handdoeken mee en liep naar de badkamer, draaide de warmwaterkraan open. Stond voor de spiegel, wachtte tot het water kokendheet was en zag dat de waterdamp neersloeg op de spiegel. Keek naar de tatoeage. Hoorde de telefoon overgaan en wist wie het was. Het brein. De redder. Met nieuwe instructies, orders. Zou hij niet opnemen? Werd het tijd om de navelstreng, de levenslijn door te knippen? Werd het tijd om helemaal vrij te zijn?

Hij vulde zijn longen en schreeuwde.

HOOFDSTUK 28

WOENSDAGMIDDAG

'Sekspoppen zijn niets nieuws,' zei Smith en hij keek naar de vrouw van plastic en siliconen op het bed. 'Toen de Nederlanders over de zeven zeeën regeerden hadden de zeelieden een soort pop bij zich met een vagina van leer. Dat was zo gebruikelijk dat de Chinezen de pop een *Dutch wife* noemden.'

'Echt?' vroeg Katrine, kijkend naar de witte engelen van de technische recherche die de kamer minutieus onderzochten. 'Spraken zij Engels?'

Smith lachte. '*Got me.* De artikelen in de vaktijdschriften zijn in het Engels. In Japan zijn er bordelen met alleen sekspoppen. De duurste hebben verwarmingselementen waardoor ze een lichaamstemperatuur krijgen en ze hebben een skelet zodat je de armen en benen kunt buigen in natuurlijke en onnatuurlijke poses. Bovendien smeren ze automatisch...'

'Bedankt, ik geloof dat ik genoeg heb gehoord,' zei Katrine.

'Natuurlijk, het spijt me.'

'Zei Bjørn nog waarom hij in de Vuurkamer bleef?'

Smith schudde zijn hoofd.

'Lien en hij hadden iets,' zei Wyller.

'Berna Lien? Ze hadden iets?'

'Hij zei alleen dat zolang het geen plaats delict was, hij het overliet aan de anderen.'

'Iets,' mompelde Katrine terwijl ze de slaapkamer uit liep met de twee anderen op haar hielen. De flat uit, naar de parkeerplaats voor het gebouw. Ze gingen achter de blauwe Honda staan. Twee rechercheurs inspecteerden de kofferbak. Ze hadden de autosleutels in de flat gevonden en bevestigd gekregen dat het voertuig geregistreerd stond op naam van Alexander Dreyer. De hemel boven hen was staalgrijs en aan de andere kant van het golvende grasveld van Torshovdalen zag Katrine hoe de wind vat kreeg op de boomkruinen. Volgens de laatste weerberichten was Emilia nog een paar uur van hen verwijderd.

'Slim van hem om de auto niet mee te nemen,' zei Wyller.

'Yep,' zei Katrine.

'Wat bedoelen jullie?' vroeg Smith.

'Tolpoortjes, parkeergarages en straatcamera's,' zei Wyller. 'Met behulp van het kenteken kun je binnen enkele seconden videobeelden checken.'

'*Brave new world,*' zei Katrine.

'*O, brave new world, that has such people in it,*' zei Smith.

Katrine wendde zich tot de psycholoog. 'Heb je een idee waar een persoon als Valentin naartoe zou vluchten?'

'Nee.'

'Nee, zoals in "geen idee"?'

Smith duwde zijn bril omhoog. 'Nee, zoals in "ik kan me niet voorstellen dat hij wil vluchten".'

'Waarom niet?'

'Omdat hij kwaad is.'

Katrine schokte met haar schouders. 'Hij zal kwader zijn geworden als hij de podcast met Daa heeft gehoord.'

'Ja,' verzuchtte Smith. 'Ik ben misschien te ver gegaan. Opnieuw. Gelukkig hebben we goede sloten en een bewakingscamera na de laatste inbraak in de stal. Maar misschien...'

'Misschien wat?'

'Misschien zouden we ons wat veiliger voelen als we een wapen hadden, een pistool of zoiets.'

'Het reglement staat niet toe dat we een politiewapen aan je geven zonder dat je daarvoor een licentie hebt en een wapencursus hebt gevolgd.'

'Noodbewapening,' zei Wyller.

Katrine keek hem aan. Aan de criteria voor noodbewapening was misschien voldaan, misschien ook niet. Maar ze zag de berichten in de media al voor zich nadat Smith was neergeschoten en het bekend werd dat hij om een wapen had gevraagd zonder dat het verzoek was ingewilligd. 'Help jij Hallstein met het beschikbaar stellen van een wapen?'

'Ja.'

'Oké. Ik heb aan Skarre doorgegeven dat hij passagierslijsten van treinen, boten en vliegtuigen, en gastenboeken van hotels en pensions moet checken. En we moeten hopen dat Valentin geen documenten heeft met andere identiteiten dan Alexander Dreyer.'

Katrine keek naar de lucht. Ze had een vriend gehad die deed aan *paragliding* en hij had haar verteld dat hoewel het op de grond windstil kon zijn, de wind een paar honderd meter daarboven de snelheid van iemand op de snelweg kon hebben. Dreyer. *Dutch wife.* Iets hebben? Pistool. Kwaad.

'En Harry was dus niet thuis?' zei ze.

Wyller schudde zijn hoofd. 'Ik heb aangebeld, ben rond het huis gelopen en heb door alle ramen gekeken.'

'Het wordt tijd om Oleg in te lichten,' zei ze. 'Hij heeft vast sleutels van het huis.'

'Ik doe het meteen.'

Ze zuchtte. 'Als jullie Harry daar niet vinden dan moeten we misschien Telenor vragen zijn telefoon te peilen.'

Een van de in het wit gestoken technisch rechercheurs kwam op haar afgelopen.

'Er zit bloed in de kofferbak.'

'Veel?'

'Ja, en dit.' Hij hield een grote bewijszak van doorzichtig plastic omhoog. Er zat een witte blouse in. Kapotgescheurd en bebloed. Met kant, zoals de klanten de blouse hadden beschreven die Marte Ruud had gedragen op de avond dat ze verdween.

HOOFDSTUK 29

WOENSDAGAVOND

Harry opende zijn ogen en staarde in het donker.

Waar was hij? Wat was er gebeurd? Hoelang was hij bewusteloos geweest? Zijn hoofd voelde alsof iemand hem met een ijzeren stang had geslagen. Zijn hart klopte met een monotoon ritme in zijn trommelvliezen. Het enige wat hij zich kon herinneren was dat hij was opgesloten. En voor zover hij het kon beoordelen lag hij op een vloer met koude tegels. Koud als in een koelkast. Hij lag in iets nats. Hij tilde zijn hand op en staarde ernaar. Was het bloed?

Toen, heel langzaam, realiseerde hij zich dat het niet zijn hart was dat in zijn trommelvliezen klopte.

Het was een basgitaar.

Kaiser Chiefs? Waarschijnlijk. In elk geval een van de hype-bands uit Engeland die hij eigenlijk was vergeten. Niet dat Kaiser Chiefs slecht was, maar ze waren niet exceptioneel goed en waren daarmee beland in de grauwe soep van muziek die hij minstens een jaar en op z'n hoogst twintig jaar geleden had gehoord. Ze hadden geen indruk achtergelaten. Terwijl hij zich elke toon en regel van zelfs de duisterste muziek uit de jaren tachtig kon herinneren, was het gebied tussen toen en nu een kale vlakte. Net als het gebied tussen gisteren en nu. Niets. Alleen die opdringerige bas. Of het kloppen van zijn hart. Of bonsde er iemand op de deur?

Harry sloot zijn ogen weer. Hij rook aan zijn hand, hoopte dat het geen bloed, pis of kots was.

De bas begon weer te spelen, niet in hetzelfde ritme als de melodie.

Het was de deur.

'Gesloten!' riep Harry, waar hij direct spijt van kreeg want zijn hoofd leek te exploderen.

Het nummer was afgelopen en The Smiths namen het over. Harry begreep nu dat hij zijn eigen mobiel aan de apparatuur moest hebben gekoppeld toen hij genoeg had van Bad Company. 'There Is A Light That Never Goes Out'. Nee maar. Maar het gedreun op de deur ging door. Harry legde zijn handen op zijn oren. Toen het nummer bij het laatste deel was gekomen met alleen strijkers, hoorde hij dat zijn naam werd geroepen. Aangezien er nauwelijks iemand was die mee had gekregen dat de nieuwe eigenaar van Jealousy Bar Harry heette en hij de stem herkende, strekte hij zijn armen uit, kreeg de rand van de bar te pakken en trok zich op. Eerst tot op zijn knieën, toen voorovergebogen, maar dat kon je ondanks alles kwalificeren tot staan want hij voelde zijn schoenzolen aan de vloer kleven. Hij zag de twee lege Jim Beam-flessen met het tuitje over de rand van de bar en begreep dat hij had gelegen in en was gemarineerd door zijn eigen bourbon whisky.

Hij zag haar gezicht voor het raam. Ze was alleen, zo te zien.

Hij trok een stijve wijsvinger langs zijn keel om aan te geven dat de bar gesloten was, maar ze gaf hem een stijve middelvinger terug en begon vervolgens te bonken op het raam.

Het geluid klonk echter als een hamer die tegen de weke delen van zijn hersenen werd geslagen dus Harry besloot dat hij net zo goed open kon doen. Hij liet de bar los en deed een stap. En viel. Beide voeten waren gevoelloos, hoe was dat mogelijk? Hij kwam weer overeind en met behulp van de tafels en stoelen strompelde hij naar de deur.

'Mijn god!' zei Katrine en ze kreunde zacht. 'Je bent dronken!'

'Mogelijk,' zei Harry. 'Ik zou wensen dat het nog erger was.'

'We hebben je gezocht, idioot! Waar was je de hele tijd?'

'Ik weet niet wat "de hele tijd" is, maar er liggen twee lege flessen op de bar. Laten we hopen dat ik de tijd heb genomen en ervan heb genoten.'

'We hebben gebeld en gebeld.'

'Hm, ik moet mijn mobiel in de vliegtuigmodus hebben gezet. Goede *playlist*? Luister. Die kwade dame is Martha Wainwright. 'Bloody Mother Fucking Asshole'. Doet dat je aan iemand denken?'

'Verdomme, Harry, waar denk je mee bezig te zijn?'

'Denken en denken. Ik ben – zoals je ziet – in de vliegtuigmodus.'

Ze greep hem bij de kraag van zijn jas. 'Er worden mensen vermoord daarbuiten, Harry. En jij staat hier een beetje vrolijk te wezen?'

'Ik probeer elke verdomde dag vrolijk te zijn, Katrine. En weet je wat, dat maakt de mensen niet gezonder of zieker. En ik geloof dat het ook geen invloed heeft op het aantal moorden.'

'Harry, Harry...'

Hij zwaaide heen en weer en hij besefte dat ze hem in de eerste plaats vasthield aan zijn kraag om hem overeind te houden.

'We hebben hem niet kunnen pakken, Harry. We hebben je nodig.'

'Oké, laat me eerst een borrel nemen.'

'Harry!'

'Die dorst is enorm... groot.'

'We gaan nu weg. Mijn auto staat voor.'

'Mijn bar heeft happy hour en ik ben nog niet klaar om te werken, Katrine.'

'Je gaat niet aan het werk, je gaat naar huis om nuchter te worden. Oleg wacht op je.'

'Oleg?'

'Hij heeft de voordeur van jullie huis in Holmenkollen voor ons van het slot gedraaid. Hij was zo bang voor wat hij zou aantreffen dat Bjørn het eerst naar binnen moest.'

Harry sloot zijn ogen. Verdomme, verdomme. 'Ik kan dat niet, Katrine.'

'Je kunt wat niet?'

'Bel Oleg en zeg hem dat ik oké ben, vraag hem of hij terug wil gaan naar zijn moeder.'

'Hij wilde per se op je wachten, Harry.'

'Ik wil niet dat hij me zo ziet. En jij kunt me nu ook nergens voor gebruiken. Sorry, einde discussie.' Hij pakte de deur vast. 'Ga nu.'

'Gaan? En jou hier achterlaten?'

'Ik red me wel. Alleen maar water vanaf nu. Misschien ook een beetje Coldplay.'

Katrine schudde haar hoofd. 'Je gaat mee naar huis.'
'Ik ga níet naar huis.'
'Niet naar jouw huis.'

HOOFDSTUK 30

WOENSDAGNACHT

Het duurde nog een uur voor het middernacht was, Olsens zat vol met ouderen en uit de boxen blies Gerry Rafferty met zijn saxofoon de haren die zorgvuldig over de kale plekken waren gedrapeerd omhoog bij degenen die het dichtstbij stonden.

'Het geluid van de jaren tachtig,' riep Liz.

'Volgens mij was het de jaren zeventig,' zei Ulla.

'Ja, ja, maar in Manglerud kwam deze muziek pas in de jaren tachtig.'

Ze lachten. Het viel Ulla op dat Liz haar hoofd schudde naar een man die haar vragend aankeek terwijl hij langs hun tafel liep.

'Het is eigenlijk al de tweede keer deze week dat ik hier kom,' zei Ulla.

'O? Was het leuk?'

Ulla schudde haar hoofd. 'Niets is zo leuk als uitgaan met jou. De tijd tikt verder, maar jij blijft dezelfde.'

'Ja,' zei Liz, haar hoofd schuin houdend terwijl ze haar vriendin opnam. 'Maar jij niet.'

'O? Takel ik af?'

'Nee, en dat is feitelijk het irritante. Maar je lacht niet meer.'

'Is dat zo?'

'Je lacht, maar je lácht niet meer. Niet zoals de Ulla uit Manglerud.'

Ulla wiegde met haar hoofd. 'We zijn verhuisd.'

'Ja, klopt, je hebt een man en kinderen, maar dat is een slechte ruil tegen de lach, Ulla. Wat is er gebeurd?'

'Ja, wat is er gebeurd?' Ze glimlachte naar Liz en nam een slok. Keek rond. De gemiddelde leeftijd lag rond die van hen en ze zag geen bekende gezichten. Manglerud was gegroeid, mensen waren gekomen en mensen waren gegaan. Sommige bekenden waren overleden, anderen gewoon verdwenen. En weer anderen zaten thuis. Dood én verdwenen.

'Is het erg als ik gok?' vroeg Liz.

'Ga je gang.'

Rafferty was klaar met zingen en Liz moest roepen om boven de saxofoon uit te komen die weer toesloeg. 'Mikael Bellman uit Manglerud heeft je lach gepakt.'

'Dat ís wel erg, Liz.'

'Ja, maar het klopt, of niet?'

Ulla pakte haar wijnglas weer op. 'Ja, dat is zo.'

'Gaat hij vreemd?'

'Liz!'

'Kom nou, dat is toch niet echt een geheim.'

'Wat is geen geheim?'

'Dat Mikael van vrouwen houdt. Kom op, Ulla, zo naïef ben je niet!'

Ulla zuchtte. 'Misschien niet, maar wat kan je doen?'

'Net als ik,' zei Liz, ze pakte de fles witte wijn uit de koeler en schonk voor hen beiden in. 'Hem met gelijke munt terugbetalen. Proost!'

Ulla voelde dat ze over zou moeten gaan op water. 'Ik heb het geprobeerd, maar ik kon het niet.'

'Probeer het opnieuw!'

'Maar wat voor nut heeft het?'

'Je zult het begrijpen als je het hebt gedaan. Niets krikt een doods seksleven thuis zo goed op als een extreem slechte onenightstand.'

Ulla lachte. 'Het gaat niet om het seksleven.'

'Wat is het dan?'

'Ik ben... ik ben jaloers.'

'Ulla Henriksen jaloers? Het is niet mogelijk om zo knap te zijn én jaloers.'

'Ja, maar ik ben het wel,' protesteerde Ulla. 'En dat maakt me zo verrekte kwaad! Ik wil hem terugpakken.'

'Natuurlijk wil je hem terugpakken, zuster! Pak hem waar het hem het meest pijn doet... ik bedoel...' De wijn spoot over tafel toen ze beiden in lachen uitbarstten.

'Liz, je bent dronken!'

'Ik ben dronken en gelukkig, vrouw van de hoofdcommissaris, terwijl jij dronken en ongelukkig bent. Bel hem!'

'Mikael bellen? Nu?'

'Niet Mikael, truttebel! Bel de gelukkige die jou vannacht gaat pakken.'

'Wat? Nee, Liz!'

'Ja, doe het! Bel hem nu!' Liz richtte haar vinger op de telefoon aan de muur. 'Bel hem hiervandaan. Ja, hiervandaan is eigenlijk ontzettend juist.'

'Juist?' zei Ulla lachend terwijl ze op haar horloge keek. Ze moest bijna naar huis. 'Waarom dat?'

'Waarom? Mijn god, Ulla! Omdat het op die plek was waar Mikael toen Stine Michaelsen neukte! Daarom.'

'Wat is dit?' vroeg Harry. De kamer om hem heen zwom.

'Kamillethee,' zei Katrine.

'De muziek,' zei Harry en hij voelde dat de wollen trui die hij had mogen lenen op zijn huid plakte. Zijn eigen kleren hingen te drogen in de badkamer en hoewel de deur dicht was kon hij de zoete geur van Jim Beam nog ruiken. Zijn zintuigen werkten dus, maar toch zwom de kamer.

'Beach House. Heb je die nog nooit gehoord?'

'Ik weet het niet,' zei Harry. 'Dat is ook het probleem. Dingen beginnen voor mij te verdwijnen.' Hij voelde de grove stof van de sprei onder zich, die bedekte het hele, bijna twee meter brede, lage bed. Dat het enige meubelstuk in de kamer was, afgezien van een bureau met een stoel en een mooi, ouderwets stereomeubel met een kaars erop. Harry nam aan dat zowel de wollen trui als de stereo van Bjørn Holm was geweest. De muziek leek door de ruimte te golven. Harry had dat een paar keer eerder meegemaakt als hij op de grens verkeerde van een alcoholvergiftiging en weer terugkeerde naar de oppervlakte, dan kon hij dronken zijn op de goede manier, alsof hij op de terugweg alle plaatsen bezocht waar ze op de heenweg ook langs waren gekomen.

'Dat is wel hoe het gaat,' zei Katrine. 'Het begint met alles te hebben en daarna verliezen we het beetje bij beetje. Onze kracht, onze jeugd, onze toekomst, de mensen van wie we houden...'

Harry probeerde zich te herinneren wat Bjørn wilde dat hij tegen Katrine zei, maar het gleed weg. Rakel en Oleg. Op het moment dat hij de tranen voelde komen, werden die verdrongen door razernij. Ja verdomd, we raken ze kwijt, alle mensen die we proberen vast te houden, zelfs het lot draait ons een loer, maakt ons klein en ellendig. Als we huilen om de mensen die we zijn kwijtgeraakt, is dat niet uit medelijden want we weten dat zij eindelijk verlost zijn van de pijn. Maar toch huilen we. We huilen omdat we weer alleen staan. We huilen uit zelfmedelijden.

'Waar ben je, Harry?'

Hij voelde haar hand op zijn voorhoofd. Een plotselinge windvlaag deed het raam kraken. Op straat klonk een klap van iets wat op de grond viel. De storm, die eraan kwam.

'Ik ben hier,' zei hij.

De kamer zwom. Hij kon haar warmte voelen, niet alleen van haar hand, maar van heel haar lichaam hoewel ze een halve meter van hem vandaan lag.

'Ik wil als eerste doodgaan,' zei hij.

'Wat?'

'Ik wil ze niet kwijtraken. Zij kunnen me missen. Laat zij dat voor één keer maar eens voelen.'

Haar lach was zo zacht. 'Nu pik je mijn antwoorden, Harry.'

'Is dat zo?'

'Toen ik was opgenomen...'

'Ja?' Harry sloot zijn ogen toen ze haar hand in zijn nek legde, ze duwde licht en hij voelde een doffe schok in zijn hersenen.

'De diagnose veranderde steeds. Manisch depressief, borderline, bipolair. Maar één woord bleef aldoor in de rapporten staan: suïcidaal.'

'Hm.'

'Maar dat gaat over.'

'Ja,' zei Harry. 'En dan komt het weer terug, of niet?'

Ze lachte weer. 'Niets is eeuwig, het leven is per definitie tijdelijk en onderhevig aan verandering. Dat is erg, maar maakt het ook leefbaar.'

'*This too shall pass.*'

'Laten we het hopen. Weet je, Harry? Jij en ik, we lijken op elkaar. We zijn gemaakt voor de eenzaamheid. We worden aangetrokken door de eenzaamheid.'

'Waardoor we ons ontdoen van de mensen van wie we houden, bedoel je?'

'Is dat wat we doen?'

'Ik weet het niet. Ik weet alleen: wanneer ik over dat flinterdunne laagje ijs van geluk loop dan ben ik doodsbang, zo bang dat ik wens dat het voorbij is, dat ik al in het water lig.'

'En daarom vluchten we van onze geliefden,' zei Katrine. 'Alcohol, werk, toevallige seks.'

Iets waarvoor je te gebruiken bent, dacht Harry. Terwijl we doodbloeden.

'We kunnen ze niet redden,' zei ze als antwoord op zijn gedachten. 'En zij kunnen ons niet redden. We kunnen alleen onszelf redden.'

Harry voelde de matras bewegen en wist dat ze dichterbij was gaan liggen. Hij voelde haar warme adem op zijn wang.

'Jij had het in jouw leven, Harry, jij had die ene van wie je hield. Jullie hadden dat in elk geval. En ik weet niet op wie van jullie tweeën ik het meest jaloers ben geweest.'

Waarom was hij zo sensitief, had hij acid of E binnengekregen? En waar had hij dat dan gekregen? Hij had geen idee, het laatste etmaal was een zwart gat.

'Ze zeggen dat je geen voorschot op verdriet moet nemen,' zei ze. 'Maar als je weet dat verdriet het enige is wat je te wachten staat, dan is een voorschot nemen de enige airbag die je hebt. Het beste voorschot is elke dag te leven alsof die je laatste is. Of niet?'

Beach House. Hij herinnerde zich dat nummer. 'Wishes', dat was tenminste iets. En hij herinnerde zich Rakels bleke gezicht op het witte kussen, in het licht en toch in het donker, zonder focus, dichtbij, maar tegelijkertijd ver weg, een gezicht in het donkere water dat drukt tegen de onderkant van het ijs. En hij herinnerde zich Valentins woorden: 'Jij bent net als ik, Harry, je verdraagt het niet.'

'Wat zou jij doen, Harry, als je wist dat je binnenkort sterft?'

'Ik weet het niet.'

'Zou je...'

'Ik weet het niet, zei ik.'

'Wat weet je niet?' fluisterde ze.

'Of ik met je zou vrijen.'

In de stilte die volgde hoorde hij het schrapende geluid van metaal dat de wind over het asfalt sleepte.

'Voel,' fluisterde ze. 'We gaan dood.'

Harry stopte met ademhalen. Ja, dacht hij, ik ga dood. En hij voelde dat zij ook stopte met ademhalen.

Hallstein Smith hoorde de wind over de dakpannen fluiten en voelde de tocht dwars door de muren. Zelfs al had hij hier alles zo goed mogelijk geïsoleerd, het was en bleef een stal. Emilia. Hij had gelezen dat het door een roman kwam die tijdens de oorlog was verschenen en die ging over een storm die Maria heette, dat orkanen meisjesnamen kregen. Maar dat dat na de feministische golf in de jaren zeventig veranderde en dat natuurrampen ook jongensnamen kregen. Hij keek naar het lachende gezicht boven het Skype-icoontje op het grote beeldscherm. De stem lag iets voor op de lipbewegingen: '*I think I have what I need, thank you so much for being with us, mister Smith. At what for you must be very late, no? Here in* LA *it's nearly three p.m., and in Sweden?*'

'*Norway. Almost midnight.*' Hallstein Smith lachte. '*No problem, I'm only glad the press finally realize vampirism is for real and are seeking information about it.*'

Ze sloten het gesprek af en Smith ging weer naar de inbox van zijn e-mail.

Dertien ongelezen e-mails, maar hij zag aan de afzenders en onderwerpen dat het om verzoeken voor een lezing of een interview ging. De mail van *Psychology Today* had hij ook nog niet gelezen. Want hij wist dat het geen haast had. Hij wilde nog even wachten en ervan genieten.

Hij keek op de klok. Hij had de kinderen om halfnegen naar bed gebracht en daarna zoals gebruikelijk met May een kop thee gedronken aan de keukentafel. Ze hadden de dag doorgenomen en de kleine vreugdes en kleine frustraties uitgewisseld. De laatste dagen had hij haar natuurlijk meer te vertellen gehad dan omgekeerd, maar hij had erop gelet dat ook de kleine, maar niet minder belangrijke dingen thuis aan bod kwamen. Want het was waar wat hij zei: 'Ik praat te veel en over die ellendige vampirist kun je wel in de krant lezen, schat.' Hij keek uit het raam, hij kon net het woonhuis zien waar ze nu lagen te slapen, het gezin waarvan hij hield. De muur kraakte. De maan gleed in en uit de donkere wolken die zich langs de hemel haastten en de kale takken van de dode eik op het veld zwiepten heen en weer alsof ze wilden waarschuwen dat er meer dood en verderf onderweg was. Hij opende een e-mail met een uitnodiging om een *keynote*-voordracht te komen houden op een psychologencongres in Lyon. Hetzelfde congres dat vorig jaar zijn verzoek om spreektijd had afgewezen. In zijn hoofd formuleerde hij eerst een antwoord waarin hij bedankte en dat hij aan belangrijker congressen de voorkeur gaf. Dat ze het een andere keer nog maar eens moesten proberen. Maar hij kuchte en schudde een beetje droevig zijn hoofd om zijn gedachten. Er was geen reden om uit de hoogte te doen, deze plotselinge interesse voor vampirisme zou weer verdwijnen als het moorden stopte. Hij nam de uitnodiging aan en wist dat hij hogere eisen kon stellen wat betreft het reisgeld, het verblijf en het honorarium, maar dat durfde hij niet. Hij kreeg nu wat hij nodig had, hij wilde slechts dat ze naar hem luisterden, dat ze hem zouden vergezellen op deze reis in het labyrint van de menselijke psyche, zijn werk zouden erkennen en dat ze samen zouden begrijpen en een bijdrage zouden leveren om het leven van de mensen beter te maken. Dat was alles. Hij keek op de klok. Drie minuten voor twaalf. Hij hoorde een geluid. Dat kon uiteraard de wind zijn. Hij klikte op het icoontje van de bewakingscamera's op het pc-scherm. Het eerste beeld dat hij zag was dat van de camera bij de poort. De poort stond open.

Truls ruimde op.

Ze had gebeld. Ulla had gebeld.

Hij zette de afwas in de vaatwasser, spoelde de twee wijnglazen af. Hij had nog steeds de fles die hij had gekocht voor gisteravond voor na hun afspraak in Olsens. Voor het geval dat. Hij vouwde de lege pizzadozen samen en probeerde ze in de vuilniszak te proppen, maar die scheurde. Verdomme. Hij stopte ze achter de emmer in de kast. Muziek. Waar hield ze van? Duran Duran? Of een beetje A-ha? Ja, hij had het eerste album van A-ha. Wis en waarachtig. Hij had hier eerder dames ontvangen, maar toen was de sfeer niet zo beladen geweest.

Olsens was hier niet ver vandaan. En zelfs al woedde er een storm, het moest niet moeilijk zijn een taxi te krijgen op woensdagavond dus ze kon hier elk moment zijn, wat betekende dat hij geen tijd meer had om te douchen. Hij moest het maar beperken tot het wassen van zijn pik en zijn oksels. Of zijn oksels en zijn pik, in die volgorde. Verdomme, wat was hij gestrest! Hij had zich ingesteld op een rustige avond met een weerzien met Megan Fox van destijds en toen belde Ulla om te vragen of ze even langs kon komen. Wat bedoelde ze trouwens met éven? Dat ze er weer net zo snel vandoor zou gaan als gisteren? Wat moest hij aan? Het T-shirt uit Thailand met SAME SAME, BUT DIFFERENT? Misschien zag ze er de humor niet van in. En misschien deed Thailand haar denken aan geslachtsziekten. En het Armani-overhemd van MBK in Bangkok? Nee, van die synthetische stof ging hij sneller zweten en bovendien kon je zien dat het een goedkope kopie was. Truls trok een wit T-shirt van onbekende herkomst aan en haastte zich naar de badkamer. Hij zag dat de wc ook wel een beurt met de borstel kon hebben. Maar het belangrijkste eerst...

Truls stond met zijn pik in zijn hand bij de wastafel toen de voordeurbel ging.

Katrine staarde naar de zoemende telefoon.

Het was bijna middernacht, de wind trok de laatste minuten behoorlijk aan en kwam nu met felle stoten die alles deden huilen, kraken en klapperen buiten, maar Harry sliep als een blok.

Ze nam op.

'Met Hallstein Smith.' De fluisterende stem klonk opgewonden.
'Dat zie ik, wat is er?'
'Hij is hier.'
'Wat?'
'Ik geloof dat het Valentin is.'
'Wat zeg je nou?'
'Iemand heeft de poort geopend en ik... mijn god, ik hoor de deur opengaan. Wat moet ik doen?'
'Doe niets... Probeer te... Kun je je verstoppen?'
'Nee, ik zie hem in de camera in de gang. Mijn god, hij is het!' Smith klonk alsof hij ging huilen. 'Wat moet ik doen?'
'Verdomme, laat me even nadenken,' zei Katrine kreunend.
De telefoon werd uit haar hand getrokken.
'Smith? Dit is Harry, ik ben bij je. Heb je de deur naar je kantoor op slot gedraaid? Oké, ga dat doen en doe het licht uit. Heel zacht.'

Hallstein Smith staarde naar het pc-scherm. 'Oké, ik heb de deur op slot gedaan en het licht uit,' fluisterde hij.
'Zie je hem?'
'Nee. Ja, nu zie ik hem.' Hallstein zag de omtrekken van een man die aan het eind van de gang liep, op de weegschaal stapte, wankelde, zijn evenwicht weer hervond en doorliep langs de koeienstal en langs de camera. Op het moment dat hij onder een van de lampen kwam werd zijn gezicht verlicht.
'Mijn god, het is hem, Harry. Het is Valentin.'
'Blijf kalm.'
'Maar... de poort is open. Hij heeft sleutels, Harry. Misschien ook wel van het kantoor.'
'Yep, zit er een raam in je kantoor?'
'Ja, maar dat is te nauw en zit te hoog in de muur.'
'Heb je iets zwaars waarmee je kunt slaan?'
'Nee. Ik ... ik heb het pistool.'
'Je hebt een pistool?'
'Ja, dat ligt in de la. Maar ik heb nog geen tijd gehad om het te testen.'
'Haal diep adem, Smith. Hoe ziet het eruit?'

‘Eh, zwart. Op het bureau zeiden ze dat het een Glock nog-wat is.’

‘Een Glock 17. Zit het magazijn erin?’

‘Ja, het is geladen, zeiden ze. Maar ik weet niet hoe ik het moet ontgrendelen.’

‘Dat is in orde, de ontgrendeling zit in de trekker, dus je hoeft die alleen maar naar achteren te halen om te schieten.’

Smith duwde de telefoon tegen zijn mond en fluisterde zo zacht als hij kon. ‘Ik hoor een sleutel in het slot.’

‘Hoe ver is het naar de deur?’

‘Twee meter.’

‘Je staat op en houdt het pistool met beide handen vast. Bedenk dat je in het donker staat en dat hij achter zich licht heeft, hij ziet je niet goed. Als hij onbewapend is dan roep je: “politie, op je knieën”. Zie je een wapen dan schiet je drie keer. Drie keer. Begrepen?’

‘Ja.’

De deur voor Smith ging open.

En daar stond hij, een silhouet tegen het licht uit de stal achter hem. Hallstein Smith hapte naar adem. Hij had het gevoel dat die bij het openen van de deur naar buiten werd gezogen. Valentin Gjertsen.

Katrine dook in elkaar. Ze had de knal in de telefoon gehoord hoewel Harry die stevig tegen zijn oor gedrukt hield.

‘Smith?’ riep Harry. ‘Smith, ben je daar?’

Geen antwoord.

‘Smith!’

‘Valentin heeft hem doodgeschoten!’ zei Katrine kermend.

‘Nee,’ zei Harry.

‘Nee? Je zei dat hij drie keer moest schieten en hij antwoordt toch niet!’

‘Dat was een Glock en geen Ruger.’

‘Maar waa…’ Katrine zweeg abrupt toen ze een stem in de telefoon hoorde. Ze keek naar Harry’s gespannen geconcentreerde gezicht. Ze trachtte tevergeefs te horen naar wie hij luisterde, of het Smith was of de stem die ze alleen van een oude opname van een verhoor kende, die hoge stem die haar nachtmerries had bezorgd. Want nu vertelde Harry wat hij moest doen met…

'Oké,' zei Harry. 'Je hebt zijn revolver? Mooi, leg die in de la en ga zitten waar je hem duidelijk kunt zien. Als hij in de deuropening ligt dan laat je hem zo liggen. Beweegt hij? Maakt hij geluid? Nee, goed. Nee, geen eerste hulp. Als hij alleen gewond is dan wacht hij tot je dichterbij komt. Is hij dood dan is het te laat. En als het iets daartussen is dan heeft hij pech, want jij blijft daar zitten en houdt hem onder schot. Begrepen, Smith? Goed. We zijn er over een halfuur, ik bel je als we in de auto zitten. Hou je ogen op hem gericht en bel je vrouw en zeg dat ze in huis moet blijven en dat we onderweg zijn.'

Katrine pakte de telefoon aan, zag Harry uit bed glijden en de badkamer in verdwijnen. Ze dacht dat hij riep, maar begreep even later dat hij braakte.

Truls had zulke klamme handen dat hij het dwars door zijn broekspijpen voelde. Ulla was dronken. Toch zat ze verstijfd op het uiterste puntje van de bank met het flesje bier dat hij haar had gegeven als een verdedigingswapen voor zich.

'Moet je nagaan, dit is de eerste keer dat ik bij jou thuis kom,' zei ze een beetje lispelend. 'En we kennen elkaar al... hoeveel jaar?'

'Sinds ons vijftiende,' zei Truls die nu niet in staat was een ingewikkelde rekensom te maken.

Ze glimlachte in zichzelf en knikte, dat wil zeggen, haar hoofd viel alleen voorover.

Truls schraapte zijn keel. 'Het stormt nu flink buiten. Die Emilia...'

'Truls?'

'Ja?'

'Zou je met me willen vrijen?'

Hij slikte.

Ze grinnikte zonder op te kijken. 'Truls, ik hoop dat deze stilte niet betekent...'

'Uiteraard wil ik dat,' zei Truls.

'Mooi,' zei ze. 'Mooi.' Ze tilde haar hoofd op en keek hem met een omfloerste blik aan. 'Mooi.' Haar hoofd zwaaide heen en weer op haar slanke nek alsof het vol zat met iets zwaars. Een zware geest, zware gedachten. Maar daar moest hij nu niet aan denken. Nu was daar die kans. De gelegenheid waar hij van had gedroomd, maar die hij nooit gedacht had te zullen krijgen: hij had toestemming gekregen om te neuken met Ulla.

'Heb je een slaapkamer waar we het kunnen doen?'

Hij keek naar haar. Knikte. Ze lachte, maar zag er niet vrolijk uit. Het kon hem niet verdommen. Je grootmoeder kan vrolijk zijn, maar Ulla Henriksen was geil, dat was wat nu telde. Truls wilde zijn hand uitstrekken om haar wang te strelen, maar de hand gehoorzaamde niet.

'Is er iets, Truls?'

'Huh? Nee, wat zou er moeten zijn?'

'Je ziet er zo...'

Hij wachtte, maar er kwam niet meer.

'Zo wat?' herhaalde hij.

'Verloren uit.' In plaats van zijn hand was daar die van haar. Zij streelde hem over zijn wang. 'Arme, arme Truls.'

Hij wilde haar hand bijna wegslaan. De hand van Ulla Henriksen wegslaan die na al die jaren zonder verachting en afschuw zich uitstrekte en hem aanraakte. Wat was er verdomme met hem? Deze dame wilde geneukt worden, simpel en goed, en die klus kon hij klaren, deze jongen had nooit problemen gehad met hem omhoog krijgen, om het zo maar te zeggen. Wat hij nu moest doen was haar van de bank naar de slaapkamer brengen, uit die kleren en erin met die jongen. Ze zou schreeuwen, steunen en jammeren en hij zou niet stoppen voor ze...

'Huil je, Truls?'

Huilen? Die dame was kennelijk zo bezopen dat ze dingen dacht te zien.

Hij zag dat ze haar hand naar zich toe trok en die tegen haar lippen drukte.

'Echte, zoute tranen,' zei ze. 'Zit je iets dwars?'

En nu voelde Truls het. Voelde dat er iets warms over zijn wangen liep. Voelde dat zijn neus ook begon te lopen. Voelde dat zijn keel dichtsnoerde alsof hij iets probeerde door te slikken wat te groot was, iets waardoor hij openbarstte of stikte.

'Komt het door mij?' vroeg ze.

Truls schudde zijn hoofd, niet in staat te praten.

'Is het... Mikael?'

Dat was zo'n idiote vraag dat hij bijna kwaad werd. Natuurlijk was het Mikael niet. Waarom in godsnaam zou het Mikael zijn? Die was zogenaamd zijn beste vriend, maar al sinds ze nog jongens waren had hij elke gelegenheid aangegrepen om Truls voor gek te zetten ten overstaan van anderen en schoof hij Truls naar voren wanneer ze klappen gingen krijgen. En later, toen ze beiden bij de politie zaten, moest Truls fucking Beavis de smerigste klusjes opknappen zodat Mikael kon komen waar hij nu was. Waarom zou hij over zoiets janken? Over een vriendschap tussen twee vreemde outsiders die tot elkaar waren veroordeeld en van wie de ene succes had en de andere een pathetische loser was? Nee, verdomme. Maar wat dan wel? Waarom begon hij te snikken als een wijf nu hij die zogenaamde vriend kon terugpakken door met zijn vrouw te neuken? Nu zag hij ook tranen in de ogen van Ulla. Ulla Henriksen. Truls Berntsen. Mikael Bellman. Zij drieën waren het. En de rest van Manglerud kon naar de hel lopen. Want ze hadden niemand anders. Alleen elkaar.

Ze pakte een zakdoek uit haar tas en depte haar oogleden. 'Vind je dat ik moet weggaan?' zei ze snikkend.

'Ik...' Hij herkende zijn eigen stem niet. 'Ik weet het verdomme niet, Ulla.'

'Ik ook niet,' zei ze lachend, kijkend naar de make-upvlekken op de zakdoek. Ze stopte die weer in haar tas. 'Vergeef me, Truls. Dit was gewoon een slecht idee. Ik ga nu.'

Hij knikte. 'Een andere keer,' zei hij. 'In een ander leven.'

'Spijker op z'n kop,' zei ze en ze stond op.

Truls bleef in de gang staan nadat de deur achter haar was dichtgevallen en hij luisterde naar de voetstappen die weerkaatsten in het trappenhuis. Langzaam stierven ze weg. Nog voor hij ver beneden zich een deur hoorde opengaan en weer dichtvallen. Ze was weg, helemaal weg.

Hij voelde... ja, wat voelde hij? Opluchting, maar ook een wanhoop die bijna onhoudbaar was, als een fysieke pijn in zijn borst en maag waardoor hij een ogenblik dacht aan het wapen dat hij in zijn slaapkamerkast had liggen. Dat hij er nu feitelijk kon uitstappen. Toen zakte hij op zijn knieën en legde zijn voorhoofd op de deurmat. En lachte. Een snuivende lach die niet wilde ophouden en alleen maar luider en luider werd. Wel verdomme, wat een prachtig leven!

Hallstein Smiths hart klopte nog als een razende.

Hij deed wat Harry had gezegd, hield zijn blik en pistool gericht op de roerloze man die over de drempel lag. Hij voelde de misselijkheid opkomen toen hij de plas bloed zag die steeds groter werd en in zijn richting kwam. Hij moest nu niet gaan overgeven, moest de concentratie niet verliezen. Harry had gezegd dat hij drie keer moest schieten. Zou hij nog twee kogels in hem jagen? Nee, hij was dood.

Hij toetste met trillende vingers het nummer van May in. Ze nam direct op.

'Hallstein?'

'Ik dacht dat je sliep,' zei hij.

'Ik zit met de kinderen in bed. Ze kunnen niet slapen door de storm.'

'O ja, zeg, de politie komt zo meteen. Met zwaailicht en misschien sirenes, dus wees niet bang.'

'Bang waarvoor?' vroeg ze en hij hoorde dat haar stem beefde. 'Wat is er gebeurd, Hallstein? We hoorden een klap. Was dat de wind of iets anders?'

'May, rustig maar. Alles is in orde...'

'Ik hoor toch aan je dat alles niet in orde is, Hallstein! De kinderen moeten huilen!'

'Ik... ik kom het uitleggen.'

Katrine stuurde de auto over de smalle grindweg die langs akkers en door bos slingerde.

Harry stopte de mobiel in zijn zak. 'Smith is naar het woonhuis gegaan om op zijn gezin te passen.'

'Dat is goed,' zei Katrine.

Harry zei niets.

De wind nam in kracht toe. Door het bos rijdend moest ze letten op afgerukte takken en ander los spul op de weg en op de open stukken moest ze het stuur stevig vasthouden want de wind probeerde grip te krijgen op de auto.

Harry's telefoon ging terwijl ze door de geopende poort van Smiths erf reed.

'We zijn er nu,' antwoordde Harry. 'Als jullie er zijn zetten jullie de omgeving af, maar raak niets aan voor de technische recherche er is.'

Katrine stopte bij de stal en sprong uit de auto.

'Wijs me de weg,' zei Harry en hij liep achter haar aan naar de staldeur.

Ze hoorde Harry achter zich vloeken toen ze rechts afsloeg naar het kantoor.

'Sorry, ik vergat je te waarschuwen voor de weegschaal,' zei Katrine.

'Dat was het niet,' zei Harry. 'Ik zie hier bloed op de grond liggen.'

Katrine bleef voor de geopende deur van het kantoor staan. Ze staarde naar de bloedplas op de vloer. Wel verdomme! Valentin was er niet.

'Blijf bij de Smiths,' zei Harry achter haar.

'Wat...'

Ze draaide zich om, nog net op tijd om te zien dat Harry door de staldeur verdween.

Een windvlaag kreeg Harry te pakken toen hij de zaklamp op zijn telefoon aandeed en op de grond richtte. Hij hervond zijn evenwicht weer. De bloedvlekken op het lichtgrijze grind waren goed te zien. Hij volgde de vlekken die verraadden welke kant Valentin op was gevlucht. De wind in de rug. In de richting van het woonhuis.

Niet...

Harry pakte zijn Glock. Hij had geen tijd gehad om te checken of de Ruger van Valentin nog in de la in het kantoor lag omdat hij er toch van uit moest gaan dat Valentin bewapend was.

De sporen waren weg.

Harry zwaaide heen en weer met zijn telefoon en haalde opgelucht adem toen hij zag dat de sporen van het woonhuis wegliepen. Over het dorre, gele gras en over de aarde. Ook nu waren de bloedsporen makkelijk te volgen. De storm moest nu op zijn hevigst zijn en Harry voelde hoe de eerste, weinige regendruppels zijn wang als projectielen troffen. Als het harder ging regenen dan zou het spoor in de loop van enkele seconden verdwijnen.

Valentin sloot zijn ogen en opende zijn mond in de wind. Alsof die nieuw leven in hem kon blazen. Het leven. Waarom was het zo dat alles pas zin kreeg op het moment dat je bezig was het kwijt te raken? Zij. De vrijheid. En nu, het leven.

Het leven dat bezig was uit hem te stromen. Hij voelde hoe het bloed zijn schoenen vulde, hij kreeg het koud. Hij haatte bloed. Die ander, die hield van bloed. Die ander, met wie hij dit pact had gesloten. Wanneer had hij begrepen dat hij niet zelf, maar die ander, de bloedman was. De duivel? Dat hij het zelf was, Valentin Gjertsen, die zijn ziel verkocht had? Valentin Gjertsen tilde zijn hoofd op naar de hemel en lachte. De storm was er. De demon was vrij.

Harry rende met zijn Glock in zijn ene hand en de telefoon in de andere over het open veld. Naar beneden, hij had de wind in de rug. Valentin was gewond en hij had de makkelijkste weg gekozen om de grootst mogelijke afstand te bereiken tussen hem en degenen die hem zouden volgen. Harry voelde de stoten van zijn voeten in zijn hoofd, hij voelde dat zijn maag zich weer wilde omkeren, maar hij slikte het braaksel weer in. Hij dacht aan een bospad, aan de man die in een nieuwe Under Armour-outfit voor hem uit liep. En hij rende.

Hij kwam bij het bos en ging langzamer lopen. Hij voelde dat hij tegen de wind in moest leunen als hij van richting veranderde.

Er stond een lage, vervallen schuur tussen de bomen. Verrotte planken en een golfplaten dak. Voor gereedschap misschien of een schuilplaats tegen de regen.

Harry richtte het licht op de schuur. Hij hoorde niets anders dan de storm, het was donker en hij zou zelfs op een warme dag met de juiste windrichting het bloed niet kunnen ruiken, maar toch wist hij dat Valentin hier moest zijn. Zoals hij wel vaker wíst, en zich vergist had.

Hij scheen weer op de grond. De bloedvlekken lagen dichter bij elkaar en waren niet uitgerekt. Valentin was ook langzamer gaan lopen. Omdat hij de situatie in zich op wilde nemen of omdat hij uitgeput was. Omdat hij moest stoppen. En de bloedsporen – die tot nu toe in een rechte lijn hadden gelopen – bogen nu af. Naar de schuur. Hij vergiste zich niet.

Harry ging harder lopen in de richting van de schuur, naar het bosje rechts ervan. Hij rende een stuk tussen de bomen door voor hij halt hield, hij deed zijn zaklamp uit, tilde de Glock op en liep in een boog zodat hij de schuur van de andere kant naderde. Hij ging liggen en kroop over de grond.

Hij had nu de wind in zijn gezicht waardoor de kans dat Valentin hem hoorde kleiner werd. De wind bracht daarentegen het geluid bij hem. Harry kon met de windvlagen af en aan het geluid van de sirenes in de verte horen.

Harry kroop over een gevallen boom. Een bliksemschicht zonder geluid. En daar was hij: een silhouet dat zich aftekende tegen de schuur. Hij zat tussen twee bomen met zijn rug naar Harry toe, slechts zo'n zes meter voor hem.

Harry richtte zijn pistool op de gedaante.

'Valentin!'

Zijn roep werd deels overstemd door de verlate donder, maar hij zag dat de gedaante verstijfde.

'Ik heb je onder schot, Valentin. Leg je wapen neer.'

Het leek of de wind ineens loog. Harry hoorde een ander geluid. Een helder gelach.

'Harry, je komt weer om te spelen.'

'Je moet niet stoppen zolang het spel niet goed is. Leg je wapen neer.'

'Je verrast me. Hoe heb je begrepen dat ik voor de schuur zou zijn en niet erin?'

'Omdat ik je nu ken, Valentin. Jij dacht dat ik eerst op de meest voor de hand liggende plek zou zoeken dus ging je buiten zitten zodat je een laatste ziel kon omleggen.'

'De weg volgen.' Valentin hoestte nat. 'We zijn tweelingzielen, dus onze zielen zullen dezelfde bestemming hebben, Harry.'

'Leg je wapen neer of ik schiet.'

'Ik denk vaak aan mijn moeder, Harry. Doe jij dat ook?'

Harry zag hoe Valentins achterhoofd heen en weer wiegde in het donker. En plotseling werd dat verlicht door een nieuwe bliksemflits. En er kwamen nieuwe druppels. Zwaar en groot dit keer, niet opgezweept door de wind. Ze zaten nu in het oog van de storm.

'Ik denk aan haar omdat zij de enige persoon is die ik meer heb gehaat dan mezelf, Harry. Ik probeer meer kapot te maken dan zij. Maar ik weet niet of dat mogelijk is. Zij heeft mij kapotgemaakt.'

'En meer is niet mogelijk? Waar is Marte Ruud?'

'Nee, meer is niet mogelijk. Want ik ben uniek, Harry. Jij en ik, wij zijn niet zoals zij. Wij zijn uniek.'

'Het spijt me je te moeten teleurstellen, Valentin, maar ik ben niet uniek. Waar is ze?'

'Twee keer slecht nieuws, Harry. Eén: je kunt dat roodharige meisje vergeten. Twee: jawel, je bent wel uniek.' Opnieuw gelach. 'Erg om daarover na te denken, niet? Jij vlucht naar het normale leven, naar het doorsnee leven van de kudde en je denkt dat je daar verbondenheid zal vinden, iets waarin je je eigen ik kan vinden. Maar je eigenlijke ik zit hier nu, Harry. En je vraagt je af of je zult doden of niet. En je gebruikt die meisjes, Aurora, Marte om die heerlijke haat van je op te stoken. Want nu is het jouw beurt om te beslissen of iemand zal leven of sterven en jij geniet daarvan. Jij geniet ervan om God te zijn. Je hebt ervan gedroomd mij te zijn. Jij hebt gewacht op jouw kans om vampier te zijn. Jij kent de dorst, geef het gewoon toe, Harry. En op een dag zul jij ook drinken.'

'Ik ben jou niet,' zei Harry en hij slikte. Hij hoorde het gebrul in zijn hoofd en voelde een nieuwe windvlaag. En een nieuwe verwoestende regendruppel op de hand die zijn pistool vasthield. Dat was het. Ze waren bijna uit het oog van de storm.

'Jij bent net als ik,' zei Valentin. 'En daarom word jij ook voor de gek gehouden. Jij en ik, we denken dat we slimme duivels zijn, maar ten slotte worden we allemaal voor de gek gehouden, Harry.'

'Niet...'

Valentin draaide zich razendsnel om en Harry zag nog net dat de lange loop op hem werd gericht voor hij de trekker van de Glock overhaalde. Eén keer, twee keer. Een nieuwe flits verlichtte het bos en Harry zag Valentins lichaam dat net als het licht verstijfde in een geradbraakte vorm tegen de verlichte hemel. De ogen puilden uit, de mond stond open en zijn overhemd kleurde rood van het bloed. In zijn rechterhand hield hij een afgebroken tak die naar Harry wees. Toen viel hij.

Harry kwam overeind en liep naar Valentin die op zijn knieën lag met zijn bovenlichaam gesteund door de ene boom. Hij staarde voor zich uit. Hij was dood.

Harry tilde zijn pistool op, richtte op Valentins borst en haalde nog een keer over. De donder overstemde het schot.

Drie schoten.

Niet omdat daar een reden achter zat, maar het was zoals de muziek, zoals het draaiboek ging. Het moesten er drie zijn.

Er kwam iets dichterbij, het klonk als donderende hoeven op de aarde en het duwde de lucht voor zich uit en deed bomen buigen.

Toen kwam de regen.

HOOFDSTUK 31

WOENSDAGNACHT

Harry zat met een kop thee in zijn handen en een handdoek rond zijn nek aan Smiths keukentafel. Regendruppels dropen van zijn kleding op de grond. De wind huilde nog steeds en de regen hamerde tegen de ruiten en de politieauto's werden vervormde ufo's met hun draaiende zwaailichten op het erf. Maar het leek of al die regen de lucht wat in elkaar drukte. De maan.

Harry stelde vast dat Hallstein Smith – die tegenover hem zat – nog steeds in shock was. Zijn pupillen waren groot en zijn blik apathisch.

'Je weet heel zeker dat...'

'Ja, hij is nu morsdood, Hallstein,' zei Harry. 'Maar ik weet niet zeker of ik nog in leven was geweest als jij zijn revolver niet had meegenomen toen je bij hem wegging.'

'Ik weet niet waarom ik dat heb gedaan, ik dacht dat hij dood was,' fluisterde Smith met een metalige robotstem en hij staarde naar de tafel waarop hij de rode revolver met zijn lange loop had gelegd naast het pistool waarmee hij Valentin had verwond. 'Ik dacht dat ik hem midden in zijn borst had geraakt.'

'Dat heb je ook,' zei Harry. De maan. Dat hadden de astronauten gezegd. Dat de maan naar kruit rook. De geur kwam deels van het pistool dat Harry in zijn zak had, maar vooral van de Glock op tafel. Harry tilde Valentins rode revolver op. Rook aan de mond. Die rook ook naar kruit, maar niet zo erg. Katrine kwam de keuken in met regendruppels die uit haar zwarte haren vielen. 'De technische recherche is nu bij Valentin Gjertsen.'

Ze keek naar de revolver.

'Die is afgevuurd,' zei Harry.

'Nee, nee,' fluisterde Smith en hij schudde mechanisch met zijn hoofd. 'Hij wees er alleen maar mee naar mij.'

'Niet nu,' zei Harry en hij keek Katrine aan. 'De kruitlucht blijft dagen hangen.'

'Marte Ruud?' zei Katrine. 'Denk je...'

'Ik schoot eerst.' Smith tilde zijn glazige ogen op. 'Ik heb op Valentin geschoten. En nu is hij dood.'

Harry boog over de tafel en legde een hand op zijn schouder. 'En daarom leef je, Hallstein.'

Smith knikte langzaam.

Harry gaf een teken aan Katrine dat zij zich om Hallstein moest bekommeren en stond op. 'Ik ga naar de stal.'

'Maar niet verder,' zei Katrine. 'Ze zullen met je willen praten.'

Harry knikte. Intern onderzoek.

'Hij wist het,' fluisterde Hallstein. 'Hij wist waar ik was.'

Harry rende van het woonhuis naar de stal en toch was hij weer doorweekt toen hij het kantoor binnenstapte. Hij ging aan het bureau zitten en liet zijn blik door de kamer gaan. Die bleef hangen bij de tekening van de vampier met vleermuisvleugels. Die straalde meer eenzaamheid uit dan feitelijk onbehagen. Misschien was het daarom dat die hem zo bekend voorkwam. Het beeld op het pc-scherm was in tweeën gesplitst, een beeld voor elke camera. Hij pakte de muis, bracht de pijl naar de klok, spoelde terug tot drie minuten voor middernacht, rond de tijd dat Smith had gebeld. Na ongeveer twintig seconden kwam er een gedaante het beeld binnen. Hij stond voor de poort. Valentin. Hij kwam van links. Van de hoofdweg. Met de bus? Een taxi? Hij hield al een witte sleutel in zijn hand, draaide de deur van het slot en glipte naar binnen. De poort zakte weer dicht, maar zonder dat die in het slot viel. Twintig seconden later zag Harry Valentin op het tweede beeld met de lege koeienstal en de weegschaal. Valentin verloor op de metalen plaat bijna zijn evenwicht en de wijzer achter hem trilde en liet zien dat het monster dat zoveel mensen had vermoord, sommige zelfs met zijn blote handen, slechts iets meer dan vierenzeventig kilo woog, tien minder dan Harry. Toen liep Valentin op de camera af, het leek of hij recht in de lens staarde, maar die toch niet zag. Voor hij uit het beeld verdween zag Harry nog net dat hij zijn hand in de diepe jaszak stak. Daarna zag Harry alleen de lege koeienstal, de wijzer van de weegschaal en het bovenste deel van Valentins schaduw. Harry reconstrueerde de seconden, hij herinnerde zich elk woord van het telefoongesprek met Hallstein Smith. De rest van het etmaal en de uren bij Katrine waren weg, maar die seconden stonden in zijn geheugen gegrift. Zo was het altijd geweest, als hij dronk kregen zijn privéhersenen een laag van teflon, maar de politiehersenen een laag van lijm. Alsof het ene deel wílde vergeten en het andere deel móest onthouden.

De mensen die het interne onderzoek zouden uitvoeren kregen dikke rapporten als ze alle details die hij zich kon herinneren noteerden.

Harry zag de rand van de deur in beeld komen toen Valentin die opende, hij zag zijn schaduw een arm optillen en toen neervallen.

Harry spoelde sneller door.

Hij zag hoe de rug van Hallstein wegsjokte langs de verlaten koeienstal en naar buiten ging.

En een minuut later sleepte Valentin zich langs dezelfde weg. Harry spoelde weer langzamer verder. Valentin zocht steun tegen de muur, hij leek elk moment te kunnen vallen. Maar hij kwam meter voor meter vooruit. Hij zwaaide heen en weer op de weegschaal. De weegschaal gaf anderhalve kilo minder aan dan toen hij was gekomen. Harry wierp een blik op de bloedplas op de grond voor hij weer naar Valentin keek die met moeite de deur opentrok. Het leek of Harry de wil tot overleven kon voelen. Of was het alleen de angst om gepakt te worden? En Harry besefte als dit filmpje ooit zou uitlekken, dan zou het een YouTube-hit worden.

Bjørn Holms bleke gezicht stak om de deur. 'Dus hier is het begonnen.' Hij stapte naar binnen en Harry raakte weer gefascineerd door de manier waarop deze, niet speciaal motorisch elegante technisch rechercheur, een balletdanser werd zodra hij zich op een plaats delict bevond. Bjørn ging op zijn hurken bij de bloedplas zitten. 'We brengen hem nu weg.'

'Hm.'

'Vier schotwonden, Harry. Hoeveel daarvan zijn er van...'

'Drie,' zei Harry. 'Hallstein heeft maar één keer geschoten.'

Bjørn Holm trok een grimas. 'Hij schoot op een gewapend man, Harry. Wat ga jij zeggen tegen de mensen van intern over jouw schoten?'

Harry haalde zijn schouders op. 'De waarheid, uiteraard. Dat het donker was en dat Valentin een tak op me richtte om de indruk te wekken dat hij een wapen had. Hij wist dat hij klaar was en hij wílde dat ik hem doodschoot, Bjørn.'

'Maar toch, drie schoten op een ongewapende man...'

Harry knikte.

Bjørn haalde adem, keek over zijn schouder en liet zijn stem zakken. 'Maar het is duidelijk, het is donker, het regent en stormt buiten. En als ik daar nu naartoe ga en een beetje rondkijk, dan kan ik nog steeds een pistool vinden vlak bij waar Valentin heeft gelegen.'

De twee mannen keken elkaar aan en de wind beukte tegen de muren.

Harry keek naar de rode kleur op de jukbeenderen van Bjørn Holm. En hij wist wat dit hem kostte. Wist dat wat hij Harry nu aanbood meer was dan wat hij bezat. Hij bood alles aan wat hij verdedigde. Hun gemeenschappelijke moraalcode. Zijn, hun, ziel.

'Bedankt,' zei Harry. 'Bedankt, vriend, maar ik moet nee zeggen.'

Bjørn Holm knipperde twee keer met zijn ogen. Hij slikte. Liet zijn adem in een lange, bevende zucht ontsnappen en lachte kort, ongepast en opgelucht.

'Ik ga terug,' zei hij en hij stond op.

'Doe dat,' zei Harry.

Bjørn Holm stond voor hem en aarzelde. Alsof hij iets wilde zeggen of een stap wilde zetten om hem te omhelzen. Harry keerde weer terug naar het pc-scherm. 'We spreken elkaar, Bjørn.'

Op het scherm volgde hij de licht gebogen rug van de technisch rechercheur die door de gang liep en naar buiten verdween.

Harry sloeg met zijn vuist op het toetsenbord. Een borrel. Verdomme, verdomme. Maar één borrel.

Zijn blik viel op de vleermuisman.

Wat had Hallstein gezegd? 'Hij wist het. Hij wist waar ik was.'

HOOFDSTUK 32

WOENSDAGNACHT

Mikael Bellman stond zich met zijn armen over elkaar geslagen af te vragen of politiedistrict Oslo ooit om twee uur 's nachts een persconferentie had gehouden. Hij stond links van het podium tegen de muur geleund en keek naar de zaal met een verzameling reporters met nachtdienst, bureauredacteuren, journalisten die eigenlijk verslag moesten doen van Emilia en slaapdronken verslaggevers die door hun dienstdoende chefs uit hun bedden waren gejaagd. Mona Daa was gearriveerd in een trainingsoutfit onder haar regenjas en zag er klaarwakker uit.

Op het podium, naast afdelingsleider Gunnar Hagen, was Katrine Bratt bezig de details te geven van de inval in Valentin Gjertsens flat in Sinsen en het daaropvolgende drama bij Hallstein Smith thuis. Er werd geflitst en Bellman wist dat er, hoewel hij niet op het podium zat, één camera op hem gericht stond dus hij probeerde zijn gezicht in de plooi te houden die Isabelle hem had aanbevolen toen hij haar op weg hiernaartoe belde. Ernstig, maar met de innerlijke tevredenheid van een overwinnaar. 'Bedenk dat er mensen zijn gestorven,' had Isabelle gezegd. 'Dus geen gegrijns of duidelijke feeststemming. Stel je generaal Eisenhower na D-day voor, jij draagt als leider de verantwoordelijkheid voor dat wat zowel een overwinning als een tragedie is.'

Bellman smoorde een geeuw. Ulla had hem wakker gemaakt toen ze dronken thuiskwam van een meidenavond in de stad. Hij kon zich niet herinneren dat hij haar dronken had gezien sinds haar tienerjaren. Over dronken gesproken. Harry Hole stond naast hem en als Bellman niet beter wist dan zou hij zeggen dat de voormalige inspecteur ook dronken was. Hij zag er vermoeider uit dan de journalisten en zijn kleding leek naar alcohol te stinken.

Een dialect uit Rogaland sneed door de ruimte: 'Ik begrijp dat jullie de naam van de politieman die Valentin Gjertsen heeft doodgeschoten niet openbaar willen maken, maar jullie moeten de vraag of Valentin gewapend was of heeft teruggeschoten toch kunnen beantwoorden?'

'Zoals gezegd wachten we met het geven van details omtrent de toedracht tot we het onderzoek hebben afgerond,' zei Katrine en ze wees naar Mona Daa die met haar hand zwaaide.

'Maar kun je ons meer vertellen over de rol van Hallstein Smith?'

'Ja,' zei Katrine. 'Daarvan kennen we inmiddels alle details omdat we beelden hebben van het verloop van de gebeurtenissen en we hadden Smith aan de telefoon op het moment dat het gebeurde.'

'Nee maar, met wie sprak hij op dat moment?'

'Met mij.' Ze kuchte. 'En met Harry Hole.'

Mona Daa hield haar hoofd scheef. 'Dus jij en Harry Hole zaten op het bureau terwijl dit gebeurde?'

Mikael Bellman zag dat Katrine naar Gunnar Hagen keek om hulp, maar de afdelingsleider leek niet helemaal te begrijpen wat ze wilde. En dat deed Bellman ook niet. 'We willen nu niet te veel details geven over de politiemethoden in deze zaak,' zei Hagen. 'Zowel met de gedachte aan mogelijke vernietiging van bewijzen als aan onze tactiek in toekomstige zaken.'

Mona Daa en de zaal leken daar genoegen mee te nemen, maar Bellman zag aan Gunnar Hagen dat hij niet wist wat hij moest verbergen.

'Het is laat en zowel jullie als wij hebben werk te doen,' zei Hagen, kijkend op de klok. 'Morgen om twaalf uur zal er een nieuwe persconferentie volgen, hopelijk met meer informatie. In de tussentijd, een goede nacht gewenst, we kunnen een beetje rustiger gaan slapen.'

De flitsaanval werd direct geïntensiveerd toen Hagen en Bratt opstonden en er werden nieuwe vragen naar hen geroepen. Sommige fotografen richtten hun lenzen op Bellman en toen er mensen tussen hem en de camera kwamen staan, deed hij een stap opzij zodat de fotografen een directe schootslijn kregen.

'Wacht even, Harry,' zei Bellman zonder opzij te kijken en zijn Eisenhower-look te veranderen. Toen de flitsregen stopte, draaide hij zich om naar Harry Hole die met zijn armen over elkaar stond te wachten.

'Ik zal je niet voor de wolven gooien,' zei Bellman. 'Je hebt je werk gedaan, je hebt een levensgevaarlijke seriemoordenaar doodgeschoten.' Hij legde een hand op Harry's schouder. 'En we zorgen voor onze mensen. Oké?'

De langere politieman keek veelzeggend naar zijn schouder en Bellman haalde zijn hand weg. Harry's stem was heser dan normaal. 'Geniet van de overwinning, Bellman, ik zal morgenvroeg worden verhoord. Een goedenacht.'

Bellman keek Harry Hole na die naar de uitgang liep. Wijdbeens en met een knik in zijn knieën als een zeeman aan dek op een ruige zee.

Bellman had al met Isabelle overlegd en ze waren het erover eens als het succes zonder bijsmaak zou blijken te zijn dat het dan het beste was dat de Speciale Eenheid voor politiezaken met een verklaring naar buiten kwam dat Hole juist had gehandeld en weinig tot niets te verwijten viel. Hoe ze precies de onderzoekers van Interne Zaken moesten helpen om tot die conclusie te komen, wisten ze nu nog niet, zij waren niet bepaald makkelijk te beïnvloeden. Maar het was logisch dat ieder weldenkend mens ontvankelijk is voor verstandige besluiten. Wat betreft pers en publiek, meende Isabelle, was het zo dat het de laatste jaren bijna routine was geworden dat een seriemoordenaar werd gedood door de politie. Pers en publiek hadden min of meer stilzwijgend geaccepteerd dat de samenleving zaken als deze zo oploste. Effectief en snel op een wijze die appelleerde aan het rechtvaardigheidsgevoel van het volk en zonder de torenhoge kosten die rechtszaken bij zulke grote moordzaken altijd met zich meebrachten.

Bellman zocht naar Katrine omdat hij wist dat een foto van hen tweeën altijd een goed onderwerp was voor de fotografen. Maar ze was al weg.

'Gunnar!' riep hij zo luid dat een paar fotografen zich omdraaiden. De afdelingsleider bleef bij de deur staan, draaide zich om en kwam op hem afgelopen.

'Kijk serieus,' fluisterde Bellman, zijn hand uitstekend. 'Gefeliciteerd,' zei hij luid.

Harry stond onder een van de straatlantaarns in de Borggate en probeerde in Emilia's laatste windvlagen een sigaret aan te steken. Hij had het zo koud dat zijn tanden klapperden en hij voelde de sigaret op en neer wippen tussen zijn lippen.

Hij keek op naar de uitgang van het hoofdbureau waar nog steeds persfotografen en journalisten door naar buiten kwamen. Misschien kwam het doordat ze net zo moe waren als hij dat ze niet druk discussieerden, maar als een zwijgende, traag stromende massa in de richting van Grønlandsleiret liepen. Of kwam het doordat ze het ook voelden. De leegte, die ontstond als het doel was bereikt. Je bent aan het einde van de weg gekomen en je realiseert je dat het betekent dat er geen weg meer is. Geen aarde meer die geploegd moet worden. Maar je vrouw ligt nog steeds in huis en de dokter en de vroedvrouw zijn bij haar en er is niets wat je kunt doen. Je bent nergens voor te gebruiken.

'Waar wacht je op?'

Harry draaide zich om. Het was Bjørn.

'Katrine,' zei Harry. 'Ze brengt me naar huis. Ze haalt de auto uit de garage dus als jij een lift nodig hebt dan...'

Bjørn schudde zijn hoofd. 'Heb je met Katrine gesproken over waar wij het over hadden?'

Harry knikte en deed een hernieuwde poging om zijn sigaret aan te steken.

'Is dat een ja?' vroeg Bjørn.

'Nee,' zei Harry. 'Ik heb haar niet gevraagd hoe ze over jou denkt.'

'Dat heb je niet gedaan?'

Harry sloot een moment zijn ogen. Misschien had hij dat wel, maar hij herinnerde het zich in elk geval niet en ook het antwoord niet.

'Ik heb het je gevraagd omdat jullie rond middernacht niet op het hoofdbureau waren maar op een plek waar jullie misschien niet alleen over het werk spraken.'

Harry beschermde de sigaret en de klikkende aansteker met zijn hand terwijl hij naar Bjørn keek. De lichtblauwe, kinderlijke ogen van de man van Toten puilden nog meer uit dan gewoonlijk.

'Ik kan me niets anders herinneren dan werk, Bjørn.'

Bjørn Holm keek naar de grond en stampte met zijn voeten. Alsof hij zijn bloedsomloop weer op gang probeerde te krijgen. Alsof hij niet van zijn plek kon komen.

'Ik kom erop terug, Bjørn.'

Bjørn Holm knikte zonder op te kijken, draaide zich om en vertrok.

Harry keek hem na met het gevoel dat Bjørn iets had gezien, iets wist wat hij zelf niet wist. Daar! Eindelijk vuur.

Er kwam een auto die voor hem stopte.

Harry zuchtte, gooide de sigaret op de grond, trok het portier open en stapte in.

'Waar hadden jullie het over?' vroeg Katrine, ze keek naar Bjørn in het spiegeltje en reed in de richting van Grønlandsleiret.

'Hadden wij seks?' vroeg Harry.

'Wat?'

'Ik herinner me niks van gisteravond. We hebben toch niet geneukt?'

Katrine gaf geen antwoord, ogenschijnlijk concentreerde ze zich op het keurig stoppen voor de witte streep voor het rode verkeerslicht. Harry wachtte.

Het licht sprong op groen.

'Nee,' zei Katrine, ze gaf gas en schakelde. 'We hadden geen seks.'

'Mooi,' zei Harry en hij floot zachtjes.

'Je was te dronken.'

Harry sloot zijn ogen. 'Verdomme.'

'Dat dacht ik ook.'

'Nee, dat niet. Rakel ligt in een coma. Terwijl ik...'

'...je best doet om haar bij te staan. Vergeet het, Harry, er zijn ergere dingen gebeurd.'

Op de radio meldde een droge stem dat Valentin Gjertsen, de zogenaamde vampirist, rond middernacht was doodgeschoten. En dat Oslo de eerste tropische storm had meegemaakt en overleefd. Katrine en Harry reden in stilte door Majorstua, door Vinderen en naderden Holmenkollen.

‘Wat vind je van Bjørn?’ vroeg Harry. ‘Is het mogelijk dat je hem een nieuwe kans geeft?’

‘Heeft hij je verzocht dat te vragen?’

Harry gaf geen antwoord.

‘Ik dacht dat hij iets had met die een of andere Lien?’

‘Daar weet ik niks van. Maar goed, stop hier maar.’

‘Moet ik je niet naar huis brengen?’

‘Dan maak je Oleg wakker. Ja, hier. Goedenacht.’ Harry opende het portier, maar bleef zitten.

‘Ja?’

‘Hm, niets.’ Hij stapte uit.

Harry zag in het donker de achterlichten verdwijnen en sjokte door het grind naar het huis.

Het stond daar, donkerder dan de nachtelijke duisternis, onwrikbaar. Zonder ademhaling.

Hij draaide de deur van het slot en luisterde.

Zag Olegs schoenen staan, maar het was stil.

Hij trok zijn kleren uit en stopte ze in de wasmand. Liep naar de slaapkamer en pakte schone. Hij wist dat hij niet zou kunnen slapen, dus hij ging naar de keuken. Zette koffie en staarde uit het raam.

Er kwamen gedachten die hij weer wegduwde. Hij schonk koffie in en hij wist dat hij geen zin had om die op te drinken. Hij kon weer naar Jealousy gaan, maar hij had ook geen zin in alcohol. Daar zou hij later zin in krijgen.

De gedachten kwamen terug.

Het waren er maar twee.

Ze waren simpel en luidruchtig.

De ene zei dat als Rakel het niet zou overleven dat hij haar dan zou volgen. Dezelfde weg inslaan.

De tweede was dat als ze het wel overleefde, dan zou hij haar verlaten. Omdat ze iets beters verdiende en omdat ze dan niet zelf hoefde weg te gaan.

Een derde gedachte kwam.

Harry legde zijn gezicht in zijn handen.

De gedachte vroeg of hij wilde dat ze het zou overleven.

Verdomme, verdomme.

En toen een vierde gedachte.

Wat Valentin in het bos had gezegd.

'... ten slotte worden we allemaal voor de gek gehouden, Harry.'

Hij bedoelde toch dat Harry hem voor de gek had gehouden? Of bedoelde hij iemand anders? Bedoelde hij dat iemand Valentin voor de gek had gehouden?'

'En daarom word jij ook voor de gek gehouden.'

Hij had dat immers gezegd vlak voordat hij Harry voor de gek hield door hem te laten geloven dat hij een wapen op hem richtte, maar misschien had hij dat niet bedoeld. Misschien ging het om iets anders.

Hij schrok toen hij een hand in zijn nek voelde.

Hij draaide zich om en keek op.

Oleg stond achter zijn stoel.

'Ik hoorde je niet komen,' probeerde Harry te zeggen, maar zijn stem brak bijna.

'Je sliep.'

'Sliep ik?' Harry zette zich af tegen de tafel. 'Nee toch, ik zat hier gewoon een beetje en...'

'Je sliep, papa,' onderbrak Oleg hem met een lachje.

Harry knipperde de slaap weg en keek om zich heen. Hij legde zijn hand tegen de beker koffie. Die was koud. 'Hm, wel verdomme.'

'Ik heb nagedacht,' zei Oleg en hij trok de stoel naast Harry naar zich toe en ging zitten.

Harry smakte en slikte het speeksel dat zich in zijn mond had verzameld door.

'En je hebt gelijk.'

'Is dat zo?' Harry nam een slok van de koude koffie om de smaak van ingedroogd gal kwijt te raken.

'Ja, jij hebt een verantwoordelijkheid die uitstijgt boven er altijd te moeten zijn voor je naasten. Jij moet er zijn voor de mensen die je niet zo na staan. En ik heb het recht niet van je te verlangen dat je al die mensen in de steek laat. Dat moordzaken ook een dope is voor jou, verandert daar niets aan.'

'Hm, en daar ben je zelf achter gekomen?'

'Ja, met een beetje hulp van Helga.' Oleg keek naar zijn handen. 'Ze is er beter in dan ik om zaken vanuit een ander perspectief te bekijken. En ik meende het niet toen ik zei dat ik niet zo wilde worden als jij.'

Harry legde een hand op de schouder van Oleg. Hij zag dat hij het Elvis Costello-shirt droeg dat hij van Harry had overgenomen en waarin hij nu kennelijk sliep. 'Mijn jongen?'

'Ja?'

'Beloof me dat je niet zo wordt als ik. Dat is het enige wat ik van je vraag.'

Oleg knikte. 'Er is nog iets.'

'Ja?'

'Steffens belde. Het gaat om mama.'

Het leek of er een ijzeren klauw rond Harry's hart werd gelegd en hij stopte met ademhalen.

'Ze is wakker geworden.'

HOOFDSTUK 33

DONDERDAGOCHTEND

'Ja?'

'Anders Wyller?'

'Ja.'

'Goedemorgen. Ik bel namens de technische recherche.'

'Goedemorgen.'

'Het gaat om een haar die je voor analyse naar ons hebt opgestuurd.'

'Ja?'

'Heb je de uitslag daarover ontvangen?'

'Ja.'

'Nu is de analyse nog niet helemaal afgerond, maar zoals je hebt kunnen zien is er een link tussen het DNA van de haar en een van de DNA-profielen die we in de vampiristzaak hebben geregistreerd. Om precies te zijn met DNA-profiel 201.'

'Ja, ik zag het.'

'Nu weet ik niet wie 201 is, maar we weten wel dat het niet om Valentin Gjertsen gaat. Aangezien het om een match gaat en ik niets van je heb gehoord, wil ik even zeker weten of je de resultaten wel hebt ontvangen. Want ik ga ervan uit dat jullie willen dat we doorgaan met de analyse?'

'Nee, bedankt.'

'Nee? Maar...'

'De zaak is opgelost en jullie hebben meer te doen. Is de uitslag trouwens ook nog naar iemand anders gestuurd?'

'Nee, ik zie niet dat erom is gevraagd. Wil je dat...'

'Nee, dat hoeft niet. Jullie kunnen de zaak afsluiten. Dank voor jullie hulp.'

DEEL III

HOOFDSTUK 34

ZATERDAG

Masa Kanagawa gebruikte de smeedtang om het roodgloeiende stuk ijzer uit de oven te pakken. Hij legde het op het aambeeld en begon er met een van de kleinere hamers op te slaan. De hamer had de traditionele Japanse vorm met een hamerkop die ver uitstak waardoor de hamer wel wat op een galg leek. Masa had de kleine smederij overgenomen van zijn vader en grootvader, maar net als vele smederijen in Wakayama had hij moeite om de eindjes aan elkaar te knopen. De staalindustrie, die de economische ruggengraat vormde van de stad, was verhuisd naar China en Masa had zijn focus moeten richten op nicheproducten. Zoals *katana*, een samoeraizwaard dat erg populair was in Amerika en dat hij op bestelling maakte voor particulieren over de hele wereld. In Japan schreef de wet voor dat een zwaardsmid een licentie moest hebben, vijf jaar in de leer moest zijn geweest en slechts twee langzwaarden per maand mocht smeden die geregistreerd moesten worden bij de overheid. Masa was slechts een gewone smid die goede zwaarden maakte tegen een fractie van de prijs die de smeden met licentie rekenden en hij wist dat hij daarvoor kon worden opgepakt dus hij moest zich gedeisd houden. Waarvoor zijn klanten de zwaarden gebruikten wist hij niet en wilde hij ook niet weten, maar hopelijk voor trainingen, wandversiering of een wapenverzameling. Wat hij wel wist, was dat hij er zijn brood mee kon verdienen en er de kleine smederij mee draaiende kon houden. Tegen zijn zoon had hij echter duidelijk gezegd dat hij een ander beroep moest kiezen, dat hij moest studeren, dat je als smid te hard moest werken en de beloning te schamel was. Zijn zoon had zijn raad opgevolgd, maar het kostte geld om hem op de universiteit te houden dus Masa nam elke opdracht aan die hij kon krijgen. Zoals deze: een replica maken van ijzeren tanden uit de Heian-periode. Het was voor een klant uit Noorwegen en het was de tweede keer dat hij deze tandenset bestelde. De eerste keer was een halfjaar geleden. Masa Kanagawa had geen naam van de klant, alleen een postbusadres. Maar dat was niet erg, de waar was vooraf betaald en de prijs die Masa ervoor had gekregen was hoog. Niet alleen omdat het gecompliceerd werk was om de tanden te smeden zoals die op de tekeningen stonden die de klant had gestuurd, maar ook omdat het verkeerd voelde. Masa kon niet precies zeggen waarom het meer verkeerd voelde dan het smeden van een zwaard, maar als hij naar de ijzeren tanden keek, dan huiverde hij. En wanneer hij naar huis reed over de 370, de zingende weg die precies zo was uitgedacht en geconstrueerd dat de ribbels in het wegdek een melodie maakten als de banden eroverheen rolden, dan hoorde hij niet meer wat hij anders altijd opvatte als een mooi, kalmerend koor. Hij hoorde nu een waarschuwing, een diep gerommel, dat steeds luider werd en aanzwol tot een schreeuw van een demon.

Harry werd wakker. Hij stak een sigaret op en dacht na. Wat voor ontwaken was dit? Het was geen werkontwaken. Het was zaterdag, de eerste lessen na de wintervakantie begonnen pas weer maandag en Øystein deed vandaag de bar.

Het was niet alleenontwaken. Rakel lag naast hem. De eerste weken dat ze thuis was na de ziekenhuisopname, wanneer hij lag zoals nu en naar haar keek terwijl ze sliep, was hij bang geweest dat ze niet wakker zou worden, dat het mysterieuze 'dat' waarvan de artsen niet wisten wat het was, terug zou komen.

'Mensen kunnen niet tegen onzekerheid,' had Steffens gezegd. 'Ze willen dat mensen zoals jij en ik het weten, Harry. De aangeklaagde is schuldig, de diagnose is juist. Erkennen dat we twijfelen wordt opgevat als een erkenning van het eigen onvermogen, niet als de complexiteit van het mysterie of de grenzen van het vakgebied. De waarheid is echter dat we nooit zeker zullen weten wat Rakel mankeerde. Er was sprake van een zekere opeenhoping van mestcellen, dus ik dacht eerst aan mastocytose, maar dat is wel een zeldzame bloedziekte. Alle sporen zijn echter verdwenen en er is veel wat erop duidt dat het om een vergiftiging ging. In dat geval hoeven we niet bang te zijn dat het terugkomt. Net zoals met deze vampiristmoorden, nietwaar?'

'Maar we wéten wie die vrouwen vermoordde.'

'Precies. Slechte analogie.'

Naarmate de weken verstreken zat er steeds meer tijd tussen de keren dat hij bang was dat Rakel terug zou vallen.

Meer tijd dan tussen de keren dat hij dacht dat er weer een nieuwe vampiristmoord was gepleegd als de telefoon ging.

Dus het was ook geen angstontwaken geweest.

Hij had daar een paar van gehad sinds Valentin Gjertsen dood was. Merkwaardig genoeg niet in de periode dat hij ondervraagd werd door de Speciale Eenheid van Interne Zaken die langzamerhand overtuigd raakte dat Harry niets te verwijten viel en dat hij de schoten had gelost in een onoverzichtelijke situatie met een gevaarlijke moordenaar die deze reactie zelf had uitgelokt. Het was pas begonnen nadat Valentin en Marte Ruud hem in zijn dromen begonnen op te zoeken. En zij was het, en niet hij, die in zijn oor fluisterde. 'En daarom word jij ook voor de gek gehouden.' Hij had tegen zichzelf gezegd dat het de verantwoordelijkheid van de anderen was om haar nu te vinden. Toen weken maanden werden, waren hun bezoekjes zeldzamer geworden. Het hielp dat hij weer in de dagelijkse routine van de politieacademie zat en uiteraard dat hij geen alcohol aanraakte.

En nu was hij eindelijk waar hij wilde zijn. Want dit was het vijfde type. Tevredenontwaken. Hij kon weer een dag met het juiste serotonineniveau kopiëren en plakken.

Harry gleed zo stil mogelijk uit bed, trok zijn broek aan, ging naar de keuken en stopte Rakels favoriete koffiecapsule in het espressoapparaat, zette dat aan en liep naar buiten. Hij voelde de sneeuw onder zijn voetzolen branden terwijl hij de winterlucht opsnoof. De witbesneeuwde stad lag nog in het donker, maar een aarzelende, nieuwe dag bloosde in het oosten. Hij trok een paar schoenen aan en een donzen jack en waadde door de sneeuw naar de brievenbus.

Aftenposten schreef dat de toekomst er lichter uitzag dan de nieuwsberichten ons deden geloven. Dat ondanks het feit dat de media met steeds gedetailleerdere schetsen van moorden, oorlogen en wreedheden kwamen, een onlangs verschenen onderzoeksrapport uitwees dat het aantal mensen dat vermoord werd op een historisch laag punt was gekomen en nog steeds dalende was. Ja, dat er misschien ooit een dag zou komen dat moord helemaal was uitgeroeid. Mikael Bellman, die volgens *Aftenposten* volgende week officieel benoemd zou worden tot minister van Justitie, beweerde dat er uiteraard niets mis was met het stellen van hoge doelen, maar dat zijn persoonlijke doel niet een perfecte samenleving was, maar een betere. Harry moest glimlachen. Isabelle Skøyen was een goede souffleur. Harry's ogen gingen terug naar de zin dat moord op een dag helemaal was uitgeroeid. Waarom zorgde die schaamteloze bewering voor onrust bij hem – ondanks de tevredenheid die hij de laatste maand, ja, misschien wel langer, had gevoeld? Moord. Hij had het tot zijn levensopdracht gemaakt om te strijden tegen moordenaars. Maar als het hem lukte, als ze allemaal verdwenen waren, zou hij, Harry, dan ook verdwijnen? Had hij met Valentin niet een beetje van zichzelf begraven? Was het om die reden dat Harry een paar dagen geleden bij de grafzerk van Valentin Gjertsen had gestaan? Of ging het om iets anders? Ging het om wat Steffens had gezegd: dat we niet tegen onzekerheid kunnen? Was het ontbreken van antwoorden iets wat aan hem knaagde? Verdomme, Rakel was gezond, Valentin was weg, het werd tijd om het nu los te laten.

De sneeuw kraakte.

'De kerstvakantie goed doorgekomen, Harry?'

'We zijn er doorgekomen, mevrouw Sivertsen. Nog niet genoeg geskied, zie ik?'

'Skiën en skiën,' zei ze en ze zakte een beetje door haar ene heup. Haar skipak zat als gegoten. Ze hield de langlaufski's, ongetwijfeld heliumlicht, in haar ene hand alsof het eetstokjes waren.

'Waarom ga je niet mee voor een snel tochtje, Harry? De anderen slapen nog, we spurten even naar Tryvann.' Ze lachte, in het licht van de lantaarn glommen haar lippen van een of andere balsem tegen de kou. 'Echt heerlijk... skiweer.'

'Ik heb geen ski's,' zei Harry en hij lachte terug.

Ze schaterde. 'Je maakt een grapje. Een Noor die geen ski's heeft?'

'Landverraad, ik weet het.' Harry keek naar de krant en naar de datum: 4 maart.

'Jullie hadden ook geen kerstboom, herinner ik me.'

'Is dat zo? Je zou ons moeten aangeven.'

'Weet je, Harry? Soms benijd ik je.'

Harry keek op.

'Jij maakt je niet druk, je hebt lak aan alle regels. Ik zou wensen dat ik af en toe net zo frivool kon zijn.'

Harry lachte. 'Met het geld dat meneer Syvertsen incasseert kun je, gok ik, zowel goed feesten als steekpenningen uitdelen.'

'Wat?'

'Goede tocht.' Harry tikte met de samengevouwen krant tegen zijn hoofd en liep terug naar het huis.

Hij keek naar de foto van Mikael Bellman, de man met één oog. Misschien was het om die reden dat zijn blik zo vast was. Het was de blik van een man die ervan overtuigd was dat hij de waarheid kende. De blik van een priester. De blik die mensen deed omkeren.

Harry bleef in de gang staan en keek in de spiegel naar zichzelf.

'De waarheid is dat we het nooit zeker zullen weten. Zelfs jij wordt uiteindelijk voor de gek gehouden, Harry.'

Voelde hij dat, voelde hij de twijfel?

Rakel zat aan de keukentafel en had voor hen beiden koffie ingeschonken.

'Al op?' zei hij en hij kuste haar op haar hoofd. Haar haren roken naar vanille en slaap-Rakel, zijn favoriete geur.

'Steffens heeft net gebeld,' zei ze en ze kneep in zijn hand.

'Wat wilde hij zo vroeg?'

'Hij vroeg zich af hoe het gaat en hij heeft gevraagd of Oleg langs wilde komen in verband met de bloedtest die hij voor kerst heeft gedaan. Hij zei dat er geen reden voor ongerustheid is, maar dat hij wilde zien of hij eventueel een genetische link kan vinden die "het" kan verklaren.'

'Het.' Zij, hij en Oleg hadden elkaar meer geknuffeld de eerste tijd nadat Rakel uit het ziekenhuis was gekomen. Meer gepraat. Minder gepland. Gewoon samen geweest.

Dus iemand had een steen in het water gegooid en nu was het wateroppervlak weer zoals het was. IJs. En toch was er iets wat borrelde in de diepte onder hem.

'Geen reden tot ongerustheid,' herhaalde Harry, meer tegen zichzelf dan tegen haar. 'Maar het heeft je wel ongerust gemaakt?'

Ze haalde haar schouders op. 'Heb je nog nagedacht over de bar?'

Harry ging zitten en nam een slok van zijn oploskoffie. 'Toen ik er gisteren was dacht ik dat ik die uiteraard moest verkopen. Ik weet niets over het runnen van een bar en het voelt ook niet als een roeping om alcohol te schenken aan jongeren met potentieel slechte genen.'

'Maar...'

Harry trok de rits van zijn donsjack naar beneden. 'Øystein houdt van dat werk. En ik weet dat hij van de handel afblijft. Makkelijke en onbeperkte toegang werkt bij sommige mensen verhelderend. En de bar wordt bekend.'

'Niet zo vreemd als er reclame gemaakt kan worden met twee vampiristmoorden, een bijna *shoot-out* en met Harry Hole achter de bar.'

'Hm, nee, ik geloof dat het Olegs muziekthema-idee is dat gewoon goed werkt. Vanavond zijn het bijvoorbeeld alleen maar de mooie dames boven de vijftig: Lucinda Williams, Emmylou Harris, Patti Smith, Chrissie Hynde...'

'Voor mijn tijd, lieverd.'

'Morgen is het jazz uit de jaren zestig en het merkwaardige is dat dan dezelfde mensen komen als op de punkavonden. We hebben een week lang Paul Rodgers gedraaid ter nagedachtenis aan Mehmet. Øystein denkt dat we een muziekquiz moeten organiseren. En...'

'Harry?'

'Ja?'

'Nu klinkt het of je van plan bent Jealousy te houden.'

'Is dat zo?' Harry krabde op zijn hoofd. 'Wel verdomme, ik heb er ook geen tijd voor. En dan twee van die warhoofden als Øystein en ik.'

Rakel lachte.

'Tenzij...' zei Harry.

'Tenzij wat?'

Harry gaf geen antwoord, hij lachte slechts.

'Nee, nee, vergeet het,' zei Rakel. 'Ik heb genoeg te doen en ik wil niet...'

'Maar één dag in de week. Op vrijdag ben je toch vrij. Een beetje administratie en ander papierwerk. Je krijgt een deel van de winst en je wordt de chef.'

'Cheffin.'

'Deal.'

Ze sloeg lachend zijn uitgestoken hand weg. 'Nee.'

'Denk erover na.'

'Oké, ik zal erover nadenken voor ik nee zeg. Zullen we weer teruggaan naar bed?'

'Moe?'

'Hm, nee.' Met geloken ogen keek ze hem over haar koffiekopje aan. 'Ik zou misschien een deel kunnen krijgen dat mevrouw Syvertsen niet krijgt.'

'Hm, je spioneert. Goed, na u, mevrouw de cheffin.'

Harry wierp weer een blik op de voorpagina: 4 maart. De dag van de vrijlating. Hij liep achter haar aan de trap op. Kwam langs de spiegel zonder erin te kijken.

Svein "de Verloofde" Finne liep de begraafplaats op. Zo vroeg in de ochtend waren er nog maar weinig mensen. Het was nog maar een uur geleden dat hij als een vrij man door de poort van de gevangenis was gelopen en dit was het eerste wat hij ging doen. Tegen de witte sneeuw zagen de kleine, zwarte afgeronde grafzerken eruit als punten op een vel papier.

Met kleine, voorzichtige passen liep hij over het gladde pad. Hij was nu een oude man en hij had in geen jaren op ijs gelopen. Voor een extra kleine grafsteen met witte, neutrale letters onder een kruis bleef hij staan.

Valentin Gjertsen.

Verder niets. Uiteraard. Niemand wilde een woord aan hem vuilmaken. En geen bloemen.

Svein Finne haalde de veer uit zijn jaszak, knielde en stak die in de sneeuw voor de steen. Bij de Cherokee's was het een gebruik om bij de dode een veer van een adelaar in de kist te leggen. Hij had het contact met Valentin vermeden toen ze beiden in Ila zaten. Niet om de reden die de andere gevangenen hadden, namelijk dat ze doodsbang waren voor Valentin. Maar omdat Svein Finne niet wilde dat de jongeman hem herkende. Want dat zou hij vroeg of laat doen. Sven had maar één blik nodig gehad toen Valentin in Ila arriveerde. Hij had de smalle schouders en de hoge stem van zijn moeder, precies zoals hij zich die herinnerde uit hun verlovingstijd. Zij was een van de vrouwen geweest die abortus hadden gewild terwijl Svein het niet doorhad, maar hij had haar met geweld gedwongen toe te stemmen dat hij bij haar ging wonen. Elke nacht had ze huilend en bevend naast hem in bed gelegen tot die jongen werd geboren tijdens een heerlijk bloedbad in de kamer. En hij had met zijn eigen mes de navelstreng doorgesneden. Zijn dertiende kind en zevende zoon. En pas toen Svein de naam hoorde van de nieuwe gevangene wist hij het voor honderd procent zeker. Toen kreeg hij ook de details te horen van de zaken waarvoor Valentin Gjertsen was veroordeeld.

Svein Finne kwam weer overeind.

De doden waren de doden.

En de levenden gingen snel dood.

Hij haalde adem. De man had contact met hem opgenomen. En hij had een dorst bij hem opgewekt waarvan hij dacht dat die in de loop van de jaren was opgedroogd.

Svein Finne keek naar de lucht. De zon zou zo meteen opkomen. De stad zou ontwaken, zich in de ogen wrijven en de nachtmerrie afschudden over de moordenaar die de afgelopen herfst iedereen in zijn greep had gehouden. De zon zou op de glimlachende stad schijnen in een gelukzalige onwetendheid over wat er te gebeuren stond. Maar de herfst zou verbleken als een tam preludium. Zo vader, zo zoon. Zo zoon, zo vader.

De politieman, Harry Hole. Hij was daar ergens.

Svein Finne draaide zich om en begon te lopen. Zijn stappen werden groter, sneller, zekerder.

Er moest zoveel gedaan worden.

Truls Berntsen zat op de zesde etage en keek naar de rode gloed van de zon die boven Ekebergåsen probeerde uit te komen. In december had Katrine Bratt hem overgeplaatst van het hondenhok naar een kantoor met een raam. Dat was prettig. Maar hij moest nog steeds rapporten en binnenkomend materiaal van opgeloste zaken en *cold cases* archiveren. Dus de reden dat hij zo vroeg naar zijn werk ging, zou wel liggen aan het feit dat het bij twaalf graden vorst warmer was in zijn kantoor dan thuis. Of kwam het doordat hij de laatste tijd slecht sliep?

De laatste weken waren het natuurlijk vooral late tips en overbodige getuigenverklaringen over de vampiristmoorden geweest die gearchiveerd dienden te worden. Mensen die beweerden dat ze onlangs nog Valentin Gjertsen hadden gezien, dezelfden die meenden dat Elvis nog leefde waarschijnlijk. Het hielp niet dat DNA-tests van het lijk onomstotelijk hadden bewezen dat het Valentin Gjertsen was die gedood was door Harry Hole, voor sommige mensen waren feiten alleen maar irritante dingen die hun grootse ideeën in de weg stonden.

'Hun grootse ideeën in de weg stonden', Truls Berntsen wist niet waar hij het vandaan had, hij had het gewoon gedacht, het niet hardop gezegd.

Hij pakte de volgende envelop van de stapel. Die was, net als de andere, al geopend en gelezen door een vorige ambtenaar. Er stond het logo van Facebook op, een stempel dat aantoonde dat de brief aangetekend was verstuurd en een archiveringsorder met een dossiernummer en slechts het woord 'vampiristzaak'. Onder 'behandeld door' stond Magnus Skarres naam en zijn handtekening.

Truls Berntsen haalde de inhoud uit de envelop. Bovenop lag een brief in het Engels. Truls begreep er niet alles van, maar hij begreep wel dat het ging om toestemming tot inzage in de Facebookaccounts van alle slachtoffers van de vampirist plus dat van de nog steeds vermiste Marte Ruud. Hij bladerde door alle bladzijden en merkte dat sommige nog een beetje aan elkaar plakten dus hij nam aan dat Skarre niet alle pagina's gelezen had. Ook goed, de zaak was opgelost en de dader zou nooit in het beklaagdenbankje zitten. Maar het was duidelijk, Truls zou graag die lelijke klootzak van een Skarre bij zijn ballen grijpen. Hij checkte de namen van de personen met wie de slachtoffers contact hadden gehad. Zocht hoopvol naar een Facebookbericht van of aan Valentin Gjertsen of Alexander Dreyer dat Skarre over het hoofd had gezien. Zijn ogen vlogen over de pagina's, keken naar de afzenders en de ontvangers. En hij zuchtte toen hij erdoorheen was. Ook nu weer geen blunder. De enige namen, naast die van de slachtoffers, waren die van de mensen die Wyller en hij hadden verhoord omdat ze telefonisch contact hadden gehad met het slachtoffer. En het was natuurlijk ook logisch dat sommige mensen niet alleen via Facebook contact hadden maar ook telefonisch, zoals Ewa Dolmen en die Lenny Hell.

Truls stopte de documenten terug in de envelop, stond op en liep naar de archiefkast. Hij trok de bovenste la open en liet die weer los. Hij hield van de manier waarop die met een zoevend geluid opengleed. Hij hield de la met zijn hand tegen.

Keek naar de envelop.

Dolmen. Niet Hermansen.

Hij zocht in de la tot hij de map met verhoren van de telefoonlijsten vond en nam die en de envelop mee naar zijn bureau. Hij bladerde door de verklaringen tot hij de naam weer vond. Lenny Hell. Truls kon zich juist die naam nog goed herinneren omdat hij had moeten denken aan Lemmy van Motörhead terwijl de man aan de telefoon eerder klonk als een tragische zielenpiet met die trilling in zijn stem die veel mensen kregen als ze hoorden dat ze de politie aan de lijn hadden – of ze nu onschuldig waren of niet. Lenny Hell had dus via Facebook contact gehad met Ewa Dolmen. Slachtoffer nummer twee.

Truls sloeg de map met verhoren open. Vond het rapport van zijn eigen korte verhoor met Lenny Hell. En het gesprek met de eigenaar van Åneby Pizza & Grill. En een notitie die hij niet helemaal begreep, maar waar Wyller rapporteerde dat het politiebureau van Nittedal instond voor zowel Lenny als de eigenaar van de pizzeria. De eigenaar had namelijk bevestigd dat Lenny op het tijdstip van de moord op Elise Hermansen in zijn restaurant zat.

Elise Hermansen. Slachtoffer nummer één.

Ze hadden Lenny verhoord omdat hij meerdere keren Elise Hermansen had gebeld. En hij had via Facebook contact gehad met Ewa

Dolmen. Daar was de blunder. De blunder van Magnus Skarre. En misschien de blunder van Lenny Hell. Tenzij het toeval was. Vrijgezelle mannen en vrouwen van dezelfde leeftijd die in hetzelfde geografische gebied contact zoeken in een ondanks alles dunbevolkt land. Er zijn overeenkomsten die minder waarschijnlijk zijn. En de zaak was opgelost, je hoefde je er niks bij af te vragen. Eigenlijk niet. Aan de andere kant... De kranten schreven nog steeds over de vampirist. In Amerika had Valentin Gjertsen een obscuur klein fanclubje en iemand had de film- en auteursrechten van zijn levensverhaal gekocht. Het stond misschien niet meer op de voorpagina's, maar dat kon snel veranderen. Truls Berntsen pakte de telefoon en zocht het nummer van Mona Daa op. Hij staarde ernaar. Toen stond hij op, greep zijn jas en liep naar de lift.

Mona Daa kneep haar ogen dicht en duwde haar armen omhoog. Een halterset met lichte gewichten. Ze stelde zich voor dat ze haar vleugels spreidde en met gestrekte armen hier wegvloog, over het Frognerpark, over Oslo. Dat ze alles kon zien. Absoluut alles.

En het iedereen kon laten zien.

Ze had een documentaire gezien over haar favoriete fotograaf Don McCullin, die een humanitaire oorlogsreporter werd genoemd omdat hij liet zien hoe wreed mensen konden zijn om reflectie en zelfinzicht te bewerkstelligen. Zijn foto's waren niet bedoeld om te choqueren. Zelf wilde ze dat wel. En ze had ook gedacht dat één woord niet voorkwam in de eenzijdige documentaire waarin vol bewondering over de fotograaf werd gesproken. En dat woord was: ambitie. McCullin was de beste en hij moest duizenden bewonderaars hebben gehad. Jonge collega's die net als hij wilden worden, die de verhalen hadden gehoord over de fotograaf die bij de soldaten in Hue was gebleven tijdens het Tet-offensief. Ze kenden de anekdotes over Beiroet, Biafra, Kongo, Cyprus. Je zag een fotograaf die de meest verslavende drugs kreeg: bewondering en erkenning. En toch werd er met geen woord gerept over hoe een man de ergste beproevingen wilde doorstaan, bereid was risico's te nemen waarover hij niet eens een nachtmerrie wilde hebben. En misschien beging hij wel dezelfde misdaden die hij documenteerde om de perfecte foto, die baanbrekende reportage, te kunnen maken.

Mona had ermee ingestemd in de kooi te gaan zitten om te wachten op de vampirist. Zonder dat te melden aan de politie en daarmee misschien mensenlevens te redden. Hoewel ze vermoedde dat ze in de gaten werd gehouden, had ze heel eenvoudig alarm kunnen slaan. Door bijvoorbeeld Nora discreet een papiertje te geven. Maar ze had – net als de seksuele fantasie van Nora om aangerand te worden door Harry Hole – gedaan alsof ze gedwongen werd om erop in te gaan. Terwijl ze het natuurlijk wilde. Naam en faam. De bewondering in de ogen van haar jonge collega's zien als ze haar dankspeech hield bij de ontvangst van de journalistenprijs terwijl ze heel bescheiden zei dat ze gewoon geluk had gehad en een hardwerkend meisje was uit een klein dorpje in het noorden. Om vervolgens iets minder bescheiden te vertellen over haar jeugd, het pesten, de wraak en haar ambities. Ja, ze zou het over ambities hebben, ze was niet bang te zeggen hoe het werkelijk zat. Dat ze wilde vliegen. Vliegen.

'Je hebt wat meer weerstand nodig.'

Het was zwaarder. Ze opende haar ogen en zag twee handen die op de gewichten werden gelegd en er licht op drukten. De persoon stond recht achter haar, waardoor ze er in de grote spiegel voor haar uitzag als een soort vierarmige Ganesha.

'Vooruit, nog twee erbij,' fluisterde de stem in haar oor. Ze herkende die. Van de politieman. En toen tilde hij zijn hoofd op en ze zag zijn gezicht in de spiegel. Hij lachte. De blauwe ogen onder de blonde kuif. De witte tanden. Anders Wyller.

'Wat doe jij hier?' zei ze, ze vergat op te drukken, maar voelde dat ze toch vloog.

'Wat doe jij hier?' vroeg Øystein Eikeland en hij zette op de bar een halve liter voor de klant.

'Hè?'

'Niet jij, hij daar,' zei Øystein, wijzend met zijn duim over zijn schouder naar de lange, kortgeknipte man die zojuist achter de bar was komen staan en koffie en water in de *cezve* deed.

‘Geen zin meer in oploskoffie,’ zei Harry.

‘Geen zin meer in nog meer vrije tijd,’ zei Øystein. ‘Geen zin meer om gescheiden te zijn van je geliefde bar. Hoor je wat dit is?’

Harry stond stil en luisterde naar de swingende intro. ‘Niet voordat ze begint te zingen.’

‘Dat doet ze niet en dat is zo mooi,’ zei Øystein. ‘Dit is Taylor Swift, 1989.’

Harry knikte. Hij herinnerde zich dat Swift of haar platenmaatschappij haar album niet op Spotify wilde zetten dus in plaats daarvan stond er een versie op waarop de zang ontbrak.

‘Zouden we niet vandaag uitsluitend dames van boven de vijftig laten horen?’ zei Harry.

‘Hoor je niet wat ik zeg?’ zei Øystein. ‘Ze zingt niet.’

Harry verwierp het idee om in te gaan tegen deze logica. ‘De mensen komen vroeg vandaag.’

‘Dat komt door de alligator-worst,’ zei Øystein en hij wees naar de lange rookworsten die boven de bar hingen. ‘In de eerste week sloeg het kennelijk aan omdat het curieus was, maar nu komen die mensen ervoor terug. Misschien moeten we de naam van de bar veranderen in Alligator-Joe, Everglades of...’

‘Jealousy is goed.’

‘Oké, oké, ik probeer alleen maar creatief te zijn. Iemand zal met dat idee aan de haal gaan.’

‘Tegen die tijd hebben wij alweer een nieuw idee.’

Harry zette de *cezve* op de kookplaat, draaide zich om en zag een bekend figuur binnenkomen.

Harry sloeg zijn armen over elkaar, terwijl de man de sneeuw van zijn laarzen stampte en op de bar afliep.

‘Is er iets?’ vroeg Øystein.

‘Geloof het niet,’ zei Harry. ‘Let op dat de koffie niet overkookt.’

‘Jij en die niet-kokende koffie.’

Harry liep rond de bar en stapte op de man af die zijn jas opendeed. De warme damp leek van hem op te stijgen.

‘Hole,’ zei hij.

‘Berntsen,’ zei Harry.

'Ik heb iets voor je.'

'Waarom?'

Truls Berntsen lachte snuivend. 'Je wilt niet eerst weten wat het is?'

'Alleen als ik tevreden ben over het antwoord op mijn eerste vraag.'

Harry kon zien dat Truls Berntsen nonchalant probeerde te grijnzen, maar dat lukte niet erg. Hij slikte. De rode kleur in zijn gezicht met littekens kon natuurlijk ook komen van de kou buiten.

'Je bent een klootzak, Hole, maar je hebt een keer mijn leven gered.'

'Laat ik daar geen spijt van krijgen. Brand los.'

Berntsen trok een map uit de binnenzak van zijn jas. 'Lemmy... ik bedoel Lenny Hell. Je kunt zien dat hij zowel met Elise Hermansen als met Ewa Dolmen contact heeft gehad.'

'O ja?' Harry keek naar de gele kartonnen map met een strik eromheen die Truls hem toestak. 'Waarom ga je daar niet mee naar Bratt?'

'Omdat ze – in tegenstelling tot jou – rekening moet houden met haar carrière en ermee naar Mikael zal moeten.'

'En dus?'

'Mikael wordt volgende week minister van Justitie. Hij zit niet te wachten op problemen tijdens deze functiewisseling.'

Harry keek Truls Berntsen aan. Hij had allang begrepen dat Berntsen niet zo dom was als hij deed voorkomen. 'Je bedoelt dat hij geen nieuwe ronde wil in deze zaak?'

Berntsen haalde zijn schouders op. 'De vampiristzaak dreigde een spaak in het wiel van Mikael te steken. Maar in plaats daarvan werd het een van zijn grootste successen. Hij heeft inderdaad geen zin om dat beeld kapot te maken.'

'Hm, je geeft me deze papieren omdat je anders bang bent dat ze in een bureaula van de hoofdcommissaris belanden.'

'Ik ben bang dat ze in de papierversnipperaar verdwijnen, Hole.'

'Oké, maar je hebt mijn vraag niet beantwoord. Waarom?'

'Heb je het niet gehoord? De papierversnipperaar.'

'En waarom maak jij je daar druk over, Truls Berntsen? En nu geen bullshit meer, ik weet wie en wat je bent.'

Truls bromde iets.

Harry wachtte.

Truls keek hem aan, ontweek zijn blik, stampte met zijn voeten alsof er nog sneeuw op lag. 'Ik weet het niet,' zei hij ten slotte. 'Dat is de waarheid. Ik weet het niet. Eerst vond ik het een goed idee dat Magnus Skarre een uitbrander zou krijgen omdat hij de link tussen de telefoontjes en Facebook niet had gelegd, maar dat is het ook niet. Denk ik. Ik geloof dat ik gewoon wil dat... nee, ik weet het verdomme niet.' Hij hoestte. 'Maar als jij het niet wilt hebben dan stop ik de map terug in de archiefkast en daar mag alles wegrotten, maakt mij niet uit.'

Harry veegde het raam schoon en keek Truls Berntsen na toen hij de bar verliet. Hij liep in het felle winterlicht met gebogen hoofd over straat. Vergiste hij zich of had Truls Berntsen zojuist de symptomen vertoond van een goedaardige ziekte die politie werd genoemd?

'Wat was dat?' vroeg Øystein toen Harry weer achter de bar kwam staan.

'Politieporno,' zei Harry en hij legde de gele map op de bar. 'Verklaringen en verhoren.'

'De vampiristzaak? Is die nog niet opgelost?'

'Jazeker, er zijn alleen nog wat losse eindjes, wat formaliteiten. Hoor je niet dat de koffie kookt?'

'Hoor je niet dat Taylor Swift niet zingt?'

Harry wilde zijn mond opendoen om iets te zeggen, maar hoorde toen zijn eigen lach. Hij hield van deze kerel. Hij hield van deze bar. Hij schonk voor beiden de mislukte koffie in en trommelde met zijn vingers op de map in het ritme van 'Welcome To Some Pork'. Hij liet zijn ogen over de pagina's gaan terwijl hij bedacht dat Rakel vast ja zou zeggen als hij maar muisstil bleef zitten en haar wat tijd gunde.

Zijn ogen stopten bij iets.

Het was of het ijs onder hem kraakte.

Zijn hart begon sneller te slaan. *En daarom word jij ook voor de gek gehouden, Harry.*

'Wat is er?' vroeg Øystein.

'Wat is wat?'

'Je ziet eruit alsof je... tja...'

'Een spook hebt gezien?' vroeg Harry en hij las het nog een keer om er zeker van te zijn.

'Nee,' zei Øystein.

'Nee?'

'Nee, je ziet eruit alsof je... wakker bent geworden.'

Harry keek op van de papieren en staarde Øystein aan. En hij voelde het. De onrust, die was weg.

'Dat is zestig,' waarschuwde Harry. 'En het is glad.'

Oleg verminderde wat vaart. 'Waarom rij je zelf niet? Je hebt een auto en een rijbewijs.'

'Omdat jij en Rakel beter rijden,' zei Harry. Hij kneep zijn ogen een beetje dicht tegen het scherpe zonlicht op de besneeuwde akkers en bomen. Een bord vertelde dat het nog vier kilometer was naar Åneby.

'Mama kon toch ook rijden?'

'Ik dacht dat het nuttig voor je kon zijn om zo'n klein politiebureau te zien. Misschien ga je na je opleiding wel naar zo'n bureau, wie zal het zeggen.'

Oleg remde achter een tractor die sneeuw opwierp terwijl de sneeuwkettingen zongen op het asfalt. 'Ik wil op de afdeling Geweld werken en niet in een dorp.'

'Oslo is ook een dorp en het is maar een halfuur rijden.'

'Ik heb me ingeschreven voor de FBI-cursus in Chicago.'

Harry glimlachte. 'Als je zo ambitieus bent dan zouden een paar jaar op zo'n politiebureau je ook niet moeten afschrikken. Sla hier links af.'

'Jimmy,' zei de brede, glunderende man die voor de deur stond van het politiebureau Nittedal dat een standaard modern gebouw deelde met het arbeidsbureau. De gezonde bruine kleur deed Harry vermoeden dat hij de wintervakantie op Gran Canaria had doorgebracht alhoewel die gedachte gebaseerd was op het vooroordeel dat mensen uit Nittedal met een voornaam eindigend op een y, vakantie vierden op 'Granca'.

Harry schudde zijn hand. 'Bedankt dat je de tijd neemt om ons op zaterdag te ontvangen, Jimmy. Dit is Oleg, student van de politieacademie.'

'Hij ziet eruit als een toekomstige opvolger,' zei Jimmy en hij nam de lange jongeman van één meter negentig op. 'Ik vind het een eer dat Harry Hole zelf ons wil bezoeken. Ik ben eerder bang dat niet ik, maar jullie je tijd verspillen.'

'O?'

'Je zei door de telefoon dat Lenny Hell niet opnam dus ik heb het even gecheckt terwijl jullie onderweg waren. Hij is kort na het verhoor met jullie naar Thailand vertrokken, heb ik ontdekt.'

'Heb ik ontdekt?'

'Ja, hij heeft aan zijn buren en zijn vaste opdrachtgevers doorgegeven dat hij een poos wegblijft. Dus waarschijnlijk heeft hij nu een Thais nummer, maar ik heb niemand gevonden die dat nummer heeft. Of die precies weet waar hij zit.'

'Een einzelgänger, misschien?'

'Dat kun je rustig zeggen.'

'Familie?'

'Hij is vrijgezel, enig kind. Hij heeft het ouderlijk huis nooit verlaten en aangezien zijn ouders zijn overleden woont hij nu alleen in het Varkenskot.'

'Varkenskot?'

'Zo wordt het huis hier in Nittedal genoemd. De familie Hell heeft generaties lang varkens gehouden, heeft daar een beetje aan verdiend en een eeuw geleden hebben ze daarvan een atypisch houten huis laten bouwen. De mensen vonden het kennelijk veel te mooi voor varkensboeren dus begonnen ze het het Varkenskot te noemen.' De politieman grinnikte. 'Je moet niet denken dat je iets bent, snap je?'

'Hm, wat doet Lenny Hell al die tijd in Thailand, denk je?'

'Tja, wat doen mensen als Lenny zoal in Thailand?'

'Ik ken Lenny niet,' zei Harry.

'Aardige vent,' zei de politieman. 'Ook slim, programmeur. Werkt freelance vanuit huis, dus het komt wel voor dat we hem bellen als we problemen hebben met onze pc's. Geen alcoholist of andere ongein. En hij heeft zijn zaakjes op orde. Maar het is duidelijk, met de dames heeft hij nooit geluk gehad.'

'Wat bedoel je?'

Jimmy keek naar zijn adem die condenseerde. 'Koud buiten, mannen. Zullen we naar binnen gaan en een kopje koffie drinken?'

'Ik denk eigenlijk dat Lenny op zoek is naar een Thaise dame,' zei Jimmy terwijl hij vers gezette koffie in twee witte bekers van het arbeidsbureau en in zijn eigen Lillestrøm-SK-mok schonk. 'Hij kon de concurrentie hier niet aan.'

'O nee?'

'Nee. Lenny is zoals gezegd een *lone wolf*, hij is erg op zichzelf en zegt niet veel dus hij is niet bepaald een magneet die dames aantrekt. En bovendien wordt hij snel jaloers. Hij heeft voor zover ik weet nooit een vlieg – of een dame – kwaad gedaan, maar er is een incident geweest met een vrouw die ons belde dat Lenny haar permanent volgde na hun afspraakje.'

'Stalken, bedoel je?'

'Ja, zo noemen ze dat tegenwoordig. Lenny heeft haar vele malen sms'jes gestuurd en ook bloemen hoewel ze duidelijk had gezegd dat ze niet geïnteresseerd was in een vervolg. Hij stond haar bij haar werk op te wachten tot ze klaar was. Ze heeft daarop luid en duidelijk gezegd dat ze hem niet meer wilde zien en dat leek hij te begrijpen. Maar in plaats daarvan kreeg ze het idee dat er spullen in haar flat waren verplaatst als ze thuiskwam van haar werk. Dus toen belde ze ons.'

'Zij dacht dat hij in haar flat was geweest?'

'Ik heb met Lenny gesproken, maar hij ontkende het. Sindsdien hebben we er nooit meer iets over gehoord.'

'Heeft Lenny een 3D-printer?'

'Een wat?'

'Zo'n apparaat waarmee je bijvoorbeeld sleutels kunt kopiëren.'

'Geen idee, maar hij is dus programmeur.'

'Hoe jaloers was hij?' vroeg Oleg en de andere twee draaiden zich naar hem om.

'Op een schaal van één tot tien?' vroeg Jimmy. Harry wist niet of hij het ironisch bedoelde.

'Ik vroeg me alleen af of het om een morbide jaloezie ging,' zei Oleg en hij keek onzeker in de richting van Harry.

'Waar heeft die jongen het over, Hole?' Jimmy nam een slurpende slok uit de kanariegele mok. 'Vraagt hij of Lenny iemand heeft vermoord?'

'Nou, zoals ik al door de telefoon zei zijn we bezig met de laatste losse eindjes in de vampiristzaak en Lenny heeft met twee van de slachtoffers gesproken.'

'En die Valentin heeft ze vermoord,' zei Jimmy. 'Of bestaat daar twijfel over?'

'Geen twijfel,' zei Harry. 'Ik wil alleen met Lenny Hell praten over die contacten. Kijken of daar iets uitkomt wat we nog niet wisten. Ik zag op de kaart dat zijn huis maar een paar kilometer hiervandaan is dus ik wilde bij hem aankloppen. Dan is het maar gedaan.'

De politieman ging met zijn grote hand liefkozend over het clublogo op de mok. 'Ik las in de krant dat je nu docent bent en geen moordonderzoeker.'

'Ik ben misschien wel net als Lenny een freelancer.'

Jimmy sloeg zijn armen over elkaar waardoor zijn linkermouw omhoogschoof en er een bleke tatoeage van een vrouw zichtbaar werd. 'Oké, Hole. Er gebeurt in dit district niet zoveel dus ik ben blij met de afleiding. Daarom ben ik, nadat jij had gebeld, naar het huis van Lenny gereden. Dat wil zeggen, ik ben zo ver gereden als het ging. Het Varkenskot ligt aan het eind van een bospad en als je langs de laatste buren bent gekomen, ligt de sneeuw ineens een halve meter hoog. Net zo hoog als langs het pad. Er zijn geen sporen van wielen of voetstappen. Alleen maar sporen van elanden en vossen. En misschien van een of andere wolf. Begrijp je? Er is daar in geen weken iemand geweest, Hole. Als je Lenny wilt spreken dan moet je een ticket naar Thailand kopen. Pattaya is populair bij mannen die op zoek zijn naar een Thaise vrouw heb ik gehoord.'

'Sneeuwscooter,' zei Harry.

'Hè?'

'Als ik morgen terugkom met een huiszoekingsbevel, kun jij er dan voor zorgen dat er een sneeuwscooter beschikbaar is?'

Harry besefte dat het goede humeur van de politieman verdwenen was. Hij had vermoedelijk gedacht dat ze gezellig samen koffie zouden drinken en hij aan de hoofdstedelijke politie kon laten zien dat ze hier ook effectief te werk gingen. In plaats daarvan werden zijn denkbeelden in twijfel getrokken en werd hem gevraagd een voertuig ter beschikking te stellen alsof hij een of andere materiaalman was.

'Voor anderhalve kilometer hebben we geen sneeuwscooter nodig,' zei Jimmy en hij krabde zich op zijn bruinverbrande neus die begon te vervellen. 'Gebruik ski's, Hole.'

'Ik heb geen ski's. Een scooter en zorg voor iemand die daarmee kan rijden.'

De stilte die volgde leek een eeuwigheid te duren.

'Ja, ik zag dat de jongen reed.' Jimmy hield zijn hoofd scheef. 'Heb je geen rijbewijs, Hole?'

'Jawel, maar ik heb ooit een politieman doodgereden.' Harry tilde zijn beker op en leegde die. 'Ik wil graag voorkomen dat het nog een keer gebeurt. Bedankt voor de koffie, we zien elkaar morgen.'

'Wat was dat?' vroeg Oleg toen ze met het rechterknipperlicht aan stonden te wachten tot ze de hoofdweg op konden draaien. 'Een aardige politieman is bereid je op zaterdag te woord te staan en dan begin jij hem te pesten?'

'Deed ik dat?'

'Ja!'

'Hm, zet je linkerknipperlicht aan.'

'Maar Oslo is rechtsaf.'

'En volgens de gps is Åneby Pizza & Grill twee minuten rijden als we links afslaan.'

De eigenaar van Åneby Pizza & Grill, die zich voorstelde als Tommy, veegde zijn vingers af aan zijn schort en keek aandachtig naar de foto die Harry hem voorhield.

'Het kan zijn, maar ik herinner me niet hoe het gezelschap van Lenny eruitzag, ik herinner me alleen dat hij hier samen met iemand was op de avond dat die vrouw in Oslo werd vermoord. Lenny is een *lone wolf*, altijd alleen en hij komt hier zelden. Daarom kon ik me toen jullie in de herfst belden die avond nog goed herinneren.'

'De man op de foto heet Alexander of Valentin. Heb je Lenny een van die namen horen zeggen toen ze met elkaar spraken?'

'Ik kan me zelfs niet herinneren of ze überhaupt spraken. En ik deed die avond de bediening, mijn vrouw stond in de keuken.'

'Wanneer zijn ze vertrokken?'

'Tja, zeg het eens. Ze deelden een Knut Special XXL met pepperoni en ham.'

'Dat weet je dus nog wel?'

Tommy grijnsde en tikte met zijn vinger tegen zijn slaap. 'Bestel nu een pizza en kom over drie maanden terug en vraag me welke je had. Ik geef je dezelfde korting als het politiebureau. Alle pizzabodems bevatten noten en weinig koolhydraten.'

'Verleidelijk, maar mijn zoon zit buiten in de auto te wachten. Bedankt voor je hulp.'

'Geen probleem.'

Oleg reed de vroege avondschemering in.

Ze zwegen beiden en waren verdiept in hun eigen gedachten.

Harry rekende het uit. Valentin kon best met Lenny een pizza hebben gegeten en nog op tijd in Oslo zijn geweest om Elise Hermansen te vermoorden.

Een tegemoetkomende vrachtwagen passeerde met zo'n grote vaart dat de auto ervan schudde.

Oleg kuchte. 'Hoe ben je van plan dat huiszoekingsbevel te krijgen?'

'Hm?'

'Ten eerste werk je niet op de afdeling Geweld. En ten tweede zijn er niet voldoende redenen voor zo'n bevel.'

'Niet?'

'Niet als ik de lessen daarover goed heb begrepen.'

'Laat horen,' zei Harry glimlachend.

Oleg ging iets langzamer rijden. 'Er zijn onweerlegbare bewijzen dat Valentin een aantal vrouwen heeft vermoord. Lenny Hell heeft toevallig contact gehad met twee van hen. Dat alleen geeft de politie niet het recht om in te breken in het huis van Lenny Hell terwijl hij op vakantie is in Thailand.'

'Mee eens, op basis daarvan is het lastig om een huiszoekingsbevel te krijgen. Laten we naar Grini rijden.'

'Grini?'

'Ik wil met Hallstein Smith praten.'

'Helga en ik zouden vandaag samen koken.'

'Beter gezegd, ik wil het met hem hebben over morbide jaloezie. Koken, zei je? Ik begrijp het, ik kom wel op eigen gelegenheid in Grini.'

'Grini ligt bijna op de route, dus het is oké.'

'Ga koken jij, het kan wel even duren bij Smith.'

'Te laat, nu heb je al gezegd dat ik mee mag.' Oleg ging harder rijden, haalde een tractor in en deed het grote licht aan.

Ze reden een poosje zwijgend.

'Zestig,' zei Harry die iets intoetste op zijn telefoon.

'En glad,' zei Oleg en hij minderde vaart.

'Wyller?' zei Harry. 'Met Harry Hole. Je zit je thuis te vervelen op deze zaterdag, hoop ik. O? Dan moet je die lieve dame, wie ze ook mag zijn, uitleggen dat je een afgedankte, maar legendarische politieman moet helpen door een paar zaken te checken.'

'Morbide jaloezie,' zei Hallstein Smith en hij keek zijn pas gearriveerde gasten enthousiast aan. 'Dat is een interessant thema. Maar zijn jullie echt helemaal hierheen gereden om daarover te praten? Is dat niet eerder Ståle Aunes specialiteit?'

Oleg knikte en leek het met hem eens te zijn.

'Ik wilde met jou praten omdat je twijfelde,' zei Harry.

'Twijfelde?'

'Je zei iets die avond toen Valentin hier kwam. Je zei dat hij het wist.'

'Wat wist?'

'Je zei: "Hij wist het. Hij wist waar ik was."'

'Ik was in shock, ik heb vast een heleboel gezegd.'

'Nee, voor één keer zei je juist weinig, Smith.'

'Hoorde je dat, May?' zei Hallstein Smith lachend tegen een klein vrouwtje dat thee voor hen inschonk. Ze knikte glimlachend, nam de theepot en een kopje mee en verdween naar de woonkamer.

'Ik zei "hij wist het", en dat interpreteer jij als dat ik over iets twijfel?' vroeg Smith.

'Het klonk alsof er iets onduidelijk was,' zei Harry. 'Dat je niet helemaal begreep dat Valentin het kon weten. Vergis ik me?'

'Ik weet het niet, Harry. Als het iets uit mijn onderbewuste was dan kun jij net zo goed die vraag beantwoorden en misschien beter dan ik. Waarom vraag je dit?'

'Omdat er een man is opgedoken. Dat wil zeggen, hij had het erg druk met zo snel mogelijk naar Thailand af te reizen. Maar ik heb Wyller het een en ander laten checken en die betreffende man staat op geen enkele passagierslijst in de periode dat hij zou zijn vertrokken. De laatste drie maanden is er geen geregistreerd gebruik geweest van zijn bank- of creditcard, niet in Thailand, noch in welk ander land dan ook. En wat bijna net zo interessant is: Wyller vond zijn naam op onze lijst van mensen die het laatste jaar een 3D-printer hebben aangeschaft.'

Smith keek Harry aan. Toen draaide hij zijn hoofd en keek uit het keukenraam. Er lag een dikke, glinsterende donsdeken op de velden buiten. 'Valentin wist waar mijn kantoor was. Dat bedoelde ik met "hij wist het".'

'Jouw adres, bedoel je?'

'Nee, ik bedoel, hij liep direct naar de poort van de stal. Hij wist niet alleen dat ik daar mijn werkkamer heb, maar ook dat ik daar vaak rond middernacht zit.'

'Misschien zag hij door het raam licht branden?'

'Je kunt bij de poort geen verlicht raam zien. Kom, ik wil jullie iets laten zien.'

Ze gingen naar de stal, Smith draaide de deur van zijn werkkamer van het slot en deed zijn pc aan.

'Ik heb hier alle camerabeelden, ik moet alleen even zoeken in de data,' zei Smith en hij toetste wat in.

'Coole tekening,' zei Oleg, knikkend naar de tekening van de vleermuisman aan de muur. 'Luguber.'

'Alfred Kubin,' zei Smith. '*Der Vampyr.* Mijn vader had een boek met Kubin-tekeningen waar ik graag in keek terwijl mijn leeftijdsgenoten in de bioscoop naar slechte horrorfilms keken. May vindt het helaas niet goed dat ik in huis een tekening van hem ophang, ze zegt dat ze er nachtmerries van krijgt. Over nachtmerries gesproken, hier is het beeld van Valentin.'

Smith wees en Harry en Oleg keken over zijn schouder mee.

'Hier zien jullie hem de stal in lopen. Jullie zien dat hij niet aarzelt, hij weet precies waar hij moet zijn. Hoe kan dat? De therapiesessies met Valentin waren niet hier, want ik huur een kantoor in het centrum.'

'Je bedoelt dat iemand hem moet hebben geïnformeerd?'

'Ik bedoel dat iemand Valentin Gjertsen kán hebben geïnformeerd. Dat is vanaf het begin voor mij het probleem geweest in deze zaak, vampiristen beschikken niet over het vermogen om dergelijke moorden te plannen.'

'Hm. We hebben bij Valentin geen 3D-printer gevonden. Iemand anders kan de sleutels voor hem hebben gekopieerd. Iemand die eerder voor zichzelf sleutelkopieën heeft gemaakt om de woningen van vrouwen die hem hebben gedumpt binnen te kunnen dringen. Vrouwen die hem hebben afgewezen en die door zijn gegaan met andere mannen te ontmoeten.'

'Betere mannen,' zei Smith.

'Jaloezie,' zei Harry. 'Morbide jaloezie, maar dan bij een man die nog geen vlieg kwaad doet. En als een man geen misdaad kan begaan dan heeft hij iemand anders nodig. Iemand die kan doen wat hij niet kan.'

'Een moordenaar,' zei Smith en hij knikte instemmend.

'Iemand die bereid is te doden om het doden zelf. Valentin Gjertsen. We hebben dus iemand die de voorwaarden schept en iemand die uitvoert. De regisseur en de artiest.'

'Mijn god,' zei Smith en hij wreef met zijn handen over zijn wangen. 'Het lijkt erop dat de resultaten van mijn onderzoek toch wel hout snijden.'

'Op welke manier?'

'Ik was in Lyon en heb daar een lezing gegeven over de vampiristmoorden en hoewel mijn collega's enthousiast waren over mijn baanbrekende werk, heb ik er de hele tijd op gewezen dat er een schakel ontbreekt waardoor we niet kunnen spreken over grensverleggend onderzoek. De manier waarop deze moorden zijn gepleegd klopt niet met het profiel dat ik heb geschetst van een vampirist.'

'En hoe ziet dat eruit?'

'Iemand met schizofrene en paranoïde trekken die vanwege zijn onweerstaanbare bloeddorst mensen uit zijn omgeving vermoordt. Hij is niet in staat om een moord te plegen die veel planning en geduld van hem vereisen. Maar deze moorden wijzen eerder op iemand die zaken kan programmeren.'

'Een intellectueel,' zei Harry, 'die Valentin heeft benaderd omdat deze gedwongen werd zich gedeisd te houden om niet gepakt te worden door de politie. De intellectueel biedt Valentin de sleutels aan van woningen van vrouwen die alleen wonen. Foto's, informatie over hun dagelijkse routines, wanneer ze thuis zijn en wanneer niet, alles wat Valentin nodig heeft om ze te kunnen pakken zonder dat hij zichzelf verraadt. Hoe kon hij daar nee op zeggen?'

'Een perfecte symbiose,' zei Smith.

Oleg kuchte.

'Ja?'

'De politie heeft jarenlang tevergeefs gezocht naar Valentin. Hoe heeft Lenny hem kunnen vinden?'

'Goeie vraag,' zei Harry. 'Ze kennen elkaar in elk geval niet uit de gevangenis, Lenny Hell heeft een strafblad zo wit als een priesterkraag.'

'Wat zei je?' vroeg Smith.

'Priesterkraag.'

'Nee, de naam.'

'Lenny Hell,' herhaalde Harry. 'Wat is daarmee?'

Hallstein Smith antwoordde niet, maar staarde Harry met open mond aan.

'O, verdomme,' zei Harry zacht.

'O, verdomme, wat?' zei Oleg.

'Cliënten,' zei Harry. 'Bij dezelfde psycholoog. Valentin Gjertsen en Lenny Hell troffen elkaar in de wachtkamer. Klopt dat, Hallstein? Vooruit, het gevaar voor meer moorden heft je beroepsgeheim op.'

'Ja, het klopt dat Lenny Hell een poos geleden mijn cliënt was. Hij kwam hier en kende mijn gewoonte om 's nachts nog te werken. Maar Valentin en hij kunnen elkaar niet hebben ontmoet want Valentins sessies waren in de stad.'

Harry ging op het puntje van zijn stoel zitten. 'Maar zou Lenny Hell iemand kunnen zijn met morbide jaloezie die heeft samengewerkt met Valentin Gjertsen om vrouwen te vermoorden door wie hij is gedumpt?'

Hallstein legde twee vingers tegen zijn kin. Hij knikte.

Harry leunde weer achterover. Hij keek naar het pc-scherm waarop het beeld van een gewonde Valentin op weg naar buiten bevroren was. De pijl van de weegschaal die op 74,7 kilo had gestaan toen hij binnenkwam, stond nu op 73,2 kilo. Dat betekende dat er anderhalve liter bloed op de kantoorvloer had gelegen. Alles was simpele wiskunde en de rekensom was nu duidelijk. Valentin Gjertsen en Lenny Hell. Het antwoord was twee.

'De zaak moet weer worden heropend,' zei Oleg.

'Dat gaat niet gebeuren,' zei Gunnar Hagen, kijkend op zijn horloge.

'Waarom niet?' zei Harry en hij gaf een seintje aan Nina dat hij wilde afrekenen.

De leider van de afdeling Geweld zuchtte. 'Omdat de zaak is opgelost, Harry, en omdat wat je nu aan me voorlegt me een beetje veel riekt naar een complottheorie. Toevallige overeenkomsten dat Lenny Hell contact heeft gehad met twee van de slachtoffers en psychologische veronderstellingen dat het ernaar uitziet dat Valentin wist waar hij naartoe moest? Het is een feit dat journalisten en schrijvers dergelijke zaken gebruiken om aan te tonen dat Kennedy is doodgeschoten door de CIA en dat de ware Paul McCartney dood is. De vampiristzaak krijgt nog steeds veel aandacht en we gedragen ons als clowns die aandacht vragen als we om deze redenen de zaak weer heropenen.'

'Is dat wat je dwarszit, chef? Dat we worden gezien als clowns?'

Gunnar Hagen trachtte te glimlachen. 'Door de manier waarop je me altijd "chef" noemt, voel ik me al een clown omdat iedereen weet dat jij de eigenlijke chef bent. Maar het is goed, dat accepteer ik, je mag ons pesten omdat het resultaten oplevert. Er zit echter een deksel op deze zaak en die is flink aangedraaid.'

'Het gaat om Mikael Bellman,' zei Harry. 'Hij wil niet riskeren dat iemand nu zijn imago aantast voor hij aantreedt als minister van Justitie.'

Hagen haalde zijn schouders op. 'Bedankt dat je me zo laat op de zaterdagavond nog hebt uitgenodigd voor een kop koffie, Harry. Hoe gaat het met iedereen thuis?'

'Goed,' zei Harry. 'Rakel is gezond en wel. Oleg kookt samen met zijn vriendin. En bij jullie?'

'Bij ons ook goed. Katrine en Bjørn hebben een villa gekocht, zoals je misschien al weet.'

'Nee, dat wist ik niet.'

'Ze zijn een poosje uit elkaar geweest, maar nu hebben ze duidelijk voor elkaar gekozen. Katrine is zwanger.'

'Is dat zo?'

'Jazeker, ze is in juni uitgerekend. Het leven gaat verder.'

'Voor sommigen,' zei Harry en hij gaf een biljet van tweehonderd kronen aan Nina die direct wisselgeld tevoorschijn haalde. 'Voor sommige mensen niet. Hier in Schrøder staat de tijd stil.'

'Ik zie het,' zei Gunnar Hagen. 'Ik dacht dat contant geld niet meer gangbaar was.'

'Dat is niet wat ik bedoelde. Bedankt, Nina.'

Hagen wachtte tot de serveerster weg was. 'Dus daarom moesten we hier afspreken? Om me eraan te herinneren? Dacht je dat ik het vergeten was?'

'Nee, dat dacht ik niet,' zei Harry. 'Maar zolang we niet weten wat er met Marte Ruud is gebeurd, is de zaak niet opgelost. Niet voor haar familie, niet voor de mensen die hier werken, niet voor mij. En ook niet voor jou, ik zie het aan je. En jij weet dat als Mikael Bellman het deksel zo stevig heeft aangedraaid dat het niet te openen valt dat ik dan het glas kapot zal slaan.'

'Harry...'

'Luister, het enige wat ik nodig heb is een huiszoekingsbevel en een onderzoeksautorisatie van je om dit losse eindje te onderzoeken, daarna stop ik, dat beloof ik je. Alleen deze ene gunst, Gunnar. Die moet je me verlenen.'

Hagen trok een van zijn borstelige wenkbrauwen op. 'Gunnar?'

Harry haalde zijn schouders op. 'Je zei het zelf, je bent mijn chef niet meer. En, wat zeg je?'

'Het zou in alle opzichten in strijd zijn met de richtlijnen van de hoofdcommissaris in deze zaak.'

'Jij kunt Bellman ook niet uitstaan en binnenkort is hij je chef niet meer. Vooruit, je bent altijd een voorstander geweest van goed en grondig politiewerk, Gunnar.'

'Je weet dat je klinkt als een slijmerd, Harry?'

'Dus?'

Hagen zuchtte diep. 'Ik beloof niks, maar ik zal erover nadenken, oké?'

De afdelingsleider knoopte zijn jas dicht en stond op. 'Ik herinner me een advies dat ik kreeg toen ik ging werken op deze afdeling, Harry. Als je wilt overleven dan moet je de kunst verstaan om los te laten.'

'Dat is zeker een goed advies,' zei Harry, hij bracht het koffiekopje naar zijn mond en keek op naar Hagen. 'Als je het verrekte belangrijk vindt om te overleven.'

HOOFDSTUK 35

ZONDAGOCHTEND

'Daar zijn ze,' zei Harry tegen Hallstein Smith die remde en stilstond voor de twee mannen die met hun armen over elkaar geslagen midden op het bospad stonden.

Ze stapten uit.

'Brr,' zei Smith en hij stopte zijn handen in zijn meerkleurige overjas. 'Je hebt gelijk, ik had meer kleren aan moeten trekken.'

'Zet deze op,' zei Harry en hij trok een zwarte, wollen muts van zijn hoofd met daarop een geborduurd doodshoofd waaronder Sankt Pauli stond.

'Bedankt,' zei Smith. Hij trok de muts tot ver over zijn oren.

'Goedendag, Hole,' zei de politieman. Achter hem, op het bospad waar je niet meer met een auto kon rijden, stonden twee sneeuwscooters.

'Goedendag,' zei Harry, hij deed zijn zonnebril af. De lichtreflectie van de sneeuw brandde in zijn ogen. 'Bedankt dat je dit op zo'n korte termijn kon regelen. Dit is Hallstein Smith.'

'Je hoeft ons niet te bedanken voor het doen van ons werk,' zei de politieman en hij knikte naar een man die net als hij gekleed was in een blauwwitte overall waardoor ze eruitzagen als uit de kluiten gewassen kinderen op de kleuterschool. 'Artur, neem jij de man in zijn nette pak?'

Harry keek hoe de scooter met Smith en de agent het bospad op verdween. Het geluid sneed als een motorzaag door de koude, heldere lucht.

Jimmy sloeg zijn been over het langwerpige scooterzadel en kuchte voor hij de startknop indrukte. 'Als het is toegestaan dat de plaatselijke politieman aan het stuur zit?'

Harry zette de zonnebril weer op en ging achter hem zitten.

Het gesprek via de telefoon gisteravond laat was erg kort geweest:

'Jimmy.'

'Harry Hole hier. Ik heb wat we nodig hebben, kun jij sneeuwscooters regelen en ons morgenochtend naar het huis brengen?'

'Jezus.'

'We zijn met z'n tweeën.'

'Hoe heb je een huiszoekin...'

'Om halftwaalf?'

Stilte.

'Goed.'

De sneeuwscooter volgde het spoor van de eerste. In de wijdverspreide bebouwing in het dal onder hen weerkaatste het zonlicht in de ramen en in de torenspits van de kerk. De temperatuur daalde snel toen ze in het dichte sparrenbos kwamen dat de zon buitensloot. En schoot weer omhoog op het moment dat ze door het dal in het terrein gingen waar de bevroren rivier lag.

De rit duurde maar vier minuten, toch klappertandde Harry toen ze naast Smith en de agent bij een begroeid hek met een ijslaag halt hielden. De smeedijzeren toegangspoort was bedekt met sneeuw.

'Daar heb je het Varkenskot,' zei de politieman.

Dertig meter verderop stond een groot, vervallen spookhuis van twee verdiepingen dat aan alle kanten werd bewaakt door grote sparren. De houten planken waren ooit geverfd geweest, maar daar was weinig van te zien. De kleur van het huis ging van grijs naar zilvergrijs. De gordijnen voor het raam leken van grof linnen te zijn.

'Donkere plek om een huis te bouwen,' zei Harry.

'Twee verdiepingen in gotische stijl,' zei Smith. 'Dat is een breuk met de gebruikelijke bouwstijl hier, of niet?'

'De hele familie heeft gebroken met vele gebruiken,' zei de politieman. 'Maar ze hebben nooit de wet overtreden.'

'Hm, mag ik vragen of jullie het gereedschap mee willen nemen?'

'Artur, neem jij de koevoet mee? Kom op, ik wil het achter de rug hebben.'

Harry zakte tot zijn middel in de sneeuw toen hij van de scooter afstapte, maar hij kwam al ploeterend bij het hek en klom erover. De anderen volgden hem.

Ze kwamen bij de overkapte veranda voor het huis. Die lag op het zuiden dus misschien kreeg het huis in de zomer midden op de dag wat zon. Want waarom zou je anders een veranda hebben? Een plek waar je je door de muggen kon laten leegzuigen. Harry liep naar de deur en probeerde iets te zien door het draadglas voor hij op de bruin verroeste knop van de ouderwetse bel drukte.

Die werkte in elk geval, ergens in het huis klonk er gezoem.

De drie anderen kwamen naast hem staan en Harry drukte nogmaals op de knop.

'Als hij thuis was geweest dan had hij al in de deuropening gestaan om ons op te wachten,' zei de politieman. 'De sneeuwscooters hoor je van twee kilometer afstand aankomen en het pad voert alleen naar dit huis.'

Harry belde nogmaals.

'Lenny Hell zal dat in Thailand niet horen,' zei de politieman. 'Mijn gezin zit op me wachten om te gaan skiën. Dus sla het glas in, Artur.'

De agent zwaaide met de koevoet en het raam naast de deur brak met een helder geluid. Hij trok zijn ene want uit, stak zijn arm naar binnen en rommelde een poosje met een geconcentreerde blik voor Harry het geluid van een slot hoorde dat werd opengedraaid.

'Alsjeblieft,' zei Jimmy, hij opende de deur met een weids gebaar.

Harry stapte naar binnen.

Het huis leek onbewoond, dat was het eerste wat hem opviel. Mogelijk kwam het door het gebrek aan moderne gemakken dat hij de associatie kreeg met woningen van beroemdheden die nu tot musea waren getransformeerd. Zoals die keer dat hij als veertienjarige met Søs door hun ouders naar Moskou was meegenomen en ze het huis hadden bezocht waar Fjodor Dostojevski had gewoond. Het was het zielloosste huis dat Harry ooit had bezocht, misschien was het om die reden dat *Misdaad en straf* een beetje een schok was geweest toen hij dat drie jaar later las.

Harry liep door de gang naar de grote, open woonkamer. Hij drukte op de lichtschakelaar, maar er gebeurde niets. Het daglicht dat door de grauwwitte gordijnen naar binnen viel was echter voldoende om zijn condenserende adem te zien en de schaarse, ouderwetse meubels die ogenschijnlijk zonder plan verspreid door de kamer stonden. Het leek wel of de tafel en de bijpassende stoelen uit elkaar waren gehaald na een ruzie. Hij zag dat de zware schilderijen scheef aan de muur hingen, waarschijnlijk door de temperatuurschommelingen. En hij kon zien dat Lenny Hell niet in Thailand was.

Zielloos.

Lenny Hell – in elk geval iemand die leek op de foto die Harry van hem had gezien – zat in een leunstoel in dezelfde majestueuze houding waarin Harry's grootvader vaak in slaap viel als hij dronken genoeg was. Met dit verschil dat de rechtervoet een stukje boven de vloer zweefde en zijn rechteronderarm een paar centimeter boven de armleuning hing. Het lijk was met andere woorden een beetje naar de ene kant overgeheld nadat de lijkstijfheid was ingetreden. Wat lang geleden was gebeurd. Zo'n vijf maanden geleden bijvoorbeeld.

Zijn hoofd deed Harry denken aan een paasei. Kwetsbaar, droog en hol vanbinnen. De huid was gekrompen waardoor de mond was opengetrokken en droog, grijs tandvlees rond de tanden zichtbaar werd. Er zat een zwart gat in zijn schedel, maar er was geen bloed te zien omdat Lenny Hell met zijn hoofd achterover lag en verstijfd naar het plafond staarde.

Toen Harry om de stoel heen liep zag hij dat de kogel door de hoge rugleuning was gegaan. Er lag een zwart metalen voorwerp in de vorm van een zaklantaarn op de grond, rechts van de stoel. Hij herkende het. Toen Harry een jaar of tien was had grootvader gemeend dat de jongen oud genoeg was om te zien waar de kerstkoteletten vandaan kwamen. Ze hadden achter de stal gestaan waar een zogenaamd slachtmasker had gehangen, alhoewel het geen masker was. Dat had hij op de kop van Heidrun, de grootste zeug, gezet. Toen had hij op iets gedrukt, er had een scherpe knal geklonken en Heidrun was in elkaar gedoken van schrik en vervolgens was ze op de grond gevallen. Daarna hadden ze het bloed uit haar laten lopen, maar wat Harry zich nog het best kon herinneren was de geur van kruit en hoe de poten van Heidrun na een poosje begonnen te schokken. Grootvader had gezegd dat het gewoon het mechaniek van het lichaam was en dat Heidrun allang dood was. Maar Harry had nog lang daarna nachtmerries gehad over die schokkende varkenspoten.

De vloerplanken kraakten achter Harry en hij hoorde een snelle, zware ademhaling.

'Lenny Hell?' vroeg Harry zonder zich om te draaien.

De politieman moest twee keer zijn keel schrapen voor hij een bevestigend 'ja' kon laten horen.

'Kom niet dichterbij,' zei Harry, hij ging op zijn hurken zitten, keek de kamer rond die niet tegen hem sprak. De plaats delict zweeg. Misschien omdat die te oud was, misschien omdat het geen plaats delict was, maar een kamer waarvan de bewoner besloten had niet langer te willen leven.

Harry pakte zijn telefoon en belde Bjørn Holm.

'Ik heb een lijk bij Åneby, Nittedal. Er gaat je iemand bellen die Artur heet en die zal uitleggen waar hij jullie oppikt.'

Harry verbrak de verbinding en liep naar de keuken. Hij probeerde of het licht het hier wel deed. Dat bleek niet het geval. De keuken was netjes, maar er stond een bord met hard geworden saus met schimmel in de gootsteen. Voor de koelkast lag een rand ijs.

Harry liep naar de gang.

'Kijk of je een stoppenkast kunt vinden,' zei hij tegen Artur.

'Misschien is de elektriciteit afgesloten,' zei de agent.

'De voordeurbel doet het wel,' zei Harry en hij liep de trap op.

Op de eerste verdieping trof hij drie slaapkamers aan. Alle drie waren ze keurig opgeruimd, maar in de ene was het dekbed opengeslagen en hingen er kleren over de stoel.

Op de tweede verdieping liep hij een kamer in die duidelijk dienstdeed als kantoor. Er stonden boeken en mappen op de planken en voor het raam, op een van de langwerpige tafels stond een pc met drie grote schermen. Harry draaide zich om. Op de tafel bij de deur stond een kast van vijfenzeventig bij vijfenzeventig centimeter met zwart metalen behuizing en glazen voorkant en daarin zag hij een kleine, witte plastic sleutel op een statief. Een 3D-printer.

In de verte klonk een torenklok. Harry liep naar het raam. Hiervandaan zag hij de kerk, er werd duidelijk opgeroepen tot de zondagsdienst. Het huis van Hell was hoger dan het breed was, als een toren midden in het bos, alsof ze een plek wilden hebben waar ze overzicht hadden zonder zelf gezien te worden. Zijn blik viel op een map die voor hem op het bureau lag. Op de met de hand geschreven naam op de voorkant. Hij sloeg de map open en las het eerste vel papier. Toen keek hij op en nam de identieke mappen op de boekenplank op. Hij liep naar de gang. 'Smith!'

'Ja?'

'Kom naar boven!'

Toen de psycholoog dertig seconden later over de drempel stapte, liep hij niet naar het bureau waar Harry in de map stond te bladeren, maar bleef hij bij de deur staan en keek rond met een verblufte uitdrukking op zijn gezicht.

'Herken je ze?' vroeg Harry.

'Ja.' Smith liep naar de boekenplank en trok er een van de mappen uit. 'Ze zijn van mij. Dit zijn mijn dossiers. Deze waren gestolen.'

'Deze ook, neem ik aan,' zei Harry en hij hield de map omhoog zodat Hallstein Smith de voorkant kon lezen.

'Alexander Dreyer. Ja, dat is mijn handschrift.'

'Ik snap niet alle terminologie hier, maar ik begrijp dat Dreyer geobsedeerd was door *Dark Side of the Moon*. En vrouwen. En bloed. Je schrijft dat hij vampirisme kan ontwikkelen en je noteert dat je misschien, als het ernstiger wordt, je beroepsgeheim moet verbreken en naar de politie moet stappen.'

'Dreyer is zoals gezegd op een gegeven moment gestopt met de sessies.'

Harry hoorde het geluid van een deur die werd opengerukt en keek uit het raam, hij zag dat de agent zijn hoofd over het hekje van de veranda boog en in de sneeuw braakte.

'Waar zijn ze naartoe gegaan om de stoppenkast te zoeken?'

'De kelder,' zei Smith.

'Wacht hier,' zei Harry.

Hij liep naar beneden. Het licht in de gang brandde en de deur naar de kelder stond open. Hij liep kromgebogen de smalle, donkere trap af. Hij stootte zijn hoofd tegen iets en voelde de huid openscheuren. De ophangbeugel van een waterleidingbuis. Hij kreeg grond onder de voeten en zag een eenzaam peertje bij een kelderbox waar Jimmy met zijn armen hangend langs zijn lichaam in stond te staren.

Harry liep op hem af. Toen hij dichterbij kwam, begreep hij dat wat hij aanvankelijk voor rottende aardappels had aangezien, een lijk was. Hoewel het tekenen van ontbinding vertoonde, hield de kou de stank binnen de perken. Het was hierbeneden vochtig, maar niet zo koud als op de begane grond.

'Jimmy,' zei hij zacht en de politieman schrok en draaide zich om. Zijn ogen waren wijd opengesperd en hij had een snee op zijn hoofd waar Harry van schrok tot hij besefte dat die ook kwam van een botsing met de waterleidingbuis.

De politieman stapte opzij en Harry keek in de kelderbox.

Het was een kooi. Drie bij twee meter. IJzeren tralies en een deur met een open hangslot eraan. Waarschijnlijk was de kooi bedoeld om dieren in gevangenschap te houden. Nu werd er niets in gevangengehouden. Want wat er in de lege schedel had gezeten was weg. Opnieuw, zielloos. Maar Harry begreep waarom de jonge agent zo heftig had gereageerd.

Hoewel je aan de ontbinding kon zien dat ze al een hele tijd dood was, hadden de muizen en ratten de naakte vrouw met rust gelaten. Ze hing aan een riem rond haar nek aan het traliedak van de kooi. Doordat het lijk intact was, kon Harry tot in detail zien wat er met haar was gebeurd. Een mes. Vooral met een mes. Harry had er zovelen van gezien, mishandeld op zoveel verschillende manieren. Je zou denken dat je daardoor gehard werd. En dat werd je ook. Je raakte gewend het resultaat te zien van een toevallige mishandeling, van geweld ten gevolge van een gevecht, een moord door messteken of rituele gekte. Maar op dit werd je niet voorbereid. Op een mishandeling waarbij je kon zien wat het beoogde doel was geweest. Het bewerkstelligen van fysieke pijn en wanhopige angst bij het slachtoffer wanneer hij of zij begreep wat er op het punt stond te gebeuren. Het seksuele genot en de creatieve bevrediging van de moordenaar. De shock, de vertwijfelde hulpeloosheid en de onpasselijkheid van degene die het slachtoffer vond. Had de moordenaar hier bereikt wat hij wilde?

De politieman achter hem begon te hoesten.

'Niet hier,' zei Harry. 'Ga naar buiten.'

Hij hoorde de schuifelende voeten van de politieman achter zich terwijl hij de deur van de kooi opendeed en naar binnen ging. Het meisje dat hing was mager en haar huid zo wit als de sneeuw buiten, met rode vlekken erop. Geen bloed. Sproeten. En een zwart gat van een kogel hoog in de maag.

Harry betwijfelde het of ze aan haar marteling was ontsnapt door zichzelf op te hangen.

De doodsoorzaak kon uiteraard het kogelgat in haar buik zijn, maar het schot kon ook zijn afgevuurd uit frustratie over haar dood. Toen ze geen nut meer had, zoals een kind doorgaat met zijn speelgoed te vernielen als het al kapot is.

Harry duwde het rode haar opzij dat voor haar gezicht hing. Duwde alle twijfel opzij. Het gezicht van het meisje drukte niets uit. Gelukkig. Als haar geest hem over niet al te lange tijd 's nachts zou komen opzoeken, gaf Harry de voorkeur aan een gezicht dat niets uitdrukte.

'W-wie is dat?'

Harry draaide zich om. De Sankt Pauli-muts van Hallstein Smith zat nog steeds tot vlak boven zijn ogen getrokken en hij leek het ook nog steeds koud te hebben, maar Harry betwijfelde of de trilling in zijn stem door de kou kwam.

'Dit is Marte Ruud.'

HOOFDSTUK 36

ZONDAGAVOND

Harry zat met zijn hoofd in zijn handen te luisteren naar de zware voetstappen op de verdieping boven hem. Ze waren in de woonkamer, de keuken, de gang. Ze zetten af, plaatsten vlaggetjes, namen foto's. Toen dwong hij zich op te richten en weer te kijken.

Hij had aan de politieman uitgelegd dat ze Marte Ruud niet eerder moesten lossnijden voor de technisch rechercheurs hun onderzoek hadden afgerond. Je zou jezelf natuurlijk wijs kunnen maken dat ze dood was gebloed in de kofferbak van Valentins auto, daar hadden ze voldoende bloed in aangetroffen, maar er lag een matras op de grond die een ander verhaal vertelde. De matras was zwart en had in de loop van de tijd alles opgenomen wat het menselijk lichaam zoal kwijt moet. En vlak boven de matras, aan de tralies, hing een set handboeien.

Er klonken voetstappen op de keldertrap. Een bekende stem vloekte luid en Bjørn Holm dook op met een bloedende hoofdwond. Hij ging naast Harry staan en wierp een blik in de kooi voor hij zich naar Harry omdraaide. 'Nu begrijp ik waarom die twee politiemannen een identieke wond op hun hoofd hadden. En jij ook, zie ik. Maar geen van jullie is op het idee gekomen me te waarschuwen, hè?' Hij keerde zich om. 'Pas op voor de waterlei...'

'Au!' klonk een stem.

'Begrijp jij nou dat mensen een keldertrap zo construeren dat je je hoofd wel moet stoten tegen...'

'Je wilt niet naar haar kijken,' zei Harry zacht.

'Hè?'

'Ik wil dat ook niet, Bjørn. Ik ben hier al bijna een uur en het wordt verdomme niet makkelijker.'

'Maar waarom zit je hier dan nog?'

Harry ging rechtop staan. 'Ze is zo lang alleen geweest. Ik dacht...' Harry hoorde het vibrato in zijn stem dat hem verraadde. Hij liep snel naar de trap en knikte naar de agent van de technische recherche die over zijn hoofd stond te wrijven.

Jimmy stond in de gang en luisterde naar de stem in zijn telefoon.

'Smith?' vroeg Harry.

De politieman wees naar boven.

Toen Harry binnenkwam stond Hallstein Smith voor de pc in het dossier van Alexander Dreyer te lezen.

Hij keek op. 'Dat daarbeneden, Harry, dat is het werk van Alexander Dreyer.'

'Laten we hem Valentin noemen. Weet je het zeker?'

'Alles staat in mijn notities. De messteken. Hij heeft het me beschreven, hij vertelde hoe hij kon fantaseren over het martelen en vermoorden van een vrouw. Hij beschreef het alsof hij een kunstwerk ontwierp.'

'En toch heb je dat niet gemeld aan de politie?'

'Ik heb het kennelijk overwogen, maar als we alle groteske misdaden waarover onze cliënten fantaseren moeten melden bij de politie dan zouden wij – of de politie – weinig tijd overhouden voor iets anders, Harry.' Smith legde zijn hoofd in zijn handen. 'Stel je eens voor hoeveel mensenlevens ik had kunnen sparen als ik gewoon...'

'Kwel jezelf niet, Hallstein, het is helemaal niet zeker of de politie daar iets mee had gedaan. Bovendien, Lenny Hell had jouw notities gestolen dus het is mogelijk dat hij die heeft gebruikt om Valentins fantasie te kopiëren.'

'Dat is niet onmogelijk. Niet waarschijnlijk, als je het mij vraagt, maar niet onmogelijk.' Smith krabde op zijn hoofd. 'Maar ik begrijp nog steeds niet hoe Hell kon weten dat hij door mijn dossiers te stelen moordenaars zou kunnen vinden die met hem konden samenwerken.'

'Je praat nogal veel, weet je.'

'Wat bedoel je?'

'Denk eens na, Smith. Lijkt het je onwaarschijnlijk dat je in gesprekken met Lenny Hell over morbide jaloezie hebt gesproken over andere cliënten met moordfantasieën?'

'Dat heb ik vast gedaan, ik probeer altijd aan mijn cliënten uit te leggen dat ze niet de enigen zijn met dergelijke gedachten. Ik probeer ze daarmee gerust te stellen en de zaak te normaliseren...' Smith sloeg zijn hand voor zijn mond. 'Mijn god, bedoel je dat ik zelf... dat mijn grote mond de schuld voor dit draagt?'

Harry schudde zijn hoofd. 'We kunnen op honderden manieren onszelf de schuld geven, Hallstein. In mijn jaren als rechercheur zijn er zeker een twaalftal mensen vermoord omdat het me niet lukte een seriemoordenaar eerder op te pakken. Maar als je het wilt overleven moet je leren om dat los te laten.'

'Je hebt gelijk,' Smith lachte hol. 'Maar het is eigenlijk de psycholoog die dat moet zeggen, niet de politieman.'

'Ga naar huis, eet met je gezin en probeer dit even te vergeten. Tord komt zo en hij zal de pc's onder de loep nemen, we zullen zien wat hij tegenkomt.'

'Oké.' Smith stond op, deed zijn muts af en gaf die aan Harry.

'Hou die maar,' zei Harry. 'En mocht iemand het vragen, dan weet je nog waarom we hier vandaag naartoe zijn gegaan, of niet?'

'Jazeker,' zei Smith en hij trok de muts weer over zijn hoofd. En het viel Harry op hoe paradoxaal komisch, maar ook bedreigend het was: de doodskop van Sankt Pauli boven de joviale blik van de psycholoog.

'Zónder huiszoekingsbevel, Harry!' Gunnar Hagen brulde zo hard dat Harry de telefoon een eindje van zijn oor moest houden en Tord die voor de pc van Hell zat, opkeek.

'Je hebt het adres bezocht en je bent zonder huiszoekingsbevel naar binnen gegaan! Ik had luid en duidelijk nee gezegd!'

'Ik ben niet naar binnen gegaan, chef.' Harry keek door het raam naar het dal. De duisternis begon te vallen. 'De plaatselijke politie heeft dat gedaan. Ik heb alleen aangebeld.'

'Ik heb met hem gesproken en hij zei dat hij sterk de indruk had dat je over een huiszoekingsbevel beschikte.'

'Ik zei alleen dat ik beschikte over wat ik nodig had. En dat was zo.'

'Zoals?'

'Hallstein Smith was Lenny Hells psycholoog. Hij heeft het recht een cliënt te bezoeken over wie hij zich zorgen maakt. En in dat licht bekeken is het feit dat Hell contact had gehad met twee vermoorde vrouwen reden genoeg voor Smith om bezorgd te zijn. Hij vroeg aan mij of ik mee wilde gaan voor het geval Lenny Hell agressief zou worden.'

'En Smith zal dat uiteraard bevestigen.'

'Natuurlijk, chef. We rotzooien niet met dergelijke psycholoog-cliënt-dingen.'

Harry hoorde dat Gunnar Hagen de kunst verstond om tegelijkertijd te lachen en te blazen van woede. 'Je hebt de lokale politie voor de gek gehouden, Harry. En je weet heel goed dat eventueel bewijs vernietigd verklaard kan worden door de rechter als ze ontdekken dat...'

'Maar hou nu je bek met dat gezeur, Gunnar.'

Er viel een stilte. 'Wat zei je?'

'Ik vroeg je vriendelijk je bek te houden,' zei Harry. 'Ten eerste valt er niks "achter te komen", alles is binnen de wet gebleven. Ten tweede hoeft er niemand veroordeeld te worden. Het enige waar we vandaag achter zijn gekomen is wat er met Marte Ruud is gebeurd. En dat Valentin Gjertsen niet alleen opereerde. Ik kan me niet voorstellen dat jij of Bellman daar slechter van wordt.'

'Ik maak me niet druk over...'

'Jawel, dat doe je wel en ik geef je de tekst voor het laatste persbericht van de hoofdcommissaris: "De politie heeft kosten noch moeite gespaard om erachter te komen wat er met Marte Ruud is gebeurd en deze vasthoudendheid is vandaag beloond. Dat verdient de familie van Marte en ons hele verdomde Noorwegen ook." Genoteerd? Lenny Hell zal het succes met Valentin niet kleiner maken, chef. Het komt erbovenop. Dus relax en eet een karbonaadje.' Harry stopte de mobiel in zijn broekzak en wreef over zijn gezicht. 'Wat heb je, Tord?'

De IT-expert keek op. 'Een e-mailwisseling die bevestigt wat je zegt. Als Lenny Hell contact opneemt met Alexander Dreyer legt hij Dreyer uit dat hij zijn postadres in het cliëntenarchief van Smith heeft gevonden, dat hij dus heeft gestolen. Dan gaat Hell recht op de man af en stelt een samenwerking voor.'

'Gebruikt hij het woord "moord"?'

'Ja.'

'Mooi, ga door.'

'Het duurt een paar dagen voor Dreyer, Valentin dus, antwoordt. Hij schrijft dat hij eerst moest checken of het cliëntenarchief inderdaad is gestolen en of het niet een val van de politie is. Maar dat hij nu openstaat voor een voorstel.'

Harry keek over Tords schouder. Hij huiverde toen hij de woorden op het scherm las.

'Mijn vriend, ik sta open voor mooie voorstellen.'

Tord scrolde verder en vatte het samen: 'Lenny Hell schrijft dat ze alleen via e-mail contact kunnen hebben en dat Valentin onder geen beding mag gaan uitzoeken wie hij is. Hij vraagt aan Valentin of hij een plek kan voorstellen waar Hell de sleutels van de woningen van de vrouwen aan hem kan geven, maar zonder dat ze elkaar ontmoeten. Valentin antwoordt de kleedkamer in Cagaloglu hamam...'

'Het Turkse badhuis.'

'Vier dagen voor Elise Hermansen wordt vermoord mailt Hell dat de sleutel van haar flat en de instructies in een van de garderobekasten zijn gelegd en dat die een hangslot met een blauwe verfvlek heeft. En dat de code van het slot 0999 is.'

'Hm, Hell stuurde Valentin niet alleen, hij bestuurde hem ook van een afstand. Wat heb je nog meer gevonden?'

'Bij Ewa Dolmen en Penelope Rasch verloopt het ongeveer op dezelfde manier. Maar er zijn geen instructies voor het vermoorden van Marte Ruud. Integendeel. Even kijken... Hier is het. De dag na Marte Ruuds verdwijning schrijft Hell: 'Ik weet dat jij het meisje uit Harry Holes restaurant hebt meegenomen, Alexander. Dat is geen deel van ons plan. Ik gok dat je haar nog steeds hebt. Het meisje zal de politie naar jou toe leiden, Alexander. We moeten snel handelen. Neem het meisje mee, dan zorg ik ervoor dat ze verdwijnt. Rij tot de coördinaten 60.148083, 10.777245, dat is een verlaten weg met weinig verkeer 's nachts. Zorg dat je er om één uur 's nachts bent, stop bij het bord waar "Hadeland 1" op staat. Loop rechts precies honderd meter in een rechte lijn het bos in, leg haar bij de grote, verbrande boom neer en vertrek.'

Harry keek naar het scherm en toetste de coördinaten in op Google Maps van zijn telefoon.

'Dat is een paar kilometer hiervandaan. Nog meer?'

'Nee, dat is de laatste mail.'

'O?'

'Ik heb voorlopig in elk geval niet meer op deze pc kunnen vinden. Misschien hebben ze telefonisch contact gehad.'

'Hm, hou me op de hoogte als je meer vindt.'

'*Will do.*'

Harry liep de trap af naar de begane grond.

Bjørn Holm stond in de gang en sprak met een van de technisch rechercheurs.

'Een klein detail,' zei Harry. 'Neem DNA van de waterleidingbuis.'

'Hè?'

'Iedereen die de eerste keer naar beneden loopt stoot zijn hoofd tegen de buis. Huid en bloed. Het is een je reinste gastenboek.'

'Goed.'

Harry liep naar de deur. Hij bleef staan.

'Gefeliciteerd, trouwens. Hagen heeft het me gisteren verteld.'

Bjørn keek hem verbaasd aan. Harry maakte met zijn hand een bal voor zijn buik.

'O, dat.' Bjørn Holm lachte. 'Bedankt.'

Harry ging naar buiten en snoof de lucht op toen de winternacht en de kou hem omarmden. Het werkte reinigend. Hij liep naar de zwarte muur van sparren. Ze hadden twee sneeuwscooters in gebruik die heen en weer gingen en Harry rekende erop dat hij daar vervoer kon regelen. Maar juist nu was er niemand. Hij vond het harde spoor van de sneeuwscooters, stelde vast dat hij er niet in wegzakte en begon te lopen. Het huis achter hem verdween in het donker toen een geluid hem onmiddellijk deed stilstaan. Hij luisterde.

Kerkklokken. Nu?

Hij wist niet of ze geluid werden voor een sterfgeval of een doop, hij wist alleen dat hij huiverde van het geluid. Op hetzelfde moment zag hij iets in het compacte donker voor hem. Een paar gele, oplichtende ogen die bewogen. Dierenogen. De ogen van een hyena. En een zacht gegrom dat langzaam luider werd. Het kwam dichterbij.

Harry bracht zijn handen voor zijn gezicht, maar toch werd hij verblind door de koplampen van de sneeuwscooter die voor hem was gestopt.

'Waar wil je naartoe?' vroeg een stem achter het licht.

Harry pakte zijn telefoon, deed die aan en gaf die aan de bestuurder van de scooter. 'Hierheen.'

60.148083, 10.777245.

Aan beide kanten van de rijksweg was bos. Geen auto's, wel een blauw bord.

Harry vond de boom op precies honderd meter afstand van het bord.

Hij ploeterde door de sneeuw naar de zwartgeblakerde, versplinterde stam waar de sneeuw iets minder diep was. Hij ging op zijn hurken zitten en keek in het licht van de koplampen naar de lichte beschadiging in het hout. Touw of misschien een ketting. Dat betekende dat Marte Ruud nog leefde toen ze hier werd gedumpt.

'Hier was het,' zei hij, om zich heen kijkend. 'Valentin en Lenny, ze waren beiden hier. Ik ben benieuwd of ze elkaar hebben ontmoet.'

De bomen staarden zwijgend naar hem, als onwillige getuigen.

Harry liep terug naar de scooter en ging achter de agent zitten.

'Breng de technische recherche naar deze plek en laat ze verzamelen wat er nog is.'

De agent draaide zich om. 'En waar wil je nu heen?'

'Naar de stad met slecht nieuws.'

'Je weet dat de naasten van Marte Ruud al zijn ingelicht?'

'Hm, maar de naasten in Schrøder niet.'

Ergens in het bos schreeuwde een vogel een eenzame, maar veel te late waarschuwing.

HOOFDSTUK 37

WOENSDAGMIDDAG

Harry verschoof de stapel antwoorden van een halve meter opzij om de twee jongens die voor zijn bureau waren gaan zitten beter te kunnen zien.

'Ja, ik heb jullie antwoorden gelezen over de zaak van het dodelijk patroon,' zei hij. 'En ik moet jullie uiteraard prijzen dat jullie in je vrije tijd een opdracht hebben gemaakt die ik aan de studenten in het laatste jaar heb gegeven...'

'Maar?' zei Oleg.

'Geen maar.'

'Nee, want ons antwoord is beter dan dat van hen, of niet?' Jesus had beide handen op zijn hoofd met zwarte, lange vlecht gevouwen.

'Nee,' zei Harry.

'Nee? Welk team had het dan beter gedaan?'

'Het team van Ann Grimset, als ik me niet vergis.'

'Wat?' zei Oleg. 'Zij hadden niet eens de juiste hoofdverdachte!'

'Dat klopt, ze stelden zelfs vast dat ze geen hoofdverdachte hadden. En op basis van de informatie die was gegeven is dat de juiste conclusie. Jullie hebben de juiste persoon aangewezen, maar dat is omdat jullie je niet in konden houden en gegoogeld hebben wie twaalf jaar geleden de dader was. Daarmee hebben jullie toegewerkt naar het juiste antwoord en verkeerde aannamen gedaan om maar bij het juiste antwoord uit te komen.'

'Dus je hebt een opdracht gegeven die geen antwoord oplevert?' vroeg Oleg.

'Niet op basis van de informatie die jullie hebben gekregen,' zei

Harry. ‘Een voorproefje van hoe het in de toekomst zal zijn als jullie rechercheurs willen worden.’

‘Maar wat doe je dan?’

‘Op zoek gaan naar nieuwe informatie,’ zei Harry. ‘Of je combineert wat je hebt op een nieuwe manier. Vaak ligt de oplossing al in het materiaal dat je hebt.’

‘Hoe zit het met de vampiristzaak?’ vroeg Jesus.

‘Nieuwe informatie. En een deel hadden we al.’

‘Heb je gezien wat VG vandaag heeft geschreven?’ vroeg Oleg. ‘Dat Lenny Hell aan Valentin Gjertsen de opdracht gaf om vrouwen te vermoorden op wie Hell jaloers was. Net als in *Othello*.’

‘Hm, ik meen me te herinneren dat je vond dat het moordmotief in *Othello* niet jaloezie was, maar ambitie.’

‘Van het Othello-syndroom, ja. Het artikel was trouwens niet geschreven door Mona Daa. Vreemd, ik heb al een poos niets meer van haar gezien in de krant.’

‘Wie is Mona Daa?’ vroeg Jesus.

‘De enige misdaadjournalist met inzicht,’ zei Oleg. ‘Een vreemde vrouw uit het noorden. Traint midden in de nacht en gebruikt Old Spice. Maar vertel, Harry!’

Harry keek naar de twee enthousiaste gezichten. Hij probeerde zich te herinneren of hijzelf als student aan de politieacademie zo geïnteresseerd was geweest in het vak. Vermoedelijk niet. Hij was verslaafd aan de drank en kon niet wachten om weer dronken te worden. Deze twee waren beter. Hij schraapte zijn keel: ‘Goed, maar dit is een privéles en ik herinner jullie nog even aan het beroepsgeheim. Begrepen?’

De twee knikten en leunden naar voren.

Harry leunde achterover, hij voelde de behoefte aan nicotine en bedacht dat de sigaret buiten op de trap straks heel goed zou smaken.

‘We hebben de pc van Hell onderzocht en alles wat er nog meer was,’ zei hij. ‘Toekomstplannen, dagboeknotities, info over de slachtoffers, over Hallstein Smith, over mij...’

‘Over jou?’ vroeg Jesus.

‘Laat hem uitpraten,’ zei Oleg.

‘Hell schreef een handleiding over hoe hij een afdruk van de huissleutels van deze vrouwen kon maken. Hij had op Tinder gevonden dat acht van de tien vrouwen hun tas op tafel laten liggen als ze even naar de wc gaan en dat de meesten hun sleutels in het kleine vakje met rits in de tas bewaren. En het kost gemiddeld vijftien seconden om een afdruk van die sleutels in was te maken, van beide kanten, en fotograferen van de sleutels gaat nog sneller, maar bij sommige sleutels is een foto niet voldoende om een file te maken voor de 3D-printer om die te kopiëren.'

'Wil dat zeggen dat hij wíst dat hij al na de eerste date jaloers op ze zou worden?' vroeg Jesus.

'In sommige gevallen misschien wel,' zei Harry. 'Wat hij daarover schrijft is dat het zo simpel is om kopieën te maken dat er geen reden is waarom hij niet in hun woningen zou inbreken.'

'*Creepy*,' fluisterde Jesus.

'Waarom heeft hij Valentin uitgekozen en hoe heeft hij hem gevonden?' vroeg Oleg.

'Alles wat hij nodig had stond in de cliëntendossiers die hij bij Smith had gestolen. Daarin stond dat Alexander Dreyer een man was met levendige en gedetailleerde vampiristische moordfantasieën. En dat Smith overwoog hem gedwongen op te laten nemen. Wat hem deed twijfelen was het feit dat Dreyer een hoge graad aan zelfbeheersing vertoonde en een geordend leven leidde. Ik ga ervan uit dat het deze combinatie was, de moordlust en de zelfbeheersing, die hem voor Hell tot de perfecte kandidaat maakte.'

'Maar wat had Hell Valentin Gjertsen te bieden?' vroeg Jesus. 'Geld?'

'Bloed,' zei Harry. 'Jong, warm bloed van vrouwelijke slachtoffers die niet gelinkt konden worden aan ene Alexander Dreyer.'

'Moorden waarbij er geen motief voor de hand ligt en de moordenaar niet eerder contact heeft gehad met de slachtoffers, zijn het moeilijkst op te lossen,' zei Oleg terwijl Jesus instemmend knikte. Harry realiseerde zich dat het een citaat was uit een van zijn lessen.

'Hm, het was voor Valentin belangrijk om de naam Alexander Dreyer buiten het onderzoek te houden. Samen met zijn nieuwe gezicht was het de naam die ervoor zorgde dat hij zich onder de mensen kon begeven zonder te worden ontmaskerd. Dat ontdekt zou worden dat Valentin Gjertsen achter de moorden zat, dat maakte hem minder uit. Uiteindelijk kon hij de verleiding niet weerstaan om ons te laten zien dat hij achter de moorden zat.'

'Ons,' zei Oleg. 'Of jou?'

Harry haalde zijn schouders op. 'Dat bracht ons in elk geval niet dichter bij de man naar wie we al jaren op zoek waren. Hij kon ongestoord zijn gang gaan door Hells regie voor de moorden te volgen. En dat kon ook makkelijk met Hells sleutelkopieën. Hij kon zonder problemen de woningen van de vrouwen in.'

'Een perfecte symbiose,' zei Oleg.

'Net als de hyena en de gier,' fluisterde Jesus. 'De gier wijst de hyena de weg naar het gewonde beest door erboven te zweven en de hyena doodt het. Voedsel voor beiden.'

'Dus Valentin vermoordde Elise Hermansen, Ewa Dolmen en Penelope Rasch,' zei Oleg. 'Maar hoe zit het met Marte Ruud? Kende Lenny Hell haar?'

'Nee, dat was het werk van Valentin. En dat was op mij gericht. Hij las in de krant dat ik hem een zielige pervert had genoemd dus hij heeft iemand gepakt uit mijn omgeving.'

'Alleen omdat je hem een pervert hebt genoemd?' Jesus trok zijn neus op.

'Narcisten vinden het fijn als van ze wordt gehouden,' zei Harry. 'Of dat ze gehaat worden. De angst van anderen bevestigt en bouwt hun zelfbeeld op. Wat ze krenkend vinden is dat ze worden genegeerd of ondergewaardeerd.'

'Hetzelfde gebeurde immers toen Smith via de podcast Valentin krenkte,' zei Oleg. 'Valentin sloeg op tilt en is naar het huis van Smith gegaan om hem te vermoorden. Denk je dat Valentin psychotisch werd? Ik bedoel, het was hem zo lang gelukt om zich te beheersen en de eerste moorden waren kille, geplande acties. Terwijl Smith en Marte Ruud spontane acties waren.'

'Misschien,' zei Harry. 'Of misschien was hij zo vol van zelfvertrouwen zoals seriemoordenaars krijgen als de eerste moorden gelukt zijn, dat hij de sprong wel durfde te wagen.'

'Maar waarom heeft Lenny Hell zich van het leven beroofd?' vroeg Jesus.

'Tja,' zei Harry. 'Hebben jullie een idee?'

'Is dat niet duidelijk?' zei Oleg. 'Lenny had de moord op vrouwen die hem hadden afgewezen gepland en die verdienden ze, vond hij. Maar nu had hij ineens het bloed van Marte Ruud en Mehmet Kalak aan zijn handen. Twee onschuldige mensen die er niets mee te maken hadden. Zijn geweten brak hem op. Hij kon niet leven met wat hij had veroorzaakt.'

'Nee,' zei Jesus. 'Lenny was vanaf het begin al van plan om zich van het leven te beroven als het allemaal voorbij was. De drie vrouwen, Elise, Ewa en Penelope, moesten worden vermoord.'

'Dat betwijfel ik,' zei Harry. 'Hell had meer vrouwennamen in zijn notities en meer sleutelkopieën.'

'Oké, maar stel nu dat hij geen zelfmoord heeft gepleegd?' zei Oleg. 'Stel dat Valentin hem heeft vermoord? Ze kunnen ruzie hebben gekregen over Mehmet en Marte. Lenny vond immers dat ze onschuldige slachtoffers waren. Misschien wilde Lenny wel de politie inlichten en heeft Valentin dat ontdekt.'

'Of misschien kreeg Valentin genoeg van Lenny,' zei Jesus. 'Het is niet ongebruikelijk dat de hyena een gier grijpt als ze te dichtbij komen.'

'Op het pistool zitten alleen de vingerafdrukken van Lenny Hell,' zei Harry. 'Nu is het uiteraard goed mogelijk dat Valentin Lenny heeft vermoord en geprobeerd heeft om het eruit te laten zien als zelfmoord. Maar waarom zou hij die moeite doen? De politie had voldoende bewijs voor de andere moorden van Valentin om hem levenslang de gevangenis in te krijgen. En als Valentin het zo belangrijk vond om sporen uit te wissen dan zou hij het lijk van Marte Ruud niet in de kelder hebben achtergelaten en evenmin de pc met de documenten op de tweede verdieping waaruit blijkt dat hij en Hell samenwerkten.'

'Oké,' zei Jesus. 'Ik ben het met Oleg eens dat Lenny Hell inzag wat hij had veroorzaakt en om die reden niet meer met zichzelf kon leven.'

'Je moet nooit onderschatten wat het eerst bij je opkomt,' zei Harry. 'Dat is meestal gebaseerd op meer informatie dan waar je je bewust van bent. En vaak is dat juist.'

'Maar er is één ding dat ik niet begrijp,' zei Oleg. 'Lenny en Valentin wilden niet samen worden gezien. Maar waarom moest het zo ingewikkeld? Konden ze elkaar niet ontmoeten bij een van hen thuis?'

Harry schudde zijn hoofd. 'Voor Lenny was het belangrijk om zijn identiteit voor Valentin geheim te houden want het risico dat Valentin zou worden gearresteerd was ondanks alles tamelijk groot.'

Jesus knikte. 'En hij was bang dat Valentin de politie dan naar hem zou leiden in ruil voor strafvermindering.'

'En Valentin wilde beslist niet dat Lenny wist waar hij woonde,' zei Harry. 'Er is een reden dat Valentin kans heeft gezien om zo lang verborgen te blijven en dat is dat hij daar erg precies in was.'

'Dus de zaak is opgelost en heeft geen losse eindjes meer,' zei Oleg. 'Hell heeft zelfmoord gepleegd en Valentin heeft Marte Ruud gekidnapt. Maar hebben jullie bewijzen dat hij haar heeft vermoord?'

'De afdeling Geweld denkt van wel,' zei Harry.

'Omdat?'

'Omdat ze Valentins DNA in Schrøder hebben gevonden en Martes bloed in de kofferbak van zijn auto en omdat ze de kogel waarmee ze in haar maag is geschoten hebben gevonden. Die zat in de muur in de kelder van Hell. En de hoek van de kogel toont aan dat het is gebeurd voordat ze werd opgehangen. De kogel kwam uit een Ruger Redhawk-revolver die Valentin bij zich had toen hij Smith wilde doodschieten.'

'Maar je bent het er niet mee eens?' vroeg Oleg.

Harry trok een wenkbrauw op. 'Is dat zo?'

'Wanneer jij zegt "de afdeling Geweld" dan betekent het dat jij er anders over denkt.'

'Hm.'

'Dus wat denk jij?' vroeg Oleg.

Harry ging met zijn hand over zijn gezicht. 'Ik denk dat het niet zo belangrijk is wie haar het genadeschot gaf. Want in dit geval was dat precies wat het was. Genade. De matras in de kooi zat vol DNA.

Bloed, zweet, sperma en braaksel. Een deel kwam van haar, een deel van Lenny Hell.'

'Jezus,' zei Jesus. 'Je bedoelt dat Hell haar ook heeft misbruikt?'

'Er kunnen natuurlijk nog anderen zijn geweest.'

'Anderen dan Valentin en Hell?'

'Boven de trap naar de kelder zit een waterleidingbuis. Het is onmogelijk om daar niet je hoofd aan te stoten als je niet weet dat die er is. Dus ik heb Bjørn Holm van de technische recherche gevraagd me een lijst te sturen van alle mensen die DNA op de buis hebben achtergelaten. Al te oude sporen verdwijnen, maar hij heeft zeven verschillende profielen gevonden. Zoals gewoonlijk hebben we het DNA afgenomen van alle mensen die werkten op de plaats delict en we hebben een match gekregen met de plaatselijke politieagenten, Bjørn, Smith en mijzelf plus nog iemand van de technische recherche die we niet op tijd konden waarschuwen. Maar het zevende profiel kon niet worden geïdentificeerd.'

'Dus dat was niet van Valentin Gjertsen of Lenny Hell?'

'Nee, het enige wat we weten is dat het om een man gaat en dat hij geen familie is van Lenny Hell.'

'Kan toch van iemand zijn die daar iets moest doen?' zei Oleg. 'Een elektricien, een loodgieter of zo.'

'Jazeker,' zei Harry en zijn blik viel op *Dagbladet* dat opengeslagen voor hem lag. Een interview met foto, met Mikael Bellman in verband met zijn overstap naar het ministerie van Justitie. Hij las de vetgedrukte tekst opnieuw. 'Ik ben bijzonder blij dat we door de vasthoudendheid en het onvermoeibare zoeken van de politie Marte Ruud hebben kunnen vinden. Dat verdienen zowel haar naasten als de politie. Daardoor is het makkelijker voor me om mijn post als hoofdcommissaris te verlaten.'

'Ik moet nu gaan, jongens.'

Ze liepen samen de politieacademie uit en toen ze voor Chateau Neuf stonden dacht Harry ineens aan de uitnodiging.

'Hallstein is klaar met zijn proefschrift en aanstaande vrijdag is de verdediging. Wij zijn uitgenodigd.'

'Wat is dat, een verdediging?'

'Een mondeling examen in bijzijn van opgedofte familieleden en vrienden in de zaal,' zei Jesus. 'Die hopen dat je geen blunder maakt.'

'Mama en ik gaan,' zei Harry. 'Maar ik weet niet of jij tijd en zin hebt. Ståle zit trouwens in de promotiecommissie.'

'Oei!' zei Oleg. 'Ik hoop dat het niet vroeg is. Ik heb vrijdag een afspraak in het Ullevål-ziekenhuis.'

Harry fronste zijn voorhoofd. 'Hoezo?'

'Steffens wil gewoon even een bloedtest doen. Hij zegt dat hij onderzoek doet naar een zeldzame bloederziekte die mastocytose heet en als dat is wat mama mankeerde dan heeft haar bloed zichzelf genezen.'

'Mastocytose?'

'De oorzaak is een fout in de genen die c-kit-mutatie heet en die niet erfelijk is. Maar Steffens hoopt dat de stof in het bloed die eventueel de ziekte geneest dat wel is. Dus hij wil mijn bloed onderzoeken en dat met dat van mama vergelijken.'

'Hm, dus dat is de genetische link waarover je moeder het had.'

'Steffens zegt dat hij er nog steeds van uitgaat dat het om een simpele vergiftiging ging en dat dit een schot in het duister is. Maar de meeste ontdekkingen zijn dat. Een schot in het duister.'

'Daar kan hij gelijk in hebben. De verdediging begint om twee uur. Daarna is er een receptie waar jullie ook naartoe kunnen gaan, maar ik ga niet.'

'Nee, dat zal wel niet,' zei Oleg lachend en hij draaide zich om naar Jesus. 'Harry houdt niet van mensen, begrijp je.'

'Ik hou van mensen,' zei Harry. 'Ik hou er alleen niet van om met ze samen te zijn. Vooral niet als het er heel veel bij elkaar zijn.' Hij keek weer op zijn horloge. 'Over veel mensen gesproken.'

'Sorry, ik ben laat. Privéles,' zei Harry en hij stapte achter de bar.

Øystein kreunde terwijl hij twee versgetapte halve liters zo hard op de bar zette dat het schuim over de rand klotste. 'Harry, we moeten meer mensen hebben.'

Harry nam de menigte in de bar op. 'Ik vind dat er te veel zijn.'

'Ik bedoel aan déze kant van de bar, klojo.'

'De klojo maakt een grapje. Ken je iemand met een goede muzieksmaak?'

'Tresko.'

'Iemand die niet autistisch is.'

'Nee.' Øystein tapte de volgende halve liter en gebaarde naar Harry dat hij zich moest bekommeren om het afrekenen.

'Oké, we moeten erover nadenken. Dus Hallstein was hier?' Harry wees naar de Sankt Pauli-muts die over een halveliterglas was getrokken dat naast het vaantje van Galatasaray stond.

'Ja, hij bedankte je voor het lenen. Hij had een paar buitenlandse journalisten bij zich om ze de plaats te wijzen waar het allemaal begon. Hij heeft overmorgen iets met dokter worden.'

'Promotie.' Harry gaf de creditcard terug aan de klant en bedankte hem.

'Ja, er kwam trouwens een vent naar Smith toe die hij aan de anderen voorstelde als een collega van de afdeling Geweld.'

'O?' zei Harry en hij nam de volgende bestelling op van een man met een hipsterbaard en een Cage the Elephant-T-shirt. 'Hoe zag hij eruit?'

'Tanden,' zei Øystein, wijzend naar zijn eigen rij bruine tanden.

'Toch niet Truls Berntsen?'

'Ik weet niet hoe hij heet, maar ik heb hem hier een paar keer eerder gezien. Meestal zit hij in het nisje daar. En hij is alleen.'

'Dat is vast Truls Berntsen.'

'De dames zwermen om hem heen.'

'Niet Truls Berntsen.'

'En toch gaat hij alleen naar huis. Onguur type.'

'Omdat hij geen dame mee naar huis neemt?'

'Vertrouw jij iemand die nee zegt tegen een gratis wip?'

De hipsterbaard trok een wenkbrauw op, Harry haalde zijn schouders op, zette een halve liter voor hem neer, liep naar de spiegelplank en zette de Sankt Pauli-muts op. Hij wilde zich weer omdraaien, maar verstijfde ineens. Hij bleef naar zichzelf staren in de spiegel en naar het doodshoofdembleem op zijn voorhoofd.

'Harry?'

'Hm.'

'Kun je even helpen? Twee mojito's met Sprite light.'

Harry knikte langzaam. Toen trok hij de muts van zijn hoofd, liep om de bar en beende naar de deur.

'Harry!'

'Bel Tresko.'

'Ja?'

'Het spijt me dat ik zo laat bel, ik had verwacht dat het gerechtelijk laboratorium dicht zou zijn.'

'We zijn dicht, maar zo gaat dat als je ergens werkt waar permanent sprake is van onderbezetting. En je belt op een intern nummer dat alleen de politie gebruikt.'

'Ja, je spreekt met Harry Hole, inspecteur bij...'

'Ik hoorde dat jij het was, Harry. Met Paula, en jij bent nergens inspecteur.'

'O, dat ben ik wel. Nou ja, ik werk aan de vampiristzaak en daarom bel ik. Ik had graag dat je de matches checkt die jullie gekregen hebben op de waterleidingbuis.'

'Ik heb daar niet aan gewerkt, maar ik zal even kijken. Weet wel dat ik, afgezien van Valentin Gjertsen, geen namen heb bij de DNA-profielen in de vampiristzaak, alleen maar nummers.'

'Dat is goed, ik zit hier met een lijst voor me met de namen en nummers van alle plaatsen delict, dus brand los.'

Harry kruiste af terwijl Paula de DNA-profielen waarbij ze een match hadden voorlas. De plaatselijke politiemannen, Hole, Smith, Holm en zijn technisch rechercheur. En tot slot de zevende persoon.

'Nog steeds geen match daar,' zei Harry.

'Nee.'

'Hoe zit het met de rest van het huis van Hell, is daar DNA-materiaal gevonden dat matchte met Valentins profiel?'

'Even kijken... Nee, dat is er niet.'

'Niet op de matras, niet op het lijk, niets dat linkt aan...'

'*Nope.*'

'Oké, Paula. Bedankt.'

'Over linken gesproken, ben je er nog achter gekomen hoe het zit met die haar?'

'Die haar?'

'Ja, in de herfst kwam agent Wyller bij me met een haar en hij zei dat jij wilde dat die geanalyseerd werd. Hij dacht kennelijk dat we er prioriteit aan zouden geven als hij jouw naam noemde.'

'En dat is toch ook zo?'

'Uiteraard, Harry, je weet dat alle dames hier een zwak voor je hebben.'

'Wordt dat niet gezegd over oude mannetjes?'

Paula lachte. 'Dat gebeurt er als je trouwt, Harry. Zelfverkozen castratie.'

'Hm, ik heb die haar op de grond in het Ullevål-ziekenhuis gevonden toen mijn vrouw daar lag, het was slechts een paranoïde opwelling.'

'Ik ga ervan uit dat het niet belangrijk was omdat Wyller me heeft gevraagd het maar te vergeten. Was je bang dat je vrouw een minnaar had?'

'Eigenlijk niet, niet tot jij nu met die gedachte komt.'

'Jullie mannen zijn zo naïef.'

'Zo overleven we.'

'Maar dat doen jullie niet. We zijn bezig de planeet over te nemen, heb je dat nog niet door?'

'Jawel, jullie werken midden in de nacht, dat is verrekte beangstigend. Goedenacht, Paula.'

'Trusten.'

'Wacht even, Paula. Wat vergeten?'

'Wat?'

'Wat was het dat Wyller je vroeg om te vergeten?'

'De link.'

'Tussen wat?'

'Tussen de haar en een van de DNA-profielen in de vampiristzaak.'

'O? Met wie dan?'

'Dat weet ik toch niet, wij hebben zoals gezegd alleen maar nummers. We weten niet eens of die nummers verwijzen naar verdachten of politiemensen die op de plaats delict zijn geweest.'

Harry zei een poosje niets. 'Heb je het nummer?' vroeg hij ten slotte.

'Goedenavond,' zei de oudere ambulancechauffeur terwijl hij in de koffiepauze op de Spoedeisende Hulp binnenkwam.

'Goedenavond, Hansen,' zei de enige andere persoon in de kamer en hij pompte zwarte koffie in zijn kopje.

'Je vriend bij de politie heeft zojuist gebeld.'

John Doyle Steffens draaide zich met opgetrokken wenkbrauw om. 'Heb ik vrienden bij de politie?'

'Hij vroeg in elk geval naar jou. Ene Harry Hole.'

'Wat wilde hij?'

'Hij stuurde ons een foto van een bloedplas en vroeg ons te schatten om hoeveel bloed het ging. Hij zei dat je dat eerder had gedaan op basis van een foto op een plaats delict en hij nam aan dat wij ambulancebroeders daar ook training in hebben. Ik heb hem helaas moeten teleurstellen.'

'Interessant,' zei Steffens en hij plukte een haar van zijn schouder. Hij beschouwde de toenemende haaruitval niet als een teken dat hij aftakelde, maar juist dat hij tot bloei kwam, dat hij zich klaarmaakte voor de toekomst en zich ontdeed van alles waar hij niets aan had. 'Waarom heeft hij niet direct naar mij gevraagd?'

'Hij dacht kennelijk dat een chef-arts niet midden in de nacht werkt en het leek erop dat het haast had.'

'Juist, ja. Zei hij wat hij ermee wilde?'

'Het ging om iets waar hij aan werkt, zei hij.'

'Heb je de foto?'

'Hier.' De ambulancechauffeur pakte zijn mobiel en toonde de chef-arts de mms.

Steffens wierp een blik op de foto van een bloedplas op een houten vloer. Er was een liniaal naast de plas gelegd.

'Anderhalve liter,' zei Steffens. 'Tamelijk precies. Je kunt hem bellen en hem dat zeggen.' Hij nam een slokje van de koffie. 'Een docent die midden in de nacht werkt, waar gaat het heen met de wereld?'

De ambulancechauffeur grinnikte. 'Dat kunnen ze ook over jou zeggen, Steffens.'

'Wat kunnen ze zeggen?' zei de chef-arts en hij liep weg bij de koffiekan.

'Om de nacht, Steffens. Wat doe je hier eigenlijk?'

'Eerste hulp geven aan zwaargewonden.'

'Dat weet ik, maar waarom? Je hebt een fulltimejob bij hematologie en toch draai je extra diensten op de SEH. Dat is niet echt gebruikelijk.'

'Wie wil doen wat gebruikelijk is? Je wilt toch het liefst zijn waar je je nuttig kunt maken, of niet?'

'Dus je hebt geen gezin dat wil dat je wat vaker thuis bent?'

'Nee, maar ik heb collega's met gezinnen die liever niet thuis willen zijn.'

'Haha. Maar ik zie een trouwring.'

'En ik zie dat er bloed op je mouw zit, Hansen. Is er een zwaargewonde binnengebracht?'

'Ja. Ben je gescheiden?'

'Weduwnaar.' Steffens nam een nieuwe slok van zijn koffie. 'Is de nieuwe patiënt een vrouw, man, jong, oud?'

'Een vrouw van in de dertig. Hoezo?'

'Ik vroeg het me gewoon af. Waar is ze nu?'

'Ja?' fluisterde Bjørn Holm.

'Met Harry. Lig je in bed?'

'Het is twee uur 's nachts, wat denk je?'

'Er lag ongeveer anderhalve liter bloed van Valentin op de vloer van de werkkamer.'

'Hè?'

'Het is een simpele rekensom, hij woog te veel.'

Harry hoorde gekraak van het bed en beddengoed dat langs de telefoon gleed voor hij Bjørns fluisterende stem weer hoorde: 'Waar heb je het over?'

'Je kunt het gewicht op de bewakingsbeelden zien als Valentin vertrekt. Hij weegt slechts anderhalve kilo minder dan toen hij kwam.'

‘Anderhalve liter bloed weegt anderhalve kilo, Harry.’

‘Dat weet ik. En het ontbreekt ons nog aan bewijs. Als we dat hebben dan zal ik het je uitleggen. En je mag er met niemand over praten, hoor je me? Niet eens met degene die naast je ligt.’

‘Ze slaapt.’

‘Ik hoor het.’

Bjørn lachte hol. ‘Ze snurkt voor twee.’

‘Kunnen we morgen om acht uur afspreken in de Vuurkamer?’

‘Ja, komen Smith en Wyller ook?’

‘Smith zien we vrijdag bij de promotie.’

‘En Wyller?’

‘Alleen jij en ik, Bjørn. En ik wil dat je de pc van Hell en de revolver van Valentin meeneemt.’

HOOFDSTUK 38

DONDERDAGOCHTEND

'Je bent er vroeg bij, Bjørn,' zei de oudere agent achter de balie van het magazijn waar de dozen met bewijsmateriaal stonden opgeslagen.

'Goedemorgen, Jens, ik wil iets hebben van de vampiristzaak.'

'Ja, die is weer actueel. Er was hier gisteren iemand van de afdeling Geweld om spullen op te halen, ik denk dat de doos op de G-plank staat. Maar laten we eens kijken wat dit kloteding daarover zegt...' Hij ramde op de toetsen van de pc alsof ze gloeiend heet waren en liet zijn blik over het scherm gaan. '...even kijken... dat kloteding geeft het niet duidelijk aan.' Hij wierp een wanhopige maar ook hulpeloze blik op naar Bjørn. 'Wat vind jij, Bjørn, was het niet beter toen we gewoon een map konden openslaan en precies kon vinden wat...'

'Wie van de afdeling Geweld was dat?' vroeg Bjørn Holm en hij probeerde zijn ongeduld te verbergen.

'Hoe heet hij ook al weer. Die met die tanden.'

'Truls Berntsen.'

'Nee, nee, die met die mooie tanden. Die nieuwe.'

'Anders Wyller,' zei Bjørn.

'Hm,' zei Harry en hij zakte achterover op de stoel in de Vuurkamer. 'En hij heeft de Redhawk van Valentin meegenomen?'

'Plus de ijzeren tanden en de handboeien.'

'En Jens wist niet wat Wyller met die spullen wilde doen?'

'Nee, dat wist hij niet. Ik heb geprobeerd Wyller op de afdeling te bellen, maar hij heeft zijn overuren opgenomen. Toen heb ik zijn mobiel geprobeerd.'

‘En?’

‘Hij neemt niet op. Hij kan natuurlijk nog slapen dus ik kan het nog een keer proberen.’

‘Nee,’ zei Harry.

‘Nee?’

Harry sloot zijn ogen. ‘We worden uiteindelijk allemaal voor de gek gehouden,’ fluisterde hij.

‘Hè?’

‘Niets. We rijden naar Wyllers huis en maken hem wakker. Bel jij de afdeling voor zijn adres?’

Een halve minuut later legde Bjørn de hoorn van de vaste telefoon neer en sprak het adres duidelijk uit.

‘Je maakt een grapje,’ zei Harry.

Bjørn Holm reed de Volvo Amazon de stille straat in, stuurde tussen de sneeuwranden door waarin ingesneeuwde auto’s zich schuil leken te houden.

‘Hier is het,’ zei Harry, hij leunde voorover en keek omhoog langs de gevel van het drie verdiepingen tellende gebouw. Op de lichtblauwe muur tussen de eerste en tweede etage was graffiti getekend.

‘Sofies gate 5,’ zei Bjørn. ‘Niet bepaald Holmenkollen…’

‘Een ander leven,’ zei Harry. ‘Wacht hier.’

Harry stapte uit, liep de twee treden van de trap op en keek naar de voordeurbellen. Een deel van de oude namen was veranderd. Wyllers naam stond verder naar beneden dan waar zijn naam ooit had gestaan. Hij drukte op de bel. Wachtte en drukte opnieuw. Niets. Hij wilde een derde keer drukken toen de deur openging en er een jonge vrouw gehaast naar buiten liep. Harry greep de deur voor die dichtviel en liep naar binnen.

De geur in het trappenhuis was nog dezelfde als toen. Een mix van Noors en Pakistaans eten en de zoetige stank van de oude mevrouw Sennheim op de begane grond. Harry luisterde. Stilte. Hij sloop de trap op en sloeg automatisch de zevende tree over waarvan hij wist dat die kraakte.

Hij bleef voor de deur van de eerste galerij staan.

Er brandde geen licht achter het ruitje van draadglas.

Harry klopte op de deur. Wachtte en keek naar het slot. Hij wist dat hij niet veel nodig had om in te kunnen breken. Een stevig plastic kaartje en een harde duw. Hij stelde het zich voor. Om de indringer te zijn. En hij voelde zijn hart sneller kloppen, zag dat zijn adem condenseerde op het ruitje voor hem. Die sidderende spanning, was dat dezelfde die Valentin had gevoeld als hij bij zijn slachtoffers binnendrong?

Harry klopte nogmaals. Wachtte. Hij gaf het op en draaide zich om om weg te gaan. Maar op dat moment hoorde hij voetstappen binnen. Hij draaide zich weer om en zag een schaduw achter het draadglas. De deur ging open.

Anders Wyller droeg een spijkerbroek, maar zijn bovenlichaam was ontbloot. Toch zag hij er niet uit alsof hij net wakker was. Integendeel, zijn pupillen waren zwart en groot, hij leek opgewonden en zijn voorhoofd was nat van het zweet. Harry zag ook dat er iets roods zat op zijn ene schouder, het leek wel een wond. Het was in elk geval bloed.

'Harry,' zei Wyller. 'Wat doe jij hier?' De stem klonk anders dan die hoge, jongensachtige stem die Harry van hem kende. 'En hoe ben je binnengekomen?'

Harry kuchte. 'We hebben het serienummer van de revolver van Valentin nodig. En ik heb aangebeld.'

'En?'

'En je deed niet open. Ik dacht dat je misschien sliep, dus ik ben naar binnen geglipt. Ik heb trouwens in dit gebouw gewoond dus ik weet dat de bel zwak is.'

'Ja,' zei Wyller en hij rekte zich uit terwijl hij gaapte.

'Dus,' zei Harry. 'Heb je die?'

'Heb ik wat?'

'De Redhawk. De revolver.'

'O, die, ja, ja. Het serienummer? Wacht, dan zal ik het even opschrijven.'

Wyller zette de deur op een kier en Harry zag door de ruit dat hij de gang in liep. Als alle flats dezelfde indeling hadden dan wist hij waar de slaapkamer was. De gedaante liep terug naar de voordeur, maar bleef even staan en ging links een kamer in.

Harry duwde de deur open en ging naar binnen. Een parfumgeur prikkelde zijn neus. Hij zag dat de deur naar de slaapkamer dicht was. Dat had Wyller gedaan, hij had de deur dichtgedaan. Harry zocht automatisch naar kleding en schoenen in de gang die hem iets konden vertellen, maar er was niets te zien. Hij keek naar de slaapkamer en luisterde. Toen was hij in drie grote, geluidloze passen in de woonkamer. Anders Wyller had hem niet gehoord en hij zat op zijn knieën voor de salontafel met zijn rug naar Harry toe iets op een notitieblok te schrijven. Naast het blok stond een bord met een stuk pizza erop. Pepperoni. En de grote revolver met de rode kolf lag er. Maar Harry zag niet de handboeien en de ijzeren tanden.

In de ene hoek van de kamer stond een lege kooi. Zo eentje voor katten. Of, wacht. Harry herinnerde zich de vergadering waarin Skarre Wyller onder druk had gezet over het lek naar VG. Toen had Wyller gezegd dat het enige wat hij tegenover VG had losgelaten was het feit dat hij een kat had. Maar waar was de kat? En hield je een kat in een kooi? Harry's blik ging over de korte wand met een smalle boekenkast waarin de studieboeken van de politieacademie stonden. Over onderzoeksmethoden. Het boek van Bjerknes en Hoff Johansen bijvoorbeeld, maar ook enkele die niet tot de verplichte kost hoorden. Zoals *Sexual Homicide – Patterns and Motives* van Ressler, Burgess en Douglas, een boek over seriemoordenaars waaraan Harry onlangs had gerefereerd in zijn colleges omdat daarin uitleg werd gegeven over het nieuwe VICAP-programma van de FBI. Harry liet zijn blik verder gaan over de boekenkast. Hij zag familiefoto's, twee volwassenen en Anders Wyller als jongen. Over de boeken daaronder: *Haematology at a Glance* van Atul B. Mehta, A. Victor Hoffbrand. En een boek over hematologie van John D. Steffens. Een jongeman die geïnteresseerd was in bloederziektes? Waarom ook niet. Harry liep naar de kast en bestudeerde de familiefoto. De jongen zag er vrolijk uit. De ouders minder.

'Waarom heb jij spullen van Valentin opgehaald?' vroeg Harry en hij zag de rug van Wyller verstijven. 'Katrine Bratt heeft daar niet om gevraagd. Het bewijsmateriaal is niet van het soort dat je mee naar huis neemt, zelfs niet van opgeloste zaken.'

Wyller draaide zich om en Harry zag dat zijn ogen automatisch naar rechts gingen. In de richting van de slaapkamer.

'Ik ben rechercheur bij de afdeling Geweld en jij docent aan de politieacademie, dus strikt gesproken zou ik je moeten vragen wat je met het serienummer wilt doen.'

Harry keek Wyller aan en begreep dat hij geen antwoord zou krijgen. 'Het serienummer werd nooit gecheckt om de oorspronkelijke eigenaar te vinden. Dat kan Valentin Gjertsen haast niet geweest zijn want hij had geen wapenvergunning, om het voorzichtig uit te drukken.'

'Is dat belangrijk?'

'Vind jij van niet?'

Wyller haalde zijn blote schouders op. 'De revolver is voor zover we weten niet gebruikt om iemand te vermoorden. Ook Marte Ruud niet want die was volgens het obductierapport al dood toen er een kogel door haar lichaam werd gejaagd. We hebben de ballistische data van deze revolver en die matchen niet met een van de moordzaken uit onze database. Dus nee, ik vind het niet belangrijk dat het serienummer wordt gecheckt, niet zolang er andere zaken zijn die om aandacht schreeuwen.'

'Goed,' zei Harry. 'Dan kan deze docent misschien worden gebruikt om te kijken waar het serienummer naar leidt.'

'Voor mijn part,' zei Wyller, hij scheurde een velletje van het notitieblok en gaf het aan Harry.

'Bedankt,' zei Harry, kijkend naar het bloed op zijn schouder.

Wyller liep met hem mee naar de deur en toen Harry zich buiten omdraaide zag hij dat Wyller zich breed maakte zoals uitsmijters min of meer onbewust doen.

'Alleen uit nieuwsgierigheid,' zei Harry. 'De kooi die in je kamer staat, waar is die voor?'

Wyller knipperde een paar keer met zijn ogen. 'Nergens voor,' zei hij. Toen deed hij zacht de deur dicht.

‘Heb je hem gesproken?’ vroeg Bjørn en hij draaide de weg op.

‘Ja,’ zei Harry. Hij schreef het nummer over en gaf het papiertje aan Bjørn. ‘Hier is het serienummer. Ruger is Amerikaans dus wil jij het misschien bij ATF checken?’

‘Je denkt toch niet serieus dat zij in staat zijn de revolver op te sporen?’

‘Waarom niet?’

‘Omdat Amerikanen slordig zijn in het registreren van kopers van vuurwapens. En er zijn meer dan driehonderd miljoen wapens in de VS, meer dus dan inwoners.’

‘Beangstigend.’

‘Wat beangstigend is,’ zei Bjørn en hij trapte het gaspedaal extra in waardoor hij in de bocht een gecontroleerde slip maakte. Ze reden in de richting van Pilestredet. ‘…is het feit dat zelfs niet-criminelen zeggen het wapen alleen te gebruiken ter verdediging, en toch per ongeluk mensen neerschieten. In de *Los Angeles Times* stond dat er in 2012 twee keer zoveel mensen zijn overleden na een schietongeluk als na een zelfverdedigingsactie. En bijna veertig keer zoveel mensen hebben zichzelf verwond met hun eigen kogels.’

‘Lees jij de *Los Angeles Times*?’

‘Nou ja, ik lees vooral wat Robert Hilburn over muziek schrijft. Heb je zijn Johnny Cash-biografie gelezen?’

‘Nee. Hilburn, is dat die man die over de tournee in Amerika van de Sex Pistols heeft geschreven?’

‘Yep.’

Voor Blitz, ooit het bolwerk van de punk in Noorwegen waar je nog steeds af en toe een hanenkam zag, bleven ze voor het rode licht staan. Bjørn Holm grijnsde breed naar Harry. Hij zag er gelukkig uit. Hij was gelukkig dat hij vader werd, gelukkig dat de vampiristzaak voorbij was, gelukkig dat hij slipte met zijn auto die naar de jaren zeventig rook en gelukkig dat hij kon praten over muziek met iemand die bijna net zo oud was als hijzelf.

‘Het zou fijn zijn als je voor twaalf uur een antwoord voor me hebt, Bjørn.’

‘Als ik me niet vergis zit ATF in Washington DC waar het nu midden in de nacht is.’

'Ze hebben ook een kantoor bij Europol in Den Haag, probeer het daar.'

'Goed, ben je erachter gekomen waarom Wyller die spullen heeft opgehaald?'

Harry staarde naar het verkeerslicht. 'Nee. Heb jij de pc van Lenny Hell?'

'Tord heeft die, hij zou in de Vuurkamer op ons wachten.'

'Mooi.' Harry probeerde ongeduldig het rode licht op groen te staren.

'Harry?'

'Ja?'

'Heb je het nooit vreemd gevonden dat Valentin op het laatste moment uit zijn flat verdween? Vlak voordat Katrine en Delta binnenvielen, alsof iemand hem net op tijd heeft kunnen waarschuwen?'

'Nee,' loog Harry.

Het licht sprong op groen.

Tord wees en legde Harry uit terwijl het koffiezetapparaat achter hen pruttelde en gromde.

'Hier zijn de e-mails van Lenny Hell aan Valentin voorafgaand aan de moorden op Elise, Ewa en Penelope.'

De e-mails waren kort. Alleen de naam van het slachtoffer, het adres en de datum. De dag van de moord. En ze eindigden allemaal met: 'instructies en sleutels liggen op de afgesproken plaats. Instructies dienen na lezing te worden verbrand'.

'Het zegt niet veel,' zei Tord. 'Maar wel genoeg.'

'Hm.'

'Wat?'

'Waarom moeten de instructies worden verbrand?'

'Is dat niet logisch? Er stonden dingen in die naar Lenny zouden kunnen leiden.'

'Maar de e-mails heeft hij niet verwijderd. Is dat omdat hij weet dat IT-mensen het toch wel lukt om die mailwisseling te reconstrueren?'

Tord schudde zijn hoofd. 'Tegenwoordig is dat niet meer zo simpel.

Niet als de afzender en geadresseerde hun mails grondig verwijderen.'

'Lenny wist hoe je mails grondig moest verwijderen. Dus waarom heeft hij dat niet gedaan?'

Tord haalde zijn brede schouders op. 'Het spel zou toch uit zijn als wij de pc hadden, dat wist hij.'

Harry knikte langzaam. 'Misschien wist Lenny dat al vanaf het begin. Op een dag zou hij de oorlog die hij vanuit zijn bunker voerde verliezen. En dan zou het tijd worden om zich een kogel door het hoofd te jagen.'

'Misschien.' Tord keek op de klok. 'Is er nog meer?'

'Weet jij wat stylometrie is?'

'Ja, herkenning via schrijfstijl. Er is onderzoek naar gedaan na het Enron-schandaal. Honderdduizenden mails werden openbaar gemaakt zodat wetenschappers konden testen of ze de afzenders konden identificeren. Het slagingspercentage lag tussen de tachtig en negentig procent.'

Nadat Tord was vertrokken toetste Harry het nummer in van de VG-misdaadredactie.

'Harry Hole. Zou ik Mona Daa kunnen spreken?'

'Long time, Harry.' Hij herkende de stem van een van de oudere misdaadverslaggevers. 'Dat zou zeker kunnen, maar Mona is een paar dagen geleden verdwenen.'

'Verdwenen?'

'We hebben een sms van haar gekregen dat ze haar overuren opnam en dat ze haar telefoon zou uitzetten. Heel verstandig, die meid heeft zich het laatste jaar te pletter gewerkt, maar de redacteur was een beetje *pissed* omdat ze het niet vroeg en gewoon een berichtje stuurde en toen verdween. De jeugd van tegenwoordig, of niet, Hole? Kan ik je ergens mee helpen?'

'Nee, bedankt,' zei Harry en hij verbrak de verbinding. Hij staarde even naar zijn mobiel voor hij die in zijn zak liet glijden.

Om kwart over elf had Bjørn Holm de naam van degene die de Ruger Redhawk naar Noorwegen had geïmporteerd. Een zeeman uit

Farsund. En om halftwaalf had Harry diens dochter aan de lijn die zich de meer dan een kilo zware revolver nog goed kon herinneren omdat ze die als kind op haar grote teen had laten vallen. Maar ze wist niet waar de revolver was gebleven.

'Papa is na zijn pensioen naar Oslo verhuisd om dichter bij zijn kinderen te wonen. Maar op het laatst was hij ziek en toen heeft hij veel vreemde dingen gedaan. Hij begon onder andere spullen weg te geven, dat ontdekten we bij de verdeling van de erfenis. Ik heb de revolver nooit meer gezien, dus hij kan die ook hebben weggegeven.'

'Maar je weet niet aan wie?'

'Nee.'

'Je zei dat hij ziek was. Dus ik neem aan dat hij daaraan is gestorven?'

'Nee, hij is overleden aan een longontsteking. Dat ging gelukkig snel en relatief pijnloos.'

'Juist, maar wat voor ziekte had hij en wie was zijn arts?'

'Dat is het nu juist, we hadden wel door dat hij niet helemaal gezond was, maar papa zag zichzelf als de grote, sterke zeeman. Hij vond het kennelijk zo moeilijk dat hij het geheimhield, zowel wat hem mankeerde als naar welke arts hij ging. Pas bij de begrafenis kreeg ik van een oude vriend die hij in vertrouwen had genomen iets te horen over de ziekte.'

'Weet die oude vriend ook wie de arts van je vader was, denk je?'

'Waarschijnlijk niet, papa had alleen de ziekte genoemd, geen details.'

'En wat was die ziekte?'

Harry schreef het op en staarde naar het woord. Een tamelijk eenzaam Grieks woord tussen al die Latijnse termen.

'Bedankt,' zei hij.

HOOFDSTUK 39

DONDERDAGNACHT

'Ik ben er zeker van,' zei Harry in het slaapkamerdonker.

'Motief?' zei Rakel en ze kroop dicht tegen hem aan.

'*Othello.* Oleg had gelijk. Het ging niet in de eerste plaats om jaloezie, maar om ambities.'

'Ben je nog steeds bezig met Othello? Moeten we het raam niet dichtdoen, het zou vannacht min vijftien worden?'

'Nee.'

'Je weet niet zeker of we het raam moeten dichtdoen, maar je weet wel zeker wie de architect is achter de vampiristmoorden?'

'Ja.'

'Je mist alleen zoiets onbeduidends als een bewijs?'

'Ja.' Harry trok haar dichter tegen zich aan. 'Daarom heb ik een bekentenis nodig.'

'Vraag Katrine Bratt dan om diegene te verhoren.'

'Ik heb toch verteld dat Bellman niet wil dat de zaak weer wordt geopend.'

'Dus wat moet je dan doen?'

Harry staarde naar het plafond en hij voelde de warmte van haar lichaam. Zou die genoeg zijn of moesten ze het raam toch dichtdoen?

'Ik ga hem zelf verhoren. Zonder dat hij weet dat het een verhoor is.'

'Laat ik je er als jurist aan herinneren dat een bekentenis alleen tegenover jou niet rechtsgeldig is.'

'Dan moeten we ervoor zorgen dat ik niet de enige ben die de bekentenis hoort.'

Ståle Aune draaide zich om in bed en greep de telefoon. Hij zag wie er belde en drukte op 'accepteer'. 'Ja?'

'Ik dacht dat je sliep.' Harry's rauwe stem.

'En toch bel je me?'

'Je moet me met iets helpen.'

'Nog steeds "me" en niet "ons"?'

'Nog steeds de mensheid. Herinner je je dat we het hadden over *Zen en de kunst van het motoronderhoud*?'

'Ja.'

'Ik wil dat je een apenval opzet tijdens de verdediging van Hallstein.'

'O ja? Jij, ik, Hallstein en wie nog meer?'

Ståle Aune hoorde Harry diep ademhalen.

'Een arts.'

'En dat is iemand die volgens jou met de zaak te maken heeft?'

'In zekere zin.'

Ståle voelde de haren op zijn armen overeind komen. 'En dat betekent?'

'Dat betekent dat ik een haar op Rakels ziekenhuiskamer had gevonden die ik in een aanval van paranoia ter analyse heb opgestuurd. Het bleek dat het niet vreemd was dat die haar daar lag, die kwam namelijk van die bewuste arts. Maar nu blijkt dat het DNA-profiel van die haar hem linkt aan de plaatsen delict in de vampiristmoorden.'

'Wat?'

'En dat er een connectie is tussen deze arts en een jonge agent die de hele tijd in ons midden is geweest.'

'Wat zeg je me daar? Heb je bewijzen dat die arts en agent betrokken zijn bij de vampiristmoorden?'

'Nee,' zei Harry zuchtend.

'Nee? Leg uit.'

Toen Ståle twintig minuten later ophing, luisterde hij naar de stilte in huis. De vrede. Iedereen sliep. Zelf zou hij dat nu niet meer kunnen.

HOOFDSTUK 40

VRIJDAGOCHTEND

Wenche Syvertsen keek uit over het Frognerpark terwijl ze trainde op de steps. Een van haar vriendinnen had haar dat afgeraden en gezegd dat je een dikkere kont krijgt van dat apparaat. Ze had duidelijk niet begrepen waar het Wenche om ging want ze wílde juist een forsere bilpartij. Wenche had op een website gelezen dat trainen alleen meer spieren opleverde en geen grotere, steviger gevormde billen en dat de oplossing een verhoogde oestrogeengift was, meer eten of – heel simpel – een implantaat. Maar Wenche had dat laatste uitgesloten, ze wilde uit principe haar lichaam natuurlijk houden en zou nooit – nóóit – daarvoor onder het mes gaan. Afgezien dan voor haar borsten, maar dat telde niet. En ze was een vrouw die vasthield aan haar principes. Daarom was ze meneer Syvertsen ook nooit ontrouw geweest ondanks de vele aanbiedingen die ze had gehad, vooral in fitnesscentra als deze. Het waren vaak jongemannen die haar hielden voor een jagende cougar. Maar Wenche had altijd de voorkeur gegeven aan rijpere mannen. Niet zo oud als de gerimpelde, verweerde man die naast haar op een fiets zat, maar misschien zo iemand als haar buurman. Harry Hole. Mannen die haar intellectueel niet de baas konden, waren *out of the question*, ze had mannen nodig die haar stimuleerden, haar onderhielden, zowel materieel als immaterieel. Zo simpel was het, er was geen reden om te doen of het anders zat. En wat het eerste betreft had meneer Syvertsen goed werk geleverd. Maar Harry was niet beschikbaar, zo leek het. En ook dat was een van haar principes. Bovendien was meneer Syvertsen zo onredelijk jaloers de enkele keer dat hij haar op ontrouw had betrapt dat hij had gedreigd haar privileges en leefstijl af te nemen. Dat was dus voordat ze besloten had dat het een van haar principes was om niet ontrouw te zijn.

'Waarom is zo'n knappe vrouw als jij niet getrouwd?'

De woorden leken er uitgeperst en Wenche draaide zich om naar de oude man op de fiets. Hij lachte naar haar. Zijn smalle gezicht zat vol rimpels met diepe groeven, zijn lippen waren vol en het lange haar vet en dik. Slank als een Mick Jagger, maar wel breedgeschouderd.

Wenche lachte en tilde haar ringloze linkerhand op. 'Getrouwd, maar ik doe mijn trouwring af bij gewichtheffen.'

'Jammer,' zei de man glimlachend. 'Want ik ben niet getrouwd en ik zou je een v-verloving in het vooruitzicht kunnen stellen.'

Hij tilde zijn eigen hand op. De rechter. Wenche schrok. Een ogenblik dacht ze dat ze het niet goed zag. Zat er een gat dwars door zijn hand?

'Oleg Fauke is er,' klonk een stem door de intercom.

'Stuur hem maar door,' zei John D. Steffens, hij duwde de stoel weg van het bureau en keek uit het raam van het laboratorium, afdeling bloedtransfusie. Hij had de jonge Fauke al uit de kleine Japanse auto zien stappen die beneden nog met een draaiende motor op de parkeerplaats stond. Er zat een andere jongen achter het stuur, waarschijnlijk met de verwarming op de hoogste stand. Want het was een zonovergoten dag met een bijtende kou. Voor veel mensen was het een paradox dat een wolkeloze hemel in juli een belofte was voor warmte en in januari voor vorst. Omdat veel mensen geen zin hadden zich te verdiepen in de meest basale zaken in de fysica, de meteorologie, kort samengevat in de natuurwetten. Het ergerde Steffens niet meer dat mensen dachten dat kou een ding was en niet begrepen dat het gewoon om afwezigheid van warmte ging. Kou was natuurlijk en dominant. Warmte was de uitzondering. Zoals moord en misdaden natuurlijk en logisch waren en barmhartigheid een anomalie, het resultaat van de ingewikkelde manier waarop de mens als kuddedier ervoor zorgt dat de soort overleeft. Want de barmhartigheid stopte daar ook, bij de eigen soort, en het was het grenzeloze vermogen tot gruwelijkheden tegenover de ander waardoor de mens overleefde.

Bijvoorbeeld, de groei van de menselijke soort was afhankelijk van de productie van vlees, niet van de jacht. Alleen al het woord vleesproductie, het idee alleen al! De mens houdt dieren in gevangenschap, ontneemt ze alle levensvreugde en kansen op ontwikkeling, insemineert ze onvrijwillig zodat ze melk en zacht babyvlees produceren, neemt de jongen direct na de geboorte bij de moeder weg, hoort de moeder in vertwijfeling kermen en maakt ze weer even snel zwanger. Mensen worden razend omdat er honden, dolfijnen, walvissen en katten worden gegeten. Maar de barmhartigheid stopt om onbegrijpelijke redenen als het om veel intelligentere wezens, zoals varkens, gaat, die vernederd en gegeten kunnen worden. En we doen dat al zo lang dat er niet eens wordt nagedacht over de geraffineerde, moderne methoden van voedselproductie. We zijn gehersenspoeld!

Steffens staarde naar de gesloten deur die zo meteen open zou gaan. Hij vroeg zich af of men het ooit zou begrijpen. Dat de moraal – die volgens sommigen door God is gezonden en eeuwig is – net zo veranderlijk en aangeleerd is als onze schoonheidsidealen, vijandsbeelden en modetrends. Waarschijnlijk niet. Dus het was niet verwonderlijk dat de mensheid radicale onderzoeksprojecten die een breuk waren met de gebruikelijke manier van denken ook niet zou begrijpen en accepteren. Dat ze niet zouden begrijpen dat ze net zo logisch en noodzakelijk als gruwelijk waren.

De deur ging open.

'Dag Oleg, ga zitten alsjeblieft.'

'Bedankt.' De jongeman ging zitten. 'Voordat er bloed wordt afgenomen, mag ik als tegenprestatie eerst om een gunst vragen?'

'Als tegenprestatie?' Steffens trok een paar witte latexhandschoenen aan. 'Je weet dat mijn onderzoek jou, je moeder en je hele toekomstige nageslacht zou kunnen helpen?'

'Ja, maar ik weet ook dat het onderzoek voor jou belangrijker is dan een wat langer leven is voor mij.'

Steffens glimlachte even. 'Stoere woorden voor zo'n jonge man.'

'Uit naam van mijn vader wil ik vragen of je twee uur de tijd hebt om aanwezig te zijn bij een promotie van een vriend en of je een wetenschappelijke uitleg kunt geven. Harry zou dat zeer op prijs stellen.'

'Een promotie? Uiteraard, dat zou ik een eer vinden.'

'Het probleem is...' zei Oleg en hij kuchte. '...dat die nu begint, dat we daar direct na de bloedtest naartoe moeten.'

'Nu?' Steffens keek in zijn agenda die opengeslagen voor hem lag. 'Ik ben bang dat ik vandaag een vergadering heb die...'

'Hij zou het écht zeer op prijs stellen,' zei Oleg.

Steffens keek op naar de jongen terwijl hij nadenkend over zijn kin wreef. 'Je bedoelt... jouw bloed tegen mijn tijd?'

'Zoiets,' zei Oleg.

Steffens leunde achterover en vouwde zijn handen. 'Vertel me eens, Oleg. Hoe kan het dat je zo close bent met Harry Hole? Hij is toch je biologische vader niet?'

'Zeg het eens.'

'Als je me daar antwoord op kunt geven en me jouw bloed geeft dan ga ik mee naar die promotie.'

Oleg dacht na. 'Ik heb de neiging te zeggen: omdat hij eerlijk is. Dat hij ondanks het feit dat hij niet de beste vader van de wereld is of zoiets, ik toch kan vertrouwen op wat hij zegt. Maar ik geloof dat dat niet het belangrijkste is.'

'Wat is dan wel het belangrijkste?'

'Dat we een hekel hebben aan dezelfde bands.'

'Dat jullie wat?'

'Muziek. We houden niet van dezelfde bands, maar haten wel dezelfde.' Oleg trok zijn donsjack uit en rolde de mouw van zijn shirt op. 'Klaar?'

HOOFDSTUK 41

VRIJDAGOCHTEND

Rakel keek op naar Harry terwijl ze arm in arm over het plein voor de universiteit naar Domus Academia liepen, een van de drie gebouwen van de Universiteit van Oslo in het centrum van de stad. Ze had hem overgehaald de nieuwe schoenen aan te trekken die ze voor hem in Londen had gekocht, hoewel hij had gezegd dat ze te glad waren op de sneeuw.

'Je zou vaker een pak moeten dragen,' zei ze.

'En de gemeente zou vaker moeten strooien,' zei Harry en hij deed of hij weer uitgleed.

Ze lachte en hield hem vast. Ze voelde het stijve karton van de gele map die hij in zijn binnenzak had gestopt. 'Is dat Bjørns auto niet die enorm fout geparkeerd staat?'

Ze liepen langs een zwarte Amazon die onder aan de trap stond geparkeerd.

'Politiebordje achter de voorruit,' zei Harry. 'Duidelijk misbruik.'

'Het is vanwege Katrine,' zei Rakel lachend. 'Hij is zo bang dat ze zal vallen.'

In de vestibule voor de oude feestzaal gonsden de stemmen. Rakel zocht naar bekende gezichten. Het waren vooral vakgenoten en familieleden. Maar aan het eind stond iemand die ze herkende: Truls Berntsen. Hij had duidelijk niet meegekregen dat een pak de gewenste outfit was bij een promotie. Rakel baande voor haarzelf en Harry een weg naar Katrine en Bjørn.

'Gefeliciteerd, jullie twee!' zei Rakel en ze omhelsde hen beiden.

'Bedankt!' zei Katrine stralend en ze streelde over haar buikje.

'Wanneer...'

'In juni.'

'Juni,' herhaalde Rakel en ze zag dat Katrines gezicht even betrok.

Rakel boog naar haar over, legde een hand op Katrines arm en fluisterde: 'Niet aan denken, het gaat goed.'

Rakel zag dat Katrine haar geschokt aankeek.

'Ruggenprik,' zei Rakel. 'Fantastische uitvinding. Geen centje pijn.'

Katrine knipperde twee keer met haar ogen, toen lachte ze hard. 'Weet je, ik ben nooit eerder bij een promotie geweest. Ik wist niet dat het zo plechtig was tot ik zag dat Bjørn zijn mooiste strikje om deed. Wat gaat er eigenlijk gebeuren?'

'O, het is vrij eenvoudig,' zei Rakel. 'We gaan eerst de zaal in, gaan staan als de promotoren, de doctorandus en de opponenten binnenkomen. Smith is vast behoorlijk gespannen alhoewel hij gisteren of vanmorgen al een lekenpraatje heeft gehouden. Hij is vooral bang dat Ståle Aune hem gaat aanvallen, maar daar is toch geen reden toe.'

'Niet?' zei Bjørn Holm. 'Aune heeft toch gezegd dat hij niet in vampirisme gelooft.'

'Ståle gelooft in serieus onderzoek. De opponenten moeten kritisch zijn en tot de kern van de dissertatie gaan, maar ze moeten wel binnen de kaders van het onderzoek en de uitgangspunten van het project blijven en niet hun stokpaardjes berijden.'

'Jezus, heb je je daarin allemaal verdiept?' vroeg Katrine toen Rakel ademhaalde. Rakel knikte glimlachend en ging verder: 'De opponenten hebben drie kwartier en halverwege is er tijd voor vragen uit de zaal, het ex auditorio, dat zelden wordt gebruikt. 's Avonds volgt een promotiediner dat betaald wordt door de verse doctor en waarvoor we niet zijn uitgenodigd. Iets wat Harry enorm jammer vindt.'

Katrine draaide zich om naar Harry. 'Klopt dat?'

Harry haalde zijn schouders op. 'Wie houdt er niet van braadstuk met jus en dutten tijdens speeches van een halfuur over mensen die je eigenlijk niet zo goed kent?'

Om hen heen kwam beweging en flitslichten volgden.

'De minister van Justitie is in aantocht,' zei Katrine.

Het leek of het water zich deelde voor Mikael en Ulla Bellman die arm in arm aan kwamen lopen. Ze lachten, maar Rakel zag dat het bij Ulla niet van harte ging. Misschien was ze niet het type dat lachte. Of misschien was Ulla Bellman het mooie, verlegen meisje geweest dat had geleerd dat overdreven veel lachen alleen maar leidde tot nog meer ongewenste aandacht en dat een koud front het leven een stuk makkelijker maakte. Ze zou graag willen weten wat Ulla vond van haar leven als echtgenote van.

Mikael Bellman bleef vlak bij hen staan toen er een vraag naar hem werd geroepen en een microfoon onder zijn neus werd geduwd.

'*Oh, I'm here to celebrate one of the men who contributed to us solving the Vampyrist case*,' zei hij. '*Doctor Smith is the one you should be talking to today, not me.*' Maar Bellman gehoorzaamde en poseerde gewillig toen de fotografen hun wensen riepen.

'Jezus, de internationale pers,' zei Bjørn.

'Vampirisme is hot,' zei Katrine en ze nam de mensen op. 'Alle misdaadverslaggevers zijn er.'

'Alleen Mona Daa niet,' zei Harry terwijl hij de menigte ook scande.

'En iedereen van de Vuurkamer,' zei Katrine. 'Afgezien van Anders Wyller. Weten jullie waar hij is?'

De anderen schudden hun hoofd.

'Hij heeft me vanmorgen gebeld,' zei Katrine. 'Hij wil me onder vier ogen spreken.'

'Over wat?' vroeg Bjørn.

'God mag het weten. Maar kijk, daar is hij!'

Anders Wyller dook op aan de andere kant. Hij trok zijn sjaal los, zijn gezicht was rood en hij was buiten adem. Op hetzelfde moment gingen de deuren van de oude feestzaal open.

'Nu is het zaak een zitplaats te veroveren,' zei Katrine. 'Aan de kant, mensen, zwangere vrouw!'

'Ze is zo leuk,' fluisterde Rakel, ze stak haar hand onder Harry's arm en leunde tegen zijn schouder. 'Ik heb me altijd afgevraagd of jij en zij iets hadden samen.'

'Iets?'

'Heel kort. Toen wij niet samen waren, bijvoorbeeld.'

'Helaas,' zei Harry ernstig.

'Helaas? Zoals in?'

'Zoals in dat ik er af en toe spijt van heb dat ik onze pauzes niet beter heb benut.'

'Ik maak geen grapje, Harry.'

'Ik ook niet.'

Hallstein Smith hield de deur naar de eerbiedwaardige zaal op een kier en keek naar binnen. Naar de kroonluchter die boven de mensen hing die op zoek waren naar een plaats in het auditorium, ja, er stonden zelfs mensen op de galerij. Ooit kwam in deze zaal de regering van Noorwegen bijeen en nu zou hij – kleine Hallstein – op het spreekgestoelte staan en zijn proefschrift verdedigen en doctor worden! Hij keek naar May die op de eerste rij zat, zij was ook nerveus, maar trots als een pauw. Hij keek naar zijn buitenlandse collega's die van ver waren gekomen ondanks het feit dat hij ze had gewaarschuwd dat de verdediging in het Noors zou zijn, hij keek naar de journalisten, naar Bellman die samen met zijn vrouw ook op de eerste rij zat. Naar Harry, Bjørn en Katrine, zijn nieuwe vrienden bij de politie die ook een rol hadden gespeeld in zijn onderzoek waarin de zaak Valentin Gjertsen natuurlijk cruciaal was geweest. En hoewel het beeld van Valentin de laatste dagen dramatisch was veranderd, had het alleen maar de conclusies over de vampiristische persoonlijkheid versterkt. Hallstein had er immers zelf op gewezen dat de vampirist primair impulsief handelt en gedreven wordt door lusten en prikkels, daarom was de ontmaskering van Lenny Hell als het brein achter de goed geregisseerde moorden op het juiste moment gekomen.

'We gaan beginnen,' zei de voorzitter van de promotiecommissie en hij plukte een pluisje van zijn toga.

Hallstein haalde diep adem en liep naar binnen. Iedereen in de zaal stond op.

Smith en de opponenten gingen zitten terwijl de voorzitter naar de microfoon liep en het verloop van de verdediging uitlegde. Daarna gaf hij het woord aan Hallstein.

De eerste opponent, Ståle Aune, leunde voorover en fluisterde 'veel succes'.

Toen was het Hallsteins beurt. Hij liep naar het spreekgestoelte, draaide zich om en keek de zaal in. Hij voelde hoe de stilte neerdaalde. De generale repetitie vanmorgen was goed gegaan. Goed? Het ging fantastisch! Het was hem niet ontgaan dat de promotiecommissie onder de indruk was geweest, ja, zelfs Ståle Aune had instemmend geknikt bij zijn belangrijkste conclusies.

Nu zou hij een korte versie geven van dat college. Maximaal twintig minuten. Hij begon te praten, kreeg al snel hetzelfde gevoel als vanmorgen en was ontspannen genoeg om af te wijken van de oorspronkelijke tekst. Want de woorden kwamen zonder hapering en het leek of hij zichzelf van een afstandje kon bekijken, het publiek kon zien, kon zien hoe ze aan zijn lippen hingen, al hun zintuigen waren op hem geconcentreerd, op Hallstein Smith, professor in het vampirisme. Zo heette zijn leerstoel natuurlijk nog niet, maar daar zou hij verandering in brengen en vandaag was het begin. Hij was bijna aan het eind van zijn college. 'In mijn korte tijd bij het onafhankelijke onderzoeksteam van Harry Hole heb ik een paar dingen geleerd. Eén daarvan is dat de centrale vraag bij een moordonderzoek het "waarom" is. Maar dat is niet voldoende als je niet ook het "hoe" kunt beantwoorden.' Hallstein liep naar de tafel naast het spreekgestoelte waarop drie voorwerpen lagen die bedekt waren met een zijden doek. Hij tilde een punt van de doek op en wachtte. Het was geoorloofd om er een klein toneelstukje van te maken.

'Dit is het hoe,' proclameerde hij en hij trok de doek weg.

Er ging een siddering door de zaal toen men de grote revolver, de massieve, groteske handboeien en het zwarte, ijzeren gebit zag.

Hij wees op de revolver. 'Een werktuig om te kunnen dreigen en bedwingen.'

Naar de handboeien. 'Een werktuig om te kunnen overheersen en ontwapenen en gevangen te kunnen houden.'

Naar de ijzeren tanden. 'En één om bij de bron te komen, om toegang te krijgen tot het bloed, om het ritueel te kunnen uitvoeren.'

Hij keek op. 'Dank aan rechercheur Anders Wyller die deze objecten ter beschikking heeft gesteld zodat ik mijn punt kan illustreren. Dit is namelijk meer dan drie keer het hoe, dit is ook het waarom. Hoe is het waarom?'

Hier en daar klonk een gecultiveerd lachje in de zaal.

'Doordat alle werktuigen oud zijn. Onnodig oud, zou je misschien kunnen zeggen. De vampirist heeft veel moeite gedaan originele werktuigen of kopieën uit een specifieke periode te bemachtigen. En dat onderstreept, zoals ook uit mijn onderzoek is gebleken, het belang van het rituele patroon van het bloeddrinken. Daar zijn ook verwijzingen voor die teruggaan in de tijd. Zelfs tot de tijd dat er goden waren die aanbeden en tevredengesteld moesten worden. En de valuta was bloed.'

Hij wees naar de revolver. 'Een verwijzing naar Amerika waar tweehonderd jaar geleden indianenstammen waren die het bloed van hun vijanden dronken in de hoop dat zij hun kracht zouden krijgen.' Hij wees naar de handboeien. 'Een verwijzing naar de middeleeuwen toen heksen en trollen gevangengenomen, uitgedreven en verbrand moesten worden.' Hij wees naar de tanden. 'En een verwijzing naar de antieke tijd toen offerlammeren en aderlatingen bij mensen de gangbare rituelen waren om de goden gunstig te stemmen. Zoals ik vandaag met mijn antwoorden...' Hij gebaarde met zijn hand naar de decaan en de opponenten. '...deze goden gunstig hoop te stemmen.'

Het gelach klonk dit keer spontaner.

'Dank voor uw aandacht.'

Het applaus was, voor zover Smith het kon beoordelen, overweldigend.

Ståle Aune stond op, trok zijn stropdas recht, stak zijn borst vooruit en marcheerde naar het spreekgestoelte.

'Geachte promovendus, u heeft dus uw proefschrift gebaseerd op casestudies, maar wat ik me afvraag is hoe u conclusies kon trekken terwijl uw belangrijkste case – die van Valentin Gjertsen – uw conclusies juist niet ondersteunde. Ik bedoel dus vóórdat Lenny Hells rol duidelijk werd.'

Hallstein schraapte zijn keel en begon. 'In de psychologie is de interpretatieruimte groter dan in veel andere wetenschappen en het was uiteraard verleidelijk om het gedrag van Valentin Gjertsen te interpreteren binnen de kaders van de typische vampirist die ik had geschetst. Maar als onderzoeker moest ik eerlijk zijn. Tot voor een paar dagen geleden paste Valentin Gjertsen niet helemaal in mijn theorie. En hoewel het in de psychologie nooit zo zal zijn dat het plaatje precies kan worden ingevuld, moet ik toegeven dat het frustrerend was. Nu kun je je moeilijk verheugen over de tragedie van Lenny Hell. Maar het is wel zo dat die de theorieën van mijn onderzoek bevestigt en daarmee een nog duidelijker beeld en een groter begrip van de vampirist schept. Iets wat er hopelijk toe leidt dat in de toekomst dergelijke tragedies voorkomen kunnen worden en vampiristen eerder kunnen worden gestopt.' Hallstein kuchte. 'Ik wil de promotiecommissie bedanken dat ze veel tijd heeft besteed aan het doornemen van het originele manuscript en me toch de gelegenheid heeft geboden om veranderingen aan te brengen na de ontmaskering van Lenny Hell, waardoor alles op zijn plaats viel.'

Toen de decaan een discreet signaal gaf dat de tijd van de eerste opponent om was, had Hallstein het idee dat er nog maar vijf minuten waren verstreken. Het liep gesmeerd!

En toen de decaan naar het spreekgestoelte liep om te zeggen dat er een korte pauze was waarin eventuele vragen ex auditorio konden worden gemeld, kreeg Hallstein het gevoel dat hij nauwelijks kon wachten om te tonen wat voor een fantastisch werk hij had verricht dat in al zijn gruwelijkheid om het grootste en mooiste van alles handelde: de menselijke ziel.

Hallstein gebruikte de pauze om zich te mengen onder de mensen zodat hij iedereen kon begroeten die niet uitgenodigd was voor het diner. Hij zag Harry Hole staan met een donkerharige vrouw. Hij stormde op hen af.

'Harry!' zei hij en hij drukte de hand van de politieman die hard en koud als marmer was.

'Dit moet Rakel zijn.'

'Dit is ze,' zei Harry.

Hallstein drukte haar hand en zag dat Harry op zijn horloge keek en vervolgens naar de buitendeur.

'Verwacht je iemand?'

'Ja,' zei Harry. 'En daar zijn ze eindelijk.'

Hallstein zag twee personen binnenkomen. Een lange jongeman met donker haar en een man, waarschijnlijk ergens in de vijftig, met blond haar en een smalle, rechthoekige bril zonder montuur. Het viel hem op dat de jongeman op Rakel leek, maar hij herkende de ander ook vaag.

'Waar heb ik die man met bril eerder gezien?' vroeg Hallstein.

'Dat weet ik niet, maar dat is de hematoloog John D. Steffens.'

'En wat doet hij hier?'

Hallstein zag Harry diep ademhalen. 'Hij is hier om een punt achter deze geschiedenis te zetten. Dat weet hij alleen nog niet.'

Op dat moment luidde de decaan een bel en verkondigde luid dat iedereen weer plaats moest nemen.

John D. Steffens liep tussen de twee rijen door met Oleg Fauke op zijn hielen, hij liet zijn blik glijden over de aanwezigen op zoek naar Harry Hole. En hij voelde dat zijn hart oversloeg toen hij de blonde jongeman op de achterste rij in het oog kreeg. Op hetzelfde ogenblik zag Anders hem en Steffens zag de ontzetting op het gezicht van de jongeman. Steffens draaide zich om naar Oleg om te zeggen dat hij toch dringend naar een vergadering moest.

'Ik weet het,' was Oleg hem voor en hij maakte geen aanstalten opzij te willen stappen. Steffens realiseerde zich dat hij bijna net zo groot was als zijn pseudovader Hole. 'Maar nu gaan we het doen, Steffens.'

De jongen legde zijn hand op Steffens' schouder en de arts kreeg het gevoel dat hij op de stoel achter zich werd gedrukt. Steffens bleef zitten en voelde dat zijn hart langzaam tot rust kwam. Waardigheid. Ja, waardigheid. Oleg Fauke wist het, wat betekende dat Harry het wist. En dat ze hem geen kans gaven zich terug te trekken. En het was hem overduidelijk uit de reactie van Anders dat hij hier ook niet van wist. Ze waren om de tuin geleid. Om de tuin geleid om hier samen te zijn. Maar waarom?

Katrine Bratt zat tussen Harry en Bjørn in toen de decaan vanaf het spreekgestoelte zei: 'De promovendus heeft een vraag ex auditorio gekregen. Harry Hole, ga uw gang.'

Katrine keek verrast op toen Harry opstond. 'Dank u.'

Ze zag de verbaasde blikken van de anderen, hier en daar een flauw glimlachje alsof men een grap verwachtte. Ook Hallstein Smith leek er plezier in te hebben dat Harry achter het spreekgestoelte plaatsnam.

'Gefeliciteerd met deze heuglijke dag,' zei Harry. 'Je hebt bijna je grote doel bereikt en ik moet je ook bedanken voor je bijdrage aan het oplossen van de vampiristzaak.'

'Ik moet jullie bedanken,' zei Smith en hij boog licht.

'Ja, misschien,' zei Harry. 'Want wij hebben immers de man die aan de touwtjes trok, degene die Valentin stuurde. Iemand van wie Aune zegt dat op hem jouw hele dissertatie berust. Daar heb je dus geluk in gehad.'

'Dat heb ik.'

'Maar er zijn andere kwesties waar wij antwoord op willen hebben.'

'Ik ga mijn best doen, Harry.'

'Ik herinner me dat ik op de opname van Valentin van het moment dat hij bij jou de stal in liep, zag dat hij precies wist waar hij naartoe moest. Maar hij wist niets van de weegschaal achter de deur. Dus hij stapte daar zonder argwaan op, overtuigd dat hij vaste grond onder zijn voeten had. En verloor bijna zijn evenwicht. Waarom gebeurde dat?'

'We nemen sommige zaken als vanzelfsprekend aan,' zei Smith. 'In de psychologie noemen we dat rationaliseren, wat eigenlijk betekent dat we dingen versimpelen. Deden we dat niet dan zou de wereld niet hanteerbaar zijn, de hersenen zouden overbelast raken door alle onzekerheden waar we voortdurend rekening mee moeten houden.'

'Daarom lopen we in het donker ook een keldertrap af zonder dat we verwachten dat we ons hoofd stoten aan een waterleidingbuis.'

'Precies.'

'Maar hebben we dat één keer gedaan, dan herinneren we ons dat – in elk geval de meesten van ons – de volgende keer. Om die reden loopt Katrine Bratt al bij de tweede keer dat ze bij je is voorzichtig over de weegschaal. En daarom is het ook geen mysterie dat we huid en bloed van jou en mij op de buis hebben gevonden in de kelder van Hell, maar niets van Lenny Hell zelf. Hij moet als... ja, kind al hebben geleerd dat hij moest bukken. Anders zouden we het DNA van Hell wel hebben aangetroffen, want DNA kun je jaren later nog op zo'n buis terugvinden.'

'Ik geloof je op je woord, Harry.'

'Ik kom er nog op terug, maar laat ik eerst iets behandelen wat écht een mysterie is.'

Katrine ging rechtop zitten. Ze begreep nog niet wat er aan de hand was, maar ze kende Harry, ze kende de vibraties die als een gegrom met een lage frequentie in zijn stem kwamen.

'Toen Valentin Gjertsen rond middernacht jouw stal in liep, woog hij 74,7 kilo,' zei Harry. 'Maar toen hij de stal weer verliet wees de weegschaal, volgens de video-opname, 73,2 kilo aan dus precies anderhalve kilo minder.' Harry spreidde zijn armen. 'De voor de hand liggende verklaring van het verschil in gewicht ligt in het feit dat hij veel bloed had verloren in jouw werkkamer.'

Katrine hoorde het discrete maar ongeduldige kuchje van de decaan.

'Maar toen bedacht ik iets,' zei Harry. 'We waren de revolver vergeten! Die had Valentin bij zich, maar die was achtergebleven in de werkkamer. Een Ruger Redhawk weegt ongeveer 1,2 kilo. Dus als we nu het rekensommetje maken dan heeft Valentin slechts 0,3 kilo bloed verloren...'

'Hole,' zei de decaan. 'Als dat een vraag is aan de promovendus hier...'

'Eerst eentje aan een expert op het gebied van bloed,' zei Harry en hij draaide zich om naar de zaal. 'Chef-arts John Steffens, jij bent hematoloog en je was toevallig aanwezig toen Penelope Rasch het ziekenhuis werd binnengebracht.'

John Steffens voelde dat het zweet hem uitbrak toen alle blikken op hem werden gericht. Het was hetzelfde gevoel als toen hij in het getuigenbankje zat en ondervraagd werd over de dood van zijn vrouw. Hoe ze aan die messteken was gekomen, en hoe ze letterlijk in zijn armen was leeggebloed. De blik van al die mensen, net als nu. De blik van Anders, toen en nu.

Hij slikte.

'Ja, dat was ik.'

'Jij bleek toen een heel goed oog te hebben voor hoeveelheden bloed. Op basis van een foto schatte jij haar bloedverlies op anderhalve liter.'

'Ja.'

Harry haalde een foto uit de zak van zijn colbert en hield die omhoog. 'En gebaseerd op deze foto in Hallstein Smiths werkkamer, die de chauffeur van de ambulance jou heeft laten zien, schatte jij het bloedverlies ook op anderhalve liter, dus anderhalve kilo, of klopt dat niet?'

Steffens slikte. Hij wist dat Anders' ogen in zijn rug prikten. 'Dat klopt. Ik kan er twee deciliter naast zitten.'

'Even voor de zekerheid, het ís mogelijk om weer overeind te krabbelen als je anderhalve liter bloed hebt verloren?'

'Er zijn individuele verschillen, maar als je fysiek in orde bent en beschikt over een sterke wil dan is dat mogelijk, ja.'

'En dan ben ik nu aangekomen bij mijn simpele vraag,' zei Harry.

Steffens voelde een zweetdruppel over zijn voorhoofd lopen.

Harry draaide zich weer om.

'Hoe is dit mogelijk, Smith?'

Katrine hapte naar adem. De stilte die volgde lag als een fysieke massa in de zaal.

'Ik moet het antwoord schuldig blijven, Harry, ik weet het niet,' zei Smith. 'Ik hoop dat om die reden mijn doctorsgraad niet wordt ingehouden. Ik wil ter verdediging opmerken dat deze vraag buiten de kaders van mijn onderzoek valt.' Hij lachte, maar ditmaal oogstte hij geen gelach. 'Maar het valt wel binnen de kaders van het politieonderzoek dus misschien kun je zelf antwoord geven, Harry?'

'Nou,' zei Harry en hij haalde diep adem.

Nee, dacht Katrine en ze hield haar adem in.

'Valentin Gjertsen had geen revolver bij zich toen hij binnenkwam. Die lag al in jouw werkkamer.'

'Wat?' Smiths lach klonk als een eenzame vogelkreet in de feestzaal.

'Hoe moet die daar in godsnaam terecht zijn gekomen?'

'Jij hebt die meegenomen,' zei Harry.

'Ik? Ik heb niets met die revolver te maken.'

'Het was jouw revolver, Smith.'

'De mijne? Ik heb van mijn leven nooit een revolver gehad, dat kun je checken in het wapenregister.'

'Waar de revolver op naam staat van een zeeman uit Farsund, die jij hebt behandeld voor schizofrenie.'

'Een zeeman? Waar heb je het over, Harry? Je hebt zelf gezegd dat Valentin jou heeft bedreigd met die revolver in de bar waar hij Mehmet Kalak vermoordde.'

'Je hebt die later teruggekregen.'

Er ging een onrustig gegons door de zaal, het geluid van zacht gemompel en mensen die heen en weer schoven op hun stoelen.

De decaan stond op en zag eruit als een haan die zijn veren schudde toen hij zijn armen in de toga spreidde om de zaal tot stilte te manen. 'Het spijt me, meneer Hole, maar dit is een promotie. Als dit om een politiezaak gaat dan stel ik voor dat u daarvoor de geëigende wegen bewandelt, dit hoort niet thuis in de academische wereld.'

'Geachte voorzitter en opponenten,' zei Harry. 'Gaat het hier niet om de principiële betekenis van de beoordeling van dit proefschrift, namelijk of we hier te maken hebben met een foutief interpreteren van een casestudy?'

'Meneer Hole,' begon de decaan bulderend.

'...heeft gelijk,' zei Ståle Aune. 'Geachte voorzitter, als lid van de promotiecommissie ben ik zeer geïnteresseerd in de vragen die Hole voor de promovendus heeft.'

Voor hij ging zitten staarde de decaan Aune, vervolgens Harry en ten slotte Smith aan.

'Goed,' zei Harry. 'Dan wil ik de promovendus vragen of hij Lenny Hell gegijzeld hield in zijn eigen huis en of hij niet zelf degene was die Valentin Gjertsen stuurde in plaats van Hell?'

Er ging een bijna geluidloos geruis door de zaal dat werd gevolgd door een stilte die zo totaal was dat het leek of alle lucht uit de zaal was gezogen.

Smith schudde verbijsterd zijn hoofd. 'Dit is een grap toch, Harry? Dit hebben jullie in de Vuurkamer bedacht om deze promotie wat op te vrolijken en nu...'

'Ik stel voor dat je antwoord geeft, Hallstein.'

Misschien kwam het door het feit dat Harry zijn voornaam gebruikte dat Smith besefte dat het hem ernst was, Katrine meende in elk geval te zien dat er iets leek neer te dalen in Smith.

'Harry,' zei hij zacht. 'Ik was nog nooit in het huis van Hell geweest voor jij me daar zondag mee naartoe nam.'

'Jawel, dat ben je wel,' zei Harry. 'Je bent weliswaar heel precies geweest in het verwijderen van sporen op plekken waar je vingerafdrukken of DNA-materiaal kan hebben achtergelaten, maar je bent één plek vergeten. De waterleidingbuis.'

'De waterleidingbuis? We hebben die zondag verdomme allemaal DNA achtergelaten op die verrekte buis, Harry!'

'Jij niet.'

'Jawel, ik ook! Vraag Bjørn maar, hij zit daar!'

'Wat Bjørn Holm kan bevestigen is dat jouw DNA op de buis zit, maar dat is er niet zondag op terechtgekomen. Want zondag ben jij in de kelder gekomen terwijl ik daar al was. Geluidloos, weet je nog? Ik hoorde je niet aankomen. Geluidloos omdat jij je hoofd niet stootte aan de buis. Je bukte omdat je hersenen het nog wisten.'

'Dit is belachelijk, Harry. Ik heb mijn hoofd zondag gestoten, ik heb alleen geen geluid gemaakt.'

'Misschien omdat je dit ophad dat de stoot opving...' Harry viste een zwarte muts uit zijn zak en zette die op zijn hoofd. Voor op de muts stond een wit doodshoofd en Katrine las de naam Sankt Pauli. 'Dus hoe kun je DNA achterlaten, bloed, huid of haar, als je deze muts goed over je oren had getrokken?'

Hallstein Smith knipperde heftig met zijn ogen.

'De promovendus geeft geen antwoord,' zei Harry. 'Dus laat ik voor hem antwoorden. Hallstein Smith heeft de eerste keer dat hij in de kelder was zijn hoofd gestoten, maar dat was lang geleden, nog voordat de zogenaamde vampirist aan zijn daden begon.'

In de stilte die volgde was het enige wat te horen was Hallstein Smiths zachte, klokkende lachje.

'Voordat ik iets zeg,' zei Smith, 'vind ik dat we onze voormalige inspecteur Harry Hole een applaus moeten geven voor deze fantastische vertelling.'

Smith begon te klappen en hier en daar werd er meegeklapt voor het weer wegstierf.

'Maar voor het meer dan een vertelling wordt, is er hetzelfde nodig als in een proefschrift,' zei Smith. 'Bewijs! En dat heb je niet, Harry. Jouw hele conclusie is gefundeerd op hoogst twijfelachtige gronden. Dat een erg oude weegschaal in een stal in staat is het exacte gewicht aan te wijzen van iemand die daar maar enkele seconden op staat, een weegschaal waarvan ik kan vertellen dat die vaak een hoger gewicht aangeeft. En dat ik zondag door een muts geen DNA kan hebben achtergelaten op een waterleidingbuis. Een muts waarvan ik kan vertellen dat ik die had afgedaan toen ik de keldertrap af liep, voordat ik mijn hoofd stootte, en die ik weer opdeed omdat het beneden in de kelder koud was. Dat ik geen duidelijke wond op mijn hoofd had kan liggen aan sterk littekenweefsel. Mijn vrouw kan bevestigen dat ik wel een kras op mijn hoofd had toen ik thuiskwam.'

Katrine zag de vrouw in haar zelfgemaakte jurk in aardkleuren met donkere ogen in een uitdrukkingsloos gezicht naar haar man staren. Het leek of ze in shock was.

'Of niet, May?'

De mond van de vrouw ging open en sloot zich weer. Ze knikte langzaam.

'Zie je, Harry?' Smith hield zijn hoofd scheef en keek Harry met een verdrietige, medelijdende blik aan. 'Zie je nu hoe eenvoudig het is om jouw theorie af te schieten?'

'Nou,' zei Harry. 'Ik respecteer de loyaliteit van je vrouw, maar ik ben bang dat het DNA-bewijs onweerlegbaar is. De analyse van het gerechtelijk laboratorium wijst uit dat het organisch materiaal niet alleen jouw DNA-profiel heeft, maar ook dat het meer dan twee maanden oud is, dus dat het onmogelijk van afgelopen zondag kan stammen.'

Katrine schrok op en staarde Bjørn aan. Hij keek haar aan en schudde haast onmerkbaar zijn hoofd.

'Daarom, Smith, is het geen theorie dat je ergens in de herfst in Hells kelder bent geweest. Het is een feit. Om dezelfde reden dat het een feit is dat jij de Ruger-revolver in je bezit had en dat die in je werkkamer lag toen jij op de ongewapende Valentin Gjertsen schoot. Daarbovenop komt nog de stylometrieanalyse.'

Katrine keek naar de opgerolde gele kartonnen map die Harry uit zijn binnenzak had gehaald.

'Dat is een computerprogramma dat de woordkeus, de zinsopbouw, de opbouw van de tekst en de interpunctie vergelijkt om de schrijver te kunnen identificeren. Met stylometrie is de discussie losgebarsten over welke stukken Shakespeare wel en niet heeft geschreven. Het slagingspercentage, waarbij dus de juiste schrijver wordt aangewezen, ligt iets boven de tachtig procent. Dus niet hoog genoeg om het bewijs te noemen. Maar het slagingspercentage waarbij een bepaalde auteur, bijvoorbeeld Shakespeare, wordt uitgesloten ligt op negenennegentig komma negen procent. Onze IT-expert Tord Gren heeft het computerprogramma gebruikt om de e-mails te vergelijken die naar Valentin werden gestuurd met de duizenden eerdere mails van Lenny Hell aan anderen. En de conclusie is...' Harry gaf de map aan Katrine, '...dat Lenny Hell niet de schrijver is van de instructies die Valentin Gjertsen per mail ontving.'

Smith staarde Harry aan. Haar viel op zijn bezwete voorhoofd.

'Daarover zullen we het tijdens het verhoor op het politiebureau wel verder hebben,' zei Harry. 'Maar dit is een promotie. En jij hebt nog steeds de kans om de promotiecommissie een verklaring te geven waardoor jou de doctorstitel niet kan worden geweigerd. Of niet, Aune?'

Ståle Aune schraapte zijn keel. 'Dat klopt. De wetenschap is idealiter blind voor de moraal van de tijdgeest en het zou niet de eerste doctorsgraad zijn die is behaald met moreel twijfelachtige of absoluut onwettige methoden. Wat we in de promotiecommissie moeten weten, voordat we eventueel deze dissertatie goedkeuren, is of er inderdaad iemand is geweest die Valentin stuurde. Mocht dat niet het geval zijn dan is dat voor mij een reden dat de commissie het proefschrift niet kan goedkeuren.'

'Bedankt,' zei Harry. 'Wat zeg je daarop, Smith? Wil je dat nu aan de promotiecommissie uitleggen voordat we je arresteren?'

Hallstein Smith staarde Harry aan. Het enige wat te horen was, was zijn gehijg alsof hij de enige in de zaal was die ademhaalde. Er flitste een licht van een fototoestel.

De rood aangelopen voorzitter boog zich naar Ståle en fluisterde sissend: 'Here Jeremias, Aune, wat gebeurt er?'

'Weet je wat een apenval is?' vroeg Ståle Aune, hij leunde achterover en sloeg zijn armen over elkaar.

Hallstein Smiths hoofd schokte alsof hij een elektrische stroomstoot had gekregen, hij tilde zijn armen op en wees naar het plafond terwijl hij lachend uitriep: 'Wat heb ik te verliezen, Harry?'

Harry gaf geen antwoord.

'Ja, Valentin werd gestuurd. Door mij. Uiteraard schreef ik de brieven. Maar het belangrijkste is niet wie er achter Valentin stond en aan de touwtjes trok, het wetenschappelijke punt is dat Valentin een echte vampirist was zoals uit mijn onderzoek blijkt, en niets van wat jij hier zegt kan mijn resultaten weerleggen. Ik moest de voorwaarden scheppen en een laboratoriumsituatie nabootsen, is dat niet wat wetenschappers altijd doen?' Hij liet zijn blik over de mensen gaan. 'Maar uiteindelijk is het zijn keus wat hij doet, niet de mijne. En zes mensenlevens is geen grote prijs die we betalen om…' Smith klopte met zijn wijsvinger op het ingebonden proefschrift. '…de mensheid in de toekomst lijden en moorden te besparen. Hierin zijn de kenmerken en profielen beschreven. Het was Valentin Gjertsen die hun bloed dronk, die hen vermoordde, niet ik. Ik heb hem alleen gefaciliteerd. Als je het geluk hebt zo'n vampirist tegen te komen, ben je verplicht van die gelegenheid gebruik te maken, je kunt je niet laten stoppen door een kortzichtig moreel perspectief. Je moet naar het grotere beeld kijken, naar wat het beste is voor de mensheid, vraag Oppenheim maar, vraag Mao, kijk naar de duizenden laboratoriumratten die kanker hebben.'

'Dus je hebt Lenny Hell en Marte Ruud doodgeschoten voor óns?' riep Harry.

'Ja, ja! Offers voor de wetenschap!'

'Zoals jij jezelf offert en jouw medemenselijkheid? Door medemenselijk te zijn?'

'Precies, precies!'

'Dus ze zijn gestorven zodat jij, Hallstein Smith, eindelijk erkend zou worden? Zodat de aap zijn troon zou krijgen, zijn naam in de geschiedenisboeken. Want dat heeft je al die tijd gedreven, is het niet?'

'Ik heb jullie laten zien waar een vampirist toe in staat is! Verdien ik geen bedankje van de samenleving?'

'Nou,' zei Harry. 'Je hebt vooral laten zien waar een vernederd mens toe in staat is.'

Hallstein Smiths hoofd schokte opnieuw. Zijn mond ging open en weer dicht, maar er kwam niets meer.

'We hebben genoeg gehoord,' zei de decaan. 'Deze promotie wordt afgesloten en ik vraag eventueel aanwezige politie over te gaan tot arrestatie van...'

Hallstein Smith handelde verrassend snel. Met twee snelle stappen was hij bij de tafel en greep hij de revolver, deed een grote stap naar de eerste rij en zette de revolver tegen het voorhoofd van de eerste de beste toeschouwer.

'Sta op!' siste hij. 'En verder blijft iedereen zitten!'

Katrine zag een blonde vrouw opstaan en Smith draaide haar om zodat ze als een schild voor hem stond. Het was Ulla Bellman. Haar mond hing open en ze staarde in stomme verbijstering naar een man op de eerste rij. Katrine zag het achterhoofd van Mikael Bellman en ze wist niet wat zijn gezicht uitdrukte, alleen dat hij als bevroren zat. Er klonk een jammerende kreet. Die kwam van May Smith. Haar lichaam helde iets over naar de ene kant.

'Laat haar gaan.'

Katrine draaide zich om naar de grommende stem. Het was Truls Berntsen. Hij was opgestaan van zijn stoel op de achterste rij en liep naar voren.

'Stop, Berntsen,' riep Smith. 'Anders schiet ik haar én jou dood!'

Maar Truls Berntsen stopte niet. En profiel was zijn onderbeet nog duidelijker dan gewoonlijk, maar dat gold ook voor de nieuwe spieren onder zijn trui. Hij kwam bij het podium, liep langs de eerste rij, recht op Smith en Ulla Bellman af.

'Nog één stap...'

'Schiet mij eerst neer, Smith, anders krijg je daar geen tijd voor.'

'Zoals je wilt.'

Berntsen snoof. 'Jij verrekte burgerman, jij durft ni...'

Katrine voelde de druk in haar oren alsof ze in een vliegtuig zat dat plotseling viel. En pas het volgende ogenblik besefte ze dat de knal uit de grote revolver kwam.

Truls Berntsen was gestopt en hij stond licht voorovergebogen te zwaaien op zijn benen. Zijn schouders schokten, zijn mond hing open en zijn ogen puilden uit. Katrine zag het gat in zijn borst en ze wachtte op het bloed. En toen kwam het. Het leek of Truls zich met zijn laatste krachtsinspanningen overeind hield terwijl zijn blik gevestigd bleef op Ulla Bellman. Toen viel hij achterover.

Ergens in de zaal klonk een gil van een vrouw.

'Niemand verroert zich,' riep Smith achteruitlopend met Ulla Bellman voor hem. 'We blijven buiten een minuut staan met de deur op een kier en als ik zie dat iemand van jullie opstaat, dan schiet ik haar dood.'

Uiteraard blufte hij. En uiteraard wilde niemand het risico lopen dat het niet het geval was.

'De sleutels van de Amazon,' fluisterde Harry die nog steeds stond. Hij stak zijn hand uit naar Bjørn die bliksemsnel reageerde en de sleutels in zijn hand legde.

'Hallstein!' riep Harry en hij begon te lopen. 'Jouw auto staat op de parkeerplaats voor bezoekers van de universiteit en die wordt op dit moment grondig onderzocht door de technische recherche. Ik heb de sleutels van een auto die voor het gebouw staat geparkeerd en ik ben een betere gijzelaar voor je.'

'Omdat?' antwoordde Smith terwijl hij achteruit bleef lopen.

'Omdat ik kalm zal blijven en omdat jij een geweten hebt.'

Smith bleef staan. Hij nam Harry een paar seconden onderzoekend op.

'Loop daarheen en doe die handboeien om,' zei hij, knikkend naar de tafel.

Harry liep langs de rij, passeerde Truls die roerloos op de grond lag en ging bij de tafel staan met zijn rug naar de zaal en Smith toe.

'Zodat ik je kan zien!' riep Smith.

Harry draaide zich naar hem om en hield zijn handen omhoog zodat hij kon zien dat ze geboeid waren door de replica handboeien.

'Kom hierheen!'

Harry liep op hem af.

Smith duwde Ulla Bellman aan de kant en richtte de revolver op Harry.

'Eén minuut!'

Katrine zag hoe Smith zijn vrije hand gebruikte om de langere Harry bij zijn schouder te pakken, hij draaide hem om en stuurde hem in de richting van de deur die hij op een kier liet staan.

Ulla Bellman staarde naar de deur voor ze zich omdraaide en naar haar man keek.

Katrine zag hoe Bellman haar gebaarde naar hem toe te komen. En Ulla begon te lopen. Met kleine, onzekere pasjes alsof ze op dun ijs liep. Maar toen ze bij Truls Berntsen kwam, zakte ze op haar knieën. Ze legde haar hoofd op zijn bebloede trui. En in de stilte van de zaal leek die ene, gekwelde kreet die uit Ulla's keel ontsnapte luider dan het schot uit de revolver.

Harry voelde hoe de loop tegen zijn rug prikte terwijl hij voor Smith uit liep. Verdomme, verdomme! Hij had dit gisteren tot in de details uitgedacht, had verschillende scenario's doorgenomen, maar hij had niet voorzien wat er nu gebeurde.

Harry duwde met zijn voet de buitendeur open en de koude maartlucht beet in zijn gezicht. Het plein voor de universiteit was leeg en baadde in het zonlicht. De zwarte lak van Bjørns Volvo Amazon blonk.

'Lopen!'

Harry liep de trap af naar het plein. Bij de tweede stap gleden zijn voeten onder hem weg en hij viel op zijn zij zonder dat hij zich kon tegenhouden. De pijn schoot door zijn arm en rug toen de schouder op het ijs klapte.

'Opstaan!' zei Smith sissend, hij greep de ketting tussen de handboeien en trok hem omhoog. Harry gebruikte de vaart die Smith hem gaf en wist dat er waarschijnlijk geen betere kans zou komen. Hij wierp zijn hoofd naar voren op het moment dat hij overeind stond. Hij trof Smith op zijn neus waarop die twee wankele stappen naar achteren zette en viel. Harry deed nog een stap en wilde de actie afmaken, maar Smith lag op zijn rug met beide handen rond de revolver die gericht was op Harry.

'Vooruit, Harry. Ik ben dit gewend, ik lig in mijn vrije tijd vaak te stoeien met mijn kinderen. Dus kom maar op!'

Harry staarde naar de revolvermond. De neus van Smith stond niet recht meer en er was iets wits te zien in de scheur van de huid. Een dunne streep bloed liep langs de neusvleugel.

'Ik weet wat je denkt, Harry,' zei Smith lachend. 'Het is hem niet gelukt om Valentin van tweeënhalve meter afstand dood te schieten. Dus kom maar op. Of draai anders de auto van het slot.'

Harry's hersenen maakten de noodzakelijke rekensom, toen keerde hij zich om en draaide het portier langzaam van het slot. Hij hoorde dat Smith overeind krabbelde. Harry ging zitten en nam rustig de tijd om de sleutel in het contact te steken.

'Ik rij,' zei Smith. 'Schuif door.'

Harry deed wat hij zei, klom omstandig en klunzig over de versnellingspook naar de passagiersplaats.

'En ga op je handen zitten.'

Harry keek hem aan.

'Ik wil tijdens het rijden niet een paar handboeien rond mijn nek hebben,' zei Smith en hij tilde de revolver op. 'Jammer voor je dat je geen yogalessen hebt gevolgd. Ik merk dat je de boel probeert te traineren. Dus je krijgt vijf seconden. Vier...'

Harry leunde zo ver als de rugleuning het toeliet achterover, hield de geboeide armen voor zich en boog zijn knieën.

'Drie, twee...'

Het lukte hem om zijn gepoetste schoenen tussen zijn armen door te wurmen.

Smith ging zitten, leunde over Harry heen, trok de ouderwetse autogordel over Harry's borst en trok hem zo hard aan dat Harry in de rugleuning werd geduwd. Hij viste de mobiele telefoon uit Harry's zak. Maakte zijn eigen gordel vast en draaide de sleutel om. De motor ronkte. Hij zette de auto in de versnelling, liet de koppeling opkomen, stuurde de weg op, draaide het raam naar beneden en gooide Harry's mobiel en vervolgens die van hemzelf naar buiten.

Ze reden in de richting van de Karl Johans gate, sloegen rechts af en hadden uitzicht op het koninklijk slot. Het verkeerslicht sprong op groen. Hij sloeg links af, nam een rotonde, opnieuw groen, langs het Konserthus. Aker Brygge. Het verkeer stroomde vlot door. Te goed, dacht Harry. Hoe verder Smith en hij kwamen voordat Katrine de surveillanceauto's en de politiehelikopter kon alarmeren, des te groter het gebied dat ze moesten uitkammen en des te meer wegversperringen er nodig waren.

Smith keek uit over de fjord. 'Oslo kan nauwelijks mooier worden dan vandaag, vind je niet?'

Zijn stem klonk nasaal en werd begeleid door een klein piepgeluid. Dat moest door de gebroken neus komen.

'Een zwijgende reisgenoot,' zei Smith. 'Ja ja, je hebt voor vandaag ook genoeg gezegd.'

Harry hield zijn blik gericht op de weg voor hem. Katrine kon hun mobielen niet gebruiken om de auto te peilen, maar zolang Smith de hoofdwegen bleef volgen was er hoop dat ze snel gevonden zouden worden. Vanuit een helikopter zou de auto met rallystrepen op het dak en de kofferbak makkelijk te onderscheiden zijn van andere auto's.

'Hij kwam bij me, noemde zich Alexander Dreyer en wilde praten over Pink Floyd en de stemmen die hij hoorde,' zei Smith hoofdschuddend. 'Maar zoals je al begrepen hebt, ben ik goed in het lezen van mensen en ik zag al snel dat het niet om een gewone cliënt ging, maar om een extreem zeldzaam exemplaar van het soort psychopaat. Dus ik gebruikte wat hij vertelde over zijn seksuele voorkeuren om een beetje rond te vragen bij collega's die als experts in zedenzaken werkten en geleidelijk kreeg ik in de gaten met wie ik te maken had. En wat zijn dilemma was. Dat hij ernaar snakte zijn jachtinstinct te volgen, maar dat de kleinste misstap, een vage verdenking, een bagatel, de aandacht van de politie kon richten op Alexander Dreyer en hem kon ontmaskeren. Volg je me, Harry?'

Smith wierp een snelle blik op hem. 'Hij kon alleen op jacht gaan als hij zeker wist dat hij veilig was. Hij was perfect, een man zonder alternatieven, het was alleen een kwestie van hem een halsband omdoen en de kooi openzetten. Hij zou alles eten – en drinken – wat hem werd aangeboden. Maar ik kon niet zelf de aanbieder van de plannen zijn, ik had een fictieve poppenspeler nodig, een bliksemafleider naar wie de sporen zouden leiden mocht Valentin worden gepakt en bekennen. Iemand die uiteindelijk ontmaskerd zou worden waardoor alles op zijn plaats zou vallen en de theorieën in mijn proefschrift over de impulsieve, kinderlijke, chaotische vampirist bekrachtigd zouden worden. En Lenny Hell was die kluizenaar die in een afgelegen huis woonde en nooit bezoek kreeg. Maar stel je voor, op een dag krijgt hij verrassend genoeg bezoek van zijn psycholoog. Die heeft iets op zijn hoofd waardoor hij op een havik lijkt en in zijn hand heeft hij een grote, rode revolver. Kra, kra, kra!' Smith lachte luid. 'Je had het gezicht van Lenny moeten zien toen hij begreep dat hij gevangen was genomen en mijn slaaf was geworden! Eerst moest hij mijn cliëntenarchief dat ik had meegenomen, naar boven, naar zijn werkkamer, brengen. Daarna vonden we een kooi die de familie had gebruikt voor varkensvervoer en die heeft hij naar de kelder gebracht. Toen zal ik wel mijn hoofd hebben gestoten aan die verrekte waterleidingbuis. We hebben er een matras ingelegd waarop Lenny kon zitten en liggen en toen heb ik hem met handboeien vastgemaakt aan de kooi. En daar is hij in gebleven. Ik had Lenny eigenlijk verder niet nodig nadat ik alle details uit hem had geperst over de vrouwen die hij had gestalkt en ik de sleutelkopieën van hun woningen en zijn wachtwoord had gekregen zodat ik vanaf Lenny's pc e-mails kon sturen naar Valentin. Maar ik moest toch wachten met het arrangeren van zijn zelfmoord. Als Valentin gepakt en of gedood zou worden en de politie zou naar Hell worden geleid, moest er immers een tamelijk vers lijk worden aangetroffen zodat de tijdslijn en de geschiedenis klopten. Maar om ervoor te zorgen dat de politie niet te vroeg naar Hell werd geleid moest ik hem voor de eerste moord een waterdicht alibi bezorgen. Ik wist immers dat zijn alibi zou worden gecontroleerd omdat hij telefonisch contact had gehad met Elise Hermansen. Dus ik heb Lenny op het tijdstip dat Valentin volgens mijn instructies Elise zou vermoorden meegenomen naar de plaatselijke pizzeria zodat hij zou worden gezien. Ik had het vervolgens zo druk met het onder schot houden van Lenny dat ik niet in de gaten had dat er noten zaten in de pizzabodem voor het te laat was.' Opnieuw gelach.

'Daarna zat Lenny veel alleen in de kooi. Ik moest lachen toen ik hoorde dat jullie Lenny's sperma op de matras hadden gevonden en daaruit concluderen dat hij Marte Ruud had misbruikt.'

Ze reden langs Bygdøy en Snarøya. Harry telde automatisch de seconden. Tien minuten sinds ze bij de universiteit waren weggereden. Hij keek op naar de strakblauwe lucht.

'Want Marte Ruud is nooit misbruikt. Ik heb haar direct doodgeschoten toen ik haar vanuit het bos naar de kelder had gebracht. Valentin had haar al kapotgemaakt dus het was een barmhartige daad van me.' Smith draaide zijn hoofd naar Harry. 'Ik hoop dat je het begrijpt, Harry? Harry? Vind je dat ik te veel praat, Harry?'

Smith zuchtte. 'Je zou een goede psycholoog zijn, Harry. Cliënten houden van zwijgende psychologen, ze denken dat het betekent dat ze grondig worden geanalyseerd. Professionele zwijgzaamheid wordt altijd opgevat als iets positiefs. Nou, ze kunnen naar de hel lopen met...'

Ze naderden Høvikodden. De Oslofjord dook weer links op. Harry had het uitgerekend. Het zou de politie misschien gelukt zijn om bij Asker een wegversperring op te zetten, daar zouden ze over tien minuten zijn.

'Kun je je voorstellen wat een geschenk het voor me was toen je me vroeg deel te nemen aan het onderzoek, Harry? Ik werd zo overvallen door de vraag dat ik eerst nee zei. Maar toen realiseerde ik me dat ik alle informatie kon krijgen en Valentin kon waarschuwen als jullie te dichtbij kwamen. Op die manier kon hij langer de plannen uitvoeren. Míjn vampirist zou Kürten, Haigh en Chase overtreffen en daarmee de grootste van allemaal worden. Maar toen kreeg ik toch niet alle informatie. Ik begreep pas dat de hamam werd bewaakt toen we in de auto zaten op weg daarnaartoe. En ik begon de controle te verliezen over Valentin, hij vermoordde de barkeeper en kidnapte Marte Ruud. Maar gelukkig wist ik op tijd dat de identiteit van Alexander Dreyer was ontdekt zodat ik hem nog kon waarschuwen en hij zijn appartement kon ontvluchten. Op dat moment had Valentin inmiddels begrepen dat ik, zijn voormalige psycholoog, de man was die aan de touwtjes trok, maar nou en? Het maakte hem niet uit met wie hij in het bootje zat. Niettemin begreep ik dat het net bezig was zich te sluiten. Dat het tijd werd voor de grande finale die ik al een poosje had gepland. Ik had ervoor gezorgd dat hij in het Plaza Hotel logeerde, maar dat kon natuurlijk niet lang zo blijven. Ik stuurde hem een envelop met kopieën van sleutels van de stal en mijn werkkamer en instructies dat hij zich daar rond middernacht moest verstoppen, als iedereen naar bed was gegaan. Ik kan natuurlijk niet uitsluiten dat hij bange vermoedens had, maar welke alternatieven had hij nog nu zijn schuilnaam was ontdekt? Hij móest er gewoon op gokken dat ik te vertrouwen was. En je moet me de credits geven voor de manier waarop ik het in scène heb gezet, Harry. Dat ik jou en Katrine heb gebeld zodat ik via de telefoon getuigen had naast de beelden die de bewakingscamera maakte. Ja, je kunt het natuurlijk een koelbloedige liquidatie noemen dat ik het verhaal heb gefabriceerd van een heldhaftige wetenschapper die deze seriemoordenaar had getart met zijn uitspraken en hem uit zelfverdediging moest doden. Maar zoals ik het zie heeft dat ertoe geleid dat de buitenlandse pers naar een gewone promotie kwam en dat veertien uitgeverijen de rechten van het proefschrift hebben gekocht. Uiteindelijk gaat het om onderzoek, om wetenschap. Dit is vooruitgang, Harry. En het is mogelijk dat de weg naar de hel is geplaveid met goede voornemens, maar dat is de weg naar een geïnformeerde toekomst voor de mensheid ook.'

Oleg draaide het contactsleuteltje om.

'Naar de Spoedeisende Hulp van het Ullevål!' riep de jonge, blonde agent van de achterbank waar hij met het hoofd van Truls Berntsen op zijn schoot zat. Ze zaten beiden onder het bloed.

'Plankgas en gebruik je claxon!'
Oleg wilde de koppeling loslaten toen het portier werd opengerukt.
'Nee!' riep de agent woedend.
'Maak plaats, Anders!' Het was Steffens. Hij schoof over de achterbank en dwong de agent opzij te gaan.
'Hou zijn benen hoog,' commandeerde Steffens die Berntsens hoofd vasthield. 'Dan loopt het...'
'Bloed naar zijn hart en hersenen,' zei Anders.
Oleg liet de koppeling los en ze raceten de parkeerplaats af. De weg op tussen de tingelende trams en toeterende taxi's.
'Hoe is de situatie, Anders?'
'Kijk zelf,' zei Anders. 'Bewusteloos, zwakke pols, maar hij ademt. De schotwond zit zoals je ziet in de rechterhemithorax.'
'Dat is het probleem niet,' zei Steffens. 'Het probleem is de uitgangswond. Help me hem om te draaien.'
Oleg wierp een blik in de spiegel en zag dat ze gezamenlijk Truls Berntsen op zijn zij draaiden en zijn overhemd opentrokken. Hij concentreerde zich weer op de weg, toeterde driftig om een vrachtwagen te passeren, reed op een kruispunt met grote snelheid door rood.
'Wel, verdomme,' zei Anders kreunend.
'Ja, het is een groot gat,' zei Steffens. 'De kogel heeft waarschijnlijk een deel van een rib meegenomen. Hij zal doodbloeden voor we in het ziekenhuis zijn als we niet...'
'Als we niet...?'
Oleg hoorde Steffens diep ademhalen. 'Als we niet beter ons best doen dan bij je moeder. Leg je handpalmen aan weerszijden van de wond – zo – en duw de randen naar elkaar. Sluit het gat zo goed als je kunt, er is geen andere manier.'
'De randen glijden weg.'
'Scheur repen van zijn overhemd en gebruik die, daarmee krijg je meer grip.'
Oleg hoorde Anders zwaar ademhalen en hij keek weer in de spiegel. Hij zag dat Steffens een vinger op Berntsens borst had gelegd en daar met een andere vinger op klopte.

'Ik percuteer, maar ik heb te weinig ruimte om mijn oor op zijn borst te kunnen leggen,' zei Steffens. 'Kun jij misschien...'

Anders leunde voorover zonder de wond los te laten. Hij legde zijn hoofd op Truls' borst. 'Dof geluid,' zei hij. 'Geen lucht. Denk je...?'

'Ja, ik ben bang dat het een hemothorax is,' zei de vader. 'De pleurale ruimte vult zich met bloed en kan elk moment barsten. Oleg...'

'Ik hoor het,' zei Oleg en hij drukte het gaspedaal verder in.

Katrine stond midden op Universitetsplassen met de mobiel tegen haar oor gedrukt te kijken naar de lege, wolkeloze hemel. Er was niets te zien, geen helikopter die ze had opgeroepen met de opdracht de E6 in noordelijke richting te observeren. Die moest van vliegveld Gardermoen komen.

'Nee, we hebben geen mobielen die we kunnen peilen,' riep ze boven het geluid van de sirenes uit die van verschillende kanten uit de stad kwamen en in elkaar overgingen. 'Geen geregistreerde betalingen bij tolpoorten, niets. We zetten op de E6 en E18 wegversperringen op. Ik geef het direct door als we iets hebben.'

'Oké,' zei Falkeid. 'We staan stand-by.'

Katrine drukte op BEËINDIG GESPREK en kreeg onmiddellijk een nieuw telefoontje.

'Asker politie op de E18,' zei de stem aan de andere kant van de lijn. 'We hebben een vrachtwagen gestopt en die wordt dwars over de weg gezet vlak voor de afrit naar Asker. Op die manier sluizen we al het verkeer naar één rijbaan en kan de autoweg na de rotonde weer bereikt worden. Het gaat om een zwarte Amazon, jaren zeventig model met geblokte rallystrepen, toch?'

'Ja.'

'Hebben we het over de slechtste vluchtauto aller tijden?'

'Laten we het hopen. Hou me op de hoogte.'

Bjørn kwam aangerend. 'Oleg en de chef-arts brengen Berntsen naar het ziekenhuis,' zei hij hijgend. 'Wyller is ook ingestapt.'

'Hoe groot is de kans dat hij het overleeft, denk je?'

'Ik heb alleen ervaring met lijken.'

'Oké, zag Berntsen eruit als een lijk?'

Bjørn Holm haalde zijn schouders op. 'Hij bloedde nog steeds en dat betekent dat hij nog niet helemaal leeg is.'

'En Rakel?'

'Ze is in de feestzaal en bekommert zich om de vrouw van Bellman die behoorlijk over haar toeren is. Bellman zelf moest weg omdat hij de operatie moest leiden vanaf een plek waar hij overzicht had.'

'Overzicht?' zei Katrine snuivend. 'Het enige overzicht komt hiervandaan!'

'Ik weet het, maar rustig nu, schatje, we willen niet dat het kind in de stress raakt, toch?'

'Mijn god, Bjørn.' Ze kneep in de mobiel. 'Waarom heb je me niet verteld wat Harry van plan was?'

'Omdat ik het niet wist.'

'Niet wist? Je wist toch dat er een aantal mensen sporenonderzoek ging doen in de auto van Smith?'

'Dat is helemaal niet zo, dat was bluf. Net zoals met de datering van het DNA-materiaal op de waterleidingbuis.'

'Wat?'

'Het gerechtelijk laboratorium kan uit het DNA-materiaal niet opmaken hoe oud het is. Wat Harry zei over dat ze hadden vastgesteld dat het DNA-materiaal van Smith drie maanden oud was, was pure bluf.'

Katrine staarde Bjørn aan. Ze ging met haar hand in haar tas en haalde daar de gele kartonnen map uit die Harry aan haar had gegeven. Ze sloeg die open. Drie A4'tjes. Alle drie blanco.

'Bluf,' zei Bjørn. 'Om aan de hand van stylometrie iets met zekerheid vast te kunnen stellen, is er een tekst nodig van minstens vijfduizend tekens. De korte e-mails die naar Valentin zijn gestuurd, zeggen niets.'

'Harry had niets,' fluisterde Katrine.

'Geen ene bal,' zei Bjørn. 'Hij gokte op een bekentenis.'

'Wel verdomme, de rotzak!' Katrine drukte de mobiel tegen haar voorhoofd, en ze wist niet of ze dat deed om hem warmer of kouder te maken. 'Maar waarom heeft hij niets gezegd? We hadden buiten gewapende politie kunnen zetten.'

'Omdat hij niets kon zeggen.'

Het antwoord kwam van Ståle Aune die over het plein naar hen toe was komen lopen en bij hen kwam staan.

'Waarom niet?'

'Heel simpel,' zei Ståle. 'Als hij iemand bij de politie had ingelicht over wat hij van plan was en de politie had niet ingegrepen, dan was dat wat er zojuist in de feestzaal gebeurde de facto een politieverhoor. Een onreglementair politieverhoor waarbij de ondervraagde niet was gewezen op zijn rechten en de ondervrager bewust loog om te manipuleren. En niets van wat Smith vandaag verteld heeft zou dan gebruikt kunnen worden in een rechtszaak. Maar nu...'

Katrine knipperde met haar ogen en knikte langzaam. '...docent en privépersoon Harry Hole heeft deelgenomen aan de promotie en Smith vrijwillig heeft geantwoord in het bijzijn van vele getuigen, ligt dat anders. Was jij hiervan op de hoogte, Ståle?'

Ståle Aune knikte. 'Harry heeft me gisteren gebeld. Hij vertelde me over de aanwijzingen die wezen naar Hallstein Smith, maar dat hij geen bewijs had. En over het plan om de promotie te gebruiken als een apenval waarbij hij mijn hulp nodig had. En chef-arts Steffens als getuige-expert.'

'En wat heb je daarop geantwoord?'

'Dat Hallstein, de Aap, Smith één keer in de val is gelopen en dat waarschijnlijk niet nogmaals zou doen.'

'Maar?'

'Maar Harry gebruikte mijn woorden tegen me door te refereren aan het Aunes postulaat.'

'Mensen zijn gewoontedieren,' zei Bjørn. 'Ze lopen daarom keer op keer in dezelfde val.'

'Precies,' zei Aune. 'En Smith had in de lift op het hoofdbureau tegen Harry gezegd dat hij een lang leven graag zou ruilen voor een doktersgraad.'

'En natuurlijk liep die idioot in de apenval,' zei Katrine kreunend.

'Hij deed zijn bijnaam eer aan, ja.'

'Niet Smith, ik heb het over Harry.'

Aune knikte. 'Ik ga terug naar de feestzaal, mevrouw Bellman heeft hulp nodig.'

'Ik loop met je mee en zet de plaats delict af,' zei Bjørn.

'De plaats delict?' vroeg Katrine.

'Berntsen.'

'O, ja. Ja.'

Toen de mannen haar hadden verlaten, legde Katrine haar hoofd weer in haar nek en staarde naar de lucht. Waar bleef de helikopter?

'Moge de duivel je halen,' mompelde ze. 'Moge de duivel je halen, Harry.'

'Is het zijn schuld?'

Katrine draaide zich om.

Mona Daa stond achter haar. 'Ik zal je niet storen,' zei ze. 'Ik heb vrij, maar ik zag het op internet, dus ik ben hierheen gereden. Als je VG wilt gebruiken om iets te zeggen, Smith of iemand anders een boodschap wilt overbrengen...'

'Bedankt, Daa, dan zal ik het zeggen.'

'Oké.' Mona Daa draaide zich om en begon aan haar pinguïnloopje.

'Ik was eigenlijk verbaasd dat je er niet was bij de promotie,' zei Katrine.

Mona Daa bleef staan.

'Jij bent vanaf dag één de verslaggever van de vampiristzaak voor VG geweest,' zei Katrine.

'Dus Anders heeft niet met je gesproken.'

Iets in de manier waarop Mona Daa de voornaam van Anders Wyller uitsprak, zo natuurlijk en ontspannen, deed Katrine een wenkbrauw optrekken. 'Gesproken?'

'Ja, Anders en ik, we...'

'Je maakt een grapje,' zei Katrine.

Mona Daa lachte. 'Nee, ik besef dat het professioneel gezien behoorlijk onpraktisch kan zijn, maar nee, ik maak geen grapje.'

'En sinds wanneer is...'

'Sinds nu, eigenlijk. We hebben beiden een paar dagen vrij genomen en die samen doorgebracht in het kleine flatje van Anders om uit te zoeken of we een stel kunnen worden. Het is prettig daar zekerheid over te hebben voordat je het rondbazuint, vonden we.'

'Dus niemand wist ervan?'

'Niet voordat Harry ons op heterdaad betrapte met zijn verrassingsbezoekje. Anders beweert dat Harry het doorhad. En ik weet dat hij geprobeerd heeft me via VG te pakken te krijgen. Ik ga ervan uit dat hij dat deed om zijn vermoeden bevestigd te krijgen.'

'Hij is goed in vermoedens,' zei Katrine en ze keek weer omhoog op zoek naar de helikopter.

'Ik weet het.'

Harry luisterde naar het zachte gepiep van de in- en uitademing van Smith. En op hetzelfde moment kreeg Harry iets vreemds op de fjord in het oog. Het leek of er een hond over het water liep. Er stond water op het ijs. Dat kon zelfs bij vorst gebeuren als er scheuren in het ijs zaten.

'Ik ben ervan beschuldigd dat ik vampirisme wilde zien omdat ik wílde dat het bestond,' zei Smith. 'Maar nu is het voor altijd bewezen en binnenkort weet de hele wereld wat het vampirisme van professor Smith inhoudt, onafhankelijk wat er verder met mij gebeurt. En Valentin is niet de enige, er zullen er meer komen. Meer gevallen die de focus van de wereld op het vampirisme gericht zullen houden. Ik zweer je, die zijn al gerekruteerd. Je hebt me een keer gevraagd of de erkenning meer betekende dan leven. Natuurlijk is dat zo. Erkenning is eeuwig leven. En jij zult ook eeuwig levend blijven, Harry. De man die bijna Hallstein Smith had gepakt, hij die ooit de Aap werd genoemd. Vind je dat ik te veel praat?'

Ze naderden IKEA. Nog vijf minuten en ze zouden bij Asker zijn. Smith zou niet reageren op een kleine file, die stond wel vaker bij Asker.

'Denemarken,' zei Smith. 'Het wordt daar eerder lente.'

Denemarken? Was Smith bezig psychotisch te worden? Harry hoorde een klikgeluid. Smith had zijn knipperlicht aangedaan. Nee, nee, hij verliet de hoofdweg! Harry zag een bordje met daarop Nesøya.

'Er ligt genoeg water op het ijs dat ik bij het open water verderop kan komen, denk je niet? Een lichtgewicht aluminium boot met slechts één man aan boord ligt niet diep.'

Boot. Harry beet zijn tanden op elkaar en vloekte in stilte. Het botenhuis waarover Smith het had gehad dat bij de boerderij hoorde. Daar waren ze naar op weg.

'Het Skagerak, dat is honderddertig nautische mijl. Gemiddeld twintig knopen. Hoelang duurt dat, Harry. Je kunt toch rekenen?' Smith lachte. 'Ik heb het al uitgerekend. Op een rekenmachine. Zesenhalf uur. Daarna kun je met de bus dwars door Denemarken reizen, dat duurt geen uren. Naar Kopenhagen. Naar Nørrebro, het rode plein. Daar ga je op een bank zitten, houd je een busticket omhoog en wacht je op het reisbureau. Wat vind je van Uruguay? Een mooi, klein land. Fijn dat ik de weg al heb schoongemaakt en plaats heb gemaakt voor een auto. Anders zouden de rallystrepen op het dak vanuit de lucht wel erg makkelijk te zien zijn, of niet?'

Harry sloot zijn ogen. Smith had zijn vluchtplan al lange tijd klaar. Voor het geval dat. En er was maar één reden dat hij Harry hierover vertelde. En dat was dat Harry niet de kans zou krijgen om het door te vertellen.

'Daar naar links,' zei Steffens. 'Gebouw 17.'

Oleg sloeg af en de wielen slipten op het ijs voor ze weer grip kregen.

Hij had het vermoeden dat er een snelheidslimiet was op het ziekenhuisterrein, maar ook dat er voor Berntsen een limiet was aan tijd en hoeveelheid bloed.

Hij stopte voor de ingang waar twee mannen in gele ambulancevesten klaarstonden met een brancard op wielen. Met geroutineerde bewegingen kregen ze Berntsen van de achterbank op de brancard.

'Hij heeft geen pols,' zei Steffens. 'Direct door naar de hybride operatiekamer. Het traumateam...'

'...staat paraat,' zei de oudste ambulanceman.

Oleg en Anders liepen achter de brancard en Steffens aan door de twee deuren naar een kamer waar een zeskoppig team met mutsen, plastic beschermbrillen en zilvergrijze vesten stond te wachten.

'Bedankt,' zei een vrouw tegen hen met een handbeweging waaruit Oleg begreep dat hij en Anders verder geen toegang hadden. Steffens en het team verdwenen door de brede deuren die achter hen dichtklapten.

‘Ik weet dat je op de afdeling Geweld werkt,’ zei Oleg toen de stilte was neergedaald. ‘Maar ik wist niet dat je medicijnen hebt gestudeerd.’

‘Dat heb ik ook niet,’ zei Anders kijkend naar de gesloten deuren.

‘Niet? Zo klonk het in de auto wel.’

‘Toen ik op de middelbare school zat heb ik me verdiept in de geneeskunde, maar ik ben het nooit gaan studeren.’

‘Waarom niet? Vanwege je cijfers?’

‘Ik had goede cijfers.’

‘Maar?’ Oleg wist niet of hij bleef doorvragen omdat hij geïnteresseerd was of omdat hij dan niet hoefde te denken aan wat er met Harry gebeurde.

Anders keek naar zijn bebloede handen. ‘Het zal bij mij wel net zo zijn geweest als bij jou, vermoed ik.’

‘Bij mij?’

‘Ik wilde net zo worden als mijn vader.’

‘En toen?’

Anders haalde zijn schouders op. ‘Toen wilde ik dat niet meer.’

‘En in plaats daarvan wilde je bij de politie?’

‘Dan had ik haar tenminste kunnen redden.’

‘Haar?’

‘Mijn moeder. Of mensen in dezelfde situatie, dacht ik.’

‘Hoe is ze overleden?’

Anders haalde weer zijn schouders op. ‘Er werd bij ons ingebroken waarbij er een gijzelingssituatie ontstond. Mijn vader en ik stonden machteloos. Vader werd hysterisch en de inbreker stak een mes in mijn moeder en vluchtte. Vader liep als een kip zonder kop heen en weer en riep dat ik niet aan haar moest komen terwijl hij op zoek was naar een schaar.’ Wyller slikte. ‘Mijn vader, de chef-arts, zocht naar een schaar terwijl ik daar stond en zag hoe ze doodbloedde. Ik heb later met een paar artsen gesproken en toen besefte ik dat we haar hadden kunnen redden als we maar direct juist hadden gehandeld. Mijn vader is hematoloog, de staat heeft miljoenen kronen in hem geïnvesteerd zodat hij alles kon leren over bloed. En toch was hij niet in staat om de simpele dingen te doen die voorkwamen dat het uit haar liep. Als een jury wist wat hij weet over het redden van levens dan hadden ze hem veroordeeld voor dood door schuld.'

'Dus je vader heeft gefaald. Het is menselijk om te falen.'

'En toch zit hij in zijn kamer en denkt hij dat hij beter is dan de anderen omdat hij chef-arts is.' Anders' stem begon te trillen. 'Een politieman met een doorsnee opleiding en een cursus vechttechniek van een week was het gelukt de inbreker te overmeesteren voor hij haar neerstak.'

'Maar vandaag heeft hij niet gefaald,' zei Oleg. 'Want Steffens is je vader, of niet?'

Anders knikte. 'Als het gaat om het leven van een corrupte, luie klootzak als Berntsen dan faalt hij uiteraard niet.'

Oleg keek op de klok, hij pakte zijn mobiel. Geen berichten van mama. Hij stopte hem weer terug. Ze had gezegd dat hij niets voor Harry kon doen, maar wel wat voor Truls Berntsen.

'Het gaat me niet aan,' zei Oleg. 'Maar heb je je vader ooit gevraagd hoeveel hij zich heeft ontzegd? Hoeveel jaren hij dag in dag uit gewerkt heeft om alles te leren over bloed en hoeveel mensen hij met dat harde werken heeft gered?'

Anders schudde zijn hoofd.

'Nee?' zei Oleg.

'Ik praat niet met hem.'

'Helemaal niet?'

Anders haalde zijn schouders op. 'Ik ben het huis uit gegaan en heb een andere naam aangenomen.'

'Wyller was de naam van je moeder?'

'Ja.'

Ze zagen nog net hoe de zilverkleurige rug van een man gehaast door de deuren van de hybride operatiekamer verdween voor ze weer dichtvielen.

Oleg kuchte. 'Opnieuw, het gaat me niet aan, maar vind je niet dat je je vader te hard valt?'

Anders keek op en keek Oleg strak aan. 'Je hebt gelijk,' zei hij, langzaam knikkend. 'Het gaat je niet aan.' Toen stond hij op en liep naar de uitgang.

'Waar ga je naartoe?' vroeg Oleg.

'Terug naar de universiteit. Rij jij? Zo niet, dan neem ik de bus.'

Oleg stond op en liep achter hem aan. 'Daar zijn voldoende mensen om aan de touwtjes te trekken. Terwijl hier misschien een politieman ligt dood te gaan.' Oleg haalde hem in en greep hem bij zijn schouder. 'En als collega ben je op dit moment degene die het dichtst bij Berntsen staat. Dus je kunt nu niet weggaan, hij heeft je nodig.'

Toen hij Anders omdraaide zag hij dat er tranen in de ogen van de jonge agent stonden.

'Ze hebben je allebei nodig,' zei Oleg.

Harry moest iets doen en snel ook.

Smith had de hoofdweg verlaten en reed voorzichtig over het smalle karrenpad met sneeuwwallen aan weerszijden. Tussen hen en de bevroren fjord stond een roodgeverfd botenhuis met een witte balk dwars over de brede dubbele deuren. Hij zag vaag twee villa's aan beide kanten van de weg, maar ze zaten deels verstopt achter bomen en heuvels en stonden zo ver weg dat hij niemand kon waarschuwen als hij om hulp schreeuwde. Harry haalde diep adem en duwde zijn tong tegen zijn bovenlip, hij proefde de metaalsmaak en het zweet dat van zijn voorhoofd over zijn neus liep ondanks het feit dat hij het koud had. Hij probeerde na te denken. Probeerde te bedenken wat Smith dacht. In een klein, open bootje naar Denemarken. Dat was uiteraard mogelijk en het was tegelijkertijd zo gewaagd dat de politie daar nooit op zou komen. En hoe zat het met hemzelf, hoe dacht Smith hem te lozen? Harry probeerde de stem te negeren die de desperate hoop uitsprak dat hij wel gespaard zou blijven. En de stem te negeren van de behaaglijke apathie dat alles verloren was, dat terugvechten alleen maar meer pijn zou betekenen. In plaats daarvan luisterde hij naar de koude en logische stem. Die zei dat Harry als gijzelaar niet langer van nut was en de boot van Smith tot zinken zou brengen. Smith was niet bang, hij had al Valentin en een politieman neergeschoten. En het zou hier gebeuren, nog voordat ze uit de auto waren gestapt, dat zou het geluid dempen.

Harry probeerde naar voren te leunen, maar de driepuntsgordel ketende hem aan zijn stoel en de handboeien sneden in de huid van zijn polsen.

Het was nog honderd meter tot het botenhuis.

Harry brulde. Een gutturaal, rollend geluid dat diep uit zijn buik kwam. Toen wierp hij zich van links naar rechts en sloeg zijn hoofd tegen de zijruit. Die barstte en er kwam een witte rozet in de ruit. Hij brulde terwijl hij nogmaals met zijn hoofd tegen de ruit sloeg. De rozet werd groter. Een derde keer. Er viel een stuk glas uit.

'Hou je bek of ik schiet je nu al dood!' riep Smith en hij hield de revolver op Harry's hoofd gericht terwijl hij met één oog op de weg keek.

Harry hapte toe.

Hij voelde de pijn tegen zijn tandvlees drukken, proefde de metaalsmaak die er de hele tijd al was geweest sinds hij bij de tafel in de feestzaal stond en met de rug naar Smith toe snel het metalen gebit in zijn mond had gedaan voor hij de handboeien omdeed. Hij voelde hoe wonderlijk makkelijk de scherpe tanden in Hallstein Smiths pols gleden. De schreeuw van Smith vulde de auto en Harry voelde hoe de revolver op zijn linkerknie viel voor die op de grond tussen zijn voeten belandde. Harry spande zijn nekspieren en trok Smiths arm naar rechts. Smith liet het stuur los en klapte tegen Harry's hoofd, terwijl zijn eigen autogordel ervoor zorgde dat hij niet voldoende armslag kreeg. Harry opende zijn mond, hoorde een soppend geluid en klemde zijn kaken weer op elkaar. Zijn mond vulde zich met warm bloed. Misschien had hij de slagader geraakt, misschien niet. Hij slikte. Het was als dikke, bruine saus en smaakte misselijkmakend zoet.

Smith pakte met zijn linkerhand het stuur. Harry had verwacht dat Smith zou remmen, maar in plaats daarvan gaf hij gas.

De Amazon slipte op het ijs voor die met een flinke vaart de heuvel af reed. De balk voor de deuren van het botenhuis brak als een lucifershoutje toen die werd getroffen door de Zweedse veteranenauto van een ton en de deuren werden uit hun scharnieren gerukt.

Harry schoot naar voren in zijn autogordel toen de auto remde op de betonnen vloer en tegen een metalen boot van twaalf voet klapte die achter de botenhuisdeuren aan de waterkant klaarstond.

Hij zag nog dat de autosleutel in het contact gebroken was voor de motor stilviel. Ineens voelde hij een intense pijn in zijn tanden en mond toen Smith zijn arm probeerde los te krijgen. Maar hij wist dat hij vast moest houden. Niet dat hij veel schade toebracht. Zelfs als hij de slagader had geraakt dan zou – zoals iedere automutilant wist – het bloeden zo langzaam gaan dat het nog uren kon duren voor Smith doodgebloed was. Smith rukte weer, maar dit keer zwakker. Harry zag kans om zijn gezicht vanuit zijn ooghoek op te nemen. Smith was bleek. Als hij niet tegen bloed kon dan kon Harry er misschien voor zorgen dat hij flauwviel? Harry klemde zijn kaken uit alle macht op elkaar.

'Ik zie dat ik bloed, Harry.' Smiths stem was zwak, maar kalm. 'Wist je dat Peter Kürten, de Vampier van Düsseldorf, toen hij terechtgesteld zou worden door middel van onthoofding, aan dokter Karl Berg een vraag stelde? Of Berg dacht dat Kürten het spuiten van zijn bloed zou kunnen horen voor hij het bewustzijn verloor. Dat zou namelijk het ultieme genot voor hem zijn. Maar ik ben bang dat dit niet voldoende is voor een terechtstelling en dat het slechts het begin is van mijn genieten.'

Met een snelle beweging maakte Smith met zijn linkerhand zijn autogordel los en leunde over Harry heen. Hij legde zijn hoofd tussen Harry's knieën terwijl hij met de linkerhand over de vloer ging. Zijn hand ging tastend over de rubberen mat, maar de revolver vond hij kennelijk niet. Hij boog verder voorover en zijn hoofd kwam dichterbij om zijn arm onder de stoel te kunnen krijgen. Harry zag een brede glimlach rond Smiths lippen. Hij had de revolver te pakken. Harry tilde zijn voet op en stampte die met kracht omlaag. Hij voelde het stalen voorwerp en Smiths hand onder de zool van zijn dunne lakschoen.

Smith kreunde en keek naar hem op. 'Haal je voet weg, Harry. Anders pak ik het fileermes en gebruik ik dat. Hoor je me. Haal die...'

Harry opende zijn mond, spande zijn buikspieren en sliste: 'Sjoalsj sje wil.'

Met een ruk tilde hij beide benen op, en op het moment dat zijn knieën omhoogkwamen werd de autogordel strakgetrokken waardoor het hoofd van Smith hard tegen zijn borst klapte.

Smith voelde dat de revolver onder Harry's schoen vrijkwam. Maar hij werd door Harry's knieën opgetild en verloor de greep erop. Hij moest zijn arm helemaal uitstrekken en kreeg met twee vingers de kolf te pakken terwijl Harry tegelijkertijd de greep op zijn rechterpols verloor. Het was nu slechts een kwestie van de revolver optillen en die naar Harry omdraaien. Op dat moment realiseerde Smith zich wat er op het punt stond te gebeuren, hij zag dat Harry zijn mond weer opende, zag het metaal blinken, zag dat hij zich naar hem toe boog, voelde de warme adem in zijn hals. Het leek of zich ijspegels door zijn huid boorden. Zijn kreet werd gesmoord toen Harry's kaken zich hard rond zijn strottenhoofd klemden. De voet van Harry kwam weer naar beneden om op zijn hand met de revolver te stampen.

Smith probeerde met zijn rechterhand te slaan, maar hij had een te kleine actieradius om er kracht achter te zetten. En hij kreeg geen adem. Harry had de halsslagader niet doorgebeten, want dan zou het bloed tegen het dak spuiten, maar hij had de luchtpijp afgeklemd en Smith voelde dat de druk in zijn hoofd al toenam. Toch liet hij de revolver niet los. Zo was het altijd geweest, hij was de jongen die nooit losliet. De Aap. Maar hij moest lucht hebben voordat zijn hoofd uit elkaar klapte.

Hallstein Smith liet de revolver los, die zou hij later wel pakken. Hij tilde zijn linkerhand op en sloeg Harry tegen de zijkant van zijn hoofd. Toen een keer met zijn rechterhand. Tegen zijn oor. Toen met de linker tegen zijn oog, hij voelde hoe zijn trouwring de wenkbrauw van de politieman openscheurde. Bij het zien van het bloed voelde hij de razernij komen, als benzine op een vuur, er kwamen nieuwe krachten in hem naar boven en hij rukte zich los. Hij sloeg en sloeg.

'Dus wat moet ik doen?' zei Mikael Bellman starend over de fjord.

'Ten eerste kan ik niet geloven dat je gedaan hebt wat je hebt gedaan,' zei Isabelle Skøyen die achter hem liep te ijsberen.

'Het gebeurde allemaal zo snel,' zei Mikael en hij focuste op zijn eigen doorzichtige spiegelbeeld. 'Ik kreeg de tijd niet om na te denken.'

'Inderdaad, je had amper de tijd om na te denken,' zei Isabelle. 'Ondertussen bedacht je wel dat hij je zou neerschieten als je iets probeerde, maar niet dat de verzamelde pers dat zou doen als je níet zou ingrijpen.'

'Ik was onbewapend, hij had een revolver en niemand wilde ingrijpen, alleen Truls, die idioot, besloot dat hij de held wilde uithangen.' Bellman schudde zijn hoofd. 'Maar die stakker is altijd smoorverliefd op Ulla geweest.'

Isabelle kreunde. 'Truls kon niet geraffineerder te werk gaan om jouw reputatie te schaden. Het eerste wat de mensen zullen denken, terecht of niet, is dat het laf van je was.'

'Hou op!' siste Mikael. 'Ik was niet de enige die niet heeft ingegrepen, er zaten veel politiemensen die...'

'Ze is je vrouw, Mikael. Je zat naast haar op de eerste rij en hoewel het je laatste dagen in deze functie zijn, ben je nog steeds commissaris van politie. Jij bent hun leider. En nu word je dus minister van Justitie...'

'Dus jij vindt dat ik me had moeten laten doodschieten? Want Smith schoot echt. En Truls heeft Ulla niet gered! Blijkt hier niet uit dat ik, de commissaris, de juiste afweging heb gemaakt en dat agent Berntsen, die op eigen houtje handelde, een grove fout heeft gemaakt? Ja, hij heeft het leven van Ulla in gevaar gebracht.'

'Natuurlijk moeten we proberen het zo te brengen, maar ik zeg alleen dat het lastig kan worden.'

'En wat is daar zo verdomde lastig aan?'

'Harry Hole. Hij heeft zich als gijzelaar gemeld en jij niet.'

Mikael spreidde zijn armen. 'Isabelle, het was Harry Hole die Smith tot deze situatie provoceerde, door hem als moordenaar te ontmaskeren en daarmee dwong hij hem eerlijk gezegd de revolver te pakken die vlak voor hem lag. Harry Hole nam dus gewoon de verantwoordelijkheid op zich voor wat hij zelf had veroorzaakt.'

'Ja, maar we voelen eerst en reflecteren pas later. We zien een man die niet ingrijpt om zijn vrouw te redden en we voelen verachting. Daarna komt de kille, objectieve overweging, maar zelfs met nieuwe informatie zullen we zoeken naar argumenten voor het eerste wat we voelden. En dat is de domme, impulsieve verachting, Mikael. Ik ben er tamelijk zeker van dat de mensen vooral dát zullen voelen.'

'Waarom dan?'
Ze gaf geen antwoord.
Hij keerde zich naar haar om en keek haar strak aan.
'Juist,' zei hij. 'Omdat jij nu ook verachting voelt?'
Mikael zag dat de vleugels van Skøyens imposante *nasus* zich spreidden toen ze de lucht opzoog. 'Jij bent zoveel,' zei ze. 'Je hebt zoveel eigenschappen die jou gebracht hebben tot waar je nu bent.'
'En?'
'En één daarvan is dat je over het vermogen beschikt in dekking te gaan en anderen de rotzooi te laten opruimen. Dat lafheid loont. Het is alleen dat je vergeten bent dat je publiek had. En niet zomaar publiek, het slechtst denkbare publiek.'
Mikael Bellman knikte. Journalisten uit binnen- en buitenland. Isabelle en hij hadden een klus te klaren. Hij pakte een zware, Oost-Duitse kijker van haar vensterbank, waarschijnlijk een geschenk van een mannelijke bewonderaar. Hij keek naar de fjord want hij zag daar iets.
'Welk resultaat is strategisch gezien het beste voor ons?' vroeg hij.
'Verexcuseer me, maar waarom vraag je dat?' zei Isabelle die graag, ondanks haar jeugd in een boerendorp, of misschien wel juist daardoor, van die archaïsche uitdrukkingen van de elite gebruikte zonder dat het arrogant klonk. Mikael had hetzelfde geprobeerd, maar zonder succes. Zijn jeugd had onherstelbare schade toegebracht.
'Wat is beter: dat Truls sterft of dat hij overleeft?' De kijker vond iets. Hij stelde scherp. Het duurde een seconde voor hij haar gelach hoorde.
'En een andere eigenschap is dat je al je gevoel kunt uitschakelen als de situatie daarom vraagt,' zei ze. 'Daar ga je schade door oplopen, maar je redt het wel.'
'Dood, toch? Dan zal er geen twijfel zijn dat hij een foute beslissing heeft genomen en dat de mijne juist was. En dan kan hij niet geïnterviewd worden en de zaak zal maar kort in de aandacht staan.'
Hij voelde haar hand naar de gesp van zijn riem gaan en haar stem fluisterde in zijn oor. 'Zou je willen dat het volgende sms'je op je mobiel meldt dat je beste vriend dood is?'

Het was een hond die op de fjord liep. Waar wilde die naartoe?

De volgende gedachte kwam automatisch.

Het was een nieuwe gedachte. Een gedachte die eigenlijk nooit eerder in de commissaris en aanstaande minister van Justitie was opgekomen.

Waar zijn we naar op weg?

Harry had een piepgeluid met een hoge frequentie in zijn oor en bloed in zijn ene oog. En de klappen bleven komen. Hij voelde de pijn niet meer, hij voelde alleen dat het kouder en donkerder werd.

Maar hij gaf niet op. Hij had zo vaak opgegeven. Hij had toegegeven aan de pijn, de angst en het verlangen naar de dood. Maar ook toegegeven aan een primitief, egoïstisch overlevingsinstinct dat gewonnen had van het verlangen naar het pijnvrije niets, de slaap, de duisternis. Het instinct dat maakte dat hij hier nog steeds was. Nog steeds hier. En dit keer gaf hij niet op. De kaakspieren deden zo'n pijn dat zijn hele lichaam beefde. En de klappen bleven komen. Maar hij gaf niet op. Zeventig kilo druk. Als hij de hele bloedtoevoer naar de hersenen had kunnen stoppen dan zou Smith heel snel het bewustzijn hebben verloren. Door alleen de luchttoevoer tegen te houden, kon het meerdere minuten duren. Weer een klap tegen zijn slaap. Harry merkte dat hij zelf bijna het bewustzijn verloor. Nee! Hij schoot overeind en beet nog harder. Hou vol, hou vol. Leeuw. Waterbuffel. Harry telde terwijl hij door zijn neus ademhaalde. Honderd. De klappen bleven komen, maar zat er niet meer tijd tussen en begonnen ze niet zwakker te worden? Smiths vingers grepen in zijn gezicht en probeerden hem weg te duwen. Ze gaven op en lieten los. Waren de hersenen van Smith eindelijk zonder zuurstof dat hij stopte met vechten? Harry voelde opluchting, slikte meer bloed van Smith door en op hetzelfde ogenblik kwam de gedachte. De voorspelling van Valentin. *Jij kent de dorst, geef het gewoon toe, Harry. En op een dag zal jij ook drinken.* Misschien kwam het door die gedachte, het even loslaten van de concentratie, maar op hetzelfde moment voelde Harry de revolver onder zijn schoenzool bewegen en hij begreep dat hij onwillekeurig de druk had verminderd.

Dat Smith gestopt was met slaan om het wapen te kunnen pakken. En dat hem dat gelukt was.

Katrine bleef in de deuropening van de feestzaal staan.

Afgezien van twee vrouwen die op de eerste rij zaten en elkaar omarmden, was de zaal leeg.

Ze nam hen op. Een merkwaardig paar. Rakel en Ulla. De echtgenotes van gezworen vijanden. Was het zo dat vrouwen makkelijker troost bij elkaar vonden dan mannen? Katrine wist het niet. Een dergelijk zusterschap had haar nooit geïnteresseerd.

Ze liep op hen af. Ulla Bellmans schouders schokten, maar ze huilde geluidloos.

Rakel keek met een vragende blik op naar Katrine.

'We hebben nog niets gehoord,' zei Katrine.

'Oké,' zei Rakel. 'Maar hij redt zich wel.'

Katrine was zich ervan bewust dat het haar repliek was en niet die van Rakel. Rakel Fauke. De donkere, sterke vrouw met de zachte, bruine ogen. Katrine was altijd jaloers op haar geweest. Niet omdat ze het leven van die andere vrouw wenste of de vrouw van Harry wilde zijn. Harry kon een vrouw misschien een poosje het hoofd op hol brengen en haar gelukkig maken, maar op den duur bracht hij verdriet, vertwijfeling en verwoesting. Op den duur wilde je iemand als Bjørn Holm hebben. En toch was ze jaloers op Rakel. Ze was jaloers omdat Harry Hole Rakel verkoos.

'Sorry.' Het was Ståle Aune die net binnen was gekomen. 'Ik heb een kamer waar we kunnen praten.'

Ulla Bellman knikte snikkend, ging staan en liep met Aune mee.

'Crisisopvang?' vroeg Katrine.

'Ja,' zei Rakel. 'En het rare is dat het helpt.'

'Is dat zo?'

'Ik ben daar geweest. Hoe gaat het met je?'

'Met míj?'

'Ja, al die verantwoordelijkheid. En zwanger en Harry staat jou ook na.'

Katrine ging met haar hand over haar buik. Een wonderlijke gedachte, een gedachte tenminste die ze nooit eerder had gehad, trof haar. Het was of het ene het andere voorspelde, alsof de onontkoombare stoelendans van het bestaan een doodsoffer wenst om nieuw leven te kunnen geven.

'Weten jullie al of het een jongen of een meisje is?'

Katrine schudde haar hoofd.

'En namen?'

'Bjørn heeft Hank voorgesteld,' zei Katrine. 'Naar Hank Williams.'

'Uiteraard. Dus hij denkt dat het een jongen is?'

'Ongeacht het geslacht.'

Ze lachten. En dat voelde niet raar. Ze spraken over het aanstaande nieuwe leven in plaats van de naderende dood. Omdat het leven magisch is en de dood triviaal.

'Ik moet nu gaan, maar ik laat het direct weten als ik iets hoor,' zei Katrine.

Rakel knikte. 'Ik blijf hier dus, en zeg me als ik iets kan doen.'

Katrine stond op. Ze aarzelde, maar nam een besluit. Terwijl ze weer met haar hand over haar buik streek, zei ze: 'Ik denk soms dat ik het kan verliezen.'

'Dat is begrijpelijk.'

'En dan vraag ik me af wat er dan van me overblijft. Of ik dan nog wel door wil gaan.'

'Dat wíl je,' zei Rakel met nadruk.

'Jij moet me beloven dat jij dat ook wilt,' zei Katrine. 'Je zegt dat Harry zich wel redt en hoop is belangrijk, maar ik geloof ook dat het belangrijk is om je te vertellen dat ik met Delta heb gesproken en hun inschatting is dat de gijzelnemer, Hallstein Smith dus, waarschijnlijk zal... ja, dat hij een typerend...'

'Bedankt,' zei Rakel en ze pakte de hand van Katrine. 'Ik hou van Harry, maar als ik hem nu verlies dan beloof ik dat ik door zal gaan.'

'En Oleg, hoe zou hij...?'

Katrine zag de pijn in Rakels ogen en had direct spijt. Rakel probeerde iets te zeggen, maar dat lukte niet, ze kon alleen haar schouders ophalen.

Toen ze weer op het plein kwam, hoorde ze een klapperend geluid.

Ze keek op. Het zonlicht reflecteerde in de helikopterromp aan de hemel.

John D. Steffens schoof de toegangsdeur naar de Spoedeisende Hulp open en snoof de koude winterlucht op. Hij liep naar de oudere ambulancechauffeur die tegen de muur leunde en de zon zijn gezicht liet verwarmen terwijl hij met gesloten ogen langzaam en aandachtig genoot van zijn sigaret.

'En, Hansen?' zei Steffens en hij leunde naast hem tegen de muur.

'Mooie winter,' zei de ambulancechauffeur zonder zijn ogen te openen.

'Zou ik...'

De ambulancechauffeur haalde het pakje sigaretten uit zijn zak en gaf het aan Steffens.

Steffens pakte een sigaret en de aansteker.

'Haalt hij het?'

'We zullen zien,' zei Steffens. 'We hebben wat bloed in hem kunnen pompen, maar de kogel zit nog in zijn lichaam.'

'Hoeveel levens moet je volgens jou nog redden, Steffens?'

'Wat?'

'Je hebt in de nachtdienst gewerkt en nu ben je er nog steeds. Zoals gewoonlijk. Dus hoeveel levens moet je nog redden om het goed te maken?'

'Ik weet niet waar je het nu over hebt, Hansen.'

'Je vrouw, die je niet hebt kunnen redden.'

Steffens antwoordde niet, hij inhaleerde slechts.

'Ik heb wat rondgevraagd,' zei de chauffeur.

'Waarom?'

'Omdat ik me zorgen om je maak. En omdat ik weet hoe het is. Ik heb zelf mijn vrouw verloren. Maar met al dat overwerken, al dat redden van levens, komt ze niet terug, dat weet je toch? En op een dag bega je een blunder omdat je uitgeput bent en dan heb je weer een leven op je geweten.'

'Is dat zo?' zei Steffens en hij geeuwde. 'Ken je een hematoloog die beter op de SEH is dan ik?'

'Hoelang is het geleden dat je van de zon genoten hebt?' De ambulancechauffeur drukte de sigaret uit tegen de muur en stopte de peuk in zijn zak. 'Blijf hier staan, rook je sigaret en geniet van het moment. Daarna ga je naar huis om te slapen.'

Steffens hoorde de voetstappen verdwijnen.

Hij sloot zijn ogen.

Slapen.

Hij zou willen dat hij dat kon.

Het was 2152 dagen geleden. Niet sinds Ina, zijn vrouw en Anders' moeder, overleed, dat was 2912 dagen geleden. Maar sinds hij voor het laatst Anders had gesproken. In de eerste tijd na Ina's dood hadden ze in elk geval nog een beetje met elkaar gepraat, hoewel Anders razend was en hem de schuld gaf dat ze niet was gered. En terecht. Anders was gevlucht, verhuisd en had ervoor gezorgd dat er zo veel mogelijk afstand tussen hem en zijn vader zat. Bijvoorbeeld door het plan om medicijnen te gaan studeren te laten vallen en in plaats daarvan naar de politieacademie te gaan. In een van de sporadische gesprekken had Anders geschreeuwd dat hij liever zou worden als een van zijn docenten, de voormalige moordonderzoeker Harry Hole, die Anders duidelijk verafgoodde zoals hij vroeger zijn eigen vader had verafgood. Hij had Anders bezocht op zijn verschillende adressen en op de politieacademie. Hij was naar het noorden gereden, naar het eenzame politiebureau, maar hij was afgewezen. Hij had eigenlijk zijn eigen zoon gestalkt. Hij wilde dat hij het begreep. Dat ze haar een beetje minder zouden missen als ze elkaar niet kwijtraakten. Dat ze haar samen in leven konden houden. Maar Anders wilde niet luisteren.

Dus toen Rakel Fauke voor een onderzoek bij hem kwam en Steffens ontdekte dat ze de vrouw van Harry Hole was, was hij natuurlijk nieuwsgierig geworden. Wat had die Harry Hole dat Anders zo aansprak? Kon hij iets leren wat hem kon helpen om weer dichter bij Anders te komen? Toen had hij ontdekt dat er ook een stiefzoon was, Oleg, en hij had op dezelfde manier gereageerd als Anders toen hij begreep dat ook Harry Hole de moeder niet kon redden. Het was om hetzelfde falen van de vader gegaan.

Slapen.

Het was een schok geweest om Anders vandaag te zien. Zijn eerste stupide gedachte was geweest dat ze hem voor de gek hadden gehouden en dat Oleg en Harry een soort verzoeningspoging op touw hadden gezet.

Nu slapen.

Het werd donkerder en er viel kou op zijn gezicht. Een wolk voor de zon? John D. Steffens opende zijn ogen. Er stond een gedaante voor hem, omgeven door een stralenkrans van de zon achter hem.

'Sinds wanneer rook je?' zei de gedaante. 'Jij bent toch arts?'

John D. Steffens knipperde met zijn ogen. De stralen prikten in zijn ogen. Hij moest zijn keel schrapen voor hij antwoord kon geven. 'Anders?'

'Berntsen gaat het halen.' Stilte. 'Dankzij jou, zeggen ze.'

Clas Hafslund zat in zijn serre en keek uit over de fjord waar op het ijs die merkwaardige laag van roerloos water lag die het tot een gigantische spiegel maakte. Hij had de krant weggelegd waarin weer bladzijde na bladzijde werd gewijd aan die vampiristzaak. Dat ze er nog geen genoeg van hadden. Hier op Nesøya hadden ze gelukkig niet van die monsters. Hier was het vredig en stil, het hele jaar door. Hoewel hij juist nu het irritante geluid van een helikopter hoorde, waarschijnlijk vanwege een botsing op de E18. Clas Hafslund schrok toen hij ineens een knal hoorde.

De geluidsgolven rolden over de fjord.

Een wapen.

Het leek van het land van een van de buren te komen. Van Hagen of Reinertsen. De twee zakenmannen maakten al jarenlang ruzie over de erfgrens. Of die rechts of links langs een eik van enkele honderden jaren oud liep. Reinertsen had in een interview met het lokale krantje gezegd dat de burenruzie door sommige mensen misschien komisch werd gevonden omdat het ging om slechts een paar vierkante meter van hun enorme grondbezit. Maar het ging niet om iets onbeduidends, maar om het eigendomsrecht zelf. En hij was ervan overtuigd dat de eigenaars van de villa's op Nesøya het erover eens waren dat dit een principekwestie was waar iedere rechtschapen burger voor moest vechten. Want er bestond geen twijfel over dat de eik tot zijn eigendom behoorde, je hoefde alleen maar te kijken naar het wapen van de familie waarvan hij het huis en de grond had gekocht. Daarop stond de grote eikenboom die de inzet was van deze strijd. Reinertsen had nog opgemerkt dat zijn ziel tot in het diepst werd verwarmd als hij de boom zag (hier had de journalist fijntjes opgemerkt dat Reinertsen dan wel op het dak van zijn huis moest gaan zitten) en dat hij trots was dat het zijn boom was. De dag na het interview had Hagen de boom omgehakt, met het hout had hij zijn haard gestookt en tegen de krant gezegd dat de boom niet alleen de ziel verwarmde, maar ook zijn voeten. En dat Reinertsen vanaf vandaag kon genieten van de rook die uit zijn schoorsteen kwam want de komende jaren had hij voldoende eikenhout om zijn haard mee te stoken. Provocerend natuurlijk, maar hoewel het duidelijk een schot uit een wapen was geweest kon Clas Hafslund nauwelijks geloven dat Reinertsen op Hagen had geschoten vanwege die verrekte boom.

Hafslund zag iets bewegen bij het oude botenhuis beneden, op zo'n honderdvijftig meter van zijn huis en de huizen van Hagen en Reinertsen. Het was een man in pak. Hij glibberde over het ijs en trok een aluminium boot achter zich aan. Clas keek nog eens goed. De man wankelde en zakte op zijn knieën in het ijswater. Toen draaide de knielende man zich om naar Clas Hafslunds villa alsof hij voelde dat hij werd geobserveerd. Het gezicht van de man was zwart, was het een vluchteling? Waren ze nu ook al naar Nesøya gekomen? Gealarmeerd greep hij de kijker van de plank achter zich en richtte die op de man. Nee, hij was niet zwart. Het gezicht van de man zat onder het bloed. Twee witte ogen staarden uit het rood. Hij legde zijn handen op de rand van de boot en trok zich op. Hij wankelde verder, greep de boot stevig vast en trok die mee. En Clas Hafslund, die helemaal geen religieus man was, dacht dat hij Jezus zag. Jezus die over het water liep. Jezus die het kruis naar Golgota sleept. Jezus die uit de dood is opgestaan om Clas Hafslund en heel Nesøya te bezoeken. Jezus met een grote revolver in zijn hand.

Sivert Falkeid zat voor in de rubberboot met de wind in zijn gezicht en blik op Nesøya. Hij keek voor de laatste keer op zijn horloge. Het was precies dertien minuten geleden dat hij en Delta een melding hadden gekregen die ze direct in verband hadden gebracht met de gijzeling van Harry Hole.

'Er is op Nesøya geschoten.'

Hun responstijd was acceptabel. Ze zouden er zijn voor de wagen van de mobiele eenheid die ook naar Nesøya was gestuurd, arriveerde. Maar hoe dan ook, een kogel ging sneller, dat was duidelijk. Hij kon de aluminium boot zien en de contouren van het wateroppervlak waar het ijs begon.

'Nu,' zei hij en hij ging achterin bij de anderen zitten waardoor de punt omhoogkwam en ze vaart konden maken om over het water op het ijs te glijden.

De politieman die de boot bestuurde wipte de schroef uit het water.

De boot schokte toen die de rand van het ijs raakte en Falkeid hoorde het geschraap tegen de onderkant, maar ze hadden voldoende snelheid om bij het ijs te komen waarop ze konden lopen.

Hopelijk.

Sivert Falkeid gooide zijn benen over de rand en zette voorzichtig een voet op het ijs. Het water kwam tot iets boven zijn enkel.

'Geef me twintig meter voor jullie achter me aan komen,' zei hij. 'Tien meter tussen ieder van ons.'

Falkeid begon naar de aluminium boot te waden. Hij schatte de afstand op driehonderd meter. De boot zag er verlaten uit, maar volgens de melding had de man die het schot had gelost de boot met zich meegetrokken vanaf het botenhuis, dat eigendom was van Hallstein Smith.

'Het ijs is sterk,' fluisterde hij in de radio.

Alle mannen van Delta waren uitgerust met pikhouwelen aan een lijn die bevestigd zat aan hun borst zodat ze zich konden optrekken voor het geval ze door het ijs zakten. En die lijn zat nu om de loop van het machinepistool van Falkeid dus hij moest die eerst losmaken.

Daarom hoorde hij het schot zonder dat hij de kans kreeg te zien waar dat vandaan kwam. Hij liet zich automatisch in het water vallen.

Weer een schot. En nu zag hij een rookpluimpje uit de aluminium boot opstijgen.

'Schot uit de boot,' hoorde hij in zijn oortje. 'We houden de boot allemaal onder schot. We wachten op het bevel om te mogen schieten.'

Ze hadden het bericht gekregen dat Smith een revolver had en natuurlijk was de kans dat hij Falkeid vanaf een paar honderd meter zou raken tamelijk klein. Maar dit was weer zo'n situatie. Sivert Falkeid haalde diep adem terwijl het verlammend koude water door zijn kleding drong en zijn huid afkoelde. Het was niet zijn taak te bedenken wat het de staat zou kosten als hij het leven van de seriemoordenaar spaarde. Kosten in de zin van: rechtszaken, bewaking, de dagprijs van een vijfsterrengevangenis. Het was zijn taak om na te denken over hoe groot de dreiging van deze moordenaar was voor zijn mannen en het leven van anderen en daarnaar te handelen. Niet denken aan plaatsen in crèches, het aantal ziekenhuisbedden en renovatie van oude scholen.

'Schiet,' zei Sivert Falkeid.

Geen antwoord. Alleen de wind en het geluid van een helikopter in de verte.

'Schiet,' herhaalde hij.

Nog steeds geen bevestiging. De helikopter kwam dichterbij.

'Hoor je me?' klonk het in zijn oortje. 'Ben je gewond?'

Falkeid wilde zijn commando herhalen toen hij besefte dat er hetzelfde was gebeurd als tijdens de oefening in Haakonsvern, dat het zoute water zijn microfoon had vernield en dat hij alleen berichten kon ontvangen. Hij draaide zich om naar de boot en riep, maar hij werd overstemd door de helikopter die nu stil in de lucht hing. Toen gebruikte hij het aloude handsignaal voor: vuur! Twee stoten in de lucht met gebalde vuist. Nog steeds geen reactie. Wel verdomme! Falkeid tijgerde terug naar de rubberboot toen hij zag dat twee van zijn mannen op het ijs stapten zonder ook maar te bukken om een kleiner doelwit te vormen.

'Laag jullie!' riep hij, maar ze liepen rustig op hem af.

'We hebben contact met de helikopter!' riep de ene door het lawaai heen. 'Ze zien hem, hij ligt in de boot!'

Hij lag op de bodem van de boot en sloot zijn ogen tegen de zon die op hem scheen. Hij hoorde niets, maar hij stelde zich voor dat het water klotste en kabbelde tegen het metaal onder hem. Dat het zomer was. Dat ze met het hele gezin in de boot zaten. Een uitje. Gelach van kinderen. Als hij gewoon zijn ogen dichthield kon hij daar misschien blijven.

Hij wist niet eens zeker of de boot dreef of dat die door zijn gewicht vaststond op het ijs. Het was niet zo belangrijk. Hij wilde nergens heen. De tijd stond stil. Misschien was dat altijd al het geval geweest of misschien was hij nu gestopt. Voor hem gestopt en voor de man die nog in de Amazon zat. Was het voor hem ook zomer geworden? Was hij nu ook op een betere plek?

Er viel een schaduw over hem heen. Een wolk? Een gezicht? Ja, een gezicht. Een vrouwengezicht. Als een duistere herinnering die plotseling verlicht werd. Ze zat op hem en bereed hem. Ze fluisterde dat ze van hem hield, dat ze dat altijd had gedaan. Dat ze hierop had gewacht. Ze vroeg of hij het ook voelde dat de tijd stilstond. Hij voelde de bewegingen van de boot, haar gekreun werd een samenhangende kreet alsof hij een mes in haar had geboord. Hij liet zijn adem uit zijn longen ontsnappen en het zaad uit zijn zak. En toen stierf ze op hem. Haar hoofd klapte op zijn borst terwijl de wind tegen het raam boven het bed in de flat beukte. En nog voordat de tijd weer begon te lopen, sliepen ze allebei. Bewusteloos, zonder herinneringen, zonder geweten. Hij opende zijn ogen.

Het klonk als een grote, flapperende vogel.

Het was een helikopter die zo'n twintig meter boven hem zweefde, maar toch hoorde hij niets. Hij begreep dat dat de reden was waarom de boot bewoog.

Katrine stond in de schaduw voor het botenhuis te huiveren terwijl ze de agenten naar de Amazon zag lopen.

Ze zag hoe ze de portieren aan de chauffeurs- en de passagierskant openden. Ze zag een arm in colbert naar buiten vallen. Aan de verkeerde kant. Aan Harry's kant. De blote hand zat onder het bloed. De agent stak zijn hoofd in de auto, waarschijnlijk om te checken of er nog een ademhaling of een pols was. Dat kostte tijd en ten slotte hield Katrine het niet meer uit en ze hoorde haar eigen bevende stem vragen: 'Leeft hij?'

'Misschien,' schreeuwde de agent om boven het kabaal van de helikopter uit te komen. 'Ik voel geen pols, maar het is mogelijk dat hij nog ademhaalt. Als hij nog leeft dan heeft hij niet lang meer, volgens mij.'

Katrine kwam een paar passen naderbij. 'De ambulance is onderweg. Zie je de schotwond?'

'Er is te veel bloed.'

Katrine liep het botenhuis helemaal in en staarde naar de hand die uit het portier hing. Die leek iets te zoeken, iets om vast te houden. Een andere hand om vast te houden. Ze ging met haar eigen hand over haar buik. Er was iets wat ze hem had moeten vertellen.

'Ik geloof dat je je vergist,' zei de andere agent in de auto. 'Hij is al dood. Kijk naar de pupillen.'

Katrine sloot haar ogen.

Hij staarde in de gezichten boven hem die aan beide kanten van de boot waren opgedoken. Het ene had het zwarte masker weggetrokken en zijn mond ging open en dicht en vormde woorden, aan de gespannen nekspieren te zien schreeuwde hij. Misschien riep hij dat hij de revolver los moest laten. Misschien riep hij zijn naam. Misschien riep hij om wraak.

Katrine liep naar het portier aan Harry's kant. Ze haalde diep adem en keek naar binnen.

Staarde. Ze voelde dat de klap haar harder trof dan waarvoor ze zich had schrap gezet. Ze hoorde nu de sirene van de ambulance, maar ze had meer doden gezien dan deze agenten en ze wist met een korte blik dat de ziel het lichaam permanent had verlaten. Ze kende hem en ze wist dat hij alleen het omhulsel had achtergelaten.

Ze slikte: 'Hij is dood. Niets aanraken.'

'Maar moeten we hem niet proberen te reanimeren? Het kan dat...'

'Nee,' zei ze beslist. 'Laat hem met rust.'

Ze bleef staan en voelde hoe de schok langzaam zakte en plaatsmaakte voor verbazing. Verbazing over het feit dat Hallstein Smith had gereden en dat niet aan de gegijzelde had overgelaten. En wat ze dacht dat Harry's plaats was, dat het dat niet was.

Harry lag op de bodem van de boot en keek op. Gezichten, de helikopter die voor de zon hing, de blauwe hemel. Hij had kans gezien zijn voet weer met kracht neer te laten komen voordat Hallstein de revolver los had kunnen trekken. En toen leek Hallstein het op te geven. Misschien was het inbeelding, maar Harry had het idee gekregen dat hij door zijn tanden, in zijn mond, kon voelen hoe de pols van de ander zwakker en zwakker werd. En toen uiteindelijk helemaal niet voelbaar meer. Harry had twee keer het bewustzijn verloren voor hij zijn handen met handboeien weer voor zijn lichaam had kunnen krijgen, hij had de autogordel losgemaakt en het sleuteltje van de boeien uit Hallsteins jaszak gevist. De contactsleutel van de auto was afgebroken en hij wist dat hij de kracht niet had om tegen het steile, met ijs bedekte pad naar de hoofdweg op te lopen of naar de hogergelegen villa's aan weerszijden van het pad. Hij had om hulp geroepen, maar het leek of Smith zijn stem uit hem had geslagen en het zwakke geroep werd bovendien overstemd door een helikopter. Waarschijnlijk was die van de politie. Toen had hij de revolver meegenomen, was het botenhuis uit gelopen en had een schot gelost in de hoop dat hij de helikopter kon waarschuwen. Om ervoor te zorgen dat ze hem vanuit de lucht konden zien, had hij de boot van Smith op het ijs gelegd, was erin gaan liggen en had hij meerdere schoten in de lucht afgevuurd.

Zijn greep rond de Ruger-revolver verslapte. Die had zijn werk gedaan. Het was voorbij. Hij kon nu terugkeren. Naar de zomer. Toen hij twaalf jaar was en in een boot lag met zijn hoofd op moeders schoot en zijn vader hem en Søs vertelde over een jaloerse generaal tijdens een oorlog tussen Venetianen en Turken. Harry wist dat hij zijn kleine zusje het verhaal nogmaals moest uitleggen als ze 's avonds in bed lagen. En hij verheugde zich daar een beetje op want hoelang het ook zou duren, ze zouden niet slapen voor ze het verband begreep. En Harry hield van verbanden. Ook wanneer hij diep vanbinnen wist dat er geen waren.

Hij sloot zijn ogen.

Ze was er nog steeds. Ze lag naast hem en nu fluisterde ze in zijn oor: 'Denk je dat je ook leven kunt géven, Harry?'

EPILOOG

Harry schonk een glas Jim Beam in. Zette de fles terug op de plank, tilde het glas op en zette dat naast het glas witte wijn op de bar voor Anders Wyller. Achter hem drongen de klanten om ook hun bestelling te kunnen doen.

'Je ziet er een stuk beter uit,' zei Anders, kijkend in zijn glas whisky zonder het aan te raken.

'Je vader heeft me opgelapt,' zei Harry. Hij keek naar Øystein die met een knik aangaf dat hij het fort wel even in zijn eentje kon bewaken. 'Hoe gaat het op de afdeling?'

'Goed,' zei Anders. 'Je kent het wel. Stilte na de storm.'

'Hm. Je weet dat het eigenlijk...'

'Ja, Gunnar Hagen vroeg me vandaag of ik Katrine tijdens haar verlof wilde vervangen als assistent-leider van het onderzoeksteam.'

'Gefeliciteerd. Maar ben je daar niet een beetje te jong voor?'

'Hij zei dat jij dat had voorgesteld.'

'Ik? Toen had ik vast nog last van mijn hersenschudding.' Harry draaide de volumeknop van de versterker iets hoger en The Jayhawks zongen 'Tampa to Tulsa' nu luider.

Anders lachte. 'Ja, mijn vader zei al dat je flink was geslagen. Wanneer begreep je eigenlijk dat hij mijn vader was?'

'Dat was geen kwestie van begrijpen, de bewijzen spraken voor zich. Toen ik zijn haar voor een DNA-analyse naar het gerechtelijk laboratorium opstuurde en ze een match hadden met een van de DNA-profielen. Niet met dat van een van de verdachten, maar met het profiel van een van de rechercheurs. Die zijn altijd bekend van de politiemensen die op de plaats delict zijn. Met dat van jou, Anders. Maar het was slechts een gedeeltelijke match. Een vader-zoonmatch. Jij hebt het resultaat het eerst gekregen, maar je bent er niet mee naar mij of andere collega's gegaan. Toen ik uiteindelijk wist van deze match duurde het maar even voor ik ontdekte dat chef-arts Steffens' overleden echtgenote als meisjesnaam Wyller had. Waarom heb je het me niet verteld?'

Anders haalde zijn schouders op. 'Ik vond dat deze match niet relevant was voor de zaak.'

'Plus dat je niet gelinkt wilde worden aan hem? Gebruik je daarom de naam van je moeder?'

Anders knikte. 'Het is een lang verhaal, maar het gaat nu beter. We praten weer. Hij is wat bescheidener en realiseert zich dat hij niet Mister Perfect is. En ik ben… tja, een beetje ouder en wijzer geworden, denk ik. En hoe begreep je dat Mona bij mij thuis was?'

'Deductie.'

'Uiteraard. Zoals in?'

'De geur die in de gang hing. Old Spice, maar jij was ongeschoren. En Oleg had me verteld over het gerucht dat Mona Daa Old Spice als parfum gebruikt. Bovendien zag ik een kooi voor een kat. Mensen hebben die niet in huis staan. Tenzij ze bijvoorbeeld regelmatig bezoek krijgen van een dame die allergisch is voor katten.'

'Scherp opgemerkt, Harry.'

'Jij bent ook scherp, Anders. Maar ik geloof toch dat je te jong en onervaren bent voor die functie.'

'Waarom heb je me dan voorgesteld? Ik ben nog niet eens inspecteur.'

'Zodat je erover na kon denken, in kon zien op welke gebieden je je nog moet verbeteren. En daarna bedanken voor het aanbod.'

Anders schudde zijn hoofd en lachte. 'Oké, dat is precies wat ik heb gedaan.'

'Mooi. Drink je je Jim Beam niet?'

Anders Wyller keek in het glas en haalde diep adem. Hij schudde zijn hoofd. 'Ik hou eigenlijk niet van whisky. Ik heb het besteld om jou na te doen, neem ik aan.'

'Maar?'

'Maar het wordt tijd dat ik mijn eigen borrel ga kiezen. Gooi maar weg, alsjeblieft.'

Harry pakte het glas en gooide de inhoud in de spoelbak achter zich. Hij vroeg zich af of hij een borrel zou voorstellen uit de fles die hij van Ståle Aune had gekregen als een verlaat openingsgeschenk van de bar. Een oranje likeur die Strumbas 999 Raudonos Devynerios heette. Hij had uitgelegd dat ze zo'n fles indertijd in de studentenbar hadden en dat die misschien de bareigenaar had geïnspireerd voor de code van de kluis. Harry draaide zich om en wilde het aan Anders vertellen toen hij iemand in het oog kreeg die net Jealousy Bar binnenkwam. Hun blikken kruisten elkaar.

'Sorry,' zei Harry. 'We hebben hoog bezoek.'

Hij observeerde hoe ze door de volle bar schreed en toch leek te denken dat ze alleen was. Ze liep nog net zo als de eerste keer toen hij haar over het erf had zien lopen. Als een ballerina.

Rakel bleef bij de bar staan en glimlachte naar hem.

'Ja,' zei ze.

'Ja?'

'Je hebt mijn ja, ik wil.'

Harry grijnsde breed en legde zijn hand op die van haar. 'Ik hou van je, vrouw.'

'Goed om te weten. Want we gaan een vennootschap oprichten, ik krijg dertig procent van de aandelen, een kwart aanstelling en we draaien minstens één keer per avond PJ Harvey.'

'Afgesproken. Hoor je dat, Øystein?'

'Als ze hier werkt, zet haar dan nu achter de bar!' zei Øystein hijgend.

Anders trok de rits van zijn jas omhoog. 'Mona heeft kaartjes voor de film vanavond, dus ik wens jullie nog een fijne avond.'

Rakel liep naar Øystein en Anders verdween naar buiten.

Harry pakte zijn mobiel en toetste een nummer in.

'Hagen,' klonk het.

'Hoi chef, met Harry.'

'Ik zie het. Dus nu ben ik weer chef?'

'Bied Wyller nog een keer die functie aan. En sta erop dat hij ja zegt.'

'Waarom?'

'Ik heb me vergist, hij is er klaar voor.'

'Maar...'

'Als assistent-leider kan hij maar beperkt blunderen en hij zal een boel leren.'

'Ja, maar...'

'En nu is het perfecte tijdstip. Stilte na de storm.'

'Je weet dat het eigenlijk...'

'Ja.'

Harry verbrak de verbinding en probeerde de gedachte aan wat Smith in de auto tegen hem had gezegd weg te duwen. Hij had het aan Katrine gemeld en ze hadden de correspondentie van Smith gecheckt, maar geen spoor kunnen vinden van rekrutering van nieuwe vampiristen. Dus ze konden weinig doen en het was waarschijnlijk een wens van deze knettergekke man geweest. Harry zette The Jayhawks nog wat harder. Zo, ja.

Svein "de Verloofde" Finne stapte onder de douche vandaan en ging naakt voor de spiegel staan van de lege kleedkamer van Gain fitnesscentrum. Hij hield van deze plek, hield van het uitzicht over het park en het gevoel van ruimte en vrijheid. Nee, het beangstigde hem niet zoals ze hem hadden gewaarschuwd. Hij liet het water van zich af druipen en het vocht op de huid verdampen. Hij had lang getraind. Daar was hij in de gevangenis al gewend aan geraakt. Uur na uur zweten, hijgen en ijzers. Zijn lichaam verdroeg dat. Moest dat verdragen, hij had nog veel werk te doen. Hij wist niet wie degene was die contact had opgenomen en hij had al een poos niets meer van hem gehoord. Maar zijn aanbod kon hij onmogelijk afslaan. Een flat, een nieuwe identiteit en vrouwen.

Hij ging met zijn hand over de tatoeage op zijn borst.

Toen draaide hij zich om en liep naar de kledingkast met een hangslot met een roze verfvlek erop. Hij draaide de cijfercode die hij had gekregen. 0999. God mag weten of die code ook iets betekende, maar hij kreeg er het slot mee open. Hij trok de deur open. Er lag een envelop in. Hij scheurde die open en draaide hem om. Er viel een witte plastic sleutel op zijn hand en hij haalde er de brief uit. Er stond een adres in. In Holmenkollen.

En er zat nog meer in de envelop, iets wat vastzat.

Hij scheurde de envelop kapot. Staarde naar wat erin had gezeten. Zwart en mooi in al zijn wreedheid. Hij zette het in zijn mond en beet. Proefde de smaak van zout, bitter ijzer. Voelde het vuur. Voelde de dorst.